KNAUR

Über die Autorin:
Liliana Le Hingrat wurde 1967 in Rumänien geboren. Sie studierte Geschichtswissenschaften an der Universität »Alexandru Ioan Cuza« zu Iasi und arbeitete als freie Korrespondentin für eine rumänische Tageszeitung. Ihre erworbenen Fachkenntnisse während des Geschichtsstudiums sowie die Leidenschaft fürs Schreiben flossen in ihrem historischen Debütroman »Das dunkle Herz der Welt« ein. Liliana Le Hingrat nahm an mehreren renommierten Schreibseminaren teil. Heute lebt sie zusammen mit ihrem Ehemann in der Nähe von Köln, sie ist im Finanzmanagement tätig und engagiert sich für die Restaurierung der einsturzgefährdeten mediävalen Kirchenburgen aus Transsylvanien in Rumänien.

LILIANA LE HINGRAT

DAS DUNKLE HERZ DER WELT

ROMAN

KNAUR

Besuchen Sie uns im Internet:
www.knaur.de

FSC
www.fsc.org
MIX
Papier aus verantwortungsvollen Quellen
FSC® C083411

Originalausgabe November 2015
Knaur Taschenbuch

Ein Imprint der Verlagsgruppe
Droemer Knaur GmbH & Co. KG, München
Ein Projekt der AVA International GmbH Autoren- und Verlagsagentur
www.ava-international.de

Redaktion: Silvia Kuttny-Walser
Covergestaltung: ZERO Werbeagentur, München
Coverabbildung: FinePic®, München
Satz: Adobe InDesign im Verlag
Druck und Bindung: CPI books GmbH, Leck
ISBN 978-3-426-51759-8

2 4 5 3 1

Prolog

Die Karpaten in Südtranssylvanien, März 1395

»Streng dich an, Mädchen! Oder das Kind in deinem Leib wird sterben.«

Aliodor verfolgte jede Bewegung der Kräuterfrau, denn von ihr hing das Leben des Ungeborenen ab. Die Greisin raffte ihren Kittel und hockte sich neben die Schwangere. Als erneut Blut zwischen den Schenkeln der Gebärenden hervorquoll, wandte er den Blick ab und starrte nach oben.

Immer heftiger tropfte das Regenwasser durch das Dach der Lehmhütte, das aus Stroh und Ästen bestand. Aliodor wischte sich mit dem Ärmel übers Gesicht. Die Wassertropfen würden bald die Flammen in der offenen Feuerstelle zum Erlöschen bringen. Statt Licht und Wärme zu spenden, verursachte das Feuer nur immer schlechtere Luft und Qualm, der in der Kehle brannte und ihn mehrmals zum Husten brachte. Ein Frösteln schüttelte ihn. Er schlang den Mantel aus Wolfsfell, der von seinen knochigen Schultern bis auf den Boden fiel, enger um sich und zog die Filzkappe tiefer über den Kopf. Graue Haare quollen unter der Kappe hervor und fielen herab bis auf die Brust, wo sie sich mit dem dichten Bart mischten.

Aliodor war bereit, noch tagelang in der Hütte zu verharren – so lange, bis das Kind geboren war.

Als die Frau schrie, schloss sich seine Hand noch fester um den Priesterstab. Die Finger verharrten in den glatten Mulden der beiden sich windenden Schlangen, die in das Akazienholz geschnitzt waren. Deren Körper, verschlungen von unten nach oben, endeten in zwei Wolfsköpfen. Rote Edelsteine glänzten in den Augenhöhlen der furchteinflößenden Tiergestalten.

»Komm, Mädchen!«, hörte er die Alte beschwörend murmeln. »Noch ein Mal und du hast es geschafft!«

Der gellende Schrei der Gebärenden zwang Aliodor, wieder hinzusehen. Das Lebenslicht in ihren Augen war am Erlöschen, doch ihr Körper bäumte sich wieder und wieder auf unter den Geburtskrämpfen.

Von seinem Platz aus beobachtete er, wie das Kräuterweib die Beine der jungen Frau noch weiter spreizte. Dann glitt das Neugeborene ins Leben.

»Du hast einen kräftigen Burschen zur Welt gebracht, Mädchen. Wie soll er heißen?«, fragte die Vettel.

Sie erhielt keine Antwort. Die Augen der Gebärenden waren blicklos zur Decke gerichtet, und Regentropfen fielen auf ihr Gesicht. Es schien, als nehme sie unter Tränen Abschied von ihrem Kind, von ihrem Leben.

Die Alte säuberte den Säugling mit dem Saum ihres Kittels und wickelte ihn dann in das Kopftuch der Verstorbenen.

»Du darfst nicht krepieren wie deine Mutter, denn tot bringst du mir kein Silber.« Sie legte das Ohr an den Mund des Kleinen.

»Lebt er?«, erkundigte sich Aliodor. »Ich höre keinen Kindsschrei.«

Die Kräuterfrau drückte das Neugeborene an sich, als sie ihn anblickte.

»Das Kind ist gesund und kräftig. Nur die Milch der Mutter fehlt ihm.«

»Gib mir den Jungen und geh!« Er streckte die Hand nach dem Bündel aus.

Die Alte duckte sich weg. »Zuerst das Geld!«

Gierig beobachtete sie, wie er unter seinen grauen Wolfsmantel griff. »Hier, dein Lohn. Aber du musst noch seine Mutter begraben.«

Mit der Schnelligkeit einer Eidechse schnappte sie den

Beutel mit den klingenden Münzen und legte das Neugeborene auf den Boden.

Aliodor bückte sich, nahm das Kind auf den Arm, barg es unter seinem Umhang und verließ, gestützt auf seinen Priesterstab, die Hütte.

Um zum Ritusplatz der alten Daker zu gelangen, musste er durch dichten Wald den Berg hinaufsteigen. Selbst so früh am Nachmittag herrschte hier dämmriges Licht. Immer wieder rutschte er auf halb verfaulten Blättern aus. In der Ferne grollte ein Donner, und der Regen prasselte stärker. Bleierne Wolken zogen über die Baumkronen.

Erneut verlor Aliodor den Halt, gerade noch konnte er sich am Ast einer Eiche festklammern. Erschöpft legte er schließlich das Bündel auf dem Boden ab. Sein Herz raste, die Lungen lechzten nach Luft. An den Baumstamm gelehnt, hielt er inne, bis ein leises Wimmern seine Aufmerksamkeit weckte. Zu seinen Füßen bewegte sich das Knäuel. Mit der Spitze des hölzernen Priesterstabs schob er den Stoff vom Gesicht des Säuglings.

Das Neugeborene greinte und strampelte energisch, bis das Tuch rutschte und es ganz entblößte. Die angeschwollene Nabelschnur glänzte bläulich. »Und du sollst der Wächter des walachischen Throns werden?«, flüsterte Aliodor.

Er nahm das Kind wieder an sich, wickelte es in sein Tuch und marschierte weiter. Bis zur Koppel waren es nur noch wenige Schritte. Die Bäume lichteten sich, und Aliodor blieb am Waldrand kurz stehen.

In der Mitte der Lichtung glänzte regennass ein großer, runder Altar aus Granit, in dessen Oberfläche eine Schlange gemeißelt war, die sich von außen nach innen einrollte. Im Zentrum der Skulptur öffnete das Tier sein Maul um ein Loch, das trichterförmig durch den Stein bis in die Erde reichte. Der Stein schimmerte an dieser Stelle nicht grau, sondern rötlich braun.

Erneut krachte ein Donner. Diesmal viel näher und viel lauter.

Der Priester setzte das Kind auf der Granitplatte ab. Sein Köpfchen lag genau in der Öffnung des Trichters, und es sah aus, als wolle das Reptil das Neugeborene verschlingen.

Der Kleine zitterte und zappelte im strömenden Regen, doch niemand hörte sein Weinen, denn das Blätterrauschen war lauter als seine Schreie.

»Ihr Götter des *Kogayon*«, schrie der Priester in den Himmel und hielt seinen Stab mit beiden Händen hoch über den Kopf. »Ich, euer Diener Aliodor, rufe euch zusammen!« Eine Windbö blähte seinen Umhang. »Ich bitte euch, die Seele, die Stärke und das Herz dieser Gabe zu prüfen.« Wuchtig trieb er seinen Stab wie einen Speer in den Boden. »Das Gericht soll nun beginnen!« Im selben Moment schlug ein Blitz in der Nähe ein. Kurz danach krachte ohrenbetäubend ein Donner.

In Trance zog der Priester nun einen Dolch aus der ledernen Scheide an seiner Hüfte und hielt ihn über den Schädel des Kindes.

»*Bendis,* Göttin der Wälder und des Mondes, lass deine Magie, Weisheit und die Kraft der Mutter Erde in diesen Körper strömen.« Mit einer raschen Bewegung ritzte er die zarte Stirn des Säuglings. Zwei dünne Blutfäden liefen über die Schläfen in den steinernen Trichter.

»*Derzelas,* Gott der Lebenskraft und der männlichen Stärke, dir öffne ich jetzt das Herzenstor dieses Menschen. Schmecke sein Blut! Prüfe sein Herz!« Erneut blitzte die Schneide seines Dolchs. Mit einer präzisen Handbewegung ritzte er nun die Haut über dem Brustbein.

Der Regen spülte den Lebenssaft von dem winzigen Leib, der sich wütend gegen die Schmerzen und die Kälte aufbäumte.

Tränen mischten sich mit den Regentropfen auf dem Gesicht des Priesters. Dieses Kind hatte alle Prüfungen bestanden: Es hatte sie überlebt.

»*Kandaon,* Gott des Krieges, dein Sohn ist geboren. Nimm ihn in deine Armee!«

Aliodor hob das Neugeborene auf und hielt es mit gestreckten Armen hoch in die Luft.

»*Gebeleizis,* Gott aller Götter des *Kogayon,* hier bringe ich dir deinen Krieger Roxolan, Wächter des walachischen Throns und Behüter des walachischen Prinzen – Vladislav Basarab.«

TEIL 1

Im Zeichen des Ouroboros
1431

Kapitel 1

Nürnberg, 7. Februar 1431

Vladislav verlagerte sein Körpergewicht auf das linke Knie, da der stechende Schmerz im rechten bereits über die Hüfte bis in den Rücken strahlte. Jetzt drückte aber die Beule im steinernen Boden durch die dünnen Beinlinge auf die andere Kniescheibe. Seine Hände umklammerten das hölzerne Kreuz noch fester.

Credo in unum Deum,
Patrem omnipotentem,
factorem caeli et terrae,
visibilium omnium et invisibilium.

Der Tag der spirituellen Reinigung, der vor der Aufnahme als Ritter in den Drachenorden stand, hatte mit der Prim zur ersten Tagesstunde begonnen. Vor wenigen Augenblicken hatten die Glocken der Kirche von Sankt Sebaldus zur Terz geläutet. Aber das blasse Morgenlicht des Februartags erhellte nur die bunten Vitralien, ohne bis in das Kircheninnere vorzudringen.

Das Wetter passte zu seiner Stimmung, denn genauso trübselig fühlte Vladislav sich auch. Seit sechsunddreißig Jahren lebte er in der Verbannung am ungarischen Hof von König Sigismund. Weit weg von seiner Heimat und seiner Familie, die er in der Walachei zurückgelassen hatte. Sein Vater, Fürst Mircea Basarab, hatte im Jahr 1395 eingewilligt, sich von ihm zu trennen, und hatte ihn als politischen Garant des Vasallentums nach Buda in Ungarn geschickt. Er war damals fünf Jahre alt gewesen. Nur weil seine Mutter die Base Sigismunds war, hatte er in der Geiselhaft die Erziehung und die Privilegien eines Prinzen genossen.

Seither waren Jahrzehnte vergangen. Er hatte lange genug gewartet. Wenn alles nach Plan lief, würde er bald in sein Heimatland zurückkehren und nach dem Tod des Vaters und des älteren Bruders den Thron seiner Ahnen besteigen. Die morgige Investitur in der *Societas Draconis* würde für ihn nicht nur die Anerkennung seiner fürstlichen Herkunft sein, sondern auch der erste Schritt zur Krone.

Die feuchtkalte Luft in den Kirchengemäuern saugte ihm die Wärme aus dem Leib. Er hatte aufgegeben, gegen die Kälte anzukämpfen. Sein Körper zitterte unkontrolliert, während er das Kreuz betrachtete, von dem der Sohn Gottes leidend zu ihm herabblickte. Unter seinen genagelten Füßen flackerten die Flammen von einem Dutzend Stumpfkerzen – Licht, Wärme. Er schloss die Augen und stellte sich vor, dass er seine Hände schützend über eine der Kerzenflammen wölbte. Seine Muskeln entspannten sich, und das Zittern ließ nach.

Et in unum Dominum Jesum Christum,
Filium Dei unigenitum,
et ex Patre natum ante omnia saecula.
Deum de Deo, lumen de lumine …

Er nieste. Mit dem Ärmel wischte er seine Nase und zog den Rotz hoch. Bei dem Gedanken, dass er den Nachmittag und die Nacht noch vor sich hatte, schaute er sehnsüchtig zur Tür. Er wünschte sich auf sein Pferd, mit dem Schwert in der Hand und unter der Rüstung schwitzend, statt hier kniend im Büßerhemd zu frieren.

Ein Luftzug brachte die Kerzen auf dem Altar fast zum Erlöschen, und Vladislavs Nackenhaare sträubten sich. Er brauchte sich nicht einmal umzudrehen, denn er spürte, dass jemand in seine Richtung schlich. Egal, wer es war – die Person verbarg sich vor ihm. Lauter betete er weiter:

Deum verum de Deo vero,
genitum non factum,
consubstantialem Patri;
per quem omnia facta sunt.

Ehrfürchtig küsste er das Kreuz und stellte es dann auf dem Boden ab. Fieberhaft blickte er sich nach einem Gegenstand um, der ihm als Waffe dienen könnte. Erfolglos. Doch dann ertasteten seine Finger das Eisenkreuz, das an einer Lederschnur unter der groben Wolltunika um seinen Hals hing. Als er es über den Kopf streifte, blickte er unauffällig hinter sich. Nichts bewegte sich. Sicher war er sich dennoch nicht, denn das milchige Tageslicht reichte nicht bis in die Seitenschiffe, die im Schatten lagen, und dies erschwerte ihm die Sicht. Die Flammen der Kerzen flackerten erneut. Vladislav schloss die Augen und konzentrierte sich. Seine Sinne hatten ihn noch nie getäuscht. Er packte die lederne Kordel jetzt mit beiden Fäusten. Leichtes Rascheln, knirschender Staub, angehaltener Atem. Jetzt! Er sprang auf, drehte sich gleichzeitig um die eigene Achse, und schon lag die Schlinge um den Hals des Fremden.

»Im Namen Gottes, mein Sohn!«, röchelte der Priester, während er an der Schnur zerrte, die in seinen Kehlkopf schnitt.

»Verzeihung, ehrwürdiger Vater!« Vladislav erkannte den schwarz-weißen Dominikanerhabit und lockerte augenblicklich die Schlinge. Er fiel auf die Knie. »Ich habe Euch nicht erkannt.«

»Im Gotteshaus einen Mord begehen?«, schnaubte der Ordensmann. »Nur das Fegefeuer befreit dich von dieser Sünde, mein Sohn.«

»Ich bin ein treuer Diener und Krieger des Herrn. Es ist meine Pflicht, seinen Altar vor Räubern zu schützen. Jemand, der sich geräuschlos in die Kirche schleicht –«

»Über Gottesmänner«, unterbrach ihn schroff der Dominikaner, »urteilt nur der Allmächtige.«

Er streckte die Hand aus, Vladislav beugte sich darüber und küsste den Ring mit dem Lilienkreuz des gefürchteten Ordens. Dabei blickte er verstohlen hoch zu dem Dominikaner. Ihm gefiel nicht, dass dieser weiterhin sein Gesicht unter der Kapuze verbarg, während er selbst sich in dem Büßerhemd schutzlos fühlte.

Schlimmer als der eiskalte Boden unter seinen nackten Füßen schmerzte ihn die Wut auf sich selbst. Wieder hatte er unbeherrscht reagiert, und jetzt hatte er einen der *Domini Canes* am Hals. Nach dem Vorfall würde dieser ihm eine drakonische Buße auferlegen. Die Ordensbrüder predigten nicht mehr wie einst ihr Gründer Dominikus, sondern jagten wie die Bluthunde nach Ketzern und Hexen – alles im Namen der Kirche.

»Du sollst deine Seele von Sünde reinigen, mein Sohn! Ich bin hier, dir die Beichte abzunehmen. Lass uns zum Altar gehen.«

Der energische Schritt des Mönchs verriet Vladislav, dass dieser seine Zeit nicht nur mit Beten verbrachte. Irgendetwas an seinem Verhalten stimmte nicht. Trotz der Kälte roch er seinen eigenen säuerlichen Schweiß, der warm von den Achselhöhlen über die Rippen herablief. Er presste die Lippen zusammen und folgte dem Ordensmann achtsam und mit geballten Fäusten.

»Ehrwürdiger Vater«, sagte er, als sie den Altar erreichten, »ich habe zu Beginn des Reinigungsrituals beim Kaplan des Königs Sigismund gebeichtet. Seither bete und faste ich im Haus Gottes.«

Der Kirchenmann drehte sich um und zog dabei die Kapuze noch tiefer ins Gesicht. Nur sein glattrasiertes Kinn und die wohlgeformten Lippen waren zu sehen. Die runden, geblähten Wangen passten ganz und gar nicht zu der schneidenden Stimme.

»Kannst du auf das Kreuz schwören, mein Sohn, dass du morgen rein in Herz und Geist das Schwert des Drachenordens empfangen wirst?«

Vladislav wich einen Schritt zurück.

»Hast du dem Kaplan auch von deinem sündhaften Machthunger erzählt?«

»Was meint Ihr damit?«

»Ich spreche von deinem Streben nach der walachischen Krone.«

»Der Thron gehört mir! Es ist keine Sünde, das Vermächtnis meines Vaters zu ehren und es vor den Aasgeiern der Danen zu schützen.« Er presste die Faust auf die Brust und blickte den Dominikaner von oben herab an. »Ich bin der rechtmäßige Fürst nach Mirceas Tod.«

»Auch wenn dein Halbbruder Aldea dafür sterben muss?« Als der Kleriker nach vorne schritt, verrutschte die Kapuze, so dass sie sein Gesicht enthüllte.

Jetzt erkannte Vladislav die halbgeschlossenen Augen des Geistlichen. Nur ein einziger Mensch verbarg auf diese Art seinen Blick. Warum hatte er ihn nicht früher erkannt? Blitzschnell stürzte er sich auf den Mann und warf ihn zu Boden.

»Verdammter Pfaffe, was weißt du von meinem Bruder?« Er schloss erbarmungslos seine Hände um die Kehle des Priesters, bis dessen Mund sich öffnete und kleine Kieselsteine herausfielen.

Bei diesem Anblick rollte Vladislav sich zur Seite und fing an, schallend zu lachen. Als er sich wieder beruhigte, kniete er sich neben sein Opfer und half ihm, sich aufzurichten. Der enttarnte Gottesmann rang noch nach Luft, während er den Kragen des schwarzen Umhangs lockerte.

»Das Kunststück mit den Steinchen kannte ich nicht. Dass

du deine Stimme derart verstellen kannst, Roxolan, hätte ich nicht erwartet.«

»Verdammt, Vlas! Du hast mich fast umgebracht.« Er rieb sich den Hals.

»Das ist die Strafe für das Knien vor dir, Gefährte.« Vladislav schlug ihn leicht mit der Faust auf die Schulter.

»Wie du den Ring geküsst hast, hat mir noch besser gefallen«, gab Roxolan zurück. Sein Lachen ließ die weißen Zähne blitzen. »Was hat mich jetzt verraten? Meinen roten Bart habe ich heute zum ersten Mal abrasiert.«

»Deine Augen. Du bist der Einzige, der seine Augenfarbe verbirgt.«

»Dich hat Gott auch nicht mit einem grünen und einem braunen Auge verunstaltet.«

»Komm, Rox, steh auf und erzähl mir, was du von Aldea weißt.« Er streckte die Hand aus, um ihm aufzuhelfen.

»Wann haben wir uns zum letzten Mal gesehen, Vlas? Du hast dir inzwischen einen Schnurrbart wachsen lassen … und dein Haar ist an den Schläfen grauer geworden.« Er tätschelte seinem Freund die Wange. »Und deine Gesichtszüge sind so kantig wie die eines derben Söldners.« Er lachte. »Hat dich das Leben an Sigismunds Hof derart strapaziert?«

»Schwätz nicht wie eine Vettel. Berichte mir lieber!«

Roxolan betrachtete aufmerksam seine Fingernägel und pfiff ein Lied vor sich hin.

»Bist du hier, um mich auf die Folter zu spannen? Oder hast du dich an einem Steinchen verschluckt? Was ist mit Aldea? Lebt mein Halbbruder nicht mehr?«

»Er wohl, doch dein Cousin, der Fürst Dan, hat diese Welt verlassen.«

»Wann? Wie?«

»Er wurde ermordet.«

»Heißt das, der Weg zur Herrschaft ist jetzt für mich frei?«

Aufgeregt fuhr er sich mit den Fingern wieder und wieder durch die Haare.

»Leider nicht. Dein Brüderchen war schneller als du. Er sitzt in diesem Augenblick statt deiner auf dem Thron.«

»Das kann nicht sein! Aldea besitzt keine Macht, keine Armee. Und er ist zu jung! So etwas konnte er doch nicht ohne Waffengewalt schaffen.«

»Nicht nur er wusste, was wir planten, sondern auch der einflussreiche Bojar Albu. Dieser hat ihn zum Fürsten ernannt und sich selbst als Mitregenten bestimmt. Es ist klar, dass Albu der tatsächliche Herrscher sein wird, denn nicht umsonst hat er dem Sultan Murad Säcke voll Goldgulden für die Ernennung deines Bruders bezahlt.«

»Meinst du Albu Toxaba?«

»Ja, genau den.«

»Weiß Sigismund von diesem Thronwechsel in der Walachei?«

»Er noch nicht, aber der polnische König Jagiello. Soviel ich weiß, hat er sich Dan Basarabs Söhne, Rodislav, Dan und Laiota, an seinen Hof nach Polen geholt. Ich vermute, der alte Monarch plant, deinen Bruder durch einen von ihnen zu ersetzen, um damit seinen politischen Einfluss im Süden der Karpaten zu festigen.«

Vladislav verschränkte die Arme vor der Brust. »Ich kann es immer noch nicht glauben. Aldea sollte die Adelsfamilien auf unsere Seite ziehen und meine Ankunft in Targoviste vorbereiten. Wie konnte er mich derart verraten?«

»Nicht alle Bojaren heißen diesen Machtwechsel gut. Die Walachei blutet unter dem immensen Tribut und der Herrschaft deines Bruders und Albus.« Rox packte seinen Freund an den Schultern und zwang ihn, ihm in die Augen zu blicken. »Es gibt eine einzige Änderung des Plans: Statt deinen Vetter Dan werden wir nun Aldea beseitigen. Eine Gruppe walachischer Edelleute und Ritter haben mich nach Nürnberg begleitet. Sie werden heute Abend von Sigismund empfangen. Sie wollen über deine Rückkehr verhandeln.«

»Wer führt sie?«

»Der Gelehrte Dragomir.«

Das plötzliche Flackern der Kerzen, das sich in Roxolans Augen spiegelte, beunruhigte Vladislav. Mit einer leichten Kopfbewegung deutete er nach links zum nördlichen Seitenportal. Sein Freund nickte knapp und zog sich rasch die Kapuze wieder ins Gesicht.

»Knie nieder, mein Sohn, und bete.«

»Rox«, flüsterte Vlas, »hat dich jemand verfolgt?« Er faltete die Hände und betete: »Erbarme dich meiner, o Herr …«

Im Westchor quietschte die Tür des Portals.

»Ego te absolvo a peccatis tuis, in nomine patris et filii et spiritus sancti.« Während Roxolan hastig das Kreuz schlug, fügte er flüsternd hinzu: »Wir sehen uns morgen, Ritter des Drachenordens.«

»Amen.«

Vladislav schaute seinem Freund hinterher, der lautlos im dämmrigen Seitenschiff verschwand. In seiner Rechten blitzte kurz der Dolch auf.

Kapitel 2

Nürnberg, 7. Februar 1431

János Hunyadi zog die Zügel an. Die gefrorenen Lederriemen bogen sich nicht in seinen Händen. Anzuhalten war keine gute Idee, denn ein neuer Schneesturm kündigte sich von Westen her an. Er gab dem Kampfpferd die Sporen. Die angespannten Muskeln des Tieres bewegten sich an seinen Schenkeln wie lebendige Schlangen, als die mit Eisen beschlagenen Hufe auf den von Karrenrädern gegrabenen Rillen immer wieder ins Rutschen gerieten. Mühsam gelang es dem Ritter und seinem Pferd dennoch, sich den Weg durch die Gassen von Nürnberg zu bahnen. Der Schimmel schnaubte und wieherte ungeduldig, und sein Atem ließ kleine Eisklumpen am Zaumzeug entstehen.

»Ho, ruhig, Orion!« Der Reiter tätschelte den Hals des Tieres. »Bald sind wir da!« Von der Anhöhe schaute er über die fränkische Stadt.

Die bleiernen Wolken schienen sich auf die Rauchsäulen zu stützen, die von den Hausdächern emporstiegen. Deren Geruch entfachte in ihm das Verlangen nach einem Platz vor einem lodernden Kaminfeuer und einer warmen Mahlzeit. Seit Morgengrauen hatte er nichts mehr gegessen. Sein Blick wanderte von den zwei Türmen der Lorenzkirche nach links quer über den Markt. Dort stand, aus Stein erbaut, das Haus des reichsten Patriziers der Stadt: Ulrich Ortlieb.

Instinktiv tastete János unter dem mit Pelz gefütterten Mantel nach der Einladung des Königs Sigismund von Luxemburg. Der Monarch hatte ihn zur Versammlung des Reichstags nach Nürnberg bestellt. Seine Kriegserfahrung gegen die Osmanen, die er in Diensten des Despoten Stephan Lazarewitsch gemacht hatte, war gefragt. Nun, diesmal standen die Hussiten im Mittelpunkt des Interesses. Warum musste dann ausgerechnet er dabei sein? Auch wenn er vor zehn Jahren gegen sie gekämpft hatte, gab es doch andere, die von hoher Geburt waren und mehr Einfluss auf den König hatten. Er war nur ein einfacher Ritter. Die Einladung nach Nürnberg erfreute ihn jedoch auch deshalb, weil vor diesem politischen Ereignis noch die Aufnahmezeremonie seines Freundes Vladislav in den Orden der Drachenritter stattfand. Und bei diesem Geschehnis wollte er auf jeden Fall dabei sein. Schließlich waren sie Waffenbrüder.

Vor drei Wochen hatte er seine Hunyaden-Burg in Transsylvanien verlassen. Schneestürme hatten ihn und seine Gefolgschaft unterwegs immer wieder gezwungen, längere Zeit auf bessere Reisebedingungen zu warten. In Böhmen waren sie von Wegelagerern bestürmt worden, die sie aber nach einem erbitterten Kampf in die Flucht geschlagen hatten. Nicht ohne Verluste allerdings, denn vier seiner Landsknechte hatten in dem Gefecht ihr Leben lassen müssen. Um rechtzeitig anzukommen, hatte János am Tag zuvor entschieden, allein nach Nürnberg zu reiten.

Das hatte er geschafft. Vor ihm lag nur noch der Weg bis zum Patrizieranwesen, wo er während seines Aufenthalts dort Unterkunft fand. Handwerker und Kaufleute, Ritter und Dienstboten, Händler und Bettler drängten sich in den Gassen; Geschrei, Hundegebell und das Wiehern der Pferde verwandelten die fränkische Reichsstadt trotz der winterlichen Kälte in einen Hexenkessel.

»Aus dem Weg!«, schrie er. »Macht Platz!« Eine junge Magd, die zwei mächtige Körbe aus Weidengeflecht trug, sprang zur Seite. Hunyadi presste die Knie in die Flanken des Hengstes und drang in die Masse aus Leibern vor. Da griff eine Hand nach seinem linken Bein und klammerte sich an den Stiefel.

»Habt Erbarmen, edler Herr, mit einem alten Krieger, der gegen die ketzerischen Hussiten gekämpft hat und jetzt als Krüppel Hunger leidet.« Wässrige Augen blickten hündisch zu ihm auf. »Seit Tagen knurrt mir der Bauch. Habt Mitleid mit einem Christenmenschen.«

Unterwürfig hinkte die hagere, in Lumpen gehüllte Gestalt neben dem tänzelnden Ross. Narben und Pusteln übersäten das Gesicht, und eine graue Mähne hing wirr um den dürren Hals. Einen Arm, der in einem vernarbten Stumpf endete, hielt er um Mitleid heischend in die Höhe.

»Wage es nicht, mich anzufassen, du elender Hund! Und dich auch noch Christ zu nennen!« Mit einem Hieb stieß János ihn zu Boden. »Nur einem Dieb hackt man die rechte Hand ab. Wegen Betrugs sollte ich dich auspeitschen und aus der Stadt werfen lassen.«

Auf der gefrorenen Erde kriechend, jammerte und schluchzte der Mittellose: »Seid gnädig, edler Herr, und hört nicht, was ein Wurm wie ich sagt. Unwürdig sind meine Worte für Eure Ohren. Gott beschütze Euch!«

Hunyadi gab seinem Hengst die Sporen und ritt eilig davon. Aber kurz darauf zügelte er das Pferd und schaute zurück zu dem Bettler. Überrascht sah er, wie dieser von einem stattlichen Söldner emporgehievt wurde und sich gestikulierend mit ihm unterhielt. Eine Windbö aus ihrer Richtung trug dem Ritter Wortfetzen aus dem Gespräch zu. Der letzte Satz, bevor die beiden zusammen in einer Seitengasse verschwanden, verwirrte ihn: »Und? Ist er unser Mann?«

Was soll das wohl heißen? János schüttelte den Kopf. Nach den Strapazen der langen Reise witterte er überall Gefahr. Außer dem König und Ulrich Ortlieb wusste niemand von seiner Ankunft in Nürnberg. Er blickte nach oben. Dicke

Schneeflocken wirbelten durch die Luft. »Noch mehr Schnee«, murmelte er. Entschlossen gab er seinem Pferd wieder die Sporen und lenkte den Schimmel zum Haus des Patriziers.

Dort angekommen, schlug er mit der Faust gegen das verriegelte Tor. Niemand öffnete. Ungeduldig hämmerte er erneut dagegen, diesmal mit dem Knauf seines Schwertes.

»Martin, du Taugenichts, hörst du nicht?« Hunyadi vernahm eine schrille, weibliche Stimme hinter dem Tor. »Wenn wieder ein Zerlumpter um Almosen bettelt, zeig ihm, wo die Kirche ist!«

»Ja, ja, ich bin schon da!«, antwortete ein Junge, während er einen Torflügel zur Seite schob.

Durch das Wirbeln der Schneeflocken erblickte János den Knecht, der eine Fackel hielt und ihn musterte.

»Schau nicht so entgeistert, Bursche. Mach mir den Weg frei und künde deinem Herrn meine Ankunft. Er erwartet mich.«

»Mit Verlaub, aber …«

»Ich habe keine Zeit zu verlieren. Los, beweg dich! Statt mich anzustarren, zeig mir lieber, wo ich Ulrich Ortlieb finde.«

»Mein Herr ist mit seinem Bruder Hans zum Rathaus geritten. Von einem hohen Besuch wissen wir hier auf dem Hof nichts.«

Hunyadi beugte sich aus dem Sattel, packte den Stallknecht beim Kittel und zerrte ihn in die Luft. »Was sagst du? Soll ich etwa lügen?«

Der Junge blickte ängstlich um sich und seufzte dann erleichtert, als sich hinter ihm eine Stimme einmischte.

»Martin, was geht hier vor? Ich bitte Euch, Herr, lasst den Burschen los. Ich bin der Verwalter des Hauses.«

Unvermittelt ließ der Edelmann den Knecht zu Boden fallen. »Dieser Diener verwehrt einem Ritter des Königs Sigismund den Eintritt«, antwortete János an seiner Stelle. »Ich heiße Hunyadi und werde von Ulrich Ortlieb erwartet. Vor einer Woche habe ich einen Boten mit einem Brief hierher entsandt, in dem ich meinen Besuch ankündige.«

Der Gutsverwalter und der Stallknecht schauten sich überrascht an. »Verzeihung, edler Herr«, sagte der Ältere, »aber Euer Kurier ist nicht angekommen.«

János stützte sich auf den Sattelknauf und richtete sich auf. Womöglich war der Bote Opfer eines Überfalls geworden, dachte er. Aber immerhin war der Mann ein erfahrener Kämpfer aus seiner Söldnertruppe, die ihn im Krieg gegen die Hussiten begleitet hatte.

Der Verwalter hüstelte verlegen, um die Aufmerksamkeit auf sich zu ziehen. »Ich werde einen Hausdiener zum Rathaus schicken, um unseren Herrn über Eure Ankunft in Kenntnis zu setzen. So lange –«

»Nicht nötig!«, unterbrach ihn der Ritter. »Ich reite zu ihm.«

Brüsk zog er die Zügel an. Das Pferd stellte sich auf die Hinterbeine, warf den Kopf nach oben, drehte sich und galoppierte davon.

Mühevoll überquerte János die Pegnitz an der Fleischerbrücke. Trotz Kälte und Dunkelheit wimmelte es in den Gassen immer noch von Bediensteten, Kurieren, Händlern, Gauklern und Spielleuten. Die mit Teppichen, Proviant oder Holz beladenen Karren rollten in Richtung Burg, und leer kehrten sie danach zurück in die Höfe der reichen Franken.

Seit Tagen reisten in der fränkischen Stadt die Könige und Fürsten an, zusammen mit hoch angesehenen Adelsfamilien aus ganz Europa. Sie alle wollten an der Investiturzeremonie teilnehmen, wenn der walachische Ritter in Sigismunds Drachenorden aufgenommen würde. So eine Zeremonie war stets von Turnieren und Festen begleitet, und so rieben sich die Nürnberger frohlockend die Hände angesichts der bevorstehenden guten Geschäfte.

Wegen des Reichstags kamen außerdem noch die Kurfürsten, Bischöfe und Gesandte der Reichsstände nach Nürnberg. Es gab in der ganzen Stadt kein freies Nachtlager mehr. Die Wirte suchten sich jetzt nur noch die reichsten Gäste aus.

Als die Glocken zur Vespermesse läuteten, erblickte János endlich die Kirchtürme von Sankt Sebaldus. Um schneller zum Rathaus zu gelangen, bog er nach rechts in die Gasse der Weinhändler ab. Dort aber versperrten zwei Knechte den Weg, die eine Handkarre mit einem riesigen Weinfass zogen, welche in den gefrorenen Schlammrillen feststeckte. Von hinten stemmte sich ein Dritter mit dem Rücken gegen die Karre. Seine Füße fanden keinen Halt, und er rutschte immer wieder aus. Schweiß tropfte von seiner Stirn, und an seinem Hals schwollen die Adern.

»He, ihr da! Schiebt euren Karren zur Seite und macht Platz.« János trieb sein Ross dicht an die kleine Gruppe heran und achtete darauf, dass das ausgebildete Kampfpferd die Knechte nicht zertrampelte.

»Nicht so hastig, edler Herr.« Aus dem Torbogen, der zum Innenhof des Weinhändlers führte, trat ein stattlicher Mann. Entschlossen griff er nach der Trense und hielt den Schimmel fest.

János erkannte in ihm den Söldner, der sich mit dem verkrüppelten Bettler vor der Lorenzkirche unterhalten hatte. Hinter ihm erschienen weitere Männer, die Fackeln trugen.

»Diese kräftigen Burschen«, sagte der Fremde scherzhaft, »bringen erlesene Tropfen zur Burg, für die feinen Gaumen der hohen Herrschaften. Seid bitte so gnädig und entbietet uns Euren Schutz für den Weg dorthin.«

Die Knechte ließen von der Handkarre ab und umkreisten

den Reiter. In ihren Händen blitzten plötzlich kurze, breite Schwerter auf.

»Wollt ihr Halunken einen Ritter Seiner Majestät berauben?« János betrachtete schmunzelnd den Haufen, der ihn umringte.

Der Stämmige grinste. Der Mantel klaffte über seinem mächtigen Bauch und entblößte einen ledernen Schwertgürtel, an dem seine Waffe hing.

»Darf ich mich vorstellen?« Übertrieben höflich lüftete er seinen Hut und verneigte sich tief. »Stanibor, Freiherr von Heldenhausen, in Diensten Seiner Majestät, des Königs von Polen.« Er senkte den Kopf, ohne jedoch den Blick von dem Reiter zu lassen oder die Trense freizugeben. Dabei rülpste er laut, was die Knechte zum Lachen brachte.

Bei der Erwähnung des polnischen Monarchen griff János nach dem Schwertknauf.

Der dicke Haudegen zog augenblicklich seinen Säbel und zielte damit auf den Bauch des Ritters. »Lass es lieber stecken, Freundchen!«

»Was willst du?«

»Mein Gefolge und meine Wenigkeit bitten Euch, uns zu folgen. Wir wollen uns vergewissern, dass Ihr die Einladung des Königs auf die Burg auch annehmt. Seine Majestät erwartet Euch im Haus des Burgmanns.«

»Unmöglich! Jagiello weiß gar nicht, dass ich in der Stadt bin.«

»Gewiss doch weiß er es! Ihr habt ihm selbst Eure Anreise kundgetan.« Der Söldner zog unter seinem Mantel ein zerknittertes Schriftstück hervor. »Oder war dieses Schreiben nicht für meinen König bestimmt?«

Der Ritter erkannte das gebrochene Siegel an dem Brief, der für Ulrich Ortlieb bestimmt gewesen war. »Was ist mit meinem Boten passiert?«, fragte er mit gepresster Stimme.

»Euer Mann war ein mutiger Kämpfer, aber nicht schlau genug. Er wäre noch am Leben, hätte er nicht geglaubt, uns bezwingen zu können.«

Der polnische Haudegen berührte mit der Schwertspitze den Bauch des Reiters, seine Kumpane drängten sich noch näher um das Pferd. »Und ich hoffe, Ihr werdet nicht denselben Fehler begehen, edler Herr.«

János nickte.

Stanibor pfiff kurz und schrie: »He, Guni, bring uns die Gäule!«

Aus dem Innenhof des Weinhändlers hörte man Hufgeklapper, dann trat der zerlumpte Bettler durch den hölzernen Torbogen.

Kapitel 3

János Hunyadi blickte um sich und wunderte sich über die Behaglichkeit des Burgmannshauses. Der Raum, obgleich nur spärlich mit Möbeln ausgestattet, diente dem Ministerialen gleichermaßen zum Arbeiten wie zum Wohnen. Man hatte ungewöhnlich viele Kohlbecken in der Stube aufgestellt sowie ein halbes Dutzend brennender Stumpfkerzen. Wurde dieser Aufwand wegen des hohen Gastes betrieben? Nicht jeden Tag weilte ein König bei einem Burgmann. János freute sich über die Wärme, denn der Schneesturm, der draußen inzwischen tobte, pfiff laut durch die Fensterläden.

Die Dreistigkeit Jagiellos, ihn in eine Falle zu locken, um ihn so zu einem heimlichen Treffen zu zwingen, hatte ihn nicht nur verblüfft, sondern auch mit Neugier erfüllt. Jetzt wusste er, was dieser von ihm erwartete. Aber das, was der polnische Monarch von ihm verlangte, übertraf seine kühnsten Vorstellungen. Er brauchte Zeit zum Nachdenken. Fieberhaft suchte er nach einer Lösung, wie er sich aus dieser Intrige befreien könnte.

Der pfeifende Atem Jagiellos riss ihn aus seinen Gedanken. János wandte sich um. An dem grob gezimmerten Tisch in der Raummitte saß der König in einem Lehnstuhl. Die Glut in den Kohlebecken neben ihm spendete nicht nur Wärme, sondern hüllte ihn und sein Gewand in einen rötlichen Schein.

»Ich warte immer noch auf eine Antwort, Hunyadi!«

»Wie stellt Seine Majestät sich das vor? Wie könnte ich Basarabs Aufnahme in den Orden denn verhindern? Sigismund wird mir nicht glauben, egal, was ich ihm auftische. Er weiß, dass Vladislav mein Freund und Schwertbruder ist.«

»Das ist Eure Aufgabe. Einzelheiten, wie Ihr das anstellt, interessieren mich nicht.«

»Ah ja, Seine Majestät hat schon vor zehn Jahren versucht, ihn an den Henker auszuliefern. Welcher von den beiden Grafen Ujvár war damals Euer Handlanger? Martin oder Georg?«

Jagiello wärmte die Hände an der Flamme einer der Kerzen, die auf dem Tisch brannten. Das Licht, das zwischen den knorrigen Fingern hindurchsickerte, warf tanzende Schatten auf sein Gesicht, das mit seiner faltigen Haut wie ein geschrumpfter Pilz aussah. *Und das sollte ein König sein?* Schütteres Haar lag um die hohlen Wangen, Speichel troff aus dem zahnlosen Mund. Aber als János den agilen Blick bemerkte, mit dem Jagiello ihn beobachtete, wusste er, warum der Pole so gefürchtet war. Nichts entging ihm: keine Bewegung, keine Gemütsregung. Ja, selbst seine Gedanken nicht.

»Diese hirnlosen Ochsen«, nuschelte der König, »die sind gut auf dem Schlachtfeld, um die Hussiten oder Osmanen zu töten. Für diplomatische Angelegenheiten reicht ihr Verstand nicht aus.«

Der hochbetagte Monarch, der an die achtzig Jahre zählte, hustete, bis er keine Luft mehr bekam. Dann spie er gelblichen Schleim auf den hölzernen Zimmerboden. Mit einer Handbewegung winkte er seinen Gast zu sich.

János beugte sich vor, um den König besser verstehen zu können. Dabei wandte er den Kopf ab, um dem säuerlichen Gestank zu entgehen, der aus dem Mund des Alten strömte.

»Schau mich an, Hunyadi! Ja, ich merke schon, du ekelst dich von mir, nicht wahr?« Er lächelte. »Ich stinke und bin zu alt, um meine Lanzenreiter auf das Schlachtfeld zu führen. Aber was ich hier mit Euch bespreche, ist auch Krieg. Und Ihr werdet mein Schwertarm sein.«

Der Edelmann wischte sich den Speichel des Königs vom Gesicht und blickte ihm in die Augen. Was wollte dieser Intrigant nur?

»Ich verstehe Eure Majestät nicht. Fühlt Ihr Euch von Basarab bedroht? Als zukünftiger Ritter des Drachenordens ist Vladislav ein Diener Gottes. Genau wie Ihr.«

»Wollt Ihr oder könnt Ihr es nicht sehen? Merkt Ihr nicht, dass dieser Orden allein dem Luxemburger nützt? Diese Horde von edlen Kriegern und gekrönten Häuptern ist zu seiner Leibgarde geworden. Das hat mit dem Christentum nichts mehr zu tun. Erspürt es doch! Es geht nicht nur um den Walachen, sondern um die Herrschaft Eures Königs in Europa. Je mehr Ritter in den Orden aufgenommen werden, desto stärker wächst seine Macht.«

János war nicht der Einzige, der von dem Zwist zwischen den beiden Königen wusste. Seit Sigismund vor fast zwanzig Jahren riesige Bergbaureviere in den Karpaten an Polen hatte abtreten müssen, bestand das Zerwürfnis zwischen ihnen. Aber welche Rolle spielten er oder sein Freund Vlas in diesen Plänen? Er beschloss, weiter den Ahnungslosen zu spielen, um weiteres Wissen zu sammeln.

»Der Drachenorden dient, wie Ihr wisst, keinem Monarchen. Alle seine Mitglieder haben denselben Schwur geleistet: die Kirche vor den Heiden zu schützen, für das Kreuz und den christlichen Glauben zu sterben. Ihr seid doch selbst ein Drachenritter.«

Jagiello lachte. »Ihr glaubt wahrhaftig an diese Sagen der Minnesänger? Morgen, mein lieber Hunyadi, wird Euer Freund nicht nur in den höchsten Kreis der *Societas Draconis* aufgenommen. Nein, das wird für ihn nicht genug sein! Morgen erhält er von Sigismund auch den Thron seines Vaters. Damit festigt der Luxemburger seine Position an der Donau und sorgt dafür, dass Ungarn über zollfreie Handelswege durch die Walachei verfügt.«

Gespielt gelangweilt drehte sich János zum Tisch und griff nach der Weinkaraffe. »Wünscht Seine Majestät ein wenig Würzwein?«

»Ihr vertraut mir nicht!«

»Warum sollte Sigismund den jetzigen Regenten durch Vladislav ersetzen? Dan ist ein erbitterter Feind der Osmanen.«

»Ein Toter kann niemandem mehr nützen. Der neue Fürst in Targoviste heißt heute Aldea, und er ist des Sultans Ergebener.«

»Was?«

»Einer meiner Männer konnte in der Kirche Sankt Sebaldus ein heimliches Gespräch zwischen Eurem Schwertbruder und seinem Handlager, dieser Kreatur Roxolan, belauschen. Walachische Bojaren verhandeln in diesem Augenblick im Namen Eures Freundes mit Eurem König.«

János trank den Wein aus und stellte den Becher auf den Tisch. »Jetzt verstehe ich. Ich weiß, dass Dan nicht nur ein Feind der Osmanen war, sondern auch ein Befürworter Eurer Politik gegen Sigismund. Durch seinen Tod habt Ihr Euren Getreuen in der Walachei verloren, und nun versucht Ihr, mich für Eure Machenschaften zu benutzen.«

»Nein, das tue ich nicht, Hunyadi, denn Ihr werdet freiwillig für mich gegen Vladislav kämpfen. Schaut mich nicht so an!« Er hob mahnend den Finger. »Das Feuer des Hasses wird sich in Euch auch ohne meine – nennen wir es: Unterstützung – entfachen. Was sage ich?«, kicherte der König. »Lodern wird es und Eure Seele in ein Häufchen Asche verwandeln.«

»Ich habe Euch längst durchschaut!« Der Ritter verschränkte die Arme vor der Brust und stellte sich breitbeinig vor den Alten. »Es geht nicht um mich oder um die Macht der *Societas Draconis,* Majestät. Euch interessieren nur die Schätze der Fürstentümer Moldau und Walachei mit ihren Häfen an der Donau und am Schwarzen Meer. Bedauerlicherweise wollen Sigismund und die Osmanen genau das Gleiche. Nun hat Dans Tod Euren Kampf um Einfluss im Süden gestört, so dass Ihr Euren Plan ändern müsst. Wenn Ihr meine Hilfe braucht, dann will ich alles wissen! Zuerst: Wer hat Dan getötet?«

Jagiello stützte sich an der Tischkante ab und erhob sich. János bemerkte, dass der König ihn trotz seines gekrümmten Rückens überragte.

»Alexandru von Moldau«, antwortete er. »Dan war ein erbitterter Feind der Osmanen, ja, aber auch mein heimlichen Vertrauter. Als der moldauische Fürst dies erfuhr, setzte er Aldea auf den Thron in der Hoffnung, in ihm einen Verbündeten sowohl gegen mich als auch gegen den Halbmond zu finden. In diesem Fall hat er sich jedoch geirrt. Diese walachische Natter wollte sich nicht von ihm beeinflussen lassen und ist stattdessen, unterstützt von dem Bojaren Albu, zu Murad gelaufen.«

»Jetzt verstehe ich alle Zusammenhänge! Und auch, warum ich Vladislavs Aufnahme in den Drachenorden verhindern soll. Da mein Freund vor sechs Jahren Alexandrus Tochter Vasilissa geheiratet hat, bekommt der Schwiegervater seinen Schwiegersohn als Alliierten in der Walachei und Sigismund seinen neuen Drachenritter dort als treuen Vasallen. Schade nur, dass Ihr, Eure Majestät, heraus seid aus diesem Machtspiel. Nicht wahr?«

»Bravo!« Der König klatschte in die Hände. »Ihr seid nicht nur so tapfer, wie ich es gehört habe, sondern auch ein brillanter Stratege!« Sein Blick trübte sich. Auf einmal wirkte er nicht mehr selbstherrlich, sondern zerbrechlich, ja sogar unsicher. Er fiel zurück auf den Stuhl. »Ich werde bald vor das Antlitz unseres Herrn treten …« Der König rang erneut nach Luft, verschluckte sich dabei und fing wieder an zu husten. Es dauerte eine Weile, bis er sich beruhigt hatte und das Wort von neuem ergriff. »Reichtümer, Macht und Ruhm, all das brauche ich nicht mehr. Ich tue es für meine Söhne, Wladyslaw und Kasimir Jagiello. Meine Nachfolger brauchen Männer wie Euch. Kämpft an unserer Seite, Hunyadi! Ihr werdet es nicht bereuen, denn wir Jagellonen wissen uns erkenntlich zu zeigen.«

»Hingabe, Gerechtigkeit, Tapferkeit – das sind die Tugenden, für die ich sterbe. Für Intrigen oder Verrat habt Ihr Euch den falschen Mann ausgesucht.«

János griff nach Hut und Mantel. Zum Abschied verbeugte er sich höflich vor dem Monarchen: »Lebt wohl, Eure Majestät!« Ohne ein Abschiedswort abzuwarten, wandte er sich ab.

Bevor er den Raum verließ, hörte er noch einmal die schneidende Stimme des Königs. »Lauft doch! Haut doch ab!«, rief dieser hinter ihm. »Ihr Bastarde haltet zusammen wie die Hunde eines Rudels.«

Die Hand des Ritters umschloss den eisernen Türgriff fester, und das Blut schoss ihm ins Gesicht. Er blieb stehen und blickte über die Schulter zurück. »Wen meint Ihr, Majestät?«

»Gibt es noch jemanden in dieser Kammer außer uns, Hunyadi? Oder soll ich Euch besser János von Luxemburg nennen?«

»Was sagt Ihr da?«

»Eure Mutter hat nicht so empfindlich auf die Schmeicheleien eines Königs reagiert. Sie hat gern für ihn die Beine gespreizt.« Jagiello grinste hämisch und starrte ihn herausfordernd an.

»Hütet Eure Zunge, Eure Majestät!«

»Wieso? Freut Euch doch: Ihr seid Sigismunds Bastard.«

János kehrte um, tat ein paar schnelle Schritte und packte den Alten am Kragen. »Ihr lügt!« Er schüttelte ihn wütend, wie im Rausch. »Mein Vater ist Wojk Corvinus Hunyadi.«

»Wer wollt Ihr sein?«, provozierte der König weiter. »Der Sohn eines zum katholischen Glauben konvertierten Walachen – oder ein Luxemburger, der morgen in allen Ehren in den höchsten Kreis der *Societas* aufgenommen werden sollte? Euch steht diese Ehrung zu und nicht Vladislav …«

»Haltet den Mund!«

Die Tür flog auf. Eine Hand in gepanzertem Handschuh umklammerte von hinten den Hals des Ritters, und die Spitze eines Dolchs durchbohrte bereits seine Kleider.

Befreit und erschöpft fiel Jagiello zurück auf seinen Stuhl. Auch wenn er nach Luft rang, glänzten seine Augen doch sehr zufrieden.

»Hat er Euch ein Leid getan, Eure Majestät?«

»Nein, Stanibor.«

»Soll ich diesen Hurensohn umbringen?«

»Lass ihn laufen. Wir brauchen ihn lebend.«

Kapitel 4

Nürnberg, 8. Februar 1431

Der Rauch der Kerzen und Fackeln verschmolz mit dem Flüstern der Anwesenden in Sankt Sebaldus.

János drängte sich in der Kirche ganz nach vorn und schob, den Farben seines Wappenrocks nach zu urteilen, einen burgundischen Edelmann zur Seite. So erkämpfte er sich einen Platz in der ersten Reihe. Wenn er auf seinem Schlachtross saß, fiel seine geringe Körpergröße nicht auf, hier aber, inmitten der Zuschauer, musste er den Blick nach oben richten und sich dabei auf die Zehenspitzen stellen.

Ihm gegenüber, auf der Südseite des Kirchenschiffs, sammelten sich die Kleriker, wo er in den Reihen der Prälaten die Habite der Dominikaner erkannte. Diejenigen niederen Ranges standen nahe dem Eingang beim Hauptportal, so dass neben dem Altar die Kurfürsten und Erzbischöfe zu sehen waren.

Auf János' Seite ordneten sich nach ihrer Stellung die Herzöge, Grafen, Freiherren und weitere Adelige.

Nur eine einzige Person befand sich in dem leeren Durchgang zwischen den beiden Reihen: Vladislav Basarab.

Aus der geringen Entfernung betrachtete János seinen Freund. Nur in ein Büßerhemd gekleidet, lag er auf dem steinernen Boden, mit dem Gesicht nach unten, die Arme seitlich ausgestreckt. Das Beben seines Körpers war nicht zu übersehen. Eine Linie von vierundzwanzig im Halbkreis aufgestellten leeren Stühlen trennte ihn von dem Altar. In ihrer Mitte, auf einem Podest, stand ein mit Verzierungen reichlich geschmückter Sessel mit hoher Rückenlehne. Es war der Platz der Ordensgründer.

Die Kirchenglocken erklangen. Kein Flüstern, kein Stoffrascheln und kein Waffenklirren waren mehr zu hören.

Die Flügel des Hauptportals öffneten sich, und dreiundzwanzig Mitglieder des höchsten Ordenskreises der *Societas Draconis* schritten herein. An der Spitze der Prozession schwenkten zwei lautlos betende Priester ihre Weihrauchgefäße.

Inmitten der Rauchschwaden erkannte János dann Sigismunds stattliche Gestalt. Die Pagen hinter ihm trugen die Banner mit den Wappen der Königshäuser von Ungarn, Böhmen, Kroatien und des römisch-deutschen Königreichs. Nach Sigismund kamen Alfons, König von Aragon und Neapel, der serbische Despot Georg Brankowitsch und andere gekrönte Häupter oder deren Söhne. Als Jagiello an János vorüberschritt, lächelte er ihn vielsagend an.

»Es scheint, als hättest du die Aufmerksamkeit eines der mächtigsten Monarchen Europas auf dich gezogen.«

Erschrocken blickte János in die Richtung, aus der die Stimme kam. Weißer Mantel mit schwarzem Kreuz und ein fein gestutzter Bart? Er erkannte seinen alten Freund Klaus von Redwitz.

»Klaus! Was machst du denn hier? Ich dachte, du seist im Banat geblieben!«

»Und ich war mir sicher, dass du noch gegen die Hussiten kämpfst«, konterte der Ritter des Deutschen Ordens. Erfreut streckte er János die Arme entgegen, und dieser erwiderte die Begrüßung.

»Ich freue mich für deinen Schwertbruder. Er ehrt das Andenken und die Heldentaten seines Vaters. Es wird Zeit, dass der rechtmäßige Herrscher in die Walachei zurückkehrt. Und mit ihm auch der Frieden.«

»Es geht weiter«, unterbrach ihn János Hunyadi. »Wir reden später.«

Von links und rechts schritten die Ankommenden an dem am Boden liegenden Ordensanwärter vorüber und hielten danach vor dem ihnen zugewiesenen Stuhl inne. Sigismund trat in die Mitte und erklomm das Podest. Die Pagen mit ihren Bannern stellten sich hinter ihre Herren. Nur diese bunten Flaggen wiesen auf die Herkunft der Mitglieder hin, kein Einziger trug eine Krone oder sonst ein Machtsymbol.

Der Anblick der Drachenritter war überwältigend. Über ihren Schultern lagen zwei Mäntel: der obere smaragdgrün und der untere in einem leuchtenden Blutrot. Um den Hals glänzte jeweils eine schwere Goldkette, an der das Symbol des Ordens prangte – der Ouroboros.

Sigismund nickte knapp, schob schwungvoll die Umhänge zur Seite und setzte sich. Die anderen folgten.

Der Monarch blickte über die Anwesenden hinweg, die ihm leicht gebeugt huldigten.

Ich bin sein Sohn, dachte János, während er aus dem Augenwinkel dies alles beobachtete. *In meinen Adern fließt königliches Blut, und ich beuge mich dennoch wie die Ministerialen oder wie diese heuchlerischen Pfaffen.* Nervös kaute er an seinem Schnurrbart.

Ein Stoß in die Rippen riss ihn aus seinen Gedanken. »Ob Vladislav wieder aufstehen wird? Schau, wie er zittert. Es ist schlimmer, so zu liegen, als mit dem blanken Schwert den Feinden entgegenzustürmen.«

»Hast du etwa vergessen, wie es bei deiner Aufnahme in den Deutschen Orden war?«

»Genau das meine ich, mein Guter: Ich weiß, wie er sich fühlt.«

Aus der Reihe der Prälaten trat ein Kirchenfürst im Kardinalsornat hervor, segnete jeden einzelnen Ritter der *Societas* und blieb anschließend vor Vladislav Basarab stehen.

»Kennst du den Gottesmann, Klaus?«, flüsterte János.

»Das ist Kardinal Giuliano Cesarini. Seit Januar der päpstliche Legat an Sigismunds Hof … Die schärfste Waffe von Papst Martin«, fügte er schmunzelnd hinzu. »Er ist heute der Zeremonienmeister.«

»Der sieht aber jung aus. Wie alt ist er denn?«

»Anfang dreißig, wenn ich nicht irre.«

»Und bereits Kardinal?«

Die Priester beteten im Chor:

Pater noster, qui es in caelis:
sanctificetur nomen tuum.
Adveniat regnum tuum.
Fiat voluntas tua,
sicut in caelo, et in terra.

Ein Dutzend Dominikanermönche umkreisten den Anwärter. Zwei von ihnen halfen ihm aufzustehen.

Panem nostrum cotidianum
da nobis hodie.
Et dimitte nobis debita nostra,
sicut et nos dimittimus debitoribus nostris.

Flankiert von Ministranten, die das Weihrauchfass für die Inzensation und den Weihwasserkessel mit dem Aspergill zum Besprengen trugen, trat der Kardinal in den Kreis ein.

Et ne nos inducas in tentationem,
sed libera nos a malo.
Quia tuum est regnum et potestas et gloria
in saecula.

»Amen!«, murmelten alle Anwesenden einstimmig.

János sah nicht mehr, wie sein Schwertbruder das Büßerhemd auszog und halb nackt von dem Hochprälaten mit Weihrauch eingehüllt wurde. Seine Augen richteten sich auf Sigismund. Mit seinen dreiundsechzig Jahren hielt er sich sehr aufrecht, und sein aufdringlicher Blick in Kombination mit der schmalen, krummen Nase verlieh ihm das Aussehen eines Raubvogels.

Er sah müde aus, so wie in der Nacht zuvor, als er ihn, nach dem Gespräch mit Jagiello, in einer Audienz empfangen hatte. Die Worte des Königs hallten immer noch in János' Ohren: *»Du bist vielleicht eines meiner Kinder … meiner unehelichen Kinder«,* hatte er leise hinzugefügt. *»Ein Sohn, den ich mir als Nachfolger vorstellen könnte: tapfer, loyal und ein guter Diplomat. Nun, ich habe jedoch schon eine Erbin, meine Tochter Elisabeth. Ihr Ehemann Albrecht, der Herzog von Österreich, wird mein Thronfolger sein. Daran wird sich nichts ändern. Erwarte keine Anerkennung von mir. Nimm es mir nicht übel, denn ich verleugne dich nur, um dich und deine Familie vor der Königin zu schützen …«*

»János, du schuldest mir eine Antwort!« Der Ellbogen des Deutschen Ritters, der sich in seine Rippen bohrte, brachte ihn zurück in die Gegenwart.

»Was ist?«

»Nimmst du nach der Zeremonie auch an der Tjost teil?«

»Ich habe mich nicht angemeldet. Wieso?«

»Wie unser Freund aussieht, braucht er echte Krieger als Gegner. Schau ihn an, wie angespannt er ist!«

Ein Dominikanermönch nach dem anderen half Vladislav beim Anlegen der Kleider. Über das Wams zog er ein kurzes Gewand aus teurem italienischen Wolltuch. Zuletzt besprengte ihn der Kardinal mit Weihwasser. Auf ein Zeichen von ihm öffnete sich dann der Kreis, und die Mönche kehrten in die Reihe der Prälaten zurück.

Gefolgt von den Ministranten, schritt Giuliano Cesarini zum Altar. Er griff nach der Bibel; seine Messdiener übernahmen die beiden Mäntel, den roten und den grünen, sowie die goldene Kette, die darauf lag.

Auf dem Rückweg hielten sie vor dem König, der sich ihnen anschloss.

»Knie nieder, Vladislav Basarab, und schwöre im Angesicht Gottes!« Sigismunds Stimme füllte das Gotteshaus.

Als der Kardinal dem Ritter das sakrale Buch reichte, legte dieser die Hand darauf.

»Schwört Ihr«, fragte ihn der Monarch, »die Kirche und den christlichen Glauben mit Eurem Leben zu schützen?«

»Ich gelobe, alle Lehren der Kirche und ihre Gebote zu befolgen.«

Einer der Messdiener überreichte dem Souverän den roten Mantel.

»Erhalte von Uns den schützenden Umhang, der das Blut der heiligen Märtyrer symbolisiert.« Mit einer weichen Bewegung ließ er ihn über die Schultern des Anwärters gleiten.

»Schwört Ihr, Euer Schwert im Namen des Kreuzes gegen die Heiden und Häretiker zu richten?«

»Ich gelobe, bis zum Tod gegen die Ungläubigen zu kämpfen.«

Sigismund nahm nun den grünen Mantel und breitete ihn über den ersten.

»Schwört Ihr, den Schild zum Schutze des Reiches, der *Societas Draconis* und der Bedürftigen einzusetzen?«

»Ich gelobe, meine Pflichten dem Lehnsherrn und der Bruderschaft gegenüber zu erfüllen. Die Schwachen zu verteidigen, freimütig und großzügig zu sein und mein Lebtag nicht vor einem Feind zu fliehen.«

Der König hängte ihm jetzt die Ordenskette mit dem Ouroboros um den Hals.

»So tragt von nun an diese Kette als Zeichen Eurer Verbundenheit!«

János erinnerte sich, wie das Abzeichen der *Societas* ihn fasziniert hatte, als er es zum ersten Mal gesehen hatte. Das Erkennungszeichen des Ordens war ein geflügelter Drache mit zum Kreis geschlossenem Leib und um den Hals geschlungenem Schwanzende. Es war von einem Kreuz geschmückt, dessen Enden in Flammen übergingen. In der Senkrechten stand auf dem Kreuz geschrieben: *O quam clemens et misericors est deus.* Waagrecht entzifferte er: *O quam pius et iustus.* Viel Latein hatte er damals nicht verstanden, heute jedoch kannte er die Worte und deren Bedeutung: *O wie weise und barmherzig ist Gott* und *O wie fromm und gerecht.* Ganz in Gedanken vertieft, fragte er sich, ob Gott zu ihm gerecht gewesen war. Die Stimme des ungarischen Königs weckte jedoch wieder seine Aufmerksamkeit.

»Erhebt Euch, Vladislav, Sohn des walachischen Fürsten Mircea Basarab und meiner Base, Maria de Anjou von Tolmay-Luxemburg.«

Raunen verbreitete sich in der Kirche. János wusste, dass nur wenige die edle Herkunft seines Freundes kannten.

Aber noch weniger wissen, dachte er, *wer mein wahrer Vater ist.* Er spürte nicht nur, wie sein Herz schwerer wurde, sondern fühlte auch den Blick von Jagiello auf sich ruhen. Dieser hockte wie ein Aasgeier auf seinem Stuhl und lächelte ihn hämisch an. Er konnte sich nur zu gut an seine Worte erinnern: *»Das Feuer des Hasses wird sich in Euch auch ohne meine Unterstützung entfachen. Was sage ich? Lodern wird es und Eure Seele in ein Häufchen Asche verwandeln.«* Jetzt verstand er, was der Monarch gemeint hatte: Das Gift wirkte bereits in seiner Seele.

Sigismund erhielt von seinem Hofmeister, dem Grafen Ludwig von Oettingen, einen aufwendig verzierten Gürtel mit einem Schwertgehänge. Der Zeremonie folgend, sprach er den Ritter an:

»Nehmt dieses Schwert als Zeichen Unseres Standes, zu streiten wider die Feinde des Reiches und zu wahren die Tugenden und das Gesetz! Es wurde für Euch von berühmten Waffenschmieden aus Toledo gefertigt.« Eigenhändig gürtete er ihn.

»Von nun an sei Euer Name Vladislav Draco«, sagte der Monarch und umarmte ihn. »Ritter des höchsten Kreises des Drachenordens. Euer Name und Euer Titel werden verzeichnet in den Chroniken des Reiches und der *Societas*.«

Klaus von Redwitz beugte sich zu János und flüsterte: »Ich bin nicht zum ersten Mal bei einer Zeremonie des Ordens, Hunyadi, aber so viel Ehre, und noch dazu ein Schwert als Geschenk, aus den Händen des Königs zu erhalten … Selbst bei der Investitur eines Großmeisters meines Ordens habe ich das nicht erlebt.«

János erwiderte nichts, sondern ließ den Blick auf seinem Schwertbruder ruhen, der sich auf den Weg machte zu seinem Platz in der Reihe der Drachenritter. Er setzte sich zwischen König Alfons von Aragon und Brankowitsch, den serbischen Despoten.

»Woher hat Sigismund auf einmal das Geld?«, fragte ihn Klaus. »Vor seiner Abreise von der Residenz in Ungarn nach Nürnberg bat er mich um mehrere hundert Gulden.« Er schwieg abrupt. »Was geht hier vor? Wer sind diese Menschen?«

Vom westlichen Portal her näherte sich eine Gruppe von etwa einem Dutzend Personen. Sie trugen bodenlange Pelzmäntel über prunkvollen Brokatgewändern, Mützen aus Bären-, Luchs- oder Zobelfell, die mit Federn und goldenen Broschen geschmückt waren.

»Walachische Bojaren«, antwortete ihm János. »Sie sind

seit gestern in der Stadt.« Als die Gruppe an ihnen vorbeiging, suchte sein Blick nach Roxolan. Er war jedoch nicht dabei.

Die fremden Edelleute hielten an und verbeugten sich vor den vierundzwanzig Auserwählten des Drachenordens. Sigismund begrüßte sie mit einem knappen Nicken und vollführte mit der Hand eine einladende Geste.

»Eure Majestät, König von Ungarn, Böhmen, Kroatien und des römisch-deutschen Königreichs«, sprach der Älteste. »Wir, Edelleute und kampferprobte Ritter aus der Walachei, sind hier, um Euch zu huldigen. Aus Anlass dieses Tages bringen wir als Gabe aus unserem Land viertausend Gulden, zehn volle Karren mit Salz und …«

Das Raunen in der Kirche übertönte seine Stimme.

»Jetzt weiß ich«, murmelte Klaus von Redwitz, »woher Sigismund so viel Geld für diese Zeremonie, die Turniere und Bankette hat.«

»… eine Schande ist Aldea für den Namen Basarab und Mirceas Krone«, hörte János, als wieder Ruhe einkehrte. »Denn er zahlt nicht nur Gold, sondern auch Bluttribut an die Osmanen. Dreitausend unserer Söhne sind nach Edirne verschifft worden, um Janitscharen aus ihnen zu machen. Und nicht nur das: Damit hat Murad mit seiner Armee durch das walachische Reich jederzeit Zugang zur ungarischen Grenze.«

Der König beugte sich nach vorn und schlug mit der Faust auf die Stuhllehne. »Eure Kunde ist angekommen, und wir wissen sie zu schätzen. Wir werden die südlichen Grenzburgen und unsere Städte in Siebenbürgen mit neuen und stärkeren Truppen beschützen.«

»Majestät, die Walachei ist die Schutzmauer der Christenheit. Wir bitten Euch und die katholische Kirche, auch diese Mauer zu befestigen, denn durch Aldeas Politik bröckelt sie bereits.«

»Ihr sprecht die Wahrheit und weise dazu. Aber zusätzliche Krieger kosten viel, und eine direkte Einmischung unsererseits oder ein Einmarschieren in Euer Fürstenland wird zu Spannungen zwischen anderen Königreichen führen.« Sigismunds Blick schweifte absichtlich in Jagiellos Richtung.

»Mit dem richtigen Herrscher auf dem Thron wird es nicht nötig sein, Majestät. Wir sind gekommen, um unserem Prinzen, Vladislav Basarab, das symbolische Zepter und das Wappen seiner Vorfahren zu überreichen.«

Bei diesen Worten des gelehrten Dragomir beugten sich alle Mitglieder der Gesandtschaft vor dem neuen Ritter des Drachenordens.

Von seinem Platz aus sah János nur das Profil seines Freundes, der wie versteinert vor sich hin starrte. Keine Regung, kein Blinzeln seiner Augen verriet seine Gefühle. Aber er konnte ihn nicht täuschen. Vladislavs Hand umklammerte die Stuhllehne so fest, dass die Fingerknöchel weiß hervortraten.

Der kurze Blickwechsel zwischen dem ungarischen Monarchen und Kardinal Cesarini entging János ebenfalls nicht.

»Die von Gott gewollte Ordnung auf der Erde«, kündigte Sigismund mit ruhiger Stimme an, »ist von den Osmanen und deren Streben nach der Weltherrschaft bedroht. Die Zeit des Friedens ist beendet, und die des Kreuzzugs gegen die Heiden und Verräter der Mutterkirche ist gekommen.«

Erdrückende Stille herrschte in der Kirche Sankt Sebaldus. Bischöfe und Kurfürsten, Prälaten und Ritter, einfache Priester und Ministeriale warteten auf die Entscheidung des Königs.

»Ab dem heutigen Turnier trägt Vladislav Draco das walachische Wappen auf Schild und Banner, in Kriegs- und in Friedenszeit.«

Jubel brach im Gotteshaus aus.

»Die Bojaren sollten sich nicht zu früh freuen«, sagte János kopfschüttelnd zu Klaus von Redwitz. »Denn ohne Gegenwehr gibt Aldea den Thron bestimmt nicht ab.«

»Wahrhaftig, Hunyadi! Zu viele lechzen nach der Herrschaft in diesem Fürstentum. Und wir dürfen die Danen nicht vergessen, die sich ebenfalls als rechtmäßige Thronfolger sehen. Gott steh uns allen bei, denn es wird viel Christenblut fließen.«

Die Kirche leerte sich zusehends, nachdem Sigismund und die Drachenritter sie durch das westliche Portal verlassen hatten.

»Ich muss gehen, János! Die Waffen, mein Ross und mein ewiger Rivale, Wallerand de Wavrin, warten auf mich. Wünsche mir Glück … oder hast du es dir anders überlegt und willst doch am Turnier teilnehmen?«

»Hab keine Angst! Ich richte die Lanze nur gegen die Feinde, Klaus. Das weißt du doch. Gott sei mit dir!«

Der massige Körper des Deutschen Ritters verschwand in der Menschenmenge, die durch das Hauptportal nach draußen strömte. Auch Hunyadi wurde in den Fluss der Leiber gezogen, und als sich die Reihen vor der Kirche, auf dem Salzmarkt, um ihn lichteten, atmete er erleichtert auf.

Eine Hand legte sich plötzlich schwer auf seine Schulter. »Nicht so hastig, mein Herr! Wir haben ein Wörtchen miteinander zu reden.«

János erkannte die Stimme sofort, daher war er nicht überrascht, als Jagiellos Scherge erschien.

»So sieht man sich wieder«, grinste Stanibor und verbeugte sich übertrieben höflich. »Ich mache es kurz, denn viel Zeit haben wir nicht, bis der Herold den Kampfbeginn ankündigt. Sattelt Euer Ross, legt die Rüstung an und kämpft in der Tjost gegen den Walachen. Um die Lanzen kümmern wir uns!«

»Was soll das? Ich nehme nicht an dem Turnier teil.«

»O doch, das werdet Ihr! Wenn Ihr ein Luxemburger sein

wollt, macht Ihr, was mein König wünscht. Sonst wird Elisabeth die Krone tragen, die Euch zusteht. Mit uns bekommt Ihr Euren wahren Titel.« Der Haudegen machte eine ehrerbietige Reverenz. »Ihr gestattet? Ein wichtiger Auftrag wartet auf mich«, fügte er augenzwinkernd hinzu. Energisch hüllte er sich in den weiten Umhang und schritt in Richtung Burg davon.

János schaute nachdenklich hinter ihm her, ohne zu bemerken, dass ein Dominikaner ihn aus unmittelbarer Nähe beobachtete.

Der zog sich die Kapuze ins Gesicht, als wolle er seinen Blick verbergen.

Kapitel 5

Vor der Kirche von Sankt Sebaldus leerte sich der Salzmarkt mehr und mehr. Nicht nur die Zeremonienteilnehmer eilten zum Großmarkt, sondern auch die Handwerker und Kaufleute, die einen Platz beim Turnier anstrebten.

Die Sonne spiegelte sich funkelnd in dem frisch gefallenen Schnee und verstärkte damit die Feststimmung der geschäftstüchtigen Nürnberger.

Roxolan blickte nach links in Richtung Burg, wohin Stanibor verschwunden war, und dann nach rechts, János hinterher. Sein Blick erhaschte gerade noch den blauen Umhang des Edelmanns, der hinter einer Truppe von Gauklern und Feuerschluckern verschwand. Um ihn einzuholen, schob und schubste er die Schaulustigen zur Seite, die ihm den Weg versperrten.

Empört drehte sich ein fettleibiger Kaufmann um, der gerade am Marktstand eines Schusters feilschte. Mit erhobener Faust fuchtelnd, brüllte er hinter Roxolan her: »Ihr Mönche predigt Demut, benehmt euch aber wie die Wilden! Sieht der liebe Gott denn nicht …«

Rox achtete nicht auf ihn, sondern bahnte sich weiter seinen Weg. Andere Menschen drängten sich jedoch immer wieder zwischen ihn und den Verfolgten. Garküchen und Stände mit frisch gebackenem Brot, kleine Karren mit Stoffballen oder grob gezimmerte Tische mit Lederwaren verengten zusätzlich die Gasse, die zum Turniergelände führte.

Endlich eröffnete sich vor ihm Nürnbergs Großmarkt, der während der Nacht in einen Turnierplatz umgebaut worden war. Die Zimmerleute der fränkischen Stadt hatten an der längeren Westseite, wo die Tuchhändler ihre Geschäfte hatten, eine mächtige, nicht überdachte Zuschauertribüne aufgebaut.

Nur für die königlichen Gäste war ein Baldachin errichtet worden, und für das ungarische Königspaar hatten die reichen Patrizier zwei große, mit Samt bezogene Lehnstühle zur Verfügung gestellt.

Rasch waren die Plätze von Rittern und wohlhabenden Kaufleuten belegt, die von ihren Damen begleitet wurden. Jede präsentierte sich in den teuersten Gewändern, und ihr Schmuck glänzte um die Wette mit den blank polierten Harnischen der Männer.

Auf der östlichen Seite des Marktes, vor den Toren der Frauenkirche, waren Holzbrüstungen errichtet, hinter denen das Volk das Turnier verfolgen konnte. In der Mitte des Schauplatzes erstreckte sich die von einer Holzschranke geteilte Rennbahn für die Reiter. Um zu verhindern, dass die Pferde auf dem gefrorenen Boden ausrutschten, wurde darauf großzügig Sand und Stroh verteilt.

Roxolan suchte in den drängenden Menschenmassen fieberhaft nach dem ungarischen Ritter. Am anderen Ende des Geländes sah er das bunte Zelt des Herolds, der die Urkunden der Wettbewerber gemäß den Turnierregeln prüfte. Dort entdeckte er auch den Burgunder de Wavrin. Von János aber keine Spur.

»Zum Teufel mit ihm. Ich muss Vladislav warnen, bevor es zu spät ist«, murmelte er.

Ohne zu zögern, hielt er einen Knappen auf, der ein Ross am Zügel führte. »Sag mir, mein Sohn, wo ich das Lager der Kampfritter finde. Ein Mönch kennt sich nicht aus in der Welt der Krieger.«

Der Junge warf sich in die Brust und zeigte mit dem Finger nach Westen. »Geht geradeaus, Vater, und haltet Euch links entlang der Kirche. Da gibt es einen schmalen Weg bis zum Obstmarkt. Dort bereiten sich die Ritter für das Turnier vor.«

»Gott segne dich!«

Hastig raffte Roxolan die Dominikanerkutte, die ihn beim Gehen behinderte, und machte sich auf den beschriebenen Weg. Schon nach wenigen Schritten blieb er stehen, denn vor der Kirche der Lieben Frau entdeckte er unerwartet János, der vor dem westlichen Eingangsportal von einem Kleriker angehalten wurde.

Mit gesenktem Kopf und die Hände wie im Gebet gefaltet, schlich er sich in ihre Nähe. Verborgen in dem Winkel zwischen der vorgelagerten Eingangshalle der Kirche und dem Treppentürmchen, hörte und sah er alles, ohne Gefahr zu laufen, erwischt zu werden.

»Ihre Eminenz erweisen mir eine zu große Ehre, mich einen wahren Verteidiger des christlichen Glaubens zu nennen«, sagte János. »Aber Ihr habt recht. Die häretischen Hussiten sind noch nicht besiegt, und ihre Glaubensüberzeugung findet weiterhin in vielen böhmischen Regionen neue Anhänger, die sich gegen unsere Kirche erheben.«

Roxolan trat einen Schritt vor, um den Gottesmann sehen zu können. Da erkannte er das runde Gesicht mit den hervorstehenden Augen: Kardinal Cesarini. Dieser befeuchtete die wulstigen Lippen mit der Zunge, bevor er sprach: »Cavaliere, der Papst hat mich bevollmächtigt, eine christliche Armee zu stellen, die nicht nur gegen die Ketzer das Schwert und das Kreuz erhebt. Sie soll auch die Osmanen zermalmen und sie aus Europa hinausjagen. Ich habe an Euch gedacht, denn Euer Name ist mir bekannt.«

»Aber Eminenz, ich habe nur meine Pflicht als Christ erfüllt …«

»Seid nicht bescheiden«, unterbrach ihn der Kardinal. »Wir haben ja sogar schon in Rom von Euch gehört. Nicht nur die serbischen Despoten Stefan Lazarewitsch und sein Nachfolger Brankowitsch haben Eure Dienste und Heldentaten gerühmt. Auch der Florentiner, Filippo Scolari, war voll des

Lobes, was Euch betrifft. Er sagte, Ihr verkörpert gleichermaßen die edlen Tugenden des Rittertums und das strategische Denken eines großen Armeeführers. *Verus christianae fidei athleta.*«

»Eminenz, Ihr schmeichelt mir! Wie Ihr wisst, bin ich nur ein einfacher Ritter, und derzeitig befinde ich mich in den Diensten des ungarischen Königshauses. Nur Sigismund darf mich entlassen oder mir die Befehlsgewalt über eine andere Armee erteilen.«

»Seid unbesorgt. Solange Seine Majestät keinen Gulden für das Heer aufbringen muss und sich mit Euren ruhmreichen Heldentaten schmücken kann, wird er unsere Absichten gutheißen.«

»Eminenz, ich fühle mich geehrt, aber ich bleibe meinem König ergeben.«

»Der Pontifex maximus braucht tapfere und treue Kämpfer an seiner Seite. Seid Ihr Seiner würdig, wird er eine schützende Hand über Euch halten. Vergesst das nicht! Jeder Mensch hat Wünsche, Träume …«

Das gefällt mir gar nicht, grübelte Roxolan in seinem Versteck. *Erst buhlt Jagiello um den ungarischen Edelmann und jetzt auch noch der Gesandte des Papstes. Was geht hier vor?*

Der Kardinal nieste kraftvoll und ungeniert, ohne darauf zu achten, dass er den Mantel seines Gegenübers dadurch beschmutzte. Unauffällig trat János einen Schritt zurück.

»Cavaliere, Ihr müsst Euch beeilen. Der Tjost beginnt in kürzester Zeit, und Ihr steckt noch nicht in der Rüstung.«

»Heute überlasse ich den Ruhm und die Gelegenheit, sich zu behaupten, den Rittern, die aus der Ferne hierher gereist sind.«

»Zutiefst edel von Euch. Ich bedaure, dass wir nicht in den Genuss kommen, Euer meisterliches Geschick im Umgang mit der Lanze oder dem Schwert zu bewundern.«

»Ich bevorzuge den echten Kampf gegen unsere Feinde, Eminenz«, konterte János.

Giuliano Cesarini schaute ihm lange in die Augen, ohne ein Wort zu sagen. Als die Glocken der Kirchen in der Stadt zu läuten begannen, zuckte er zusammen.

»Mein Sohn, es ist Zeit, mich dem König und seinem Gefolge anzuschließen. Heute Abend sehen wir uns bestimmt bei den Feierlichkeiten auf der Burg.« Er streckte János die rechte Hand entgegen. »Gott sei mit Euch, Cavaliere.«

»Eminenz.« János verbeugte sich kurz und hauchte einen symbolischen Kuss auf den Kardinalsring.

Kaum hatte sich dieser umgedreht, zog Hunyadi ein Tuch aus dem Ärmel und wischte den Rotz ab, der seinen Mantel befleckte.

Ganz schön eitel, unser Ritter, schmunzelte Roxolan. Das Lächeln gefror ihm jedoch auf den Lippen, als János nun in seine Richtung blickte. Hastig steckte er das Schnupftuch zurück und schritt auf ihn zu.

Er hat mich gesehen! Vladislavs Freund zog die Kapuze tiefer ins Gesicht und fing murmelnd an zu beten.

Doch der Edelmann ging an ihm vorüber, ohne den vermeintlichen Dominikaner eines Blickes zu würdigen. Roxolan wartete ein paar Sekunden ab, wandte sich dann um und verfolgte ihn erneut. Überrascht sah er, wie János sich vor einer beleibten Adeligen verbeugte, die ihn um Haupteslänge überragte. Unauffällig und von Neugier erfüllt, belauschte er auch dieses Gespräch.

»Baronin von Thegzes«, begrüßte er sie auf Ungarisch, »es ist mir eine große Ehre und Freude, Euch hier wiederzusehen.«

»Gott zum Gruß, edler Herr Hunyadi!«, erwiderte sie sichtlich erleichtert, während sie sich bekreuzigte. »Unsere Gebete sind vom Herrn im Himmel erhört worden, denn nur Er schickt Euch zu uns.«

»Seid Ihr in Leid, Herrin?«

»Seit mein Gemahl im Herbst diese Welt verlassen hat – gesegnet sei seine Seele –, sind meine Tochter, unser Baronat und ich schutzlos den gierigen Nachbarn ausgeliefert.«

»Aber ich habe den Baron von Thegzes letzten Sommer in Böhmen noch getroffen! Wann ist er denn verstorben? Und wie ist es geschehen?«

»Zwei Tage vor Sankt Martin, auf der Jagd in unseren Wäldern. Als ihn ein Eber in Todesangst angriff, stürzte er vom Pferd und brach sich auf der Stelle das Genick.« Gekünstelt wischte sie sich eine nicht vorhandene Träne vom Gesicht.

»Mein aufrichtiges Beileid, Baronin. Euer Gatte war ein gefürchteter Kämpfer und ehrenvoller Edelmann, auf den der König sich verlassen konnte.«

»In der Tat, Seine Majestät hat meinen Mann geschätzt. Die Königin jedoch …« Verstohlen blickte sie nach links und rechts und fügte dann leise hinzu: »Sie hat uns bis jetzt jede Audienz verweigert. Vergeblich habe ich gewartet, dass meine Tochter bei Hofe aufgenommen wird. So eine Schönheit wie meine Kleine will sie offenbar nicht unter ihren Hofdamen haben.«

Die beleibte Edelfrau drehte sich um, packte eine junge Frau am Arm und schob sie vor sich.

»Clara, erweise dem edlen Ritter die Ehre und begrüße ihn, wie es sich gehört.«

Das Mädchen gehorchte der Mutter und knickste vor János mit gesenktem Blick. Der starrte sie nur an, unfähig, ein Wort zu sprechen oder mit einer höflichen Geste den Gruß zu erwidern.

Ja, mein lieber Hunyadi, da staunst du über so viel Erlesenheit. Auch Roxolans Blick wanderte gierig über die ebenmäßigen Gesichtszüge der jungen Edelfrau. *Bei all meinen*

Gottheiten, so etwas Bezauberndes habe ich noch nicht gesehen.

János zog die Handschuhe aus, legte seine Hand dem Mädchen ans Kinn und richtete zärtlich ihr Gesicht so aus, dass sie ihn ansah. Die blonden Haare, die unter der Haube hervorquollen, umrahmten das Antlitz wie eine Aura aus Gold.

»Euer Vater hat oft von Euch gesprochen. Stolz hat er Eure Schönheit, Euer gutes Benehmen und Eure Klugheit gepriesen.«

Die Hand des Ritters streifte ihre Wange, als sei sie aus feinstem Porzellan. Der Daumen glitt zart über die leicht geöffneten Lippen, wobei die untere dem Druck weich nachgab.

Zum Glück hat sie nichts von ihrer Mutter. Roxolans Blick wanderte von dem doppelten Kinn und der behaarten Oberlippe der älteren Frau zu dem roten Mund der jüngeren. *Wenn ich dich so ansehe, János, dann ertrinkst du gerade in den tiefen Seen ihrer Augen.*

Zufrieden mit dem, was sie sah, schritt die Matrone zwischen die beiden und brach den magischen Bann, in den der Ritter gezogen worden war.

»Ihr würdet meiner Tochter eine große Freude bereiten, wenn Ihr im Turnier ihr zu Ehren kämpftet.«

Wie aus einem Traum gerissen, starrte János Claras Mutter an, die herausfordernd auf seine Antwort wartete.

»Ich? An der Tjost teilnehmen?«

Schüchtern griff er nach der schmalen Hand der jungen Frau und presste sie zwischen den seinen.

»Es ehrt mich, für Euch Schwert und Lanze zu kreuzen.«

Oh, das ist aber eine Überraschung! Mit hochgezogenen Augenbrauen verfolgte Roxolan die Szene. *Was ein Monarch und ein Kardinal im Auftrag des Papstes nicht schaffen, gelingt einem Mädchen mit blauen Augen.*

»Bedauerlicherweise haben wir keine Plätze auf der königlichen Tribüne«, seufzte die Baronin übertrieben. »Ob wir wohl noch welche in der unteren Reihe ergattern könnten?«

»Ihr verdient, bei Sigismunds Hofstaat zu sitzen. Ich werde mit dem Hofmeister Seiner Majestät sprechen.«

»Das ist wahrhaftig nobel von Euch.«

»Ist es mir erlaubt, Euch dorthin zu begleiten?« Höflich schritt er vor den Edeldamen einher, um für sie einen Weg zu bahnen.

Roxolan schaute nachdenklich dem Ritter und seinen Begleiterinnen nach, die an einem Bettler vorbeikamen. Dieser streckte um Mitleid heischend den rechten Arm aus, der in einem Stumpf endete. Und tatsächlich: Er säckelte von den Herrschaften ein großzügiges Almosen ein.

Es war höchste Zeit, Vladislav zu finden und ihm von Hunyadi zu erzählen. Als Roxolan sein Versteck verlassen wollte, erblickte er Jagiellos feisten Schergen, der vor dem Bettler stehen blieb. Sie unterhielten sich gestikulierend. Spontan beschloss er, auch diese beiden zu belauschen.

»Habe ich dich richtig verstanden, Guni? Unser Ritterlein hat seine Meinung wegen einer Metze geändert? Will er nun tatsächlich an der Tjost teilnehmen?«

»Du hättest ihn sehen sollen, Stani, wie er das junge Hühnchen angeglotzt hat. Ehrlich gesagt«, fügte er hinzu und wischte sich mit dem Stumpf den Speichel vom Mund, »ich würde es auch gern einmal rupfen.«

Stanibor blickte hinter sich, wo sich der Turnierplatz erstreckte. »Das erleichtert unseren Plan.« Er kratzte sein behaartes Kinn. »Sind die Lanzen denn fertig, Guni?«

»Ja!«

»Gut. Wir handeln dann wie geplant. Mit Hunyadi brauchen wir nicht mehr zu sprechen. Es ist sogar besser, wenn er davon keine Ahnung hat. So kann er überzeugend unschuldig vor dem König und gegen seinen Freund antreten.« Eine hämische Grimasse entblößte die paar braunen Zahnstümpfe, die ihm noch geblieben waren. »Komm, an die Arbeit.«

»Nicht so stürmisch! Du schuldest mir noch drei Silberlinge.«

»Nicht jetzt. Geh und kümmere dich um die Lanzen.«

»Aber …«

»Wir sehen uns wie vereinbart zum Tjostbeginn.« Abrupt drehte er sich um und ließ den Bettler stehen. Dieser schüttelte den Kopf und verließ die Kirchentreppen.

Roxolan versuchte die Zusammenhänge zwischen all dem, was er kürzlich belauscht hatte, zu sortieren. Wie er es jedoch auch drehte und wendete, er erkannte die Verbindung nicht. Ihm war jedoch klar, dass sein Freund in großer Gefahr war.

Fieberhaft suchte er nach Vladislavs Zelt in dem Lager der Turnierkämpfer, das sich auf dem Platz des Obstmarktes befand. Vor seiner rüpelhaften Art erschraken die Knappen und Pferdeknechte und wichen ihm lieber aus. Einer von ihnen schlug hastig das Kreuz.

Verflucht, diese Dominikanerkutte ist hier im Kämpferlager keine passende Verkleidung, dachte Roxolan.

Zu seiner Linken fiel ihm eine Ansammlung von Rittern und Edelleuten auf. Über ihnen flatterte ein Banner, auf dem ein Adler mit gefalteten Schwingen nach rechts zu einem Hochkreuz blickte. Zu dem christlichen Zeichen gesellten sich ein sechszackiger Stern und eine Mondsichel. Es war die walachische Flagge. Jetzt erst bemerkte er Dragomir, der mit seinen Bojaren Vladislav wie mit einer Mauer abschirmte. Sie huldigten ihrem zukünftigen Fürsten, indem sie ihm die Machtsymbole seiner Herrschaft aus der Heimat überreichten. Auf Schutzschild und Helm sah Roxolan den gleichen Adler mit dem Kreuz.

Da er diese Zeremonie nicht unterbrechen konnte, um seinen Freund vor der drohenden Gefahr zu warnen, entfernte er sich von dem Tumult vor dem Zelt und suchte nach Vladislavs Pferdeknecht.

Südlich des Ritterlagers diente der Gänsemarkt den Turnierteilnehmern als Pferdekoppel. Dort fand er endlich Ilarion, der den Kampfhengst seines Herrn für die Tjost vorbereitete. Den hochgewachsenen, blonden Walachen hatte er vor sechs Jahren am Rand eines verbrannten Dorfes gefunden – mehr tot als lebendig. Nur Aliodors Heilkünste hatten ihn und seine Seele gerade noch dem Tod entreißen können.

Roxolan pfiff einmal kurz. Augenblicklich wandten sowohl der Rappe als auch der Knecht die Köpfe in seine Richtung. Letzterer starrte ihn mit hochgezogenen Augenbrauen an.

»Wenn Ihr die Pferde segnen wollt, Vater …«

»Vergiss die Kutte, Ilarion, und hör mir genau zu!«

»Rox! Was machst du in Nürnberg? Ich dachte, du seist noch in der Walachei.«

»Ich habe nicht viel Zeit. Wer dient Vladislav im Turnier?«

»Na ich, wer denn sonst?«, antwortete der Blonde mit einem Lächeln. »Seit ein paar Monaten bin ich sein Knappe. Du hast mich nur bei den Pferden gefunden, weil ich Brathar holen muss.«

»Gut! Sorg dafür, dass Vlas in der Tjost seinen Kriegsharnisch trägt.«

»Stimmt etwas nicht?«

»Und sag ihm, er soll sich vor János in Acht nehmen.«

»Meinst du den Hunyadi?«

»Genau den.«

»Bevor du kamst, sah ich, wie sein Knecht überstürzt das Schimmelross seines Herrn geholt hat.«

»Was? Und wohin ist er mit dem Pferd gegangen?«

»Er erzählte etwas von der königlichen Tribüne. Sicher bin ich nicht. Du weißt, ich kann nur ein paar Brocken Ungarisch.«

»Danke, mein Freund!«

Unter dem Vorwand, die Ritter vor dem Turnier segnen zu wollen, erhielt Roxolan vom Herold die Namen der Teilnehmer. So erfuhr er, dass János dazugehörte. Und nicht nur das. Da er zu den Vertrauten des Königs zählte, war sein Pferd für die Vorbereitungen zum Wettkampf im Stall des reichsten Tuchhändlers der Stadt untergebracht. Sein Anwesen befand sich in der Tuchgasse hinter der Haupttribüne.

Keiner beachtete den vermeintlichen Dominikaner, als er durch das weit geöffnete Tor den Hof betrat. Dennoch suchte er hinter einem überladenen Fuhrwerk Deckung. Die Knechte und die Dienerschaft huschten zwischen den Wirtschaftsgebäuden, Lagern und der Küche hin und her. Zu seiner Rechten entdeckte er den Viehstall. Von dort führten Pferdeknechte oder Knappen in den Livreen ihrer Herren die Pferde heraus.

»Hans! Sind alle Gäule weg?«, fragte ein älterer Hausdiener einen breitschultrigen Stallknecht, der mit der Mistgabel verschmutztes Stroh auf eine Holzkarre lud.

»Nein«, antwortete der keuchend. »Ich habe da drin noch den verteufelten Schimmel des ungarischen Ritters. Ich muss noch die Schabracke und den Harnisch holen und ihn zurechtmachen.«

»Wenn du das hinter dich gebracht hast, komm mit uns in die Küche. Unser Herr hat zur Feier des Tages ein Fass Bier für uns anzapfen lassen.«

»Bring mir lieber jetzt schon einen Krug, denn sobald ich das Pferd hingeführt habe, bleibe ich auf dem Gelände. Mein Vetter und ich haben auf den Burgunder gewettet.«

»Mach nur, wie du willst. Bier ist genug da«, sagte der gebeugte Alte und schlurfte dann zurück zum Herrenhaus.

Roxolan schaffte es, sich rechtzeitig hinter das Fuhrwerk zu ducken, als der Knecht an ihm vorbeikam. Kurze Zeit lauschte und spähte er, ob noch jemand in seiner Nähe war. Alles war ruhig.

Hastig trat er mit ein paar Schritten in den Stall ein. Er brauchte nicht lange, um sich an die Dunkelheit im Raum zu gewöhnen. Zumal das unruhige Getrappel zu seiner rechten Seite ihm die Suche nach dem Schimmel ersparte.

Das Pferd wieherte, stellte sich auf die Hinterbeine und versuchte, an ihm vorbei zu fliehen. Entschlossen packte Rox die Trense und zwang dadurch das Tier, den Schädel zu ihm zu neigen. Die freie Hand steckte er in einen Lederbeutel, der am Gürtel unter dem Skapulier hing. Er entnahm ihm eine Handvoll getrocknete, gemahlene Kräuter. Gleichzeitig zog er energisch an der Gebissstange und blies dann das Pulver in das geöffnete Maul des Pferdes.

Das Schlachtross rollte ängstlich die Augen, warf den Kopf hin und her, schnaubte und versuchte sich aufzubäumen. Doch Roxolan lockerte seinen Griff nicht, sondern hielt Orion, bis er, erschöpft und benebelt von der Kräutermixtur, ruhig vor ihm stehen blieb.

Der Zeitpunkt war gekommen. Roxolan legte die Hand auf die muskulöse Brust des Schimmels. Durch das warme, weiche Fell spürte er, wie das Herz gegen seine Handfläche pochte. Er schloss die Augen und folgte dem Fluss des Blutes bis in die Muskeln. Er nahm wahr, wie diese sich an- und entspannten. Er wollte jedoch mehr, denn sein Ziel war, dass dieses wunderbare Gottesgeschöpf ihm ganz und gar gehorchte. Der pulsierende Lebenssaft führte ihn weiter bis in den Brustkorb hinein. Rox begann rhythmisch, in tiefen Zügen zu atmen. Nach kurzer Zeit beruhigte sich auch der Atem des Tieres und passte sich dem des Ritters an. Der Blutstrom leitete seine Gedanken durch den Rumpf, die Glieder und Organe, bis er den Schädel erreichte.

In diesem Moment öffnete Roxolan die Augen und blickte

tief in die des Pferdes, bis dieses unterwürfig den Kopf neigte. Jetzt entfernte er die Hand von der Brust des Tieres und griff unter dem Skapulier nach Aliodors Dolch. Ohne zu zögern, führte er die Schneide rasch quer über seine eigene Stirn. Dann schwang er das Messer aus dem Handgelenk und ritzte senkrecht die Haut zwischen Orions Augen. Das dünne Blutrinnsal schlängelte sich nach unten, bis es von den Nüstern herabtropfte. Das Schlachtross bewegte sich nicht und ließ alles regungslos mit sich geschehen. Roxolan presste seine Stirn an die des Tieres, so dass die beiden Schnitte sich in einem Kreuz vereinten, genau wie die roten Lebenssäfte.

Bendis, Göttin der Wälder, der magischen Kräfte und des Mondes – ich rufe dich!

Der Pferdeknecht trieb den Lastesel mit dem schweren Sattel und der Schabracke des ungarischen Ritters durch das geöffnete Tor zum Stall. Er schaute sich im Hof nach Hilfe um, fand aber keinen Menschen. *Bestimmt sitzen alle in der Küche und trinken Bier,* dachte er und seufzte resigniert. Es machte ihm nichts aus, die Turnierpferde zu pflegen, doch er wünschte sich im Augenblick viel mehr zu seinem Vetter auf das Gelände der Kampfarena. Nicht selten hievte er für seinen Herrn wuchtige Stoffballen; das Schlachtross allein zu satteln und es für den Kampf vorzubereiten, würde er mühelos schaffen.

Als er in den dunklen Stall eintrat, schloss er kurz die Augen, um sie an die Dunkelheit zu gewöhnen. Die ungewohnte Stille weckte seine Wachsamkeit. Kein Hufgetrappel, kein Wiehern oder raschelndes Stroh waren zu hören. Irritiert schritt er weiter in den Stall hinein. Jetzt erkannte er die Umrisse des Schimmels. Doch was hatte der Dominikaner bei dem Pferd zu suchen?

»O Heilige Mutter Gottes!«, rief er aus und schlug eilig das Kreuz.

Was er erblickte, konnte nicht von dieser Welt sein. Mensch und Tier wandten sich gleichzeitig ihm zu und blickten ihn durch einen Blutschleier hindurch an. Das Blut tropfte vom Kinn des Mönchs auf seine Brust.

Das war kein Gottesgeschöpf, denn die Augen des Geistlichen hatten nichts Menschliches an sich; sie leuchteten wie die eines Wolfes.

»Vater im Himmel, beschütze mich!«, brabbelte der Knecht, während er Schritt um Schritt rückwärts wankte.

Kapitel 6

János schob den Vorhang des Zeltes zur Seite und trat in voller Turnierrüstung nach draußen. Da er sich erst im letzten Moment entschieden hatte, am Wettkampf teilzunehmen, hatte ihm der Herold für kurze Zeit das Amtszelt überlassen, damit sein Knappe ihm die Rüstung anlegen konnte.

Das Jubeln der Zuschauer markierte ein neues Ereignis auf der Kampfbahn. János sah, wie Klaus von Redwitz jetzt vor Vladislav die Lanze senkte und mit einem Kopfnicken seine Niederlage anerkannte. Beide warfen die Schutzschilde zu Boden, streiften die Helme ab und trabten einander entgegen. Lachend hieb der Deutschritter mit der Faust gegen die Schulter seines Gegners.

»Schon wieder hat der Walache gewonnen«, hörte János seinen Knappen sagen.

Der Sieger genoss seinen Triumph und ließ sich von den Anwesenden feiern. Den Rappen führte er im stolzen Trab in eine Runde über das Turniergelände. Die Sonne spiegelte sich in seiner glänzend polierten Rüstung, so dass sie strahlte, als sei sie aus Flammen geschmiedet.

Vor der Haupttribüne hielt er kurz inne, begrüßte höflich das königliche Paar und winkte einer jungen Hofdame zu, die neben der Königin saß.

Hunyadi erkannte in ihr Vladislavs Frau Vasilissa, die Tochter des moldauischen Fürsten Alexandru. Erfreut entdeckte er in den unteren Reihen der Tribüne auch Claras blonde Locken und ihr engelhaftes Gesicht. Sie stand auf, als Vlas an ihr vorüberritt, und klatschte, lachend und mit leuchtenden Augen, vor Begeisterung in die Hände. Die Baronin von Thegzes packte sie am Arm und zog sie grob wieder zurück auf die Sitzbank.

János spürte einen Stich im Herzen. *So hat sie mich heute nicht angesehen.*

»Gyuri!«, schrie er seinen Knappen zornig an. »Wie lange muss ich noch auf mein Pferd warten? Finde sofort diesen Bauernlumpen und bring mir Orion!«

Roxolan bemerkte, wie sich der Stallknecht ängstlich zum Ausgang des Stalls schlich. Auf keinen Fall durfte dieser Mann ihm entwischen! Ohne zu zögern, schleuderte er den Zeremoniendolch aus dem Handgelenk. Dieser schnitt durch die Luft und fuhr dumpf in die Kehle des Flüchtenden; jeder Hilferuf erstickte gurgelnd im Blutstrom, der aus seinem Mund quoll.

Nach Luft ringend, tastete der Knecht verzweifelt nach dem Messer, um es aus seinem Hals zu ziehen. Doch mitten in der Bewegung erstarrte er, und sein Körper sank zu Boden.

Roxolan eilte zu dem Toten, packte ihn an den Beinen und zerrte ihn hinter die Stalltür. Dort zog er ihm den Dolch aus der Wunde und wischte ihn am Skapulier ab.

Mit dem Wasser aus einem Holzbottich wusch er sich das Blut vom Gesicht und entkleidete danach erst sich und dann den Toten. Er schlüpfte in den langen, aus grobem Hanf gewebten Kittel des Stallknechtes und schnürte ihn passend zu seiner Größe. Anschließend streifte er sich noch die Gugel mit den hängenden Zipfeln über den Kopf und hängte sich den vor Schmutz starrenden Überwurf des Pferdeknechtes um.

Vorsichtig schlich er nach draußen und vergewisserte sich, dass der Hof menschenleer war. In dem frischen Misthaufen begrub er den Toten und die Dominikanerkutte.

Auf dem Rückweg zog er den Esel mit dem Pferdeharnisch in den Stall hinein, um Orion für das Turnier zu satteln.

Auf seinem Rundgang über das Turniergelände näherte sich Vladislav dem Heroldszelt, und als er davor János entdeckte, hielt er seinen Rappen an.

»Ich sehe, du bist aufgerüstet, um gegen mich anzutreten, mein Freund«, begrüßte er ihn lachend. »Ich hoffe, dass du auch zum Verlieren bereit bist.«

»Nicht so eilig, Vlas. Vergiss nicht, dass ich im Kampf mit der Lanze erfahrener bin als du.«

»Dass du drei Jahre älter bist als ich, bedeutet noch lange nicht, dass ich dir deswegen unterlegen bin.«

»Das wird sich zeigen. Niemand ist unbesiegbar.«

»Heute bin ich es. Sieh dich um! Hörst du nicht, wie all diese Menschen meinen Namen rufen? Siehst du nicht, wie sie für den Sieger jubeln? Dies ist mein Tag, Bruderherz.«

»Ach ja? Ich gratuliere dir zur Aufnahme in den Drachenorden. Doch was die Tjost betrifft – freu dich nicht zu früh. Der Tag ist noch nicht vorüber.«

»Nimm es nicht so ernst. Wo ist deine Freude am Leben geblieben?« Vladislav stützte sich auf den Sattelknauf und beugte sich nach vorn. »Hast du die kleine Blonde in der unteren Reihe der Tribüne bemerkt?«

»Wen meinst du?«

»Unmöglich, so eine Schönheit nicht zu sehen, János. Neben ihr sitzt ein Ungeheuer mit doppeltem Kinn, das sich als Weib verkleidet hat und drei Menschen die Sicht versperrt. Ich habe es am Hof noch nie gesehen.«

»Wen? Das Ungeheuer?«

»Sei kein Narr! Ich meine das Mädchen.«

»Nein, Vlas! Sei du kein Dummkopf! Deine Frau sieht dir zu, und du schaust nach einer anderen? Dabei steht sie kurz vor der Geburt deines Kindes.«

»Genau aus diesem Grund, mein Freund.« Vladislav lachte und zwinkerte János zu. »Ich muss sie schonen.« Er blickte hinter ihm zur Tribüne. »Ich glaube nicht, dass die blonde Schönheit schon vermählt ist.«

János kaute an seinem Schnurrbart und ballte die Fäuste. »Vergiss sie! Ich kenne ihre Familie und werde nicht zulassen, dass du Schande über ihren Namen bringst.«

»Ah, das ist ja eine Überraschung. Dann kannst du mich doch vorstellen … Oder willst du sie etwa für dich haben?«, fügte er mit einem schelmischen Lächeln hinzu.

»Du gehst zu weit!«

Aus dem Augenwinkel sah Vladislav den Knappen seines Schwertbruders auf sie zurennen. Aufmerksam lauschte er, was die beiden redeten.

»Mein Herr!«, rief er noch im Laufen.

»Was ist, Gyuri?«

»Ich habe den Stallknecht gesehen. Er bringt Euer Pferd. Orion ist gesattelt und für den Kampf bereit.«

»Das bin ich auch«, antwortete der ungarische Ritter mit einem Blick auf seinen Freund. »Geh dem Knecht entgegen. Er soll sich beeilen.«

»Jawohl!«

»Keine Angst, Bruderherz, ich warte, bis du fertig bist.« Nach kurzem Überlegen und diesmal ohne zu lächeln, fügte Vlas hinzu: »Weil ich ein Ehrenmann bin, rate ich dir, deine Kriegsrüstung anzuziehen, denn die trage ich selbst ebenfalls.« Energisch gab er seinem Rappen die Sporen und galoppierte davon.

Niemand bemerkte, wie Roxolan den Stall verließ. Auch unterwegs zum Turniergelände erregte er keine Aufmerksamkeit, denn in seiner Verkleidung und mit dem mit Mist beschmierten Gesicht sah er aus und stank wie jeder andere Stallbursche.

Beim Anblick des kraftvollen Schimmels traten die Adeligen, Kaufleute und Bediensteten ängstlich zur Seite. Ohne am Zaumzeug geführt zu werden, folgte ihm Orion in seinem prunkvollen Geschirr und mit hoch erhobenem Kopf.

Endlich erblickte Rox die Rückseite der Tribüne. Unschlüssig sah er sich um und überlegte, wo er Hunyadi finden könnte.

Seine Entscheidung, nach rechts abzubiegen, stellte sich später als richtig heraus, denn vor dem Zelt des Herolds erspähte er Vladislav, der sich vom Pferd aus mit János unterhielt.

Darauf bedacht, dass sein Freund ihn nicht sah und ihn womöglich durch eine Geste entlarvte, zog er die Gugel tiefer ins Gesicht und näherte sich den beiden Männern.

Vor ihm postierte sich breitbeinig ein Knappe. Auf seiner Livree erkannte er Hunyadis Wappen mit den Raben.

»Wo warst du Lump so lange?« Brutal riss Gyuri die Zügel an sich und schob ihn zur Seite.

»Verdammt!«, flüsterte Rox. Dieser übereifrige Diener brachte noch seinen Plan durcheinander. »Mit Verlaub, hoher Herr«, erwiderte er laut. »Das Zaumzeug sitzt da vorn nicht richtig.«

Flink schlüpfte er zwischen Pferd und Gyuri hindurch. Hoch konzentriert legte Vladislavs Beschützer die Hand auf Orions Brust, um sein Herz zu spüren und das Band zwischen ihnen zu stärken.

»He, was machst du da?« Wütend hämmerte ihm der Knappe die Faust in den Nacken. Benebelt fiel Roxolan zu Boden, und sein Peiniger trat ihn weiter mit den Füßen, ohne darauf zu achten, ob er das Gesicht, den Rücken oder den Bauch traf.

»Verschwinde, du elender Hund, und fass nicht noch einmal das Pferd meines Herrn an.« In diesem Moment wieherte das Schlachtross und begann unruhig zu tänzeln.

»Was geht hier vor, Gyuri?«

Rox erkannte Hunyadis Stimme. Auch wenn die Schmerzen ihn quälten, drehte er sich so, dass er die beiden beobachten konnte.

»Ich erwarte eine Antwort!«

»Dieser Gottlose hat versucht, Euer Pferd zu verhexen.«

»Das gibt dir nicht das Recht, einen Menschen zu schlagen, der sich nicht wehren kann. Wo sind denn all die Rittertugenden geblieben, die ich dich gelehrt habe?« János schüttelte den Kopf. »Du wirst dich nie ändern.«

»Aber, mein Herr ...«

»Schweig! Jetzt ist nicht der passende Moment, dich zu bestrafen. Bereite Orion für den Wettkampf vor.«

Ohne ein weiteres Wort griff sich der Knappe die Zügel des Pferdes und folgte dem Ritter.

Roxolan blieb am Boden liegen und presste sich die Hände auf den Bauch, um die Schmerzen zu lindern. Durch kontrollierte, lange Atemzüge beruhigte sich das Trommeln in seinen Schläfen, bis er wieder Herr der Lage war. Die Zeit lief ihm davon, denn auf keinen Fall durfte er den Kampfbeginn zwischen János und Vladislav verpassen.

Stöhnend erhob er sich auf die Knie und stützte sich auf die Hände. Das Blut, das ihm aus der Nase tropfte, vermischte sich mit dem matschigen Schnee. »Dafür wird dieses Schwein bezahlen«, knurrte er.

Mit einem Ruck sprang er auf und stellte sich auf die Beine. Taumelnd wich er dem Zelt des Herolds aus und wandte sich der Zuschauermenge zu, die hinter der Holzbrüstung jubelte. Mit jedem Schritt kehrte die Kraft in seine Muskeln zurück, sein Blick wurde klarer, das Pochen im Kopf klang ab.

Brutal schob er die Männer und Frauen beiseite, die ihm den Weg zu der ersten Reihe versperrten. Die Fanfaren kündigten an, dass die Kämpfer an den Enden der Trennschranke Aufstellung nahmen.

Verdammt, ich schaffe es nicht. Roxolan drängte sich mühsam zwischen zwei Bauern hindurch. Die meisten machten ihm freiwillig Platz, wenn sie ihn erblickten. Mit dem mit Mist und Blut verschmierten Gesicht sah er eher abstoßend als furchterregend aus.

Nur noch ein einzelner stämmiger Mann versperrte Roxolan den Blick über die Turnierbahn und damit den direkten Kontakt zu Orion. Entschlossen packte er ihn an der Schulter und versuchte ihn zur Seite zu schieben.

Der Vierschrötige wandte nur den Kopf und betrachtete den Störenfried von oben herab. »Was ist?«, fragte er grinsend. »Hast du noch nicht genug auf die Nase gekriegt?«

Die Rußspuren auf seinen Kleidern und Händen verrieten Roxolan, dass er einen Schmied vor sich hatte.

»Ich will deinen Platz«, erwiderte er lässig. »Und zwar sofort!«

»Hat man dir den Verstand aus dem Kopf geprügelt?« Der Handwerker lachte schallend. »Oder ist dir dein Leben nur so viel wert wie die Scheiße auf deinem Gesicht?«

Blitzschnell packte Rox seinen Gegner zwischen den Beinen und schloss die Faust um den Hodensack.

»Wenn du jemals wieder ein Weib besteigen willst, dann geh mir aus dem Weg.« Ganz eng drückte er sich an den Schmied und zischte ihm ins Ohr. »Andernfalls, mein Freund, schneide ich dir den Sack ab und stopfe dir die Eier in den Mund.« Um seine Drohung zu unterstreichen, stach er mit dem Dolch durch die Kleidung hindurch in das Gemächt seines Widersachers.

»Ich … ich gehe schon!« Seine Lippen zitterten. »Nimm endlich das Messer weg! Ich tu alles, was du willst.«

»Verschwinde!«

Unter dem Gelächter der Männer und Frauen, die den Streit mit angehört hatten, verzog sich der Handwerker in die hinteren Reihen und überließ Roxolan seinen Platz.

Als dieser sich an die Brüstung lehnte, hörte er, wie der Herold den letzten Wettkampf ankündigte. Von der erkämpften Stelle aus, die sich in der Mitte des Schauplatzes befand, erblickte er über der Holzschranke die Haupttribüne. Die tiefstehende Sonne blendete ihn, so dass er seine Augen mit der Hand beschirmen musste.

Genau ihm gegenüber thronte Sigismund, in einen Pelzumhang gehüllt, im Kreise seiner Vertrauten und der fremden gekrönten Besucher. Roxolan suchte weiter nach Stanibor und dem getarnten Bettler. Doch die beiden waren nirgendwo zu sehen.

Die Menschenmenge fing an zu jubeln. Wie auf ein Zeichen trabten die Turnierkämpfer zum Zentrum des Platzes und machten vor dem König halt. Dann grüßten sie den Monarchen mit einem Senken ihrer Köpfe.

Der Herold schritt vor die Reiter und verbeugte sich respektvoll vor der Tribüne.

»Eure Majestät und illustre Gäste aus fernen Ländern, der Turniertag geht zu Ende!«, verkündete er, während er seinen Zeremonienstab auf die Ritter richtete. »Jetzt und hier der Unbesiegte, Vladislav Draco, Fürst der Walachei, Sohn des tapfersten Mircea Basarab, der den Sultan Bayezid in die Knie gezwungen hat …« Von dem ohrenbetäubenden Jubel der Zuschauer unterbrochen, verstummte der Herold, nicht ohne jedoch weiterhin die Aufmerksamkeit auf sich zu ziehen, indem er theatralisch das Haupt mehrmals vor dem Publikum neigte.

»Diesen Tag werdet Ihr nicht vergessen!«, fuhr er fort, als es wieder ruhiger wurde. »Denn der neue Drachenritter verteidigt in diesem letzten Kampf alle seine bisherigen elf Siege. Und …« Lächelnd und ganz bewusst unterbrach er den Satz. Männer und Frauen, Reiche und Arme hingen an seinen Lippen.

»Und … der Herausforderer ist niemand anderer als der von den Hussiten und Osmanen gefürchtete Glaubenskrieger János Hunyadi.« Die Zuschauer johlten und stampften mit den Füßen auf den gefrorenen Boden.

»Diese tapferen Krieger haben bis heute Seite an Seite gekämpft, das Brot in der Not geteilt und sich Schwertbrüder genannt. Am heutigen Tag werden sie aber erbittert gegeneinander um den Sieg fechten müssen.«

Der Herold umkreiste die Reiter und blieb dann vor der Haupttribüne stehen. »Heute sind sie keine Freunde, denn heute entscheidet sich, wer der Beste von ihnen ist!«

Roxolan sah, wie die zwei Ritter einander die Köpfe zuwandten und sich anblickten. Dabei nickten sie höflich und versuchten mit geschickten Griffen, die Pferde ruhig zu halten.

»Erlauben Eure Majestät den Beginn der Tjost?«, fragte der Turnierleiter den König.

Fast greifbare Stille kehrte in der Turnierarena ein. Sigismund richtete sich kerzengerade in seinem Sessel auf, zog seinen Pelzmantel zurecht und beugte sich leicht nach vorn, bevor er zu sprechen anhob.

»Ihr seid die tapfersten meiner Edelleute, und aus diesem Grund fällt es mir schwer, nur einem den Sieg zu gönnen. Aber so sind nun einmal die Regeln: Nur einer kann gewinnen. Lasst den Wettkampf beginnen!«

János entfernte sich von Vladislav und führte sein Ross nach links. Als er die Stelle erreichte, wo die Baronin von Thegzes und ihre Tochter saßen, hielt er an.

»Ich kämpfe für Eure Schönheit, Clara von Thegzes, und im Andenken an Euren Vater«, rief er mit bebender Stimme.

»Möge Gott mir beistehen!« Ehrfürchtig neigte er den Kopf vor ihr und legte die Hand auf die Brust.

Roxolans Blick schwenkte zu seinem Freund. Dieser schaute unschlüssig mal zur Haupttribüne, mal zu seinem Tjostrivalen. *Mach keine Dummheiten, Vlas!*

Vladislav Draco verbeugte sich nun vor der Hofdame, die neben Königin Barbara saß.

»Ich widme den Sieg meiner wunderschönen Gattin, der Prinzessin Vasilissa, und meinem zweiten Kind, das sie unter dem Herzen trägt.«

Seine Frau erhob sich lächelnd und nahm das feine Wolltuch ab. Ihr schwarzes Haar wallte über die Schultern.

»Möge Gott Euch beschützen!«, rief sie und warf ihm ihr Tuch zu. Geschickt fing er es auf und führte es an die Lippen.

Jubel und aufmunternde Zurufe schallten über das Gelände. Sogar die Königin nickte ihrer Hofdame zu und drückte ihr wohlwollend die Hand.

Der Herold schritt zwischen die beiden Kämpfer. »Der letzte Wettkampf soll beginnen!«

Roxolans Blick verfolgte János, bis dieser das linke Bahnende erreichte. Besonders intensiv fixierte er den Schimmel. Er glich seinen Atem den Dampfwolken an, die sich vor den Nüstern des Pferdes in der eisigen Luft bildeten.

Dann schloss er die Augen und ließ seine Gedanken in das Blut des Schlachtrosses eindringen. Das kräftige Herz pumpte sie durch Muskeln und Organe, Glieder und Sehnen, bis die Sinne des Tieres zu den seinen wurden. Er spürte Hunyadis Gewicht auf dem Rücken; die Schenkel des Reiters pressten sich gegen seine Rippen, und als János dem Hengst die Sporen gab, bohrten sie sich auch in seine Seiten. Die Gebissstange verformte ebenso Roxolans Mundwinkel, als János das Pferd zum Stehen brachte.

Orion war für den Kampf bereit, und mit ihm Roxolan, denn er war Orion.

Sein Knappe hielt den Schutzschild hoch, als Hunyadi vor ihm stehen blieb.

»Gib mir zuerst die Stoßlanze«, befahl er barsch.

»Jawohl, mein Herr!«

»Was soll das, Gyuri? Sie ist zu schwer. Gib mir eine andere.«

»Sofort!«

Auch diese stellte ihn nicht zufrieden. »Wie viele haben wir davon?«

»Sechs, und sie sind alle gleich. Die Gilde der Zimmerleute hat sie uns für die Tjost mitgebracht. Leichtere haben wir nicht.«

»Seltsam! Sie liegen so schwer in der Hand.« Konzentriert bewegte er die Lanze in verschiedene Stellungen. »Sie wiegt so viel wie eine Kriegslanze.«

»Die Gildevertreter sagten mir, dass alle Wettkämpfer solche bekommen hätten.«

»Wenn das so ist.« Er balancierte noch einmal die lange Angriffswaffe, dann reichte er sie wieder dem Knappen. »Gib mir den Helm.«

»Jawohl!«

Mit beiden Händen setzte er sich den gepolsterten, schweren Rüstungshelm auf den Kopf. »Und jetzt den Schutzschild.«

Gyuri half seinem Herrn, den Arm unter die Lederriemen des Schildes zu führen, und zog sie anschließend fest.

János schaute zum anderen Ende der Trennschranke und sah, wie Vladislav die gleichen Vorkehrungen traf wie er. *Der König hat recht: Nur einer kann siegen.*

»Das Visier, Herr!« Die Aufforderung des Dieners holte ihn aus seinen Gedanken.

»Was ist, Gyuri?«

»Ihr solltet den Gesichtsschutz herunterlassen und Euch angriffsbereit stellen.«

Quietschend fiel das schützende Metallstück herab. Aus seinem Blick verschwanden die Haupttribüne und das jubelnde Volk vor der Frauenkirche. Die Zurufe und all die Stimmen um ihn herum klangen mit einem Mal dumpf, als habe er den Kopf unter Wasser getaucht. Durch den schmalen Schlitz sah er nur die Schranke, die die Angriffsbahn teilte.

Er hasste dieses Gefühl der Enge. Sein Atem legte sich im Helminneren warm und feucht auf das Gesicht. Die feinen Öffnungen vor Nase und Mund ließen nur wenig Luft zu ihm durchdringen. Der Schweiß troff ihm von den Schläfen und perlte kitzelnd am Hals entlang. So gut er konnte, versuchte er mit der trockenen, klebrigen Zunge die Lippen zu befeuchten.

Wie lange dauert es noch? Er sah, wie der Herold zur Mitte der Kampfstrecke schritt und seinen Zeremonienstab hob.

János freute sich auf die rauschenden, frischen Luftströme, die durch die Helmöffnungen dringen und Gesicht und Lunge erfrischen würden.

Er hakte den unteren Teil der Stoßlanze im Rüstungshaken fest, so dass diese mühelos mit einer Hand zu bewegen war.

Die Fanfaren erklangen, der Stab des Herolds senkte sich.

Endlich!

Die Sporen bohrten sich in die Flanken des Kampfrosses, und es fiel sofort in einen furiosen Galopp. Aus der Gegenrichtung stürmte Vladislav ihm entgegen, mit waagerecht ausgerichteter Lanze.

János blieb nicht mehr viel Zeit. Konzentriert legte er die Lanzenspitze zwischen Orions Ohren aus. Sein Körper spannte sich wie ein Bogen auf dem Rücken des Pferdes und bereitete sich auf den wuchtigen Aufprall vor.

Leicht nach vorn gebeugt, senkte er sich fester in die Sattelbügel und zielte auf die rechte Schulter seines Gegners, dorthin, wo dessen Schutzschild endete.

Noch drei Lanzenlängen. Noch zwei Atemstöße.

Jetzt!

Unerwartet stellte sich Orion wiehernd auf die Hinterbeine.

Und da traf Vladislavs Lanzenstoß seinen Schild mit solcher Wucht, dass er ihn aus dem Sattel schleuderte.

Als János auf dem Boden aufschlug, hörte er noch, wie die Luft pfeifend aus seinen Lungen wich.

Das warme Blut, das ihm aus der Nase sickerte, spürte er nicht mehr. Ein wohltuender Nebel umfing ihn.

Kapitel 7

Als János Hunyadi die Augen öffnete, sah er in dem milchigen Licht nur Schatten, die sich ihm tänzelnd näherten oder sich entfernten. Vorsichtig bewegte er den Kopf und atmete gierig die kühle, frische Luft, die sein Gesicht streichelte.

»Mein Herr kommt wieder zu sich«, vernahm er Gyuris Stimme.

Gestalten beugten sich über ihn, und er erkannte schließlich Vladislav, der ihn besorgt ansah.

»Tritt zur Seite, Gyuri!« Sein Freund kniete sich neben ihn und griff nach seiner Hand. »János, kannst du mich hören? Kannst du Arme und Beine bewegen?«

»Das war kein schlechter Lanzenstoß, Vlas. Aber nicht so heftig, dass er mich zum Krüppel gemacht hätte«, antwortete er keuchend. »Und du, Gyuri, nimm diesen nassen Lappen von meiner Stirn und hilf mir endlich aufzustehen.«

Gestützt von seinem Knappen auf der einen und Vladislav auf der anderen Seite, richtete er sich auf. Von den Zuschauern waren Aufmunterungsrufe zu hören, und freudiger Applaus begrüßte den zurückkehrenden Turnierkämpfer.

Der Herold trat vor ihn und überprüfte den gesundheitlichen Zustand des Ritters. »Durch Euren Sturz gilt der Wettkampf als beendet. Kraft meines Amtes werde ich dies offiziell verkünden müssen. Könnt Ihr gehen?«

János nickte nur und begleitete ihn zusammen mit Vlas. Vor der Tribüne blieben die drei stehen und verbeugten sich vor dem König.

»Eure Majestät, illustre Gäste!«, deklamierte der Turnierherold mit Pathos in der Stimme. »An diesem glorreichen Tag haben erfahrene und gefürchtete Krieger aller Länder mit der Lanze gewetteifert. Nur einer bewies das meisterliche Geschick im Umgang mit Waffe und Pferd, um seine Konkurrenten zu besiegen: Vladislav Draco ist der Sieger der heutigen Tjost!«, rief er und zeigte mit dem Turnierstab auf den Geehrten.

Jubel brach aus, und die Zuschauer riefen immer wieder den Namen des siegreichen Edelmannes. Doch als der Monarch die Hand erhob, schwiegen sie und richteten ihre Blicke erwartungsvoll auf ihn.

»Ich hatte Angst«, tat Sigismund so laut kund, dass ihn jeder hören konnte, »einen meiner tapfersten Ritter zu verlieren. Doch Gott in Seiner Barmherzigkeit hat es nicht zugelassen. Umso mehr erfreut sich mein Herz an dem ruhmreichen Triumph unseres neuen Drachenritters.«

Auf das Zeichen des Königs führte ein Page einen rotbraunen Hengst vor die Tribüne und überreichte dem Herold die Zügel.

»Für Eure Tapferkeit«, sagte dieser, »erhaltet Ihr, als Sieger, dieses edle Geschöpf, das in den fernen arabischen Ländern gezüchtet und ausgebildet wurde. Es ist nicht so mächtig gebaut wie unsere Schlachtrosse, aber seht nur diese feingliedrigen Beine, die seinen Reiter schneller als der Wind ans Ziel führen können. Und im Kampf«, fügte er hinzu, »ist es so wendig, dass es den Feinden schwindelig wird. Bewundert nur diese klugen Augen.«

Noch beeindruckender als das Pferd selbst war die gesamte Ausstattung des Reitzeugs: Zügel und Sattel waren mit geschwungenen Metallapplikationen und Edelsteinen versehen, und die mit Edelmetallstickereien verzierte Prunkschabracke aus Brokat glänzte in den letzten Sonnenstrahlen.

Der Herold führte den fuchsigen Hengst im Kreis und übergab ihn anschließend Vladislav. Dieser griff nach den Riemen und betrachtete andächtig den kleinen Kopf des Pferdes mit der breiten Stirn und den tiefliegenden Augen. Seine

Hand strich über die samtweichen Nüstern, die sich im Atemrhythmus bewegten. Das Fell und die Mähne schimmerten im Sonnenlicht wie flüssiges Kupfer.

Der Ritter nickte anerkennend und mit leuchtenden Augen und bedankte sich beim König.

»Euer Geschenk, Majestät, ist eines gekrönten Hauptes würdig, und deshalb werde ich es, mit Eurer Erlaubnis, Crai nennen, was in meiner Muttersprache *abendländischer Kaiser* bedeutet.«

»So soll es sein!«, stimmte Sigismund zu.

Obwohl ihm noch leicht übel war, ging Hunyadi auf seinen Freund zu. »Ich gratuliere dir! Der Bessere von uns beiden hat gewonnen.«

»Du hast es mir aber auch leichtgemacht. Was ist nur in Orion gefahren? Dein Schlachtross wird von jedem Turnierteilnehmer gefürchtet, doch heute hat es dich regelrecht aus dem Sattel geworfen.«

»Nett von dir, das zu sagen. Du warst es, oder besser gesagt: Es war deine Lanze, die mich geschlagen hat. Aber du hast recht, so etwas ist mir wahrhaftig noch nicht passiert. Dennoch, ein Ritter muss sein Pferd stets beherrschen können. Ich habe versagt und … verloren.« János streckte die Hand aus und packte den ihm entgegengestreckten Arm seines Freundes am Ellbogen. »Auf ewige Ehre und Tapferkeit!«

»Auf ewiges Gotteslob!«, erwiderte der Drachenritter.

»Worauf wartest du noch? Komm, steig auf! Hörst du nicht, wie alle nach dem Sieger rufen?«

Ilarion stand bereits mit einem dreibeinigen Holzschemel neben dem Araberhengst. Auf ein Zeichen seines Herrn stellte er diesen seitlich neben das Tier. Der königliche Page hielt den Steigbügel fest, und Ilarion half seinem Herrn beim Aufsteigen.

Jubel erklang, und während Vladislav versuchte, sein neues edles Pferd zu zügeln, winkte er zwischendurch ins Publikum. Vor dem Königspaar blieb er stehen und nickte dankend. Dann warf er seiner Frau einen Handkuss zu, was sie zum Strahlen brachte.

Alle freuten sich mit ihm, König Alfons von Aragon und Neapel, der serbische Despot Brankowitsch und sämtliche Fürsten. Nur der polnische Monarch, König Jagiello, starrte grimmig vor sich hin.

Der walachische Fürst ritt weiter an der Tribüne entlang. Doch als er Clara erblickte, die ihm stehend zuwinkte, hielt er inne.

»Baronin von Thegzes«, begrüßte er zuerst die Mutter. »Ich bedaure den Tod Eures Gemahls, der tapfer den wahren Glauben unserer katholischen Kirche in Böhmen verteidigt hat.«

Bei diesen Worten nickte die korpulente Edeldame dankend und tupfte ihre Augen mit einem Schnupftüchlein.

»Aber so, wie ich seine Tapferkeit lobe, so preise ich die Schönheit seiner Tochter, die mit ihrer Ausstrahlung sogar die Sonne erblassen lässt.«

Sanfte Röte stieg der Jungfer ins Gesicht, und für einen Moment verbarg sie es in den Händen. Als ihre Mutter sie wieder auf die Sitzbank ziehen wollte, befreite sie sich mit einem Ruck. Zitternd löste sie eine goldene Brosche von ihrem Mantel und warf sie, unter jubelnden Rufen, dem walachischen Ritter zu. Dieser fing sich flugs den Schmuck, schloss ihn fest in seine Faust, die er anschließend an sein Herz presste.

»Dieser Talisman wird mich mein ganzes Leben lang begleiten, und sein Glanz wird mich stets an Eure strahlende Anmut erinnern.«

János, der die Szene fassungslos verfolgte, traute seinen

Augen nicht. Clara hatte ihn nicht ein einziges Mal angesehen, stattdessen kokettierte sie schamlos mit dem Sieger.

Doch es war eigentlich nicht ihr Verhalten, das ihn enttäuschte – welche edle Frau würde schon einem Besiegten zujubeln. Aber Vlas? Die Adern an seinem Hals schwollen, bis er fast keine Luft mehr bekam. Das Herz hämmerte in seiner Brust, als wollte es sie zum Bersten bringen. Mit geballten Fäusten schritt er hinter Vladislav her.

»Mein Herr!«, rief sein Knappe aufgeregt.

»Was ist?«

»Geht es Euch gut? Ihr blutet wieder!«

János fuhr instinktiv mit der Hand an die Nase und wischte das Blut ab. »Kümmere dich lieber um Orion, und tanz nicht so um mich herum.«

»Wie Ihr es wünscht!«

Hunyadi schaute dem Freund nach, der seinen Ritt vor den jubelnden Zuschauern fortsetzte. Sein Blick kehrte zurück zur Haupttribüne, wo er auf Vasilissa fiel. Sie biss sich auf die Unterlippe, und Tränen liefen ihr über das Gesicht.

Du hast nicht nur unsere Freundschaft verletzt, Vladislav, sondern auch die Ehre deiner Frau! Seine Fingernägel bohrten sich in die Handflächen, bis sie bluteten. *Verräter!*

Erschöpft stützte sich Roxolan auf der Holzbrüstung ab, die das Tjostgelände begrenzte. Seine Knie zitterten, um ihn herum schwirrten die Stimmen wie in einem Bienenstock.

»Guck dir den an!«, hörte er eine Frau neben sich sagen. »Entweder ist er stockbesoffen, oder er hat gerade seinen Geldbeutel beim Wetten verloren.«

»Was soll der denn zu verlieren haben?«, mischte sich ein Mann ein. »Wie der aussieht und vor allem wie der stinkt, kann das nur ein Bettler sein.«

Torkelnd schubste Rox die Menschen zur Seite und bahnte

sich seinen Weg in Richtung Kirche. Solange er Stanibor und seinen Komplizen nicht gefunden hatte, befand sich Vladislav immer noch in Gefahr.

Der Turnierplatz leerte sich zusehends, nachdem die Hochadeligen und die Ritter sich zu den Feierlichkeiten in die Burg zurückgezogen hatten.

Roxolan wusste, dass er als verkleideter Stallknecht keine Möglichkeit haben würde, sich bei den Bediensteten auf der Kaiserpfalz einzuschleichen. Im Ritterlager ging er direkt zu dem Zelt, über dem das Banner mit dem walachischen Adler flatterte. Erleichtert sah er, wie Ilarion gerade dem Rappen Brathar den Sattel abnahm. Vorsichtig blickte er sich um und vergewisserte sich, dass niemand ihn verfolgte, dann schlich er sich zu Ilarion.

»Rox, wie siehst du denn aus?«, rief der Knappe, der nun das Pferd striegelte. »Hast du schon wieder eine deiner geheimen Unternehmungen überlebt? So wie deine Nase aussieht, war es bestimmt schmerzhaft.«

»Und dreckig«, ergänzte Roxolan grinsend. »Aber ich dachte, du bist nun kein Pferdeknecht mehr. Was machst du hier, statt Vladislav auf die Burg zu begleiten?«

»Mein Herr hat mir befohlen, ein besonderes Geschenk für dich fertig zu machen.«

»Für mich?«

»Dies hier ist es. Wie gefällt dir Brathar?«

»Sein Rappe?« Mit strahlenden Augen betrachtete er das stolze Tier. »Bist du sicher?«

»Hast du nicht gesehen, dass mein Fürst ein edles Pferd von König Sigismund geschenkt bekommen hat? Es soll aus den weit entfernten maurischen Ländern stammen.«

»Ja, Crai hat er es genannt.«

»Mein Herr meint, bei dir ist Brathar in guten Händen und immer in seiner Nähe. Du weißt, wie sehr er an seinem Schlachtross hängt. Und außerdem …«, ergänzte der Blonde lachend, »würde keiner außer dir so einen Teufel reiten können.«

»Das stimmt!« Rox tätschelte den Hals des Rappen. »Ilarion, wo hast du meine Sachen gelagert? Ich brauche sie sofort.«

»Sie sind mit meinen hier im Zelt verstaut.« Die beiden traten ein.

»Das ist gut. Und jetzt, mein lieber Freund, such den Gelehrten Dragomir und bring ihn zu mir.«

Gehorsam verschwand Vladislavs Knappe wieder durch die Zeltöffnung.

Roxolan wusch sich gründlich in dem Bottich mit Wasser, den er draußen fand. Danach schnitt er eine Handbreit seiner langen rotblonden Haare ab, die er behutsam auf einem Brett auslegte. Aus seinem ledernden Reisesack holte er einen Holzkasten, in dem sich mehrere Tiegel und Päckchen unterschiedlicher Größe befanden. Aus einem Tuch wickelte er eine blank polierte Silberplatte, in der er sich im Kerzenlicht spiegelte.

Rox tauchte die Finger in ein Tongefäß und bestrich sein Gesicht dann mit einer klebrigen Paste, die aus Honig, Wachs, flüssigem Harz und anderen, nur ihm selbst bekannten Zutaten bestand. Nach und nach klebte er seine abgeschnittenen Haarsträhnen auf Kinn und Wangen.

Da wurde der Vorhang des Zeltes raschelnd zur Seite geschoben, und Ilarion ließ dem walachischen Bojaren den Vortritt.

Gebeugt, als sei ihm sein Pelzmantel eine Last, setzte sich Dragomir auf einen dreibeinigen Schemel.

»Ich hätte nie gedacht, dass ich einmal Zeuge einer deiner Verwandlungen werde, Roxolan«, sagte er, nachdem der Knappe sich entfernt hatte. »Du musst in großer Not sein, wenn du mich rufen lässt.«

»Nicht ich, Gelehrter, sondern Vladislav. Ich muss zu ihm auf die Burg. Dafür brauche ich wahrhaftig Eure Hilfe und …« Er presste die Lippen zusammen, um sich eine Haarsträhne unter die Nase zu kleben. »Und …«, fuhr er mit nasaler Stimme fort, »die Kleidungsstücke Eures Dieners, um Euch dorthin zu begleiten.«

»Kannst du mir vielleicht zuerst verraten, was hier los ist? Ich habe nämlich auch kein gutes Gefühl. Die Zeremonie, das Turnier und unser feierlicher Empfang – all das läuft viel zu glatt. Mein Instinkt sagt mir, dass die Luft in Nürnberg nach Gift riecht.«

Roxolan blickte den Bojaren lange an, bevor er sprach. »Sowohl das Gift als auch die Intrige können töten. Ihr habt recht. Höhere Mächte wollen nicht, dass Vladislav den walachischen Thron bekommt.«

»Was sagst du da? Haben die Danen die Hand im Spiel?«

»Ich weiß nur, dass Dans Söhne nach dem Tod ihres Vaters an Jagiellos Hof Zuflucht gefunden haben.«

»Dass der polnische König durch diese Verräter seinen Einfluss in der Walachei verankern will, ist mir bekannt.«

»Zweifelsohne. Aber wusstet Ihr auch, dass Jagiello nun Hunyadi auf seine Seite zu ziehen versucht?«

»Was?«

»Und nicht nur das. Cesarini zeigt ebenfalls Interesse an unserem ungarischen Freund. Hier wird etwas gekocht, was mir nicht schmeckt, Gelehrter.«

»Wie kann ich dir helfen, Roxolan?«

»Ihr könntet zuerst einmal meinen neuen Bart nach walachischer Sitte zurechtstutzen«, antwortete er grinsend und reichte dem verblüfften Dragomir das scharfe Messer.

Kapitel 8

János Hunyadi mied den Hauptzugang zur Kaiserpfalz, der von der Stadt aus am Fünfeckturm vorbei verlief, und wählte stattdessen den steilen Weg, der unauffällig durch das sogenannte Himmelstor in den Burghof führte.

Es war lange her, seit er zuletzt einen Kampf in einem Turnier verloren hatte. Aber nicht etwa wegen der Niederlage fühlte er sich so elend; von seinem Freund Vladislav besiegt zu werden war keine Schande. Heute aber hatte er mehr als nur die Siegerehrung vor den fränkischen Patriziern eingebüßt, mehr als den Ruhm, vor den von weit her angereisten, gekrönten Gästen oder den Drachenrittern zu glänzen. Sogar mehr als die Bewunderung von Clara, die sich von ihm abgewandt und Vladislav an seiner statt bejubelt hatte.

Nein, heute hatte er im Wettkampf gewinnen wollen, damit sein leiblicher Vater, König Sigismund, stolz auf ihn wäre. Auf ihn, seinen heimlichen Bastard. Welch erbärmlichen Eindruck mochte er auf ihn wohl gemacht haben? Beim ersten Durchgang bereits war er aus dem Sattel geschleudert worden.

János verjagte die Bilder vor seinem inneren Auge und unterdrückte den wachsenden Hass auf seinen Freund. Nach dem Festmahl auf der kaiserlichen Burg würde er Nürnberg verlassen und nach Mailand oder Venedig reiten, wo er seine Dienste den dortigen Fürsten anbieten wollte. Wie gern hätte er dem Hof schon jetzt den Rücken gekehrt, doch seine Abwesenheit würde König Sigismund erzürnen und ihm noch mehr Spott und Schande eintragen.

Der Hof und die Burg waren anlässlich der Feierlichkeiten der Reichstage und der Investitur in den Drachenorden opulent mit Fackeln beleuchtet, so dass der runde Bergfriedturm seinen mächtigen Schatten über die inneren Mauern und Wirtschaftsgebäude warf.

János zog die Zügel an und schaute sich um. Vom Klappern der Hufe angelockt, eilte ein Knecht herbei, der ihm beim Absteigen half. Der Schimmel würde in den Stallungen einen warmen Platz und trockenes Futter finden.

»Signor Hunyadi«, hörte er hinter sich eine Stimme.

Als er sich umdrehte, fiel sein Blick auf einen Kleriker in gepflegter schwarzer Soutane.

»Wer seid Ihr?«

»Mein Name ist Antonio, und ich bin der Sekretär Seiner Eminenz, Kardinal Giuliano Cesarini.«

»Und was wollt Ihr von mir?«

»Seine Eminenz lädt Euch zu einem vertraulichen Gespräch in die Kapelle ein. Ihr könnt hineingehen und auf ihn warten; die Tür ist offen. Ich sage ihm, dass Ihr angekommen seid.«

Ebenso lautlos, wie er erschienen war, verschwand der Kirchenmann in Richtung des Palastes.

Mit zusammengekniffenen Augen betrachtete János die Pfalzkapelle mit ihrem gewaltigen Chorturm, der über die Apsis ragte. Große Öffnungen in der Mauer dienten den Wächtern als Ausguck, die dadurch Nürnberg in alle vier Himmelsrichtungen überblicken konnten.

Zögernd trat er in das Gotteshaus und schloss die Tür hinter sich. Das schwache Licht, das von draußen durch die Rundbogenfenster drang, erhellte zusammen mit den brennenden Altarkerzen das Kirchenschiff.

Die Burgkapelle war auf zwei Ebenen angelegt, die nur durch eine Deckenöffnung miteinander verbunden waren, so dass die untere Kapelle ausschließlich vom Innenhof aus zu betreten war. Das obere Geschoss war der kaiserlichen Familie und dem Hochadel vorbehalten, die es durch einen direkten Zugang vom Palast aus begehen konnten.

János schritt in die Mitte der Kirche und blickte hoch in die quadratische Öffnung der Decke zur oberen Kapelle. Kein Geräusch kam von dort, nirgendwo verrieten tanzende Schatten die Anwesenheit möglicher Zeugen der bevorstehenden Begegnung.

Angelockt vom Flackern der Kerzen, ging er zum Altar. Unter dem leidenden Blick Jesu Christi entblößte er sein Haupt, fiel auf die Knie und begann zu beten.

Das Rascheln von Stoff auf dem steinernen Boden riss ihn aus seiner inneren Zwiesprache mit Gottes Sohn. Schon ruhte eine behandschuhte Rechte auf seiner Schulter.

»Pax vobiscum, Cavaliere!«

»Et cum spiritu tuo«, erwiderte János, ohne zum Kardinal aufzublicken.

Dieser, in einen einfachen grauen Mantel gehüllt, kniete sich stöhnend neben den Ritter, faltete die Hände und flüsterte, zum Kreuz emporschauend, sein Gebet.

»Gott im Himmel, erbarme Dich und zeige Deinem Schäfer, wie er Deine Herde zurück in den Garten des wahren Glaubens Deiner Kirche führen kann. Verrate mir den Weg zum Frieden zwischen den Christen, denn alle unsere bisherigen friedlichen Bemühungen sind fehlgeschlagen, und in den Kreuzzügen wurden unsere Heere vernichtet. Wie viel christliches Blut muss noch für die Reinheit Deiner Altäre fließen?«

János musterte den Kleriker von der Seite. »Eminenz, ich habe vor zehn Jahren bei Veitsberg gegen die Hussiten gekämpft, und ich weiß, dass diese Menschen für ihre Glaubensüberzeugung lieber sterben wollen, als die Heilige Hostie in der katholischen Kirche zu empfangen. Und jetzt frage ich Euch: Müssen diese verirrten Schafe wirklich geschlachtet werden?«

»Geopfert, mein Sohn … geopfert!«, wies ihn der Kardinal

mit erhobenem Zeigefinger zurecht. »Ihr dürft nicht vergessen, wie der Herr es mit seinem Sohn für uns getan hat.«

»Ist das der wahre Wille Gottes?«

»Friedliche Verhandlungen würden von diesen Häretikern als Schwäche angesehen. Immer mehr Schwestern und Brüder stellen die Prinzipien und die Lehre der Mutterkirche in Frage und wenden sich von ihr ab. Sie gründen Sekten und bauen heidnische Sanktuare auf unserer geweihten Gotteserde. Durch die Verbrennung ihres Anführers Jan Hus haben wir aus ihm einen Märtyrer gemacht. Seine Anhänger beten nicht mehr im Verborgenen, sondern sie predigen ihren Irrglauben auf Marktplätzen und stiften damit das einfache Volk an.«

Der Kardinal packte den Ritter mit beiden Händen an den Schultern und blickte ihm tief in die Augen. »Ihr wisst, Cavaliere, es bleibt nicht nur bei dieser Hetze! Nein, sie kämpfen, sie heben das Schwert gegen das Heilige Kreuz, an dem das Blut Jesu haftet, gegen die Mutterkirche und die von Gott gewollte Ordnung. Kirchen werden entweiht, Priester und Mönche geschändet und ermordet. Der Bauer verbrennt das Herrengut und leistet seine Pflicht nicht mehr. Hungersnöte und Pest verbreiten sich in Böhmen, Brandenburg, Schlesien und Oberfranken.« Um seinen Worten mehr Gewicht zu verleihen, zwang er den Ritter, zum Altar hochzuschauen, indem er mit dem Finger auf den Gottessohn zeigte. »Hunyadi, Ihr kennt diese Gegner und ihre Taktik wie kein anderer Krieger unserer Zeit.«

Nach kurzem Schweigen nahm Cesarini János' Hand in seine. »Kämpft an unserer Seite, Cavaliere! Werdet der Anführer der apostolischen Christenarmee. Ein Stratege mit Euren Fähigkeiten, mit Eurem reinen Herzen und erlesenen Charakter muss der Erzengel des Christentums sein.«

»Nach meiner heutigen Turnierniederlage ehrt mich Euer Vertrauen in meine Kampfkünste ganz besonders.«

»Ihr seid für mich der Sieger«, widersprach der Kardinal. »Wie von Dämonen besessen, hat Euer Pferd Euch daran gehindert, den Walachen zu treffen. Ich habe die Richtung Eurer Lanze beobachtet. Der Stoß auf die Stelle zwischen Schild und Schulter, die Ihr als Ziel ausgewählt hattet, wäre von Draco unmöglich abzuwehren gewesen.«

Mit hochgezogenen Augenbrauen blickte János den Kardinal an. »Ihr versteht etwas von Waffen, Eminenz.«

»Die Lehre Gottes verteidigt man nicht nur mit Fasten und Exerzitien, Cavaliere. Denn wenn all dies nicht reicht, müssen wir für unseren Herrn im Himmel auch eine Lanze zu führen wissen oder das Schwert mit dem des Feindes kreuzen können.«

Wieder schaute der Ritter demütig zum Gekreuzigten empor.

»Mein lieber Hunyadi, der Pontifex maximus wird Euch die Führung einer gut ausgerüsteten Armee anvertrauen und viel Gold für den Kreuzzug zur Verfügung stellen. Kämpft an seiner Seite für Gott!« Der Kardinal legte die Hand auf János' Schulter und fügte mit vielsagender Betonung hinzu: »An seiner *schützenden* Seite, Cavaliere!«

»Das habt Ihr auch heute Morgen gesagt, Eminenz. Ihr erwähntet beiläufig, dass jeder Mensch Träume und Wünsche habe, die, wenn man reinen Herzens ist, in Erfüllung gingen. Aber ist es nicht eine Sünde, sich nach etwas zu sehnen, was einem Mitmenschen schaden könnte? Denn nicht alle Wünsche sind von himmlischem Gebot, Eminenz. Auch Dämonen können unsere Sinne in Besitz nehmen und sie vergiften.«

»Wenn Ihr an Eurem Begehren zweifelt, betet zu Gott um seelischen Beistand und … um Erleuchtung.«

»Bin ich des Herrn würdig genug, um sein Gehör zu finden?«

»Ich verstehe Eure Bedenken, Cavaliere. Wenn Ihr Euch

von Euren Freveltaten befreien wollt, nehme ich Euch hier und jetzt die Beichte ab. Die Absolution reinigt Eure Seele und öffnet ihr den Weg zu Gott.«

»Mein Begehren ist meine Sünde, Kardinal, denn das, was ich mir wünsche, wird das Leben eines Menschen zerstören.«

Cesarini schlug hastig das Kreuz. »Für jemanden den Tod herbeizusehnen ist in der Tat eine Sündhaftigkeit.«

János schüttelte energisch den Kopf. »Nein, Eminenz, niemand soll sterben. Ich will diesen Mann leiden sehen, wie ich seinetwegen gelitten habe. Ich will, dass seine Freude sich in Kummer verwandelt, dass er die Bitterkeit der verlorenen Liebe schmeckt, dass der Verrat sein Herz zerbricht – so wie es mir ergangen ist.«

»Euer Streben nach Gerechtigkeit ist fromm und keine Sünde. Ich werde für Euch beten, Hunyadi. Aber würdet Ihr dann das Schwert für die Mutterkirche erheben und die Gottesarmee führen wollen, wenn Euer Ersuchen in Erfüllung geht?«

»Ja, Eminenz!«

Der Kardinal fuhr sich mit der Zunge über die wulstigen Lippen. In seinen Augen schimmerte das Kerzenlicht. »Wie heißt der Mann?«

János ballte die Fäuste und blickte in das Antlitz Christi. War es richtig, was er tat? In seinen Ohren hallte noch das Geschrei der Tjostzuschauer, die Vladislavs Namen riefen. Und vor seinem geistigen Auge wiederholte sich die Szene, in der Clara dem Sieger die goldene Brosche zuwarf. Er spürte, wie sich der Neid in seiner Brust ausbreitete und seine Seele vergiftete, wie die Eifersucht gleich Efeuranken sein Herz überwucherte und es verschlang. János klammerte sich an die ritterlichen Tugenden und kämpfte gegen all die würdelosen Gefühle …

»Cavaliere?«

Der ungarische Ritter wandte sich zum Kardinal um und starrte ihn mit fiebrigem Blick an.

»Eminenz … Gott darf nicht zulassen, dass mein Freund Vladislav Draco den Thron seines Vaters besteigt. Niemals, solange er lebt!«

Zusammen mit den walachischen Bojaren betrat Roxolan den inneren Burghof und erschlich sich so den Zugang zum Palast der Kaiserburg. Die dicken Mauern hielten den kalten Wind nur unzureichend ab, so dass es in den schmalen Fluren erbärmlich zog. In großen Abständen flackerten Fackeln, die ein schwach flimmerndes Licht spendeten. Der Walache blieb vor einer Tür stehen, hinter der er Stimmen und lautes Geschirrklappern hörte.

Vorsichtshalber überprüfte er noch einmal seine Verkleidung. Unter die Tunika von Dragomirs Diener, die eine Handbreit über den Knien endete, hatte er seinen Mantel gestopft, so dass dieser einen respektablen Bauch bildete. Auf dem Kopf trug er eine Mütze aus Kaninchenfell, die ihm viel zu groß war. Aber das störte ihn nicht. Im Gegenteil, sie bedeckte großzügig Stirn, Augenbrauen und auch noch einen Teil der Augen. Diese Kleidung – zusammen mit dem falschen Vollbart – verbarg die Spuren der Schläge, die er von János' Knappen hatte einstecken müssen. Die Waden waren mit Fuchsfell umwickelt und fest geschnürt.

Zufrieden, dass er wie ein echter Walache aussah, öffnete er schließlich die Tür. Im dichten Rauch erkannte Roxolan einige Frauen, die an einem großen Tisch Geflügel rupften und Gemüse hackten. Über den Feuerstellen hantierten zwei Diener mit riesigen Töpfen, während ein weiterer ein neues Holzscheit ins Feuer warf.

»Wer bist du, und was suchst du in meiner Küche?« Breitbeinig versperrte ihm eine schmächtige Gestalt den Weg. Der kleine Mann hielt einen Holzlöffel in der Hand, als wäre er eine Keule.

»Ich bin der Hausdiener des walachischen Bojaren Dragomir«, antwortete Rox in gebrochenem Deutsch, wobei er stark das R rollte. »Seid Ihr der Koch?«

»Kommt darauf an, was Ihr von mir wollt«, entgegnete ihm der Kleine und beäugte ihn misstrauisch.

»Mein Herr und seine Begleiter wünschen, nur von mir am Tisch bedient zu werden.«

»Haben sie Angst, ich könnte sie vergiften?« Da er keine Antwort von dem Fremden bekam, winkte der Koch, mit dem Holzlöffel in die Küchenmitte zeigend, ihn herein. »Mir soll es recht sein, denn ich habe sowieso zu wenig Bedienstete.«

Vor Roxolan reihte sich ein Dutzend Diener vor dem großen Küchentisch auf, die nacheinander vollbeladene Platten aufhoben, auf denen sich Bratfleisch auftürmte. Drei Hilfsköche befreiten riesige Spieße von gebratenen Kapaunen, Perl- und Auerhühnern, die sie dann auf mehrere Zinnplatten verteilten. Zwei weitere junge Männer hievten gemeinsam eine Art Trage hoch, auf der ein geröstetes Wildschwein thronte.

In der rauchigen Küche duftete es nach geschmorten Zwiebeln und Knoblauch. Dicke Würste brutzelten in einer Eisenpfanne. An einer zusätzlichen Feuerstelle schmorten in einem Kessel Schinkenstücke in einem rötlichen Sud, von dem nach Wacholder duftende Dämpfe aufstiegen.

»Glotz nicht so, sondern pack mit an!«, schrie der Küchenchef. »Du kannst die vollen Weinkrüge in den oberen Saal bringen.«

Neben der Tür, die zum Speisesaal führte, standen drei Eichenfässer auf Holzböcken. Aus einem der Fässer füllte eine dickleibige Frau eilig einen Tonkrug nach dem anderen mit Rotwein, um ihn anschließend auf einem Nebentisch abzustellen.

Ohne zu zögern, schnappte sich Roxolan jeweils zwei Krüge in jede Hand und folgte den Bediensteten mit den Speisen.

Im Saal angelangt, suchte er fieberhaft nach Vladislav.

»Fremder, du muss den Wein nach oben in den großen Festsaal bringen, wo der König mit seinen Gästen tafelt. Dort findest du auch deine Landsleute.«

»Gott schütze dich!«

Im oberen Stockwerk sah er die Tische, die an den Längsseiten des Raums aufgestellt worden waren. An diesen tafelten die Edelleute, Patrizier und Ritter, die gierig nach all den Köstlichkeiten griffen.

Am Ende des Speisesaals prangte eine quer gestellte, mit Brokat imposant eingedeckte Tafel, an der die vierundzwanzig Drachenritter aßen. Die Flammen der Kerzen in ihren Leuchtern spiegelten sich in den mit Silber verzierten Glaspokalen, die aus Venedig stammten. An der Wand hinter den erlesenen Gästen hing ein burgundischer Wandteppich, auf dem eine Jagdszene dargestellt war. Acht große Spitzbogenfenster waren in hohen Nischen eingelassen.

Zu seiner Überraschung bemerkte Roxolan, dass es Kardinal Cesarini war, der zur Rechten Sigismunds saß, und nicht die Königin. Er ließ seinen Blick weiter wandern, bis er endlich Vladislav entdeckte, der seinen Platz zwischen dem König von Aragon und dem serbischen Despoten Brankowitsch hatte.

»He, hast du Wurzeln geschlagen? Was stehst du so blöd herum? Stell die Weinkrüge hier ab und sorg dafür, dass unsere Kehlen nicht austrocknen!«

»Jawohl, mein Herr!«, antwortete der vorgebliche walachische Hausdiener. Ohne darauf zu achten, wen er bediente, verteilte er im Laufen drei Humpen auf den Tischen. Mit dem letzten Tonkrug näherte er sich seinem Freund.

Er bemerkte schon aus der Distanz, dass Vladislav quer

durch den Saal begehrliche Blicke auf Clara von Thegzes warf. Diese saß mit ihrer Mutter zwischen den Edelleuten am Ende eines der seitlichen Holztische.

»Vergiss das Weib, Vlas!«, flüsterte Rox seinem Gefährten zu, während er ihm Wein einschenkte.

Nur ein leichtes Zucken der Hand, die den Weinkelch hielt, zeigte an, dass der Drachenritter ihn erkannt hatte. »Du wirst hier gejagt, mein Lieber, aber ich weiß noch nicht, wer auf dich schießt«, fügte Roxolan auf Walachisch hinzu. »Halt deine Augen offen, denn die Ohren spitze ich für dich.«

»Dieser Rotwein mundet mir ausgesprochen gut. Bring mehr davon und lass alle Gäste von diesem herrlichen Tropfen kosten«, rief Vladislav, als er den Glaspokal in Claras Richtung hob, die erfreut seinen Blick erwiderte.

Roxolan schmunzelte hinter seinem falschen Bart. Er durchschaute das Verhalten des Ritters genau. Wenn er sein Benehmen plötzlich änderte, wären seine konspirativen Feinde alarmiert. Und die Erlaubnis, an anderen Tischen zu servieren – und auch zu lauschen –, hatte Rox damit offiziell erhalten.

Der verkleidete walachische Hausdiener schenkte rundum den rubinroten Wein aus, ohne die Drachenritter dabei aus den Augen zu lassen. Der aragonesische König, genannt *el Magnánimo*, der Großmütige, blickte ins Leere, während er nur wenig an dem Wein nippte. Sein schwarzes Haar, im Stil eines Pagen geschnitten, glänzte im Kerzenlicht wie Ebenholz.

Der serbische Despot Brankowitsch, der neben dem polnischen Monarchen saß, griff nach einem gebratenen Kapaun, den er sofort zu verschlingen begann. Jagiello wandte den Blick von ihm ab und sah sich im Saal um. Seine Augen ruhten schließlich auf János, der gedankenverloren mit dem Messer auf seiner Platte stocherte. Ab und zu hob er den Kopf und schaute zwischen Clara und Vladislav hin und her. Bei diesem Anblick grinste der alte polnische König höhnisch, wobei ihm Speichel aus dem zahnlosen Mund auf das Gewand troff.

Eine Bewegung inmitten der Drachenritter jedoch erregte Roxolans Aufmerksamkeit. Der Kardinal beugte sich soeben zu Sigismund, und sie unterhielten sich flüsternd. Er hätte diesem Gespräch keine große Bedeutung zugemessen, hätte nicht Cesarini dabei mehrmals zu Hunyadi geblickt.

Die Gäste entspannten sich immer mehr, so dass aus dem anfänglich monotonen Summen im Raum ein Lärmen aus Lachen, Schmatzen und übertrieben lauten Gesprächen in unterschiedlichen Sprachen wurde.

Eine vertraute Stimme ließ Rox aufhorchen. In dem Redner erkannte er den Ritter des Deutschen Ordens.

»Wenn alle Burgunder wie du kämpfen, Wallerand, dann suche ich mir lieber alte Weiber als Söldner gegen die Osmanen. Sie wissen, wie man einem Mann die Keule über den Schädel zieht. Was war denn los mit dir? Nicht ein einziges Mal hast du mich im Turnier getroffen.«

De Wavrin stellte sich taub gegen all diese Provokationen, er starrte nur weiterhin in den Zinnbecher, den er in den Händen drehte. Ein Seufzen kam aus seinem Mund.

Klaus von Redwitz schlug mit der Faust auf den Tisch. »Oh, nein! Gott, lass es nicht das sein, was ich vermute!« Kräftig schüttelte er den Burgunder an der Schulter. »Wer ist das Weib?«

»Ach, was weißt du schon von Frauen. Sie ist einmalig … so wunderschön …«

»Und warum leidest du wie ein Hund und schnappst sie dir nicht? Ist sie eine Nonne?«

»Nonne?« De Wavrin sah den Tischgenossen verwirrt an. »Wie kommst du auf diesen Gedanken? Was hätte ich in einem Frauenkloster zu suchen? Nein, mein Guter«, fügte er hinzu, nachdem er einen tiefen Schluck aus dem Weinbecher genommen hatte. »Wenn es so wäre, hätte ich sie längst aus dem Kloster entführt und geheiratet.«

Der Deutsche lachte schallend. »So gefällst du mir schon viel besser.«

»Andererseits«, unterbrach ihn sein Freund, »wäre es mir fast lieber, sie als Christusbraut zu wissen … so dass kein Mann sie berühren kann.«

»Oh, du lechzt also nach der Frau eines anderen. Wer ist der Unglückliche, dem du Hörner aufsetzen wirst?«

»Vergiss es, Klaus.« Resigniert trank Wallerand den Wein in einem Zug aus und stellte den Becher krachend auf den Tisch.

Roxolan bemerkte, wie der Burgunder mit zusammengepressten Lippen hin zu den Drachenrittern schaute und Vladislav fixierte. Als er von Redwitz' nächste Worte hörte, wusste er, dass auch dieser es verstanden hatte.

»Wenn es um die Gemahlin des Walachen geht«, sagte er, »gebe ich dir einen guten Rat: Vergiss sie! Vasilissa ist von fürstlicher Herkunft – und darüber hinaus: Sie liebt ihren Mann.«

»Sie vergessen, Klaus? Weißt du, was du von mir verlangst? Ihre grünen Augen verfolgen mich Nacht für Nacht im Schlaf, und ich träume von ihren sinnlichen roten Lippen, die meinen Namen rufen. Ich würde mein Leben opfern, um nur ein einziges Mal den Duft ihres Körpers zu riechen, ihr schwarzes Haar durch meine Finger gleiten zu spüren.«

»Es hat dich wahrhaftig erwischt, mein Freund.« Der Deutschritter legte die Hand auf die Schulter des Burgunders. »Geh in den Krieg, schlachte ein paar hundert heidnische Osmanen oder einige dieser böhmischen Ketzer, und du wirst Vasilissa vergessen. Kühl dein heißes Blut mit anderen Frauen, die sich an Schönheit mit der walachischen Fürstin messen oder sie sogar übertreffen können.«

»Das habe ich schon versucht. Es gab viele ansehnliche Edeldamen, die mich für kurze Zeit verzauberten. Hinter deren makellosem Glanz tat sich aber eine große Leere auf. Vasilissa spricht nicht nur ihre Muttersprache, sondern auch meine, und dazu noch die der griechischen Philosophen, Latein und … und deine Sprache, Klaus. Sie liebt wie ich die Musik und …«

»Und sie erwartet ein Kind von ihrem Mann!«, unterbrach ihn von Redwitz barsch.

»Ja, der sie nicht verdient hat. Hast du nicht gesehen, wie Vladislav Draco sie heute öffentlich beleidigt hat? Er hat diese fade von Thegzes mehr geehrt als seine Frau.«

»Ja, du hast recht. Das war nicht klug von ihm. Hinzu kommt noch, dass sein Freund Hunyadi die kleine Ungarin selber begehrt.«

»Wie schmerzhaft ist doch die Liebe!«

»Wallerand, du wirst Vasilissa vergessen, denn als zukünftige Fürstin der Walachei wird sie bald schon zusammen mit ihrem Gemahl Sigismunds Hof verlassen.«

»Dann steht ihr eine Leibgarde zu.« Mit glänzenden Augen sprach er weiter. »Ich werde ihr meine Dienste anbieten.«

»In der Walachei, mein Guter, herrschen ganz andere Sitten als in den Abendländern. Nur der Fürst hat eine Leibgarde, die die gesamte Familie beschützt. Und als Vladislavs Bediensteten sehe ich dich wahrhaftig nicht.« Der bärtige Ritter klopfte auf die Schulter des Burgunders. »Du kommst schon darüber hinweg, mein Freund. Was du jetzt brauchst, ist ein kräftiger Wein.«

Roxolan erstarrte, als Klaus ihn ansprach, denn dieser kannte ihn. »He, Bursche, lass den Krug hier und sorg dafür, dass es uns diese Nacht an Wein nicht fehlt!«

»Jawohl, edler Herr.«

Rox atmete auf. Zum Glück hatte von Redwitz ihn nicht erkannt.

Im Rittersaal wurde es auf einmal still. Der Hofmeister, Graf Ludwig von Oettingen, verkündete mit lauter Stimme: »Seine Majestät, König Sigismund von Luxemburg und Großmeister des Drachenordens, zieht sich zurück. Erhebt Euch!«

Stühle und Bänke rumpelten auf dem Boden, als die Gäste aufstanden. Ehrfürchtig verbeugten sie sich und warteten, bis der Monarch den Raum verlassen hatte.

Aus dem Augenwinkel bemerkte Roxolan, dass Kardinal Cesarini dem Souverän folgte. Irritiert suchte er den Blickkontakt zu Vladislav. Dieser nickte kaum merklich und bedeutete ihm so, dass er ihn ermutigte, den beiden zu folgen.

In dem schmalen Flur, den nur die Bediensteten betraten, um zu den Palasträumlichkeiten der Herrschaften zu gelangen, tastete sich Rox lautlos vorwärts. Bei jedem Geräusch, das aus dem unteren Geschoss oder aus dem oberen Festsaal kam, presste er sich an die Wand. Zum Glück brannten nicht viele Öllampen in dem Flur, so dass die langen, unbeleuchteten Abschnitte ihm genug Schutz boten.

An der zweiten Tür blieb er stehen, denn hinter ihr vernahm er Cesarinis Stimme. Vorsichtig führte er die Fingerkuppen an der Türkante entlang, bis sie den Riegel und den Türknauf fanden. Erleichtert spürte er, dass der Schieber nicht blockiert war. Er schloss die Augen und hielt den Atem an, als er den Griff drehte und die Tür einen Fingerbreit öffnete. Schweißtropfen perlten ihm übers Gesicht.

»Eure Majestät«, hörte er den Kardinal sagen, »wie ich gehört habe, ist Papst Martin V. sterbenskrank. Eure Krönung in

Rom als römisch-deutscher Kaiser wird er nicht mehr zelebrieren können.«

»Was sagt Ihr da? Ich habe vor wenigen Wochen Eure Ernennung als Legat des Apostolischen Stuhls an meinem Hof angenommen. Ihr bittet mich um die Unterstützung für einen Kreuzzug gegen die Hussiten, um mir jetzt zu sagen, dass es für meine kaiserliche Krönung keinen Papst mehr geben wird?« Sigismund unterbrach das Auf-und-ab-Gehen und blieb vor dem rot angelaufenen Kardinal stehen.

»Auch das Leben Unserer Heiligkeit liegt in Gottes Händen, Majestät«, versuchte Cesarini den aufgebrachten Herrscher zu beschwichtigen.

»Von leeren Versprechungen habe ich genug. Ich will Kaiser werden, und wenn Martin mir die Krone nicht aufsetzt, dann sehe ich mich gezwungen, sie mir mit dem Schwert zu erobern.«

»Ich bitte Eure Majestät um Geduld, bis …«

»Geduld?«, schrie der Monarch. »Wie lange denn noch?«

»… bis ich Euch mein Vorhaben darlege«, fügte Cesarini unbeirrt hinzu.

Ein leichter Windhauch zog über den dunklen Flur. Roxolan drehte sich um und blickte hinter sich. Nur die Flammen der Öllampen flackerten, sonst rührte sich nichts. Also widmete er sich erneut dem Gespräch zwischen dem päpstlichen Legat und dem König, wobei er die Tür noch ein klein wenig weiter öffnete.

Sigismund blieb vor Cesarini stehen. »So, so, einen Plan habt Ihr. Ich höre.«

»Ich habe eine Depesche vom Camerlengo erhalten, in der er mich über den schlechten Gesundheitszustand unseres Pontifex maximus unterrichtet. Er nennt mir mehrere Anwärter für den Stuhl Petri, die sich der Papstwahl stellen werden. Wissenswerte Namen, Eure Majestät. Es gibt Kardinäle, die sich gegen Eure Krönung ausgesprochen haben, und andere, die Euren christlichen Kampf gegen die Häresie mit großem Interesse verfolgen.«

»Das ist nichts Neues für mich.«

»Was Eure Majestät jedoch nicht weiß, ist, dass ich, auf Wunsch des Heiligen Vaters, zum Mitglied sowie päpstlichen Stellvertreter beim Konzil in Basel ernannt wurde.«

»Es ist in der Tat interessant, was Ihr mir da erzählt, aber von Eurem Plan, was mich betrifft, höre ich keine Einzelheiten.«

»Der Camerlengo schrieb mir, dass meine Anwesenheit beim Konklave unverzichtbar sei, denn im Gefecht um den Stuhl Petri haben sich die Fronten verhärtet. Wir dürfen die Gefolgschaften der einstigen Gegenpäpste Benedikt und Clemens auch nicht vergessen, Majestät. «

Der König schlug mit der Faust auf den Tisch. »Wenn die Römische Kurie mir die kaiserliche Krone nicht gibt, dann werde ich sie mir selbst aufs Haupt setzen. Ihr wisst, ich kann jederzeit eine Armee zusammenrufen, sie über die Alpen führen und damit meine Salbung erzwingen.«

Hinter der Tür überfiel Roxolan ein ungutes Gefühl. Seine Nackenhaare richteten sich auf, und er witterte einen fremden, säuerlichen Geruch. Mit schmalen Augen spähte der walachische Krieger erneut über den Flur. Auch diesmal entdeckte er nichts Verdächtiges. Er überlegte kurz, ob er seinem Instinkt folgen sollte, um die lauernde Gefahr aufzuspüren, oder weiter lauschen, um mehr von dem Komplott zu erfahren. Entschlossen wandte er sich wieder dem Türspalt zu und hörte, wie Cesarini weitersprach.

»Einen militärischen Einsatz schätze ich als, sagen wir einmal: kostspielig und langwierig ein. Mein Vorschlag ist, einen Papst zu wählen, der Euch die Tore Roms öffnet.«

»Habt Ihr bereits einen Namen für mich, Kardinal?«

»Er heißt Gabriele Condulmer und ist Kardinalpriester von Sankt Clemente.«

»Verfügt er über ausreichend Stimmen, um gewählt zu werden?«

»Es wird knapp werden! Momentan gibt es nicht genügend Konklaveteilnehmer, die für ihn stimmen würden, um seine Ernennung zu erwirken.« Nach einem kurzen Moment des Schweigens fügte er hinzu: »Es käme darauf an, an wen ich meine Wahlstimme abgebe.«

Der König begann herzhaft zu lachen. »Jetzt verstehe ich. Ich soll Euer Votum kaufen. Das ist also Euer Plan? Was wollt Ihr dafür? Geld? Höhere Pfründe in Ungarn oder Ländereien?«

»Für mich, Majestät, will ich nichts, denn der Glaube an Gott und die Mutterkirche bereichert meinen Geist und erfüllt mein Leben.«

Sigismund hob eine Augenbraue und blickte dem Kardinal forschend in die Augen. »Was wollt Ihr dann, Cesarini?«

»Es gibt einen Ritter an Eurem Hof …«

Es war das Letzte, was Roxolan hörte. Ein heftiger Schlag traf seinen Schädel, und sein Körper sackte dumpf zu Boden.

Kapitel 9

Nürnberg, 9. Februar 1431

Vladislav berührte die goldene Ordenskette, die er seit der Investitur im Drachenorden um den Hals trug. Die Flügel des Drachen bohrten sich in seine Handfläche, als er die Hand um den Ouroboros schloss. Er ließ sich die Ereignisse der letzten Zeit noch einmal in Ruhe durch den Kopf gehen. Seit dem gestrigen Tag war er Ritter im höchsten Ordensrang und der von Sigismund anerkannte Fürst der Walachei. Aber wie Rox ihm verraten hatte, gab es gewisse Mächte, die ihn nicht als solchen sehen wollten. Wer waren diese Menschen, die gegen ihn konspirierten? Und wo steckte überhaupt Roxolan? Er drehte sich um und ging zum Kamin, in dem ein Feuer loderte. Das Licht der Flammen warf tänzelnde Schatten auf sein betrübtes Gesicht.

»Mein Herr«, hörte er Dragomir hinter sich sagen, »es ist noch nicht einmal Mittag. Roxolan wird jeden Augenblick erscheinen. Bestimmt folgt er einer Spur zu jenen Menschen, die angeblich gegen Euch ein Komplott schmieden. Es ist nicht das erste Mal, dass er zwei oder drei Tage lang kein Lebenszeichen von sich gibt.«

»Nicht nur sein unerwartetes Verschwinden macht mir Sorgen. Ich weiß immer noch nicht, was er erfahren hat. Wer sind diese Menschen, die hinter mir her sind? Welches Ziel verfolgen sie?« Ein kraftvolles Klopfen an der Tür unterbrach ihn. »Herein!«, rief er.

Ilarion stürmte in den Raum und verbeugte sich mit besorgter Miene vor ihm.

»Und?«, forderte ihn Vladislav zum Sprechen auf. »Hast du ihn gefunden oder etwas von ihm gehört?«

»Nein. Der Koch hat gesagt, dass der fremde Diener nicht mehr in die Küche zurückgekehrt ist. Er selbst hat ebenfalls nach ihm gefragt. Niemand hat Roxolan gestern Abend während des Festes oder danach noch gesehen.«

»Das gefällt mir nicht.«

»Mir auch nicht, mein Herr. Deshalb habe ich einem Dutzend Stallburschen ein paar Kreuzer versprochen, wenn sie mir Bescheid geben, sobald sie von einem rothaarigen Hausdiener hören.«

»Gut gedacht! Du darfst gehen, und wenn du Hilfe brauchst, lass es uns wissen.«

Dragomir stand auf und näherte sich dem Knappen mit einem Beutel in der Hand. Daraus entnahm er eine Handvoll Kreuzer und gab sie ihm. »Hier, ein paar Münzen für die Stallknechte. Du wirst sie gut gebrauchen können, mein Junge.«

Wortlos verbeugte sich Ilarion vor den Herrschaften, drehte sich um und ging.

Der Bojar kehrte zurück zum Tisch und setzte sich stöhnend. Er hob an zu sprechen, überlegte es sich dann aber und schüttelte nur den Kopf.

»Was bedrückt dich, mein alter Freund?«, fragte ihn Vladislav. »Eure Ratschläge schätze ich, so wie es mein Vater getan hat. Sprich!«

»Ich zweifle an Roxolan«, antwortete der Gelehrte wie befreit. »Er beherrscht wie kein anderer die Kunst, in jeder Umgebung zu überleben. Aber wer ist er? Ich habe ihn nur hin und wieder getroffen, aber jedes Mal verkörperte er einen fremden Menschen so wahr, dass es einer Zauberei gleichkam.«

»Aber Dragomir, Ihr kennt ihn doch, seit er ein Kind war.«

»Genügt das? Ich habe nicht vergessen, wie Euer Vater mir eines Tages in einer persönlichen Audienz den Priester Aliodor vorstellte. Seine Hoheit befahl mir, einen Jungen nach Buda, zum ungarischen Hof von König Sigismund, mitzunehmen. Dort sollte er als Gefolgsmann in Eure Eskorte aufgenommen werden.«

»Natürlich erinnere ich mich! Ihr habt dem Großkanzler erzählt, er sei das Kind Eurer entfernten Verwandten, das Eltern und Geschwister durch die Pest verloren habe.«

»Ein Brief Eures Vaters bestätigte diese Geschichte. Darin stand, dass die Fürstenfamilie dem einzigen Überlebenden der verstorbenen Vasallen eine gute Ausbildung ermöglichen wolle. Damit eines Tages das Waisenkind Euer loyaler Untertan sein würde, so wie es einst seine Familie für den Fürsten war.«

»Ich war fünfzehn Jahre alt, als ich Rox zum ersten Mal sah. Und er zehn. Wie ich ihn gehasst habe! Ich wollte keinen Spielgefährten von meinem Vater, sondern zurück nach Hause in mein Heimatland, zu meinem Bruder Michail.«

Vladislav lächelte. »Außerdem war ich nicht der Einzige damals, der den Umgang mit ihm vermied. Wegen seiner roten Haare und der unterschiedlichen Augenfarben dachte jeder am Hof, dass er der Sohn einer Hexe sei.«

»Ganz unberechtigt war diese Annahme nicht.« Dragomir hüstelte verlegen, bevor er weitersprach. »Wie kam es dann, dass Ihr Roxolan vertrautet?«

Vladislav stützte sich mit einer Hand am Kaminsims ab und blickte in die rote Glut. Er erinnerte sich an den Tag Anfang Mai vor fast fünfundzwanzig Jahren, als er zusammen mit acht anderen Knappen den Kampf mit dem Schwert übte.

Fechten, Angriffe parieren, Abwehrpositionen einnehmen, Seitenhiebe vortäuschen. Der Schweiß, der ihm unter dem Gambeson am Körper herablief, juckte auf der Haut. Die Zunge klebte trocken am Gaumen, die Atemzüge kratzten in der ausgedörrten Kehle.

»Aufhören!« Der Befehl des Waffenmeisters von König Sigismund kündigte nichts Gutes an. Vlas wusste, dass nun die Zeit für Tadel und Bestrafung gekommen war.

In einer Reihe aufgestellt, warteten alle mit geröteten Gesichtern auf Hartmuts niederschmetterndes Urteil. Doch es kam anders als erwartet.

»Junge Herren, ihr bekommt einen neuen Mitkämpfer.« Er zeigte auf einen Burschen neben sich. »Tritt vor, Roxolan!«

Die Augen gesenkt, folgte dieser der Anweisung des Kampflehrers, der ihm den Arm um die Schulter legte.

»Ab heute wird er mit euch üben. Er kommt aus der Walachei und ist der Sohn einer Adelsfamilie. Ihr solltet ihn nicht unterschätzen, denn selbst die Gelehrten haben ihm, soweit ich weiß, nichts mehr beibringen können. Jetzt möchte ich sehen, ob er das Schwert ebenso flink bewegen kann wie den Federkiel auf dem Pergament. Wer will sich mit ihm messen?«

Schallendes Lachen erklang auf dem Übungsplatz.

Da Roxolan zu groß für sein Alter war, wirkten seine Arme und Beine wie dünne Weidenäste, die sich bei jedem Windhauch bogen. Die rotblonden Haare bändigte er in drei langen Zöpfen: Zwei hingen ihm von den Schläfen über die Brust. Ein dritter, grob von der Stirn bis in den Nacken geflochten, fiel ihm über den Rücken herab. Im Vergleich zu den anderen jungen Burschen leuchtete seine Haut unter der hochstehenden Sonne so milchweiß wie die einer Frau.

»Seit wann müssen wir mit Mädchen kämpfen?«, fragte ein kräftiger Knappe neben Vladislav belustigt.

»Er soll lieber zu den Gauklern gehen!«, fügte ein zweiter hinzu.

»Oder noch besser: zu den Hellseherinnen, denn seine Mutter war bestimmt eine Hexe.«

»Du«, brüllte Hartmut diesen Letzten an, »beweise, dass

deine Klinge genauso scharf ist wie deine Zunge, denn du tratschst wie ein altes Marktweib.« Dabei packte er den Jungen, der Matthias hieß, am Nacken und stieß ihn vor den Neuankömmling.

Die übrigen Jungen lachten. Nur Vladislav beobachtete das Geschehen mit vor der Brust verschränkten Armen. Er wünschte dem Neuen viel Glück, denn der stammte wie er aus der Walachei.

»Komm, Roxolan«, brummte der Kampflehrer, »zeig, was du kannst, und verschwende nicht meine Zeit. Such dir ein Schwert aus.«

Rasch bildeten die Knappen einen Kreis um die zwei Kontrahenten.

Wie aus einem Schlaf erwacht, blickte der Neuling um sich. »Ein Schwert? Wofür?«

»Entweder bist du von allen guten Geistern verlassen oder unverschämt dreist! Hier, nimm das!« Schwungvoll zog der Waffenmeister seinen eigenen Säbel aus der Scheide und warf ihn ihm zu.

Roxolan schnappte ihn mühelos aus der Luft. Aber statt anzugreifen, spießte er die Säbelspitze in die sandige Erde.

»Du sollst damit fechten und nicht den Erdboden beackern!«

»Meister Hartmut, ich erhebe die Waffe nur, wenn jemand mich bedroht oder wenn ein Bedürftiger meinen Schutz braucht. Hier sehe ich keine Notwendigkeit.«

Ohne Vorwarnung sprang Matthias mit gezogener Waffe nach vorn und griff den Neuankömmling an. Dieser duckte sich nur, wobei er die Hände auf dem Knauf des in den Boden gesteckten Säbels behielt. Der Schlag verfehlte sein Ziel, und der Angreifer geriet ins Taumeln.

Stille herrschte nun über dem Übungsplatz. Diesmal war es Vladislav, der lächelte.

»Tut mir leid, Gefährte, ich werde nicht mit dir fechten. Aber an den Kampfübungen«, fügte der Rothaarige nach einer kurzen Pause hinzu, »nehme ich gern teil.«

Die Knappen blickten zu ihrem Waffenmeister, der die Szene belustigt verfolgt hatte.

»Dann fang jetzt damit an! Dies ist dein erster Übungstag, und der da ist dein Kampfgenosse.«

Roxolan nickte. Schweigend zog er seine Lederweste aus und warf sie hinter sich. Die flatternde Leinentunika stopfte er sorgfältig in seine Hose.

»Brauchst du einen Spiegel?«, neckte ihn Matthias.

Ohne auf die Provokation zu reagieren, zog Roxolan den Säbel aus dem Boden und überreichte ihn seinem Besitzer. »Meister, diese Waffe verschafft mir einen Vorteil gegenüber meinem Mitkämpfer. Ich bitte Euch um eine, die der eines Knappen gleichwertig ist.«

»Soso!« Hartmut kreuzte die Arme vor der Brust. »Dann such dir eine aus. Oder möchte jemand ihm sein eigenes Schwert borgen?«

Vladislav bemerkte überrascht, dass der Neue vor ihm stand und mit ausgestrecktem Arm um seine Übungswaffe bat.

»Ich hoffe, du wirst damit Glück haben, Walache«, sagte er, als er ihm das Übungsschwert aushändigte.

Was danach geschah, übertraf die Vorstellung eines jeden, der im Kreis den Kampf verfolgte. Matthias griff den Rothaarigen sofort an, traf aber nur ins Leere. Er wandte sämtliche Kniffe und Techniken an, die er gelernt hatte. Doch nicht ein einziges Mal gelang es ihm, an seinen Gegner heranzukommen.

Roxolan bewegte sich nicht einfach, sondern schwebte, tänzelte oder wirbelte über den Boden. Das Katz-und-Maus-Spiel bereitete ihm Vergnügen, während es Matthias die letzten Kräfte raubte.

»Kämpf wie ein Mann, du Hexensohn!«, schrie dieser. In seiner Wut zielte er auf den Widersacher und schleuderte das Schwert, ohne auf die im Kreis stehenden Zuschauer zu achten.

Der Walache parierte den Wurf nicht etwa mit der Waffe, sondern streckte rasch den Arm aus und packte die scharfe Klinge mit der bloßen Hand …

Vladislav Draco verließ die Stelle vor dem Kamin und blieb vor Dragomir stehen. »Matthias' Schwert hätte mich getroffen, wenn Rox es nicht aufgehalten hätte. Versteht Ihr jetzt, warum Rox im Lauf der Jahre für mich mehr als nur ein treuer Freund geworden ist? Warum ich ihm so sehr vertraue? Er ist der Bruder, nach dem ich mich gesehnt habe. Meine Familie.«

»Aus Erfahrung weiß ich, dass man, wenn es um die Macht geht, sogar den eigenen Geschwistern nicht vertraut«, konterte der walachische Gelehrte. »Denkt an Aldea! Auch in seinen Adern fließt Eures Vaters Blut, und doch hat er Euch hintergangen.«

»Was wollt Ihr damit sagen? Dass Rox falschspielt?«

»Wir wissen nichts von dieser angeblichen Verschwörung, mein Herr. Wir wissen nur, dass Ihr im Turnier gegen Hunyadi die Kriegsrüstung tragen musstet. Ihr kennt ihn doch! Glaubt Ihr wirklich, dass Euer Waffenbruder ein Komplott gegen Euch schmieden würde? Wenn ja, dann frage ich mich, warum.«

Vladislav schwieg. Nur die geballten Fäuste verrieten seine innere Anspannung.

»Vielleicht ist Roxolan auf die Seite der Danen gewechselt«, fuhr Dragomir fort. »Wisst Ihr denn, was er in der Walachei gemacht hat? Mit wem er sich getroffen hat?«

Der Bojar nahm die Fellmütze ab und wischte sich den Schweiß von der Stirn. Ein Hustenanfall zwang den Alten, das Gesicht in den Ärmel des Kaftans zu drücken. Als er wieder zu Atem gekommen war, sprach er weiter. »Euer Onkel ist unter mysteriösen Umständen gestorben. Und dass seine Söhne sich jetzt an Jagiellos Hof befinden, wusste keiner außer Rox. Das kommt mir verdächtig vor.«

»Es reicht!« In nur drei Schritten war Draco bei seinem Berater und stützte sich auf die Armlehne des Stuhls, auf dem dieser saß. Er brachte seinen Mund an Dragomirs Ohr und flüsterte. »Und was ist mit Euch? Kann ich Euch denn vertrauen? Oder bin ich nur von Nattern umgeben?«

Die Tür ging auf, und ein Hausdiener betrat den Raum. »Ein Kurier Seiner Majestät, König Sigismund!«, verkündete er.

Vladislav brachte seine Kleider in Ordnung, straffte die Schultern und befahl mit gemäßigter Stimme: »Herein!«

Vor ihm verbeugte sich ein junger Mann in königlicher Livree. »Seine Majestät wünscht, Euch zu sprechen, edler Herr, und erwartet Euch, zusammen mit Euren Familienmitgliedern, im großen Saal des Hauses der nürnbergischen Ratsherren.«

»Heute?«

»Ja. Zur dritten Stunde nach der Mittagsmesse.«

Das Fell, das sich unter Roxolans Nase bewegte, kitzelte ihn, so dass er niesen musste. Der stechende Schmerz im Nacken erinnerte ihn an den Schlag, der ihn im dunklen Flur des Palastes zu Fall gebracht hatte. Rascheln und piepsende Laute zwangen ihn, die Augen zu öffnen. Um ihn herum wimmelte es von Ratten! Manche knabberten mutig an seinem angeklebten Bart, und instinktiv wollte er sie verscheuchen – doch seine Arme gehorchten ihm nicht. Jetzt erkannte er, dass man ihm Hände und Füße hinter dem Rücken mit Stricken gebunden hatte. Kälte und Schmerz jagten durch seine linke Schulter und die Rippen, was darauf hindeutete, dass er schon seit längerem hier lag. Auch der Durst quälte ihn. Mit der Zunge wollte er seine Lippen befeuchten, aber die fühlten sich weiterhin spröde an.

Wo befand er sich? Wer hatte ihn verfolgt? Er erinnerte sich an einen säuerlichen Gestank, den er kurz vor dem Schlag wahrgenommen hatte. Roxolan versuchte, diesen Geruch zuzuordnen, doch es gelang ihm nicht.

Mit einer schwungvollen Bewegung rollte er sich auf den Rücken, und dann richtete er sich in eine sitzende Haltung auf. Die Ratten flohen raschelnd in die schattigen Winkel. Jetzt sah er, dass die Wände seines Kerkers aus groben Brettern bestanden, die lose nebeneinander im Boden steckten. Das Dach erwies sich als ebenso luftdurchlässig, und Tageslicht sickerte hindurch. Er lag offensichtlich in einem der Holzschuppen, die im Sommer wohl den Feldarbeitern als Zuflucht vor Unwettern dienten.

Reiß dich zusammen! Du hast doch deinen Dolch! Streck die Finger und schnapp ihn dir! Er freute sich über seinen Einfall, die Waffe in dem um die Waden gewickelten Fell zu verbergen. Wenn er das schaffte, war er ein freier Mann. Draußen vor der Tür ertönten auf einmal männliche Stimmen. Roxolan hielt inne und belauschte das Gespräch der Fremden.

»Du siehst nicht nur wie eine Ratte aus, du bist auch eine! Nur so konntest du dich geräuschlos in die dunklen Flure des Palastes schleichen.«

»Ohne mich«, kicherte die zweite Person, »hättest du nie so einen dicken Fisch geangelt.«

»Dicker Fisch? Dass ich nicht lache. Wer weiß, welchen mickrigen Kratzfuß du da totgeschlagen hast, von dem ich nun nichts mehr in Erfahrung bringen kann.«

»Jemand, der das Schwatzen zwischen dem König und diesem italienischen Pfaffen belauscht, ist für mich ein verdammter Zuträger.«

Fieberhaft streckte Rox die Hände zu den nach hinten gekrümmten und gefesselten Beinen. Seine Finger erfassten das um die Waden gewickelte Fell. Aber die anstrengende Haltung und das Stechen im Rücken zwangen ihn, sich aufzurichten. Er musste sich beeilen.

»Ob der Mann ein Späher ist oder nicht, entscheide ich und nicht du. Geh zur Seite!«

»Nein!«

Roxolan vernahm eine kurze Rangelei vor der Tür.

»Noch nicht! Du schuldest mir sechs Silberlinge. Bevor ich die nicht kriege, kommst du nicht rein.«

Statt einer Antwort erscholl lautes Lachen vor der Tür. »Und wie willst du mich daran hindern?«

»Ich bin alt und ein Krüppel im Vergleich zu dir, aber mein Verstand ist schärfer als dein Säbel. Glaubst du, ich bin allein hier? Schau dich doch um! Ich habe meine Leute, und alle sind solche Hünen wie dieser, der hinter dir steht. Ohne ihn hätte ich den Späher nicht aus den Palastfluren herausgebracht.«

»Wenn sie alle so hohlköpfig sind, wie dieser hier aussieht, macht mir das keine Sorgen.«

»Unterschätz mich nicht und gib mir das Geld!«

Roxolan holte tief Luft, bog sich rückwärts und versuchte erneut, an den versteckten Dolch zu gelangen. Mindestens drei Menschen befanden sich da draußen, dachte er. Und um die auszuschalten, brauchte er auf jeden Fall die Waffe. Das Klimpern von Metall auf dem Boden vor der Tür spornte ihn an. Er wusste, dass ihm nicht viel Zeit blieb.

»Hier hast du dein Geld!«

»Aber ich sagte sechs Silberlinge und nicht zwei.«

»Glaubst du, dass ich einer deiner Trottel bin? Zuerst einmal überzeuge ich mich, ob meine Ware noch lebt, und danach, ob sie mir so viel wert ist. Geh zur Seite, Guni!«

Quietschend öffnete sich die Tür. Zwei schattenhafte Umrisse erschienen in ihrem Rahmen.

Begleitet von Vasilissa, seinem Sohn Mircea und der walachischen Gesandtschaft, wartete Vladislav in dem Raum vor dem großen Saal des Rathauses, um dem König seine Aufwartung zu machen. Er überprüfte noch einmal seine Kleidung: Über dem grünen, reich bestickten Scheckenrock trug er einen schwarzen, mit Zobel verbrämten Rückenmantel. Die Mütze aus dem gleichen Pelz war mit Perlen verziert. Am ersten Tag der Reichsversammlung eingeladen zu sein war für ihn eine besondere Ehre und ein weiteres Merkmal seiner fürstlichen Herkunft.

»Diese Einladung, mein Herr«, sprach ihn Dragomir an, »ist nur eine Formalie. Seine Majestät möchte Euch die Ernennungsurkunde zum Fürsten der Walachei offiziell vor der Reichstagsversammlung überreichen.«

»Das denke ich auch, nur habe ich nicht so früh damit gerechnet.«

»Wenn Ihr vor den Danen in Targoviste sein und auf den Thron steigen wollt, dann soll uns diese Eile willkommen sein.«

»In der Tat.«

»Vater«, unterbrach eine junge Stimme das Zwiegespräch, »heißt das, ich werde das Land meines Großvaters sehen?«

Vladislav wandte sich um und blickte auf seinen fünfjährigen Sohn, der direkt hinter ihm stand. Die großen, braunen Augen des Kindes sahen ihn fragend und gleichzeitig hoffnungsvoll an. Das goldbraune Haar fiel ihm üppig bis auf die Schultern. Die Art, wie sein Kinn leicht nach vorn gerichtet war, kennzeichnete ihn als einen Abkömmling der Basaraben.

Angesichts des feierlichen Anlasses trug er über dem roten Wams aus Samt einen grünen Rückenmantel, der von einer silbernen Kette vor der Brust gehalten wurde.

»Komm zurück, Mircea!«, rief ihn seine Mutter. »Du darfst jetzt deinen Vater nicht stören.« Vasilissa drängte sich an den Bojaren vorbei zu ihrem Mann. Der gerundete Bauch behinderte sie in ihren Bewegungen, und die Anstrengung rötete ihre Wangen.

Schwer atmend ergriff sie die Hand des Jungen und zog ihn von ihrem Gemahl fort.

Doch Vladislav nahm ihren Arm und führte charmant ihr Handgelenk an seine Lippen, um einen Kuss darauf zu hauchen. »Meine liebe Prinzessin, unser Sohn hat ein Recht, nach seinem Großvater zu fragen. Nichts erfreut mein Herz mehr, als ihm sagen zu können, dass wir endlich nach Hause zurückkehren werden, und zwar als rechtmäßige Fürstenfamilie. Die Wanderjahre sind vorüber.«

Er ließ sich vor Mircea auf ein Knie herab und streichelte sein Gesicht. »Ich werde wie mein Vater über unser Land herrschen und es vor den Feinden beschützen. Die verräterischen Bojaren ausmerzen und die Macht der basarabischen Dynastie stärken. Und das, mein Sohn, tue ich nicht für mich, sondern für dich und deine Kinder und die Kinder deiner Kinder. Niemand wird uns von dem Thron unserer Ahnen fernhalten können. Dieses Gelübde soll ebenso das deine sein!«

Der Junge zeigte auf den zusammengerollten goldenen Drachen, der an der Kette auf der Brust seines Vaters prangte. »Werde ich auch eines Tages ein Drachenritter sein?«

Vladislav lächelte. »Dies hier, Mircea, ist ein Ouroboros. Nur wenige gekrönte Häupter und Fürsten dürfen dieses Zeichen tragen. Dadurch sind wir Gott und König Sigismund ergeben und verpflichtet, für sie zu kämpfen und nötigenfalls zu sterben. Nach meinem Tod wirst du es erben, genau wie dein Erstgeborener nach deinem Ableben, denn alle Basaraben nach mir werden Ritter des Ordens sein, Beschützer der heiligen Kirche und des Kreuzes Jesu Christi.«

Die Tür zum Vorzimmer öffnete sich schwungvoll, und aus dem Treppenflur stürmte eine Gruppe von Edelleuten in den Raum, die, ebenso wie die walachische Gesandtschaft, festlich gekleidet waren. Unter ihnen erkannte Vladislav den ungarischen Ritter Hunyadi. Dieser hielt mit hochgezogenen Brauen vor ihm inne und schaute ihn an. »Vlas? Du auch?«

»Es scheint, du bist überrascht, mich zu sehen. Aber lass mich dich drücken, mein Freund! Ich bin froh, dich an diesem bedeutenden Tag an meiner Seite zu haben.«

»Wovon sprichst du?«

»Wie? Weißt du nicht, warum wir hier sind?«

»Sigismund hat mich zur dritten Stunde nach der Mittagsmesse bestellt. Mehr weiß ich nicht.«

»Genau wie du wurde ich zu dieser Zeit in den großen Saal des Rathauses geladen. Doch im Gegensatz zu dir ahne ich, worum es geht.«

»Ach ja? Willst du es mir nicht verraten?«

»Nicht jetzt. Aber wer sind deine Begleiter? Dein Gefolge übertrifft in Zahl und Prunk mein eigenes.«

Blasiert drehte sich János um und deutete mit ausladender Handbewegung auf die korpulente Frau, die mit einem Fächer ihr gerötetes Gesicht zu kühlen versuchte.

»Die Baronin von Thegzes hast du ja bereits kennengelernt.«

»In der Tat!« Höflich neigte Vladislav sein Haupt vor der Edeldame. »Welche Freude, Euch hier zu treffen, Baronin.« Instinktiv legte er die Hand auf Claras goldene Brosche, die seinen Scheckenrock unter dem Mantel schmückte. »Ich erblicke Eure reizende Tochter nirgendwo. Begleitet sie Euch nicht zu dieser hohen Audienz des Königs?«

»Das braucht sie nicht, denn meine Clara ist längst in der Gesellschaft Ihrer Hoheit.« Die Adelige drückte ihre Brust noch weiter heraus und hob das Kinn, so dass sie herrisch über ihn und die anderen Eingeladenen blickte. »Dank Ritter Hunyadi ist sie endlich Hofdame Ihrer Majestät, Königin Barbara von Luxemburg.«

»Das ging aber schnell.« Verwundert schaute er János an.

»Mein Mann hat Euch nur aus Höflichkeit nach Eurer Tochter gefragt, Baronin.« Vasilissa stellte sich zusammen mit Mircea an die Seite ihres Ehegatten. »In Wirklichkeit interessiert es ihn kaum, ob sie hier ist oder nicht. Nicht wahr, mein Gemahl?«

Er nickte stumm, ohne seiner Frau in die Augen zu sehen.

»Ihr und Eure Clara«, fuhr sie fort, »Ihr kennt die Sitten und das Benehmen bei Hof noch nicht. Hinter viel Glanz verbirgt sich nicht selten Hohlheit und Spott für die, die das nicht erkennen.«

Die fettleibige Adelige schnaufte erbost. »Was wollt Ihr damit sagen?«

»Ich begrüße es, dass Eure Tochter als Hofdame zum Gefolge Ihrer Majestät gehört. Dort wird ihr endlich beigebracht, was Anstand bedeutet und wo ihr Platz in der Gesellschaft ist.« Wie beiläufig legte sie eine Hand auf ihren gewölbten Bauch und die andere auf Vladislavs Arm.

Bei der Berührung wandte er den Kopf und lächelte seiner Frau zu. Er hatte ihre Botschaft verstanden. Diesmal zeigte sie ihm unmissverständlich, dass sie eine neue Affäre von ihm nicht dulden würde. Als Antwort küsste er ihre Fingerspitzen.

Währenddessen öffneten zwei Diener die Türflügel des Empfangssaals. Ein königlicher Page trat vor. Sofort verstummten alle Stimmen.

»Seine Majestät, König Sigismund von Luxemburg, erwartet Euch, Vladislav Draco, und Euch, János Hunyadi!«

Die beiden Ritter betraten Schulter an Schulter den prunkvoll gestalteten Ratssaal. Ihre Begleiter folgten ihnen.

Der Raum präsentierte sich in seiner Länge in drei voneinander abgetrennten Teilbereichen. Sie betraten den ersten durch einen schmalen Durchgang, der sich durch die Bankreihen der Vertreter der Reichsstände zog. Vor sich erkannte Vladislav den einflussreichen Bürgermeister der Nürnberger, Ulrich Ortlieb. Ein tiefer Holzzaun trennte diesen Bereich von jenem, in dem sich die Reichstagsschreiber und die Reichsfürsten befanden. Einer der Schreiber sprang auf, öffnete ein Türchen und machte ihnen den Weg frei. Vlas merkte, dass János ihm diesmal den Vortritt ließ.

Auf hohen Lehnstühlen an der linken Seite saßen die weltlichen Reichsfürsten. Anwesend waren unter anderem der Pfalzgraf Johann von Neumarkt, der Herzog von Berg, der Graf Schwarzburg, der Markgraf von Baden und sämtliche bayerischen Herzöge.

Vladislavs Blick wanderte nach rechts zu den geistlichen Fürsten des Reiches. Überrascht erkannte er neben dem Erzbischof von Magdeburg den italienischen Kardinal Giuliano Cesarini.

An der Stirnseite des Saales angelangt, blieben Vladislav und János vor einem Podium stehen, auf dem König Sigismund von Luxemburg in prunkvollem Ornat thronte. Hinter ihm reihten sich die Kurfürsten auf. Unter ihnen erblickte er den Markgrafen Friedrich von Brandenburg.

Ehrfürchtig verbeugten sich die Ritter erst vor dem König und dann seitlich vor den Reichsfürsten.

Es herrschte Ruhe unter den anwesenden Adeligen und Patriziern. Auch der Monarch begrüßte sie schweigend und nur mit einem Kopfnicken.

Vladislav sah sich diskret um. Im Vergleich zu den Festlichkeiten des vorherigen Tages fehlten die ausländischen gekrönten Gäste bei dieser Sitzung des Reichstags.

Auf ein Zeichen des Königs trat der Vizekanzler Kaspar Schlick mit mehreren Dokumenten in der Hand vor und verkündete mit lauter Stimme:

»Gegrüßt seid Ihr im Namen Seiner Majestät, Sigismund, König von Ungarn, Böhmen, Kroatien und des römisch-deutschen Königreichs. Eure Teilnahme an dieser Eröffnungszeremonie des Reichstags ist aufgrund der Neuigkeiten aus dem Hussitenlager unverzichtbar.«

Vladislav schaute János fragend an, doch dieser erwiderte seinen Blick nicht, sondern starrte geradeaus.

»Vor einem Jahr haben die Anhänger des Ketzers Jan Hus die böhmischen Grenzen überquert, von Sachsen bis zum Frankenland, sie haben unsere Häuser geplündert, Arm und Reich getötet, Frauen geschändet, Kirchen in Brand gesetzt. Bis nach Nürnberg gelangten die hussitischen Streifscharen. Keine Armee konnte sie aufhalten, kein Fürst oder Burggraf hatte die Macht, ihren Vormarsch zu verhindern.«

Stimmengewirr stieg im Saal auf. Einige Reichsfürsten sprachen miteinander, andere nickten mit finsteren Mienen.

»Um die Stadt zu retten, musste Markgraf Friedrich zusammen mit dem Pfalzgrafen von Neumarkt beschämende Friedensbedingungen von den Hussiten akzeptieren.«

»Ja, so war es!«, rief einer aus dem hinteren Bereich der Städtevertreter.

Mit einer Handbewegung bat der König um Ruhe, bevor er das Wort ergriff. »Es ist die Zeit gekommen, unser Land zu schützen, die Grenze nicht nur zu festigen, sondern sie zu überqueren, um den Feind ins Herz zu treffen.«

Einhellig stimmten die Ständerepräsentanten und Reichsfürsten dem Monarchen zu.

Vladislav beobachtete, wie Kardinal Cesarini bei den Worten mit der Faust auf die Stuhllehne schlug.

»Jeder Krieger«, sprach der Monarch weiter, als wieder Ruhe eingekehrt war, »jeder Christ ist als Kreuzzügler willkommen, weil Gott in jedem von uns ist! Die Frage ist, hohe Herrschaften, ob wir bereit sind, Seinem Willen zu folgen.« Mehrere Anwesende bekreuzigten sich, andere nickten mürrisch.

»Sind wir bereit?«, fragte der König erneut, diesmal lauter. Als bräche ein Damm, erscholl die einstimmige Antwort. Niemand saß mehr auf seinem Platz.

Auch Giuliano Cesarini stand auf, aber nicht, um mit anderen zu reden; vielmehr schritt er mit gesenktem Blick durch die Reihen nach vorn. Vor dem Podest blieb er stehen, bis wieder Ruhe einkehrte.

Dann hob der Kardinal den Kopf, nahm den roten Krempenhut ab und schaute im Saal umher, als würde er jeden einzelnen Menschen betrachten.

»Nein!«, sagte er schließlich kopfschüttelnd. »Wir sind nicht bereit. Ihr vergesst, dass wir es nicht mehr mit einer Horde von Aufständischen zu tun haben. Ob es die Hussiten, die gemäßigten Utraquisten oder die radikalen Taboriten sind – es macht keinen Unterschied, denn alle widersetzen sich uns. Es sind keine vereinzelten Kämpfergruppen mehr, so wie früher. Zu ihnen gehören jetzt unzählige Familien des böhmischen Hochadels, und, als wäre das nicht schlimm genug, auch Kleriker unterstützen sie.« Cesarini ging ein paar Schritte in die Mitte. »Wir, die wahren Christen, haben diese Ketzer nicht besiegen können, als sie noch ein Haufen Bauern waren. Denkt ihr tatsächlich, dass wir sie nun bezwingen können? In unserem Glauben sind wir stark und für den Kampf bereit, ja, aber welche Armee wird das Kreuz tragen?«

Sorgenfalten zeigten sich auf den Gesichtern der Reichsfürsten.

»Die Hussiten ziehen seit Jahren zusammen ins Feld, egal, ob im Sommer oder Winter. Sie sind zu einem organisierten Heereszug angewachsen. Das ist die Stärke unseres Feindes. Um sie zu schlagen, benötigen wir mehr als Ritter und Waffen.«

Der Kardinal wandte sich dem König zu. »Eure Majestät, ich bin als päpstlicher Legat mit uneingeschränkten Befugnissen hier, um Seine Heiligkeit zu vertreten. Der Pontifex maximus stellt für den Krieg gegen die Häresie dreihundert Lanzenreiter zur Verfügung. Was uns jedoch fehlt, ist ein *Spiritus Rector*, ein Anführer. Ich bitte Euch daher, Majestät, den Cavaliere János Hunyadi zu ermächtigen, als Kommandant die apostolische Einheit des Papstes zu führen.«

Friedrich von Brandenburg sprang von seinem Sitz auf. »Eure Majestät! *Ich* bin der Befehlshaber der Feldzüge.«

Mit einer Handbewegung schnitt ihm der Monarch das Wort ab. »Markgraf, Ihr werdet weiterhin der oberste Feldhauptmann des Reiches bleiben. Doch es geht jetzt nicht um Euch.«

Schnaufend verschränkte der Kurfürst die Arme vor der Brust und setzte sich wieder hin.

»Wir wissen die Unterstützung Seiner Heiligkeit zu schätzen, Kardinal Cesarini. János Hunyadi wird als Ratgeber des königlichen Kriegsrats die päpstliche Armee gegen die Hussiten führen.«

»Aber Majestät …« Als würde der Kardinal es sich plötzlich anders überlegen, verstummte er abrupt. »Gelobt sei der Herr für Seine Barmherzigkeit«, fuhr er kurz darauf fort, während er sich verneigte. »Bis heute ist mir jedoch entgangen, dass Cavaliere Hunyadi Mitglied des königlichen Rats ist.«

Auf ein Zeichen des Monarchen trat der Vizekanzler vor. Er blätterte durch die Schriftstücke in seiner Hand.

Vladislav näherte sich seinem Freund und berührte ihn mit dem Ellbogen. »János, hast du davon gewusst?«

Dieser schüttelte nur den Kopf.

»Diese Urkunde«, sprach Kaspar Schlick, als er vor Hunyadi stehen blieb, »ist Eure Beförderung in den Kriegsrat Seiner Majestät.«

Der Ritter straffte die Schultern, nahm das Dokument, überflog es und verbeugte sich dann vor Sigismund. »Euch, mein König, mit meiner Kriegserfahrung zu dienen und in Eurem Namen für den Pontifex maximus das Schwert zu ziehen ist mir eine große Ehre.«

Der Monarch nickte ihm zu und entließ ihn mit einer Handbewegung. In das anhaltende Schweigen hinein verkündete er: »Düstere Zeiten kommen auf uns zu. Ein fremdes Volk von heidnischem Glauben drängt an unsere Grenzen, so dass wir nicht nur gegen die Hussiten zu kämpfen haben. Osmanische Truppen bereiten sich darauf vor, im Sommer die Donau zu überqueren und, über die Walachei, das ungarische Königreich erneut anzugreifen.« Das aufbrandende Raunen im Saal übertönte das Poltern der Bänke und Lehnstühle auf dem Boden.

»Wir müssen die Streitkräfte aufteilen«, fuhr der König fort. »Ein Teil des Heeres, unter der Führung des Markgrafen Friedrich von Brandenburg, marschiert nach Böhmen und bekämpft die Häretiker.« Sigismund schwieg einen Moment. Seine rechte Hand spielte unruhig mit dem Ouroboros an der Ordenskette. »Das zweite Kontingent reitet nach Transsylvanien, um die südlichen Grenzen gegen die Osmanen zu verteidigen. Dieses wird von … Vladislav Draco geführt.«

Atemlose Stille folgte auf die Rede des Monarchen. Nur das Husten eines Reichsfürsten hallte durch den Saal.

Es kostete Vladislav enorme Kraft, sich zu beherrschen.

Seine Hände, zu Fäusten geballt, schmerzten, und der Druck in seiner Brust schwoll an, bis er keine Luft mehr bekam.

Dann schritt er nach vorn und verneigte sich. »Mein König, als Euer Vasall vermag ich Eurer Politik besser von der Walachei aus zu dienen. Von dort werde ich die ungarische Grenze erfolgreicher schützen können. Kein osmanischer Fuß wird unter meiner Herrschaft walachischen Boden betreten, denn wie es bereits unter meinem Vater der Fall war, wird das Fürstentum Euer Schutzschild sein. Deshalb verstehe ich auch nicht, warum ausgerechnet ich …«

Sigismund schlug gegen die Armlehne. »Wer oder was meiner Landesführung besser dient, entscheide allein ich, Ritter. Ich ernenne Euch ab sofort zum militärischen Gouverneur von Transsylvanien. Euer Bruder Aldea bleibt der rechtmäßige Herrscher.«

Das Stimmengewirr der walachischen Gesandtschaft drang aus dem hinteren Bereich heran. Vladislav verstand die Empörung und die Wut der Bojaren. In einem Aufwallen von Verzweiflung fiel er auf die Knie. »Aber Eure Majestät haben doch mich als rechtmäßigen …«

»Schweigt!« Mit hochrotem Gesicht sprang der König auf. Tief atmend brachte er seinen Groll wieder unter Kontrolle. »Ich weiß, dass Ihr es aus Liebe zu Eurem Land und zur Ehre Eures Vaters wagt, meinen Willen in Frage zu stellen. Ihr seid der Sohn Mircea Basarabs, des tapfersten Christen, den ich je kannte. Doch sogar er ist meiner Politik gefolgt und hat seine Vasallenpflicht nie vergessen.«

Mit einer Handbewegung forderte er den Vizekanzler auf, dem walachischen Ritter die Ernennungsurkunde zu überreichen.

Kaspar Schlick griff nach dem Dokument und reichte es wortlos dem Knienden. Kein Wort war mehr zu hören. Nur das Knarren eines Stuhls durchschnitt die Stille.

Vladislav fixierte das mit den königlichen Siegeln versehene Dokument. Als militärischer Gouverneur gab er seinen Anspruch auf den Thron auf und musste damit seinen Halbbruder als rechtmäßigen Fürsten anerkennen. Aber fast noch schmerzhafter war der Wortbruch Sigismunds. Er hob den Blick von der Urkunde und blickte den Monarchen an, während seine Hand das Schriftstück umfasste.

Von nun an war er im Kampf um den walachischen Thron auf sich allein gestellt.

Roxolan lag auf der Seite und schloss die Augen, als seine Entführer hereinkamen. Die Schatten, die sich ihm näherten, erkannte er sofort, doch die Erkenntnis, dass Jagiellos Handlanger ihn gefangen genommen hatten, erleichterte seine Lage kaum. Seine Versuche, an den Dolch zu gelangen, waren misslungen, er hatte davon ablassen müssen, als die Tür aufging.

Nur mit List würde er seine Haut retten können. Immer langsamer atmete er durch die Nase ein und spürte der Atemluft in seinem Körper nach. Er bremste das Rauschen des Blutes, verlangsamte den Rhythmus des pulsierenden Herzens und zwang seine Lungen, nicht mehr nach Luft zu lechzen.

Reglos lag er da, während sein Bewusstsein die Grenzen seiner Körperhülle durchbrach und über ihm schwebte.

Wie aus einer anderen Welt hörte er die Geräusche, als die Schritte seiner Feinde neben ihm innehielten.

»Du hast ihm einen richtigen Schlag verpasst, Guni! Er ist immer noch bewusstlos.« Stanibor trat mit dem Stiefel in den Rücken des Regungslosen.

»Hm, kein Lebenszeichen«, brummte er enttäuscht. »Bist du sicher, dass dein Lauscher nicht tot ist?«

»Lass mich nachsehen!« Der Bettler schubste seinen Gefährten zur Seite, kniete sich neben das Opfer und legte das

Ohr an Roxolans Mund. Er schüttelte verblüfft den Kopf. Mit der Hand ertastete er den Hals seiner menschlichen Beute. »Er ist warm … und ich spüre Bewegung in seinen Blutbahnen. Kaum wahrzunehmen, aber verdammt, er lebt doch!«

»Mach Platz da, ich will ihn mir ansehen!« Stanibor stellte sich breitbeinig hin, stemmte die Fäuste in die Hüfte und studierte aufmerksam die am Boden liegende Gestalt. »Den Bart trägt er nach walachischer Sitte, und seine Kleidung weist ihn als Hausdiener aus. Soviel ich weiß, befand er sich in dem Flur, den nur die Bediensteten betreten dürfen. Gewiss wollte er seinem Herrn dienen. Wie kommst du auf die Idee, er könnte ein Späher sein?«

Gunther grunzte selbstgefällig und klopfte mit dem Zeigefinger an seinen Schädel. »Meine Stärke steckt hier, mein Lieber, und nicht wie bei dir in den Armen. Schau, was ich unter seinem Kittel gefunden habe.« Aus einem Sack, der ihm an einer Schnur über der Schulter hing, zog er einen wertvollen Mantel hervor. »So einen Umhang aus reiner Wolle trägt kein Bediensteter. Eher ein Ritter oder ein Krieger – der als Späher herumschnüffelt.«

»Wer weiß? Vielleicht hat er ihn geklaut und darum versteckt.« Der polnische Söldner gab nicht nach. Nachdenklich rieb er sich das Kinn. »Was hast du bei ihm noch aufgefischt?«

»Ich habe ihn noch nicht ausgezogen, denn ich wollte, dass du ihn so siehst, bevor ich ihn auseinandernehme.«

Der Scherge trat erneut auf Roxolan ein, so dass dieser herumrollte und jetzt auf dem Rücken lag.

Angespannt führte Guni plötzlich den Zeigefinger an die Lippen. »Sch! Ich höre Schritte!« Kaum war er verstummt, trat auch schon ein Mann durch die Tür. Dann blieb er stehen und spähte vorsichtig in den halbdunklen Bretterschuppen.

Da erkannte Stanibor in ihm Jagiellos Leibwächter: »Suchst du mich, Jaroslaw?«

»Endlich habe ich dich gefunden«, antwortete dieser. »Der König verlangt nach dir. Sofort!«

Stanibor fuhr sich nervös mit der Hand durch die Haare und trat erneut wuchtig gegen Roxolans wehrlosen Körper. »Verdammt!« Enttäuscht von der Reglosigkeit seines Opfers, ließ er schließlich von ihm ab.

»Guni, sieh zu, dass du ihn wach kriegst, während ich weg bin!«

»Soll ich ihn auch zum Reden bringen?«

»Tu es! Aber du darfst ihn nicht umbringen, bevor er etwas verraten hat.«

»Schau dir meinen Armstumpf an, Stani. Keiner weiß besser als ich, wie verbranntes menschliches Fleisch riecht, wie das eigene Blut aus offenen Wunden schmeckt. Und ich bin nicht daran gestorben. Jetzt kann ich endlich zeigen, was ich von meinen Peinigern gelernt habe.«

Jagiellos Handlanger grinste. »Ja, du bist der Richtige für diese Drecksarbeit. Ich schicke dir deinen Komplizen. Er soll dir die zweite Hand ersetzen, wenn du Hilfe brauchst.« Lachend drehte er sich um und verließ, begleitet von Jaroslaw, den Raum.

Bei jedem Schritt, mit dem sich die polnischen Söldner von ihm entfernten, weckte Roxolan sich mehr und mehr aus seinem erstarrten Zustand. Schleichend meldeten sich die Schmerzen im Rücken, die Luft strömte mit Wucht wieder in die Lungen und von dort aus ins Blut. Aber es geschah nicht schnell genug. Solange seine Kräfte ihm nicht gehorchten, durfte er seine Verstellung nicht aufgeben. Auch Gunthers Hand ignorierte er, die seine Tunika hochschob und den Leib betastete.

»Wer bist du? Zeig es mir!« Erregt befeuerte sich der Peiniger in seinem Wahnsinn mit Selbstgesprächen und untersuchte den reglosen Körper. Die Finger glitten zu den in Fell gewickelten Waden des Walachen. Der harte Umriss des Dolches blieb ihm nicht verborgen. Fieberhaft löste er die Lederschnur.

»Ja, ich habe es gewusst!«, schrie er, als er mit seiner Beute aufsprang und wie besessen um Roxolan herumtanzte. »Du bist ein verdammter Späher.« Doch dann verharrte er abrupt. »Was verheimlichst du sonst noch?«

Nachdem er sich das erbeutete Messer in den Leibgurt gesteckt hatte, beugte er sich vor und begann sein Opfer auszuziehen. Als er die Beinlinge und die Tunika abstreifen wollte, merkte er, dass die gefesselten Beine und Hände ihn behinderten. Wie im Rausch führte er die Klinge zwischen die Waden des Gefesselten und durchschnitt mit einem Ruck den Strick.

Roxolan wartete auf den Augenblick, wenn auch die Fesseln um seine Handgelenke durchschnitten würden. Bei der Berührung des kalten Metalls bereitete sich sein Körper für den Kampf vor. Aber die Schneide durchtrennte die Riemen nicht, sondern entfernte sich wieder von ihm.

»Nein, so närrisch bin ich nicht!« Gunther steckte den Dolch zurück in den Leibgurt, hob seinen Kittel und nestelte im Schritt. »Ob du wirklich ohnmächtig bist … oder gar tot?« Er zielte mit dem Glied auf das Gesicht seines Opfers und pisste darauf.

Rox presste die Lippen zusammen, als er die warme Flüssigkeit darauf spürte. Die Wut führte dazu, dass er noch schneller ein- und ausatmete, das Blut rauschte in den Ohren, und der Druck im Brustkorb wurde fast unerträglich. Er öffnete die Augen. Um vom Überraschungsmoment zu profitieren, schwang er sich auf den Rücken, und grätschte dabei die Beine des vermeintlichen Bettlers, der mit einem Aufschrei zu Boden fiel.

Der Walache zog die Knie an die Brust, wippte sich nach vorn und sprang federnd auf die Füße.

Gunther griff nach dem Messer und versuchte sich aufzurappeln.

Doch Roxolan entwaffnete ihn mit einem Fußtritt und stieß ihn erneut zu Boden. »Da haben wir nun die Rollen getauscht, nicht wahr?«

»Das glaube ich nicht«, ächzte Guni trotzig. »Schau einmal hinter dich!«

Rox drehte sich schnell um. Vom Eingang her stürmte Gunis Gefährte mit einer Holzschaufel auf ihn zu, die er ihm wuchtig gegen das Brustbein rammte. Der Schlag raubte Roxolan die Luft und schleuderte ihn gegen die Wand.

»Töte ihn nicht, du Hohlkopf!«, brüllte Gunther. »Ich will ihn lebend!«

Über Roxolans Kopf sauste kurz die Schaufel und traf seine Schläfe.

Kapitel 10

Der Nadelstich im Finger riss Vasilissa aus ihren Gedanken. Aus dem Daumen perlte ein Blutstropfen. War das ein schlechtes Omen? Sie zog das Schnupftüchlein aus dem Ärmel und presste es auf die Stichwunde. Jetzt erst bemerkte sie, dass die Dämmerung das Tageslicht aus der Kemenate vertrieben hatte.

An dem langen Tisch saßen neben ihr noch acht weitere Hofdamen, die wie sie an einem Altartuch stickten. Sie überprüfte, ob das Blut den Stoff besudelt hatte, doch er war fleckenlos. Auch wenn Königin Barbara nicht anwesend war, herrschte eine erdrückende Stille, denn ihre Tochter Elisabeth, die Herzogin von Österreich, behielt alle im Auge. Wie ihre Mutter duldete sie keine freien Gespräche während der Arbeit. Das war ihrer Ansicht nach unter ihrem Rang, da nur die Marktweiber tratschten.

Ein kaum vernehmbares Schluchzen war vom anderen Tischende her zu hören. Vasilissa blickte auf. In der dunkelsten Ecke des Raums erkannte sie Clara von Thegzes, die zum ersten Mal zugegen war. Sie hielt den Kopf über den Stoff gesenkt, den sie in den Händen zerknitterte. Ihre Finger zitterten, als sie die Nadel hindurchführte.

Ihr Anblick erinnerte die walachische Edeldame wieder an die Tjostszene, in der Vladislav die Schönheit des ungarischen Mädchens vor allen gepriesen hatte. Und vorhin, im Rathaus, wie er die Baronin nach ihrer Tochter gefragt hatte. In ihrer Anwesenheit!

Nicht selten hatte sie von Liebeleien ihres Gemahls gehört. Das erste Mal hatte sie wütend darauf reagiert, und ihm dann vertraut, als er beteuerte, dass es nicht mehr passieren werde. Wie auch noch mehrere Male danach. Als sie damals vor dem

Altar den heiligen Eheschwur gesprochen hatte, hatte sie gewusst, dass dieser eher ein politisches Gelöbnis war. Sechs Jahre waren seither vergangen, und in der Zeit hatte sie Vladislav lieben gelernt.

Vielleicht musste sie dieser neuen Geschichte gar keine Beachtung schenken. Aber ihr Instinkt warnte sie. Diese Clara war außergewöhnlich anmutig. Schützend legte Vasilissa die Hand auf den Bauch, als das Kind sich in ihrem Leib drehte. Sie spürte die Wölbung seines Körpers. Jetzt sorgte sie sich aus anderen Gründen um ihr Familienleben. Sie hatte nichts mehr von ihm gehört, seit Sigismund Vlas in der Versammlung entlassen hatte. Wortlos hatte er seine Gattin und die walachische Gesandtschaft verlassen. Nur Dragomir war ihm gefolgt. Es war ihr schwergefallen, Mircea zu erklären, warum sie doch nicht in ihre Heimat zurückkehren konnten. Seine Enttäuschung brach ihr fast das Herz. »Noch nicht, mein Sohn«, hatte sie ihn getröstet. »Die Zeit ist noch nicht gekommen.«

Plötzlich öffnete sich die Tür, und die Königin betrat ohne Ankündigung den Raum. Dann blieb sie unvermittelt stehen.

Alle Hofdamen erhoben sich und verneigten sich vor ihr.

»Elisabeth, wie könnt Ihr in dieser Düsternis sticken?« Ohne auf eine Antwort zu warten, klatschte sie in die Hände.

Augenblicklich erschien ein Hausdiener. »Ihre Majestät wünschen?«

»Bringe Kerzen und sorge dafür, dass das Feuer im Kamin entfacht wird.«

»Sehr wohl.«

Die zierliche Figur und die Leichtigkeit ihrer Bewegungen ließen die Königin jünger als Anfang vierzig aussehen. Sie legte nicht nur auf ihr Äußeres viel Wert, sondern auch auf tadelloses Benehmen. Für ihre Eleganz wurde sie von den Edeldamen beneidet, und ihre Redegewandtheit machte sie bei den Gelehrten zu einer geschätzten Gesprächsgefährtin. Nur dem König war es zu viel des Ruhmes um seine Gattin.

»Meine Damen, Ihr dürft Euch zurückziehen.« Sie wandte sich um und ließ sich auf einem der Sessel vor dem Kamin nieder.

Als Vasilissa an ihr vorbeiging, hielt sie sie an. »Wie geht es Euch? Ihr seht blass aus.«

»Majestät, Eure Fürsorge rührt mich. Mein Kind und ich fühlen uns wohl. Nur die Sorgen wegen der bevorstehenden Reise betrüben meine Seele.«

»Ja, ich habe davon gehört.«

Es überraschte sie nicht, dass die Königin Bescheid wusste. Die Monarchin hatte ihre eigenen Vertrauten am Hof, die sie über die politischen Ereignisse und Sigismunds Entscheidungen informierten.

»Wartet, bis wir allein sind.« Mit einer Handbewegung lud Barbara sie ein, sich neben sie zu setzen.

Unterdessen leerte sich der Raum. Die Diener entzündeten neue Kerzen und legten frische Holzstücke ins Feuer.

»Haben Ihre Majestät noch einen Wunsch?«, fragte der letzte.

»Nein, du darfst gehen.«

Auch nachdem die Tür ins Schloss gefallen war, schwiegen die beiden Frauen noch. Jede blickte gedankenverloren in die Flammen, die sich um die Holzscheite schlängelten.

»Wann ist es so weit, Vasilissa?«

»Majestät?«

»Ich meine die Geburt Eures Kindes.«

Die Edelfrau strich sich mit der Hand über den Bauch. »Im April oder Mai soll es auf die Welt kommen. Und ich hoffe, dass es ein Junge wird.«

»Ihr könnt in diesem Zustand nicht nach Transsylvanien reisen.«

»Mein Platz ist an Vladislavs Seite, Majestät. Ich werde ihn begleiten, auch wenn der Weg diesmal nicht in die Walachei führt.«

»Ich glaube nicht, dass Euer Gemahl das Leben seiner Frau und das des Ungeborenen riskieren will.«

»Es ist der Befehl des Königs.«

»Sigismund bestimmt über seine Vasallen, Kommandanten und Ritter. Über das Wohlergehen meiner Hofdamen entscheide ich.«

»Meine Königin …« Vasilissa seufzte. Ihre Hände falteten den Stoff ihres Kleides.

»Ihr dürft frei reden. Was bekümmert Euch?«

»Ich frage mich, ob sich Mittel und Wege finden ließen, Vladislavs Reise bis nach der Geburt zu verschieben.«

»Nein, meine Liebe. Der Monarch akzeptiert keine Beanstandung seiner Befehle. Sogar ich habe, in dieser Hinsicht, keinen Einfluss auf ihn.«

Barbara legte den Arm um die Schultern ihrer Hofdame. »Euer Gemahl braucht jetzt Rückhalt von seinen Freunden und treuen Untertanen. Ihr helft ihm, indem Ihr einen gesunden Nachkommen gebärt. Eure Anwesenheit würde den Fortmarsch seiner Truppe nur erschweren. Im tiefen Winter reist man bis zu den transsylvanischen Südkarpaten mehr als zwei Monate lang. Wollt Ihr das Kind in einem Wirtshaus oder, Gott behüte, im Wald auf die Welt bringen?«

Die Monarchin bekam keine Antwort.

»Vasilissa, schaut mich an! Ihr seid nur ein Jahr älter als meine Tochter. Ich werde dafür sorgen, dass Ihr Euch bei Hofe wohl fühlt und dass, wenn die Zeit gekommen ist, der beste Arzt bei der Geburt hilft.«

»Eure Majestät ist zu gnädig!«

Es klopfte an der Tür, und die Zofe der Königin kam herein und knickste vor ihrer Herrin. »Majestät, der französische Gelehrte Ganivets bittet, Euch sprechen zu dürfen.«

»Er soll einen Augenblick warten.«

Vasilissa stand auf. »Ich bitte Euch um Erlaubnis, mich zurückzuziehen, Majestät.«

»Gewiss, meine Liebe! Aber Marie wird Euch begleiten. Und denkt an meinen Rat!«

»Jawohl, Majestät.«

Die beiden Frauen verließen gemeinsam den Raum. Im Vorzimmer brachte die Zofe einen Umhang und legte ihn Vasilissa über die Schultern. Auch sie selbst hüllte sich in ein solches Kleidungsstück.

»In dieser zugigen Burg pfeift und zieht es wie in einem Pferdestall«, beschwerte sie sich. »Wohin gehen wir?«

»Der Kastellan hatte die Güte, meine Familie und mich in seinen Räumlichkeiten zu beherbergen.«

»Dann müssen wir ja den Burghof verlassen!«

»Hab keine Angst. Einer unserer Hausdiener wird dich behütet zurückgeleiten.«

»Das ist großzügig von Euch.«

»Marie, nimm für alle Fälle eine Kerze mit. Das Licht der Fackeln erhellt den Flur nicht ausreichend.«

»Gewiss.«

Vasilissa folgte der Zofe, die mit hoch erhobenem Kerzenleuchter vor ihr ging. Ab und zu hielt sie die Hand vor die zuckende Flamme, die wegen der Zugluft zu erlöschen drohte.

»Gleich werden wir nach rechts abbiegen, Herrin, und dort die Treppe erreichen. Stützt Euch an den Wänden ab, denn die Stufen sind rutschig.«

»Danke für den Rat! Das werde ich tun.«

Als sie um die Ecke bogen, stießen sie plötzlich auf einen Mann, der vom Palast herbeieilte.

Marie schrie erschrocken auf, und der Leuchter fiel zu Boden, wobei die Kerze erlosch.

»Um Gottes willen!« Vasilissa zog das Mädchen an ihre Seite. Sie versuchte, die Person zu erkennen, aber die nächste Lichtquelle befand sich hinter dem Mann, so dass seine Gestalt im Schatten blieb.

»Oh! Pardon, Madame!«

Der Fremde ängstigte sie.

»Ein wahrer Edelmann stellt sich ehrenhaften Frauen nicht in den Weg … Insbesondere, wenn diese zum königlichen Hof gehören«, fügte sie rasch hinzu, als sie merkte, dass er sich immer noch nicht bewegte.

Endlich drehte er sich um, nahm die Fackel aus der Halterung und hielt sie so vor sich, dass Vasilissa ihn deutlich sehen konnte.

»Ich bitte um Verzeihung!« Vornehm verneigte er sich und legte dabei die rechte Hand aufs Herz. »Schon der Gedanke, Euch erschreckt zu haben, bürdet meiner Seele unaussprechlichen Kummer auf. Als Zeichen der Reue biete ich Euch meinen Schutz für den restlichen Weg an.«

Vasilissa musterte ihn argwöhnisch. Immer noch verneigt, erwartete er ihre Antwort. Als er leicht den Kopf hob, sah sie, dass er sie mit einem Lächeln ermutigte, seinem Angebot zuzustimmen. Stattdessen fragte sie jedoch: »Wer seid Ihr?«

»Mein Name ist Wallerand, Seigneur de Wavrin, *conseiller* und *chambellan* des Herzogs von Burgund.«

»Jetzt erkenne ich Euch. Ihr habt an der Tjost teilgenommen, nicht wahr?«

Seine Augen leuchteten auf. »Ich hoffe, Ihr habt nun keine Angst mehr vor mir und werdet mein Geleit annehmen.«

»Wir wollten zum Haus des Kastellans.«

»Dann werde ich vorangehen, um den Weg für Euch zu erleuchten.«

Ohne auf sie zu warten, lief er die Treppe hinunter.

»Ihr solltet aufpassen, denn es ist …« Vasilissa sprach nicht mehr weiter. Lautes Poltern, stolpernde Schritte und die wild schaukelnde Flamme der Fackel verrieten ihr, dass der Hinweis auf die glitschige Treppe zu spät gekommen war. Marie neben ihr kicherte.

»Die Zofe soll Euch den Arm reichen und Euch festhalten«, hörten sie den Ritter von unten rufen. »Die Stufen sind recht rutschig!«

Sie unterdrückte ein Lächeln. »Habt Dank. Wir werden achtgeben.«

Im Erdgeschoss angelangt, folgten sie de Wavrin den Flur entlang, der zum Ausgang führte.

»Es ist besser, Ihr zieht die Kapuzen Eurer Mäntel über«, sagte er vor der Tür. »Der Wind hat nach Westen gedreht und wirbelt den Schnee von den Dächern auf.« Er selbst stellte den Kragen seines Umhangs hoch.

Im inneren Burghof beugte sich die kahle Linde unter einer kräftigen Windbö. Die zuckende Fackelflamme verlor den Kampf gegen die Windstöße und erlosch nach kurzer Zeit. Die Hand des Hausmädchens klammerte sich an den Oberarm der walachischen Hofdame. Vorsichtig tasteten sie sich vorwärts. Als Vasilissa ins Straucheln geriet, schrie sie auf.

»Ihr könntet Euch auf meinen Arm stützen«, schlug der Ritter vor.

»Das ist unsittlich.«

»Ich weiß, aber es wäre vernünftig. Denkt darüber nach, was Euch zustoßen könnte, wenn Ihr ausrutscht! In Eurem Zustand …«

»Marie gibt mir genug Halt.«

De Wavrin schüttelte nur den Kopf und stapfte davon. Nach

ein paar Schritten überlegte er es sich anders, blieb erneut stehen und wartete, bis die Damen ihn erreichten. Wortlos setzte er sich an die Seite der Edeldame. »Zum Glück«, sagte er, »leuchten die Laternen das Tor an, sonst hätten wir es in diesem Schneetreiben gar nicht finden können.«

Nachdem er die kleine Tür in dem hölzernen Torbogen geöffnet hatte, traten sie nacheinander in den Vorburghof.

Aus den beleuchteten Wirtschaftsgebäuden huschten Bedienstete, die ihren Pflichten nachgingen. Ein Junge schleppte einen Holzkübel vom Brunnen zu den Stallungen. Von dort hörte Vasilissa das Wiehern der Pferde, und das rhythmische Schlagen des Hammers auf Eisen und Amboss hallte über den Hof. Eine Frau rief nach ihren Kindern.

Auch durch die Fenster des Kastellanhauses schimmerte Kerzenlicht.

»Komm, Marie, beeil dich! Wir sind gleich da.«

»Bitte nicht so hastig, Herrin! Wir sollen lieber vorsichtiger gehen.«

Da geschah es: Beim nächsten Schritt glitt das Hausmädchen aus. Wie ein Gaukler versuchte sie, mit rotierenden Armen das Gleichgewicht wiederzuerlangen. Als sie auf dem Boden aufschlug, rutschte sie zwischen Vasilissas Füße.

De Wavrin zögerte nicht und sprang geistesgegenwärtig nach vorn. Gerade noch rechtzeitig fing er sie auf.

Vasilissa lehnte mehr in der Umarmung des Ritters, als dass sie stand. Seine Atemstöße kitzelten sie am Ohr. Die Gänsehaut, die sich über ihren Körper ausbreitete, ließ sie erschauern. Dabei drückte einer seiner Arme gegen ihre Brust, doch das war ihr nicht unangenehm. Wärme strömte durch ihre Adern, und die Geborgenheit, die sie empfand, verblüffte sie. Er war doch nur ein Fremder!

»Ihr dürft mich nun loslassen!«, keuchte sie. »Ich kann wieder selbst auf mich aufpassen.«

»Seid Ihr sicher?« Vorsichtig lockerte er den Griff. Er drehte sich zu ihr und nahm sie in Augenschein. »Geht es Euch gut?«

»Ja. Habt Dank.« Zum ersten Mal sah sie ihn sich genauer an. Das blonde Haar fiel ihm gerade geschnitten bis auf die Schultern. Den Oberlippenbart trug er nach den Gepflogenheiten seines Landes. Sie merkte, dass seine hellblauen Augen sie ebenso neugierig musterten.

»Was geht hier vor?«

Die Stimme, die von den Stallungen herüberhallte, erschreckte sie. Hinter dem burgundischen Edelmann hörte sie den gefrorenen Schnee unter fremden Schritten knirschen.

De Wavrin fasste sein Schwert. Aber eine behandschuhte Rechte packte ihn bereits am Handgelenk. »Lass es stecken, Freundchen, und dreh dich langsam um!«

Vasilissa merkte, dass ihr Begleiter, sich zuerst schützend vor sie und Marie stellte, bevor er der Aufforderung des Fremden folgte.

»Klaus, du alter Krieger! Seit wann schleichst du wie eine Natter und greifst von hinten an?«

»Seit ich Burgunder sehe, die ehrenhafte Frauen belästigen.«

»Was suchst du hier?«

»Willst du mich den Damen nicht vorstellen?« Ohne eine Antwort abzuwarten, schob der fremde Ritter Wallerand aus dem Weg und trat vor.

Vasilissa betrachtete ihn. Er kam ihr bekannt vor. Das schwarze Kreuz auf dem weißen Mantel wies ihn als Ritter des Deutschen Ordens aus. Nach kurzer Überlegung erkannte sie den Bärtigen als den Gegner ihres Begleiters in der Tjost. Ihr entging nicht, wie dieser zuerst sie musterte und danach de Wavrin. Er presste die Lippen zusammen und schüttelte kurz den Kopf. Dann verbeugte er sich vor ihr.

»Prinzessin! Ich heiße Klaus von Redwitz, ich bin ein Vertrauter Eures Gemahls und von ihm heute Abend zu einem Beratungsgespräch eingeladen.«

»Ihr wisst, wo Vladislav ist?«

»Er hat mich zu sich nach Hause bestellt. Darf ich Euch dorthin geleiten?«

Sie antwortete nicht sofort. Ihr Blick suchte nach einer Zustimmungsgeste von Wallerand, doch dieser blickte sie nur untröstlich an. Die Sehnsucht in seinen Augen überraschte und verwirrte sie gleichermaßen.

»Ja, es ist besser für uns alle, wenn Ihr mich nach Hause begleitet.«

Flankiert von Marie und dem deutschen Ritter, entfernte sie sich. Bevor sie das Haus betrat, blickte sie noch einmal rasch zurück.

»Vasilissa!« Vladislav empfing sie mit geöffneten Armen, als sie in die Wohnstube trat. Galant verbeugte er sich vor ihr und hauchte einen Kuss über ihre Hände. »Bitte setz dich ans Feuer. Deine Finger sind eiskalt.«

Vor dem Kamin sah sie Dragomir, der sich erhob, um ihr Platz zu machen. Sie wählte die dunklere Ecke, denn dort konnte sie weiter an den fremden Edelmann denken. Zuerst musste sie noch ihr Herz beruhigen. Ob von Redwitz etwas bemerkt hatte? Sie gab sich einen Ruck und folgte den Worten ihres Gemahls, der soeben mit dem Ritter des Deutschen Ordens sprach.

»Jetzt sind wir alle versammelt. Danke, Klaus, dass du unverzüglich zu diesem Treffen kommen konntest.«

»Ich habe erfahren, was heute im Rathaus geschehen ist. Was hast du nun vor?«

»Dem Befehl des Königs zu folgen.«

»*Was?* Hast du den Thron deines Vaters schon aufgegeben?

So kenne ich dich gar nicht. Du gibst sonst niemals auf. Bitte Seine Majestät um eine Audienz! Du weißt, wie er ist. Er überdenkt doch ständig seine Entscheidungen.«

»Das brauchst du mir nicht noch einmal zu sagen. Gestern sah ich mich schon als Fürst der Walachei, und nun bin ich nur der militärische Gouverneur einer Provinz des ungarischen Königreichs.«

»Genau deshalb musst du mit ihm sprechen. Es gibt doch noch Hoffnung.«

»Ach, ja?« Vladislav ging zu dem Tisch und nahm die Ernennungsurkunde. »Und was ist das? Dieses Dokument wurde in der königlichen Kanzlei verfasst. Daran ist nicht mehr zu rütteln, mein Freund.« Er warf die Urkunde zurück auf den Tisch. »Es ist nicht wie in der Kirche, bei meiner Investitur, wo er vor allen feierlich meinen Rechtsanspruch auf den Thron meines Vaters anerkannt hat.« Vladislav Draco lächelte zynisch. »Dafür erhielt ich leider kein königliches Schriftstück. Wie sagen die Gelehrten so schön auf Latein? *Verba volant, scripta manent.* Gesprochenes vergeht, Geschriebenes bleibt.«

»Mein Herr!«, meldete sich Dragomir zu Wort. »Ich stimme dem Ritter zu. Vielleicht ergibt sich eine Lösung, wenn wir, die Bojaren, in einer Audienz einmal mehr die besorgniserregende politische Lage in der Walachei schildern. Und, wer weiß, auch eine Erhöhung unserer Abgabe könnte ihn umstimmen.«

»Das ist ein großherziger Gedanke von Euch. Bevor Ihr jedoch Sigismunds leere Truhen auffüllt, rate ich Euch, die Gulden für Waffen und Krieger auszugeben, die für meine Rückkehr kämpfen würden. Ich dachte, wir haben lange genug darüber gesprochen und eine Entscheidung getroffen.«

»Heißt das, du willst doch mit Gewalt auf den Thron?«, fragte ihn der Deutschritter aufgeregt.

»Klaus, was ich vorhabe, werde ich weder dir noch jemand anderem verraten. Es ist besser so für uns alle.«

»Ich verstehe dich. Sag mir nur, was ich für dich tun kann.«

»In fünf bis sechs Tagen reise ich zusammen mit meiner Gefolgschaft ab. Nur eine Person wird mich nicht begleiten. Auf sie musst du aufpassen, um sie, wenige Tage nach meiner Abreise, heil nach Schäßburg zu geleiten. Sie ist mein Lebensinhalt, mein Alles!« Er wies mit der Hand auf sie, seine Gemahlin. »Ich werde in Transsylvanien auf euch warten.«

Vasilissa sprang auf. »Du kannst nicht über mich bestimmen, ohne mich zu fragen!« Erleichtert sah sie, dass Dragomir und von Redwitz sich zurückzogen, um ihr und Vladislav eine vertrauliche Gesprächsumgebung zu sichern.

»Vlas«, flüsterte sie ihm zu, »die Königin hat mir angeboten, für mich am Hof zu sorgen, bis unser Kind geboren wird. Eine Hebamme und der Hofarzt werden bei der Geburt helfen.«

»Meine Liebe, ich begehe nicht den gleichen Fehler wie mein Vater. Keines meiner Kinder bleibt als Geisel an Sigismunds Hof. Siehst du nicht, welchen Zweck sie verfolgen, indem sie dich einladen? Sie haben mich in der Hand, wenn du das machst, was Barbara sagt.« Er küsste ihre Fingerspitzen. »Vertrau mir, Prinzessin!«

»Dann komme ich mit dir.«

»Nicht jetzt. Ich muss zuerst sehen, wie sicher die Wege sind. Bei Gefahr werde ich Nachrichten senden, um euch vorzuwarnen. Außerdem, in Schäßburg angekommen, muss ich zuerst meinen Posten antreten. In dieser Zeit werde ich dort ein Haus für uns suchen, denn ich will, dass alles für deine Ankunft vorbereitet ist.«

Sie nickte.

Vladislav wandte sich wieder an den deutschen Ritter. »Klaus, wann kehrst du zurück in den Banat, nach Severin?«

»Ich warte, bis der Frost nachlässt. Es kann noch einige Tage dauern.«

»Wie viele Reiter werden dich begleiten?«

»Wieso fragst du?«

»Ich bitte dich, meiner Gemahlin und ihrem Damengefolge sicheres Geleit bis nach Transsylvanien zu gewähren.«

»Du kannst dich auf mich verlassen.«

»Und was ist mit Mircea?«, fragte Vasilissa.

»Unser Sohn kommt mit mir und meiner Truppe.«

»Nein, Vlas! Er ist doch noch ein Kind, und er braucht mich. Tu mir das bitte nicht an.«

»Ich habe entschieden.«

Sie wusste, warum ihr Gemahl so handelte. Er wollte sie damit zwingen, ihm zu folgen und nicht am Hof zu bleiben.

»Dragomir, Ihr werdet gleichfalls meine Ehegattin begleiten!«

»Wie Ihr wünscht.«

Die Tür schwang auf, und Ilarion stürmte in den Raum. »Herr, ich habe Roxolan aufgespürt!«

Sofort griff Vladislav nach Mantel und Schwert. »Los, gehen wir!«

»Ich komme ebenfalls mit«, bot der Deutschritter an.

»Nein, Klaus! Das ist meine Angelegenheit.«

Es schneite nicht mehr. Der starke Ostwind hatte inzwischen die Wolken auseinandergetrieben, so dass nur der aufgewirbelte Schnee in der Luft schwebte. Der wolkenlose Himmel und der volle Mond halfen dem walachischen Drachenritter und seinem Knappen, den Bretterschuppen ohne Fackeln zu finden. Den Hinweis, wo sich Roxolan befand, hatte Ilarion von einem Stallburschen erhalten.

Um geräuschlos voranzukommen, hatten sie die Pferde am Ufer der Pegnitz zurückgelassen. Nur der Schnee knirschte unter ihren Schritten. Der Wind jedoch schluckte alle anderen Geräusche.

Beschirmt vom Stamm einer Pappel, beobachteten die beiden Männer den Eingang zu der Hütte. Keine Regung, kein Lebenszeichen.

»Bist du sicher, Ilarion, dass Rox da drin ist?«

»Ich habe ihn nicht gesehen, aber der Stallknecht hat mir den Ort genau beschrieben. Er sagte, dass vier Männer dort waren. Zwei, die einen leblosen Körper mitbrachten, und zwei andere, die später hinzukamen. Diese waren wie fremde Söldner angezogen. Deswegen habe ich mich allein nicht getraut, etwas zu seiner Rettung zu unternehmen.«

»Du hast richtig gehandelt! Ich hoffe nur, dass wir noch rechtzeitig gekommen sind, denn diese Stille verheißt nichts Gutes.«

Draco zog das Schwert aus der Scheide und hielt es bereit. Im Schutz der Bäume und Büsche schlichen sie bis zu der Brettertür, wo sie sich links und rechts davon aufstellten.

Ilarion spähte zwischen der Türkante und dem eisernen Scharnier in das Innere des Raums.

Mit hochgezogenen Augenbrauen schaute Vladislav seinen Knappen fragend an. Dieser schüttelte den Kopf. »Niemand drin«, flüsterte er.

»Bleib hier draußen und halte Wache. Ich gehe hinein.«

»Jawohl, Herr.«

Vlas prüfte, ob die Tür verriegelt war. Diese öffnete sich aber geräuschlos und ohne Widerstand. Er trat mit nach vorn ausgerichtetem Schwert in den Raum. Zwei Schritte weiter ließ er es sinken.

»Ilarion!«, rief er leise.

Der Knappe kam zu ihm. »Sind wir zu spät?«

»Oder nicht am richtigen Ort. Entweder hat sich der Stallknecht geirrt, oder er hatte es nur auf die paar Groschen abgesehen.«

»Das werde ich herausfinden.« Der Knappe hockte sich hin und ging auf alle viere. Dabei tastete er den Boden sorgfältig ab.

»Was suchst du?«

»Wenn Roxolan hier war, wird er nicht spurlos wieder verschwunden sein.«

»Besser, wir reiten weiter. Es gibt noch andere Schuppen hier am Ufer. Dieser ist der falsche.«

»Schaut Euch das an! Ich habe etwas gefunden.«

Vladislav hastete zu ihm. »Was ist das? Komm, gehen wir nach draußen.«

Im Mondlicht erkannten sie, dass es sich um ein Stück Kaninchenfell handelte. »Rox hatte seine Waden in solche Felle gewickelt«, sagte der Knappe.

»Das stimmt.«

»Und die passende Lederschnur lag auch da drin.« Er streckte die Hand aus. Zwischen seinen Fingern flatterte die Schnur im Wind.

»Schauen wir uns weiter um, Ilarion. Zum Glück hat es in den letzten Stunden nicht mehr geschneit. Wie ich sehe, gibt es aber zu viele Spuren hier, abgesehen davon, dass einige von uns selbst stammen. Die Schneedecke ist vor der Hütte platt gestampft.« Schweigend erweiterten sie den Suchkreis um den Bretterschuppen.

»Hier entlang!« Vladislav zeigte auf zwei Reihen von Fußspuren mit einer Schleifspur dazwischen. »Sie haben Rox dort hinüber zu dem Hain gezerrt.« Er bückte sich über einen dunklen Fleck. »Es ist Blut! Los, beeilen wir uns!«

»Soll ich die Pferde holen?«

»Nein, sie könnten wiehern und uns so verraten.«

Diesmal rannten sie. Vlas hielt bereits die Waffe in der Hand. Noch dreißig Schritte bis zu dem Gehölz. Vom Wind aufgewirbelte Eiskristalle brannten ihm in den Augen. Tränen rollten über sein Gesicht. Noch zwanzig Schritte! Er rutschte und fiel. Ilarion zog ihn im Laufen hoch und stürmte mit ihm zusammen weiter. Zehn Schritte!

Im Schutz des Gebüschs blieben sie stehen, um ihren Atem zu beruhigen.

Der Knappe hielt die Nase hoch und witterte in die Luft. »Es riecht nach Rauch.«

»Ja! Und von dort«, Vlas zeigte geradeaus, »hört man auch Stimmen.«

Von Baum zu Baum hastend, schlichen sie vorwärts, bis sie eine Lichtung erreichten. Vladislav fixierte das Feuer, das an ihrem Rand loderte.

Ein schmächtiger Landstreicher stand davor und trank aus einer Lederflasche. Ihm fehlte die rechte Hand. Ein Zweiter, ein Hüne, warf gerade ein weiteres Holzscheit auf die Feuerstelle und fing an, in der Glut zu stochern. »Was hältst du davon, Guni?«, fragte er. »Reicht es?«

»Wir sollten ihn nicht wie ein Wildschwein rösten.« Der Krüppel kicherte. »Aber bevor wir ihn zum Reden bringen, müssen wir ihn zuerst aufwecken.«

Vladislav Draco sah dem Mann zu, wie er zu einem Weidenbaum neben der Feuerstelle ging. Dort entdeckte er Roxolan. Der Körper seines Freundes hing kopfüber von einem Ast des Baums, an den Knöcheln gefesselt. Nackt! Aus mehreren Schnittwunden quollen Rinnsale von Blut, die über den Hals liefen und sich von dort aus wie ein Netz über das Gesicht ausbreiteten. Unter dem Kopf war bereits eine bräunliche Lache zu erkennen. Seine Arme waren zur Seite ausgestreckt und mit Seilen an Holzpflöcken befestigt.

»Herr …«

»Ich habe ihn gesehen, Ilarion.«

»Aber wo sind die zwei fremden Söldner?«

»Es ist mir egal, ob sie hier sind oder nicht. Wir müssen angreifen, bevor es zu spät ist für Rox.«

In dem Moment begann der verkrüppelte Bettler hysterisch um das Feuer zu tanzen. In seiner Hand blitzte im Flammenlicht die Klinge eines Dolchs. »Schlag ihn, du Hohlkopf!«, schrie er. »Er spielt mit uns … Er ist nicht tot.«

Sein hünenhafter Komplize holte einen dicken Ast und schlug damit heftig gegen Roxolans Brust. Das Knacken der Rippen hallte über die Lichtung.

Bei dem Anblick sprang Vlas aus dem Versteck und stieß laut schreiend den Peiniger seines Freundes zu Boden. Mit einer raschen Bewegung schnitt er ihm die Kehle durch. »Kappe die Seile und befreie Rox!«, wies er Ilarion an, der Gunther um die Feuerstelle jagte. »Ich übernehme den hier.«

Der Bettler rannte kreischend umher, wobei er darauf achtete, dass immer das Feuer zwischen ihm und seinem Angreifer lag. Als er sich dem Baum näherte, an dem Rox aufgehängt war, blieb er stehen. »Wenn ich schon sterben muss, dann nehme ich ihn mit in den Tod.«

Vladislav sah durch die Flammen, wie der Bettler vorwärtspreschte. Er hob den Arm; der Dolch blitzte über Roxolans geschundenem Körper auf.

Vlas war zu weit entfernt, um es zu verhindern.

»Nein!«, schrie er blindwütig. Im selben Atemzug schleuderte er sein Schwert, das den Bettler wie ein Speer durchbohrte. Dieser sackte zusammen, ohne sein Vorhaben in die Tat umgesetzt zu haben.

»Herr!«, rief Ilarion, der auf den Weidenbaum geklettert war, um die Riemen von den Fußknöcheln zu trennen. »Fangt Rox auf! Beeilt Euch!«

»Ich bin schon da.« Vorsichtig stützte er die Schultern seines Freundes; einen Arm legte er ihm unter den Rücken. »Ich habe ihn.«

Vladislav trug den Körper zur Feuerstelle. Dort ließ er sich auf die Knie fallen, Roxolan zärtlich an die Brust gedrückt. Mit einer Hand zog er den Mantel über ihn.

Auch Ilarion schlüpfte aus seinem Umhang und breitete ihn über dem Geschundenen aus.

»Hol die Pferde«, befahl Vlas.

Ohne ein Wort hastete sein Knappe davon.

Tränen rollten über Vladislav Dracos Wangen. »Du darfst nicht sterben, mein Freund«, flüsterte er. »Das ist ein Befehl! Hörst du?«

Aber er erhielt keine Antwort.

Kapitel 11

Nürnberg, 12. Februar 1431

Seit zwei Tagen schon fiel der Schnee auf die Dächer der fränkischen Stadt, so dass die Einwohner lieber zu Hause verweilten, als mühsam durch die verschneiten Gassen zu stapfen.

Diese Mühe blieb jedoch János Hunyadi nicht erspart, denn der päpstliche Legat hatte ihn am Tag zuvor zu sich, in das Kloster der Dominikaner, gerufen.

Eingehüllt in einen grauen Umhang und mit tief ins Gesicht gezogener Kapuze, verließ er zu Fuß das Anwesen von Ulrich Ortlieb. Das Ordenshaus befand sich auf der Nordseite der Sebalduskirche, unterhalb der Kaiserburg.

Antonio, der Sekretär des Kardinals, führte János zu dem Treffpunkt in den Kreuzgang. Nach kurzer Zeit erschien Giuliano Cesarini, der in seinem schwarzen Mantel nicht von den anderen Ordensbrüdern zu unterscheiden war. Nur ein scharfer Blick erhaschte bei jedem Schritt darunter das Kardinalsgewand. Wegen der Kälte und des Schneetreibens begegnete ihnen niemand auf ihrem Rundgang.

»Cavaliere, ich gratuliere Euch zu der Ernennung in den königlichen Kriegsrat«, sprach ihn der Kleriker direkt an.

»Eminenz, ich staune noch jetzt über diese Berufung.« János tastete sich wachsam an die Gesprächsabsicht seines Gegenübers heran. Das Gefühl, für fremde Interessen ausgenutzt zu werden, ließ ihn nicht los. Und das gefiel ihm nicht. »Ich dachte, Euer Streben wäre es, dass ich die gesamte Kreuzzugsarmee führen soll. Stattdessen werde ich lediglich die dreihundert Lanzenreiter des Papstes kommandieren. Bin ich nun doch nicht mehr der Retter des Christentums?«

»Was können wir, Sterblicher, gegen Gottes Willen ausrichten?« Cesarini bekreuzigte sich. »Der Herr, mein Sohn, hat für Euch höhere Aufgaben vorgesehen. Niemals dürfen wir vergessen, dass unsere irdischen Wege von Gott festgelegt sind.« Der Kardinal zog den Mantel enger um den beleibten Körper. »Ihr solltet nicht enttäuscht sein, denn Er hat Euer Ersuchen gehört und es erfüllt.« Er blieb stehen und hustete. »Vladislav«, fuhr er mit kratziger Stimme fort, »gilt nicht mehr als der rechtmäßige Thronanwärter der Walachei. Statt als Fürst in seine Heimat zurückzukehren, reitet er, auf Befehl des Königs, nach Transsylvanien. Ist es nicht das, was Ihr wolltet?«

»Aber von der südlichen Grenze des ungarischen Königreichs ist er in nur einem Tag in seinem Heimatland. Und als militärischer Gouverneur besitzt er Macht und Söldner. Von dort muss er nur die Hand ausstrecken, um nach der Krone seines Vaters zu greifen.«

Cesarini wandte sich zu János. »Ihr vergesst, dass Ihr Mitglied des Kriegsrats seid und damit die dienstliche Befehlsgewalt über Euren Freund habt. Was Ihr ebenfalls unterschätzt, ist, dass Ihr am Hof Seiner Majestät bleibt. Es wird Euch nicht schwerfallen, dem König von eventuellen Freveltaten des Walachen zu flüstern.«

»Intrigen und Lügen, Monsignore, sind nicht meine Waffen. Das hättet Ihr wissen müssen!«

»Seid nicht leichtgläubig, Hunyadi. Auf dem Feld seid Ihr ohne Zweifel ein erprobter Kämpfer, aber was das Leben bei Hof betrifft, fehlt Euch die Erfahrung, wie ich sehe. Der König ist leicht zu beeinflussen. Egal, von wem. Sobald er einen Vorteil für sich erkennt, wird er seine Entscheidungen dementsprechend anpassen.«

»Es ist mir bekannt, dass Sigismund oft seine Anordnungen überdenkt. Ich hörte, wie Alfons von Neapel und der serbische Despot ihm sagten, dass sie die Unentschlossenheit seiner Politik nicht verstünden und sie ebenso wenig guthießen. Es würde mich nicht wundern, wenn Seine Majestät unter deren Einfluss Vladislav doch noch auf den walachischen Thron setzte.«

»Jetzt erst recht nicht!« Der Kardinal lachte. »Cavaliere, der König folgt seinen eigenen Interessen, und die sind ihm derzeit bedeutender als die Meinung aller anderen.«

»Auch als die des allmächtigen Gottes?«

»Ihr werdet es sehen. Habt Geduld, Hunyadi!« Sie blieben erneut stehen. »Aber nicht deshalb habe ich Euch hierher geladen. Morgen reise ich ab.«

»Eure Eminenz verlassen Nürnberg?«

»Gravierende Ereignisse beschleunigen sich in Rom, so dass meine Anwesenheit dort unabdingbar ist. Sobald ich meine Mission erfüllt habe, werde ich zurückkehren. Bis dahin lasst uns hoffen, dass die Gesandten der Reichsstände über die Kosten des Kreuzzuges abgestimmt haben. Aus diesem Grund bitte ich Euch, die päpstlichen Interessen an meiner Stelle zu vertreten.«

»Wie stellt Ihr Euch das vor? Ich bin kein Kleriker.«

»Für den betreffenden Zeitraum werdet Ihr meine sämtlichen Vollmachten übernehmen. Ohne Einschränkungen!«, fügte er hinzu, ohne auf Hunyadis Einwendung zu achten.

»Ich weiß nicht, ob ich der Richtige dafür bin.«

»Das Dokument wird Antonio heute Abend in der königlichen Kanzlei abgeben.«

János erkannte nicht nur die Verantwortung, die er dadurch übernahm, sondern sah auch, dass der päpstliche Legat ihn für seine eigenen Pläne benutzen wollte. Die darin enthaltene Macht würde er allerdings zum Schutz der Kirche einsetzen und nicht für Cesarinis Intrigen.

»Eminenz, es ist mir eine Ehre, Seiner Heiligkeit nicht

nur mit dem Schwert zu dienen. Ihr könnt Euch auf mich verlassen!«

Der Kardinal lächelte ihn an. »Dann bis bald, Cavaliere, und Gottes Segen!« Er streckte dem Ritter die Hand entgegen.

Dieser verbeugte sich und küsste den Ring. »Gott sei mit Euch, Eminenz!«

Der ungarische Edelmann schaute dem päpstlichen Legaten nach, als dieser in Richtung des Refektoriums ging. Nach ein paar Schritten blieb Cesarini noch einmal stehen und drehte sich um. »Ich habe noch eine Neuigkeit, die Euch vielleicht interessieren wird.« Er legte eine Kunstpause ein, in der er die Falten seines Mantels sorgfältig drapierte.

Hunyadi ließ sich auf dieses Spielchen nicht ein. Er zog nur gelangweilt eine Augenbraue hoch und wartete ab. Er sah, dass er gewonnen hatte, denn der Kardinal schürzte die Lippen und fuhr fort.

»Der polnische König hat an dem Tag Eurer Berufung in den Kriegsrat einen seiner Schergen nach Krakau geschickt. Genauer gesagt: zu den drei Söhnen des verstorbenen Fürsten Dan. Der Erstgeborene unter ihnen wird mit polnischer Hilfe die Walachei angreifen und den Thron für sich einfordern.«

Die Tragweite dieser Nachricht erschreckte János. Um seinen inneren Aufruhr zu beherrschen, ballte er die Fäuste hinter dem Rücken. Schlagartig wurde ihm klar, über welches Netz von Zuträgern der päpstliche Legat verfügen musste.

»In der Tat interessant, Eminenz. Aber wie vertrauenswürdig ist Eure Quelle?«

Cesarini lächelte. »Vor Gott gibt es keine Geheimnisse, Cavaliere.«

»Ich verstehe Eure Botschaft: Wenn zwei sich streiten, freut sich der Dritte.«

»Ja. Ihr solltet nur aufpassen, dass nicht Draco anstelle von Euch der Dritte ist«, flüsterte er und ging davon.

Nürnberg, 13. Februar 1431

Vladislav wanderte rastlos durch den Raum und wartete, bis der Medicus Roxolans Wunde am Bauch verbunden hatte. Ab und zu musterte er seinen Freund. Nachdem Ilarion ihn gewaschen und den angeklebten Bart entfernt hatte, war das Ausmaß des Martyriums erkennbar gewesen, welches sein Gefährte hatte durchleben müssen. Nun lag er da seit drei Tagen, ohne Bewusstsein, ohne jedes Anzeichen von Genesung.

»Ich bin fertig«, sagte der Arzt, während er sein Instrumentarium sorgfältig einpackte. »Jetzt liegt sein Leben in Gottes Händen. Meine Arbeit ist hier beendet.«

»Was wollt Ihr damit sagen?«

»Mein Wissen ist begrenzt, Herr, und für diesen Fall genügt es wohl nicht. Es geht nicht um die Schnittwunden, Knochenbrüche, die Prellungen oder den Blutverlust. Die kann ich heilen, auch wenn die Verletzungen lebensbedrohlich sind. Und dennoch: Es ist mir ein Rätsel, dass dieser Mann noch lebt. Sein Leib ist stark, Herr, da seine Wunden langsam heilen, und doch wacht er nicht auf. Ich vermute, sein Geist ist bereits verstorben. Es tut mir leid. Ich weiß nicht, was ich noch machen könnte, um Eurem Freund weiter zu helfen.«

Vladislav packte den Medicus am Kragen und schüttelte ihn. »Was braucht Ihr, um sein Leben zu retten? Gold? Pfründe? Bekommt Ihr nicht genug von mir?«

»Meine Heilkünste reichen nur für die leiblichen Gebrechen. Gegen Fieber habe ich Kräuter, gegen Blessuren und Brüche benutze ich Salben und mein Instrumentarium. Dies hier, Herr, überschreitet meine Kenntnisse. Ihr könntet nach einem neuen Arzt rufen. Der wird Euch aber nichts anderes sagen als ich. Einen einzigen Rat habe ich noch: Beeilt Euch, denn dieser Mann überlebt den morgigen Tag nicht.«

»Was? Ich verstehe nicht. Seine Wunden heilen doch!«

»Nicht mehr lange! Ohne Wasser versiegen seine Körpersäfte. Seit wie vielen Tagen hat er keine Flüssigkeit mehr zu sich genommen?«

Vladislav hatte selbst versucht, Roxolan zurück ins Leben zu holen. Er erinnerte sich, wie der verdünnte Wein oder die Fleischbrühe, die er dem Bewusstlosen zu trinken gegeben hatte, wieder aus den Mundwinkeln herausgeflossen war. Er betrachtete das hohlwangige Gesicht seines Freundes. Die Haut ähnelte ausgetrocknetem Pergament. Durch den geöffneten Mund hörte man keinen Atem. Bei dem Anblick fühlte er sich machtlos und wollte seinen Schmerz herausschreien, stattdessen schlug er die geballte Faust gegen die Wand.

»Nur Gott in seiner Barmherzigkeit«, sagte der Arzt hinter ihm, »kann seine Seele und seinen Leib heilen. Betet für ihn, Herr!«

Vladislav legte die Stirn an die kühle Mauer. *Vater im Himmel, wenn Du der Einzige bist, der über Leben und Tod entscheidet, dann lass Gnade walten …*

Polternde Schritte und laute Stimmen auf dem Gang unterbrachen sein Gebet. Wütend riss er die Tür auf. »Was geht hier vor? Gibt es keinen Respekt mehr für die Sterbenden?«

»Sterbenden?«

In dem Moment erkannte der Ritter seinen Knappen, der in Begleitung eines Pagen war. Ilarions Gesicht spiegelte seine innere Qual, als er fragte: »Stirbt Roxolan?«

»Wer ist der Botenjunge, und was will er von mir?«

»Verzeihung, mein Herr! Er ist der Kurier Seiner Majestät mit einer Botschaft für Euch.«

»Ich höre.«

»Seine Majestät, König Sigismund, erwartet Euch augenblicklich im Kaiserpalast.«

»Jetzt, sofort?«

»Ja.«

»Ilarion, bring mir den Mantel.«

Im kaiserlichen Palast angelangt, folgte der walachische Drachenritter dem Pagen in das obere Stockwerk bis zum Empfangszimmer. Dort hielt sich noch eine Gruppe von Patriziern auf, die, wie er, auf eine Audienz wartete. Sie unterhielten sich gestikulierend in einer Fensternische, ohne ihn zu beachten.

Niemand begleitete ihn. Seine Hausdiener trafen unter der Aufsicht seines Knappen die notwendigen Vorkehrungen für die wochenlange Reise nach Transsylvanien. Vasilissa hatte sich um den Proviant gekümmert. Unermüdlich war sie zwischen der Küche und den Vorratskammern der Kaiserburg hin- und hergelaufen. Einen Tag zuvor hatte sie mit Hilfe zahlreicher Diener einige mit Nahrungsmitteln vollbeladene Karren vom Markt herbeigeschafft. Jeder in seiner Umgebung hatte dazu beigetragen, dass er ungestört an Roxolans Bett wachen konnte. Was würde nun aus Rox werden?

Die Tür zur Kaiserstube öffnete sich, und ein Diener verkündete laut: »Seine Majestät, König Sigismund von Luxemburg, erwartet den Ritter Vladislav Draco.«

Vlas merkte, wie die Patrizier aufhörten zu sprechen und ihn interessiert musterten. Erhobenen Hauptes ging er an ihnen vorüber, seine Schritte hallten durch den Raum.

Im Audienzraum angekommen, verneigte er sich vor dem Monarchen. »Eure Majestät.«

Dieser thronte auf einem gepolsterten Lehnstuhl hinter dem aus Eiche gefertigten Arbeitstisch. Neben ihm stand Vizekanzler Kaspar Schlick. Zu seiner Linken, an der Fensterseite, saßen Kurfürst Friedrich von Brandenburg und Herzog Albrecht von Österreich.

»Seid gegrüßt und willkommen, Ritter.« Sigismund lud ihn mit einer Handbewegung ein, sich aufzurichten.

»Zu Euren Diensten, Majestät.«

»Wie weit seid Ihr mit den Vorbereitungen für die Abreise?«

»Der Proviant muss noch verstaut werden, die Hufschmiede beenden morgen ihre Arbeit, und übermorgen liefern die Waffenschmiede die letzten Rüstungen. Ich werde Euch und den Hof spätestens in drei Tagen verlassen«, fügte er hinzu, wobei er das Wort *verlassen* betonte.

Der König stand auf, ging um den Tisch herum und blieb vor seinem Untertan stehen. »Ich höre Grimm in Eurer Stimme. Ich kann es verstehen.« Er legte die Hand auf Vladislavs Schulter.

Sigismund sah müde aus. Den Rücken hielt er nicht mehr gerade, und die grauen Schläfenhaare lagen wirr um die Wangen. Nur seine Augen glänzten energisch wie immer. »Ihr seid so stolz wie Euer Vater. Aber eines Tages werdet Ihr erkennen, dass Monarch zu sein nicht nur bedeutet zu herrschen, sondern auch diplomatische Kompromisse eingehen zu können. Und genauso hat auch Mircea Basarab gehandelt.«

»Ich kannte meinen Vater kaum.« Der Ritter schwieg und schaute geradeaus. »Solange meine Erinnerungen zurückreichen, sehe ich mich immer nur an Eurem Hof. Als Page, Knappe oder Edelmann habe ich nur Euch gedient.«

»Das weiß ich zu schätzen. Deshalb möchte ich Euch, bevor Ihr nach Transsylvanien aufbrecht, eine Urkunde überreichen.« Er streckte die Hand zum Vizekanzler aus, von dem er einen gerollten Pergamentbogen erhielt. »Knie nieder, Vladislav Draco!«

Der Kurfürst von Brandenburg und Albrecht von Österreich standen auf und stellten sich an beide Seiten des Königs.

»Wir, Sigismund, von Gottes Gnaden König des römisch-deutschen Reichs, von Ungarn, Böhmen und Kroatien, überlassen mit wohlbedachtem Mut und gutem Rat dem Ritter Vladislav Draco und seinen Nachkommen die ungarischen Herzogtümer Hamlesch und Fogarasch, zusammen mit den dazugehörigen Dörfern. Uns hat der vorgenannte Vladislav in der Nürnberger Kirche den Eid geleistet, indem er Uns gelobte, Uns gehorsam und gewärtig zu dienen.«

Auf ein Knie gestützt, wiederholte Vlas in Gedanken die soeben gehörten Worte, ohne an sie glauben zu können. Eine Investitur mit Verleihung eines Titels sollte öffentlich und mit aufwendiger Zeremonie stattfinden. Dass der Kurfürst von Brandenburg und Albrecht von Österreich, Sigismunds Thronfolger, den Akt bezeugten, war zwar nicht ohne Bedeutung. Warum dann aber im Verborgenen?

»Erhebt Euch, Herzog von Hamlesch und Fogarasch!« Der Monarch umarmte seinen Vasallen, nachdem er ihm die Urkunde überreicht hatte.

»Gnädigster König! Ich werde Eurer Majestät und der Krone mit allen mir unterstellten Ländereien, Bojaren und Untertanen treu und ergeben dienen. So wahr mir Gott und das Kreuz Christi helfen.«

Sigismund legte die Hände auf die Schultern seines Untertanen und blickte ihn forschend an.

»Denselben Titel trug auch Euer Vater, Euer Bruder Michail sowie sein Nachfolger Dan, Euer verstorbener Vetter. Nach seinem Tod haben sich seine Söhne von Uns abgewandt und Jagiellos Schutz gesucht. Damit haben sie ihre Vasallenpflicht Uns gegenüber verletzt. Ihr Erbanspruch ist somit erloschen.« Die anwesenden Zeugen nickten zustimmend.

»Beschützt Euch und Eure Familie vor diesen Verrätern«, fügte der König hinzu.

»Das werde ich tun, Majestät.«

»Ihr dürft Euch zurückziehen … und Gottes Segen, Herzog!«

»Eure Majestät.« Vladislav verneigte sich vor dem Monarchen. Mit der gleichen Geste verabschiedete er sich von Friedrich von Brandenburg und Albrecht von Österreich.

Wieder ins Empfangszimmer zurückgekehrt, hielt er erst einmal inne, um über die Tragweite des soeben Geschehenen nachzudenken. Es fiel ihm schwer, seine Wut zu unterdrücken. Vor drei Tagen war er öffentlich gedemütigt worden, als Sigismund ihm in der Vollversammlung der Reichsstädte die walachische Thronanwartschaft aberkannt hatte. Und jetzt, im Geheimen, erhielt er einen Herzogtitel.

Er ballte die Fäuste. Die rauhe Oberfläche des Dokuments erinnerte ihn an die Ernennungsurkunde. Es war nicht der geeignete Ort, um sie sorgfältig zu lesen. Nur das Siegel betrachtete er aufmerksam. Er erkannte das in rotes Wachs geprägte Thronsiegel des Königs, das an einer rot-blauen Kordel befestigt war. Das Dokument strahlte eine greifbare Kraft aus, die durch seine Hand in den ganzen Körper strömte.

Auf einmal verstand er Sigismund. Die Herzogtümer zählten zu den reichsten Ländereien des ungarischen Königreichs: die Berge, die Silber, Gold und Erz bargen; die Handelswege, die den Balkan mit den Abendländern verbanden, erzielten beachtliche Zolleinnahmen. Und nicht zuletzt die politische und strategische Gewichtung! Hamlesch und Fogarasch grenzten im Süden direkt an die Walachei. Die seiner Familie treu ergebenen Bojaren oder Ritter konnten mühelos in den Herzogtümern Zuflucht finden. Von dort aus würde er nach Hause zurückkehren. Als Fürst! So gesehen, entpuppte sich die geheime Zeremonie als wertvoller Vorteil für ihn, da keiner seiner Feinde von dieser neu erworbenen Macht wusste.

Der neu ernannte Herzog lächelte. Zum ersten Mal nach vielen Tagen blickte er zuversichtlich in die Zukunft.

Er steckte die Dokumentenrolle unter den Mantel und ging, gefolgt von den Blicken der Patrizier, die noch auf ihre Audienz beim König warteten, hinüber in den Festsaal.

Dort wurde er von einem fettleibigen Edelmann gegrüßt. Er nickte zurück, ohne zu wissen, wer der Mann war. Die neue Gegebenheiten beflügelte seine Gedanken. Von den Treppenstufen, die zum Rittersaal hinabführten, nahm er zwei auf einmal. Am unteren Ende der Treppe sprang er über die letzten drei auf die Erde. In diesem Moment kreuzte eine Edeldame, die nach oben wollte, seinen Weg. Der Zusammenstoß brachte sie beide aus dem Gleichgewicht.

Geistesgegenwärtig griff er nach ihrer Hand und verhinderte damit, dass sie zu Boden fiel.

»Ich bitte Euch um Verzeihung! In meinem Eifer habe ich mein Benehmen vergessen. Geht es Euch gut?«

Die Frau antwortete nicht und mied seinen Blick.

»Habe ich Euch verletzt?«, fragte er erneut. Bekümmert hob der Herzog mit den Fingerspitzen ihr Kinn an, um ihr ins Gesicht sehen zu können. »Clara!«, rief er erfreut. »Welche Überraschung!«

Das Mädchen lächelte. »Ihr habt mich nur erschreckt, Ritter.«

»Jetzt bereue ich meine Ungeschicklichkeit gleich doppelt. Andererseits bin ich froh, dass ich nicht über Eure Mutter gestolpert bin, denn sie hätte mich gewiss zu Fall gebracht.«

»Und sie wäre danach auf Euch getreten«, fügte sie schelmisch lächelnd hinzu. Zwei Grübchen bildeten sich auf ihren Wangen.

»Das glaube ich gern.« Zum ersten Mal sah er die Sommersprossen, die ihre Nase sprenkelten, und was er sah, gefiel ihm.

»Ihr solltet meine Hand freigeben! Die Leute schauen schon auf uns«, flüsterte sie.

Ihre Finger fühlten sich kalt an in seiner Faust. Fasziniert betrachtete er die winzigen Fingerkuppen, die sich bläulich verfärbten. *Wenn ich sie loslasse, werde ich sie verlieren.* Dieser Gedanke verwirrte ihn. *Es ist vielleicht besser so, denn wenn ich sie festhalte, tue ich ihr weh.* Und das wollte er nicht.

»Verzeihung. Es war nicht meine Absicht, Eurem Ruf zu schaden.« Er verneigte sich vor ihr. »Ihr gestattet, dass ich mich verabschiede? Dringende Verpflichtungen warten auf mich.« Er trat zur Seite und gab den Weg zu den Treppen für sie frei.

»Und ich muss zur Königin eilen.« Clara ging an ihm vorüber, blieb aber auf der ersten Stufe wieder stehen. Sie wandte nur leicht den Kopf. »Ist es wahr, dass Ihr den Hof verlasst?«

»Ja. In zwei oder drei Tagen reite ich nach Transsylvanien.« Er sah, wie sie sich auf die Unterlippe biss.

»Dann lebt wohl, und Gott sei mit Euch!«

Er schaute ihr nach, bis sie das obere Stockwerk erreicht hatte. Vladislav seufzte. Es war nicht der passende Zeitpunkt für die Liebe. Der geschundene Körper seines Freundes erschien vor seinem inneren Auge. Hastig zog er die Kapuze des Mantels hoch und trat nach draußen in den Burghof.

Die Schneeflocken hafteten an seinen Wimpern und behinderten seine Sicht. Nach ein paar Schritten näherte er sich dem Tor, das zum Vorburghof führte. Ein Wächter grüßte ihn und öffnete ihm die eingelassene kleine Tür. »Bei einem solchen Wetter, Herr«, meinte er, »jagt man keinen Hund vor die Tür. Es ist Zeit, dass der Frühling kommt.«

»In der Tat!«, sagte der Edelmann, jedoch mehr zu sich selbst.

Als er nach links abbog, erblickte er ein Gespann mit zwei Ochsen vor dem Kastellanshaus. Sein Knappe belud es mit Fellen und Decken.

»Was soll das werden, Ilarion? Ich habe doch gesagt, dass wir erst in drei Tagen abreisen.«

Der blonde Hüne verstaute zuerst seine Last auf dem Karren und kam danach zu ihm. Er ließ sich auf ein Knie sinken. »Ich flehe Euch an, mir zu gestatten, bei Roxolan zu bleiben!«

»Was ist los? Und steh endlich auf, in Gottes Namen. Geht es ihm schlechter? Wo ist der Medicus?«

Ilarion trat mit dem Fuß gegen den Karren. »Wir sollen für Rox beten! Das sagt er. Aber unser Gott kann ihm nicht helfen, denn Rox hat seine eigenen Götter.«

»Was willst du damit sagen?«

»Ich verstehe nicht viel von seiner Religion, aber ich erinnere mich daran, dass ich, als er und Aliodor mein Leben gerettet haben, nicht in einer Kirche geheilt wurde.«

Vladislav packte seinen Knappen am Arm und zog ihn zu sich. »Achte auf deine Worte!«, zischte er. »Oder willst du, dass wir alle als Ketzer auf dem Scheiterhaufen enden?«

»Nein! Ich will nur Roxolan retten.«

»Wie denn?«

»Ich bringe ihn dorthin, wo seine Götter sind: in den Wald. Wenn er auch dort nicht zu uns zurückkehrt, dann …« Er konnte nicht weitersprechen. »Ich bitte Euch, mich aus Euren Diensten zu entlassen, Herr. Solange Rox zwischen Leben und Tod schwebt, bleibe ich bei ihm.«

Zwei Hausdiener trugen den Körper des gefolterten Walachen auf einer Trage aus dem Gebäude. Sorgfältig hievten sie diese auf den Karren und setzten sie vorsichtig dort ab, inmitten der Pelzdecken. Vladislav breitete mit zitternden Händen die Felle über seinen Freund.

»Ilarion, nimm diese Männer mit. Sie sollen dir helfen, das Lager zu errichten, und mir später sagen, wo ich dich finden kann.«

»Gewiss, Herr!«

Der Herzog von Hamlesch und Fogarasch schaute dem Ochsenkarren nach, die das Himmelstor der Kaiserburg passierte und seinen jahrelangen Gefährten weiter und weiter von ihm entfernte. *Du wirst immer bei mir sein, Rox! Mögen deine Götter dir gnädig sein!*

Kapitel 12

In der privaten Konventstube des Königs achtete János Hunyadi gespannt auf jedes Geräusch. Immer wieder blickte er zu der Tür, die ihn von Clara trennte: Sie blieb weiterhin verschlossen. Er schlug sich mit der Faust in die andere Handfläche und lief zum wiederholten Mal an den Fensternischen entlang auf und ab. Wie lange brauchte die Baronin von Thegzes denn noch, um von der Königin die Erlaubnis zu erwirken, dass ihre Tochter ihn treffen durfte?

In einem an der Wandverkleidung befestigten, blank polierten Schild spiegelten sich seine Gesichtszüge. Bei dem Anblick gab er dem Drang nach, sein Haar noch einmal zu glätten. Anschließend rieb er mit dem Ärmel auch noch über die silbernen Knöpfe seines burgunderroten Gewandes. Zufrieden wölbte er die Brust und posierte mit einer Hand auf dem Schwertknauf, die andere hatte er, zur Faust geballt, in die Seite gestemmt.

Das Knarzen der Tür riss ihn aus der Bewunderung seines Spiegelbilds. Erwartungsvoll lächelnd drehte er sich um. Doch bei Claras Anblick vergaß er die sorgfältig eingeübte Rede. Da stand er nun, der von Hussiten und Osmanen gefürchtete Ritter, sprachlos und schwitzend vor einem Mädchen. Sie betrat den Raum mit gesenktem Kopf. Ihre Finger hoben leicht den Rock des blauen Samtkleides an, der über die Holzdielen schleifte. Jetzt sah er, dass ihre Mutter sie vorwärtsschob.

János schritt ihnen entgegen und verbeugte sich höflich. »Baronin von Thegzes! Ich freue mich, Euch und Eure Tochter begrüßen zu dürfen.« Er erwartete, dass die junge Hofdame ihm antwortete. Doch das geschah nicht. Mit versteinerter Miene blickte sie zu Boden.

»Clara!«, zischte die Baronin. »Wo bleibt dein Benehmen? Mach mir keine Schwierigkeiten!« Sie packte das Mädchen am Ellbogen und zwang es in einen Knicks.

»Seid gegrüßt, Ritter Hunyadi. Ich bitte Euch, mir meine Schüchternheit zu verzeihen.«

Ihre Stimme klang in seinen Ohren wie das sanfte Rauschen eines Bächleins an einem Sommertag. Ermutigt hob er leicht ihr Gesicht an, so dass sie ihn anblicken musste. Da jedoch sah er, dass ihre blauen Augen die Kälte des Februartages ausstrahlten. János wich zurück. »Wenn ich Euch zu nahegetreten sein sollte, bitte ich um Verzeihung!«

»Das aufregende Leben bei Hof trübt das Gemüt meiner Tochter. Hinzu kommt auch noch der Verlust ihres Vaters, Gott sei seiner Seele gnädig. Der Arme, er kann die Vermählung seines Töchterchens nur vom Himmel aus miterleben. Gewiss billigt er Eure Absicht, Clara zu heiraten.«

»Mutter, was sagt Ihr da?«

»Meine Liebe, es ist die Zeit gekommen, dich um einen Mann und ein eigenes Gut zu kümmern. Du bist schon siebzehn Jahre alt! Wählerisch kannst du nicht mehr sein. Sei glücklich, dass der Ritter Hunyadi um deine Hand angehalten hat.«

»Was?« Mit einem Ruck befreite sie ihren Ellbogen aus dem Griff der Baronin. »Und wenn ich nicht will?«

»Dein Vater ist nicht mehr da, um dir deine Herzenswünsche zu erfüllen, mein Schätzchen. Wann wirst du endlich einsehen, dass die Träume im Morgengrauen verschwinden und tagsüber nicht zurückkehren. Wach auf, Mädchen! Als Frau musst du deinem Gemahl dienen und ihm gesunde Erben gebären. Sonst nichts.«

»Doch, sie muss mit ihm die Liebe teilen«, widersprach János der Matrone. Mit sanfter Stimme sprach er weiter auf Clara ein. »An seiner Seite ein privilegiertes Leben führen und in Geborgenheit die Kinder aufwachsen sehen. Das ist es, was ich Euch anbiete.« Er spürte, wie die Angebetete seine Hand drückte. Als er dann ihre leuchtenden Augen sah, lächelte er vor Freude.

»Eure Worte, Herr, zeigen mir, wie glücklich sich Eure zukünftige Gemahlin mit Euch schätzen darf. Und ich kann in Eurer Seele erkennen, dass Ihr ehrlich sprecht, aber …«

»Aber?«, unterbrach er sie drängend.

»Ihr sagtet: Ich soll mit Euch die Liebe teilen.« Sie zog sich ein wenig von ihm zurück. »Und das tue ich nicht. Keiner von uns wird unter diesen Umständen glücklich sein. Es tut mir leid.«

János trat einen Schritt auf sie zu, so dass sein Brustkorb ihren berührte. Ihr Duft benebelte ihn. Durstig sog er ihn ein und genoss den Moment mit geschlossenen Augen. »Ich erwarte nicht«, flüsterte er, »dass Ihr mich jetzt schon liebt. Es geht alles zu schnell für Euch. Ich verstehe das. Aber wir werden viel Zeit haben, um uns besser kennenzulernen. Die Gefühle füreinander wachsen in vertrautem Zusammensein.«

Untröstlich schaute sie ihn an. »Mein Herz ist bereits vergeben.«

»Und hat diese Liebe eine Zukunft für Euch? Wie geborgen wird Euer Leben denn an seiner Seite sein? Wird dieser Mann Euch bei der Hand nehmen und Euch bei Hof und vor den Edelleuten mit Stolz vorzeigen? Ich frage Euch, weil ich weiß, um wen es geht. Seinen Namen spreche ich nicht aus, denn ich möchte Euch nicht in Verlegenheit bringen.«

Clara verbarg ihren Blick, indem sie die Augen senkte, und schüttelte nur den Kopf. Das Schweigen im Raum war mit Händen greifbar.

János war es gewohnt, für seine Ziele zu kämpfen – und zu siegen. Resignation war seinem Charakter fremd.

»Clara, vertrau mir!« Er streckte ihr einladend die Hand hin. »Komm zu mir, und du wirst es nicht bereuen. Bitte!«

Die Jungfer hob ihm ihr Gesicht entgegen. Tränen liefen über ihre Wangen. »Ich kann es nicht.«

»Und wie du es kannst, mein Liebchen!«, platzte es aus der Baronin heraus. »In dieser Angelegenheit habe ich wohl ein Wörtchen mitzureden. Glaubst du, dass dein Vater und ich uns geliebt haben, als wir vor den Altar traten? Wir heirateten, weil die Familien es so wollten. Und? Bist du als Kind unglücklich aufgewachsen? Hat es dir an Familienliebe gemangelt oder an etwas gefehlt?«

»Mutter …«

»Schluss! Es wird nicht mehr diskutiert!« Sie wandte sich zu Hunyadi um. »Bleibt es weiterhin bei der gestrigen Abmachung?«

János antwortete nicht, sondern löste sich von den Frauen und ging hinüber zur Fensternische. Dort legte er die Stirn an die kühle Mauer. Er ballte die Fäuste, bis die Fingerknöchel weiß hervortraten. Vor zwei Tagen hatte er Vladislav beobachtet, wie dieser nach der königlichen Audienz im Rittersaal die Treppen herabstürmte. Die Begegnung zwischen ihm und Clara hatte er heimlich belauscht. Wie die beiden gelacht hatten! Warum konnte sie ihn nicht auch so ansehen? Warum musste sein Freund immer das bekommen, wonach er selbst sich so sehnte? *Ist Vlas überhaupt noch mein Freund?,* fragte er sich.

Die Kälte der Mauer drang durch seine Haut. Er schloss die Augen und stellte sich vor, wie sein Leben mit Clara sein würde. Er sah sich in einem lichtdurchfluteten Raum lachend an einem Tisch sitzen, ihm gegenüber die zukünftige Gemahlin, die jedoch abwesend vor sich hin starrte. Ihre Wehmut erschreckte ihn. War sein Glück bedeutsamer als ihres? Oder sollte er sie freigeben? Die Vorstellung, wie die

Hände eines anderen Mannes über ihr Haar strichen und nicht die seinen, wie ihre Lippen die eines Fremden küssten und nicht die seinen, brachte ihn um den Verstand. *O Gott, wie ich sie begehre!*

»Ritter Hunyadi?« Die tiefe Stimme der Baronin riss ihn aus seinen Gedanken.

János überprüfte den Sitz seines Gewandes und zog es zurecht. Danach wandte er sich wieder den beiden Frauen zu. »Morgen zur Mittagszeit unterschreiben wir den Ehevertrag vor dem Notar des Königs.« Er verbeugte sich. »Baronin von Thegzes. Jungfer Clara. Es war mir eine Ehre!« Militärisch drehte er sich auf dem Absatz um und ging, ohne ein weiteres Wort zu sagen.

Kaiserburg, 15. Februar 1431

»Wie viele Gerstensäcke habt ihr bereits verfrachtet?«, fragte Vladislav.

Der Knecht überlegte kurz, bevor er antwortete. »Alle zwanzig sind in den Karren verstaut, Herr. Es fehlen noch Geschirrzeug zum Kochen, die Decken und die Zeltbündel. Aber die werden wir heute Nacht aufladen.«

»Nicht vergessen: Morgen früh, wenn der Tag anbricht, reisen wir ab. Ich dulde keine Verspätung!«

»Sehr wohl, Herr.«

»He, du da!«, rief der Herzog über den Vorburghof einem Diener zu. »Hilf dem Jungen, die Fässer auf dem Gespann zu stapeln!« Er zeigte auf einen Burschen, der ein Gefäß vom Brunnen zu einem Schlitten rollte. Dann wanderte sein Blick weiter zur Werkstatt des Schmiedes. Dort belegte der Handwerker soeben eine Schlittenkufe mit Eisenband. Die Vorkehrungen für die Abreise liefen wie geplant. Nur Ilarion fehlte ihm. Normalerweise würde der sich um alle Vorbereitungen kümmern. Seit zwei Tagen hörte Vladislav jedoch nichts mehr von ihm und Roxolan. War das ein gutes Zeichen?

Vom Himmelstor her hörte er Hufgeklapper. Kurz darauf erschien ein fremder Reiter, der, als er ihn sah, sofort abstieg. Der knielange, reich bestickte Mantel und die mit Federn geschmückte Mütze aus Zobelpelz verrieten ihm, dass der Ankömmling einer der walachischen Bojaren war. Er gehörte zu der Gesandtschaft, die Dragomir begleitete. Vlas schätzte ihn auf Ende dreißig. Schwarze Haare fielen ihm wallend auf die breiten Schultern, und der beachtliche Schnurrbart zog alle Blicke auf sich, denn er bedeckte den Mund des Mannes fast zur Gänze. Das vorspringende Kinn ließ auf einen starken Charakter schließen. Beim Anblick seines Gesichtsausdrucks huschten die Bediensteten zur Seite.

Er blieb vor Vladislav stehen und verneigte sich, die rechte Hand auf die Brust gelegt. »Eure Hoheit! Es sei mir erlaubt, mit Euch zu sprechen.«

»Wer seid Ihr?«

»Mein Name ist Nanu Pascal, Sohn von Iftimie Pascal, der unter Eurem Vater, dem großen Mircea, diente.«

»Und was wollt Ihr?«

»Mehr als ein Dutzend Bojaren haben entschieden, Euch Treue zu schwören und Euch nach Transsylvanien zu folgen.«

»Und die anderen walachischen Ritter und Edelleute? Was haben sie entschieden? Mich zu verraten und zu meinem abtrünnigen Bruder überzulaufen?«

»Für diese kann ich nicht sprechen, mein Herr. Wenn jemand Euch folgen will, soll er es mit reinem Herzen tun und nicht unter Zwang.«

»Wie viele seid ihr?«

»Siebzehn Edelleute mit ihren Knappen, um die zwanzig

Bedienstete und Knechte und genauso viele Bogenschützen. Insgesamt sind wir etwa hundert Männer.«

»Für zusätzliche Begleiter habe ich keinen Proviant eingeplant.«

»Unsere Vorräte aus der Walachei sind auch für den Rückweg ausreichend. Wir sind bereit, Hoheit.«

»Nein! Ich bin noch nicht Euer Fürst. Mich so anzusprechen, verbiete ich Euch.«

»Für uns seid Ihr der rechtmäßige Nachfolger des ruhmreichen Mircea Basarab.«

Vladislav lachte. »Noch nicht in meinen Diensten und schon widersetzt Ihr Euch meinen Befehlen? Keine gute Voraussetzung, Nanu Pascal.«

»Es liegt an meiner Familie und ihrer Erziehung. Ich kann nur das sagen, was ich auch denke. Euer Vater hat genau dies an meinem Ahnherrn geschätzt.«

»Dann sollten wir diese bewährte Tradition nicht brechen. Seid willkommen in meiner Truppe.«

»Mit großer Freude!«

»Im Morgengrauen verlasse ich mit meiner Gefolge die Kaiserburg. Ihr und Eure Begleiter steht morgen unterhalb der Stadtmauern bereit, und zwar auf dem Weg, der nach Regensburg führt. Ich warte nicht auf Euch.«

»Jawohl, wir werden da sein. Ich muss nur noch die letzten Vorkehrungen treffen.«

»Gut. Ihr dürft nun gehen.«

Der Walache verneigte sich und schmunzelte, als er sprach: »Hoheit.«

Vladislav blickte ihm nach und nickte anerkennend, als er sah, wie der Bojar seinen Braunen bestieg, ohne die Steigbügel zu benutzen. Er brauchte viele Getreue von dieser Art: entschlossen und kampferprobt.

Das Wiehern eines Pferdes erinnerte ihn an seinen arabischen Hengst und dass er seinen Rundgang in den Stallungen beenden wollte.

Dort herrschte eifriges Treiben. Ein paar Knechte beluden Handkarren mit Pferdemist, die sie auf einem Haufen neben dem Gebäude wieder entleerten; andere brachten frisches Heu zu den Tieren.

Die Pferde, die durch Holzbrüstungen voneinander getrennt standen, streckten die Hälse und blickten ihn neugierig an. Im Halbdunkel entdeckte er Crai. Dieser schüttelte das Haupt, als der Ritter ihm die Nüstern streichelte. »Wir haben uns noch nicht aneinander gewöhnt, nicht wahr?«

Ein Wiehern hinter ihm weckte seine Aufmerksamkeit. Er hatte es sofort erkannt und eilte hinüber zu Brathar. Der Rappe tänzelte erwartungsvoll in seinem Stallabteil »Brathar, mein Guter! Du hast mich nicht vergessen.« Draco wuschelte die Mähne auf der Stirn des Kampfrosses. Sehnsucht nach seinem treuen Begleiter stieg in ihm auf. Er entriegelte die Tür und ging hinein. Liebevoll schlang er den Arm um den Hals seines ehemaligen Kampfgefährten und schmiegte den Kopf an ihn. Das Schlachtross stand still, als wollte es Vladislav stützen. »Du hast mich immer verstanden … so wie ich dich. Ich weiß, du vermisst Ilarion. Und Rox! Mir geht es nicht anders, mein Freund.«

Der Rappe wieherte erneut und bäumte sich leicht auf. »Ho! Was ist denn auf einmal mit dir los?« Er zog an der Trense, um das Tier zu beruhigen, das nach draußen drängte. »Jetzt verstehe ich. Du bist seit Tagen nicht mehr gelaufen. Dann gönnen wir uns doch den Spaß. Ich schulde jemandem einen Besuch, bevor ich abreise. Und du, mein Guter, bist der geeignete Begleiter!«

Nachdem der Reiter das südliche Tor passiert hatte, ließ er die Zügel locker. Als hätte er nur auf dieses Zeichen gewartet, fiel

Brathar in einen stürmischen Galopp. Vladislav senkte die Hände tiefer in die flatternde Mähne des Pferdes und schmiegte sich an seinen gestreckten Hals. Obwohl der eisige Wind ihm das Gesicht peitschte, jubelte er vor Freude.

Der Wald zeichnete sich als ein dunkler Fleck am Horizont ab. Bis dorthin hatten beide, Mensch und Tier, genug Zeit, den Rausch des wilden Ritts zu genießen.

Vlas schätzte, dass ihm noch zwei bis drei Stunden Tageslicht zur Verfügung standen. Das war nicht viel, um den Ort zu finden, an den Ilarion Roxolan gebracht hatte. Die Hausdiener, die ihn begleitet hatten, hatten ihm am nächsten Tag die Hütte gut beschreiben können.

Kurz bevor er die ersten Bäume erreichte, zog er die Zügel an und brachte Brathar in einen leichten Trab. Der frisch gefallene Schnee der letzten Tage bedeckte die Spuren des Ochsenkarrens. Vladislav stemmte sich aufrecht in die Steigbügel und beobachtete aufmerksam den Waldrand. Zu seiner Rechten entdeckte er eine Art Mündung, die trichterförmig bis ins Dickicht hineinreichte. Dort konnte ein Gespann mühelos passieren. Entschlossen gab er dem Pferd die Sporen.

Als er den knorrigen Eichenstamm sah, wusste er, dass dies der richtige Weg war, und bog nach links ab. Im Wald leuchtete die Schneedecke nicht so stark wie auf dem offenen Feld. Das Dämmerlicht, gepaart mit den Schatten der Bäume und Sträucher, gab ihm das Gefühl, sich wie in einer Geisterwelt zu bewegen. Sogar Brathar spitzte angespannt die Ohren. Vorsichtig bückte sich Vladislav, um unter einem schneebedeckten Ast hindurchreiten zu können. Dann sah er die Lichtung und in ihrer Mitte die Holzhütte.

Voller Freude trieb er sein Pferd dorthin. Der Rappe folgte dem Befehl jedoch nicht, sondern tänzelte nur auf der Stelle.
»Was ist los mit dir?«

Das Heulen eines Wolfes aus dem Wald gab die Antwort.

Einem schaurigen Konzert gleich, schlossen sich ihm weitere Artgenossen an. Nun wusste Vlas, warum sein treuer Gefährte sich sträubte. Dankbar für die Vorwarnung klopfte er den Hals des Tieres.

Aufmerksam erforschte er die Umgebung. Auf der anderen Seite der Waldlichtung bewegten sich die Sträucher, und kurz darauf erschien der Wolf. Das Raubtier blieb stehen und witterte in ihre Richtung. Seine gelblichen Augen fixierten den Reiter und sein Pferd. Hinter ihm zeigte sich dann das ganze Rudel, das um die zwanzig Tiere zählte. Der Leitwolf näherte sich der Hütte und platzierte sich mit gebleckten Zähnen vor der Tür.

Jetzt bemerkte Vladislav den bräunlichen Fleck im Schnee vor dem Holzschuppen. Angst um seinen Freund und um seinen Knappen stieg in ihm auf. War das der Grund, warum er keine Nachricht mehr von Ilarion bekommen hatte? Wie hatte er sie nur ohne bewaffneten Schutz hier allein lassen können?

Er zog das Schwert und gab dem Pferd die Sporen. Brathar wieherte, schüttelte heftig den Kopf und stellte sich auf die Hinterbeine.

Enger und enger zogen die Raubtiere den Kreis um die Holzhütte und bereiteten sich knurrend auf den Angriff vor: mit aufgerichtetem Nackenfell und speichelnden Lefzen.

Vladislav bereute, dass er allein gekommen war und keine Fackel bei sich hatte. Es blieb ihm nichts anderes übrig, als mit dem Schwert die Bestien zu schlachten, bevor er selbst von ihnen gefressen wurde.

Mit einem gellenden Schrei stürzte er sich auf die Wölfe, die ihm entgegenjagten.

Das erste Tier sprang an Brathars Hals, fiel aber vorher mit durchschnittener Kehle zu Boden. Das zweite erlitt das gleiche Schicksal, als es nach dem Bein des Reiters schnappte.

Der dritte Wolf wurde unter den Hufen zertrampelt. Erleichtert sah Vlas, wie die Raubtiere den Angriff beendeten und sich zurückzogen. Sie kreisten aber weiterhin um die Hütte: bereit, erneut anzugreifen.

»Aufhören!« Die Stimme, die über die Lichtung hallte, erschreckte Vladislav. In der geöffneten Tür erblickte er seinen Knappen, der ihm mit ausgestreckten Armen wild zuwinkte.

»Ilarion! Was zum Teufel …«

»Herr! Ihr dürft die Wölfe nicht töten!«

»Was?«

»Ich kann es Euch nicht erklären, aber sie sind meine … Wächter. Oder so ähnlich.«

Zum Beweis überquerte er die Lichtung und erreichte unversehrt das Pferd und seinen Reiter.

»Besser, Ihr kommt herein, denn ich habe viel zu erzählen. Merkwürdige Dinge sind in den letzten Tagen geschehen. Ich kann Euch gar nicht sagen, wie froh bin ich, Euch zu sehen.«

»Das glaube ich dir.«

Ilarion griff nach den Zügeln des Schlachtrosses und führte es zur Hütte. Brathar folgte ihm mit angelegten Ohren. Die Wölfe zogen sich zurück, blieben aber am Waldrand in der Nähe.

Der Holzschuppen bestand aus nur einem Raum, in dem in einem Lehmofen knisternd ein Feuer brannte. Darüber hing an einem Eisenhaken ein Kessel. Würzige Dämpfe stiegen daraus empor. »Du hast dich gut eingerichtet. Aber wo ist Roxolan?«

»Dort, hinter dem Ofen.«

Auf Felle gebettet und am wärmsten Platz ruhte der walachische Krieger. Er lag noch immer regungslos, doch er lebte. An der Stirnseite flackerten auf einem Schemel zwei Stumpfkerzen.

Vladislav setzte sich neben ihn und griff nach der Hand seines Freundes. Sie fühlte sich kalt an zwischen den seinen. »Wie geht es ihm?«

Der Knappe tunkte ein Leinentuch in den Kessel, presste das überschüssige Wasser heraus und kam herüber zum Krankenlager. Sorgfältig tröpfelte er den Sud auf Roxolans trockene Lippen.

»Was ist das?«

»Ehrlich gesagt, ich weiß es nicht, Herr. Dieses Kräuterpulver habe ich in seinem Reisesack entdeckt. Nicht selten musste ich für ihn seine Sachen aufbewahren, bis er von den geheimnisvollen Reisen zurückkehrte und sie wieder abholte.«

»Und wenn es giftig ist? Besser sieht er nicht aus.«

»O doch! Seine Atemzüge sind tiefer und ruhiger, die Haut fühlt sich nicht mehr so ausgedörrt an, und … und er ist nicht daran gestorben. Außerdem kann ich mich an diesen Kräutergeruch genau erinnern. Damit haben mich Rox und Aliodor aufgepäppelt, als sie mich mehr tot als lebendig gefunden hatten.«

»Und was ist mit diesen Wölfen los? Ich hatte schon befürchtet, nur eure blanken Gerippe in der Hütte zu finden.«

»Nachdem Eure Hausdiener in die Stadt zurückgekehrt waren, wachte ich die Nacht über neben Roxolan. Am Tag darauf ging ich hinaus, um Wasser zu holen, und bin fast ins Maul des Leitwolfes getreten. Er lag einfach vor der Tür wie ein Wachhund. Als ich ihn zu verjagen versuchte, lief er in den Wald und kam mit den anderen Bestien zurück. Ich wollte Hilfe aus Nürnberg herbeiholen, aber ich hatte kein Pferd, und diese Raubtiere umkreisten mich und drängten mich zurück in die Holzhütte. Sie halten mich hier gefangen, aber sie tun mir nichts. Versteht Ihr das, Herr?«

»Seltsam.«

»Des Nachts heulen sie, dass sich mir die Haare im Nacken aufrichten.«

»Und ich dachte schon, dass das Blut vor der Tür eures sei.«

»Es war ein Reh. Ich fand es dort mit zerfleischter Kehle. Am Anfang meinte ich, ein Jäger hätte es einfach dagelassen, und ich hätte ihn nicht bemerkt. Dann sah ich die Wölfe rund um die Lichtung, wie sie mich mit ihren teuflisch gelben Augen anstarrten, statt das Reh zu fressen.«

»Vielleicht bildest du dir etwas ein. Einsamkeit führt bei Menschen oft zu falschen Wahrnehmungen.«

»Es kann sein, dass Ihr recht habt. Nicht selten gab es Stunden, in denen ich an meinem Verstand zweifelte. Aber was sucht Ihr hier? Nach meiner Schätzung solltet Ihr seit langem unterwegs sein nach Schäßburg.«

»Bin ich dir Rechenschaft schuldig?«

»Verzeihung, Herr.«

»Es ist schon in Ordnung.« Vladislav schwieg einen Augenblick, bevor er weitersprach. »Morgen früh werde ich Nürnberg verlassen. Ich konnte nicht so einfach losreiten, ohne mich von euch zu verabschieden.« Er legte Roxolans Hand behutsam zurück auf die Felldecke und stöberte in einem Reisebeutel, den er um seine Hüfte trug. Einen Moment später zog er einen Dolch hervor. »Der gehört Rox. Diese Bettlerratte hatte ihn bei sich, als ich ihn tötete.« Er betrachtete das Messer aufmerksam. Zum ersten Mal fiel ihm die kunstvolle und gleichzeitig fremdartige Ausfertigung der Waffe auf. Zwei verschlungene Schlangenkörper aus Gold, die sich als Parierstange vor der Klinge teilten und in Wolfsköpfen mit aufgerissenen Mäulern endeten, bildeten den Griff. Rote Edelsteine glänzten in den Augenhöhlen der bizarren Tiere. Die Schneide im Wellenschliff leuchtete in mehreren bläulichen Nuancen. Das Metall lag schwer in seiner Handfläche.

»Was ist das, Herr?«

»Ich kenne es als Aliodors Zeremonienmesser. Roxolan hat es nach den Initiationsprüfungen von seinem Lehrer bekommen. Wie stolz er war, als er es mir zeigte!« Er wog das Messer in seiner Hand und hielt es nah an die Kerzenflammen. Fasziniert blickte er in die glutroten Augen der goldenen Wölfe. War es das Kerzenlicht, das sie zum Glitzern brachte und ihn in einen magischen Bann zog? Die Stahlklinge erhitzte sich, so dass er den Dolch in die andere Hand nahm.

Von draußen vernahm Vladislav das Kläffen der Wölfe, die immer näher zu kommen schienen. Auf der Feuerstelle sprudelte das Wasser über den Kessel. Brathar wieherte und stampfte vor der Tür.

»Herr, was zum Teufel geht hier vor?«

»Ich weiß nicht. Verdammt!« Mit einem Ruck warf er den Zeremoniendolch zu Boden. »Der ist sehr heiß geworden.«

Ilarion führte die Hand an die Stirn. Mit weit aufgerissen Augen betrachtete er den Gegenstand auf dem Boden. »Heilige Mutter Gottes! Warum habe ich nicht früher daran gedacht?«

»Was meinst du?«

»Könnt Ihr mir helfen, Roxolan in den Wald zu tragen? Hier sind wir falsch!«

»Wovon redest du bloß?«

»Nehmt die Decke von dort drüben und wickelt ihn darin ein. Bitte! Wir haben keine Zeit zu verlieren … und die Zeit, Euch alles zu erklären, habe ich ebenfalls nicht.«

»Heute erlebe ich den Tag, an dem der Knappe dem Edelmann befiehlt.« Vladislav schüttelte den Kopf. »Wer hat schon je einen Wolf gesehen, der von einem Schaf gefressen wird?«

»Vertraut mir!«

Ilarion durchwühlte die Kammer, ohne seinen Herrn weiter

zu beachten. Hinter der Holzkiste neben dem Ofen entdeckte er einen Holzspaten. »Der muss reichen«, sagte er zufrieden. »Seid Ihr bereit?«

Der Ritter wartete mit dem in eine Decke gehüllten Roxolan auf den Armen vor der Tür. »Verrate mir endlich, wohin wir gehen!«

»Ganz genau kann ich es jetzt noch nicht sagen, aber auf jeden Fall müssen wir nach draußen, in den Wald.«

»Dann los!«

Vor der Hütte blickte sich Ilarion in alle Himmelsrichtungen um. Er schloss die Augen. Vladislav erkannte im Gesicht seines Vertrauten, wie dieser sich anstrengte, sich an etwas Bestimmtes zu erinnern. Er presste sich den Zeigefinger an die Stirn. »Ich bin doch mit dem Ochsenkarren an ihm vorbeigefahren«, sprach er mit sich selbst. Er blickte über die Schulter. »Habt Ihr unterwegs eine knorrige Eiche gesehen?«

»Ja, dort rechts vor dir. Folge meinen Spuren und nimm Brathar mit. Ich lasse ihn auf keinen Fall hier allein bei den Wölfen.«

»Wird gemacht.«

Der Knappe stapfte vorwärts und führte den Rappen an den Zügeln, der ihm widerstandslos gehorchte. Vladislav folgte ihnen. Er drückte den Körper seines Freundes fester an die Brust. Durch die Decke spürte er den kantigen Beckenknochen. Auch die Finger seiner linken Hand lagen in den tiefen Mulden zwischen den einzelnen Rippen. Was war nur aus dem gefürchteten Krieger geworden? Ob er je wieder wie früher sein würde? Würde er überhaupt überleben? Was sein Knappe vorhatte, wusste er nicht. Sein Verstand sagte, dass dies alles nur ein verzweifelter Akt war, dem er keinen Erfolg beimessen dürfe.

»Wir sind da, Herr. Wartet noch, bis ich die Stelle vorbereitet habe.«

»Weißt du auch, was du tust?«

Ilarion antwortete nicht. Er schaufelte den Schnee rund um den Baum weg, bis er auf die verfaulten Eichenblätter auf der Erde stieß. Anschließend ebnete er mit dem Schaufelblatt den Boden.

»Ich bin so weit. Jetzt sollten wir Roxolan dort zwischen die Wurzeln und Steinbrocken hinlegen, mit dem Kopf am Stamm.«

Vladislav widersprach nicht, um seine Bedenken nicht zu offenbaren.

»Aber ohne die Decke, Herr. Der Körper muss in direktem Kontakt mit der Mutter Erde stehen!«

»Ich glaube nicht, dass das eine gute Idee ist. Was ihm noch fehlt, ist eine Erkältung mit hohem Fieber. Dann können wir seines Todes sicher sein.«

»Vertraut mir!«

Der Ritter nickte. Ihm war bekannt, wie stark die abergläubischen Riten das Leben der Walachen bestimmten. Es blieb ihm nichts anderes übrig, als mitzuspielen. Behutsam entblößte er Rox und legte ihn zusammen mit dem Knappen an der vorbereiteten Stelle ab. Er beobachtete, wie Ilarion eine Hand des Bewusstlosen auf die Wurzel legte und die andere auf einen Stein.

Der Wald wogte in einem plötzlichen Windstoß. Im umliegenden Gehölz knarrten Äste und raschelten trockene Blätter. Brathar tänzelte neben ihnen. Jetzt entdeckte Vladislav die sie umkreisenden Wölfe zwischen den Bäumen.

»Ilarion, wir sind nicht allein«, flüsterte er. »Die Bestien sind uns gefolgt.«

»Wenn sie uns angreifen und fressen wollten, hätten sie es längst getan. Dennoch hätte ich nichts dagegen, wenn Ihr die Tiere im Auge behieltet, bis ich fertig bin.«

»Beeil dich!«

Der Knappe kniete neben Rox. Er schob seinen Umhang zur Seite und zog den Zeremoniendolch seines Freundes hervor, den er unter den breiten Ledergurt gesteckt hatte. Sorgfältig strich er Roxolan das Haar aus der Stirn und hob dann die Hand mit dem Messer.

Da fiel Vladislav ihm in den Arm und packte ihn am Handgelenk. Wütend drückte er zu, bis Ilarion die Waffe aus der Hand glitt. »Ich habe dir vertraut, du Irrsinniger, denn ich dachte tatsächlich, du wollest Rox retten.« Er stieß seinen Diener zu Boden. »Aber du hast es auf sein Leben abgesehen.« Er trat ihn. »Verschwinde, bevor ich dich eigenhändig umbringe, und lass dich nicht mehr blicken!«

Ilarion nahm die Kappe ab und ließ sich auf die Knie sinken. »Mein Herr, ich habe Euch treu gedient. Wenn Ihr Euch von mir verraten fühlt, dann zögert nicht und tötet mich.« Er schaute zu seinem Herrn empor und deutete mit dem Finger auf die eigene Stirn. »Diese Narbe hat mir Roxolan beigebracht. Er sagte, dass sie mich vor dem Tod gerettet habe. Sie soll die Lebenslinie darstellen. Es ist vielleicht Aberglaube, ich weiß es nicht, doch ich wollte es ihm nur gleichtun. In meinem Eifer habe ich Euch nicht erzählt, was ich vorhatte.«

Vladislav betrachtete den Dolch, der zwischen den fauligen Herbstblättern glänzte. Danach sah er seinen Knappen an. Langsam zog er das Schwert und richtete die Spitze auf Ilarions Hals. »Tu, was du dir ausgedacht hast. Aber ich warne dich: Wenn Rox stirbt, stirbst auch du!«

Der Diener nickte nur. Er nahm das Zeremonienmesser und setzte die Klinge auf die Stirn seines Freundes. Mit zitternder Hand ritzte er die Haut. Zwei Blutfäden schlängelten sich über die Schläfen, und von dort tropfte das Blut auf die Erde, wo es versickerte.

Beide, Herr und Knappe, warteten gespannt auf ein Lebenszeichen, auf ein Wunder. Doch nichts geschah. Nur die Wölfe heulten, während sie sich der Gruppe näherten.

Vladislav machte sich für den Angriff bereit. »Die Bestien haben Blut gerochen. Die Meute kommt auf uns zu. Gott steh uns bei!«

»Schaut her!«, schrie hinter ihm der Knappe. »Rox …«

»Was ist mit ihm?« Vlas drehte sich um und betrachtete Roxolans Körper, entdeckte aber nichts Auffälliges. Gleichzeitig behielt er die Tiere im Auge, die den Kreis um sie immer enger zogen.

»Seht Ihr nicht? Er hat Gänsehaut.«

»Ilarion, er liegt nackt auf dem gefrorenen Boden. Es ist normal, dass ihm kalt ist.«

»Genau das meine ich. Er spürt die Kälte. Versteht Ihr nicht? Endlich nimmt er seine Umgebung wieder wahr.«

Jetzt verstand Vladislav. »Ja! Er kommt zu sich!«

In diesem Moment klang ein markerschütterndes Wolfsjaulen durch den Wald. Der Rudelführer lief auf die Menschen zu, doch Vlas sprang ihm mit aufgerichtetem Schwert in den Weg.

»Herr, lasst ihn! Tötet ihn nicht!«

Der Wolf wich seitlich aus und entging der Waffe. Kläffend zog er sich zu seinen Artgenossen zurück. Ilarion postierte sich vor seinem Herrn. »Wir dürfen ihn nicht töten!«

»Was? Bist du wahnsinnig? Soll er uns denn auffressen?«

»Habt Ihr Euch nicht gefragt, warum Wolfsköpfe auf dem Dolchgriff sind? All das hier«, er deutete mit ausholender Bewegung auf die Umgebung, »die Natur und ihre Lebewesen sind ein Teil von Rox.«

»Vielleicht hast du recht. Aber ich bleibe bereit, für alle Fälle. Es sind Bestien, die ihrem Instinkt folgen. Sieh doch den Leitwolf dort im Dickicht. Er starrt uns an und wartet geduldig auf einen einzigen Augenblick der Unachtsamkeit unsererseits. Drei seiner Rudelbrüder habe ich getötet. Er ist vorsichtiger geworden.«

Als habe ihn das Tier gehört und wolle ihm antworten, legte es den Kopf in den Nacken und heulte mehrmals nacheinander. Die anderen Wölfe fielen ein.

Brathar bäumte sich auf und wieherte schrill.

»Wir müssen weg von hier, Ilarion! Sie werden uns angreifen.«

»Heilige Jungfrau Maria!« Der Knappe schlug das Kreuz. »Schaut, die Hand, Herr! Rox bewegt seine Finger … und er hat die Augen … geöffnet!«

»Was sagst du da?«

Die Raubtiere hörten auf zu heulen und verschwanden eines nach dem anderen im Gehölz.

Vladislav fiel neben Roxolan auf die Knie. Er konnte das alles nicht glauben. Behutsam streichelte er die Stirn seines Freundes. »Du bist zurück, Rox.« Er lachte und weinte zugleich. »Willkommen zurück im Leben!«

Kapitel 13

»Mama, mach doch schneller! Ilona kann das besser als du.«

»Dann hör auf zu zappeln und halt dich endlich ruhig. Von nun an musst du dich ohne die Hilfe deiner Amme anziehen.«

Mircea schmollte, während Vasilissa die Tunika über seinen Kopf zog. »Und jetzt steck die Hände in die Ärmel.«

Sie zögerte den Abschied von ihrem Sohn hinaus, indem sie übertrieben langsam ein Kleidungsstück nach dem anderen über seinen Körper streifte. Noch einmal durch seine Haare wühlen, seinen Körperduft, der ihr so vertraut war, einatmen, sich an seinem Lachen erfreuen! Keiner Mutter fällt es leicht, sich von ihrem Kind zu trennen. Und ganz besonders ihr nicht, denn der Weg nach Transsylvanien war zu dieser Jahreszeit selbst für erfahrene Männer kräftezehrend und gefährlich. Ein Fünfjähriger sah darin nur ein Abenteuer. Was wusste er schon von abtrünnigen Hussiten, die ihren Gegnern auflauerten? Oder von gierigen Wegelagerern, die Reisende attackierten, um sie zu töten und auszuplündern. Wie konnte ihr Vladislav nur Mircea wegnehmen? Auch wenn sie die Beweggründe ihres Gemahls verstand, wollte sie ihm nicht verzeihen, dass er das Leben des Jungen in Gefahr brachte.

»Mama, weinst du?«

Ihre Finger kämpften mit den Knöpfen seiner Tunika. Sie schluckte ihre Tränen hinunter und zwang sich zu einem Lächeln. »Diese Kerzen! Der Rauch reizt meine Augen.«

»Befiehl dem Diener, andere zu bringen. Ich mag keine Tränen.« Zärtlich wischte er ihr über das Gesicht. Vasilissa presste seine Hand an ihre Wange und genoss diesen innigen Augenblick, bevor sie enttäuscht spürte, dass er sich ungeduldig aus ihrer Umarmung befreien wollte. »Komm, lass dich einmal ansehen.« Sie hielt ihn vor sich an den Schultern und betrachtete ihn anerkennend von oben bis unten. »Es fehlt dir noch der Gurt.«

»Den kann ich selber anlegen.«

Als es an die Tür klopfte, zuckte sie zusammen. War es schon so weit? »Herein!«

»Der Herr verlangt nach seinem Sohn«, meldete Ilarion. »Die Truppe ist fertig für die Abreise.«

»Jetzt schon?«

Der Knappe nickte verlegen. »Die Sonne ist bereits aufgegangen.«

»Komm, Mama!« Mircea zog sie an der Hand. »Nicht dass Vater ohne mich losreitet.«

»Das würde er niemals tun. Du kennst ihn doch.«

Aber der Junge hörte ihr nicht mehr zu, sondern stürmte an Ilarion vorbei nach draußen.

Vasilissa sammelte das Pelzmäntelchen und die Mütze ihres Kindes auf. Mirceas Gurt lag noch auf dem Boden. Als sie ihn aufheben wollte, sprang der Knappe hilfsbereit herbei. »Ich trage die Sachen für Euch.«

»Danke. Aber solltest du nicht bei Roxolan sein?«

»Er schläft jetzt. Deshalb nutzte ich die Gelegenheit, meinem Herrn eine Reise frei von Gefahren zu wünschen.«

»Mein Gemahl darf sich glücklich schätzen mit solchen Getreuen wie dir. Was ich jedoch von meiner Zofe nicht behaupten kann. Wohin ist Smaranda nun schon wieder verschwunden?«

»Mit Verlaub, Herrin, ich habe sie im Hof gesehen. Sie half der Amme, die Truhe des jungen Herrn auf einem Schlitten zu verstauen. Darf ich Euch zu Diensten sein?«

»Ich brauche nur einen Umhang und einen kräftigen Arm, auf den ich mich stützen kann.«

Im Vorburghof herrschte eifriges Treiben. Die Reitervorhut verschwand durchs Himmelstor in Richtung Stadt. Dahinter reihten sich die mit Reisesäcken und Holzkisten beladenen Maultiere und Esel. Ein Lasttier bockte und versperrte den anderen den Weg. Ein Stallbursche, der auf seine Mistforke gestützt das Durcheinander beobachtet hatte, sprang zu Hilfe und setzte das Tier mit ein paar Klapsen wieder in Bewegung. Das Gedränge im Hof lichtete sich, so dass nun genug Platz für die robusten Kaltblüter entstand, die vor die geräumigen, aber wendigen Schlitten gespannt wurden. Manche von ihnen waren mit Planen aus gewalkter Schafswolle bedeckt, die mit Wollfett eingelassen waren.

Das erste Pferdepaar zog bereits sein Gespann. Der nächste Schlittenfahrer trieb die kräftigen Zugpferde mit Peitschenschnalzen an und folgte dem vorherigen. In dem Durcheinander rannte zuletzt ein schmächtiger Knecht aus den Stallungen dem Zug hinterher, warf ein Bündel mit seinen Habseligkeiten in das Gefährt und sprang anschließend selbst hinein. Ein Hund jagte ihm bellend nach.

»Wo ist Mircea?« Vasilissa presste das Pelzmäntelchen an die Brust.

»Dort, Herrin, bei dem deutschen Ritter.«

Klaus von Redwitz beugte sich zu dem Jungen und zeigte ihm sein Schwert. Als er es dem Kind überließ, konnte der Kleine die Waffe kaum halten und schaffte es lediglich, sie leicht am Knauf anzuheben. Der Ordensritter lachte. In dem Moment trat Vladislav aus der Schmiede. In seiner Hand glänzte eine kleine Armbrust, und aus einer Lederhülle ragten die dazugehörigen Bolzen. Sein Blick schweifte über den Hof zu ihr, seiner Frau. Er nahm den Sohn bei der Hand, und zusammen traten sie auf sie zu. Ihr Herz schlug schneller bei dem Anblick. Mircea war wie eine Miniatur seines Vaters: Goldbraunes Haar bis auf die Schultern umrahmte die vertrauten ovalen Gesichter. In den braunen Augen funkelten bei beiden Begeisterung und Lebenslust. Die grauen Fäden an den Schläfen ihres Gemahls und der Schnurrbart zeigten ihr, wie Mircea als erwachsener Mann aussehen würde.

»Schau, Mama, ich darf meine Armbrust von Onkel Roxolan während der Reise bei mir tragen.« Er blickte hoch zu seinem Vater, der ihm anerkennend zunickte. »Und sogar damit jagen … oder die bösen Hussiten vertreiben.«

Vasilissa schürzte die Lippen. »Das hat er nicht so gemeint, denn auf die Jagd oder in den Krieg gegen die Böhmen ziehen nur die Erwachsenen. Echte Kämpfer, und nicht etwa Kinder.«

»Aber ich bin fast ein Mann!« Er warf sich empört in die Brust und schlug mit der Faust dagegen.

»Ja, mein Großer! Nun musst du deinen Mantel und die Mütze anziehen. Dein Vater kann keinen kranken Helden brauchen.«

Von den Stallungen eilte die Amme herbei, ihre roten Augen verrieten, dass sie geweint hatte.

»Erlaubt Ihr mir, Herrin, Euch zu helfen?«

»Nicht nötig, Ilona.« Sie verstand, dass die Kinderfrau – genau wie sie selbst – noch ein paar Augenblicke mit dem Jungen verbringen wollte. Sie seufzte. Bisher hatte sie ihren Gemahl und seine taktischen Entscheidungen geschätzt, denn durch die darauf folgenden Handlungen und Ereignisse hatte er sich immer als Sieger erwiesen. Diesmal nun fühlte sie sich in ihrem Vertrauen von ihm verraten. Er nahm ihr das Kostbarste, was sie besaß und liebte.

Inzwischen schloss sich von Redwitz ihnen an. »Die Zeit des Abschieds ist gekommen, Vlas. Der Tross ist bereits auf dem Weg. Deine Reiter warten nur auf dich.«

Der Drachenritter straffte die Schultern, schob wie gewohnt das Kinn nach vorn und schaute seinen Freund lächelnd an. »Ich danke dir, Klaus, dass du meiner Gemahlin auf dem Weg nach Schäßburg dein Geleit gibst.«

»Das ist selbstverständlich. Mach dir keine Sorgen deshalb. Du weißt, auf mich kannst du dich verlassen. Aber es wird dich den teuersten Wein kosten. Sobald ich in Schäßburg bin, wirst du den Weinkeller für mich nicht mehr schließen.«

»So viel zu trinken, das schaffst du gar nicht.« Kurz umarmte Vladislav den Ordensritter. »Bis bald, Klaus.«

Er drehte sich zu Ilarion um. »Mein treuer Knappe … und Freund!« Seine Stimme klang nun bekümmert. »Was du für Roxolan getan hast, werde ich nicht vergessen. Der Moment der Belohnung wird für dich kommen. Das verspreche ich dir!«

Ergriffen schwieg der junge Mann und knetete seine Fellmütze in den Händen. »Mein Herr, ich …«

»Du hast reinen Herzens gehandelt. Und ich? Blind vor Kummer war ich und habe dir nicht vertraut. Bleib bei Rox, bis er wieder auf die Beine kommt. Einen besseren Medicus als dich gibt es für ihn nicht.«

Ilarion schmunzelte. »Er hat nun seine Behandlung selbst übernommen und kommandiert mich herum, wie ich die Kräuter zu mahlen, die Salben zu mischen oder die Wunden zu säubern habe.« Der Knappe lachte. »So wie wir ihn eben kennen.«

»Pass auf ihn auf und ermutige ihn nicht zu früh, mir nachzureiten!«

»Das wird nicht einfach sein, Herr.«

Mit hängenden Schultern blieb Vladislav noch einmal bei Vasilissa und Mircea stehen. Seine Finger spielten nervös mit dem Knauf seines Schwertes.

Sie zwang sich zu einem Lächeln, um den Schmerz über die Trennung von ihrem Kind zu verbergen.

»Meine Prinzessin, ich sehe doch, dass der Kummer auf deiner Seele lastet. Glaub mir, wenn es einen Weg gäbe, um meinen Erstgeborenen bei dir lassen zu können, würde ich es tun.«

Tiefe Furchen zogen sich über seine Stirn. Sie sah in seinem Blick, dass Angst und Sorgen um sie und das Ungeborene ihn quälten. Hoffnung keimte plötzlich in ihr: Es war vielleicht noch nicht zu spät, ihn in seiner Entscheidung umzustimmen.

»Ich habe deine Gründe verstanden und sie akzeptiert«, flüsterte sie. »Auch ich denke an das Wohl unseres Sohnes. Bitte, nimm die Amme mit, wenn ich schon nicht bei ihm sein darf!«

»Ich kann keine Rücksicht auf eine Frau nehmen. Soll ich dir erneut alle Bedrohungen schildern, die unterwegs auf uns lauern?«

»Willst du behaupten, für einen Fünfjährigen sei es weniger gefährlich als für Ilona?«

»Lissa«, sprach er mit gedämpfter Stimme, »vertrau mir! Ich werde ihn mit meinem Leben beschützen.«

Er streckte die Hand aus, um ihre Wange zu streicheln. Doch Vasilissa wich zurück. Sie wollte ihm ihre Wut und Enttäuschung ins Gesicht schreien! Stattdessen schaute sie zur Seite, und Vladislavs Berührung ging ins Leere.

»Dann haben wir uns jetzt nichts mehr zu sagen, Gemahlin.« Er straffte die Schultern und nickte ihr steif zu. »Wir sehen uns in Schäßburg wieder.«

Unbefangen beugte er sich zu Mircea herab. »Bist du bereit für die große Reise?«

»Ja, Vater! Aber ich habe kein Pferd.«

»Zerbrich dir nicht dein Köpfchen darüber.«

Der Junge folgte ihm hüpfend, ohne noch einmal zurückzublicken.

Schwungvoll bestieg Vladislav Draco den arabischen Hengst. »Ilarion, heb meinen Sohn zu mir hoch, damit er vor mir im Sattel mitreiten kann.«

Vasilissa sah, wie ihr Kind jubelte, als er auf Crai saß und sich an den Sattelknauf klammerte. Jetzt wurde ihr klar, dass die männlichen Nachkommen, die sie gebar, nicht ihr gehörten, sondern dem Krieg, dem Kampf um den walachischen Thron.

Die ersten Reiter passierten bereits das Himmelstor. Unter dem Gewölbe hallten die Hufe der Pferde wie Trommelschläge.

Vladislav zügelte Crai und schaute noch einmal kurz zu ihr herüber. Er sprach mit seinem Sohn, der augenblicklich in ihre Richtung lächelte und wild winkte, bis die beiden aus ihrem Blickfeld verschwanden.

Vasilissa schloss die Augen. Die Sonnenstrahlen über den Burgmauern blendeten sie. All die lange zurückgehaltenen Tränen strömten nun über ihre Wangen. Sie musste keine Stärke mehr zeigen. Jetzt war sie nur noch eine einsame Frau, der das Kind genommen worden war. Doch eine Bewegung in ihr erinnerte sie daran, dass sie nicht allein war. Sie legte die Hand auf die Wölbung ihres Leibes und freute sich über jeden Stoß, den sie spürte. *Solange du in meinem Bauch wächst, gehörst du nur mir, und niemand kann dich mir wegnehmen.* Zum ersten Mal wünschte sie sich eine Tochter und keinen Erben für den walachischen Thron.

»Herrin, wir müssen zur Königin!«

Die Prinzessin zuckte beim Klang der Stimme ihrer Zofe zusammen. Sie wusste nicht, wie lange sie dort im Vorburghof ins Leere geblickt hatte. Inzwischen strahlte die Sonne in voller Pracht über der Kaiserburg.

Vasilissa fuhr mit den Fingern über ihre vom Weinen geschwollenen Augen. »Smaranda, besorg mir zuerst etwas kaltes Wasser, um mein Gesicht zu erfrischen. Danach hilf mir, ein neues Kleid anzuziehen. Ich hoffe nur, dass wir uns nicht verspäten.«

»Und wenn schon, die Monarchin wird wegen Eures Zustands Verständnis haben.«

»Sma, du kennst doch die Regeln bei Hofe. Aber wie ich sehe, hast du sie noch nicht verinnerlicht. Ausnahmen werden, selbst für mich, nicht geduldet.«

Die Zofe knickste beschämt. »Ich bitte um Verzeihung, Herrin!«

»Komm, gehen wir in die warme Stube. Du auch, Ilona. Wir haben nun genug Abschied genommen.«

In dem Zimmer für die Frauen im westlichen Palastflügel fand Vasilissa die Hofdamen am Tisch, die bereits am Altartuch stickten. Zu ihrem Bedauern war Ihre Majestät nicht anwesend. Es überraschte sie nicht, dass Elisabeth von Österreich diese Gelegenheit nutzte, um die Huldigung, die ihrer Mutter zustand, für sich zu beanspruchen. In keiner Weise ähnelte sie der Monarchin. Den stattlichen Körper und die Adlernase hatte sie von ihrem Vater geerbt, genau wie seine Herrschsucht. Seit Sigismund ihren Gemahl Albrecht von Habsburg, den Herzog von Österreich, als seinen Thronfolger auserwählt hatte, benahm sie sich bei Hof äußerst selbstherrlich. Sie verfügte über keinerlei mitmenschliche Regungen für die Rangniederen, wie die Königin sie sehr wohl hatte. Während Elisabeth bequem auf dem Lehnstuhl saß, musste Vasilissa nach der Begrüßung vor ihr stehen bleiben.

»Wir haben am Hof strikten Benimmregeln und Ordnung zu folgen. Niemandem ist es erlaubt, diese zu ignorieren. Ich höre: Habt Ihr eine glaubwürdige Entschuldigung für Eure Verspätung?«

»Ich bitte Euch um Verzeihung, Herzogin.« Sie wollte eigentlich sagen, dass es ihr nicht gutgehe, aber sie entschied sich für die Wahrheit. Elisabeth beneidete jede schwangere Frau, denn seit sie Albrecht vor zehn Jahren geheiratet hatte, hatte sie ihm noch keinen Nachkommen geboren. »Ich habe mich heute Morgen von meinem Sohn und meinem Mann verabschiedet. Sicher seid Ihr im Bilde darüber, dass er, auf Anordnung des Königs, nach Transsylvanien aufgebrochen ist, um von dort aus als militärischer Gouverneur Seiner Majestät zu dienen.«

»Soviel ich weiß, gilt der Befehl meines Vaters nur seinem Vasallen, dem Ritter Draco, und nicht seinem Kind. Ich bin nicht die Einzige, die sich fragt, warum Euer Gemahl seinen Sohn mitgenommen hat.«

Vasilissa biss sich auf die Lippen. Sie hatte zu viel preisgegeben. Kühn, aber höflich sprach sie die Herzogin an. »Auch wenn ich die Entscheidungen meines Ehemannes nicht verstehe oder gutheiße, muss ich sie akzeptieren. Es steht mir nicht zu, sie zu beurteilen. Ich kann Euch diesbezüglich keine Antwort geben.«

Elisabeth betrachtete sie hochmütig. »Das werden wir sehen. Ihr dürft Platz nehmen.«

Sie freute sich, endlich sitzen zu können. Der Rücken und die geschwollenen Füße schmerzten. »Ihre Durchlaucht«, flüsterte ihr die junge Helene Kotanner zu, die neben ihr saß, »ist schlecht gelaunt, aber nicht Euretwegen. Die kleine Clara ist bis jetzt nicht erschienen. Für eine, die erst seit ein paar Tagen bei Hofe ist …« Sie schüttelte den Kopf.

Vasilissa sah den freien Stuhl am Tischende. Das war in der Tat eine Schmähung der Herzogin und ihres Gefolges. »Vielleicht ist sie krank«, murmelte sie ihrer Nachbarin zu.

»Das glaube ich nicht. Im Palast hört man, dass sie bald heiraten wird.«

»Was? Und wen?«

»Ich weiß es nicht.«

Die Türflügel öffneten sich, und der Hausdiener kündigte an: »Ihre Majestät, die Königin!«

Die Edeldamen erhoben sich und sanken vor der Monarchin in den Hofknicks. Die Herzogin überließ ihr den Lehnstuhl.

Jetzt erst bemerkte Vasilissa, dass die Baronin von Thegzes nach der Königin den Raum betreten hatte. Unablässig wischte sie sich den Schweiß vom Gesicht, während die andere Hand auf ihrer ausladenden Brust ruhte, um den keuchenden Atem zu besänftigen.

»Bitte setzt Euch, meine Damen. Auch Ihr, Baronin.«

»Die Sorge um meine Tochter«, schnaufte diese, »lässt mir keine Ruhe, Eure Majestät.«

»Wir werden sie finden. Erzählt uns zuerst, wann Ihr ihre Abwesenheit bemerkt habt.«

Rund um den Tisch begannen die Hofdamen hinter vorgehaltenen Händen miteinander zu tuscheln. Zwei Edelfrauen gegenüber von Vasilissa steckten die Köpfe zusammen und kicherten schamlos. Sie war selbst überrascht von der Neuigkeit. Ihre Tischnachbarin zupfte sie am Ärmel. »Vielleicht hat Claras Verehrer sie entführt, weil er keine Geduld mehr bis zur Hochzeitsnacht hatte.«

»Helene! Deine beschämenden Worte will ich nicht hören. Es kann sein, dass der Armen etwas Unheilvolles zugestoßen ist und sie auf unsere Hilfe wartet.«

»Ja, Ihr habt recht. Ich bitte um Verzeihung für meine gewagte Bemerkung.« Sie seufzte. »Nicht dass sie sich womöglich umgebracht hat, als sie erfuhr, dass sie einem Greis versprochen wurde.«

Die Königin klatschte in die Hände. »Bitte Ruhe, meine Damen!«

Es herrschte sogleich Stille im Raum, als Barbara zu sprechen anhob: »Baronin von Thegzes, ich schicke einige Männer aus meiner Leibgarde aus, um nach Eurer Tochter zu suchen. Wenn sie Clara im Palast nicht auffinden, werden sie weiter die Stadt durchkämmen.«

Kapitel 14

Die Hufe der Pferde bissen gierig in die Schneedecke, so dass der Tross in kurzer Zeit die Nürnberger Schutzmauer hinter sich gelassen hatte.

An der Spitze führte Vladislav die Truppe in einem gemäßigten Galopp. Vor ihm im Sattel drehte Mircea den Kopf zu ihm und schaute ihn mit glänzenden Augen an. Über seine roten Bäckchen rollten ein paar Tränen, die dem peitschenden Wind geschuldet waren. Fürsorglich steckte der Ritter den bauschenden Umhang um sein Kind fest und drückte ihn mit der Hand an sich.

»Sitzt du gut, mein Sohn?«

»Ja«, antwortete dieser strahlend. Er zog den Ärmel über die Nase, um sich den Rotz abzuwischen.

»Wenn dir zu kalt wird, huschst du sofort unter die Decken in deinem Schlitten. Verstanden?«

»Ja, aber …«

»Kein *Aber!* Du hast gehört, was deine Mutter dir gesagt hat. Kränkelnde Mitreisende kann ich nicht gebrauchen.«

Der Junge nickte und schmiegte sich an die breite, schützende Brust seines Vaters. »Schade, dass Mama und Ilona nicht bei uns sind. Sie hätten sehen können, wie tapfer ich bin.«

Draco schmunzelte. »Sie wissen es doch. Und wenn nicht, wirst du ihnen erzählen, was du unterwegs erlebt hast, sobald wir uns in Schäßburg wiedersehen.«

Vor seinem inneren Auge sah er noch einmal Vasilissa im Vorburghof, wo sie voneinander Abschied genommen hatten. Er hatte es sich anders vorgestellt. So aufgewühlt kannte er sie nicht, denn sie hatte ihn bisher immer bedingungslos unterstützt. Auch dann noch, als sie von seinen Affären erfahren hatte. Ihr Pflichtbewusstsein hatte immer über die Eifersucht oder jegliche Aufregung gesiegt. Und das schätzte er an ihr. Im Laufe der sechs Ehejahre hatten sie die Hindernisse einer aus politischen Gründen arrangierten Vermählung überwunden und den Weg zueinander gefunden. Statt einer leidenschaftlichen Liebe hatte sich nicht nur eine tiefe Freundschaft entwickelt, sondern auch etwas Intensiveres, eine Beziehung, die er nicht missen wollte. Sie gab ihm den Rückhalt, den er im Kampf um den Thron seiner Ahnen so sehr brauchte. Aber er verehrte Vasilissa nicht nur dafür: Sie war zu einem Teil von ihm geworden. Untröstlich schloss er die Augen und vertrieb rasch ihr Bild wieder aus seinen Gedanken.

Sie näherten sich nun dem Wald, wo er mit seinem Tross auf Nanu Pascal und dessen Begleiter treffen sollte. Vladislav prüfte das schmale Feld, das vor ihm lag. Keinerlei Spuren zeugten von der Anwesenheit der Berittenen. Er hatte den Bojaren gewarnt, dass er nicht auf ihn warten würde.

»Vater, schau!« Mircea zeigte nach rechts.

In dem Moment erblickte auch Vlas die Reiter, die nacheinander aus dem Gehölz zum Vorschein kamen. Sie reihten sich diszipliniert am Wegesrand auf und erwiesen ihm mit einem Kopfnicken sowie mit aufs Herz gelegter Faust ihre Ehrerbietung. Mit geübtem Blick musterte er ihre Ausrüstung. Auf den Rücken der zwei Dutzend Männer spannten sich lange Bogen, die Pfeilköcher hingen griffbereit an den Sätteln. Unter ihren Umhängen trugen die Edelleute blank polierte Rüstungen, und Schwerter aus Mailand glänzten an ihren Hüften. Die Pelz- und Brokatmäntel, die sie in Nürnberg getragen hatten, waren gegen eine militärische Ausstattung getauscht worden.

»Wer sind diese Menschen, Vater?«

»Sie sind Bojaren und Knezen aus der Walachei.«

»Knezen? Was ist das?«

»So werden die freien Ritter oder Landherren dort genannt. Sie herrschen über ein paar Dörfer, halten Gericht und sind niemandem unterstellt. Nur in Kriegszeiten schulden sie dem Fürsten Waffen und Männer, die, von ihnen geführt, für ihn kämpfen.«

»Und warum kommen sie bewaffnet zu uns? Wir ziehen doch nicht in den Krieg!«

»Nein, mein Großer. Sie begleiten uns nach Schäßburg, wo sie uns den Treueeid schwören wollen.«

»Kennst du sie?«

»Nicht alle. Aber den, der auf uns zureitet. Er heißt Nanu Pascal. Sein Vater hat deinem Großvater treu gedient.«

Der besagte Edelmann löste sich soeben von seiner Truppe und kam direkt auf Vladislav zu. Als er ihn erreichte, zügelte er sein Pferd und brachte es in dasselbe Tempo, in dem der arabische Hengst ritt.

»Eure Hoheit, ist es mir und meinen Männern erlaubt, uns Euch anzuschließen und Euch zu folgen?«

»Nichts lieber als das, Bojar.«

Dieser nickte und kehrte zu seinen Reitern zurück. Seine Befehle wurden von den Gefährten lautlos befolgt. Diszipliniert reihten sie sich paarweise in den Tross der fränkischen und ungarischen Berittenen ein. Die Packpferde, geführt von den Bediensteten, bildeten den Schluss der Reitergruppe.

Ein paar Stunden später schlummerte Mircea in dem für ihn eingerichteten Schlitten. Nur ungern hatte er seinem Vater gestanden, dass er vor Kälte seine Füße nicht mehr spürte.

Sie folgten dem Fluss Schwarze Laber, dessen Lauf sich durch die Fränkische Alb schlängelte. Das Wetter war umgeschlagen. Aus den bleiernen Wolken fielen immer dichter die Schneeflocken. Crai schnaubte und hatte wegen des

Neuschnees Schwierigkeiten, das zügige Tempo zu halten. Sein Atem kam in kleinen Dampfwolken aus den Nüstern. Von den tiefgebeugten Tannenästen rauschten hin und wieder Schneemassen mit einem dumpfen Geräusch herab. Die befreiten Äste schleuderten dann den Rest der weißen Last in einem Schauer von Eiskristallen von sich. Auch auf den über die Schlitten gespannten Lodenplanen häuften sich bedrohlich hohe Schneeschichten. Die Zugpferde stemmten sich ins Geschirr, um die Gespanne in Bewegung zu halten.

Vladislav erblickte Nanu Pascal, der in Begleitung eines Kundschafters aus der Vorhut in seine Richtung galoppierte. »Mein Herr, der Weg wird immer beschwerlicher. Heute schaffen wir es nicht mehr bis zur Lupburg. Einer meiner Reiter hat nicht weit von hier ein Kloster entdeckt. Es ist nicht groß, aber ein paar Plätze für uns und die Pferde werden wir schon für die Nacht bekommen.«

»Das ist ein Zeichen Gottes, Bojar. Wir bitten die Mönche, uns zu beherbergen, und hoffen, dass die Wege morgen noch erkennbar sind.«

Kurz vor der Dämmerung verließen sie den Weg, der nach Regensburg führte, und ritten zu den Steinmauern des Konvents. Das mit Eisenbändern verstärkte Tor öffnete sich vor ihnen. Der Kundschafter half dem Klosterbruder, den zweiten Torflügel wie einen Pflug durch den hohen Schnee zu schieben.

Aus dem Klostergebäude eilte ein rüstiger Geistlicher heran. Er raffte sein Habit, damit es nicht durch den Schneematsch schleifte. Die grauen Haare trug er nach mönchischer Sitte zur Tonsur geschnitten. Die Jahre und das harte Leben in der abgeschiedenen Gegend hatten tiefe Furchen um seine blauen Augen hinterlassen. »Seid willkommen im Ordenshaus der Zisterzienser«, begrüßte er sie. »Selten finden Reisende den Weg zu uns. Und wenn sie doch einmal unsere Gastlichkeit in der Not suchen, ist unsere Freude umso größer. Ich bin Pater Alois, der Prior dieses Klosters.«

»Und ich bin Vladislav Draco, Herzog von Hamlesch und Fogarasch, in Diensten Seiner Majestät, König Sigismund. Meine Männer und ich bitten Euch, uns über Nacht zu beherbergen. Wir sind nicht wenige, deshalb wird jeder von uns sich über irgendeinen trockenen Platz freuen, auch im Viehstall, wenn nötig. Um die Pferde kümmern wir uns selbst, und Hafer für sie haben wir genug.«

»Mein Sohn, Gott nimmt jeden in seine Obhut. Egal, ob Mensch oder Tier, reich oder arm.«

Inzwischen füllte sich der Hof. Aus dem Klostergebäude rannten mehrere Mönche herbei und halfen den Ankömmlingen. Zugpferde wurden ausgespannt, Packtiere von ihren Lasten befreit, Schlitten geordnet abgestellt und entladen. Vor einem davon bemerkte Vladislav ein Gerangel unter den Bediensteten. Zwei Männer zerrten an einem Jungen und beschimpften ihn.

»Was ist hier los? Dies ist ein Gotteshaus und keine Spelunke.«

Der weißbärtige Schlittenführer zeigte auf einen schmächtigen Knecht, der sich zitternd am Boden zusammenkauerte. Die Gugel bedeckte zur Hälfte sein schmutziges Gesicht. »Herr, wir haben einen Dieb erwischt. Er hat sich zum Proviant geschlichen, und ich habe gesehen, wie er sich an die Schinken herangemacht hat.«

»Was? Zahle ich euch nicht genug? Müsst ihr mich auch noch bestehlen?«

»Es ist nicht wahr«, antwortete der Beschuldigte mit leiser Stimme. »Ich habe nichts gestohlen.«

»Herr, wir kennen ihn nicht. Und seht ihn Euch an, wie er den Umhang an sich festklammert. Bestimmt versteckt er darunter seine Beute. Erlaubt mir, ihn zu durchsuchen, und Ihr werdet sehen, dass er ein Langfinger ist.«

Vladislav nickte. »So soll es geschehen. Wenn er Diebesgut verbirgt, dann soll er ausgepeitscht werden.«

Gierige Hände zerrten an den Kleidern des Jungen, der die Angreifer verzweifelt mit Fußtritten von sich fernzuhalten versuchte. Als diese ihm den braunen Überwurf weggerissen hatten, wand er sich an ihnen vorbei und warf sich Vladislav zu Füßen. »Herr, seid gnädig und gerecht. Ich bin kein Dieb!«

»Was geht hier vor?« Der Prior schob die Reisenden und Mönche zur Seite, die im Kreis stehend das Ereignis verfolgten.

»Vater, das ist meine Angelegenheit. Wenn einer meiner Männer mich bestiehlt, habe ich das Recht, über ihn Gericht zu halten.«

»Ja, aber Ihr befindet Euch auf dem heiligem Boden der Kirche, und zwischen diesen Mauern werde ich dafür sorgen, dass ein gerechtes Urteil gesprochen wird.«

Der Knecht kroch auf allen vieren vor den Geistlichen. »Vater, ich schwöre auf die Bibel, dass ich niemanden bestohlen habe.«

»Steh auf, Junge! Vor mir musst du nicht knien.« Der Prior half ihm, sich aufzurichten. »Wie heißt du?«

»Ich …« Die piepsige Stimme bebte, und Vladislav sah, wie dicke Tränen über das verschmutzte Gesicht rollten und vom Kinn tropften. Mit dem Handrücken wischte der Beschuldigte sich den Rotz von der Nase.

»Ehrwürdiger Vater, ich glaube, ich weiß, wie dieser Dieb heißt.« Vladislav packte den Spitzbuben am Arm und hielt seine Hand hoch. »Seht Euch das an! Diese feinen Finger haben nie eine Mistgabel gehalten oder eine Heukarre geführt. Sie sind eher dazu geeignet, ehrenhafte Menschen um ihre

Geldbörsen zu erleichtern.« Vladislav beugte sich bedrohlich über den Jungen, der den Kopf einzog und zu Boden blickte.

»Nimm deine Gugel ab, wenn ein Edelmann zu dir spricht!« Ohne abzuwarten, riss er ihm die Kopfbedeckung ab. Beim Anblick der blonden Zöpfe des angeblichen Knechtes wurden ringsherum Raunen und Pfiffe laut. Sogar der Prior schlug das Kreuz.

»Herr, ich kann alles erklären.«

»Da bin ich aber gespannt.«

»Nicht hier und nicht jetzt!«, unterbrach ihn Pater Alois. »Es ist dunkel geworden, wir haben für Euch die Lagerplätze noch nicht gerichtet, und die Pferde stehen immer noch im Schneesturm, statt versorgt zu werden. Nach dem Vespergebet und dem Abendbrot halten wir Gericht, denn ein Weib in Männerkleidern ist eine Sünde, die auch gegen Kirche und Gottesordnung gerichtet ist. Bis dahin wird sie in eine Mönchszelle gesperrt.«

Vladislav nickte.

»Bruder Johannes«, rief der Prior. »Führ die Frau in die Büßerzelle und wach darüber, dass niemand zu ihr kommt.«

Es herrschte trübe Stimmung im festlichen Speisesaal der Kaiserburg. Hunyadi schob das Brett mit den Essensresten von sich und griff nach dem vollen Weinbecher. Er nippte nur daran. Von Claras Verschwinden hatte ihn sein Knappe benachrichtigt. Später, als ihm die Baronin bestätigt hatte, dass ihre Tochter nirgendwo zu finden sei, hatte er eingesehen, dass sie geflohen war.

János schaute sich um und fixierte jede Person im Raum. An dem Tisch am Kopfende, der auf einem Podest stand, speiste das königliche Paar in Begleitung von Elisabeth und Albrecht von Österreich. Die Hofdamen und die Edelleute aus Sigismunds Gefolge aßen an getrennten Tischen. János bemerkte, wie einige von ihnen ihn anstarrten; später würden sie hinter vorgehaltener Hand über ihn reden. Manche lächelten höhnisch. Für viele war er nichts anderes als nur der verlassene Hochzeitsanwärter. Seine Finger griffen den Becher noch fester, als er ihn zum Mund führte. Mit langen Zügen trank er den Wein aus.

Ein Page betrat den Raum und kündigte an: »Eure Majestäten! Der Anführer der königlichen Leibgarde bittet dringend um eine Audienz.«

Der König nickte dem Hofmeister zu. Ludwig von Oettingen erhob sich. »Es sei ihm gestattet, vor Seinen Majestäten aufzutreten.«

Die Blicke der Anwesenden folgten dem Offizier, bis dieser das Podest erreichte und sich vor den Monarchen untertänig verneigte. Es schien dringend zu sein, denn er trug noch seinen Mantel. Der Schnee auf seinen Schultern fing an zu schmelzen und tropfte auf die Holzdielen.

János sah nur sein Profil, daher konnte er aus seiner Mimik nicht schließen, ob er gute oder schlechte Nachrichten überbrachte.

»Eure Majestäten, alle meine Männer sind aus der Stadt zurückgekehrt. Wir haben keine Spur von Clara von Thegzes entdeckt. Sie ist spurlos verschwunden.«

»Nein!« Der Schrei der Baronin, die von ihrem Platz aufgesprungen war, spiegelte die Gefühle aller Anwesenden wider. Zwei Hofdamen stützten sie und hielten ihr ein Riechfläschchen unter die Nase. Schluchzend setzte sie sich wieder.

Sigismund schlug mit der Faust auf den Tisch, so dass das Geschirr klirrte und der Weinpokal vor ihm umkippte. »Wie kann eine Person unbemerkt von meinem Hof verschwinden? Sucht weiter, befragt alle Marktweiber und Kaufleute und Bettler. Dreht jeden einzelnen Stein um, wenn es nötig ist. Niemand löst sich in Luft auf!«

Der Offizier verbeugte sich und verließ den Raum, in dem greifbare Beklommenheit herrschte.

János schnippte mit den Fingern seinem Knappen, der hinter ihm stand.

»Ihr wünscht, mein Herr?«

»Gyuri«, flüsterte ihm der Ritter zu, »verbreite in der Stadt die Nachricht, dass derjenige, der uns auf Claras Spur bringt, fünf Gulden als Belohnung bekommt.«

»Jawohl.«

»Und danach kommst du sofort zu mir zurück. Ich habe noch einen weiteren Auftrag für dich. Geh jetzt!«

Das Arbeitszimmer des Priors war, wie Vladislav erwartet hatte, karg ausgestattet. Auf einem grob gezimmerten Tisch neben der Tür stapelten sich Dutzende Pergamentrollen. Andere lagen geordnet in Regalen, die sich an drei Wänden entlang erstreckten. Vor dem Fenster stand ein Gebetspult, auf dem der Prälat in diesem Moment ein Buch zuschlug.

»Es ist gegen Gottes Willen, Herzog, dass ein Weib einen Mann nachahmt. Ob sie nun von edler Herkunft sei oder von einfacher Geburt – seine Gebote gelten für alle gleichermaßen.«

Er holte eine neue Kerze und entzündete sie an der, die in der Halterung flackernd am Erlöschen war. »Ihr wollt allein über ihr Schicksal entscheiden«, fuhr er fort, »aber wie ich sehe, könnt Ihr nicht unbefangen richten. Und außerdem ist es auch eine Obliegenheit der Kirche. Deshalb werde ich bei ihrer Befragung dabei sein.«

»Ehrwürdiger Vater, ich habe ihr keine Fragen zu stellen. Morgen früh werden zwei meiner Reiter sie zurück nach Nürnberg bringen, heim zu ihrer Mutter.«

»Eine Jungfer mit zwei Männern? Wo sind nur Eure Gedanken, Herzog? Als würdet Ihr ein Lämmchen den Wölfen opfern.«

»Dann kann sie getrost in Eurem Kloster bleiben. Oder noch besser: Die Mönche sollen sie nach Nürnberg begleiten.«

Der Gottesmann schüttelte den Kopf. »Obwohl wir uns in einem der Heiligen Jungfrau Maria geweihten Kloster befinden, sind Frauen unter uns nicht geduldet. Auch wenn die Brüder das Keuschheitsgelübde abgelegt haben, müssten sie dennoch der fleischlichen Versuchung widerstehen. Und nur weil Euer Vertrauen von dieser Jungfer missbraucht wurde, sollen meine Ordensbrüder dafür büßen?«

»Habt Ihr eine andere Lösung vorzuschlagen?«

»Gott wird uns den wahren Weg zeigen. Warten wir ab und hören wir uns an, was das Mädchen zu sagen hat. Wo bleibt nur Bruder Johannes?«

Die Tür öffnete sich, und der erwartete Klosterbruder betrat den Raum, gefolgt von Clara. Diesmal trug sie eine graue Mönchskutte, die über den Boden schleifte.

»Kommt, Kind, setzt Euch und habt keine Angst.« Er deutete auf den Holzstuhl neben dem Kohlenbecken und nahm dann ihr gegenüber Platz. »Johannes, du darfst gehen.«

Vladislav kreuzte die Arme vor der Brust und lehnte sich an die Tischkante. Von dort sah er ihr direkt ins Gesicht. Sie aber hielt den Blick gesenkt.

»Wie Ihr heißt, habe ich inzwischen erfahren«, fuhr der Prior mit beruhigender Stimme fort. »Nun will ich wissen, warum Ihr, gegen jede Vernunft, dieses Wagnis auf Euch genommen habt. Oder seid Ihr von diesen Männern entführt worden?«

Sie schüttelte den Kopf.

»Droht Euch Lebensgefahr in Nürnberg?«

Clara kaute an der Unterlippe und schwieg.

»Wenn Ihr schweigt, kann ich Euch nicht helfen.« Er wartete und hoffte, dass sie ihre Beweggründe enthüllte. Aber sie blieb stumm. »Ihr wollt nicht sprechen. Nun gut. Dann werdet Ihr morgen zurück in die Stadt gebracht werden.«

Sie fiel bei den Worten des Priors auf die Knie. »Bitte, Ehrwürdiger Vater, habt Erbarmen und schickt mich nicht fort.«

»Aber wo wollt Ihr hin, Kind, wenn nicht zu Eurer Mutter?«

»Nach Hause, nach Ungarn. Nur dort bin ich in Sicherheit.«

Vladislav griff sie an: »Wie kommt Ihr dazu, mich für Eure Pläne auszunutzen? Was habt Ihr Euch dabei gedacht? Als einzige Frau mit hundert Männern zu reisen!«

»Ich habe nicht gewusst, dass Eure Gemahlin und ihre Damen Euch nicht begleiten.«

Er schlug sich die Hand an die Stirn. »Weiber! Können sie überhaupt an etwas anderes denken, als den Männern das Leben zu erschweren?«

Der Prior wandte sich nun an ihn. »Führt Euer Weg durch Ungarn an dem Baronat von Thegzes vorbei?«

»Nicht direkt, aber … Nein, Vater! Ich nehme sie nicht mit. Selbst meine Ehefrau und die Amme meines Sohnes durften nicht mitkommen.«

»Das werden wir noch sehen.« Wieder an Clara gewandt, fragte er: »Wovor fürchtet Ihr Euch so sehr, dass Ihr gewagt habt, Männerkleider anzuziehen und damit gegen die von Gott gewollte Ordnung zu verstoßen?«

»Das möchte ich auch wissen, Jungfer!«, platzte Vladislav dazwischen.

Beide hingen an ihren Lippen, doch sie erhielten keine Antwort. Während die Befragte die Spitze eines ihrer Zöpfe um den Finger drehte, schaute sie abwechselnd vom Prior zu dem Ritter und wieder zurück. Entschlossen schüttelte sie schließlich den Kopf und senkte wieder den Blick.

»So ein Dickkopf! Das habt Ihr bestimmt von Eurer Mutter

geerbt. Nur der Allmächtige konnte den armen Baron von Euch befreien. Gott hab ihn selig.«

»Mäßigt Eure Zunge, Herzog!« Pater Alois stand auf und stellte sich vor Vladislav. »Wenn Ihr nicht aufhört, mich zu unterbrechen, muss ich Euch auffordern, den Raum zu verlassen. Aber dann wird die Frau unter die Gerichtshoheit der Kirche gestellt. Wollt Ihr das?«

»Nein, Ehrwürdiger Vater«, murmelte er. Was ein kirchlicher Prozess in Claras Fall bedeutete, wollte er sich lieber nicht vorstellen. Diese Angst las er auch in ihren Augen.

»Kommt, Mädchen, steht auf. Es ist zu kalt auf dem Boden.« Der Prior streckte die Hand aus, um ihr zu helfen.

»Danke, Vater!«

»Wenn die Sünde so schwer auf Eurer Seele lastet, wollt Ihr vielleicht beichten?«

»Ja, Vater!«

»Dann gehen wir in die Kapelle.«

Er hielt vor der Tür inne, schaute über die Schulter zu Vladislav. »Ich hoffe, dass die Heilige Jungfrau Maria mir den rettenden Weg für sie zeigen wird.«

Kapitel 15

Nürnberg, 2. März 1431

Wie jeden Freitag boten die Bauern aus der Region sowie die fränkischen und ausländischen Händler ihre Waren auf dem Großmarkt in Nürnberg feil. An diesem ersten sonnigen Frühlingstag stapelten sie frohen Mutes die Handelsgüter auf Karren oder Marktstände.

Seit zwei Tagen schmolzen die Eiszapfen von den Dächern. Die Tropfen funkelten zuerst in der strahlenden Märzsonne, um später plätschernd zu schlängelnden Rinnsalen zusammenzufließen. Gut gelaunt strömten die Stadtbewohner in kleinen Gruppen oder einzeln durch die Gassen zu den beladenen Ständen. Manche rutschten im tauenden Schneematsch aus, und nicht selten plumpste der eine oder andere unter dem Gelächter der Anwesenden in den Dreck.

Begleitet von ihrem Dienstmädchen Smaranda, Roxolan und Ilarion erreichte Vasilissa ohne Schwierigkeiten den Markt. Sie blieb vor dem Stand mit den Tuchwaren stehen. Ihre Hand streichelte die flauschige Oberfläche eines Stoffballens. Bunte Schleifen, Schals, gestickte Gürtel und Schärpen erfreuten ihren Blick. »Was hältst du von diesem Schleier, Sma?«

Die Zofe nahm den Stoff und legte ihn ihrer Herrin um den Kopf. »Die blaue Farbe ist zu dunkel. Sie macht Euch blass. Wie wäre es mit diesem in Rot?«

»Nein, das ist zu gewagt.«

»Aber sogar die Königin trägt Rot.«

»Ja, sie folgt dem Rat ihres neuen Schneiders aus Mailand, der nicht nur schrille Farben bevorzugt, sondern auch den unschicklichen Ausschnitt der Kleider bei Hofe eingeführt hat. Das heißt nicht, dass ich das Gleiche tun muss.«

Die Zofe näherte sich ihrer Herrin, um ihr hinter vorgehaltener Hand zuzuflüstern: »Gestern habe ich Marie, die Zofe Ihrer Majestät, getroffen. Sie hat gehört, wie sich das Königspaar gestritten hat. Der König weigert sich weiterhin, ihre kostbaren Roben und Juwelen oder ihre Zaubereien mit all den Alchemisten zu bezahlen. Sie indessen hat ihm vorgeworfen, dass er selbst Tausende von Gulden für Turniere und seine Geliebten ausgibt.«

»Was erzählst du da?«

»Marie hat mir obendrein verraten, dass Ihre Majestät ab und zu eine Nacht mit dem französischen Astronomen verbringt, was dem König nicht verborgen blieb. Deswegen muss sie in einer Woche allein nach Buda reisen. Nur ihre Tochter und deren Gemahl bleiben an der Seite des Monarchen in Nürnberg.«

Bei diesen Neuigkeiten presste die Edelfrau die Hand auf den Mund und schüttelte den Kopf. »Sma, ich will nichts mehr hören. Es steht einer Bediensteten nicht zu, über die Hausherren zu lästern. Und das gilt auch für dich.«

Sie legte den Stoff auf den Verkaufskarren zurück. »Wir sollten uns lieber nach Roxolan und Ilarion umsehen und zur Burg zurückkehren. Wo sind sie nur?«

»Sie wollten noch drei Lodenballen und ein Dutzend Schaffelle kaufen.« Die Zofe schmollte. »Herrin«, fragte sie zögernd, »möchtet Ihr nicht doch einen anderen Schleier aussuchen, solange wir auf sie warten?«

Vasilissa unterdrückte ein Lächeln, als sie Smaranda ansah. Sie kannte ihr launisches Mädchen seit fünf Jahren. Die vierte Tochter eines moldauischen Bojaren war erst zwölf Jahre alt gewesen, als sie in die Dienste der frisch verheirateten Prinzessin eintrat. Von einem schüchternen Mauerblümchen hatte sie sich zu einer sinnlichen Siebzehnjährigen und von allem zu einer aufgeschlossenen Frau entwickelt. Ihr Mundwerk war gefürchtet bei den niederen Bediensteten. Das prachtvolle Haar trug sie zum Zopf geflochten, der ihr bis zum Gürtel reichte. In ihrem Kastanienhaar leuchteten in der Sonne Kupferreflexe, was zu ihren Augen passte, die in der Farbe dem Bernstein ähnelten. Soeben flog ihr Blick über die bunten Stoffe auf dem Stand des Händlers.

»Wie ich sehe, Smaranda, sehnst du dich selbst nach einer neuen Kopfbedeckung. Oder vielleicht nach einem Kleid?«

»Nein, Herrin!«, widersprach die Zofe eilig. »Ich frage mich nur, was man in Schäßburg wohl trägt. Ich war noch nie in Transsylvanien.«

»Du musst keine Angst haben. Dort ist es genau wie hier in Nürnberg. Sogar die Sprache ist gleich. Es wird dir gefallen.«

Vasilissa sprach die beruhigenden Worte mehr zu sich selbst. Die Nähe des Fürstentums ihres Gemahls zur ungarischen Grenze würde er als Einladung sehen, die Grenzen im Süden zu überschreiten und Krieg gegen Aldea oder die Danen zu führen. Gedankenverloren betastete sie einen italienischen Stoff.

Angesichts dieser Geste rollte der Kaufmann weitere Stoffballen aus und bot seine Ware mit verlockenden Beteuerungen an.

»Grün würde Euch besser stehen«, hörte sie hinter sich einen Mann sprechen. Die Stimme kam ihr bekannt vor. Hastig drehte sie sich um.

»Seit wann kennt sich ein Ritter mit weiblichem Zwirn aus? Oder ist es in Burgund üblich, dass die Männer die Kleider ihrer Frauen aussuchen? Sie vielleicht sogar nähen?«

»Aber nein, Madame!« De Wavrin verneigte sich vor ihr, nahm ihre Hand und hauchte einen Kuss darauf. »In meiner Heimat«, fügte Wallerand hinzu, während er sie beherzt anblickte, »schätzen wir die schönen Dinge, die unsere Geliebten noch reizvoller aussehen lassen. Deshalb verstehen wir etwas davon.«

Vasilissa strafte die kichernde Smaranda mit einem schneidenden Blick.

Sie lächelte höflich, als sie sich wieder dem Burgunder zuwandte. Nur ihre Augen funkelten zornig als Antwort auf seine Dreistigkeit. »Ihr solltet Euch lieber mit dem Kämpfen oder der Kriegsführung befassen, Seigneur.«

»Um eine Frau zu erobern, benötigt man die gleichen Fähigkeiten. Manchmal ist sie sogar uneinnehmbarer als jede belagerte Burg.«

»Sprecht Ihr aus eigener Erfahrung?«

»Ein Krieger ohne Erfahrung ist ein toter Mann, Madame.«

Eine behandschuhte Rechte legte sich schwer auf die Schulter des Burgunders. »Und tot werdet Ihr auch bald sein, wenn Ihr weiter die Gemahlin meines Herrn belästigt.«

Vasilissa erkannte Roxolan. Ihm schloss sich Ilarion an, der einen beladenen Esel hinter sich führte.

»Rox, es ist nicht notwendig, mich zu beschützen. Er ist ein Edelmann aus dem Burgund, der …«

»Ich kenne ihn!«, unterbrach er sie schroff. »Auch seine Gelüste sind mir bekannt, Herrin. Ein Grund mehr, Euch von ihm fernzuhalten.«

»Ich weiß deine Umsicht zu schätzen, aber sie ist nicht nötig. Der Seigneur hat mich, in Ermangelung anderer Gaukler oder Narren, für eine Weile köstlich unterhalten. Dank seiner Darbietung war heute ein kurzweiliger Abschiedstag von Nürnberg.«

»Was?« Wallerand befreite sich aus Roxolans Griff. Sein selbstherrliches Lächeln war verschwunden. »Ihr verlasst morgen die Stadt? Wohin?«

»Ich wüsste nicht, was Euch das anginge.«

»Das kann nicht sein. Die Königin kehrt erst in einer Woche nach Buda zurück.«

»Nicht alle Wege führen dorthin.« Vasilissa lachte.

»Ohne bewaffnetes königliches Geleit kommt Ihr nirgendwo heil an. Nicht in diesen Zeiten.«

»Hundert Deutschritter sollten doch ausreichen, den Straßenräubern oder den im Glauben verwirrten Böhmen Furcht einzujagen.«

»Die Deutschritter?«, fragte Wallerand aufgewühlt. »Wer wird sie kommandieren?«

Roxolan stellte sich vor den Burgunder. »Es reicht jetzt! Was sollen all diese Fragen? Für wen späht Ihr aus?«

»Was sagt Ihr da?«

»Ich gebe Euch einen Rat, de Wavrin: Geht uns aus dem Weg – und vergesst die Gemahlin meines Herrn.«

Nördlich des Nürnberger Großmarkts nahm János Hunyadi zum ersten Mal am Kriegsrat in der Kaiserburg teil.

Mit ihm an einem Tisch in der Kaiserstube saßen Kurfürst Friedrich von Brandenburg, Herzog Albrecht von Österreich und Nürnbergs Bürgermeister Ulrich Ortlieb. In einer Ecke wies Vizekanzler Kaspar Schlick einen jungen Schreiber in die Formalien der Protokollführung ein.

Sigismund thronte am Kopfende des Tisches, wo er – an einem Fingernagel kauend – in die Lektüre eines Briefes vertieft war. Nachdem er das Dokument gelesen hatte, warf er es auf den Tisch und lehnte sich in seinem Stuhl zurück. Die Augen hielt er geschlossen.

»Gibt es schlechte Nachrichten, Eure Majestät«, sprach ihn der Herzog nach einiger Zeit vorsichtig an.

Der König stand auf, ging durch den Raum und blieb vor seinem Schwiegersohn stehen. »Ob die Nachrichten von Cesarini schlecht sind oder nicht, wird sich in den nächsten Wochen zeigen. Fest steht nur, dass der Heilige Vater, Papst Martin V., am 20. Februar verstorben ist. Bis ein neuer Papst gewählt ist, können wir keine Unterstützung gegen die Hussiten aus Rom erwarten.« Er wandte sich an János. »Wie weit geht die Ermächtigung, die Ihr vom Legaten Cesarini erhalten habt?«

»Es ist nicht im eigentlichen Sinn des Wortes eine päpstliche Vollmachtsübertragung. Ich muss lediglich die Römische Kurie über den Verlauf des Reichstags auf dem Laufenden halten und darauf achten, dass der Heilige Stuhl finanziell nicht zu sehr *belastet* wird.« Der ungarische Ritter schmunzelte. »Anders gesagt, Eure Majestät: Ich bin ein Spitzel des Kardinals, jedoch ohne Amtsbefugnis.«

Der König nickte. Gedankenverloren strich er über seinen Bart. »Ja, das sollte reichen«, sagte er leise.

Die Anwesenden sahen sich fragend an.

Sigismund ging zurück zum Tisch und setzte sich stöhnend. »Diese Gicht! Sie martert wieder meine Gelenke.«

»Soll ich den Medicus rufen, Majestät?«, fragte der Vizekanzler fürsorglich.

»Nein, Kaspar. Es kostet mich nur Geld für eine Salbe, die nicht hilft. Der Arzt, der mich davon heilen könnte, ist noch nicht geboren.« Der Monarch nahm den Zobelhut ab und wischte sich den Schweiß von der Stirn. »Wir fahren fort.« Er blickte jeden Einzelnen forschend an, wie um dessen Treue und Entschlossenheit abzuwägen.

»Wir dürfen nicht auf die Beschlüsse des Reichstags warten«, fuhr er schließlich fort. »Wegen des Gezänks der Versammelten über die Finanzierung des Kreuzzuges kann es länger dauern, bis eine Entscheidung getroffen wird.«

»Für die Städter kommt eine Steuer nicht in Frage«, meldete sich Ulrich Ortlieb. »Sie werden niemals zustimmen, denn sie haben bis jetzt schon, ohne jegliche Unterstützung, die Grenze zu Böhmen verteidigt. Wir haben kein Geld mehr.«

»Ach ja?« Sigismund schlug mit der Faust auf den Tisch. »Und wer soll, Eurer Meinung nach, all die Kämpfer, die Pferde und das Kriegsgerät bezahlen? Ich vielleicht?«

János wusste, dass der König vor ein paar Tagen für einen Kredit von tausendfünfhundert Gulden seine Krone hatte verpfänden müssen. Und zwar niemand anderem als dem anwesenden Patrizier.

»Ihr wagt zu behaupten, dass Ihr Nürnberger arm seid?«, fuhr der Monarch wütend fort.

»Majestät …«

»Schweigt! All die Privilegien, Rechte und Freiheiten der Reichsstädte sind mit Verpflichtungen dem Königshaus gegenüber verbunden. Aber das vergesst Ihr recht schnell.«

Ulrich Ortlieb senkte den Blick.

»Bei der nächsten Versammlung werdet Ihr dafür plädieren, dass jede Zunft aus jeder Stadt ihren eigenen Beitrag an Geld und bewaffneter Gefolgschaft leisten wird.«

Zähneknirschend nickte der Bürgermeister.

Nach einem kurzen Moment, in dem Sigismund die Augen erneut schloss, sprach er den Kurfürsten von Brandenburg an. »Und Ihr, Friedrich: Als oberster Feldhauptmann sprecht Ihr mit den Fürsten, Markgrafen und Herzögen, dass sie ihre Burgen verstärken, für Proviant sorgen und die Heere aufstellen sollen.«

»Sollten wir nicht auf die endgültigen Beschlüsse der Reichstagsversammlung warten? Wir wissen doch noch gar nicht, ob wir einen anhaltenden täglichen Krieg gegen die Hussiten führen werden oder eher einmal einen entscheidenden Feldzug. Außerdem steht noch nicht fest, wie groß die Streitmacht sein wird. Die Fürsten sind erzürnt, dass die Städtevertreter ihre Forderung über die Stellung jedes zwanzigsten Mannes von den näher an Böhmen gelegenen und jedes fünfundzwanzigsten von den weiter entfernt gelegenen Reichsstädten abgelehnt haben.«

»Diese Ansprüche sind auch zu hoch«, unterbrach ihn Ulrich Ortlieb. »Auch die Stellung jedes fünfzigsten oder hundertsten Mannes wäre für ein starkes Heer ausreichend.«

Der König blickte János an. »Und was meint Ihr, Ritter? Wie viele Berittene brauchen wir? Ihr kennt doch die Kampftaktik der Hussiten am besten.«

»Es geht weniger um deren Taktik, Majestät, sondern um unsere. Wir müssen zuerst über die Strategie der Kriegsführung entscheiden. Ich befürworte die der Ermattung des Feindes. Die Böhmen in einem offenen Großkampf zu besiegen ist unmöglich. Uns fehlt dazu die gut organisierte Armee, die die zusammengewachsene Streitmacht niederwerfen könnte.«

»Ihr schlagt also einen täglichen Kleinkrieg vor?«

»Ja, Majestät. Das Gefecht zu Pferd hat den Vorteil, dass wir den Hussiten nicht die Gelegenheit bieten, ihre Wagenburgtaktik einzusetzen. Stattdessen könnten mehrere Reiterkontingente die böhmischen Gebiete verwüsten. Dadurch werden unsere Gegner in die Knie gezwungen, denn langfristig können sie so, also ringsum eingeschlossen, ohne Nahrung und Futter für die Tiere nicht überleben. Eine von Hunger zermürbte Streitmacht ist leichter zu bezwingen.«

»Ja, aber wie lange wird es dauern, bis die Ketzer aufgeben?«

János ließ sich von Ortliebs ruhigem Ton nicht täuschen. Er wusste, worauf der Patrizier hinauswollte. Dennoch entschied er sich, die Wahrheit zu sagen. »Der Krieg würde sich unter diesen Umständen über Monate, wenn nicht sogar Jahre hinziehen.«

»Jahre?« Der Bürgermeister ließ ein Pfeifen durch die gespitzten Lippen ertönen. »Wisst Ihr, wie viel Geld nur ein einziger Reiter und sein Knappe die Stadt für einen Tag kosten? Abgesehen davon, dass Ihr die Anzahl der Reiter noch gar nicht genannt habt.«

»Zwischen sechs- und achttausend Berittene sind notwendig, wobei …«

»Achttausend Kämpfer und Pferde, die jahrelang unterhalten werden müssen?«, unterbrach ihn Ortlieb. »Und das ohne die Gewissheit, dass wir den Krieg auch gewinnen?«

»Nur mit dieser Strategie haben wir eine Möglichkeit, die Hussiten zu besiegen.«

»Ihr wollt einen Räuberkrieg führen, der die Reichsstädte ruinieren wird. Aber nicht mit uns. Wir werden nur einen entscheidenden Feldzug finanziell unterstützen, denn alles andere wäre reiner Wahnsinn.«

»Ihr wollt ein Kreuzzugsheer von über zehntausend Menschen und Tieren finanzieren, obgleich Ihr wisst, dass wir mit dieser Taktik nicht siegen können? Wer ist denn hier verrückt?«

»Der Ritter hat recht«, mischte sich der Kurfürst ein. »Wir könnten zusätzlich mit den moderaten Utraquisten verhandeln und einen Keil zwischen die Reformisten treiben. *Divide et impera!* Dadurch verkürzen wir die Kriegszeit und ersparen uns Kosten.«

»Wenn Ihr so überzeugt von dem Plan seid, warum ziehen dann die Fürsten und Herzöge nicht ohne unsere Hilfe in den Kampf? Ich sage Euch, warum: weil Ihr Euer Vermögen nicht in einem sinnlosen Räuberkrieg riskieren wollt. Und dafür sollen wir bezahlen? Nein! Ohne uns!«

»Das werden wir sehen.« Friedrich von Brandenburg stand auf, ging zum König und händigte ihm ein Dokument aus. »Majestät, die Fürsten haben einen Entwurf erlassen, in dem der geltende Landfrieden während des Feldzuges festgelegt wird. Dort steht geschrieben, dass nicht nur den Friedensbrechern, sondern auch denjenigen, die keine Truppen stellen, mit der Reichsächtung gedroht werden sollte.«

Der Patrizier sprang auf. »So etwas dürfen die Adeligen nicht allein beschließen! Das ist nicht hinnehmbar.«

»Aufhören!«, schrie Sigismund. Mit rot angelaufenem Gesicht versuchte er, sich zu beherrschen, indem er mehrmals tief ein- und ausatmete. »Ich habe Euch hierher berufen, um unbehelligt vom ständigen Gezänk der Reichstagsversammlung einen Kriegsrat halten zu können. Und was macht Ihr?« Er starrte die Streithähne herrisch an.

Der Kurfürst ging zurück zu seinem Platz und ließ sich auf den Stuhl fallen.

»Ich habe mich bis jetzt aus all diesen Streitigkeiten herausgehalten«, sprach der König weiter. »Aber auch meine Geduld hat ein Ende. Ab morgen werde ich selbst die Versammlungen leiten.« Das von Friedrich von Brandenburg ausgehändigte Dokument reichte er Kaspar Schlick. »Füg das Schriftstück dem Protokoll hinzu und bring es zur ersten Sitzung mit.«

»Jawohl, Majestät.«

Von Gichtschmerzen geplagt, sank der König stöhnend zurück in den Sessel. Seine Hände umklammerten die Armlehnen so fest, dass die Fingerknöchel weiß hervortraten. Niemand gab mehr einen Laut von sich.

»Eure Majestät«, wagte der Vizekanzler ihn anzusprechen. »Soll ich nicht doch nach dem Arzt schicken?«

Der König lehnte mit einer Handbewegung ab.

In der Zwischenzeit schenkte János frischen Gewürzwein in Sigismunds Pokal und reichte ihm das Getränk. Auch dies wies der Monarch von sich. Mit schwacher Stimme verkündete er: »Ihr dürft Euch zurückziehen.«

»Kann ich Euch weiterhin zu Diensten sein?«, fragte der Vizekanzler.

»Nein, Kaspar. Und ich brauche auch keinen Protokollanten mehr. Nur der Ritter Hunyadi soll bleiben.«

»Wie Ihr befehlt.«

Einer nach dem anderen verließen die Anwesenden die Kaiserstube. Bevor Albrecht von Österreich als letzter die Tür hinter sich schloss, warf er János noch einen misstrauischen Blick zu.

Der König lächelte, als er es sah. »Mein Schwiegersohn wird sofort zu meiner Tochter laufen und ihr alles berichten. Er würde zu gern wissen, warum Ihr geblieben seid.«

»Nicht nur er, Majestät.«

Insgeheim hoffte er, dass der Monarch mit ihm von Vater zu Sohn reden wollte. Nach der Aussprache vor einem Monat hatten sie keine Gelegenheit mehr gehabt, ungestört miteinander zu sprechen. Bei dieser Vorstellung rutschte er nervös auf dem Stuhl hin und her. Bis jetzt hatte er Sigismund nie Vater genannt, denn schon beim letzten Mal hatte dieser ihm deutlich gemacht, dass er ihn nicht anerkennen würde. *Ich bin nur einer von seinen Bastarden …*

»Ritter, ich warte immer noch auf eine Antwort.« Die Stimme des Königs riss ihn aus seinen Überlegungen.

»Eure Majestät?«

»Wenn ein Mann so tief in Gedanken versinkt, dann geht es für gewöhnlich um zwei Dinge: Frauen oder Krieg«, provozierte ihn der Monarch lächelnd.

János nahm die Herausforderung an. »Oder um familiäre Angelegenheiten.«

Sigismunds Lächeln verschwand. »Ich dachte, bei unserem letzten Treffen sei alles gesagt worden. Die königliche Familie darf nun weniger als je zuvor gespalten werden. Außerdem würden die mächtigen Grafen von Cilli Euch im Auftrag der

Königin oder meiner Tochter als Hochstapler, wenn nicht gar als Verräter dem Henker ausliefern. Und das nur, wenn sie Euch nicht eigenhändig töten.«

»Ich verstehe Eure Gründe, Majestät. Aber ich kann selbst auf mein Leben aufpassen.«

»Es geht nicht um Euer Leben, Ritter«, widersprach der König. Er erhob sich und ging im Raum auf und ab. »Herrgott, wie unermesslich ist Euer Hochmut! Euer Leben bedeutet nichts. Schaut Euch um! Erkennt Ihr nicht die Gefahr, die das Haus derer von Luxemburg bedroht? Jagiello streckt seit langem schon seine Krallen nach Ungarn aus, nach meiner Krone. Ich habe Briefe von ihm an die böhmischen Ketzer abgefangen, in denen er seine Unterstützung im Kampf gegen mich zusagt. Zurzeit mischt er sich im Balkan ein und versucht seine Prätendenten in Moldau und in der Walachei einzusetzen. In Rom wird es sich dieser Tage entscheiden, wer den Stuhl Petri besteigen wird. Wie der neue Papst das Hussitenproblem lösen und gleichzeitig die Osmanen von abendländischem Boden vertreiben will, bleibt für viele Königshäuser ein Rätsel. Aber nicht für mich!« Der König blieb vor János stehen. »Und Ihr denkt an familiäre Angelegenheiten und an Euer Leben?« Er lachte zynisch. »Wen würde es interessieren, wer der Ritter Hunyadi war, wenn er sinnlos wegen Verleumdung oder als Hochstapler gestorben ist? Nur weil er sich so sehr die Anerkennung als legitimer Sohn eines Königs gewünscht hat. Wie lächerlich! Oder wollt Ihr das?«

»Eure Majestät, ich …«

»Ihr sollt mit Ja oder Nein antworten. Aber überlegt es Euch gut. Eine königliche Würde wird nicht offiziell verkündet. Sie wird erkämpft, sie wird verdient. Jetzt sprecht: Was wollt Ihr?«

János schlug sich die rechte Faust auf die Brust. Mit belegter Stimme antwortete er: »Euch dienen will ich, Majestät! Euch und dem Haus von Luxemburg.«

Sigismund nickte. »Eure Entscheidung erfreut mich, denn ich brauche dringend wie nie zuvor loyale Kämpfer an meiner Seite.« Er ging zum Schreibtisch, nahm das Schreiben des Kardinals, überflog es und warf es anschließend wieder zurück. »Cesarini beharrt auf einem gewaltigen Kreuzzug gegen die Hussiten. Lernt er nichts aus der Vergangenheit? Noch jedes Mal sind wir mit solchen Unternehmungen gescheitert. Auch jetzt werden wir verlieren, wie Ihr gesagt habt, wenn wir die Taktik nicht ändern.«

»Aber Ihr habt es gehört, Majestät. Die Reichsstände werden nicht mitspielen.«

»Und nicht nur sie.« Der Souverän griff erneut nach dem Brief. »Der päpstliche Legat macht seine eigene Politik. Er hat Depeschen an die Fürsten gesandt, in denen er um Unterstützung in einem vernichtenden Feldzug in Böhmen wirbt. Friedrich von Brandenburg hat sie mir gezeigt.«

Sigismund blickte den ungarischen Ritter an. »Cesarini weiß von meinen Bemühungen im Reichstag, die Patrizier von den Vorteilen eines langen täglichen Krieges zu überzeugen. Habt Ihr ihn darüber informiert?«

»Nein, Majestät! Ich habe mir vorgenommen, nur über die Beschlüsse der Reichsversammlung zu berichten. Und Eure Vorschläge sind noch offen.«

»Dann hat er auch andere Informanten hier in Nürnberg. Aber wen?« Der Monarch blieb nachdenklich vor dem Fenster stehen. Mit den Fingern trommelte er gegen eine Butzenscheibe. »Jetzt weiß ich, welchem Anwärter für den Stuhl Petri er sein Votum geben wird: dem, der dem Kreuzzug zustimmt, und nicht dem, der mich als Kaiser salbt.« Sigismund schlug mit der Faust gegen den Fensterrahmen. »Dann soll er seinen törichten Kreuzzug eben bekommen.«

Energisch drehte er sich zu Hunyadi um. »Ich entlasse Euch als Kommandant der päpstlichen Garde.«

»Aber, Eure Majestät …«

»Der Kardinal darf persönlich seine apostolische Armee befehligen.« Er lachte. »Besser gesagt, sie ins Verhängnis führen. Ihr werdet an meiner Seite die Alpen überqueren und mich nach Rom begleiten.«

»Nach Rom?«

»Die böhmische Ketzerei ist eine Angelegenheit der Kirche. Dann soll sie dieses Problem selbst lösen, wenn sie denkt, dass dies die wahre Gefahr ist.« Der Monarch durchmaß mit langen Schritten den Raum. »Während wir uns hier streiten, marschieren osmanische Truppen über abendländischen Boden in Richtung seines Zentrums, nach Buda.« Sigismund blieb vor János stehen. »Versteht Ihr jetzt? Wenn Sultan Murad seine Moscheen auf die Ruinen unserer Kirchen baut, dann gibt es keine Ketzer oder Katholiken mehr. Sondern gar keine Christen. Noch eine Niederlage wie vor fünfunddreißig Jahren bei Nikopolis können wir uns nicht leisten.«

János nickte betrübt. »Aber warum Rom?«

»Gegen die Osmanen müssen wir kämpfen! Gegen sie müssen wir den heiligen Krieg führen, und zwar bevor es zu spät ist. Dazu braucht es einen Mann, der alle Regenten unter einer Flagge einigen kann, einen Kaiser.«

»Verstehe. Wichtig ist, dass der neue Papst Euch die Salbung nicht verweigert.«

»Falls ich bis Ende Mai in Mailand eintreffe, wird mir mein Verbündeter, Filippo Maria Visconti, Asti und Genua öffnen und Schiffe zur Weiterfahrt nach Rom bereitstellen.«

»Ich vermute, das macht der Herzog nicht aus reiner Gefälligkeit Euch gegenüber. Mit einem Kaiser an seiner Seite erhofft er sich, dass der Doge aus Venedig keinen weiteren

Krieg gegen ihn führen wird. Aber könnt Ihr Euch auch auf ihn verlassen?«

»Das wird sich zeigen. Bis dahin dürfen wir nicht untätig warten. Ich beauftrage Euch, ein Heer aufzustellen, das in kürzester Zeit ausgerüstet und ausgebildet bereitstehen sollte. Selbstverständlich müssen diese Vorkehrungen geheim bleiben. Noch!«

Für János ging dies alles zu schnell. Sigismunds Vertrauen ehrte ihn. Andererseits ließ ihn das Gefühl nicht los, dass er von ihm manipuliert wurde. Zuerst vom Kardinal und jetzt vom König, seinem Vater. Auf welchem Schachbrett sollte er spielen? Die Frage fand er lächerlich. Als habe er eine Wahl, sich seine Rolle im Spiel der Mächtigen auszusuchen! Nervös kaute er an seinem Schnurrbart.

»Ihr zögert, Ritter?« Die blauen Augen des Königs ruhten mit stechendem Blick auf ihm. »Ich könnte Euch befehlen, aber ich will nicht, denn ich brauche mehr als Gehorsam. Ich fordere Hingabe.« Während er sprach, packte er János an den Schultern. »Nur wenn man außergewöhnlich denkt, kann man etwas Überwältigendes erreichen. Das Abendland gegen die Osmanen zu verteidigen, das Christentum vor dem Islam zu schützen, dafür stirbt man mit dem Schwert in der Hand – und zögert nicht.«

Hunyadi fiel auf die Knie. »Eure Majestät, die Bedenken, die ich trug, beschämen mich zutiefst. Ich bitte um Gnade, denn unwürdig bin ich des Vertrauens, mit dem Ihr mich in Eurer Großmut ehrt.«

»Erhebt Euch! Wir haben keine Zeit mehr zu verlieren. Bis ich Kardinal Cesarini über Eure neue Befehlsgewalt in Kenntnis setze, bleibt Ihr noch der Stellvertreter Seiner Eminenz … offiziell.«

»Gewiss, mein König.«

Sigismund setzte sich stöhnend in den Sessel, schloss die

Augen und stützte den Kopf an die Rückenlehne. Ab und zu verfinsterten sich seine Gesichtszüge. Ein erneuter Gichtanfall.

Der Ritter ging zu ihm. »Majestät, soll ich den Medicus rufen?«

»Nein, Hunyadi«, antwortete der Monarch nach einiger Zeit. »Bittet stattdessen den Vizekanzler zu mir.«

János verbeugte sich. »Wie Ihr wünscht, Majestät.«

Nachdem er die ersten drei Schritte rückwärtsgegangen war, drehte er sich um und eilte zur Tür.

»Bleibt noch einen Augenblick!«

»Mein König?«

»Seit Wochen suchen wir nach der Tochter der Baronin von Thegzes, und Gott weiß, was wir nicht alles unternommen haben. Bis heute wissen wir jedoch nicht, was mit ihr geschehen ist. Es wird Zeit für Euch, nach einer anderen Gemahlin Ausschau zu halten. Clara war ein hinreißendes Geschöpf, aber …«

»War?« Das Blut stieg dem Ritter zu Kopf. »Verzeihung, Majestät, aber ich habe sie noch nicht aufgegeben.«

»Ach, Ihr seid noch jung. Und wenn ich Euch so anschaue, sehe ich mich selbst vor ein paar Dutzend Jahren. Vergesst die Kleine. Sie war ohnehin unter Eurem Stand.«

Hunyadi registrierte die Betonung des letzten Wortes. War es ein Hinweis auf ihre Blutsbande?

»Für Euch habe ich eine bessere Braut gefunden. Der Stammbaum der Szilágyi-Familie reicht mehrere Jahrhunderte weit zurück in die slawonische und ungarische Geschichte. Und sie ist eine wohlhabende Partie.«

»Majestät, solange ich nicht weiß, was aus Clara geworden ist, interessiert mich keine andere Frau.«

»Diese Leidenschaft, diese edlen Gefühle haben doch nichts mit einem Ehegelöbnis zu tun. Bevor Ihr in den Krieg gegen die Osmanen zieht, rate ich Euch, an Eure Nachfahren zu denken, die Euren Namen eines Tages weitertragen werden. Denkt darüber nach. Ich möchte Euch nicht zu dieser Hochzeit zwingen müssen … noch nicht!«

János wusste, dass er sich dem König nicht länger widersetzen durfte. Also verneigte er sich nur. »Majestät. Ist es mir erlaubt, mich zurückzuziehen, um den Vizekanzler hierherzurufen?«

Sigismund nickte, und mit einer Handbewegung entließ er ihn.

János stürmte aus dem Palast in den Burghof. Tief atmete er die frische Luft ein, um seine Wut zu zügeln. Bevor er Kaspar Schlick zu Seiner Majestät bitten konnte, hatte er im Vorzimmer Albrecht von Österreich und den Kurfürsten von Brandenburg in ein Gespräch vertieft ertappt. Bei seinem Erscheinen hatten sie sich fragend angesehen und waren danach ohne ein weiteres Wort aus dem Raum gegangen. Das Gefühl, die beiden bei einer ihn selbst betreffenden Auseinandersetzung unterbrochen zu haben, störte ihn. *Wann kann ich endlich dieses Natternnest verlassen?,* fragte er sich. Mit langen Schritten überquerte er den Hof.

Die Wache öffnete ihm hastig das Tor, das zum Vorburghof führte. Dort angekommen, ging er sogleich zu den Stallungen. Der Anblick von Orion erfreute sein Herz. Er würde ihm helfen, sein hitziges Blut in einem wilden Ritt außerhalb der Stadtmauern zu kühlen.

Aus der Gruppe von Stallburschen schoss eine Gestalt auf ihn zu. »Mein Herr! Gott sei gepriesen!«

»Gyuri!« Erfreut packte János seinen Knappen an den Schultern und drückte ihn so fest, als wollte er die Neuigkeiten aus ihm herauspressen. »Und? Hast du etwas herausgefunden?«

»Ihr habt richtig vermutet. Aber was ich zu berichten habe, wird Euch nicht gefallen.«

»Rede!«

»Auf dem Markt in Lupburg habe ich einen Zisterziensermönch mit Namen Johannes getroffen. Ich weiß nun, wo Clara ist.«

Kapitel 16

Ungarn, 31. März 1431

Vladislav streckte seine Beine unter der Felldecke und gähnte ausgiebig. Er genoss die wohlige Wärme und wollte sein Lager nicht so schnell verlassen. Am Tag zuvor hatten sie es nicht mehr in die nächste Ortschaft, nach Szegedin, geschafft. Umso glücklicher schätzte er sich, dass sie spätabends diese Wassermühle gefunden hatten, wo die meisten geschützt übernachten konnten.

Seit sie dem Zisterzienserkloster den Rücken gekehrt hatten, hatte er sein Gefolge in einem stürmischen Ritt vorwärtsgetrieben. Viele beschwerten sich über den kräftezehrenden Ritt und vor allem über seine schlechte Laune. Von seiner Niederlage vor dem Prior Alois wusste keiner. Der Pater hatte ihn auf die Knie gezwungen und ihn gedrängt, auf die Bibel zu schwören. Und das alles wegen einer Frau!

Von Osten her erhellten sich die Fensterluken; die Sonne ging auf. Er drehte sich auf die rechte Seite. Eine Armlänge von ihm entfernt schlummerte Mircea auf dem Boden, eingebettet in Schafsfelle. Die walachischen Reiter schliefen in den Schlitten oder in den leeren Lagerräumen nebenan.

Er blickte nach links, wo hinter einer von einem Balken hängenden Decke Clara schlief.

Er wusste immer noch nicht, was sie dem Prior gebeichtet hatte, aber es musste etwas Außergewöhnliches gewesen sein, denn Pater Alois hatte ihm keine andere Wahl gelassen, als sie nach Hause, nach Ungarn, zu bringen. Jedoch nur unter einer Bedingung, und diese wurde von der Bäuerin Gudrun verkörpert, die sich als Claras Begleiterin dem Tross angeschlossen hatte. Ihr Schnarchen übertraf sogar das eines hartgesottenen Ritters. Jetzt hatte er zwei Weiber am Hals.

»Vater!«

»Was ist, mein Sohn?«

»Ich kann nicht mehr schlafen. Die Bauersfrau schnarcht wie ein Bär.« Der Junge gähnte.

»Wir müssen sowieso bald aufstehen. Bis dahin kannst du, wenn du willst, zu mir kommen.« Einladend hob er die Felle und machte Mircea Platz, damit er fröhlich glucksend an seine Seite schlüpfen konnte. »Aber nicht für lange. Nicht dass die Ritter dich hier entdecken, wenn du wie ein Küken unter der Glucke liegst.«

Mircea lachte. »Du siehst nicht wie eine Glucke aus.« Das Kind wuschelte durch seinen Bart, den er seit ihrer Abreise aus Nürnberg hatte wachsen lassen.

»Lass das! Versuch noch ein wenig zu ruhen, denn heute haben wir einen langen Weg vor uns.«

»Schon wieder? Ich bin so müde.«

»Du kannst in deinem Schlitten weiterschlummern.«

»Ich würde ja gern, aber diese Zahnschmerzen …«

»Was? Seit wann hast du die? Und welcher Zahn tut dir weh?«

Mircea nahm die Hand seines Vaters und führte sie an die rechte Wange. Dort spürte Vladislav eine leichte Wölbung. Das Kind stöhnte unter seiner Berührung.

»Du bekommst einen neuen Backenzahn. Wenn das so weitergeht, wirst du bald das Gebiss eines Wolfes haben.«

»So wie Onkel Roxolan?«

»Noch besser, weil du viel jünger bist.« Er nahm seinen Sohn in die Arme und streichelte ihn.

Die Augenblicke, in denen er allein mit ihm sein konnte, waren selten oder zu kurz. Er war in Mirceas Alter gewesen, als er von seinen Eltern getrennt wurde. Damals verstand er nicht, warum er von heute auf morgen sein Zuhause und seine gesamte Familie verlassen sollte. Jahrelang hatte er sich Vorwürfe gemacht oder die Schuld bei sich gesucht. Wie sehr er seine Mutter vermisst hatte! Vasilissas Bild schob sich in seine Gedanken. Jetzt bereute er, dass er sie nicht mitgenommen hatte. Statt ihrer begleiteten ihn nun zwei fremde Frauen. Mirceas Körper entspannte sich und lag schwer in seinen Armen. Der Junge war wieder eingeschlafen.

Ein leises Rascheln verursachte ihm Gänsehaut. Er schloss die Augen und nahm Witterung auf. Ein süß-säuerlicher Geruch reizte seine Nase. Kurze Atemlaute kamen näher, Staub knirschte unter Fußsohlen. Vladislavs Hand griff nach dem Dolch, mit der anderen presste er Mircea an sich. »Wer ist da?«, wisperte er.

»Ich bin es, Clara.«

»Kannst du nicht normal gehen, statt dich so anzuschleichen?«

»Ich wollte niemanden wecken«, flüsterte sie.

»Wo willst du hin?«

»Zum Bach, mich waschen, bevor die anderen aufwachen.«

»Du solltest lieber Gudrun mitnehmen, oder hast du die Wachposten vergessen?«

»Ich bekomme sie aber nicht wach.«

Als Bestätigung hallte erneut das Schnarchen der Bäuerin durch den Raum.

»Warte, ich begleite dich.«

»Das ist nicht nötig. Ich komme allein zurecht und möchte keine Umstände bereiten.«

»Hör gut zu, Mädchen. Du willst niemals stören, aber genau das tust du. Schon seit dem ersten Tag. Ich habe dich nicht dazu gezwungen, mit uns zu reisen. Entweder machst du, was ich dir sage, oder ich schleppe dich dorthin. Verflucht sei der Tag, an dem ich schwören musste, dich heil nach Hause zu bringen. Zur Hölle mit Pater Alois«, murmelte er vor sich hin, während er Mircea unter den Fellen einbettete. »Ach was, zur Hölle mit allen Weibern!«

»Seid Ihr jetzt fertig, oder muss ich noch lange auf Euch warten?«

Dem schneidenden Ton nach war sie wütend. *Gut so!*, dachte er. Er nahm seinen Umhang mit.

Draußen wurde es bereits hell. Das rosige Licht im Osten kündete von einem sonnigen Märztag, genau wie in den letzten zwei Wochen. Auch die Luft verlor seit Tagen ihre eisige Stärke und brannte nicht mehr auf dem Gesicht.

Vladislav folgte Clara hinter die Mühle, flussabwärts, wo der Bach eine Mulde bildete.

»Weiter braucht Ihr mich nicht zu begleiten.«

»Sieh zuerst nach, ob das Wasserloch von gestern nicht zugefroren ist.«

»Es ist noch da.«

»Und verlass das Ufer nicht, denn das Eis ist nicht mehr so dick.«

»Ich kann selbst auf mich aufpassen.« Sie ging zu der Stelle, wo sie ausschließlich für die Frauen, abgeschirmt von Sträuchern, einen Holzbottich aufgestellt hatten. »Dreht Euch bitte um, oder wollt Ihr etwa zusehen, wie ich meine Bedürfnisse verrichte?«

Vladislav wandte sich sofort ab. Hinter sich hörte er, wie unter ihren Schritten der Schnee knirschte und ab und zu trockene Zweige knackten. Später vernahm er das Plätschern des Wassers am Bachufer, wo sie sich wusch. Sie jauchzte dabei. Er wandte den Kopf in ihre Richtung und beobachtete sie.

Clara hockte auf einem Felsen, über das Loch in dem gefrorenen Bach gebeugt, und spritzte sich Wasser ins Gesicht. Sie trug seit ihrer Abreise aus dem Kloster ein Kleid aus grob gewebter Wolle, das die Bäuerin auf Bitte des Priors mitgebracht hatte. Die Kopfhaube lag neben ihr, so dass die blonden Haare, die sie zu einem dicken Zopf geflochten hatte, ihr frei über die Schulter fielen. Sonnenstrahlen trafen auf die Wasseroberfläche und warfen spielerische Lichtreflexe auf ihr Gesicht. Vladislav schmunzelte. So etwas Erfrischendes hatte er seit langem nicht mehr gesehen. Ein Glücksgefühl ergriff ihn, und er sah sich um. Überall erwachte nun die Natur, Vögel zwitscherten, und vom Lager her hörte er die Pferde wiehern.

»Wir können zurückgehen. Ich bin fertig.« Clara stand vor ihm und lächelte ihn an. »Es ist wirklich ein wunderschöner Tag, nicht wahr?«

Er konnte sich nicht sattsehen an ihr. Ihre Haut war rosig vom Waschen, Wassertropfen glänzten noch in dem feuchten Haaransatz über der Stirn und an den Schläfen. Sie blinzelte, da ihr die Sonne ins Gesicht schien, und hob dann die Hand, um ihre Augen abzuschirmen. Dabei rümpfte sie die Nase.

»Gehen wir endlich? Oder wollt Ihr Euch auch waschen, und ich soll dabei auf Euch aufpassen?«

Vladislav lachte. »Ich werde dein freches Mundwerk vermissen, aber ich freue mich jetzt schon darauf, dich bald vom Hals zu haben. Nur noch drei Tage!«

Clara zog eine Schnute, schob ihn zur Seite und ging schnurstracks zurück zur Mühle.

Im Lager angekommen, traf er Nanu Pascal, der ihn begrüßte. »Gott beschert uns einen warmen Tag, Herr. Nicht nur Schäßburg kommt näher, sondern auch der Frühling.«

»Ja, zum Glück, denn ich habe diesen Winter satt.« Vlas sah sich um. »Wir sollten schon seit einer Woche in Transsylvanien sein. Die Menschen und die Tiere geraten an ihre Grenzen. Und unser Proviant ist knapp geworden.«

»Warum machen wir heute keine Rast? Auf einen Tag mehr

oder weniger kommt es nicht an. Lasst uns auf die Jagd gehen. Etwas frisches Fleisch wird den Männern neue Kraft verleihen.«

Vladislav dachte an seinen Sohn, der übermüdet in der Mühle schlief.

»Der Vorschlag ist nicht schlecht. Nach der Frühmahlzeit stellt Ihr eine Jägergruppe zusammen. Alle anderen sollen sich um die Pferde kümmern, die Fuhrwerke überprüfen und sie ausbessern.«

»Jawohl, Herr.«

Es war noch nicht Mittag, als zwei Dutzend walachische und ungarische Reiter, bereit zur Jagd, in ihren Sätteln saßen.

Ein Pferdeknecht brachte Crai, den Araberhengst. Vladislav überprüfte das Sattelzeug, denn er vertraute keinem außer Ilarion. Gerade setzte er den Fuß in den Steigbügel, als er Mircea hinter sich hörte.

»Vater, warte! Ich komme mit.«

Der Junge trug die kleine Armbrust in einer Hand und in der anderen das Säckchen mit den Bolzen.

»Heute nicht, mein Sohn. Aber das nächste Mal.«

»Das sagst du immer, und dann bleibe ich jedes Mal bei den Frauen.«

»Je früher er damit anfängt«, mischte sich Nanu ein, »desto schneller lernt er, mit den Waffen umzugehen.«

»Wollt Ihr mir sagen, Bojar, wie ich mein Kind großziehen muss? Oder soll ich sein Leben aufs Spiel setzen, nur um Euch einen Gefallen zu tun?«

»So habe ich es nicht gemeint, Herr.«

»Bitte, Vater!«, schmollte Mircea. »Ich werde alles tun, was du von mir verlangst.«

Vladislav tat es weh, die Tränen in seinen Augen zu sehen. Aber auf der Jagd würden sie auf Wildschweine stoßen, und die waren nicht nur höchst gefährlich, sondern auch unberechenbar. Derzeit umso mehr, da die Bachen im Frühling ihre Frischlinge warfen. Die Gefahr war zu groß.

»Wenn Ihr es erlaubt, kann ich auf Euren Sohn aufpassen.« Clara trat nach vorn. »Er kann mit mir reiten.«

»Was?«

»Ich habe schon als Kind meinen Vater auf die Jagd begleitet. Ich kenne mich aus und bin sehr gut im Bogenschießen.«

»Das ist eine hervorragende Idee, mein Herr.« Nanu Pascal führte sein Pferd zu ihr. Er blinzelte Clara zu und zwirbelte fortwährend seine Schnurrbartspitzen.

Mircea stampfte mit dem Fuß auf. »Aber ich will nicht mit einer Frau jagen. Ich will bei dir sein, Vater!«

»Ruhe! Es reicht jetzt!«, schrie Vladislav. »Tudor?«

Ein junger walachischer Ritter trat vor. »Ja, Herr?«

»Ihr nehmt meinen Sohn zu Euch auf den Sattel. Ihr bürgt mit Eurem Leben für seine Sicherheit. Verstanden?«

»Jawohl!«

Ein Knecht hob das Kind hoch und half ihm aufs Pferd des Bojaren.

»Und was ist mit mir?« Bei Claras Stimme wandten sämtliche Männer die Köpfe in ihre Richtung. »Ich bitte Euch! Ihr habt doch den Baron von Thegzes gekannt. Er war ein gerechter Mensch und hat jedem die Gelegenheit gegeben, sich zu behaupten.«

»Was ist mit Eurer Buße? Habt Ihr vergessen, was Ihr Pater Alois geschworen habt? Während der Reise habt Ihr Euch weiblichen Arbeiten zu widmen. Und nie wieder dem Manne nachzueifern. Und das Jagen, meine Dame, ist eines der männlichen Privilegien.«

»Aber im Baronat von Thegzes …«

»Wir sind hier nicht im Baronat von Thegzes! Bis dahin habt Ihr bestimmt ausreichend Töpfe zu schrubben.«

Er drehte ihr den Rücken und gab Crai die Sporen. »Los, Männer! Wir haben genug Zeit vergeudet!«

Der Tag war erfolgreich verlaufen. Zwei Hirsche, drei Wildschweine und mehrere Dutzend Hasen zählten zur Beute. Vladislav schaute zu Mircea hinüber, der gestikulierend mit Tudor sprach. Der Kleine hob seine Armbrust, führte sie, als würde er zielen, und ließ sich danach in die Arme des Ritters fallen, als sei er tot.

Vladislav freute sich, dass sein Sohn mitgekommen war und dass er so viel Spaß bei der Jagd hatte. Gut gelaunt kehrte er zusammen mit den Jägern ins Lager zurück. Sie hatten noch genug Tageslicht, um das Wild auszuweiden und es danach auf Spießen zu braten und in Kesseln zu schmoren. Bei dieser Vorstellung musste er schlucken, weil ihm das Wasser im Mund zusammengelaufen war. Nun wusste er die Anwesenheit der zwei Frauen zu schätzen. Gudrun erwies sich als ausgezeichnete Köchin. Und Clara? Sie hatte ihn wirklich überrascht. Kein einziges Mal hatte sie sich über die Aufgaben beschwert, die er ihr aufgetragen hatte. Töpfe hatte sie mit Asche gescheuert, Wasser zum Kochen geholt, und nicht selten hatte sie auch Pferde gestriegelt. Für manchen aus der Gefolgschaft wäre sie als Tochter eines Barons von hohem Rang eine hochbegehrte Braut. Und für ihn? Er lächelte. Sie hatte ihn in Nürnberg gereizt, als er sie nach dem Turnier wie eine Art Trophäe betrachtet hatte. Viele Edeldamen ließen sich im Trubel der Hoftage erobern, oder sie suchten sogar selbst nach Liebschaften. Eine zwanglose Affäre, bei der es für beide nur ums Vergnügen ging, war eine Sache. Aber vor Gott die Verantwortung für eine Frau zu übernehmen, war eine andere. Schade, dass sie nicht schon früher, in Nürnberg, zu ihm gekommen war. Was hatte sie wohl dazu getrieben, vom Hof zu fliehen? Jedes Mal hatte sie geschwiegen, als er sie danach gefragt hatte. Auch Gudrun wusste nichts.

Vladislav bemerkte, dass ein Reiter sich zu ihm gesellte. Nanu Pascal führte seinen Hengst im selben Schritt wie Crai.

»Ein toller Jagdtag, Hoheit. Und Euer Sohn hat sich tapfer geschlagen. Aus ihm wird eines Tages ein guter Krieger und Herrscher.«

»Ja, das wird er. Aber bis dahin hat er noch viel zu lernen.«

»Wenn ich ihn anblicke, denke ich, dass auch für mich die Zeit gekommen ist, mit einer Frau die Ehe einzugehen. Ich bin nicht mehr jung, ich werde erneut in den Kampf ziehen, und ich habe noch keinen Erben.«

»Seid Ihr nicht vermählt?«

»Es ist lange her, da starb meine Gemahlin, Gott hab sie selig, im Kindbett, nachdem sie unsere Tochter tot zur Welt gebracht hatte. Seither sind die Waffen meine Gefährtinnen.«

Vlas dachte an Vasilissa. Vor einem Jahr hatte auch sie ein Kind verloren. Er betete in Gedanken zum Allmächtigen, dass diesmal die Geburt unkompliziert verlaufen möge.

»… ob sie mich akzeptieren wird? Was meint Ihr, Herr?«

»Was? Worum geht es?«

»Ob Clara von Thegzes meinen Heiratsantrag annehmen wird. Ich bin ein wohlhabender Mann, und mein Stammbaum bezeugt meine adelige Herkunft.«

»Ich höre wohl nicht richtig. Ihr wollt dieses ungezogene, verwöhnte Mädchen heiraten?«

»O ja! Und verdammt soll ich sein, wenn ich es nicht tue. Sie raubt mir den Schlaf!«

»Aber die Baronin wird nicht zustimmen. Dieser alte Drachen wird niemals die Tochter mit einem walachischen Bojaren vermählen.«

»Beim Anblick mehrerer tausend Gulden«, schmunzelte Nanu, »wird sie nicht nein sagen können.«

»Ihr vergesst den König und … dass Ihr orthodoxen Glaubens seid und sie eine Katholikin ist.«

»Was soll das schon heißen? Ihr habt ebenfalls als Katholik eine Orthodoxe geheiratet. Und? Keiner wurde vom göttlichen Blitz getroffen.«

»Ich muss Euch doch nicht erklären, was eine politische Ehe bedeutet. Und außerdem finde ich dieses Gespräch überflüssig. Vergesst Clara von Thegzes. Ihr werdet sie nicht bekommen.«

Vladislav gab Crai die Sporen und ließ einen verdutzten Nanu Pascal zurück. Er war selbst überrascht von seinen Argumenten. Diese Frau schürte nur Zwietracht und Unruhe; zuerst in Nürnberg zwischen ihm und János, und jetzt hatte sie es geschafft, ihn eifersüchtig auf seinen Weggefährten zu machen. »Zum Teufel mit ihr!«, murmelte er vor sich hin. Auf einem Hügel angelangt, zügelte er sein Pferd. Unten im Tal sah er die Mühle und die Menschen, die sich dort aufhielten.

Jubel erscholl, als später die Jäger im Lager eintrafen. Geübte Hände übernahmen das Wild, andere die Pferde.

»Heute werden wir königlich speisen«, hörte Vlas einen Bogenschützen sagen.

»Nichts erfreut meinen Gaumen mehr als ein saftiger Braten«, ergänzte ein Zweiter. »Und wenn das Fleisch dann noch mit einem roten Wein heruntergespült wird, dann …« Der Mann sprach nicht weiter, da er sich den Speichel mit dem Ärmel vom Mund wischte.

»So soll es sein!«, kündigte Vladislav, angesteckt von der allgemeinen guten Laune, an. »Heute Abend bekommt jeder Ritter oder Bojar einen Krug Wein und das Gesinde verdünntes Bier.«

Kappen flogen in die Luft, begleitet von Hochrufen. »Gott schütze den Herzog! Lang lebe Seine Hoheit!«

Pferde wurden abgesattelt und gestriegelt, Feuerstellen

wurden errichtet, über denen Kessel hingen oder Spieße befestigt wurden.

Vlas ging in die Mühle, um nach Mircea zu sehen. Dort fand er jedoch nur die kleine Armbrust und seine Pelzmütze auf dem Schlaflager. Er hob sie auf, und sie war warm und feucht vom Schweiß des Jungen. *Nicht dass er noch krank wird,* dachte Vladislav.

Mit der Mütze seines Kindes in der Hand machte er sich auf die Suche nach ihm.

»Tudor, wo steckt Mircea?«

»Gerade war er noch bei den Pferden. Soll ich ihn zu Euch bringen?«

»Nein, ich gehe zu ihm.«

Die Pferdeknechte verneigten sich, als sie ihn sahen.

»Ich bin auf der Suche nach meinem Sohn. Wo ist er?«

Die Männer schauten sich an. Einer von ihnen trat schließlich vor und sagte: »Herr, Euer Sohn hat mitgeholfen, Crai zu striegeln, und wollte dann etwas Hafer für den Hengst holen. Er ist zu den Schlitten mit den Futtervorräten gelaufen.«

Zurück im Lager, suchte Vlas weiter vergeblich nach dem Kind. Jeder, den er nach ihm fragte, schüttelte bedauernd den Kopf.

»An den Schlitten mit dem Futter ist er nicht gewesen«, sagte ihm ein Fuhrmann.

Unterwegs traf er die zwei Frauen, die zusammen einen Kessel hoben, um ihn auf einen Haken übers Feuer zu hängen.

»Clara, hast du Mircea gesehen?«

»Nein. Du etwa, Gudrun?«

»Nein, Herrin. Er ist vielleicht ins Gebüsch gelaufen, um sich zu erleichtern. Er wird sicher bald zurückkommen. Wo sollte er schon hin?«

Vladislav achtete nicht mehr auf sie. Er eilte zu der Stelle hinter der Mühle, flussabwärts, wo sie eine grobe Latrine errichtet hatten. Auch dort fand er ihn jedoch nicht. Die Sonne schien inzwischen rötlich hinter den Tannen, die längere Schatten warfen. Ein ungutes Gefühl ergriff von ihm Besitz.

»Mircea!«, rief er. Seine Schritte wurden immer schneller.

Aus der anderen Richtung hörte er einen Schrei. Er blieb stehen und schärfte seine Sinne.

Erneut nahm er eine menschliche Stimme wahr. Ohne zu zögern, wirbelte er herum, rannte am Ufer bachaufwärts entlang und machte dabei einen Bogen um die Mühle mit ihrem großen Rad.

»Hilfe!«

Jetzt erkannte er sein Kind. »Mircea! Wo bist du?«

Nur Stille. Doch als er über das Wasser blickte, bekam er seine Antwort. Mehr als zehn oder fünfzehn Schritte vom Ufer entfernt klaffte ein Loch in der Eiskruste. Dort entdeckte er eine Hand, die aus dem Wasser ragte und sich an den Rand des Eises klammerte. Mirceas Kopf kam an die Wasseroberfläche. Gierig schnappte er nach Luft, während er versuchte, sich aufs Eis herauszuschieben. Der Rand brach jedoch ein, und der Junge sank erneut ins Wasser zurück.

»Mircea!«

»Vater! … Hilfe!«

»Halt dich am Eis fest. Ich komme zu dir.«

Nach nur zwei Schritten liefen gezackte Risse über die gefrorene Oberfläche. Bei der nächsten Bewegung ächzte schon die weiße Eisdecke unter seinem Fuß. Wasser sprudelte durch den Spalt.

Vladislav ging langsam zurück. »Halt durch!«

»Ich kann meine Hände nicht mehr spüren«, schrie Mircea zähneklappernd.

»Du schaffst es! Ich hole ein Seil.«

»Nein! Geh nicht weg!«

Vlas suchte fieberhaft nach einer Lösung. Er wusste, dass er seinen Sohn jetzt nicht allein lassen durfte. Aber er brauchte Hilfe.

Er steckte zwei Finger in den Mund und pfiff mehrmals hintereinander.

»Vater! Ich kann nicht mehr!« Ein weiteres Mal brach der Eisrand, an den Mircea sich klammerte.

Vlas versuchte erneut, zu ihm zu gelangen. Die Eisdecke zerbrach nun vollends unter seinem Gewicht, so dass seine Füße im schlammigen Grund am Ufer einsanken. Verzweifelt schrie er seine Wut heraus.

Zwischen den Bäumen bemerkte er, von der Mühle kommend, leuchtende Fackeln, die sich in seine Richtung bewegten.

»Hier herüber!«, rief er. »Hier sind wir!«

»Hoheit«, sagte Nanu Pascal, der als Erster am Ort des Geschehens anlangte. Hinter ihm erkannte Vladislav unter anderen Tudor und Clara. »Was ist passiert?«, fragte der Bojar. Er hielt die Fackel hoch.

»Hol ein Seil. Mein Kind ist ins Wasser gefallen, und das Eis bricht überall.«

Einer der Ritter rannte zurück ins Lager.

»Ich kann Euren Sohn nicht sehen.«

»Mircea!«

»Vater …«, antwortete der Junge schwach, er hustete und spuckte Wasser. »Ich … ich …«

Die Hand ließ los, und der kleine Kopf verschwand im Eisloch.

»Nein!« Claras Schrei gellte übers Wasser. Sie zog den Mantel aus, hastete an Vladislav vorbei und begab sich aufs Eis.

»Bleib hier. Es ist zu gefährlich!«

Sie verharrte nach jedem vorsichtigen Schritt, und als das

Wasser aus Rissen im Eis ihre Füße umschloss, legte sie sich kurzerhand auf den Bauch und schob sich vorwärts. Kurz darauf erreichte sie das Eisloch und ließ sich hineingleiten. Dann tauchte sie unter.

»Herr!«, rief ein Ritter. »Ich habe das Seil!«

»Her damit!« Vlas nahm es an sich. »Ich brauche mehr Licht. Ihr solltet ein paar Fackeln aufs Eis werfen.«

Claras Kopf kam an die Oberfläche. Sie schnaubte und schnappte nach Luft. »Ich habe ihn«, schrie sie keuchend.

»Gut! Ich schleudere jetzt das Seilende zu dir hinüber. Versuch es an Mirceas Körper zu befestigen. Am besten an seinem Gurt. Wir ziehen ihn so heraus.«

Clara hielt sich mit einer Hand am Eisrand fest, mit der anderen zerrte sie das Kind nach oben.

Der erste Wurf verfehlte sie. Beim zweiten landete das Seil direkt vor ihr.

Vladislav konnte nicht erkennen, was dort genau geschah. Ob sie es schaffen würde. »Werft mehr Fackeln!«, befahl er.

Der Kopf des Mädchens war nicht mehr zu sehen. Nur ihre Hand, die seinen Sohn oben hielt. Luftblasen erschienen an der Wasseroberfläche. Auf einmal erschien auch ihr Kopf wieder. »Zieht!«, schrie sie. »Um Gottes willen!«

Schnell, aber vorsichtig zogen Pascal und Tudor den Jungen übers Eis zu sich heran. Vladislav griff sofort nach ihm, als er in seine Reichweite kam. Rasch holte er ihn in seine Arme und lief ans Ufer. Mirceas Körper zitterte unkontrolliert. »Ich brauche Decken und Felle!«

»Ich kümmere mich um ihn, Herr«, sagte Gudrun. »Ihr müsst Clara retten!«

Er nickte. Seine eiskalten Finger entknoteten fieberhaft das Seil von seinem Kind. Nachdem er es geschafft hatte, kehrte er zurück zum Ufer. Dort verschaffte er sich freie Bahn durch die Menschenansammlung.

Nanu hastete zu ihm. »Sie kann nicht mehr lange durchhalten, ihr Blut ist bestimmt schon gefroren. Wir müssen sie sofort herausholen! Ich habe eine Leiter bringen lassen, die wir über die Eisoberfläche schieben können. Daran kann sie sich festhalten …«

»Dafür reicht die Zeit nicht«, unterbrach ihn Vladislav, während er erneut ins Wasser watete. Er spürte seine Beine nicht mehr, und schmerzhaft verhärteten sich die Muskeln in seinem Bauch und Unterleib. Nur noch wenige Fackeln leuchteten weit verstreut um die Eisöffnung, wo das Mädchen um sein Leben kämpfte.

»Clara!«, schrie er. »Hörst du mich?«

Sie antwortete nicht, winkte aber schwach.

»Ich werfe dir das Seil hinüber«, rief er und schleuderte es zu ihr. »Halt dich daran fest. Wir holen dich heraus!«

Er verfehlte sie jedoch.

»Herr!«, flehte Pascal. »Sie geht unter! Ich sehe sie nicht mehr.«

Vladislav starrte zum Eisloch, eine Hand klammerte sich noch an den Rand. Verzweifelt warf er noch einmal das Seil. Diesmal landete es genau neben ihren Fingern, und instinktiv griff sie danach.

»Ziehen!«, schrie Vlas.

Mehrere Hände umklammerten das Seil, als sich plötzlich die Spannung löste. Einige Männer verloren das Gleichgewicht.

Alle starrten aufs Wasser. Claras kleine Hand war unter dem Eis verschwunden.

Und die letzte Fackel erlosch.

Kapitel 17

»Schnell, werft noch zwei oder drei Fackeln aufs Eis!«, befahl er seinen Männern, während Vladislav entschlossen wieder ins Wasser watete.

»Wo geht Ihr hin?«, schrie hinter ihm Nanu Pascal. »Wollt Ihr auch ertrinken?«

Ohne Zeit zu verlieren, verknotete Vlas das Seil um seine Mitte. »Ich bin gesichert. Ihr dürft mich erst herausholen, wenn ich mehrmals kräftig am Seil ziehe.«

»Aber …«

Er hörte nicht mehr zu. Das Eiswasser reichte bereits wieder bis zum Bauch, und die Kälte schnürte ihm die Kehle zu. Mit unkontrolliert klappernden Zähnen setzte er verbissen einen Fuß vor den anderen. Die Eiskruste wurde nun dicker, bot mehr Widerstand und blockierte seinen Weg.

So wie Clara es zuvor gemacht hatte, legte auch er sich aufs Eis und schob sich zu der Stelle, wo sie untergegangen war. Eine Fackel wurde neben das Eisloch geworfen, und nun erblickte er wieder die kleine Hand, die sich nach wie vor an die Eiskruste klammerte.

»Mehr Fackeln!«, schrie er verzweifelt.

Nur noch zwei Körperlängen hin zu ihr … noch eine. Plötzlich tauchten an der Wasseroberfläche wieder Mund und Nase des Mädchens auf, das sich erneut nach oben gekämpft hatte und um sein Leben rang.

»Halt durch, Clara!« Seine Worte waren fast unhörbar, so heftig zitterte sein Körper, der nach Wärme verlangte. Dennoch schob er sich unerbittlich vorwärts.

Nur eine Armlänge vor dem Loch musste er mit ansehen, wie ihre Hand sich vom rettenden Eisrand löste.

»Nein!«

Vlas atmete nochmals tief ein, schob sich mit einem Schwung zum Eisloch und tauchte darin unter. Als das eisige Wasser über seinem Kopf zusammenschlug, wurde er fast bewusstlos. Schwindel und Übelkeit lähmten alle Sinne. Nur sein Wille blieb ungebrochen. Er öffnete die Augen, doch er konnte nichts sehen. Zwischen seinen Fingern spürte er modrige Wasserpflanzen. Seine Lungen lechzten nach Luft. Auf einmal tasteten seine Hände in Wurzeln und schlammigen Boden. Der See war nicht so tief, wie er gedacht hatte. Sein ganzer Körper schrie nun nach Atemluft; er konnte nicht mehr und wollte sich nach oben abstoßen. Doch im Augenblick größter Verzweiflung berührte seine Hand plötzlich festen Stoff: Claras Kleid.

Unter Aufbietung seiner letzten Kräfte krallte Vladislav die rechte Hand in den Stoff, und mit der linken zog er mehrmals heftig am Seil. Augenblicklich wurden sie beide emporgerissen. Den Blick nach oben gerichtet, zielte er fieberhaft nach der Öffnung im Eis, bis die matten Lichter der Pechfackeln rundum sichtbar wurden. Eine Hand tauchte zu ihm hinab, packte ihn am Kragen und zog ihn endlich aus dem Wasser – und an die rettende Atemluft, die er schmerzhaft in seine Lungen sog.

»Zieht, Männer!«, hörte er Pascal schreien, der es liegend auf einer Leiter bis ans Eisloch geschafft hatte.

»Da ist Clara, Nanu …«, keuchte Vladislav zwischen zwei Atemzügen.

»Ich habe sie«, antwortete der Bojar, während sie beide über die Eiskruste zum Ufer gezogen wurden.

Dort hoben ihn kräftige Arme empor. Augenblicklich legte ihm Tudor ein Schafsfell um die Schultern. Ein anderer Mann führte eine Lederflasche mit Wein an seinen Mund. Vlas verschluckte sich. Er schlotterte so stark, dass ihm der Kiefer weh tat. Den nächsten Schluck würgte er herunter.

Clara legten sie auf eine Schicht aus Decken und Fellen

neben ihn. Das tanzende Licht der Fackeln erleuchtete ihr Gesicht. Auf ihrer Haut und in den Haaren klebten verfaulte Blätter und Wasserpflanzen. Die leicht geöffneten Lippen waren blutleer. Der Körper zitterte krampfhaft.

Ein älterer walachischer Ritter schlug das Kreuz. »Die Arme«, flüsterte er, »sie schwebt zwischen den Welten, und Satan kämpft jetzt um ihre Seele.« Er begann, ein Gebet zu sprechen. Die anderen folgten ihm.

»Lasst mich zu ihr.« Gudrun stieß die Männer zur Seite, kniete neben der jungen Frau nieder und breitete weitere Felle über sie. Danach fing sie an, den zuckenden Leib sanft zu reiben.

»Was machst du da?«, schrie Vladislav sie an. »Haben dich alle guten Geister verlassen? Siehst du nicht, dass ihre Seele sie verlässt?«

»Herr, wir müssen versuchen, sie aufzuwärmen«, keuchte die Bäuerin.

»Lass Gott über ihr Schicksal richten. Hör auf!«

Dennoch knetete sie weiter Arme und Brust ihrer Herrin. »Helft mir, sie umzudrehen«, flehte sie. »Bitte! Ich weiß nicht, ob das, was ich tue, nützen wird, aber Gott in seiner Barmherzigkeit ist groß!«

Ihre Beharrlichkeit überzeugte ihn, also nahm er Claras Schulter und drehte ihren Körper zur Seite. Nanu kniete sich neben sie und begann eine Hand des Mädchens fest zu massieren.

»Pascal«, befahl Vladislav, »leg noch eine Decke auf sie und reib auch ihre Füße und Beine.«

Inzwischen schlug die Bäuerin leicht mit den Fäusten auf Claras Rücken.

»Seht, Herr!«, rief Tudor, der mit einer Fackel Claras Gesicht anleuchtete. »Aus ihrem Mund rinnt Wasser.«

Einige Anwesende riefen: »Ja! Das ist ein Wunder Gottes!«

Doch der ältere walachische Ritter zeigte mit dem Finger auf die Bauersfrau. »Dieses Weib ist eine Hexe. Wir sollten sie verdammen.« Manche Männer stimmten ihm zu.

»Ruhe!«, befahl Vlas. Er presste ein Ohr an Claras Lippen. Traurig schüttelte er schließlich den Kopf. »Hör auf, Gudrun. Wir haben alles getan, was wir konnten.«

Die Bäuerin rieb jedoch weiter den Rücken ihrer Herrin. Sie weinte, und zwischendurch wischte sie sich die Tränen ab, die ihr vom Kinn tropften.

Ihr Heulen stürzte Vladislav jedoch noch tiefer in Verzweiflung. Er rüttelte sie an der Schulter. »Gib auf!«

Doch es waren nicht nur die Geräusche der Bauersfrau, die er wahrnahm: Ein leises Röcheln drang aus Claras Mund. In neu erwachter Hoffnung packte er ihren Körper und hob ihn hoch. Mit weit geöffnetem Mund japste das Mädchen nun nach Luft. Ihr Blick suchte seinen und hielt sich an ihm fest.

»Du bist wieder bei uns, Clara!«

Vier Kohlenbecken waren in der Mühle aufgestellt worden. Zwei davon wärmten Mircea, der unter Decken und Schafsfellen schlief. Vladislav streichelte sein rosiges Gesicht. »Verzeih mir, Gott, wenn ich an Dir gezweifelt habe«, flüsterte er. Er wusch mit einem nassen Lappen den Schweiß von der Stirn seines Kindes. Die Haut glühte. Sein Sohn stöhnte und murmelte im Fieber unverständliche Worte.

»Er wird wieder gesund«, hörte er Nanu hinter sich sagen.

»Ja«, antwortete Vlas, ohne den Bojaren anzusehen. »Ein Basarab stirbt mit dem Schwert in der Hand und nicht an Gebrechlichkeit.« Er stand auf. »Ist der Schlitten fertig für morgen?«

»So wie Ihr befohlen habt. Zusätzlich habe ich noch vier Zugpferde als Ersatz bereitgestellt. Zwanzig Reiter werden Euch begleiten. Es sind die besten. Tudor wird sie führen.«

»Gut. So können wir in nur einem Tag das Baronat von

Thegzes erreichen. Dort werde ich auf Euch und den Rest des Trosses warten.«

»Ist das nicht zu gefährlich für Euren Sohn und Clara, so schnell abzureisen? Wir könnten hier noch einen oder zwei Tage bleiben, bis sie wieder zu Kräften kommen.«

»Es ist ihr Wunsch. Außerdem kennt sie dort einen Medicus, der sie und ihre Familie schon früher behandelt hat. Wir brauchen ihn, denn ich selbst weiß nicht, was am besten der Heilung meines Kindes dient. Verstehst du jetzt?«

Nanu Pascal nickte.

»Ihr dürft gehen.«

Der Bojar verneigte sich und verließ den Raum.

Für einen Augenblick drohte die Müdigkeit Vlas zu überwältigen. Die Augenlider sanken herab, die Wärme und die Lichter der Öllampen, die zuckende Schatten auf die Wände warfen, machten ihn schläfrig. Er hätte im Stehen schlafen können, doch dann durchfuhr ihn ein Frösteln. Widerwillig öffnete er die Augen. Aus der Ecke, in der Clara lag, hörte er ein Rascheln.

Nur ein paar Schritte und eine herabhängende Decke trennten ihn von ihr. Mit zitternder Hand schob er den Vorhang zur Seite. Gudrun, die auf einem Hocker neben ihrer Herrin eingeschlafen war, zuckte zusammen. Zwei Kohlenbecken voller Glut wärmten die Frauen und spendeten etwas Licht. Claras nasse Kleider trockneten an einer Leine über ihnen.

»Wie geht es ihr?«, flüsterte er.

»Ihr Körper wird wärmer. Aber ich weiß nicht, ob es nicht das Fieber ist.«

Vlas betrachtete Claras Gesicht. Die Haut verlor ein wenig ihre bläuliche Färbung, dennoch war sie sehr blass. Sogar die Sommersprossen waren nicht zu erkennen.

»Solange sie ruhig atmet«, sprach Gudrun weiter, »besteht die Hoffnung, dass sie gesund wird. Gott wird ihr das Leben nicht wieder nehmen, nachdem Er es ihr zum zweiten Mal geschenkt hat.«

»Was du am Seeufer getan hast, war es …« Vladislav schwieg und vermied das Wort Hexerei. »So etwas habe ich noch nicht erlebt.«

»Ich schon. So hat ein fremder Bader, der zufällig durch unser Dorf ging, meinen Ältesten gerettet, der, genau wie das Edelfräulein, ins Eiswasser gefallen war. Er sprang hinter ihm her, zog ihn ans Ufer und fing an, ihn zu wärmen, zu kneten und zu reiben. Ich dachte, er sei vom Teufel besessen und wolle mein Kind ins Reich des Gehörnten martern.« Sie lächelte traurig. »Ihr habt ebenso über mich gedacht. Nicht wahr, Herr?«

»Ja, als ich gesehen habe, wie Clara Wasser gespuckt und wieder geatmet hat.« Er nieste mehrmals hintereinander. »Aber über das Leben«, fügte er danach hinzu, »kann nur Gott entscheiden.«

Die Bäuerin musterte ihn. »Ihr solltet noch mehr von dem Kräutersud trinken, Euch zu Eurem Sohn legen und ein wenig schlafen. Als Mann seid Ihr kräftiger als der Junge, aber nicht unsterblich.«

Vlas achtete jedoch nicht auf sie. Er beugte sich herab und nahm Claras Hand in die seinen. Ihre Finger waren immer noch eiskalt. »Sag, wird sie überleben?«

»Diese Frage kann Euch nur unser Herr im Himmel beantworten.«

Ungarn, 6. April 1431

Seit acht Tagen war János nun schon unterwegs nach Ungarn, wo er für Sigismund und dessen Reise nach Rom Söldner anwerben sollte. Gyuri und weitere sechs Ritter mit ihren Knappen begleiteten ihn nach Buda.

Nur ein einziges Mal war er vom Weg abgewichen, um die Mönche in dem Zisterzienserkloster bei Lupburg über Clara zu befragen. Aber dort hatte er nur einen sturen Prior angetroffen, der jedes Gespräch über sie verweigert hatte. Bis zu diesem Tag wusste er nur das, was Gyuri von Bruder Johannes erfahren hatte. Dass sie nach Hause ins Baronat gewollt hatte und dass Vlas sie dorthin begleiten sollte. Als er die Baronin darüber in Kenntnis gesetzt hatte, war sie sofort abgereist, um ihrer Tochter zu folgen.

Gern wäre auch er selbst zu ihr geritten, um sie zur Rechenschaft zu ziehen. Stattdessen musste er zuerst nach Buda zum Palatin des Königs.

Verflucht sollte Clara sein. Seit Tagen dachte er nur an sie. War die Vorstellung, ihn zu heiraten, so unerträglich gewesen, dass sie lieber die Gefahr auf sich genommen hatte, allein abzureisen? Und sich, noch dazu als Mann verkleidet, dem Tross von Vladislav anzuschließen? Ausgerechnet Vlas! János presste die Lippen zusammen, und seine Hände packten die Zügel noch fester.

Als spüre der Hengst seine Anspannung, legte er sich in einen schnellen Galopp. Der rauschende Wind kühlte das Gesicht des Reiters, aber nicht seine Gefühle. Er kannte Vladislavs Ruf nur zu genau. Dieser schmückte sich mit den Frauen, als seien sie Trophäen. Nicht selten hatten sie beide um die Gunst derselben Geliebten gekämpft – oder sie sogar geteilt. Damals war es ein Spaß gewesen. Nur diesmal war es anders: Er liebte Clara und wollte sie ganz für sich.

Wie konnte dieser Ordensbruder nur eine Jungfer mit einer Horde Männer reisen lassen? Ein erfreulicher Gedanke keimte in ihm: Pater Alois hätte die Tochter eines Barons sicher nicht weiterziehen lassen, ohne für ihren Schutz zu sorgen.

Etwas beruhigter zügelte er Orion und wartete auf seine

Begleiter. Ein Recke namens Elmar schaffte es als Erster, zu ihm aufzuschließen.

»Ritter Hunyadi, diesen Galopp können unsere Pferde nicht mehr lange halten. Sie brauchen Futter und Wasser. Wenn wir heute Abend in Buda ankommen sollen, müssen wir erst noch einmal Rast machen.«

Jetzt bemerkte János die schäumenden Mäuler der Tiere. »In Ordnung. Wir suchen nach einem Rastplatz.«

»Ich kenne schon einen, auf einer Lichtung, nicht weit von hier.«

»Dann los!«

Sie folgten dem Pfad durch die Waldung. Die Aprilsonne, die über ihren Köpfen zu Mittag strahlte, gewann mit jedem Tag an Kraft. Dort, wo ihre Strahlen den Boden berührten und den Schnee geschmolzen hatten, zeigten sich dunkle Erdflecken. In kleinen Polstern schoben Schneeglöckchen ihre Stengel wie kleine grüne Pfeile aus der Erde und schüttelten ihre weißen Kappen im Wind.

»Gyuri!«, rief János seinen Knappen. »Du stammst aus dieser Gegend, nicht wahr?«

»Ja, Herr.«

»Wem gehört dieser Wald?«

»Soviel ich weiß, dem König. Warum fragt Ihr?«

»Ich war schon einmal hier … vor vielen Jahren.«

»Dann wart Ihr bestimmt auf einer Jagdgesellschaft Seiner Majestät.«

»Ja … die Jagd«, wiederholte János ganz in Gedanken.

Die Eichen und Buchen lichteten sich und machten Platz für eine Waldwiese, die an einen Bach grenzte. In seine gurgelnden Wellen tauchte eine uralte Trauerweide ihre noch kahlen Zweige. Dort stiegen sie alle ab und machten Rast.

Gyuri übernahm Orion von János, während dieser zu dem alten Baum hinüberging. Seine Finger glitten über die rauhe

Rinde, bis sie an einer ihm vertrauten Vertiefung verharrten. Er kannte diese Scharte …

Wie alt war er wohl damals gewesen, als er diese Lichtung erstmals erblickte? Siebzehn oder achtzehn? Nein, neunzehn!

Nach dem Tod seines Vaters hatte er die Burg der Hunyadi in Eisenmarkt verlassen und sich auf den Weg nach Buda, zum Hof König Sigismunds, gemacht, um in seine Dienste zu treten.

Es war ein früher Herbsttag gewesen, Anfang Oktober. Die müden Sonnenstrahlen brachten mit letzter Kraft die goldenen Blätter zum Leuchten und verwandelten die Spinnengewebe in seidene Fäden, die durch die Luft irrten.

Nachdem er seinen Hengst getränkt hatte, kniete er am Bachufer und spritzte sich zuerst Wasser ins Gesicht, bevor er gierig trank.

Auf einmal spitzte sein Pferd die Ohren und fing an zu tänzeln. Dann vernahm János das Hundegebell und die Rufe des Jagdhorns. Das Getöse kam immer näher. Schnell griff er nach den Zügeln und führte den Hengst in ein dichteres Gebüsch hinter der Trauerweide, wo er ihn festband. Der Platz eignete sich gut dafür, da der Wind in seine Richtung blies und der Bach ihn vor einer Flanke schützte. Egal, um welches Wildtier es ging – eine gehetzte Beute rammte jeden auf ihrem Fluchtweg.

Auf der anderen Seite der Lichtung hörte er Äste krachen. Der Boden bebte unter Hufschlägen. Ein paar Sträucher wurden aufgerissen, und ein Wisent bahnte sich seinen Weg auf die Waldlichtung, gefolgt von einem Dutzend Jagdhunde, die ihn mit gebleckten Zähnen umkreisten und attackierten. Einer von ihnen näherte sich übermutig dem Bullen, der ihn auf die Hörner nahm und mühelos wegschleuderte.

Aus dem Wald kam im Galopp der erste Jäger. Ein junger Adeliger. *Was für ein Hohlkopf,* dachte János in seinem Versteck. Dieses riesige Wildtier allein anzugreifen war Wahnsinn. Sogar die Hunde hatten versucht, es gemeinsam zu bezwingen.

Der Reiter verlor keine Zeit mit Vorbereitungen. Er gab seinem Pferd die Sporen und attackierte den Wisent in offenem Kampf. In vollem Ritt warf er einen Speer, der das Tier jedoch verfehlte und sich wuchtig in den Stamm der Trauerweide bohrte, hinter dem János stand.

Der Bulle neigte den Kopf, blähte die Nüstern und scharrte mit dem Vorderhuf tief im Boden. Mit lautem Gebrüll griff das Wildtier den Reiter an. Aus dem Gejagten wurde der Jäger.

Das Pferd des jungen Edelmanns scheute vor dem wuchtigen Tier und bäumte sich auf.

Ohne das Unvermeidliche abzuwarten, sprang János aus seinem Versteck. Schreiend zog er sein Schwert und stürmte dem Wisent hinterher. Nach ein paar Laufschritten schleuderte er die Waffe und traf die Flanke des Tieres. Verletzt und wütend brüllend wandte es sich zu dem neuen Angreifer um.

»O Gott!«, schrie János. Da fiel ihm der in den Baumstamm gerammte Speer ein, und er rannte um sein Leben zu der Trauerweide – doch nicht schnell genug: Dicht hinter sich hörte er die dumpfen Hufschläge. Nur noch drei Schritte … noch einer. Endlich packte er den Speer und zerrte verzweifelt daran. Dieser steckte jedoch zu tief und bewegte sich kaum.

Der Boden unter seinen Füßen erbebte. János drehte sich um, um dem Tod ins Auge zu blicken.

Was er sah, schnürte ihm die Kehle zu. In rasendem Galopp verfolgte der junge Jäger den Wisent. Die Hunde bellten schrill und hetzten ebenfalls hinter ihm her.

Als der Reiter das Tier erreichte, stemmte sich der Mann aus dem Sattel, zog sein Schwert und rammte dem Wisent die

Waffe ins Genick. Das Wildtier brach sofort zusammen und verendete zuckend nur ein paar Schritte weit von der Trauerweide entfernt.

János schluckte ein paarmal, doch sein Mund war wie ausgetrocknet. Zitternd ließ er sich zu Boden fallen und lehnte sich an den Baumstamm. Er schloss die Augen und versuchte das Beben seines Herzens zu unterdrücken. Vor ihm raschelte es im Laub. Er schirmte mit der Hand die Augen gegen die Sonne ab, als er zu dem jungen Edelmann hinaufsah.

Der führte nun sein Pferd an den Zügeln. Wortlos hockte er sich neben János und lehnte sich ebenfalls an den Baum. Dann streckte er ihm die Hand entgegen. Sie zitterte ebenfalls. »Ich verdanke Euch mein Leben, Fremder.«

»Und Ihr habt meines gerettet«, erwiderte János, als er die Hand ergriff und fest drückte.

Beide brachen in ein befreiendes Lachen aus.

»Ich heiße Vladislav Basarab. Aber meine Gefährten nennen mich Vlas …«

Seit jenem Tag waren sie in jeder Hinsicht füreinander da gewesen. Der junge Walache stellte ihn dem König vor und ermöglichte ihm damit den Eintritt bei Hof. Sie teilten jeden Erfolg und auch die Niederlagen. Sie schliefen im selben Zelt auf dem Schlachtfeld und kämpften Rücken an Rücken. Sogar die Liebesbriefe hatte Vladislav für ihn geschrieben.

»Mein Freund und Waffenbruder Vlas«, murmelte János. Seine Finger streichelten die Narbe im Stamm, wo damals der Speer gesteckt hatte. War es ein Wink des Schicksals, dass er nach so vielen Jahren an diesen Ort zurückgekehrt war? War der Weg, den er Vladislav betreffend eingeschlagen hatte, falsch? Ganz tief im Innern musste er sich eingestehen, dass Vlas niemals Ränke gegen ihn geschmiedet hätte. Wie war es nur so weit gekommen? Konnte er noch von diesem Weg abkehren? Es war noch nicht zu spät.

Doch dann erschienen die Szenen aus Nürnberg vor seinem inneren Auge: Claras Gesicht, als sie die goldene Brosche seinem Freund, dem Turniersieger, zuwarf; der König, wie er Vladislav in der Sebalduskirche mit dem Toledoschwert gürtete und ihn Draco nannte. Jagiellos Fratze, die ihren Speichel über ihn versprühte und immer wieder sagte: *Du bist Sigismunds Bastard …*

»Mein Herr!«, rief Gyuri vom Bachufer her. »Orion ist bereit.«

János schaute sich um und brauchte einige Augenblicke, um zu begreifen, wo er sich befand. Seine Reiter saßen längst in den Sätteln und warteten auf ihn.

»Dann auf nach Buda, Gefährten!«

Sie erreichten die Stadt kurz nach Sonnenuntergang und waren die Letzten, die das Tor passierten, bevor es über Nacht geschlossen wurde.

Hunyadi ritt allein zum königlichen Palast. Seine Begleiter blieben in der Schankstube *Zum weißen Ross,* wo sie auch übernachten würden.

Zwei Wächter vor dem Palasttor kreuzten die Speeren, als sie ihn sahen. »Halt!« Aus der Wächterstube eilte ein Mann in Rüstung zu ihm. »Wer seid Ihr, und was sucht Ihr hier zu dieser späten Stunde?«

»Ich bringe eine Depesche Seiner Majestät, König Sigismund von Luxemburg, an den Palatin Miklós Garai.« Er zeigte das Siegel auf dem Dokument vor.

Der Mann hielt die Fackel hoch und betrachtete aufmerksam den Aufdruck. Er nickte. »Folge mir!«

Schweigend gingen sie durch die Palastflure, nur ihre Schritte hallten unter dem Deckengewölbe. Vor einer reich verzierten Tür übergab ihn der Wächter einem Kammerdiener.

»Ich bedaure, Herr«, sagte dieser, »aber Seine Durchlaucht

kann in diesem Moment nicht gestört werden. Wenn es eilig ist, könnt Ihr mir die Depesche überlassen. Ich werde sie dem Palatin nach dem Nachtmahl alsbald aushändigen.«

János packte den Majordomus am Kragen und zischte ihm ins Ohr: »Du wirst mich sofort deinem Herrn ankündigen! Verstanden?«

Der Mann nickte und öffnete die Tür.

»Mein Herr, ein Gesandter des Königs ist hier mit einer dringenden Nachricht.«

Hunyadi wartete nicht, vorgeladen zu werden, sondern trat ein und verbeugte sich höflich.

Miklós Garai, ein stattlicher Mann mit grauem Haar, starrte ihn entsetzt an. Seine Hand hielt noch eine Geflügelkeule vor dem Mund. Zu seinen Füßen knurrten zwei Jagdhunde. Der Palatin warf ihnen das Fleisch zu und lehnte sich zurück.

»Wer seid Ihr, und was habt Ihr so dringend zu verkünden, dass ich nicht einmal mehr in Ruhe essen kann?« Obwohl seine Stimme träge klang, funkelte sein Blick vor Zorn.

»Ritter Hunyadi, im Dienst Seiner Majestät, König Sigismund von …«

»Ja, ja. Das kennen wir. Wo ist die Depesche?« Er streckte ihm ungeduldig die Finger entgegen.

János reichte ihm das Dokument über den Tisch. Die Hunde fuhren erschrocken auf und bellten ihn an.

»Ruhig bleiben, meine Schönen!« Garai pfiff einmal kurz, und die beiden Tiere krochen sofort zu seinen Füßen. »Ihr braucht ihn nicht anzugreifen«, sagte der Palatin, während er die Tiere tätschelte. »Er ist kein wildes Tier – auch wenn er so stinkt.«

Ohne auf den Ritter zu achten, öffnete der Edelmann den Brief und überflog ihn. Er sprang auf. »Was? Sigismund will nach Rom? Ausgerechnet jetzt? Wer soll dann den Kreuzzug gegen diese Bastarde von Hussiten führen?«

»Der Fürst Friedrich von Brandenburg«, antwortete János.

»Diese Ehre gebührt aber dem Monarchen. Oder soll allein der Fürst im Ruhm des Kreuzzugssieges schwelgen?«

»Der Kurfürst ist der oberste Feldhauptmann.«

»Ihr versteht gar nichts davon. Aber warum rede ich auch mit einem Dienstboten.«

»Ob Dienstbote oder Palatin«, zischte Hunyadi, »niemand darf über den von Gott gesalbten König urteilen. Nehmt Euch in Acht, was Ihr sagt, denn als Vertrauter und Kriegsberater Seiner Majestät bin ich von Ihm mit uneingeschränkten Befugnissen ausgestattet.«

Der Palatin setzte sich zurück an den Tisch. Er kniff die Augen zusammen und musterte den Ritter von Kopf bis Fuß. »Vielleicht könnt Ihr mir auch verraten, warum Sigismund mich nach Nürnberg einbestellt hat.«

János stützte sich auf die Tischkante und beugte sich vor, ganz nah an Garais Gesicht. »Damit Ihr genau das tut, was Ihr nicht wollt: dem Reichstag die Reise des Königs nach Rom schmackhaft zu machen. Und noch etwas: Außerdem darf Euch der Kanzler, der Bischof von Agram, begleiten. Der König vermisst ihn. Böse Zungen behaupten in Nürnberg, dass Seine Eminenz nicht so krank sei, wie er behauptet.«

Der Palatin nahm den Weinpokal und trank langsam daraus. Lächelnd stellte er ihn wieder auf dem Tisch ab. »Heute genießt Ihr die Gunst Seiner Majestät, aber – was ist morgen oder nächstes Jahr? Die Macht, mein Guter, hat ihre eigenen Regeln.« Er schlürfte erneut etwas Wein, bevor er weitersprach. »Vergesst niemals, Hunyadi: Ihr seid nur ein armer Ritter, der nach Schweinestall stinkt!«

Im Schankraum des Wirtshauses *Zum weißen Ross* traf János keinen von seinen Männern an. *Ich finde sie bestimmt in den*

Freudenhäusern zwischen den Schenkeln der Dirnen, dachte er.

Er schob die unberührte Schüssel mit Wurst und Linsen zur Seite und füllte ein weiteres Mal den Zinnbecher mit Wein. Die Worte des Palatins hallten noch in seinen Ohren, genauso stark, wie die Demütigung ihn plagte. Wäre ihm als Sigismunds anerkannter Sohn mehr Respekt zuteilgeworden? *»Die Würde eines Königssohns muss verdient werden und nicht verkündet …«* Jetzt verstand er, was sein leiblicher Vater ihm in Nürnberg damit hatte sagen wollen. Aber genügten Tugenden wie Tapferkeit und Loyalität, um die Anerkennung, die ihm zustand, zu erlangen? Nein! Nur Ländereien, Titel und Geld zählten. Reichtum!

Die Eingangstür donnerte gegen die Wand, und ein Söldner betrat den Schankraum. Er bückte sich, um nicht mit dem Kopf gegen den Türrahmen zu stoßen. Der gewölbte Bauch teilte den Umhang, wodurch der breite Schwertgurt sichtbar wurde. Der Hüne hielt kurz inne und schaute prüfend in die Gesichter der Gäste.

Von seinem Tisch aus musterte János den Neuankömmling ebenfalls und war nicht überrascht, als dieser sich dann in seine Richtung bewegte. Unter seinen Schritten knarrten die Holzdielen. Breitbeinig und grinsend postierte er sich vor ihm.

»Lange nicht gesehen, Hunyadi.«

»Wenn du fressen willst, geh in den Hinterhof. Dort ist der Schweinestall, Stanibor.«

»Wozu die Mühe, wenn ich denselben Fraß auch hier kriege?« Der Haudegen setzte sich und griff nach der Schüssel mit dem Linseneintopf des Ritters.

Mit rascher Bewegung zückte János den Dolch und legte ihn an die Kehle des Söldners. »Sag, was du zu sagen hast, und dann verschwinde!«

Stanibor blickte ihn verdutzt an. Bevor er sprach, schluckte er erst mühsam das Essen hinunter, da die Klinge ihm auf den Kehlkopf drückte. »In … in Kronstadt warten auf Euch drei Männer, die auf Geheiß Jagiellos mit Euch sprechen wollen.«

»Was dein König plant, interessiert mich nicht.«

»Das Treffen findet am Tag des heiligen Georg statt. Wenn Ihr nicht bis zum Sonnenuntergang in der Kirche Sankt Martin erscheint, werden die drei sich nach Nürnberg begeben – zu Eurer Schwester Elisabeth. Ihr habt es in der Hand, ob sie das bekommen wird, was eigentlich Euch zusteht.«

»Wer sind diese Menschen?«

Stanibor stand auf. »In zwei Wochen, in Kronstadt, werdet Ihr es herausfinden.«

Der Haudegen verbeugte sich übertrieben höflich, den Hut an die Brust gepresst, kehrte auf dem Absatz um und verließ den Raum.

Kapitel 18

Baronat von Thegzes, 8. April 1431

»Auch heute bleibst du noch im Bett, Mircea.«

»Aber Vater, mir geht es gut!«

»Keine Widerrede! Leg dich hin und hör auf zu zappeln.« Vladislav zog die Wolldecke bis unter das Kinn seines Sohnes. »Sogar Roxolan bleibt liegen, wenn er verletzt ist.«

»Mir fehlt aber nichts. Doch! Ich habe Hunger.«

Vlas zerzauste den Wuschelkopf des Kindes. »Ich rufe Gudrun. Sie findet bestimmt etwas in der Kochstube.«

»Nein«, schmollte der Junge, »nicht schon wieder dieses Gebräu.«

»Es hat dir bis jetzt nicht geschadet. Im Gegenteil, es hat dich in wenigen Tagen wieder auf die Beine gebracht.«

»Vater!« Mircea griff nach Vladislavs Hand. »Dort, im Eiswasser … Ich hatte Angst. Du warst so weit weg von mir, und mir war kalt. Auf einmal wurde es dunkel um mich. Und ich kann mich an nichts mehr erinnern, seit ich vom Wasser verschluckt wurde.«

»Zerbrich dir nicht den Kopf darüber. Schlaf noch ein bisschen.«

»Wie hast du mich gerettet? Erzähl es mir!«

Vlas lächelte verlegen. »Ich war es nicht. Jemand anders hat dich geholt.«

»Wer? Nanu? Oder Tudor?«

»Nein, mein Sohn. Keiner von denen.«

»Wer dann?«

»Es war Clara.«

Der Blick des Kindes verfinsterte sich. »Aber nur Männer

sind Helden! Ich verstehe es nicht. Warum hat sie das gemacht?«

»Weil sie vielleicht mutiger war als wir alle. Denk an deine Mutter, Mircea. Glaubst du, sie würde dich nicht vor allen Gefahren beschützen können? Und sie ist auch eine Frau.«

»Das heißt, ich verdanke Clara mein Leben?«

»Ja.«

Der Junge schob die Decke zur Seite und wollte aufstehen.

»Wohin willst du?«

»Als Edelmann stehe ich in ihrer Schuld. Ich muss ihr danken!«

»Doch nicht jetzt!« Vlas packte seinen Sohn an der Schulter und hielt ihn zurück.

»Warum denn nicht?« Tränen glänzten in seinen Augen.

»Sie ist immer noch geschwächt.«

»Dann erzähl du mir, Vater, wie alles geschah.«

Spätnachmittags betraten Vladislav und Mircea das Zimmer, wo Clara sich ausruhte. Neben ihrem Bett saß Gudrun auf einem Hocker und flickte ein Kleidungsstück. Sie hob den Kopf, als sie eintraten. Sofort stand sie auf und knickste vor ihnen.

»Heute, Herr, ist ein guter Tag«, flüsterte sie. »Das Edelfräulein hat sogar gegessen und mit mir geredet. Sie hat nach Euch und Eurem Sohn gefragt.«

»Warum hast du uns nichts gesagt?«

»Sie ist kurz danach wieder eingeschlafen.«

»Vater, kann ich zu ihr?«

»Sicher, sei nur leise.«

Der Junge betrachtete Clara aufmerksam. »Sie sieht wie ein Engel aus«, wisperte er. »Ein Engel, der träumt.«

Das Haar umgab ihr Gesicht wie eine Aura. Nur ihre blasse Haut erinnerte Vladislav an die dramatische Rettung. Die leicht geöffneten Lippen zogen dagegen seinen Blick auf sich: Prall und rosig, strahlten sie Lebenskraft und Sinnlichkeit aus. Für ihn war sie kein Engel, denn sie weckte auch jetzt in ihm Sehnsüchte, die er seit langem nicht mehr gespürt hatte.

Der Junge streichelte ihren Arm. Bei der Berührung öffnete sie die Augen und lächelte ihn zaghaft an. »Der kleine Prinz«, flüsterte sie.

Das Kind schob wie gewohnt das Kinn nach vorn. »Ihr nennt mich Prinz, obwohl ich doch keiner bin. Dennoch: Wäre ich einer, würde ich Euch königlich belohnen, denn ich verdanke Euch mein Leben.«

Vladislav legte eine Hand auf Mirceas Schulter und näherte sich ebenfalls dem Bett. »Nicht nur mein Sohn steht in Eurer Schuld. Ihr habt meinen Erstgeborenen gerettet und somit den Thronerben.«

Sie schloss kurz die Augen, bevor sie sprach. »Gott wollte, dass wir überleben. Der Barmherzige hat nicht ohne Grund unsere Wege zusammengeführt. Vielleicht sind unsere Schicksale miteinander verflochten.« Ihr Atem ging schneller, und sie fing an zu husten.

»Ihr seid nach wie vor schwach. Schont Eure Kräfte und schlaft noch ein wenig. Der Medicus kommt heute Abend erneut zu Euch.«

»Mir geht es gut …«

Vladislav legte den Finger auf ihre Lippen. »Werde gesund, liebe Clara! Alles andere kann warten.«

»Herr«, Gudrun hüstelte verlegen, »das Edelfräulein ist geschwächt, und auch wenn Eure Sorge groß ist, Ihr berührt es unsittlich.«

Vlas trat zurück. »Niemals würde ich die Krankheit eines Menschen ausnutzen, erst recht nicht bei einer Frau.«

Die Kammertür öffnete sich, und Tudor stürmte herein.

»Nanu Pascal kommt! Ein Kundschafter, der von ihm vorausgeschickt wurde, ist soeben eingetroffen. Der Tross folgt ihm in kurzem Abstand.«

»Endlich! Hat er dir erzählt, warum sie sich so verspätet haben? Wo ist er?«

»Im Rittersaal.«

»Begleite mich zu ihm!«

Bevor Vladislav den Raum verließ, blieb er in der Tür noch einmal kurz stehen. »Was ist mit dir, Mircea? Kommst du nicht mit?«

»Wenn du erlaubst, Vater, bleibe ich hier, bis Nanu eintrifft.«

»In Ordnung.«

Im Westen stand die Sonne nur noch zur Hälfte über der Horizontlinie, als die Reiter und die Schlitten im Gutshof des Baronats von Thegzes ankamen. Stallknechte eilten zu den Pferden, Diener liefen mit vollen Eimern vom Brunnen zur Kochstube. Zwei Jungen schleppten Körbe mit Holzscheiten und trockenen Ästen.

Von der höchsten Stufe der Eingangstreppe aus beobachtete Vladislav, wie Nanu Pascal kurz seine Befehle erteilte. Sein Mantel war mit Matsch bespritzt, und die Stiefel waren mit einer dicken Schlammkruste überzogen.

Nachdem Menschen und Tiere versorgt waren, lief er die Stufen zu seinem Herrn herauf, wo er sich verbeugte. »Eure Hoheit! Der Tross und ich stehen wieder unter Eurer Befehlsgewalt.«

»Ihr habt Euch sechs Tage verspätet, Bojar.«

»Es sei mir erlaubt, Bericht zu erstatten, mein Herzog.«

»Nicht hier. Gehen wir hinein. Ich glaube, mit einem Weinbecher in der Hand und neben einer Feuerstelle wird es Euch leichter fallen, alles zu erzählen.«

Auf dem Tisch im Rittersaal standen bereits Holzplatten mit kaltem Braten und hartem Käse bereit. Von einem frisch gebackenen Brotlaib stieg noch der Dampf empor. Ein Diener schenkte Rotwein in die Becher von Vladislav, Nanu und Tudor. Mircea saß neben seinem Vater und folgte den Gesprächen aufmerksam.

»Am ersten Tag kamen wir gut voran«, erzählte Nanu, »aber am nächsten wurde es wärmer. Der Schnee verwandelte sich in Matsch, und die Kufen unserer Schlitten steckten immer tiefer im Schlamm. Die Knechte haben die Fuhrwerke geschoben, da die Zugpferde nach nur einem halben Tag am Ende ihrer Kräfte waren. Sogar die Ritter sind abgestiegen und haben die Pferde, um sie zu schonen, an den Zügeln geführt. Vor Sonnenuntergang litten alle unter Entkräftung. Wir mussten warten, bis das Wetter umschlug und der Boden wieder fror.«

Vladislav trommelte mit den Fingern auf den Tisch. »Ja, der Frühling ist nah. Wir dürfen keine Zeit mehr verlieren, sonst schaffen wir es nicht mit den Schlitten bis nach Schäßburg. Zum Glück hält der Winter in den Karpaten länger an.«

»Einen oder zwei Tage müssen Menschen und Tiere ausruhen. Außerdem brauchen wir frischen Proviant.«

Vlas ballte die Faust. »Wir hätten längst in Transsylvanien sein müssen. Tudor!«

»Ja, mein Herr?«

»Such dir drei Gefährten aus. Morgen vor Sonnenaufgang brichst du nach Hermannstadt auf.«

»Jawohl.«

»Dort triffst du dich mit dem Rüstungsschmied, Meister Leonardus. Von ihm erhältst du Waffen: Schwerter, Speere und Schutzschilde. Danach bringst du die Ausrüstung nach Schäßburg. Die Auftragsliste bekommst du später von mir, zusammen mit einer Nachricht für ihn.«

Tudor stand auf. »Es sei mir gestattet, Herr, die notwendigen Vorbereitungen sofort zu treffen.«

Vlas nickte. »Wenn du fertig bist, will ich die Namen deiner Begleiter wissen.«

»Gewiss.« Der walachische Ritter verneigte sich und verließ den Raum.

»Ich habe bis heute den Winter gehasst«, fuhr Vladislav fort, »jetzt aber bete ich, dass der Frost anhalten wird. Ich kann mir nicht vorstellen, was passiert, wenn der Schnee zu schmelzen beginnt und die Bäche zu rauschenden Flüssen werden. Gott steh uns bei!«

»Was ist mit Mutter?« Mirceas Stimme bebte, als er die Frage stellte. »Wird sie es bis zu uns schaffen?«

Roxolan zügelte sein Pferd und blickte über die Schulter zu dem Schlitten, in dem Vasilissa reiste. Schon wieder erblickte er dort Wallerand de Wavrin. Es war nicht das erste Mal in den letzten acht Tagen, seit sich der Seigneur in Ungarn dem Gefolge angeschlossen hatte.

»Du schaust schon zum wiederholten Mal nach hinten«, sprach ihn Ilarion an, der neben ihm ritt. »Sie ist nicht allein mit ihm. Smaranda und Ilona sind bei ihr.«

»Ich weiß, was dieser Burgunder im Schilde führt. Er giert nach unserer Herrin. Sieh nur, wie er sie die ganze Zeit umgarnt.«

»Ich dachte, du kannst dich beherrschen.«

»Glaubst du wirklich, dass er wegen einer diplomatischen Angelegenheit nach Kronstadt unterwegs ist? Keiner hat diese mysteriöse Depesche seines Herzogs Philipp je gesehen. Ich habe Klaus von Redwitz gefragt. Er weiß ebenfalls nichts davon.«

»Auch der Ordensritter war nicht begeistert, als de Wavrin uns erreichte und ihn bat, sich mit seinen Begleitern dem

Gefolge anschließen zu dürfen. Dabei kennen sie sich seit langem.«

»Wenn Wallerand auf dem Markt in Nürnberg nicht von unserer Abreise erfahren hätte, wäre er nicht hinter uns hergeritten.«

»Bist du sicher, dass er in die Herrin verliebt ist?«

Rox schmunzelte. »Das ist in der Tat eine berechtigte Frage, mein Lieber. Ich habe öfter gesehen, wie der Burgunder auch mit Smaranda scherzte. Und sie ist seiner Zuwendung nicht so abgeneigt.«

»Was?« Ilarion zügelte das Pferd und schaute zurück zu dem Schlitten, in dem die Frauen saßen. »Dieser Hund reitet tatsächlich an ihrer Seite.« Er führte die Hand zum Schwert.

»Und ich dachte, du kannst dich beherrschen, mein Freund.« Roxolan lachte lauthals. »Die Zofe hat dir wahrhaftig den Kopf verdreht.«

Der blonde Knappe gab dem Pferd die Sporen und folgte seinem Gefährten. »Du hast leicht reden, Rox. Warst du überhaupt jemals verliebt? Oder lassen dir deine Zaubereien keine Zeit dafür?«

Das Lächeln verschwand von den Lippen des Kriegers. »Eine Frau zu begehren«, sprach er mit belegter Stimme, »und mit ihr Kinder zu haben ist etwas Kostbares, das nicht jedem vergönnt ist. Mir jedenfalls nicht. Die Liebe, mein guter Ilarion, macht den Menschen verwundbar.« Seine Finger berührten unter dem Mantel die gebrochenen Rippen. »Meine Bestimmung gestattet keine Schwäche, keine mehr.«

»Du machst mir Angst. Wovon redest du? Alles, was dich betrifft, ist seltsam. Ich weiß immer noch nicht, was eigentlich im Wald geschehen ist. Warum haben uns die Wölfe nicht angegriffen? Welche Magie hat dich zurück ins Leben gebracht?«

»Du stellst viele Fragen, mein Freund, die ich dir nicht beantworten darf. Dennoch kann ich dich beruhigen. Ohne den Kräutersud, den du mir ständig in den Mund getröpfelt hast, wäre ich nicht gesund geworden. Und das hat mit Zauberei wenig zu tun. Es sind die uralten Weisheiten der Hohepriester eines verschwundenen Volks, der Daker.«

»Das sagt mir nichts.«

»Sie haben vor Hunderten von Jahren in den Karpaten gelebt und dort, wo jetzt die Walachei und Moldau ist. Ihre Mysterien zu erkunden und zu erlernen ist nur den Auserkorenen gestattet.«

»Seid ihr viele Auserwählte, die dieses Privileg genießen dürfen?«

»Nur noch zwei, Aliodor und ich. Und glaub mir: Es ist eher ein Fluch als ein Vorzug.«

Ilarion pfiff verwundert. »Endlich verstehe ich, warum der Barmherzige dich doch nicht zu sich gerufen hat. Du musst dein Wissen weitergeben.«

Rox schüttelte den Kopf. »Dir verdanke ich mein Leben, mein Freund, und nicht Gott. Wie du weißt, vertraue ich auf andere Gottheiten.«

»Sag das nicht so laut, sonst brennen wir beide auf dem Scheiterhaufen. Es wäre schade, jetzt, nachdem du dem Tod getrotzt hast.«

Roxolan dachte an die Tage, als er ums Überleben gekämpft hatte, als er zwischen den Welten geschwebt war. Im Traum war ihm Aliodor erschienen, der neben einem runden Altartisch mit in Stein gemeißelten mystischen Symbolen den Kriegsgott *Gebeleizis* anbetete. Blut floss durch ein Loch in der Steinplatte bis ins Erdinnere. Wölfe heulten, Bäume bogen sich unter den Windböen. Er konnte sich an den Geschmack des Blutes erinnern. Ab und zu hörte er aus der Ferne, wie Vladislav ihn bei seinem Namen zu sich rief. Hände kühlten seine Stirn, bitteres Gebräu füllte seinen Mund, der nach Luft schnappte. Wo und wann war all dies geschehen? War es nur ein Traum gewesen?

Jetzt aber war nicht die Zeit, um nach Antworten zu suchen.

Er schaute nach links zu Ilarion. »Ich danke dir für alles, was du für mich getan hast.«

»Komm, reden wir nicht mehr darüber, und lass uns lieber hören, was dieser burgundische Hund mit den Frauen schwätzt. Vielleicht ist er doch ein verdammter Kundschafter.«

»Du willst nur herausfinden, ob er Smaranda schöne Augen macht.«

Lachend gaben beide den Pferden die Sporen und führten die sie an den Berittenen vorbei, bis sie den Schlitten erreichten.

Das Gefolge zählte um die fünf Dutzend Menschen. Mehrheitlich handelte es sich um Deutschritter unter dem Befehl von Klaus von Redwitz. Der Rest waren Walachen der Gesandtschaft aus Nürnberg, die Dragomir folgten. Einige von ihnen wollten weiter in die Walachei reiten. Nur wenige folgten Vladislav und seiner Familie nach Schäßburg.

Roxolan zog die Zügel an und brachte den Hengst in das Schritttempo des Burgunders. Die Lodenplane des Fuhrwerks, neben dem sie trabten, war seitlich hochgerollt, so dass die Frauen die Sonne genießen konnten, auch wenn die Luft noch eisig kalt war.

Vasilissa lag auf Kissen gestützt und mit Fellen zugedeckt. Sie hielt die Hände auf dem gewölbten Bauch. Ihr gegenüber saßen Smaranda und Ilona.

De Wavrin unterbrach die Unterhaltung und beäugte misstrauisch ihn und Ilarion.

»Warum habt Ihr aufgehört zu erzählen?«, fragte ihn Rox. »Ihr müsst Euch nicht schämen, wenn wir mitbekommen, wie Ihr meiner edlen Herrin Gedichte zu Gehör bringt. Es braucht wahrhaftig Mut, sich mit den Taten anderer Helden zu schmücken.«

Smaranda bestrafte Ilarion für sein Lachen mit einem zornigen Blick. Vasilissa verfolgte amüsiert das Redegefecht zwischen den beiden Männern.

Wallerand lächelte. »Ich habe nicht weitergesprochen, weil ich nicht wusste, ob das, was ich erzählte, nicht zu viel von Eurer Geisteskraft forderte.«

»Eure Fürsorglichkeit berührt mich zutiefst. Aber das Lied über Roland de Roncevaux ist mir bekannt. Ihr werdet damit meinen Verstand nicht übermäßig beanspruchen. Ihr dürft es weiter darbieten.«

»Oh, wir haben es mit einem gebildeten Barbaren zu tun. Wer hätte das gedacht?«

»Warum verzichtet Ihr nicht auf die verschnörkelten Verse und beschreibt stattdessen, worum es in Wirklichkeit in der Ballade geht? Dass der Held nämlich wegen Neid, Hass und Verrat gestorben ist?«

Der Burgunder presste die Lippen zusammen.

»Ist nicht unser Held deshalb dahingegangen? Genauer gesagt: ermordet worden?«, fügte Roxolan hinzu. »Auch wenn sein Tod heldenhaft war, hat die Nachricht dennoch den Tod seiner Verlobten bewirkt.« Roxolan schaute Vasilissa und Wallerand an. »Ich will damit nur sagen, dass Liebe und Verrat gefährlich sind, denn beides kann töten.«

Nur das Knirschen der Kufen auf dem Schnee kratzte an der Stille.

Wortlos maßen sich die Kontrahenten. De Wavrin nickte schließlich anerkennend. »Ich habe Euch unterschätzt. Ein zweites Mal wird mir das nicht mehr passieren.« Mit knapper Bewegung verneigte er sich vor den Frauen, gab seinem Pferd die Sporen und ritt davon.

»Rox, du hast entweder einen neuen Feind oder einen unerwarteten Verehrer gewonnen«, meinte Vasilissa trocken.

»Lieber ehrliche Feinde als falsche Verehrer, meine Herrin. Gegen Erstere kann ich kämpfen, mich verteidigen.«

Roxolan schaute Wallerand nach. Ein unbehagliches Gefühl ergriff ihn, aber nicht wegen des Burgunders. Er schloss die Augen und schärfte die anderen Sinne. Seine Nasenflügel blähten sich, und er hob witternd den Kopf. Das Pferd schüttelte unruhig die Mähne, und Rox tätschelte Brathars Hals. »Du hast es auch gespürt, mein Guter.«

»Was ist los?« Ilarion, der zu ihm geritten kam, blickte ihn unruhig an.

»Du bleibst hier bei den Frauen. Ich schicke dir noch ein Dutzend Reiter.«

»In Ordnung, aber willst du mir nicht verraten, worum es geht?«

Ohne ein weiteres Wort galoppierte Roxolan davon. An der Spitze des Trosses erreichte er von Redwitz.

»Klaus, sind deine Kundschafter zurückgekehrt?«

»Nein, noch nicht. Warum?«

»Stell deine Männer zum Schutz an den Trossflanken entlang auf. Und verstärke die Vor- und Nachhut!«

Der Deutschritter nickte zustimmend. »Ich vertraue dir, wie es auch mein Freund Vlas tut. Deshalb frage ich auch nicht, warum. Sage mir, was ich noch tun kann.«

»Zehn Ritter sollen um die Herzogin herum in Stellung gehen.«

De Wavrin, der neben ihnen das Gespräch verfolgt hatte, führte sein Pferd zwischen die beiden. »Ich werde sie führen, wenn es mir gestattet ist.«

Roxolan schaute Klaus fragend an. Dieser zog die Schultern hoch und wiegte anschließend den Kopf.

Die Entscheidung lag bei Rox. Bevor er sprach, musterte er den Burgunder einige Augenblicke. »Ich kenne keinen besseren Beschützer für meine Herrin, denn ich weiß, dass Ihr Euer Leben für sie opfern würdet. Dessen bin ich mir sicher.«

Kapitel 19

Baronat von Thegzes, 10. April 1431

Vladislav Draco legte die Handflächen aneinander und betete, so wie alle anderen am Tisch: *»Benedic, Domine, nos et haec tua dona quae de tua largitate sumus sumpturi. Per Christum Dominum nostrum.«*

»Amen«, beendeten sie gemeinsam das Gebet. Nachdem sie das Kreuz geschlagen hatten, machten sie sich über die Speisen her. Fleischstücke und Würste wurden auf die Holzbretter gehäuft. Hausdiener schenkten den Männern Wein ein, den Frauen nur verdünnten Würzwein.

Vlas spürte keinen Hunger, sondern nur Wut, weil noch ein weiterer Tag verstrich, der ihn von seinem Zielort fernhielt. Doch als er Mircea ansah, der neben ihm herzhaft in eine Gänsekeule biss, unterdrückte er seinen Groll und lächelte ihn an.

Es überraschte ihn allerdings, dass Nanu in seinem Braten nur herumstocherte. Er war sonst bekannt für seine unersättliche Esslust. Gern hätte er gewusst, was der Bojar dachte, denn es gefiel ihm nicht, wie dieser Clara ansah, die am Kopfende des Tisches saß.

Vor zwei Tagen hatte sie noch im Bett gelegen. Nun leitete sie seit dem Morgengrauen den Haushalt. Ihre Wangen waren nicht mehr blass, nur ab und zu hustete sie noch. Er freute sich, dass sie das Fieber überstanden hatte.

Auch ihm gefiel ihr Kleid aus rotem Samt, das alle Blicke auf sie zog. Das Mieder presste die runden Brüste in dem einladenden Ausschnitt hoch. Jetzt verstand er, warum Pascal sie so anstarrte.

»Schmeckt es Euch nicht?«, fragte sie ihn.

»Was?«

»Ihr habt nichts angerührt. Soll ich den Koch rufen, damit er Euch ein besseres Mahl auftischt?«

»Nein, nicht nötig. Ich warte darauf, dass Ihr zu essen anfangt. Oder habt Ihr keinen Hunger?«

Clara lächelte ihn an und biss dann genüsslich in ein Bratenstück. Ein wenig Fleischsaft lief ihr aus dem Mundwinkel zum Kinn, und sie wischte ihn mit dem Finger ab.

Bei dieser Geste musste Nanu Pascal schallend lachen. »Ich habe bis gerade eben nicht geahnt, wie hungrig ich bin.« Er zwirbelte die Schnurrbartspitzen nach oben. »Zu meinem Bedauern, edle Herrin, Eure Speisen sättigen mich nicht, denn keine von ihnen kann das Begehren meines Herzens befriedigen.«

»Ich fürchte, ich verstehe Euch nicht.«

»Ich schon«, mischte sich Vladislav ein.

»Dann habt die Güte und offenbart unserer Gastgeberin, was ich gemeint habe.« Der walachische Bojar schaute ihn herausfordernd und mit hochgezogenen Augenbrauen an.

Vlas lächelte nur. »Mit Vergnügen.«

Ernsthaft sprach er dann an Clara gerichtet: »Mein Gefolgsmann brennt vor Erwartung, seine Tapferkeit und Loyalität seinem Herrn gegenüber zu beweisen. Deshalb wird er schon morgen nach Targoviste in der Walachei reiten.«

Nanu sprang so abrupt auf, dass der Stuhl umkippte. »Nach Targoviste? Was habe ich dort zu suchen? Dortzulande herrscht Euer Halbbruder Aldea.«

»Genau deswegen.«

»Ich dachte, mein Platz sei bei Euch, an der Seite der echten Basaraben.«

»Das ist nach wie vor so. Aber ich wüsste keinen besseren offiziellen Abgesandten am Hof meines Bruders als Euch, Bojar.«

»Mein Herzog …«

»Nein, Nanu! Nicht hier. Wir möchten doch alle diese Köstlichkeiten genießen. Wir sprechen später darüber.«

Das Abendmahl wurde in erdrückendem Schweigen beendet.

Vladislav beschloss den Rundgang in den Stallungen, wo er nach Crai sah. Ein verschlafener Stallknecht kam zu ihm und wartete auf Anweisungen. Vlas entließ ihn mit einer knappen Handbewegung. Als er allein war, legte er die Stirn an die des Pferdes und streichelte ihm die Nüstern. »Manchmal vermisse ich deinen Vorgänger, Brathar«, flüsterte er, während er auf den kräftigen Hals des Tieres klopfte. »Im Leben muss man sich oft von vertrauten Dingen oder Menschen trennen, um neue Begebenheiten bewältigen zu können. Es läuft leider nicht immer wie erwartet. Sonst wäre ich heute Herrscher in der Walachei. Dennoch werden wir zwei gemeinsam das Ziel erreichen. Dessen bin ich mir sicher.«

Er verließ den Stall und ging zum Verwalterhaus, wo er Pascal traf. Dieser durchmaß den Raum mit langen Schritten, als er hereinkam.

Nanu verneigte sich, als er ihn sah. »Eure Hoheit.«

»Bist du sicher, dass wir allein sind?«

»Ja, Herr.«

»Gut. Hier hast du den Empfehlungsbrief an meinen Bruder. Du vertrittst nicht nur mich, sondern auch König Sigismund.«

»Ich bin aber kein Diplomat. Gebt mir ein Schwert statt dieses Schreibens, und ich diene Euch viel besser.«

»Ich weiß, Nanu, welche Waffe in deiner Hand am besten liegt. Auf jeden Fall nicht dieses Schriftstück.«

Vlas lachte, als er das verdutzte Gesicht des Bojaren sah.

»Ich verstehe nicht.«

»Jetzt verrate ich dir die wahre Aufgabe, die du am Hof meines geliebten Halbruders erfüllen musst.« Vladislav Draco legte den Arm um die Schultern seines Gefolgsmanns und flüsterte ihm zu: »Hast du wirklich geglaubt, ich würde meine Pläne offen am Tisch besprechen? Nicht alle meine Begleiter sind mir ehrlich ergeben. Viele von denen haben noch Familien in der Walachei; manche ihrer Vettern dienen sogar Aldea im Bojarenrat.«

»Aber wie kann ich dann glaubwürdig diesem Auftrag nachkommen? Euer Bruder weiß, dass ich Euch Treue geschworen habe. Wie schon mein Vater und Großvater, die zeitlebens den Basaraben loyal gedient haben.«

»Genau das ist es, mein Guter. Aldea ist auch Mirceas Sohn. Und wie ich schätzt er die Loyalität. Außerdem ist jeder Gegner der Danen bei ihm willkommen. Du musst ihn überzeugen, dass ich kein Interesse am Thron mehr habe, und du wirst ihn, von mir bevollmächtigt, gegen unseren Cousin unterstützen. Das natürlich nur so lange, bis ich in Schäßburg meine Position und meine eigene Armee aufbaue. Und wie ich dich kenne, wirst du es nicht lassen können, mich über alles, was am Hof in Targoviste passiert, auf dem Laufenden zu halten. Nicht wahr?«

Nanu grinste. »Ich bin Euer Mann.«

Es brannte keine Fackel und keine Kerze mehr, als Vladislav das Haupthaus betrat. Mit einer Öllampe in der Hand ging er zu seinem Zimmer. Die Tür von Claras Gemach stand einen Fingerbreit offen, und ein schwach flimmerndes Licht schien von dort in den Flur. Vlas blieb davor stehen. Gänsehaut lief ihm über den ganzen Körper, als er durch den Spalt Clara erspähte, die vor einem Spiegel stand und ihr Haar zu einem Zopf flocht. Vorsichtig schob er die eisenbeschlagene Eichentür auf. Das Quietschen der Scharniere erschreckte die junge Frau.

»Verzeihung«, stammelte er. »Ich wollte Euch keine Furcht einjagen, sondern nur Bescheid geben, dass wir morgen vor dem Morgengrauen aufbrechen werden. Unsere Wege trennen sich hier.«

Weil sie nichts sagte, verneigte er sich und trat zurück in den Flur.

»Bitte kommt herein«, lud sie ihn ein und schlug den langen Hausmantel fester um ihren Körper.

Er sah sich um. »Ihr seid aber allein. Es ist nicht sittlich.«

»Alle Bediensteten schlafen bereits, auch Gudrun.« Clara zog die Schultern hoch und lächelte verlegen. »Was tun wir denn jetzt?«

Im Kamin knisterte das Holz, und immer wieder sprühten Funken in die Luft. Das rötliche Licht der Flammen ließ ihr Haar wie flüssiges Gold schimmern. Die Behaglichkeit in dem Raum überwältigte ihn. Er trat ein, ließ die Tür hinter sich zufallen und lehnte sich dagegen. Für kurze Zeit schloss er die Augen und blieb regungslos. Er war so müde.

»Wollt Ihr Platz nehmen?« Sie deutete auf den Stuhl neben dem Kamin.

Vlas schüttelte energisch den Kopf, aber eher um die Müdigkeit von sich abzuschütteln, als um ihre Frage zu verneinen.

»Möchtet Ihr wenigstens etwas Wein trinken?« Sie ging zum Tisch und schenkte ein. Sie lächelte ihn schüchtern an, als sie ihm den Weinbecher reichte.

Der Rotwein war warm. Honig und arabische Gewürze schmeckte er heraus. »Dieser Trank ist für feine Frauengaumen gemacht.«

»Ich könnte Euch noch den sauren Wein der Bediensteten anbieten, wenn dieser Euch zu süß ist.«

Ihr Lachen steckte ihn an. »Dann bin ich hier falsch und sollte zu den Kammern der Hausdiener gehen.«

»In diesem Haus«, sagte sie, auf einmal ernst, »steht Euch jeder Raum offen. Ihr seid der Herr.« Sie ging zum Kamin und setzte sich auf einen der Lehnstühle. Traurig blickte sie in die tänzelnden Flammen.

Er folgte ihr und nahm ihr gegenüber Platz. Die fröhliche Stimmung war verflogen. Vladislav nahm ihre Hand in seine. »Ihr habt mir meinen Sohn zum zweiten Mal geschenkt. Niemand hat so viel Mut gezeigt wie Ihr. Auch ich als Vater nicht.« Seine Stimme zitterte. »Aber es ist nicht nur Dankbarkeit, die ich für Euch empfinde.« Er streichelte ihre Wange. »Ich liebe die Frauen«, fuhr er fort. »Ihre weichen Körper zu spüren, ihren Duft zu riechen oder ihr Wolluststöhnen zu hören … Jedes Mal habe ich gedacht, dass es für mich ausreicht, all dies zu erleben, um mich in meiner Männlichkeit bestätigt zu fühlen. Bis Ihr ins Eiswasser gewatet seid, um mein Kind zu retten. Ihr wart wie eine Kriegsgöttin oder wie eine Heldin aus den Balladen. Ihr seid anders als jede gewöhnliche Frau.« Müde legte er den Kopf in die Hände. »So furchtlos und gleichzeitig aufopfernd – diese Eigenschaften sind doch ritterliche Tugenden! Warum habe nicht ich meinen Sohn gerettet?«

Clara legte die Hand auf seine Schulter. »Seid nicht zu streng zu Euch. Lasst die Gedanken los und seht nach vorn. Gott der Allmächtige wollte es so.«

Vladislav führte ihre Hand an seine Wange, schloss die Augen und genoss ihre Nähe. Die Finger waren warm und umklammerten fest die seinen, als wolle sie ihn nicht loslassen. Er spürte ihre pulsierende Lebenskraft. »Was Gott wollte, haben wir erfahren. Aber was ist mit Euch, Clara von Thegzes? Wie kann ich Euch danken?«

»Ich bin bereits gesegnet, denn der Herr hat mir die Kraft gegeben, das Leben eines Kindes retten zu können.«

»Kann ich Euch einen Wunsch erfüllen? Braucht Ihr meine Obhut? Bis heute weiß ich nicht, warum Ihr Nürnberg verlassen habt. Wenn Ihr dort Feinde habt, werden diese auch die meinen sein.«

Sie schaute ihn wehmütig an und presste sich die Hand auf den Mund. Tränen rollten über ihre Wangen.

Vladislav stand auf, zog sie an sich und umarmte sie. Sie reichte ihm nur bis zur Schulter. »Wovor habt Ihr Angst?«, flüsterte er in ihr Haar. »Wie kann ich Euch schützen, wenn Ihr nichts sagt?«

Clara löste sich aus der Umarmung und trat einen Schritt von ihm zurück.

»Könntet Ihr mich auch vor mir selbst behüten? Und auch die Menschen, die mich umgeben?«

»Was meint Ihr?«

»Ich bin nicht die, die Ihr in mir seht. Vielleicht bin ich dazu verdammt, diejenigen, die mir nahestehen, mit ins Unglück zu ziehen. Ihr solltet besser Euch selbst beschützen und nicht mich.«

Mit hängenden Schultern stand sie da. Hilflos und zerbrechlich. Sie kaute an den Lippen. Zwischendurch schniefte sie. Vlas sah in ihr nicht mehr die Tochter und Erbin des Barons von Thegzes, sondern eine junge Frau, die sich allein und verloren fühlte.

»Wovon redest du, Clara?« Er lächelte sie an. »Ich war noch nie so glücklich wie jetzt. Von Fluch und Kümmernis merke ich keine Spur. Nur ein Mädchen mit laufender Nase stört das Bild.«

Sie lachte mit einem Schluckauf.

Er packte sie an der Schulter und führte sie zum Bett. »Besser, du gehst sofort schlafen, bevor du wieder krank wirst.

Das könnte ich mir nie verzeihen.« Ohne auf ihren Widerstand zu achten, zog er die Decken zur Seite, entfernte die Wärmepfanne, und mit der Verbeugung eines Hausdieners lud er sie ein, sich hinzulegen. »Mag die Herrin sich zur Ruhe begeben?«

Clara schmunzelte und spielte mit. Erhobenen Hauptes schritt sie an ihm vorüber und ließ vor ihm den Morgenmantel zu Boden fallen.

Der Lichtschein der Flammen aus dem Kamin ließ den Umriss ihres Körpers unter dem Nachtkleid erahnen. Vladislav genoss den Anblick nicht lange, denn sie schlüpfte augenblicklich unter die Bettdecken.

Er beugte sich über sie und küsste sie auf die Stirn. »Mögen die Engel deine Träume behüten.« Seine Stimme war rauh.

Sie schloss die Augen.

Eilig blies Vlas die Kerze aus, nahm seine Öllampe vom Tisch und ergriff die Flucht, ohne noch einmal zurückzublicken.

»Vladislav …«

Seine Finger lagen bereits auf dem Türgriff. Sein Herz pochte. Er musste nur die Tür aufreißen und sie wieder hinter sich zufallen lassen. Doch er tat es nicht. Langsam drehte er sich um.

Sie saß aufrecht im Bett und streckte die Hand nach ihm aus. »Bleib heute Nacht bei mir.«

Er schloss die Augen und schüttelte den Kopf.

»Bitte!«, flüsterte sie.

Vlas wagte nicht, sich zu bewegen, denn das hätte Clara geweckt. Sie war in seinen Armen eingeschlafen. Ihr Atem kitzelte ihn am Hals. Er küsste vorsichtig ihr Haar. Blind wanderte ihre Hand von seiner Brust zum Bauch.

Sie war nackt, denn sie hatte das blutbefleckte Nachthemd ausgezogen. Er schmiegte sich noch fester an sie, wie um mit ihrem von Leidenschaft erhitzten Körper den seinen zu brandmarken. Ihre Schulter bohrte sich in seine Achselhöhle, und ihr Knie presste sich an seinen Oberschenkel. Mit dem großen Zeh folgte er der Kontur ihres Fußes. Als er ihr Fußgewölbe berührte, zog sie ihn im Schlaf ruckartig zurück. Vladislav kicherte. Sie war kitzlig! Wie gern hätte er sie jetzt geweckt und mit ihr gelacht. Oder mit ihr geredet. Sie hatten so wenig Zeit gehabt, mehr voneinander zu erfahren. Er lächelte, als er sich daran erinnerte, wie neugierig sie seinen nackten Leib betrachtet hatte. Sie hatte sich ihm anvertraut, auf ihn gewartet.

Diesmal war es anders. Keine Frau hatte er je so nah an sich herangelassen. Keine hatte je so stürmisch sein Herz überflutet. Was würde aus ihnen beiden werden? Nach Schäßburg konnte er sie jetzt nicht mitnehmen. In ein paar Tagen würde dort Vasilissa eintreffen, die kurz vor der Niederkunft stand. Er musste noch warten und einen Weg finden, die Geliebte zu sich zu holen. Außerdem war er sich nicht sicher, ob sie ihm folgen würde.

Vlas spürte seinen Unterarm nicht mehr. Die Finger kribbelten. Vorsichtig bewegte er sich und zog den Arm unter ihr hervor.

Clara drehte sich und wandte ihm nun den Rücken zu. Die ruhigen und regelmäßigen Atemzüge zeigten ihm, dass sie weiterhin schlief.

Er schloss und öffnete mehrmals die Hand, bis die Nadelstiche verschwanden. Nachdem er fürsorglich die Decke über ihre Schultern gezogen hatte, stand er auf und ging zum Kamin. Nur noch wenig Glut glomm darin. In einem Korb fand er Holzspäne, und mit ein paar Handvoll davon entfachte er erneut das Feuer. Kleine Holzstücke folgten, bis zuletzt zwei Eichenscheite lodernd brannten.

Als er sich umdrehte, sah er Clara aufrecht im Bett sitzen, mit der Bettdecke bis unter dem Kinn.

»Tut mir leid, ich wollte dich nicht wecken.«

»Dann hätte ich dich nicht nackt vor den Flammen betrachten können«, lachte sie.

»Welche Gelüste! Ihr sprecht wie ein Marktweib, Edelfräulein von Thegzes.« Er kniff in ihre Wange. »Ehrlich gesagt, ich freue mich, dass du wach bist. Ich wollte nicht gehen, ohne mich von dir zu verabschieden.«

Beide wurden ernst. Vlas umarmte sie und streichelte ihr Haar. Sie roch nicht mehr nach exotischen Ölen, sondern weiblich und süß. »Wie fühlst du dich? Hast du Schmerzen?«

»Ich bin nur glücklich!«

»Das erste Mal für eine Frau … noch mehr für eine so kleine, wie du es bist, ist schmerzhaft.«

Sie kicherte und verbarg ihr Gesicht an seiner Brust.

»Komm, trau dich und sag es mir. War ich zu grob zu dir?«

Er legte den Zeigefinger unter ihr Kinn und hob es hoch, so dass sie ihn anblicken musste. »Und?«

»Mein Schoß ist heiß … und ich spüre dich immer noch in mir.«

Vladislav schmunzelte. »Das ist nicht schlimm, meine Clara. Es gehört dazu.«

»Dann bin ich getröstet.«

»Um ehrlich zu sein, es freut mich sogar, denn ich hoffe, du wirst mich nicht so schnell vergessen.«

Sie schlug mit der Faust gegen seine Brust, was ihn zum Lachen brachte.

»So ein Jammer, dass es bald hell wird«, sagte er, wieder ernst geworden. »Es bleibt uns nicht mehr viel Zeit. Daher hör gut zu, was ich dir jetzt sage.«

Sie legte die Finger auf seinen Mund und brachte ihn zum Schweigen. »Das brauchst du nicht. Ich wollte diese Nacht. Von Anfang an habe ich gewusst, dass wir uns danach nie wiedersehen werden.«

»Aber ich will dich wiedersehen!« Zärtlich entfernte er eine blonde Haarsträhne aus ihrem Gesicht und strich sie hinter ihr Ohr. »Du bist mein Engel, Clara. Tu mir das nicht an. Es wird nicht sofort geschehen können, aber nachdem ich in Schäßburg die Pflichten als Gouverneur übernommen habe, werde ich eine Möglichkeit finden, dich in meine Nähe zu holen. Vertrau mir! Oder möchtest du das nicht?«

»Doch. Ich sehne mich nach nichts anderem. Aber …«

»Es gibt kein *Aber*. Ich werde die Baronin irgendwie auf unsere Seite bringen.«

»Es geht nicht um meine Mutter.«

»Sondern?«

»Sondern um einen Mann.«

»Was?«

»Du wolltest wissen, warum ich aus Nürnberg geflohen bin.« Sie schluckte mehrmals, bevor sie weitersprach. »Ich wurde einem Edelmann versprochen. An dem Tag, als ich weggelaufen bin, sollte der Ehevertrag unterschrieben werden.«

»Was sagst du da? Wen musst du heiraten?« Er schloss die Augen, als wollte er ein Bild von sich fernhalten. Vladislav atmete einmal tief aus. »Egal, wer er ist, ich werde dich vor ihm beschützen. Falls notwendig, fordere ich ihn zum Zweikampf und töte ihn. Kein anderer wird dich berühren. Sag mir nur, wer er ist.«

»Nein.«

»Ich höre wohl nicht richtig!«

»Ich kann das nicht.«

»Wach auf, Mädchen. Glaubst du, dass dein Ehemann dich

zärtlich behandeln wird, wenn er merkt, dass du keine Jungfrau mehr bist?«

»Ich bin entschlossen, ins Kloster zu gehen.«

»So, das hast du also schon entschieden.« Er packte sie an den Handgelenken, zog sie zu sich und zischte ihr ins Ohr: »Ich habe meine Leute in Nürnberg. Besser du sagst es mir, bevor ich selbst erfahre, wer er ist.«

Sie befreite sich mit einem Ruck aus seinem Griff. Ihre Augen funkelten. »Wenn du darauf bestehst, dann sollst du es wissen: Es ist Ritter Hunyadi.«

»János? Mein Freund, János Hunyadi?« Vlas starrte sie verwirrt an. »Er wollte dich heiraten?«

»Ich habe dir gesagt, dass ich die Menschen um mich in Unglück und Verdammnis stürze.«

»Warum hast du dich mir nicht früher anvertraut?«

»Wärst du dann bei mir geblieben? Hättest du mich noch geliebt?«

Vladislav barg sein Gesicht in den Händen und schwieg. Nach kurzer Zeit blickte er sie wieder an. Er küsste sie zuerst auf die Stirn, dann presste er sie an seine Brust. »Ich kann dir jetzt nicht antworten, denn ich weiß nicht, was mich mehr schmerzt: dich zu verlieren oder meinen Waffenbruder verraten zu haben. Nur eines ist sicher: Ich kann nicht euch beide an meiner Seite haben. Fest steht, dass wir uns ab heute für einige Tage nicht mehr sehen werden. Und das bricht mir jetzt schon das Herz.«

Ungarn, 12. April 1431

János zügelte Orion, als er vom Hügel aus das Anwesen des Barons von Thegzes erblickte. Neben ihm hielt auch Gyuri an. Sie waren den ganzen Tag durch Schneeregen geritten.

Der Knappe wischte den Rotz mit dem Ärmel von der Nase. »Ich hoffe, Herr, wir finden einen trockenen Platz dort. Seit wann haben wir kein warmes Essen mehr zu uns genommen? Ich träume schon von einer heißen Brühe, in die ich ein Stück Brot tunke.«

Bei dieser Vorstellung lief auch János das Wasser im Mund zusammen. »Dann sollten wir uns beeilen, wenn wir das Gutshaus vor Sonnenuntergang erreichen wollen.«

»Worauf warten wir noch?«

Sie gaben den Pferden die Sporen, durch den Hufschlag wurden sie über und über mit Schneematsch bespritzt. Aber Hunyadi achtete nicht darauf und trieb Orion an. Er freute sich vor allem auf Clara, denn seit Tagen schon ging sie ihm nicht aus dem Kopf. Wie oft hatte er sich den Augenblick der Wiederbegegnung ausgemalt. Er hatte ihr längst verziehen. Nun, diesmal würde er sie nicht mehr aus den Augen lassen, bevor er sie vor dem Altar zu seiner Frau gemacht hatte.

Die Mauern um das Anwesen tauchten zwischen den Bäumen auf. Das Tor war geöffnet. Über den Hals des Hengstes gebeugt, hetzte er ihn in einem wilden Galopp. Ein kurzer Blick über die Schulter zeigte, dass Gyuri ihm folgte.

Die anderen Begleiter aus Buda hatte er nach Hermannstadt und Bistritz in Transsylvanien geschickt sowie nach Orschowa im Banat, um Söldner für Sigismund anzuwerben. Er selbst wollte nach Eisenmarkt reiten, in seinen Heimatort. Aber er würde nicht allein nach Hause kommen, sondern mit Clara als seiner Gemahlin.

In Gedanken versunken, bemerkte er nicht, dass sie bereits das Anwesen erreicht hatten. Vor dem Eingangstor stellte sich eine Wache auf. János und sein Knappe zügelten die Pferde.

»Zur Seite, Mann! Lauf zu deiner Herrin und kündige Ritter Hunyadi an!«

Der Wächter verbeugte sich kurz, griff nach den Zügeln und führte die Ankömmlinge in den Innenhof. »Ich habe auf Euch gewartet. Die Baronin hat es uns befohlen.«

»Wann ist sie angekommen?«

»Gestern.«

»Genau richtig.« Die Anwesenheit der Mutter seiner Angebeteten erleichterte seine Heiratspläne.

»Gyuri, kümmere dich um Orion.«

»Ja, Herr.«

Kaum an der Haustür angelangt, öffnete sich diese bereits. Die Hausherrin empfing ihn in Begleitung zweier Dienerinnen.

»Seid gegrüßt und willkommen, Ritter Hunyadi. Gott hat uns gutes Wetter und eine ereignislose Reise beschert, so dass ich gefahrlos und schnellstmöglich bei meiner Tochter sein konnte. Und um Euch standesgemäß empfangen zu können«, fügte sie rasch hinzu.

Er verbeugte sich und hauchte einen Handkuss auf ihre Rechte. »Baronin, ich teile diese Freude mit Euch.« Er sah sich um. »Wo ist Clara?«

»Sie macht sich schön für Euch. Nicht, dass dazu viel nötig wäre. Aber sie kann sich wegen des Zwirns nicht entscheiden. Seit heute Morgen frisiert ihr die Magd das Haar. Diese Gudrun ist ihre neue Begleiterin, die ihr von Nürnberg bis hierher gedient hat. Aber was rede ich? Kommt herein in den warmen Rittersaal. Ihr seid bestimmt durchnässt und hungrig.«

Sie betraten den Raum. Hunyadi ging direkt zum Kamin und hielt die ausgestreckten Finger über die züngelnden Flammen.

»Maria«, hörte er hinter sich die Baronin befehlen, »geh nach oben und sag meiner Tochter, dass wir auf sie warten. Und du, Agnes, sag dem Koch, er soll auftischen.« Sie klatschte in die Hände, um die beiden anzutreiben.

Ein Lakai kam zu János, nahm ihm Mütze und Mantel ab und hängte diese zum Trocknen auf ein Gestell vor dem Feuer. Diesem Diener folgten der Koch und zwei seiner Gehilfen, die Platten mit Braten und dampfendem Brot auf den Tisch stellten. Einer von ihnen schenkte Wein in Zinnbecher ein.

Bei den Aromen lief dem Ritter das Wasser im Mund zusammen.

»Nehmt doch Platz!«, lud ihn die Matrone ein. Sie zeigte auf den Lehnstuhl am Kopfende der Tafel. »Seit dem Tod meines Mannes, Gott hab ihn selig, vermissen wir auf dem Landgut einen Herrn.«

»Vielleicht ist die Zeit dafür noch nicht gekommen.« Er trotzte ihrer Einladung und setzte sich auf den Stuhl an der Tischseite.

Die Türflügel wurden von Dienern geöffnet, und dann ging Clara erhobenen Hauptes und gemäßigten Schrittes durch den Raum.

János sprang auf und eilte zu ihr. Er sank auf ein Knie und neigte den Kopf. »Meine Gebete wurden von Gott erhört und haben Euch heil nach Hause geführt. Gelobt sei der Herr!«

»Ich heiße Euch willkommen, Ritter, und bedanke mich für Eure Sorge.«

Sie streckte ihm die Hand entgegen, und er presste die Lippen darauf.

»Ihr seht blass und geschwächt aus. Ist es Euch unterwegs nicht wohl ergangen?«

»Sie hat nur zu wenig gegessen«, antwortete an ihrer Stelle die Mutter. »Aber jetzt, unter meinen Fittichen, wird es ihr bald besser gehen. Deshalb sollten wir dieses Mahl nicht kalt werden lassen. Ich bitte Euch, am Tisch Platz zu nehmen.«

János folgte ihnen, mied aber erneut den Lehnstuhl des Barons und setzte sich Clara gegenüber. Er trank seinen Wein aus, während er sie beobachtete. Sie hielt den Blick auf die Speisen gerichtet. Appetitlos kaute sie kleine Brotstücke und mied jeden Blickkontakt mit ihm. Kein Gesprächsversuch, keine Gefühlsregung. Und genau das störte ihn. Mit einem Knall stellte er den Zinnbecher auf die Tischplatte.

»Ihr habt mich gedemütigt, als Ihr aus Nürnberg geflohen seid. An dem Tag, als wir unseren Ehevertrag unterschreiben sollten.«

»Nicht unseren, sondern Euren.«

»Bin ich so abstoßend? Ist der Gedanke, mich als Euren Gemahl zu sehen, für Euch so grausam gewesen, dass Ihr vor mir fliehen musstet?«

»Ich bin nicht vor Euch weggelaufen, sondern vor einem Leben ohne die innige Verbundenheit zweier Menschen.«

»Was ist das schon?«, unterbrach die Matrone des Hauses. »Nun sitzen wir zusammen, und wir können die bevorstehende Hochzeit in die Tat umsetzen. Den Vertrag aus Nürnberg habe ich mitgebracht.«

»Mutter, hör auf!«

»Nein! Du sollst mit diesen Träumereien aufhören. Du redest von der Liebe, als wüsstest du, wovon du sprichst. Sieh dich an: Du bist siebzehn Jahre alt. Andere Frauen in deinem Alter haben bereits Kinder, führen Güter oder unterstützen die Ehemänner in Fehden und Kriegen. Du solltest es zu schätzen wissen, dass ein so ehrenhafter Ritter um deine Hand anhält. Und was tust du? Wie von allen Geistern verlassen, läufst du davon. Ohne an die Familienehre zu denken! Wie lange, glaubst du, werde ich das Baronat führen können?«

»Warum heiratest dann du nicht? Oder hast du Angst, dass der König dich, als Witwe, zwangsverheiraten wird? Und was sagst du dazu? Wie gefällt dir der Gedanke, erneut mit einem Mann das Bett teilen zu müssen, den du nicht liebst? So wie du mit meinem Vater gelebt hast. Das willst du doch nicht noch einmal erleben, nicht wahr? Deshalb drängst du mich ins Verderben. Hauptsache, du selbst bleibst verschont.«

»Ich verbiete dir, dass du so mit mir sprichst. Ich werde dich in deinem Zimmer bei Wasser und Brot einsperren, bis du zur Vernunft kommst. Und du solltest deinen Vater nicht so blind verehren, denn du ahnst gar nicht, wozu er in der Lage war. Er hätte dich, unter diesen Umständen, auspeitschen lassen.«

János schlug mit der Faust auf den Tisch. »Es reicht! Niemand wird hier eingesperrt oder auf andere Weise bestraft.« Er wandte sich Clara zu. »Eure Ängste kann ich verstehen, und ich wünsche mir nichts inniger, als dass Ihr meine Liebe spüren und sie irgendwann erwidern könnt. Ich werde Euch nach der Hochzeit so viel Zeit geben, wie Ihr braucht. Ihr werdet mich kennen- und lieben lernen.« Er streckte ihr die Hand entgegen. »Bitte! Vertraut mir.«

»Ich verdiene Eure Ehrerbietung nicht, da ich ihrer unwürdig bin.«

»Sagt das nicht, Clara!«

»Mein Schicksal ist es, Gott zu dienen. Daher werde ich ins Kloster gehen. Meine Entscheidung steht fest.«

»Was ist so abstoßend an mir?« Er deutete auf sich. »Bin ich verstümmelt oder geisteskrank? Wünscht Ihr Euch mehr Reichtum?«

»Ich kann Euch nicht heiraten, weil …«

»Schweig!« Die Mutter packte ihre Tochter am Arm und schüttelte sie. »Du sagst kein Wort mehr.«

János sprang auf. »Doch! Das wird sie tun.« Er wandte sich an Clara. »Also, warum nicht?«

Sie bot ihm die Stirn. »Weil ich keine Jungfrau mehr bin.«

Der Ritter sank auf seinen Stuhl zurück. Er starrte abwechselnd auf die beiden Frauen vor sich. Die Baronin hatte die Augen gesenkt, Clara jedoch hielt seinem Blick stand. Auf einmal fühlte er sich innerlich kalt und leer. Warum sah er keine Reue oder Scham in ihren Augen? Stattdessen strahlte sie Wohlbefinden aus, wie nur eine verliebte Frau es tat. Diese Entdeckung erschütterte ihn. Er war so blind gewesen.

»Es ist Vladislav, nicht wahr?«

Sie blieb wie versteinert und antwortete nicht.

»So viele Tage zusammen unterwegs.« Bitter lächelte er. »Es war klar, dass er seine Macht ausnutzen würde. Ihr wart ihm ausgeliefert.«

»Es war nicht so …«

»Hat er Euch vergewaltigt?« Er hieb sein Messer in die Tischplatte. »Mit wie vielen Männern aus seinem Gefolge hat er Euch geteilt?«

Empört sprang sie auf. »Er hat mein Leben gerettet und mich ehrenhaft nach Hause geleitet, so wie er es in dem Zisterzienserkloster auf die Bibel geschworen hat. Ihr seid es, der mich mit Euren Anschuldigungen in den Schmutz zieht. Wenn Ihr es genau wissen wollt: Ich habe mich ihm hingegeben. Ihn gebeten, bei mir zu bleiben, um mit mir das Bett zu teilen. Und ich habe es genossen!«

»Erspart mir die Einzelheiten.«

»Er hat von Eurem Heiratsantrag nichts geahnt.«

»Was?«

»Als ich ihm davon erzählte, war er betroffen.«

»Ihr beide … Ihr habt über mich gesprochen? Wann? Vor oder nach eurem Liebesakt? Hat es euch Vergnügen bereitet, mich auszulachen?«

»Ich bin an allem schuld. Nicht Vladislav. Eure Freundschaft bedeutet ihm mehr als meine Gefühle für ihn.«

»Das glaube ich gern! Nachdem er Euch entjungfert hat. Soll ich ihn jetzt als meinen Waffenbruder umarmen und ihm verzeihen? Mit ihm das Brot teilen und mit ihm, Rücken an Rücken, gegen den Feind kämpfen? Nachdem er mich verraten hat?«

»Ich werde dafür büßen, denn ich habe ihn verführt. Mit meinem Körper und …«

»Schweig, Tochter!« Die Mutter zerrte sie zurück auf den Stuhl.

»Wieso, Baronin? Schämt Ihr Euch, dass ich erfahre, dass Ihr mir die Hand einer Hure statt der einer unbefleckten Braut reichen wolltet?«

Die Edelfrau erblasste unter der schweren Beleidigung. »Ich verbiete Euch, derart mit mir zu sprechen.«

»Ich bin in ein Schlangennest geraten. Ihr speit nur Gift um Euch.« János ging zu Clara und blieb vor ihr stehen. Zärtlich streichelte er ihr Gesicht. »Ich habe in Euch einen Engel gesehen. Wie schwer konnte ich mich irren. Verflucht sollt Ihr sein. Auch die Liebe Gottes soll Euch verwehrt bleiben. Ihr seid zu schmutzig für ein Frauenkloster.« Er packte sie bei den Händen und zog zu sich heran. »Ich verfluche Euch, Clara von Thegzes, ich wünsche Euch ein bitteres Leben ohne die Herzenswärme eines Mannes oder die einer Familie. Solange Euch der Herr im Himmel gnädig sein wird.«

Hunyadi holte seinen Mantel und den Hut und verließ den Saal. Er rannte über den Hof direkt zu den Stallungen. Dort traf er auf seinen Knappen, der für den Hengst gerade Wasser in einen Holzbottich goss.

»Gyuri, sattle Orion. Wir müssen fort von hier.«

»Jetzt schon? Wir sind doch gerade erst angekommen. Und wohin?«

»Nach Kronstadt.«

János führte sein Pferd in gemächlichem Schritt durch die Gassen von Kronstadt. Dabei fielen ihm die Märkte mit den übervollen Ständen auf, an denen die Kaufleute ihre Waren anboten und eifrig um Preise feilschten. Er sah nicht nur teures Tuch aus Mailand oder aus dem fernen Osten, sondern auch Messer und Waffen aus der Steiermark, Gewürze und Öle aus den maurischen Ländern.

Die Stadt genoss die Gunst des Königs und erhielt besondere Privilegien und Steuerentlastungen sowie die Befreiung von der Heeresfolgepflicht. Dafür mussten die Einwohner gewaltige Stadtmauern errichten, um die Grenze des ungarischen Königreichs zu verteidigen und wie ein Fels in der Brandung den Angriffen aus dem Süden, dem Ansturm der Türken, standzuhalten. Die reichsten Zünfte waren verpflichtet, auf eigene Kosten Basteien und Türme zu bauen und sie mit Söldnern zu bemannen.

János erinnerte sich, dass vor mehr als zehn Jahren die Osmanen dieses Gebiet, das Burzenland, verwüstet hatten. Dass der gesamte Rat von Kronstadt zusammen mit Hunderten seiner Bewohner und Bauern aus der Gegend verschleppt und als Sklaven auf den Märkten am Bosporus verkauft worden waren.

Gefolgt von seinem Knappen, verließ er die Stadt durch das Klostergassentor und galoppierte nach Norden in Richtung Martinsberg.

»Herr!« Gyuri zeigte mit dem Finger auf einen Hügel vor ihnen, auf dem die Umrisse eines Glockenturms emporragten. »Ist das nicht die Kirche von Sankt Martin?«

Der Ritter nickte. Seit er das Anwesen des Barons von Thegzes verlassen hat, hatte er kaum ein Wort gesprochen.

Vor dem Kirchentor stieg er ab und übergab die Zügel seinem Diener. »Du bleibst hier. Achte auf alle Menschen, die hineingehen und herauskommen.«

»Jawohl.«

János schaute sich um. Vor dem Hauptportal hockten mehrere Arme, die um Almosen bettelten. Einer von ihnen stand auf und streckte ihm die Hand entgegen. »Habt Erbarmen, Edelmann, mit einem Hungrigen.«

Er ignorierte den Bettler. Dieser schlich jedoch hartnäckig hinter ihm her und flüsterte ihm verschwörerisch zu: »Eine milde Gabe, und ich bringe Euch zu den drei Männern.«

Der Ritter musterte ihn kurz und warf ihm dann einen Silberling zu. Der Bettler schnappte flink nach dem Geldstück. »Wartet in der Kirche vor dem Altar. Sie werden zu Euch kommen.«

János betrat das Gotteshaus. Von der Südseite drangen Sonnenstrahlen wie Feuerschwerter durch die schmalen Fenster in das Kircheninnere und ließen den Staub aufleuchten, der in der Luft schwebte.

Vor dem Kreuz Jesu kniete er nieder. Er fand kein Gebet, das seinen Hass mildern oder seine Seele besänftigen konnte. Nur das gequälte Gesicht des Gekreuzigten tröstete ihn, als habe der Sohn Gottes einen Teil seines Schmerzes auf sich genommen.

Kurze Zeit später hörte er hinter sich Schritte, die sich ihm näherten. Zwei Männer, in Mäntel gehüllt, fielen neben ihm auf die Knie. Ein Dritter flankierte ihn an der anderen Seite. Er bemerkte, dass dieser sich nicht nach katholischem Ritus bekreuzigte. »Ein ungewöhnlicher Treffpunkt für einen Orthodoxen«, sprach er den Fremden an.

»Im Gegenteil. Ich finde ihn mehr als angemessen, denn hier, vor diesem Altar, hat Seine Majestät, König Sigismund, zusammen mit meinem Onkel die Messe gehört. Und er war auch kein Katholik. Glaubt mir, sie haben nicht nur die Hostien empfangen und das Blut Christi getrunken. Hier haben sie auch auf die Bibel geschworen, sich gegenseitig zu unterstützen.«

»Euer Onkel?«

Der Unbekannte nahm die Kapuze ab. Das Licht erhellte seine Gesichtszüge. Er lächelte höflich. »Ja, Fürst Mircea der Alte, der Bruder meines Vaters Dan!«

János musterte sein Gegenüber. »Mit welchem seiner Söhnen spreche ich?«

»Mit dem ältesten, Dan Basarab, der Dritte dieses Namens.«

»Wer sind die anderen beiden hier?«

»Meine Brüder Rodislav und Laiota.«

»Und was wollt Ihr von mir?«

»Die dunklen Ecken eines Raumes sind mir zu unergründlich und eignen sich zu gut als Versteck für einen Lauscher. Besser, wir gehen nach draußen auf den Friedhof, denn die Toten können nicht hören, was wir bereden. Außerdem wollte ich schon immer sehen, wer in den Gräbern ruht. Kommt Ihr mit?«

János interessierte sich nicht für die Grabsteine, sondern beobachtete seine Begleiter. Die Größe, die schulterlangen braunen Haare und die schwarzen Augen – sie ähnelten sich alle drei sehr. Dan Basarab schien etwa dreißig Jahre alt zu sein. Er sprach verbindlich und achtete auf jede seiner Bewegungen. Rodislav, der Zweitälteste mit etwa Mitte zwanzig, blickte unruhig um sich und ballte fortwährend seine Faust auf dem Knauf seines Schwertes, stets bereit, sich oder seine Brüder zu verteidigen. Laiota war wohl sechzehn, vielleicht siebzehn Jahre alt. Er hielt sich zurück und verfolgte aufmerksam das Gespräch.

»Wie lautet Eure Antwort?«, fragte Basarab. »Seid Ihr auf unserer Seite?«

»Ich verstehe nicht, was Jagiello davon hätte, wenn ich Euch im Kampf um den walachischen Thron unterstützte.«

»Er? Nicht viel. Aber seine Söhne und Ihr, Ritter Hunyadi, umso mehr. Der polnische König wird nicht mehr lange leben. Ihm ist klar, dass sein Nachfolger einen Verbündeten im römisch-deutschen Reich benötigt. Eine Gefolgschaft, die er allerdings von Sigismund oder dessen Tochter Elisabeth, als seiner Erbin, nicht erwarten kann. Daher braucht er Euch an der Stelle der Luxemburger Dynastie.«

»Und welche Rolle spielt Ihr dabei? Irgendwie schließt sich der Kreis nicht.«

»Es ist ganz einfach. Jagiello will nach seinem Tod dem Thronfolger ein mächtiges Königreich überlassen. Dafür muss er die Herrschaft über Moldau und die Walachei erlangen. Wenn ich die Krone meines Landes übernehme, werde ich als Fürst seine Suzeränität akzeptieren und ihn gegen den moldauischen Fürsten unterstützen. Aber das wird nicht geschehen, solange die Luxemburger über Ungarn und das römisch-deutsche Reich herrschen. Und hier kommt Ihr ins Spiel. Als leiblicher Sohn Sigismunds habt Ihr das gleiche Recht auf den Thron wie Elisabeth. Wie Ihr seht, schließt sich der Kreis sehr wohl.«

»Ihr überseht einen bedeutsamen Baustein in Eurem Plan. Im Gegensatz zu Euch oder den jungen Jagiellonen bin ich nicht als königlicher Nachfahr anerkannt. Um seinen Thron zu besteigen, müsste ich zuerst die mächtige Familie der Königin, die Grafen von Cilli, beseitigen. Und die wiederum sind mit den Garai verbündet. Nein! Es wird nicht funktionieren.«

»Heute nicht und vielleicht auch morgen noch nicht. Das stimmt. Wir haben viele Feinde zu vernichten, und es wird nicht leicht werden. Denn nicht nur gegen Aldea müssen wir kämpfen – er bereitet uns nicht viele Sorgen –, sondern sein

Halbbruder Vladislav Basarab ist unser ernsthafter Rivale. Um ihn aus der Welt zu schaffen, brauchen wir den Teufel an unserer Seite.«

Hunyadi blickte die drei Basaraben an. Sie wollten ihn nur benutzen, das war ihm klar. Doch das würde er nicht zulassen. Im Gegenteil: Er würde den Spieß umdrehen und sie, zum geeigneten Zeitpunkt, zu seinen Schachfiguren machen. Außerdem erkannte er die für ihn günstigen Aussichten, die sich durch diese Interessenlage eröffneten. Er war der Schlüssel zum Erfolg dieses Plans. Er würde sein Spiel machen. Die Gelegenheit zur Rache gegen Vlas war früher gekommen als erwartet.

»Alle haben wir dasselbe Ziel«, sagte er schließlich. »Wir wollen auf den Thron unserer Väter. Und wenn wir es in diesem Leben nicht zustande bringen, dann sollten wir es für unsere Kinder tun.«

»Gott sei gelobt!«

János lächelte, als er weitersprach. »Was haltet Ihr davon, als Zeichen unserer Verbundenheit einen Pakt zu schließen?«

»Ihr handelt aber schnell. Worum geht es?«

»Ich habe eine entfernte Anverwandte, deren Tochter das Heiratsalter etwas überschritten hat. Es fehlt ihr leider an Verehrern.«

Dan Basarab lachte. »Entweder ist sie abstoßend hässlich oder arm wie eine Kirchenmaus.«

»Keines von beiden. Jeder Mann könnte sich glücklich schätzen, so eine Frau zu haben, die nicht nur sein Bett wärmt, sondern auch die Truhen mit einer großzügigen Mitgift füllt.«

»Das klingt verlockend. Aber vermutlich ist sie unter dem Stand meiner Familie.« Dan Basarab hob die Schultern. »Habt Ihr schon einen Anwärter für sie ausgesucht?«

»Nein. Sie soll nur einen Getreuen aus Eurem Gefolge heiraten. Egal, ob Edelmann oder Patrizier. Je näher der Mann Euch steht, desto besser.«

»Wenn das für Euch als Vertrauensbeweis gilt, habe ich nichts dagegen. Ich will jetzt erfahren, wer die Frau ist.«

János hielt kurz inne, bevor er den Namen aussprach. »Sie heißt Clara von Thegzes.«

Kapitel 20

Südtranssylvanien, 28. April 1431

Die Reiter peitschten die Pferde und versetzten sie in einen stürmischen Galopp. Unmittelbar nach Sonnenaufgang hatten sie die Burg Medwesch im Herzen Transsylvaniens verlassen, auch wenn diese – nach einem langen Weg durch verbrannte Dörfer – der erste geschützte Ort gewesen war.

Roxolan wusste, dass in ihren Mauern andere Gefahren lauerten, die schlimmer waren als die Rauchsäulen über den menschenleeren Ortschaften: Hungersnot und Krankheit. Das Gerücht, dass die Pest erneut im Königreich wüte, verbreitete sich immer weiter.

Auf der Burg hatten die Menschen erzählt, dass die Bauern sich zusammen mit den Leibeigenen gegen die Adeligen und die Gottesdiener erhoben hätten. Nach der schlechten Ernte im Herbst müssten sie, außer dem Zehnten an die Kirche, noch höhere Abgaben an den Adel abführen. Diejenigen, die diese nicht leisten konnten, wurden eingekerkert oder aufgehängt. Aus Rache plünderten die Aufständischen nun die Klöster und Gutshöfe und brannten sie nieder. Viele von ihnen waren zu den Hussiten übergelaufen. Dort lernten die Bauern, mit Waffen umzugehen und sich gegen die Reiterei zu verteidigen. Unzählige von ihnen versteckten sich, in Räuberbanden organisiert, in den Wäldern, um dort Reisende zu überfallen, zu berauben und zu ermorden.

Roxolan betrachtete seinen Tross. Oder was davon noch übrig geblieben war. Alle seine Sinne warnten ihn vor Gefahr. Er spürte die Widersacher, aber diese zeigten sich nicht, so als seien sie Gespenster. In den letzten Tagen waren drei Kundschaftergruppen spurlos verschwunden. Klaus von Redwitz hatte die Hoffnung aufgegeben, sie je wiederzusehen. Auch die Gruppe der Bojaren war geschrumpft. Viele von ihnen waren in Medwesch geblieben, weil sie glaubten, dass Untote sich in den transsylvanischen Wäldern herumtrieben. Dragomir hatte Mühe gehabt, ein paar Walachen dazu zu bewegen, ihn weiterhin nach Schäßburg zu begleiten. Nur schwere Goldgulden hatten sie überzeugen können.

Sie mussten schnellstmöglich diese von Gott vergessene Gegend hinter sich lassen. Rox gab seinem Rappen die Sporen. Schäßburg war noch ein oder zwei Tagesreisen entfernt. Das sonnige, aber eisige Wetter ermöglichte es ihnen, rasch voranzukommen. Er überblickte die Reiter, die, wie er, unerbittlich die Pferde antrieben. Ihnen folgten die Schlitten. Das pfeifende Geräusch der Kufen auf dem Schnee verhinderte, dass Roxolan verstand, was Smaranda ihm zuschrie. Er führte Brathar näher an ihre Seite.

»Was ist, Sma?«

»Wir müssen haltmachen. Die Wehen haben früher eingesetzt.«

Rox nickte und trieb den Hengst nach vorn an die Spitze des Trosses. Dort angekommen, schloss er sich dem Anführer der Deutschritter an.

»Halt an, Klaus! Wir brauchen eine Pause.«

»Warum?«

»Vasilissa!«

Der Ordensritter hob die Hand, daraufhin zügelten Reiter und Schlittenführer ihre Pferde.

»Wie weit ist es?«

»Ich weiß es noch nicht. Ihre Zofe hat es mir gerade eben gesagt. Ich muss zurück zu ihr.«

»Ich komme mit.«

Ilarion und Smaranda halfen ihrer Herrin, aus dem Schlitten zu steigen. Danach ging Vasilissa, auf Ilona gestützt, auf und ab. Sie hielt eine Hand unter den Bauch gepresst.

Rox sprang vom Ross und eilte zu ihr. »Ist es so weit?«

Vasilissa atmete mehrmals tief ein und aus, bevor sie antwortete. »Jetzt, nach ein paar Schritten, geht es wieder.«

»Wir kehren lieber zurück nach Medwesch. Gegen Mittag sind wir da.«

»Habt Ihr nicht gesehen, wie viele Menschen Zuflucht zwischen den Burgmauern gesucht haben? Es gibt nicht genug zu essen, und der Dreck häuft sich überall. Ich halte bis Schäßburg durch.«

»Ihr dürft nicht übersehen, Herrin, wie gefährlich der Weg noch ist. Habt Ihr vergessen, dass mehr als zwei Dutzend unserer Männer verschwunden sind? Dreck hin oder her, die Mauern bieten Euch Schutz.«

»Nein, Rox! Wir fahren weiter. Ihr habt doch gesagt, dass wir morgen, spätestens übermorgen Schäßburg erreichen.«

»Aber nur, wenn wir im Galopp reiten können. Was in Eurem Zustand nicht mehr möglich ist. Ich bezweifle jetzt schon, dass wir diese Nacht in Großalisch ankommen werden.«

»Bring mich zu Vladislav, Roxolan! Ich muss zu ihm.« Sie legte die Hand auf seine Schulter. »Ich schaffe es.«

»Ich bin ihrer Meinung«, meinte Klaus. »Je früher wir in Schäßburg sind, desto besser. Ich schlage vor, wir nutzen diesen Aufenthalt für eine kurze Rast und um die Tiere zu füttern, und danach preschen wir bis nach Großalisch durch. Ich bete, dass wir dort nicht schon wieder ein verlassenes Dorf vorfinden werden.«

Ein Ritter kam zu ihnen. »Herr, de Wavrin ist mit den Kundschaftern zurück.«

Rox stieg wieder auf den Hengst. »Wir bleiben hier nicht lange. Nutzt die Zeit für Eure Erledigungen. Ich lasse noch eine paar Schafsfelle für Euch bringen, die Ihr um die Herrin legen könnt.«

Er drehte sich zu Klaus. »Los, hören wir uns an, was der Burgunder zu berichten hat.«

Sie fanden ihn von walachischen Bojaren umkreist, die ihn mit Fragen bedrängten.

»Zur Seite!«, befahl der Deutschritter. »Erzähl, Wallerand! Hast du eine Spur von den anderen entdeckt?«

»Nein. Die Dörfer waren menschenleer oder niedergebrannt.«

Er zeigte auf drei Pferde, auf deren Rücken Leichen festgebunden waren. »Einige deiner Ritter haben Wasser aus einem Brunnen getrunken, und kurz darauf sind sie gestorben. Es war vergiftet. Ich konnte nichts für sie tun.«

»Vielleicht hat die anderen Kundschafter das gleiche Schicksal ereilt?«

»Ich glaube nicht, denn dann hätten wir ihre sterblichen Überreste finden müssen.«

»Ich sage es Euch ja«, mischte sich ein älterer Bojar ein. »Die Untoten treiben sich in diesen Wälder herum. Wir werden Blutzoll für den Weg zahlen müssen. Oder«, er deutete mit dem Zeigefinger auf den Schlitten der Herzogin, »sie lechzen nach einer unschuldigen Seele, einem Neugeborenen. Und wir müssen dafür sterben.«

»Wir dürfen keine Zeit mehr verlieren«, unterbrach ihn Roxolan ruhig. »Jedem steht frei, nach Medwesch zurückzukehren. Aber ohne Geleitschutz. Ihr habt die Wahl: zurück oder weiter nach Schäßburg.«

Die Walachen schauten sich verängstigt an. Manche bekreuzigten sich. Dennoch meldete sich keiner fürs Umkehren.

»Dann, Wallerand, übernimmst du die Nachhut. Ilarion, du bleibst bei den Frauen. Sag es mir, wenn sich der Zustand der Herzogin ändert.«

»Die drei Leichen begraben wir in Großalisch!«, ergänzte von Redwitz. Er stemmte sich in den Sattel und befahl: »Auf die Pferde, Männer!«

Es war kurz nach Mittag, als Roxolan seinen Freund wiedersah. »Du schaust bedrückt, Ilarion. Geht es Vasilissa schlechter?«

»Sie klagt nicht, aber Smaranda hat mir gesagt, dass ihre Herrin blutet.«

»Sie wird den Weg nach Schäßburg nicht überleben. Sie nicht und auch das Kind nicht.«

»Wir halten im nächsten Dorf an«, sagte Klaus. »Ich habe Vladislav geschworen, seine Frau zu schützen und sie heil zu ihm zu bringen.«

»Für alle Fälle soll Ilarion zusammen mit ein paar kampffähigen Bojaren nach Schäßburg reiten, um Vlas zu benachrichtigen.«

»Zu seiner Sicherheit sollen ihn noch acht Ordensritter begleiten. In diesen Wäldern lauert der Tod.«

»Rox, ich bin nur ein Knappe. Wäre es nicht besser, einen walachischen Edelmann zu beauftragen?«

»Ich vertraue keinem außer dir. Wenn einer es schafft, dann du, mein Freund.«

»Auch meine Männer werden dir folgen«, ermutigte ihn von Redwitz. »Tapferkeit und Loyalität sind Tugenden, die jeder von uns hochachtet.«

»Ilarion«, fügte Roxolan hinzu, »nimm Pechfackeln und Waffen für den Nahkampf mit. Und zieh das Kettenhemd nicht aus.«

»Ich trage es seit Tagen.«

»Alsdann: Gott sei mit dir!«, sagte Klaus, während er das Kreuzzeichen in der Luft schlug.

Rox schaute der Reitertruppe nach, die sich im Galopp entfernte.

Kurz vor Sonnenuntergang fuhren sie die Schlitten in ein Dorf, das aus weniger als zwei Dutzend Häusern und Hütten bestand. Kein Mensch kam, um sie zu begrüßen. Nur ein zotteliger Hund fletschte die Zähne und knurrte sie an.

»Wieder ein Geisterdorf.« Roxolan suchte nach einem unversehrten Gebäude, das er schließlich am Rand eines kleinen Platzes entdeckte. Er stieg ab. Gefolgt von drei Knechten, betrat er das Haus. Es war ein eingeschossiger Bau mit Wänden aus verflochtenen Zweigen, die mit einer Mischung aus Lehm, Kuhdung und Stroh gefüllt und verputzt waren. Die Fensterluken blickten leer wie blinde Augen. Durch sie und die geöffnete Tür wehte der Wind, der den Schnee in eine Ecke blies. Auf einem niedrigen Tisch huschten Ratten zwischen verstaubten Scherben. Rox ging zu dem offenen Kamin. Es gab noch eine Eisenstange mit Haken, um den Wasserkessel aufzuhängen. Zufrieden rief er die Männer zu sich.

»Ihr zwei säubert den Raum und bereitet das Lager neben der Feuerstelle. Du bringst Holz und machst das Feuer. Danach helft ihr den Frauen hierher.«

»Ja, Herr.«

Draußen versammelte sich inzwischen der Tross auf dem Innenplatz.

Von Redwitz lenkte das Gefolge. »Wir besetzen nur diese vier Häuser hier um den Platz. Die Schlitten stellt ihr rundum im Kreis, und die Tiere kommen in die Mitte.«

Er teilte die Ritter und Knechte in kleine Gruppen auf. »Ihr sucht in den Hütten nach allem, was brauchbar ist. Ihr holt Holz und ihr Wasser. Aber nicht vom Brunnen, sondern aus dem Fluss. Die Große Kokel fließt in der Nähe.« Am Ende sprach er die letzten sechs Deutschritter an. »Und ihr organisiert die Wachtposten.«

Roxolan musterte aufmerksam die Umgebung. Der Wald auf den Hügeln, die das Dorf umgaben, gefiel ihm nicht. Nur der Weg, den sie benutzt hatten, schnitt eine Schneise durch das Gehölz.

»Klaus, wir sitzen hier wie in einem Kessel.«

»Ich weiß. Mir gefällt es auch nicht.« Der Ritter kratzte seine bärtige Wange. »Wir müssen nur so lange durchhalten, bis das Kind geboren ist. Und vergiss nicht, Ilarion wird Vladislav von unserer Ankunft benachrichtigen. Wie ich ihn kenne, wird er sofort mit Verstärkung zu uns eilen.«

»Herr!«, riefen zwei Knechte. »Wir haben einen Einwohner gefunden!« Sie schleppten einen alten Mann aus einer Hütte heraus und ließen ihn vor Klaus und Roxolan zu Boden fallen.

Der Alte kauerte sich zusammen, schützte mit den Armen den Kopf und schaute sich mit fiebrigem Blick um.

»Wer bist du?«, fragte ihn von Redwitz.

Nur ein leises Jammern war die Antwort.

»Sprich, wenn du am Leben bleiben willst.«

Rox beugte sich zu ihm, zog seine Hände vom Kopf und sah ihn an. Er war bis auf die Knochen abgemagert. Die filzigen grauen Haare umrahmten ein Gesicht, das einem Totenschädel ähnelte. »Hab keine Angst«, flüsterte er dem Alten zu. »Bist du aus diesem Dorf?«

Der Mann nickte.

»Wie heißt es?«

»Halwelagen.«

»Und du?«

»Hans.«

»Wo sind die Dorfbewohner? Was ist hier geschehen?«

»Sie haben uns nichts zum Leben gelassen.«

»Wer?«

»Alle Tiere haben uns die Büttel des Grafen weggenommen. Auch das letzte Korn aus unseren Vorratskammern haben sie an sich gerissen. Wir dürfen im Fluss nicht fischen, im

Wald nicht jagen. Auch Holz zu sammeln ist uns verboten. Kinder und Frauen sind vor Hunger gestorben. Genau wie viele von den Schwächeren und Alten.«

»Wo sind die Überlebenden?«

Der Mann lächelte resigniert. »Auf der Suche nach Gottes Gerechtigkeit.«

»Warum bist du nicht mitgegangen?«

»Ich bin der Dorfschulze … Hier will ich sterben.« Der Alte schloss die Augen und legte sich erschöpft auf den Boden.

Roxolan stand auf, zog seinen Mantel aus und deckte ihn damit zu. Danach sagte er zu einem Knecht: »Du kümmerst dich um ihn. Gib ihm verdünnten Wein langsam zu trinken. Später soll er ein Stück Käse essen. Verstanden?«

»Ja, Herr.«

Unterdessen wurden die Pferde auf dem Platz gesammelt und die Schlitten wie eine Mauer im Kreis aufgestellt. Es waren um die zwanzig Menschen, die Schutz dahinter fanden.

Der Gelehrte Dragomir eilte zu ihm. »Wir haben die Herrin ins Haus gebracht. Ihre Zofe schickt mich nach dir.«

Rox hörte nicht weiter zu, sondern rannte bereits los und stürmte in den großen Raum. Auf Fellen und Decken gelagert, krümmte sich Vasilissa unter den Schmerzen. Neben ihr kniete Ilona, die den gewölbten Bauch abtastete.

»Und?«, fragte er.

Die Amme schaute ihn besorgt an. »Das Kind liegt nicht richtig.« Sie schüttelte den Kopf. »Gott steh ihr bei. Sie wird es nicht überleben.«

»Ich werde ihr helfen.«

In diesem Augenblick trat Smaranda ein, die zwei Holzeimer mit Wasser schleppte. Ihr folgte kurz danach Dragomir. Aufgewühlt zerrte er Roxolan nach draußen und zeigte auf die flammenden Pfeile, die durch die Luft auf sie zuflogen. »Die Untoten greifen uns an!«

Schäßburg, 29. April 1431

Vladislav öffnete das Fenster und atmete tief ein. Es war früh am Morgen. Vom ersten Stock aus überblickte er den Marktplatz. Heute gab es keine Hinrichtungen. Sogar der Pranger war leer. Von rechts läuteten die Glocken des Dominikanerklosters. Dahinter erstreckte sich die Wehrmauer, die mit ihren Türmen wie eine Krone auf dem Burgberg ruhte.

Er hatte das Haus vor Jahren einem Patrizier abgekauft. Hier hatte er sich unzählige Male mit Anhängern seiner Familie getroffen. Genau wie jetzt. Nur diesmal mussten sie es nicht mehr heimlich tun. Mit hohen Ehrenbezeugungen hatten ihn die Vertreter der Stadt empfangen, denn er war jetzt der Herzog von Hamlesch und Fogarasch und der militärische Gouverneur von Transsylvanien.

Die Depesche in seiner Hand erinnerte ihn wieder an die Männer, die auf ihn warteten. Vladislav schloss das Fenster und ging zurück zum Tisch. Er warf den Brief vor sich auf die Tischplatte.

»Leonardus gibt nicht viel preis, Tudor. Dass die Danen sich in Kronstadt aufhalten und dort Unterstützung gefunden haben, weiß ich schon lange.«

»Es ist wahr. Einige Neuigkeiten fehlen. Aber der Meister hatte Angst, mehr zu schreiben. Gefährliche Zeiten und unsichere Wege haben ihn veranlasst, Euch bestimmte Informationen nur mündlich, durch mich, mitzuteilen.«

»Ich höre!«

»Diese sind nur für Eure Ohren bestimmt.«

»Verstehe.« Mit einer Handbewegung schickte er die anderen Anwesenden nach draußen. »Ich rufe Euch nach diesem Gespräch zurück.«

Kaum war die Tür ins Schloss gefallen, fuhr Vladislav fort: »Wo sind die Waffen und die Ausrüstungen, Tudor?«

»Wie Ihr befohlen habt, wurden sie im Schmiedeturm eingelagert. Der Zunftmeister hat mich dort persönlich hineingelassen.«

»Gut. Was hast du noch aus Hermannstadt zu berichten?«

»Die Danen haben erfahren, dass König Sigismund Euch den Herzogtitel von Hamlesch und Fogarasch übertragen hat. Wie es scheint, haben sie bei Hof einen Lauscher. Auf jeden Fall beanspruchen sie ebenfalls den Titel, denn sie erbten ihn von ihrem Vater Dan. Sie sind nicht bereit, ihn Euch kampflos zu überlassen.«

»Das Herzogtum ist nicht vererbbar, das wissen sie ganz genau. Nur Seine Majestät entscheidet, wer dieses Lehens würdig ist.«

»Leonardus warnt Euch vor einer Falle. In der Burg von Hamlesch sind in den letzten Tagen Söldnertruppen einmarschiert. Die meisten von ihnen trugen polnische Harnische. Auch Walachen waren dabei. Sie erwarten Euch dort, denn sie wissen, wie wichtig dieser Adlerhorst für Euren Plan ist.«

»Und sonst? Was hat er noch gesagt?«

»Er fände es vorteilhaft, wenn Ihr als militärischer Gouverneur die Ausrüstung der königlichen Truppen über die Zünfte aus Hermannstadt sichern und Kronstadt aus diesem Handel herauslassen würdet.«

Vladislav lächelte. »Diese Städterivalität gefällt mir. War das alles?«

»Nein. Ich habe noch eine Nachricht, aber ich kann damit nichts anfangen.«

»Ich höre.«

»In diesem Frühling werden die Schäfer ihre Herden früher auf die Alm bringen.«

Vlas sprang auf. »Wie viele?«

»Wie viele was?«

»Schafe!«

Tudor schaute ihn verdutzt an. »Um die sechstausend.«

»Und wo treffen sich die Herden?«

»In der Nähe von Großpold.«

»Großartig!«

»Herr, ich verstehe immer noch nicht. Betreiben wir jetzt Handel mit Wolle?«

Vladislav lachte. »Sag mir, Tudor, wie viele Schwerter hast du mitgebracht?«

»Um die sechstausend.« Sein Gesicht hellte sich auf. »Und genauso viele Kettenhemden.« Er schmunzelte. »Gepanzerte Schafe habe ich bis heute noch nicht gesehen.«

»Du wirst nach Großpold reiten …«

Draußen im Flur hallten laute Stimmen. Die Tür wurde aufgerissen, ein bewaffneter Mann stürmte herein und sank auf ein Knie. »Mein Herr!«

»Ilarion!« Er packte seinen Knappen bei den Schultern und hob ihn hoch. »Wo ist Vasilissa?«

»Bei Eurer Gemahlin haben unterwegs die Wehen eingesetzt. Sie und der Tross …«

»Wo sind sie?«

»In einem Dorf vor Großalisch.« Der Knappe presste die Hand auf den linken Unterarm. Blut troff zwischen den Fingern hervor.

»Was ist geschehen?«

»Wir wurden im Wald von Räubern angegriffen. Sie waren zu viele. Hunderte! Mehr als die Hälfte unserer Männer ist gefallen.«

»Tudor, bring Ilarion zum Medicus. Danach rufst du die Reiterei der Garnison zusammen. Wir brechen auf.«

»Herr, ich komme mit. Es ist nur eine Schramme. Ich brauche aber ein anderes Pferd.«

»Dann los!«

Vladislav führte die Truppe in einem höllischen Galopp. Er blickte erneut nach Westen. Die letzten Sonnenstrahlen färbten bereits die Wolken purpur. Die Schatten der Bäume fleckten gespenstisch den verschneiten Weg.

Unterwegs hatten sie kurz in Großalisch angehalten, doch dort wusste niemand vom Gefolge von Klaus von Redwitz.

An einer Weggabelung zeigte Ilarion nach links. »Von dort sind wir gestern gekommen.«

Vlas nickte. Im Sattel hochgestemmt, befahl er seinen Begleitern: »Männer, zu zweit galoppieren! Greift zu Waffen und Schilden! Eine Pechfackel bei jedem sechsten Paar!«

Auf Befehl reihten sie sich paarweise hintereinander. Eine nach der anderen erleuchteten die Fackeln die Nacht und ließen die Schatten der Reiter wie Gesandte des Todes erscheinen. Bald schon verschluckte sie der Wald.

Ein ungutes Gefühl ergriff Vladislav. Mit dem flachen Schwert trieb er Crai an. Die Angst, zu spät anzukommen, schnürte ihm die Kehle zu. Vasilissa war seine Prinzessin, die Mutter seines Sohnes, der Anker in seinem wildbewegten Leben. Sie zu verlieren war für ihn undenkbar. Nur der Gedanke an Roxolan beruhigte ihn. Er vertraute seinem Freund und seinen ungewöhnlichen Fähigkeiten. Aber würde das Ungeborene überleben? Oder würde Gott ihn für seine Leidenschaft für Clara bestrafen und ihm das Kind nehmen?

Ein Pfeil rauschte an seinem Ohr vorbei. Hinter ihm hörte er einen Schmerzensschrei. »Schilde hoch!«, schrie er.

Aus der Dunkelheit summten weitere Geschosse heran.

Deren lauter Aufprall verriet ihm, dass die Männer seinem Befehl gefolgt waren. Die Reiter grölten wütend, aber die Angreifer zeigten sich nicht, und die Pfeile kamen seltener.

Vladislav verstand, dass sie es nur mit der Vor- oder Nachhut der Räuber zu tun hatten. Sie mussten rascher vorankommen, so dass der Rest der Meute keine Zeit fand, sich gegen sie zu organisieren.

»Schneller, Männer! Schneller!«

Die Hufe der Pferde schleuderten Schneebrocken in die Luft.

Zwischen den Bäumen erblickte Vladislav Draco endlich Lichter. Der Geruch von Rauch ließ ihn jedoch schaudern. Jetzt erspähte er die Umrisse von Häusern, die lichterloh brannten. Die Flammen beleuchteten den Schauplatz erbitterter Kämpfe.

»Attacke!«, befahl er und fiel über die ersten Wegelagerer her, die zwei Deutschritter umkreisten. Seine Schwertklinge zerhackte wahllos Gliedmaßen, Blut spritzte ihm in die Augen, Köpfe rollten zu Boden. Und er schlug weiter um sich. Bei jedem Hieb knirschten Knochen, und Schreie ertönten.

»Vlas!«, rief ihn ein Ritter mit dem schwarzen Kreuz auf dem Mantel.

Vladislav erkannte ihn. »Klaus! Wo ist Vasilissa?«

»Hinter den Schlitten. Im großen Haus!«, antwortete dieser, während er einem Angreifer die Brust durchbohrte.

Mit Ilarion und drei Söldnern ritt Vladislav dorthin. Unterwegs tötete er jeden Feind, der seinen Weg kreuzte.

Er stoppte vor zwei Fuhrwerken, die in Flammen standen, und durchbrach den Verteidigungskreis an anderer Stelle.

Doch vor dem Gebäude, in dem sich seine Frau befand, griff ihn eine Gruppe von Deutschrittern zu Pferd unter der Führung eines Edelmanns an. Dieser stellte sich ihm entgegen und focht so erbittert mit ihm, dass Vlas nicht dazu kam, ihm zu erklären, wer er war. Im Schein der Flammen erkannte er das Wappen seines Gegenübers. »Wallerand!«, schrie er. »Lass mich durch! Ich bin es, Vladislav!«

Der Burgunder hielt kurz inne. Er hatte ihn nun erkannt, denn er ließ das Schwert sinken und nickte knapp. Mit der freien Hand wischte er sich das Blut vom Gesicht. »Endlich!«

Vladislav sprang vom Pferd, bevor es zum Stehen kam, und stürmte ins Haus.

Der Anblick seiner Gemahlin erschütterte ihn. Sie ruhte auf einem Lager aus Fellen und Decken neben dem Kamin. Sie keuchte und verkrampfte sich unter den Geburtsschmerzen. Die einst sinnlichen Lippen waren zerschunden, und Blutspuren zeigten, dass sie sich selbst gebissen hatte. Ihre Augen irrten hilfesuchend im Raum umher. Sie nahm jedoch nichts von dem wahr, was um sie geschah, und sie erkannte ihn nicht. Auch die anderen Anwesenden bemerkten ihn nicht.

Ilona hängte über der Feuerstelle einen Kessel mit Wasser auf. Smaranda wusch mit einem feuchten Tuch das blutleere Antlitz ihrer Herrin. Neben ihr zermahlte Roxolan in einem Mörser Kräuter zu Pulver.

»Rox!«

Sein Freund schaute kurz hoch und stieß dann weiter in den Mörser mit den Kräutern. »Endlich, Vlas! Wenn es Götter gibt, dann haben sie uns alle erhört.« Mit einer Kopfbewegung deutete er zu Vasilissa. »Hilf ihr, sie braucht dich!«

Vladislav kniete bereits neben ihr. Er schob die Hand unter ihre Schultern und hob sie hoch. »Lissa! Sieh mich an, meine Prinzessin! Hörst du mich? Ich bin bei dir.«

Sie hing reglos in seinen Armen.

»Rox, was ist mit ihr? Und mit dem Kind?«

»Ich habe es geschafft, das Ungeborene mit dem Kopf nach unten zu drehen. Aber sie hat keine Kraft mehr, es nach draußen zu pressen. Seit gestern Nacht schon kämpft sie. Wenn es nicht schnellstmöglich geschieht, werden beide nicht überleben.«

»Hilf ihr! Lass sie nicht sterben!«

Roxolan goss Wasser über das gemahlene Pulver in einem Becher und flößte den Trank Vasilissa ein. »Diese Medizin wird ihr für kurze Zeit die Schmerzen nehmen und ihr neue Lebenskraft verleihen. Es wird aber nicht lange wirken. Deshalb brauche ich Hilfe.«

Rox kniete hinter ihr und legte ihren Kopf in seinen Schoß. »Smaranda, du presst am Anfang sanft ihren Bauch. Nach und nach musst du fester drücken. Ilona, du hast schon zwei Jungen geboren. Wenn du das Kind in der Öffnung siehst, ziehst du es vorsichtig heraus. Du weißt, was du danach zu tun hast.«

Die Frau nickte und plazierte sich mit sauberen Tüchern und einem Kübel Wasser zwischen die Beine der Gebärenden.

Vladislav beobachtete die Vorbereitungen mit gemischten Gefühlen. Er spürte einen Kloß im Hals, als er schluckte. Die Angst, womöglich bei der Geburt seines toten Kindes zugegen zu sein oder sehen zu müssen, wie seine Lissa litt und vielleicht ebenfalls sterben würde, schnürte ihm die Kehle zu.

»Rox, ich … ich gehe nach draußen und unterstütze de Wavrin beim Kampf.«

»Du bleibst hier!«, rief sein Freund ihn zurück. Er legte inzwischen die Hände an Vasilissas Schläfen. »Du musst die Legitimität deines Sohnes bezeugen.« Mit geschlossenen Augen murmelte er Worte in einer fremden Sprache vor sich hin und ließ die Finger auf der Stirn der werdenden Mutter kreisen.

»Ein Sohn, Rox? Und Lissa? Was …«

»Schweig!«

Roxolan starrte ihn an, als komme er aus einer anderen

Welt. Vladislav war sich nicht sicher, ob es nur die Flammen der Feuerstelle waren, die das Flimmern in seinen zweifarbigen Augen verursachten. Gehorsam nahm er die Hand seiner Frau zwischen die seinen und fing an, leise zu beten.

Vasilissa bäumte sich auf und schrie. Ihr Atem wurde immer schneller.

»Jetzt, Sma!«, befahl Rox. »Fest drücken!«

Vlas spürte Lissas Fingernägel in seinem Unterarm.

»Ich sehe es!«, kreischte Ilona.

»Noch einmal, Sma!«, wies Roxolan die Zofe an.

Smaranda stemmte sich vor und presste den Leib ihrer Herrin.

»So ist es gut!«

»Ich habe ihn«, verkündete Ilona fröhlich.

Rasch durchschnitt sie die Nabelschnur. Als sie ihm einen Klaps auf das winzige Hinterteil gab, fing das Kind an zu schreien. »Gelobt sei Gott im Himmel!«, sagte die Frau. »Herr, Ihr habt einen kräftigen und gesunden Jungen. Lang soll er leben!«

Aber Vladislav schaute nur seine Gemahlin an, die, von allen Kräften verlassen, auf einmal reglos dalag. »Rox, was ist mit ihr?«

Roxolan legte ihren Kopf sanft auf dem Boden ab und huschte zu Smaranda, die die Nachgeburt vorsichtig aus dem Leib herauszog.

»Verliert sie viel Blut?«, fragte er die Zofe.

»Nicht mehr, als es sein muss«, antwortete diese.

»Das ist gut«, murmelte er erleichtert.

Vlas packte seinen Freund an der Schulter. »Sag mir, was los ist. Warum bewegt sie sich nicht?«

»Diese Geburt hat sie ermattet. Aber sie ist eine starke Frau, sie wird diese Mühsal überstehen.«

»Bist du sicher?«

»Nein.« Rox ging zur Feuerstelle, neben der seine Tiegel und der Mörser standen. »Aber ich werde für sie einen Kräutertrank mit ein wenig Mohnsaft mischen«, fügte er hinzu, während er mehrere Säckchen öffnete und daran roch. »Dieser wird sie nicht nur in einen heilsamen Schlaf versetzen, sondern sie auch vor dem Fieber schützen.«

Vladislav nickte. Er wusste um die Kenntnisse seines Freundes.

Ilona näherte sich ihm. »Herr, wie soll Euer Sohn denn heißen?«

Erst jetzt nahm er dieses neue Lebewesen wirklich wahr. Mit zitternden Händen nahm er von ihr das Bündel mit dem Kind, das wimmerte und strampelte. Vlas entfernte das Tuch und betrachtete das Neugeborene. »Er ist vollkommen«, flüsterte er stolz.

Die Tür öffnete sich, und Ilarion stürmte herein. Ihm folgten Wallerand und Dragomir.

»Mein Herr! Die Aufständischen sind besiegt«, verkündete der Knappe. »Der Weg nach Hause ist frei!«

Der alte Gelehrte schritt andächtig zu Vladislav und zeigte auf den Säugling. »Ich sehe, Ihr habt einen zweiten Nachfahren.« Er nickte zufrieden. »Die Linie der wahren Basaraben ist stärker geworden. Es ist ein Zeichen des Allmächtigen für den Sieg im Krieg gegen die Feinde, die uns im Weg stehen. Gott ist auf unserer Seite im Kampf um den Thron! Das Kind muss schnell getauft werden. Wie heißt es?«

Vladislav wickelte seinen Sohn in seinen Mantel und ging, begleitet von Dragomir und Ilarion, nach draußen. Vor der Tür hielt er inne. Einer nach dem anderen versammelten sich die Deutschritter und die schäßburgischen Reiter um ihn, ebenso wie die walachischen und ungarischen Knechte. Im Flammenschein der brennenden Schlitten und Fackeln hob Vlas das Neugeborene hoch.

»Ich, Vladislav Draco, Sohn des Fürsten Mircea Basarab und von Maria de Anjou von Tolmay-Luxemburg, Herzog von Hamlesch und Fogarasch, Ritter des Drachenordens, zeige ihn euch und legitimiere hiermit die Geburt meines zweiten Sohnes. Er trägt meinen Namen: Vladislav Basarab der Dritte! Ich werde ihn Vlad Draculea nennen, Sohn des Drachen!«

Alle Anwesenden brachen in Hochrufe aus.

Nur ein Mann jubelte nicht mit. Wallerand, der im Haus geblieben war, kniete neben Vasilissa und betete für sie.

Kapitel 21

Nürnberg, 20. August 1431

János mischte sich unter die Menschenströme, die sich auf der Gasse zwischen der Burg und dem Großen Markt hin und her bewegten. Die Glocken der fränkischen Stadt läuteten zum Mittag. Auch wenn es in der Nacht kräftig geregnet und den Dreck fortgespült hatte, war die Luft bei Sonnenschein unerträglich stickig.

Hunyadi lockerte die Schnur, die sein Hemd um den Hals hielt, und wischte sich erneut den Schweiß von der Stirn. Aufmerksam blickte er in die Gesichter, die an ihm vorüberzogen. Zwischen den Nürnberger Kaufleuten und Handwerkern sah er auch Reichsritter und Pagen, die die Wappen verschiedener Fürstenhäuser oder Bischöfe trugen.

Die Nachricht über die vernichtende Niederlage des Reichsheeres bei Taus in Böhmen hatte ihn kurz vor der Stadt erreicht, als er auf Gruppen von Flüchtlingen gestoßen war. Es waren Landsknechte und einfaches Fußvolk, das nach und nach zurückkehrte. So erfuhr er, wie die Hussiten am 14. August die stolze Kreuzzugsarmee geschlagen hatten. Zahlreiche Augenzeugen erzählten ihm, dass die Fürsten und die gesamte Reiterei beim Anrücken der Ketzer alles stehen und liegen gelassen und die Flucht ergriffen hatten. Die Fußkämpfer und Fuhrwerksführer waren zurückgeblieben und wurden, ganz auf sich gestellt, den Feinden geopfert.

Am Anfang hatte Hunyadi ihnen nicht geglaubt. Aber in den vergangenen zwei Tagen, seit er in der Stadt war, hörte er in den Schenken oder auf dem Markt immer mehr Menschen darüber sprechen.

Es wunderte ihn nicht, dass Sigismund ihn unter diesen Umständen nicht sofort empfangen hatte.

Immerhin hatte er einen Tag zuvor durch einen königlichen Pagen die Einladung zum Kriegsrat erhalten, wohin er jetzt unterwegs war.

Das Menschengedränge geriet ins Stocken. Ungeduldig schob János zwei Marktfrauen vor sich her und schlängelte sich dann zwischen ihnen hindurch. Weiter kam er nicht. Ein Mann, der die Jauche und den Unrat aus den Gassen auf einer Handkarre sammelte, versperrte ihm den Weg. Als dieser die Ladung an ihm vorbeizog, hielt der Ritter den Atem an. Mit der Hand fächelte er die Fliegen weg und beeilte sich, zur Versammlung zu kommen.

Vor der Sebalduskirche entdeckte er Albrecht von Österreich, der, begleitet von vier Hausdienern, in Richtung Rathaus ging. Der Herzog erkannte ihn und wartete auf ihn.

János verneigte sich knapp. »Durchlaucht.«

»Ritter Hunyadi! Was für eine Überraschung. Ich dachte, Ihr wärt in Ungarn, im Auftrag Seiner Majestät.«

»Ich bin erst seit ein paar Tagen wieder hier. Bitte, ich möchte Euch nicht aufhalten. Ihr werdet bestimmt bei der Ratsversammlung erwartet.«

»Ihr etwa nicht? Als Kriegsberater nehmt Ihr sicher auch teil. Oder seid Ihr nicht geladen worden?«

»Doch.«

»Dann macht mir die Freude und begleitet mich dorthin.«

»Zu Euren Diensten.«

Der Herzog zog ein Tuch aus dem Ärmel und tupfte sich die Schweißperlen von der Stirn. »Ihr habt uns von Anfang an richtig beraten, Ritter, aber niemand wollte auf Euch hören.«

János blieb kurz stehen und schaute ihn verdutzt an.

»Überrascht Euch mein Bekenntnis?«

»In der Tat. Es kommt nur zu spät. Wenn Ihr wie der König und auch ich für einen täglichen Dauerkrieg plädiert hättet, wären wir heute nicht hier.«

»Dieser Kriegszug hatte von Beginn an keine Erfolgsaussicht, denn niemand glaubte daran. Außer Cesarini vielleicht. Sonst hat jeder nur aus Gründen der Pflichterfüllung teilgenommen, in der Hoffnung, ohne größere Schäden und Verluste davonzukommen.« Der Herzog lächelte grimmig. »Jetzt nach einem Schuldigen zu suchen? Was bringt uns das? Wir haben unsere Ehre auf ewig verloren und außerdem Hunderte von Menschen, die bei Taus ihr Leben ließen.«

»Es ist noch nicht vorüber. Wir haben nur eine Schlacht verloren.«

»Warum haben wir es noch nie geschafft, die Anhänger von Jan Hus zu besiegen? Ist Gott auf ihrer Seite? Ist ihr Glaube etwa doch nicht ketzerisch?«

»Eure Durchlaucht! Ich rate Euch, Eure Bedenken nicht so laut zu äußern. Wir haben soeben die Mauern des Dominikanerklosters hinter uns gelassen. Und vor uns«, János zeigte mit einer Kopfbewegung auf eine Gruppe vor der Tür des Rathauses, »sehe ich Cesarini.«

Dieser nickte ihnen zu und drängte sich ohne ein Wort vor dem Herzog und dem Ritter hinein.

»Es fängt ja schon gut an«, zischte Albrecht von Österreich.

In dem großen Ratssaal schlug Hunyadi ein Gewirr von Stimmen entgegen. In Gruppen aufgeteilt, diskutierten die Anwesenden und gestikulierten dabei heftig. Die Fürsten grenzten sich von den Rittern des Sankt-Georgen-Schilds ab, die, finster blickend, miteinander sprachen. Die Städtevertreter stritten sich, einige von ihnen zeigten vorwurfsvoll mit dem Finger auf die Bischöfe, andere auf die Adeligen.

»Was ist denn los?«, fragte János.

»Genau so war es auch auf dem Kampffeld«, antwortete Albrecht. »Jeder nur für sich.«

Kaspar Schlick eilte zu ihnen. »Eure Durchlaucht! Ritter Hunyadi!«, begrüßte er sie. »Der König wird bald eintreffen. Darf ich Euch zu Euren Sitzplätzen führen?«

Sie folgten ihm zwischen den an den Wänden angeordneten Lehnstühlen entlang und blieben an der Frontseite stehen. Auf einem Podest waren der Thron und noch zwei weitere Stühle aufgestellt. »Herzog, Ihr werdet zur Rechten Seiner Majestät plaziert sein.«

»Und wer sitzt auf der linken Seite?«

»Der Palatin, Garai.«

Der Vizekanzler wandte sich János zu. »Als Kriegsberater ist Euer Platz hier, neben mir.« Er zeigte auf einen Tisch, der etwas abseits, aber ebenfalls auf dem Podest stand.

Ein Page öffnete die Tür und verkündete mit lauter Stimme: »Seine Majestät, König Sigismund von Luxemburg!«

Die Fürsten, Bischöfe, Ritter und Patrizier eilten zu ihren Plätzen und verneigten sich.

Gemessenen Schrittes näherte sich der Monarch dem Podest. Ihm folgten der Palatin und vier Speerträger aus der königlichen Leibgarde. Unterwegs musterte der König seine Untertanen.

János neigte das Haupt, als Sigismund an ihm vorbeiging. Auch er erntete seinen prüfenden Blick.

Alle setzten sich, nur Miklós Garai blieb stehen und ergriff das Wort.

»Wir treffen uns nur sechs Tage nach der beschämenden Niederlage unseres Reichsheeres. Eine Niederlage, die nicht zu erklären ist, die nicht von uns zu akzeptieren ist. Wir haben nicht nur unsere Ehre und den Glauben an die Gerechtigkeit des Kreuzzuges verloren. Nein! Über zweitausend

Wagen sind den Ketzern in die Hände gefallen. Außerdem die Artillerie, Munitionsvorräte, Ausrüstungen und der Proviant.«

Vereinzeltes Husten durchbrach die Stille.

»Ihr, Kardinal«, fuhr Garai fort, »habt selbst Euren Hut, das Messgewand und das Kreuz auf dem Kampffeld gelassen. Und, wie ich hörte, sogar die päpstliche Bulle.«

Rot angelaufen, sprang Cesarini auf. »Das konnte nur geschehen, weil die Armee von Verrätern geführt wurde.« Anklagend zeigte er auf den Feldhauptmann, Friedrich von Brandenburg.

Der Kurfürst stand auf. »Ihr wagt es, mich Verräter zu nennen? Ihr wart doch derjenige, der jede meiner Anordnungen missachtet und damit meine Autorität im Heer untergraben hat. Alle Verhandlungen mit den moderaten Utraquisten habt Ihr behindert.«

»Wir sind in einen heiligen Krieg aufgebrochen und nicht, um uns mit diesen Irrgläubigen an den Verhandlungstisch zu setzen. Die Ketzerei heilt man nur mit Feuer oder mit dem Schwert, wenn Gott es uns befiehlt.«

»Wegen Eurer Hasspredigten und der Hetze gegen die Ansässigen sind durch uns mehr böhmische Katholiken ermordet worden als Hussiten. Und es hat Euch überrascht, dass kein einheimischer Fürst uns unterstützt hat? Ihr seid schuld an diesem Desaster!«

»Habe ich vielleicht Eure Truppen vor dem Angriff der Häretiker in den Rückzug geführt? Ich war nicht der Einzige, der Eure feige Flucht gesehen hat.«

Der Feldhauptmann stürmte nach vorn, packte den Kardinal am Kragen und würgte ihn. »Wagt es nicht, Cesarini, mich einen Feigling zu nennen!«

»Aufhören!«, schrie der König. Mit geballten Fäusten wartete er, bis die beiden Kontrahenten wieder Platz genommen hatten. »Hier wird niemand mehr ohne Beweis beschuldigt. Ist das klar?«

Der Kurfürst von Sachsen erhob sich. »Ich bestätige die Aussage des päpstlichen Legaten. Wir haben beide von der Hügelhöhe die Rückzugsbewegungen des Markgrafen beobachtet. Ja, das war der Anfang der völligen Auflösung des Reichsheeres.«

Der Kardinal nickte und lächelte befriedigt.

»Ich habe einen geordneten Truppenabzug befohlen«, verteidigte sich Friedrich von Brandenburg. »Um auf der Höhe des Hügels eine Verteidigungsstellung einzunehmen und dort mit konzentrierter Macht dem Ansturm zu widerstehen.« Seine Stimme bebte noch vor Aufregung. »Und jetzt frage ich Euch: Warum habt Ihr meiner Anordnung nicht Folge geleistet? Aus der Entfernung zu beobachten und andere kämpfen zu lassen, das passt zu Euch, Cesarini! Oder glaubt Ihr weiterhin, dass man einen Krieg nur mit Kirchgesang gewinnt?«

»Wer hat außerdem noch den Befehl des Feldhauptmanns erhalten?«, unterbrach ihn der König.

»Ich«, antwortete der Bischof von Würzburg.

»Und auch ich, Majestät«, meldete sich der Pfalzgraf Johann von Neumarkt. »Wir haben uns gefragt, warum die Truppen des Kardinals und die aus Sachsen uns nicht gefolgt sind.«

»Von diesem Manöver haben wir nichts gewusst!«, verteidigte sich Friedrich der Sanftmütige.

»Der Markgraf von Brandenburg will mit seinen Komplizen die Schuld mir zuschieben!«, schrie der päpstliche Legat. »Außer mir und meiner italienischen Garde ist keiner zurückgeblieben. Trotzdem habe ich es geschafft, die Fliehenden aufzuhalten und sie neu zu organisieren. Aber wir waren zu wenige. Meine gesamte Leibgarde hat sich in diesem letzten

Kampf geopfert. Und wo wart Ihr, Fürsten und Ritter? Das will ich wissen!«

»Wir auch!« Aus der Reihe der Städtevertreter erhob sich Ulrich Ortlieb. »Die Reiterei der Edelleute hat wissentlich die städtischen Aufgebote zurückgelassen, um sich schneller und ungehindert absetzen zu können. Alle unsere Wagen mit den Fußtruppen sind den Hussiten zum Opfer gefallen.«

»Das stimmt nicht!«, rief der Graf Heinrich von Schwarzburg. »Die Ersten, die abgehauen sind, waren die Augsburger. Sie haben vollzählig ihre Heimat erreicht. Ohne einen einzigen Söldner oder auch nur ein Tier zu verlieren.«

»Ist es so?«, fragte der König.

Ein stattlicher Mann erhob sich. »Ja, Majestät. Ich habe meinen Truppen den Rückzug befohlen.«

»Wer seid Ihr?«

»Mein Name ist Erasmus Sattelboger, Anführer der Augsburger.«

»Ihr gebt zu, vor dem Kampf das Kriegslager verlassen zu haben? Ist Euch klar, dass Ihr Euch damit des Verrats schuldig gemacht habt?«

»Ich habe das getan, was mir meine Kriegserfahrung und mein Gewissen geboten haben. Und es hat sich gezeigt, dass diese Entscheidung richtig war.«

Er schaute über die Anwesenden. »Alle, die an dem Kriegsrat vor dem Hussitenangriff teilnahmen, dachten das Gleiche wie ich. Nur hatte keiner den Mut, die Wahrheit zu sagen. Wir wollten nur abhauen. Oder wie viele von den Fürsten entschieden sich offen für die Schlacht, als der Sankt-Georgs-Ritter Wilhelm von Rehberg von der gewaltigen Macht der Ketzer berichtete?«

Die Mehrheit der Edelleute blickte zu Boden.

»Jeder von uns«, fuhr Sattelboger fort, »erkannte die Sinnlosigkeit des Widerstands. Als ich in der Nacht sah, wie der

Pfalzgraf von Bayern seinem Kontingent den Heimmarsch befahl, tat ich das Gleiche für meine Kämpfer. Ich rettete das Leben meiner Männer und die gesamte Ausrüstung.«

Der Mann ging zum Podest und ließ sich auf ein Knie sinken. »Diese Menschen und die Waffen, Majestät, stehen Euch heute unversehrt zur Verfügung, egal, ob gegen die Ketzer oder für Verteidigungsmaßnahmen an den Grenzen. Wenn das Verrat ist, dann werde ich mit meinem Kopf dafür büßen.«

Stille herrschte im Saal.

Sigismund trommelte mit den Fingern auf den Armlehnen seines Throns.

János sah nicht nur Angst in den Augen der Anwesenden, sondern auch Neugier und Hoffnung auf Gerechtigkeit.

»Ihr seid der Einzige, der den Mut hat, sich der Verantwortung zu stellen. Alle anderen haben sich nur gegenseitig beschuldigt. Dennoch, wir sind nicht hier, um nach Schuldigen zu suchen. Keinem von Euch werde ich diese Last aufbürden. Das wäre ungerecht.«

Er schlug sich mit der Faust auf die Brust. »Hier hinein, in uns selbst müssen wir hineinblicken und mit uns Gericht halten. Jeder einzelne Christ. Jeder von uns!«

Der Monarch stand auf und ging zwischen den Reihen auf und ab. »Was seht Ihr dort?«

Er blieb vor Cesarini stehen. »Gefällt es Euch, Kardinal, was Ihr in Eurer Seele erblickt?«

»Oder Euch, Fürsten, Bischöfe und Ritter?«

Sigismund stieg wieder auf das Podest und setzte sich auf den Thron. »Die Niederlage des Kreuzzuges ist nichts anderes als die Strafe Gottes für unsere Sündhaftigkeit und Anmaßung. Wir Christen haben vergessen, demütig zu sein. Der Allmächtige hat uns damit gezeigt, dass dieser Weg, den wir gewählt haben, falsch ist. Dafür aber mussten wir teuer bezahlen. Büßen müssen wir auch weiterhin. Büßen und … zusammenhalten. Nur gemeinsam, im wahren Gottesglauben geeint, können wir die feindlichen Mächte besiegen.«

Der König lehnte sich zurück und blickte in den Saal.

»Aus diesem Grund werde ich baldmöglichst nach Rom reisen. Unter der Krone eines Kaisers und mit dem Segen des Heiligen Vaters werden auch die anderen gekrönten Häupter Europas uns in den Kampf folgen.«

Zustimmung erscholl im Ratssaal.

János bewunderte die listige Art des Königs: Wie er die gesamte Christenheit für die Niederlage verantwortlich machte und sich somit die Unterstützung jedes Einzelnen für sein persönliches Ziel sicherte.

»Seht sie Euch an, Ritter!«, hörte er Kaspar neben sich flüstern. »Sie freuen sich, dass sie nicht zur Rechenschaft gezogen werden.«

»Ja, aber keiner von ihnen wird Sigismund über die Berge begleiten. Geschweige denn, Seiner Majestät Bewaffnete zum Geleit oder Geld dafür zur Verfügung stellen. Sie werden diesen Augenblick heute schnell vergessen und beginnen, über die Verluste in diesem Kreuzzug zu jammern.«

»Deshalb erwartet Euch der König heute Abend in Bamberg, auf dem Anwesen des Schatzmeisters. Seine Majestät will erfahren, wie viele Männer Ihr aus Ungarn mitgebracht habt.«

Ruhe kehrte in den Saal zurück. Sigismund sprach weiter.

»In meiner Abwesenheit übertrage ich die Statthalterschaft diesmal nicht dem Reichsvikar. Wir alle wissen, wie schwer krank der Pfalzgraf Ludwig ist. Ich ernenne zu meinem Stellvertreter Wilhelm, den Herzog von Bayern-München.«

Dieser stand auf und verneigte sich. »Es ist mir eine Ehre, Majestät.«

»Ihr werdet in dieser Funktion auch an der Seite Seiner

Eminenz, Kardinal Cesarini, für das Königshaus auf dem Konzil in Basel auftreten.«

»Eure Majestät«, entgegnete der päpstliche Legat, »ich wollte mich auf den Weg nach Spanien und Frankreich machen, um nach einem neuen Kreuzzug zu rufen. Je schneller wir die Häretiker angreifen …«

»Wir? Nein! Ihr allein wollt den heiligen Krieg um jeden Preis. Nichts habt Ihr aus dieser Niederlage gelernt. Ihr seid doch von dem verstorbenen Papst Martin zu seinem Stellvertreter auf dem Konzil ernannt worden. Wie oft wart Ihr dort? Kein einziges Mal, Cesarini. Stattdessen lechzt Ihr nach dem Blut der Hussiten auf dem Kampffeld. Die Zeit ist gekommen, uns zu besinnen und uns mit den Orthodoxen und sogar mit diesen verwirrten Schafen an den Verhandlungstisch zu setzen, um Frieden zu schließen. Wir brauchen alle an unserer Seite.«

Der Kardinal ballte die Fäuste. »Ich werde nur den Anweisungen des Papstes Eugen folgen. Der Heilige Vater sieht keinen Nutzen in dem Treffen der Religionen in Basel.«

»Weil der Heilige Vater nicht die wahre Gefahr sieht. Während wir Christen uns gegenseitig abschlachten, erobern die Osmanen in Europa eine Region nach der anderen. Dort, wo einst Glocken in Kirchentürmen läuteten, rufen nun Muezzins unter der Halbmondsichel zum heidnischen Gebet. Gegen sie müssen wir den Kreuzzug führen.«

Die Stimmen im Saal wurden lauter. János beobachtete, dass die Ritter vom Sankt-Georgen-Schild die Einzigen waren, die dem König zustimmten. Die Fürsten sahen sich besorgt an, und die Ständevertreter opponierten halsstarrig gegen erneute Kriegskosten.

Der König wartete, bis wieder Ruhe einkehrte. »Gott allein für uns kämpfen zu lassen reicht nicht. Ihr werdet bald sehen! Aber dann wird es für viele von Euch zu spät sein.«

Sigismund erhob sich. Als er an János vorüberging, hielt er kurz inne und flüsterte ihm zu: »Ich erwarte Euch heute Abend!«

Der Ritter verneigte sich wie alle anderen, als der Monarch den Ratssaal verließ.

Hunyadi erreichte das Anwesen von Matthias Lemmel vor dem Sonnenuntergang. Jetzt verstand er, warum der König sich hier und nicht innerhalb der Stadtmauern aufhielt. Die saubere Luft und die Abgeschiedenheit von den Intrigen in Nürnberg machten aus diesem Haus den geeigneten Ort für Sigismunds angeschlagene Gesundheit und für Besprechungen über seine Pläne. Außerdem: Wo könnte er besser über Finanzen beraten werden, wenn nicht bei seinem Schatzmeister? János lächelte. Er lernte immer mehr von seinem leiblichen Vater.

Der Hausdiener öffnete ihm die Tür und lud ihn in einen geräumigen Speisesaal ein.

Seine Majestät stand am Tisch und war über eine Landkarte gebeugt. Dann blickte er auf und nickte János zu. »Ihr kommt zur rechten Zeit. Zu welchem Weg über die Alpen ratet Ihr mir? Diesen hier finde ich kürzer und nicht zu steil.«

János folgte Sigismunds Finger auf der Karte. »Ja, aber in den schmalen Pässen können zwei, höchstens drei Ritter nebeneinanderreiten. Bei einem Überfall wäre Euer Gefolge leicht zu bezwingen.«

»Und welche Strecke würdet Ihr auswählen?«

Nachdem Hunyadi die Landkarte aufmerksam studiert hatte, bewegte er den Zeigefinger auf einer Linie, die durch die Berge nach Mailand führte. »Dieser Weg, Eure Majestät, ist wesentlich länger, führt aber an mehreren Orten vorbei, die Euch Unterkunft und Proviant für den Tross bieten. Und nach dem heutigen Lob für das Verhalten von Erasmus Sattelboger könnt Ihr Euch auf die Augsburger verlassen. Sie werden sogar Eure Truppen mit den kampffähigen Männern, die von Taus geflohen sind, stärken. Das hat ihr Anführer heute doch gesagt.«

Sigismund lächelte zufrieden. »Und weiter?«

János zeigte auf Memmingen. »Von hier, mein König, rate ich Euch, dem Weg über Lindau und Feldkirch nach Mailand zu folgen.«

»Gut! Aber wie viele Reiter habt Ihr aus Transsylvanien mitgebracht?«

»Um die hundert, Hoheit.«

»So wenige?«

»Es gab nicht mehr viele freie Ritter oder Söldner, die ich verpflichten konnte. Wegen des Bauernaufstands und der Hungersnot haben die Grafen diese Männer schon vor mir in Sold genommen. Auch in den Krieg gegen die Hussiten sind zahllose gezogen. Der Zeitpunkt war nicht günstig für uns.«

Sigismund setzte sich wie erschlagen auf den Lehnstuhl. »Mit solch einem Gefolge kann ich nicht um die Krone kämpfen, geschweige denn die Zustimmung des Papstes zu meiner kaiserlichen Investitur erzwingen.«

»Es muss nicht immer mit der Gewalt der Waffen geschehen. Nichts ist stärker als der Glaube, mein König.«

»Was wollt Ihr damit sagen?«

»Ihr könnt Euch als frommer Pilger nach Rom begeben. Die ein- oder zweihundert Reiter werden Eure Leibgarde sein. Keine Armee wird sich Euch in den Weg stellen. Nicht nur jede Kirchentür öffnet sich dem Kreuzträger, sondern auch die der Kathedralen und der Paläste. Umso mehr, wenn dieser der Anführer der Kreuzfahrer in Europa sein will.«

»Ja! Das ist ein guter Plan. Wenn ich erst einmal in Mailand angekommen bin, werde ich sehen, ob der Herzog sein

Versprechen der Schiffsüberfahrt halten wird. Ich traue ihm nicht. Aber das wird sich zeigen.«

Sigismund wühlte durch die Schriftstücke auf dem Tisch, bis er einen bestimmten Brief fand. Er hielt ihn in die Höhe. »Eure Depesche, Hunyadi, hat mich überrascht. Ebenso wie die Entscheidung, Erzsébet Szilágyi zu heiraten. Als Ihr nach Transsylvanien aufgebrochen seid, dachtet Ihr nur an die Tochter der Baronin von Thegzes. Woher dieser plötzliche Sinneswandel?«

»Diese Frau war meiner Liebe nicht würdig«, antwortete János kühl. Er hatte mit dieser Frage gerechnet.

Der König sah ihn forschend an. »Ich habe gehört, dass ihre Mutter sie mit einem Patrizier aus Kronstadt vermählt hat.« Er zog die Augenbrauen hoch. »Eine Edelfrau mit einem Kaufmann. Unerhört! Ich würde gern die Beweggründe der Baronin kennen. Oder wisst Ihr etwas darüber?«

»Nein, Majestät.« Hunyadi hielt dem prüfenden Blick des Königs stand.

»Wie auch immer. Wir müssen uns jetzt für unsere Reise nach Rom rüsten. Ihr begleitet mich als Hauptmann meiner Leibgarde. Wir brechen in zehn Tagen auf.«

»So schnell?«

»Über Eure Vermählung mit Erzsébet Szilágyi macht Euch keine Gedanken. Die Vorbereitungen laufen bereits. Kaspar Schlick arbeitet seit längerem an einem Ehevertrag. Ihr werdet nicht nur eine junge Braut bekommen, sondern auch eine reiche.« Er lächelte. »Nichts wird mich von Eurer Hochzeitszeremonie fernhalten, denn ich will Eure Verbindung persönlich segnen. So wie ich es auch bei meiner Tochter getan habe.«

János verneigte sich. »Ihr bin geehrt, Majestät.« Seine Stimme bebte. Er begriff, dass Sigismund ihn soeben als seinen Sohn anerkannt hatte. Auch wenn es indirekt und inoffiziell geschehen war, es genügte ihm. Auf einmal erschien es ihm nicht mehr unmöglich, eines Tages seinem Vater auf den Thron zu folgen. Dafür würde er selbst gegen seine Schwester Krieg führen.

Der König legte die Hände auf die Schultern des Ritters. »Ich brauche starke Männer an meiner Seite. Und vor allem brauche ich Euch.«

Hunyadi presste die Faust aufs Herz. »Ich gelobe, Euch mit meinem Schwert zu dienen und mein Blut für das Haus Luxemburg zu opfern. So wahr mir Gott helfe!«

Sigismund umarmte ihn.

Nur János wusste, was sich in Wahrheit hinter dem Schwur verbarg. Mit dem Gelöbnis hatte sein eigener Feldzug begonnen.

TEIL 2

Die Zeit des Adlers
1436–1442

Kapitel 22

Südtranssylvanien, 24. Juni 1436

Roxolan stocherte mit einem Stock im Feuer, bis Funken durch die Luft flogen. Aus einem Stapel griff er nach zwei Holzscheiten und warf sie in die Glut. Für Ende Juni war es in den Karpaten immer noch kalt, insbesondere in der Nacht. Er atmete tief die kühle Bergluft ein. Der herbe Duft der Bergwiesen sowie der modrige Geruch nach Erde und Laub erinnerten ihn an seine Kindheit. Hier war er zu Hause. Das letzte Mal hatte er sich kurz nach der Geburt von Vladislavs Sohn, Vlad Draculea, hier aufgehalten.

Nach mehr als fünf Jahren war er an den Ort zurückgekehrt, wo er gehen und sprechen gelernt hatte. Zu dem Menschen, den er liebte und verehrte wie keinen anderen. In den vergangenen Tagen war ihm Aliodor mehrmals im Traum erschienen, und jedes Mal waren es dieselben Bilder gewesen.

Rox schaute über die Flammen hinweg zu der Hütte, in der sein Ziehvater im Sterben lag. Vor der Tür wachte ein Wolf. Seine gelblichen Augen fixierten ihn und zogen ihn in ihren Bann, der ihn in frühere Zeiten führte.

Wie ängstlich hatte er als Kind dieses Raubtier gemieden! Bis ihm sein Lehrer, in einer Nacht wie dieser, erstmals von den Alten Mysterien erzählt hatte.

»Der Wolf ist der Gott der Toten«, hatte er ihm erklärt. »Er hält Gericht über sie und sorgt auch für ihren Schutz. Du brauchst keine Angst vor ihm zu haben.«

»Was sind das für Mysterien, in denen Tiere die Gottheiten sind?«

»Das wirst du bald herausfinden, denn du bist bereit. Doch

vergiss nicht, mein Sohn, was ich dich über die Langmut gelehrt habe. Alles hat seine Zeit.«

Zwei Tage darauf hatten sie wieder am Lagerfeuer gesessen, und der Lehrer hatte mit dem Finger zum Himmel gezeigt. »Siehst du diese sieben Sterne? Die, die am stärksten leuchten?«

»Die vier, die wie im Kreis aufgestellt sind, aus dem dann drei in einer Linie verlaufen?«

»Ja! Das ist *Ursa major,* der Große Bär. Und weiter über ihm liegt der Kleine Bär, *Ursa minor.* Um ihn herum windet sich ein langer Sternenzug. Das ist *Draco,* der Drache. Auf ihn musst du immer achten. Seine Augen funkeln wie die deinen in unterschiedlichen Farben. Erkennst du sie?«

»Nein! Sie sehen nicht so aus wie unsere Bären oder Drachen. Wie kann ich denn die Sternbilder enträtseln, wenn ich nichts als leuchtende Punkte sehe?«

»Das wirst du lernen. Man nennt es Astronomie.«

Es war gegen Mitternacht, als ein Fremder in einem weißen Gewand zu ihnen gekommen war. Er hatte Aliodor umarmt und ihn in einer fremden Sprache begrüßt. Danach war er wortlos stehen geblieben.

»Wer ist dieser Mann?«

»Dies ist der Augenblick, uns zu trennen, mein Sohn. Die Alten Mysterien musst du in anderen Ländern lernen.«

»Aber ich will bei dir bleiben. Mir genügt, was du mir beibringst.«

»Sag das nicht! Du weißt nicht, welches Wissen dich erwartet. Dein Leben, mein Junge, gehört dir nicht mehr. Du musst dem Weg folgen, den dir die Götter bestimmt haben.«

Aliodor hatte ein Bündel aus der Hütte gebracht und es dem Fremden überreicht.

Danach war er zu Rox zurückgekehrt und hatte ihm die

Hand auf den Kopf gelegt. Mit geschlossenen Augen hatte er gebetet: »*Bendis,* Mutter der Wälder und aller Wesen, beschütze ihn und verleihe ihm die Kraft der Erde und des Mondes.«

Rox hatte eine unheimliche Strömung gespürt, die in diesem Moment durch seinen Körper gefahren war. Der Wind hatte durch sein Haar gepfiffen, und das Blut war wie ein Wildbach durch seine Adern gerauscht.

»Was geschieht mit mir?«

Aliodor hatte ihn angelächelt. »Du bist bereit, mein Junge. Du musst jetzt gehen!«

Seine einfache Welt, die aus Bergen, Hainen und der Holzhütte bestand, in der er fünf Sommer lang mit dem alten Mann gehaust hatte, war zusammengebrochen. »Wann sehe ich dich wieder?«

»Erst wenn deine Unterweisung beendet sein wird. Hab keine Angst! Du wirst es schaffen, mein Sohn. In deinem Herzen und in Gedanken werde ich immer bei dir sein. Du wirst es spüren.«

Der Fremde hatte seinen Arm auf Roxolans Schulter gelegt und ihn sanft, aber bestimmt von seinem Ziehvater getrennt.

Die erste Reise hatte ihn in das Land der Pharaonen geführt, wo er dann mehr als ein Jahr gelebt hatte. Von dort hatte ihn der nächste Gelehrte übernommen und ihn in die arabischen Regionen und später in das Osmanische Reich gebracht. Sein Weg hatte in der Mongolei geendet. Ausgewählte Lehrer hatten ihm tiefe Einblicke in die Astronomie, Mathematik sowie in die Philosophie und Alchemie ermöglicht. Seine fundierten Kenntnisse in der Medizin hatte er bei den Mauren erworben. Die Nomaden, mit denen er in der Wüste gelebt hatte, hatten ihm beigebracht, in der prallen Sonne ohne Wasser zu überleben, den Durst nicht zu spüren, den Körper an das Gift der Skorpione und der Schlangen zu gewöhnen und in den eisigen Winternächten keine Kälte zu empfinden.

Als er sechs Jahre später zurückgekehrt war, sprach er mehrere Sprachen, beherrschte verschiedene Kampfarten und meisterte die Kunst der Verwandlungen.

Doch es war nicht dieses Wissen, das er am höchsten schätzte. Vor allem hatte er gelernt, die Kraft von Mutter Erde zu der Seinen zu machen. Seine Sinne zu schärfen und – wie es auch die Fakire taten – seinen Geist von der körperlichen Hülle zu trennen.

Roxolan erinnerte sich, wie glücklich er nach Transsylvanien heimgekehrt war. Er hatte gedacht, dass er nach dieser langen Reise bei Aliodor bleiben würde. Stattdessen war er gegen seinen Willen nach Buda gesandt worden und hatte dort Vladislav kennengelernt. Denn er war der Auserwählte, der dem jungen Basaraben dienen und ihn beschützen musste.

Seine Ausbildung war nie vorüber. Regelmäßig kehrte er in die Karpaten zurück, wo er mit seinem Ziehvater, und ab und an auch mit Fremden, neue Fertigkeiten einübte oder in weitere Mysterien eingeweiht wurde.

Die kalte Luft ließ ihn plötzlich frösteln. In Gedanken vertieft, hatte Roxolan nicht bemerkt, dass das Feuer heruntergebrannt war. Er warf noch ein Holzscheit in die Glut.

Heute würde er Aliodor zum letzten Mal lebend sehen. Das wusste er. Aus der Hütte hörte er ein Husten.

Als Rox dorthin eilte, folgte ihm der Wolf.

Nur ein dürftiger Lehmofen spendete dem alten Mann Wärme, der auf einem Bettlager aus Fellen lag. Zwei Lampen warfen tanzende Lichtreflexe auf ihn. Aliodor streckte die knorrigen Finger nach Roxolan aus, sobald er seiner ansichtig wurde.

»Uns bleibt nicht mehr viel Zeit, mein Sohn.«

Rox fand, dass die Augen seines Lehrers wie die des Wolfes leuchteten. War er bereits in die Welt der Toten hinübergegangen?

»Sag mir«, flüsterte der Priester, »hat Vladislav es auf den Thron der Basaraben geschafft?«

»Nein, Vater. Die Danen haben ihn, vereint mit polnischen Söldnern, in einem letzten Kampf bei Kronstadt besiegt, und nur mit Mühe konnte Vlas sich retten. Dennoch kämpft er weiter. Wie bereits in den zurückliegenden fünf Jahren überqueren immer mehr Bojaren die Karpaten von der Walachei her und schließen sich ihm an. Seit er in Schäßburg das Münzrecht von Sigismund übertragen bekam, wächst seine Macht. So kann er Hunderte von Recken verpflichten.«

»Wo ist er jetzt?«

»Auf der Burg in Hamlesch. Er bereitet sich darauf vor, seine Vettern noch einmal anzugreifen. Aber diesmal wird Vladislav sie besiegen und nach Targoviste reiten. Zur Krone seines Vaters.«

»Du musst ihm helfen, Rox. Er ist in Gefahr. Er und seine Familie. Ich sehe Krähen, die einem entseelten Drachen die Augen auspicken.« Aliodor drückte Roxolans Hand noch fester. »Die Wölfe kommen zu spät. Sie können ihm nicht beistehen.« Wie im Delirium deutete er mit dem Finger in die Luft. »Der Rabe … der Rabenvogel! Er ist der Todfeind. Finde und töte ihn!«

Geschwächt fiel er zurück auf sein Lager. Sein Atem wurde schneller, der Blick starrer. Dennoch sprach er weiter. »Versprich es mir: Du wirst ihn und seine Kinder beschützen. Schwöre!«

Roxolan kniete neben ihm. »Ich gelobe es!«

»Ich habe immer gewusst, dass du der Auserwählte bist.« Ein Hustenanfall erschütterte ihn. Sobald er wieder atmen konnte, fuhr er fort: »Die Zeit ist gekommen, mein Sohn. Du weißt, was du zu tun hast.«

Rox nickte. Vorsichtig wickelte er den Körper seines Ziehvaters in den grauen Mantel des Hohepriesters und trug ihn auf den Armen nach draußen. Er kannte den Weg zum Sanktuar der Daker. Dort war alles vorbereitet.

Der steile Weg zum Gipfel des Berges zwang ihn, ab und zu anzuhalten. Mit ihm blieb jedes Mal auch der Wolf stehen, der zu seinen Füßen wartete, bis sie weitergingen. Der Mond erhellte ihm den Weg. Nach den Sternen schätzte er, dass es kurz nach Mitternacht war. Die Bäume lichteten sich nun, es war nicht mehr weit.

Nach kurzer Zeit sah er die erste Gruppe von Steinen, die wie Kolosse im Kreis standen und zum Himmel emporragten.

Er ließ den Wald hinter sich und betrat den zweiten Steinkreis. In der Mitte erblickte er den runden Tisch mit der eingemeißelten Schlange, die, zusammengerollt und mit aufgerissenem Maul, das Loch in der Mitte des Steins umfing.

Rox legte den Körper des sterbenden Hohepriesters sanft auf der Steinplatte ab, den Schädel über der Öffnung. Danach entkleidete er ihn und zog sich den Priestermantel selbst über.

Gemessenen Schrittes ging er zu dem nahe liegenden Steinblock, auf dem er eine erloschene Fackel fand. Er nahm sie, entzündete sie am ewigen Feuer des Sanktuars und brachte dann die anderen Pechfackeln an jedem Stein zum Brennen. Sein Blick schweifte prüfend über den ganzen Zeremonienplatz. Es war so weit.

Er kehrte zu dem steinernen Opfertisch zurück.

Dort breitete er liebevoll die Arme seines Ziehvaters aus: mit den Handflächen nach oben und in die Himmelsrichtungen Osten und Westen. Dabei liefen ihm Tränen über die Wangen.

Aliodor blickte ihn an. »Du sollst nicht weinen, mein Sohn. Jeder von uns muss sterben.«

Als Roxolan den Zeremoniendolch über seinen Kopf hielt, nickte der Alte ihm zu. »Du darfst beginnen. Denke daran: Ich bin nur ein Gesandter, der jetzt zu den Göttern geht. Ich habe so lange darauf gewartet. Schicke mich auf diese Reise, Rox. Erlöse mich!«

Der Dolch blitzte auf, und aus dem Schnitt auf der Stirn floss Blut, das über die Schläfen rann, um anschließend in den Trichter der Steinplatte zu fließen.

»*Gebeleizis!* Bewahre den Geist deines Kriegers!«, rief Roxolan.

Er führte die Klinge von Aliodors Handflächen über die Arme, Schultern und die Brust und hielt sie an den Bauchnabel. Ebenso schnell bewegte er dann das Messer von den Füßen her an den Beinen aufwärts, bis es wiederum an der Mitte des Körpers anlangte. »*Derzelas,* Gott der Kraft, hier hast du den Lebenssaft. Hol dir die Gabe deines Dieners.« Immer mehr Blut sammelte sich in den Rillen der eingerollten Schlange, das der gemeißelten Spirale bis in die Öffnung folgte.

Aliodors Leib entspannte sich. Der alte Priester lächelte. »Lebe wohl, mein Sohn! Die Götter werden dich beschützen. Schicke mich jetzt zu ihnen. Ich bin bereit!«

Roxolan schloss kurz die Augen und wischte sich die Tränen ab. Die Hand zitterte, als sie den Dolch hob. Doch er durfte nicht versagen. Gezielt stieß er die Klinge ins Herz des Hohepriesters. Dessen letzter leiser Atemzug klang erleichtert.

»*Bendis,* Göttin des Waldes, des Mondes und der Mutter Erde, nimm die Hülle deines Dieners in deinen Schoß.«

Der alte Hohepriester war in das Totenreich eingekehrt.

Rox legte die Leiche auf ein Podest aus Holz, das er schon

vor einigen Tagen vorbereitet hatte. Er nahm eine der Fackeln, die bei den Steinblöcken brannten, und entzündete damit die Grabstelle.

»Leb wohl, Vater«, wisperte er. In den Rauchschwaden erahnte er Aliodors Abbild, das zum Himmel schwebte. Der Wolf legte seinen Kopf in den Nacken und heulte zum Mond.

Kapitel 23

Kronstadt, 19. September 1436

János presste sich an die Hauswand und spähte um die Ecke. Die Gasse war leer. Auch unterwegs hatte er keine Menschenseele angetroffen. Dennoch, er hatte gelernt, dass man nie vorsichtig genug sein konnte. Die zwei Jahre in Mailand sowie die drei anschließenden an Sigismunds Hof in Böhmen hatten ihn gelehrt, wie schnell ein Leben sein Ende fand, wenn der Preis stimmte. Jetzt, zurück in Ungarn, suchten ihn die Geister der Vergangenheit wieder heim.

Die Nachricht vom Tod des polnischen Königs hatte ihn hoffen lassen, durch dessen Ableben von seinen Machenschaften befreit zu sein. Bis eines Tages Stanibor vor ihm gestanden hatte. Er erinnerte ihn an die Zeit in Nürnberg und an den Schwur, den jungen Prinzen Wladyslaw und Kasimir Jagiello zu dienen. Für diese dreiste Forderung hatte der Haudegen sterben müssen. Er, János Hunyadi, ließ sich nicht mehr von anderen lenken. In den fünf Jahren an Sigismunds Hof hatte er einen so steilen Aufstieg genommen, dass er allein die politischen Intrigen zu seinem Vorteil beeinflussen konnte.

Endlich war der Moment gekommen, die Rachepläne gegen seinen einstigen Freund und Waffenbruder zu verwirklichen. Vladislav hatte es noch nicht auf den Thron seiner Vorfahren geschafft, aber er baute seine Macht in Schäßburg weiter aus. Und mit jedem Tag näherte er sich seinem Ziel ein weiteres Stück.

Heute war János mit den Danen verabredet. Und das nicht zum ersten Mal. Auch wenn diese ihren Vetter bereits in mehreren Schlachten geschlagen hatten, so waren sie doch nicht in der Lage gewesen, Vlas endgültig zu vernichten. Sie waren zu schwach. Deswegen hatte er sich entschieden, die Führung an sich zu reißen.

János zog die Kapuze tiefer ins Gesicht und eilte im Schutz der Dunkelheit die Straße entlang. Vor dem Haus des Kaufmanns blieb er stehen und blickte sich um. Kein Mensch war auf der Gasse, obwohl es erst kurz nach Sonnenuntergang war. Die Bewohner der Stadt sammelten sich um diese Zeit zu Tisch. Er schlug den eisernen Ring gegen das Tor, und als eine Luke sich öffnete, flüsterte er nur: »Hunyadi!«

Die kleine Tür, die in dem Holztor eingelassen war, öffnete sich einen Spalt. Ein Diener führte ihn zuerst in den Hof und anschließend in das Haupthaus.

Im Speisesaal angekommen, entdeckte er die drei Danen. Laiota in der Ecke neben dem Kamin behielt alle im Blick. Rodislav schenkte sich soeben Wein aus einer Karaffe ein, während Dan Basarab aufmerksam dem Gastgeber zuhörte.

János musterte den Hausherrn. Johann Benkner war Anfang fünfzig und nicht von großer Statur, was seinen Bauch noch fülliger wirken ließ. Wangen und Nase waren mit einem Netz von Äderchen überzogen – ein Zeichen, dass er das Leben genoss. Die blauen Augen traten hervor wie bei einem Frosch, und die grauen Haare trug er unter den Ohren gerade geschnitten. Auf einem der dicken Finger blitzte der Zunftring seiner Familie, die seit Generationen den Handel mit Feuerwaffen betrieb.

»Ich sage Euch«, erzählte Benkner gerade, »ich habe Verträge mit den Büchsenmachern aus Kronstadt ausgehandelt. Ich bin der Einzige, der ihnen neue Schusswaffen abkaufen wird. Leider sind die Aufträge nicht so zahlreich wie in Hermannstadt. Dort haben wir keine Macht gegen die Anordnungen des militärischen Gouverneurs. Vladislav Draco herrscht über alle Zünfte. Darüber hinaus hat er uns auch gezwungen, sogar hier, auf unseren eigenen Märkten, nur mit seinen Münzen zu bezahlen.« Er holte ein Geldstück aus dem Lederbeutel an seinem Gurt und gab es Dan Basarab. Dieser betrachtete es aufmerksam.

János trat vor. »Es ist ein Drache auf der einen Seite und auf der anderen der walachische Adler.«

Für einen Augenblick starrten ihn die Männer sprachlos an.

Dann eilte der Gastgeber zu ihm. »Ritter Hunyadi, willkommen in meinem Haus! Es freut mich, Euch wiederzusehen. Was kann ich Euch anbieten? Ihr seid bestimmt hungrig und durstig von dem langen Weg hierher.«

»Ich danke Euch, doch ich bin nicht zum Speisen gekommen. Bitte sprecht weiter. Was ist mit diesen Gulden?« Durch die forsche Frage umging er die unhöfliche Zurückhaltung der Danen, die ihn nicht begrüßten. Außerdem übernahm er so die Führung in der Unterredung.

Rodislav nahm die Münze. »Mein Vetter, dieser Hund, handelt, als sei er schon der Fürst in der Walachei. Aber ich werde ihm bald dieses Geld in den Rachen schieben … mit meinem Schwert.«

»Wir dürfen nichts überstürzen«, unterbrach ihn János. »Was wir bis jetzt unternommen haben, hat doch gut funktioniert. Jeden Versuch von Vladislav, den Thron zu besteigen, haben wir erfolgreich vereitelt. Er wird irgendwann einen Fehler machen. Ihr müsst nur Geduld haben.«

»Wie lange denn noch?«, fragte Laiota. »Vor einigen Monaten, bei Bod, hätten wir ihn getötet, wenn nicht plötzlich Verstärkung für ihn aufgetaucht wäre. Als sei er von Dämonen geschützt. Ich kann mir sonst nicht erklären, wie er uns mit einer kleineren Truppe als der unseren besiegen konnte.«

»Keiner kennt ihn besser als ich, denn er war jahrelang mein Waffenbruder. Die Art, wie er kämpft, hat wenig mit Zauberei zu tun.«

Rodislav schritt dazwischen. »Dann müssen wir zu anderen Waffen oder Taktiken greifen. Vielleicht kannst du uns mehr über deine Erfahrungen in Mailand erzählen. Ich habe gehört, dass du während der Reise zur Kaiserkrönung in Diensten des Herzogs Filippo Visconti warst. Warum? Hatte Sigismund nicht genug Geld, dich zu bezahlen, so dass du dir plötzlich einen anderen Herrn suchen musstest? Oder hat der Kaiser deine Fähigkeiten nicht richtig erkannt?«

János unterdrückte die aufwallende Wut und antwortete gelassen: »Ich wollte die neuesten Techniken der Kriegsführung erlernen. Nirgendwo in Europa gibt es eine so gute, mit Feuerwaffen ausgestattete Armee wie in den Nordländern Italiens. Ich hatte die Ehre, zusammen mit den Condottieri Nicola Piccinnino und Francesco Sforza gegen Venedig zu kämpfen. Diese Kenntnisse, meine hohen Herrschaften, kann ich nach Belieben einsetzen. Genauso wie die Reichtümer, die ich als Kriegsbeute nach Ungarn mitgebracht habe.«

»Und ich dachte, deine Gemahlin hätte genug Mitgift von ihrer Familie gebracht. Musst du dich vor ihr behaupten, weil du sie mittellos geheiratet hast?«

János lächelte Rodislav an. »Höre ich Neid in deiner Stimme? Denn mittellos war ich nie. Neben der Burg der Hunyaden gehören mir in Eisenmarkt um die vierzig Dörfer und weitere Erz- und Salzbergwerke. Oder macht es dir Angst, dass ihr Danen nicht über solch ein Vermögen verfügt? Ein Krieg kostet Geld«, flüsterte er, »jeder Söldner, jede Waffe, jedes Pferd muss bezahlt werden. Könntet ihr das? Es geht nicht um mich. Und ehrlich gesagt, ich brauche euch nicht.«

»Mein Bruder ist ungestüm und spricht unüberlegt.« Dan Basarab stellte sich zwischen die beiden und beschwichtigte sie: »Wir sind nicht hier, um uns zu streiten, sondern den Angriff auf Targoviste zu planen. Diesmal werden wir es schaffen. Aber nur, wenn wir einig sind. Ist euch klar, was auf dem Spiel steht?«

»Edle Herren«, mischte sich Johann Benkner ein, »mit einem vollen Bauch können wir besser denken. Kommt! Wir sollten zuerst reichlich essen, bevor wir etwas entscheiden.« Einladend führte er sie zum Tisch, auf dem Köstlichkeiten aller Art dargereicht wurden.

»Leistet die Herrin des Hauses uns nicht Gesellschaft?«, fragte Hunyadi.

»Wenn Ihr es wünscht.« Der Patrizier schickte den Hausdiener, um sie zu rufen.

Inzwischen wurde ein weiteres Gedeck für sie am anderen Tischende aufgelegt.

János schaute immer wieder zur Tür. Es waren fünf oder fast sechs Jahre vergangen, da er sie zum letzten Mal gesehen hatte. Verflucht sollte sie sein, weil er sie nie hatte vergessen können.

Die Tür öffnete sich, und Clara trat ein. Ihr mädchenhafter Körper war runder und damit noch sinnlicher geworden. Die blonden Haare fielen ihr, zu einem Zopf geflochten, über die üppige Brust. Durstig suchte er ihre Augen, in deren Seen er seine Sehnsucht zu stillen versuchte. Doch ihre Gesichtszüge schienen wie in Stein gemeißelt. Sie lächelte höflich ihren Ehegatten an und, nachdem sie mit einem Nicken die Anwesenden begrüßt hatte, nahm sie am Tisch Platz. Keine Gefühlsregung! Als hätte sie durch ihn hindurchgesehen.

Hunyadi war nun zum zweiten Mal im Haus des Patriziers zu Gast. Beim ersten Mal, einige Monate zuvor, hatte er sich nicht getraut, nach ihr zu fragen. Er wusste nicht, warum er es heute getan hatte.

Clara aß, ohne ihren Blick vom Teller zu heben. Sie zeigte mit keiner Regung, dass sie ihn erkannt hatte. Ihre Gleichgültigkeit ihm gegenüber vergiftete seine Seele.

Diener brachten aus der Küche weitere Silberplatten mit Braten sowie Krüge mit Wein. Die Gemüter entspannten sich.

»Nun, diesmal bestimmen wir den Verlauf der Ereignisse – oder besser gesagt: das Schicksal unserer Feinde«, prahlte Rodislav. »Mein treuer Medicus hat es geschafft, sich am Hof in Targoviste einzuschleichen, und ist zum Leibarzt von Aldea geworden.«

»Er soll nur aufpassen, dass er nicht enttarnt wird«, warnte Dan Basarab. »Auf keinen Fall darf etwas schieflaufen. Nicht dass Aldea früher stirbt, und wir sind mit den Truppen noch weit entfernt von der Walachei. Außerdem benötigen wir mehr Zeit, bis die polnischen Reiter zu uns stoßen. Wie sieht es aus mit den Feuerwaffen und der Munition, Herr Benkner?«

»Die Waffen liegen für Euch bereit.« Der Patrizier legte die Fasanenkeule zur Seite und leckte sich die Finger ab. »Ihr müsst nur bezahlen, und sie gehören Euch.«

»Und Ihr, Ritter Hunyadi?«, fragte der ruhige Laiota. »Wie wollt Ihr uns unterstützen?«

»Indem ich Euch über Vladislavs Bewegungen informiere.« János sah Clara an, als er hinzufügte: »Diesmal wird er uns nicht mehr entkommen, falls er unseren Plan durchkreuzt.«

Zum ersten Mal an diesem Abend kam für einen Moment Leben in Claras Augen. Endlich konnte er seine Macht zeigen, sich vor ihr beweisen.

»Wie denn?« Rodislav schaute ihn misstrauisch an. »Ist dein Mann in Schäßburg vertrauenswürdig?«

In dem Moment wurde die Tür aufgerissen, und ein Kind stürmte in den Raum und lief direkt zu Benkner. »Vater, Vater!«, rief der Junge. Hinter ihm rannte eine Dienerin her, die ihn aufzuhalten versuchte. »Verzeihung, Herr!«, keuchte sie. »Er wollte Euch unbedingt noch einmal sehen, bevor er …«

»Ist schon in Ordnung, Gudrun«, sagte Johann Benkner. Er

hob ihn hoch und setzte ihn auf seinen Schoß. Der Junge schlang die Arme um den Hals seines Vaters.

»Ich habe gar nicht gewusst, dass Ihr einen Sohn habt«, meinte Hunyadi.

»Er ist mein Ein und Alles«, antwortete der Kaufmann. »Der einzige Erbe.«

János betrachtete den Sprössling. Seine hellbraunen Haare und die Art, wie er sein Kinn nach vorn schob, erinnerten ihn an Vlas. Mehr noch irritierten ihn die braunen Augen, weil sowohl die von Benkner als auch die seiner Frau blau waren.

Er schaute Clara an und erkannte auf ihrem Gesicht die Leidenschaft für Vladislav, die sie auf das Kind übertrug.

In dem Augenblick verstand er, dass er diese Liebe, schon allein des Jungen wegen, niemals würde zerstören können.

»Wie heißt er denn?«, fragte er mit belegter Stimme.

»Michael«, antwortete Johann Benkner.

»Und wie alt ist er?«

»Dieses Jahr im Januar ist er vier Jahre alt geworden.« Er küsste seinen Sohn auf die Stirn. »Ich habe gehört, Ihr habt ebenfalls einen Stammhalter.«

»Ja, László. Er ist ein Jahr jünger als Euer Sohn.«

»Das ist gut. Ein Mann muss an seine Nachfahren denken.«

Clara erhob sich und ging zu ihrem Ehemann. »Erlaubt Ihr mir, mich mit Michael zurückzuziehen? Die politischen Angelegenheiten langweilen uns.«

Ihr Mann nickte zustimmend.

»Komm, Michael! Heute bringe ich dich ins Bett.«

Das Kind sprang vom Schoß seines Vaters und folgte ihr. Zusammen verließen sie den Raum.

In János brannte erneut der Hass auf sie. Er hatte es nicht geschafft, ihren Lebensmut zu brechen, als er sie mit dem Patrizier verheiratet hatte. Im Gegenteil: Sie strahlte Zufriedenheit, wenn nicht sogar Glück aus.

Roxolan behielt Benkners Anwesen im Auge. An einem Fenster entdeckte er das vereinbarte Signal. Er schlich sich an der Hauswand entlang, bis er den Hintereingang erreichte. Er musste nicht lange warten, das kleine Tor öffnete sich, und eine Dienerin kam heraus. Er presste ihr die Hand auf den Mund und flüsterte ihr ins Ohr: »Keine Angst, ich bin es, Rox.«

Die Frau nickte. Er ließ sie los und fuhr sie wütend an: »Sie sind alle noch im Haus! Konntest du nicht warten? Was, wenn dir jemand gefolgt ist?«

»Die sitzen noch bei Tisch, obwohl sie bereits halb betrunken sind. Deshalb hat die Herrin mich zu Euch geschickt. Es muss irgendetwas geschehen sein, denn ich habe sie seit langem nicht so aufgewühlt gesehen. Ritter Hunyadi hat ihr Angst gemacht.«

»Wer?«

»Sigismunds Ritter, Hunyadi.«

»Er ist auch dabei?«

»Ja. Er speist jetzt zusammen mit den Danen.«

»Bist du sicher? Reden wir über János Hunyadi?«

»Ja.« Sie schaute sich um, dann übergab sie ihm eine Papierrolle. »Meine Herrin hat ihre Nachrichten in einem Brief aufgeschrieben. Mehr kann ich nicht verraten. Ich muss zurück.«

»Warte, Gudrun! Du musst Clara dieses Schreiben von mir bringen, es ist von Vladislav. Sag ihr, sie soll das Schriftstück, nachdem sie es gelesen hat, verbrennen. Es ist zu ihrem Schutz.«

Die Frau versteckte den Brief in ihrem Mieder, nickte noch einmal und verschwand. Rox hörte noch, wie der Schlüssel sich im Schloss drehte.

Dann ging er auf die andere Straßenseite und beobachtete das Patrizierhaus noch eine Weile. »Hunyadi mit den Danen?«, dachte er laut nach. »Dieser verdammte Hund! Er ist wieder da.«

Hinter sich hörte er die Stadtbüttel, die zusammen mit den Fackelträgern auf Nachtwache durch die Stadt marschierten. Er zog den Mantel enger um sich und verschmolz mit der Dunkelheit.

Das Haus von Peter Bogner fand er ohne Schwierigkeiten. Das Tor war nur angelehnt, so dass er mühelos in den Hof gelangte. Als er an die Tür klopfen wollte, wurde diese bereits aufgerissen.

»Hast du sie gesehen, Rox?«

»Nein, Vlas. Aber ich habe deinen Brief an Gudrun weitergegeben. Es gibt noch Neuigkeiten, die wichtiger sind als deine Liebe.«

»Komm herein.«

Sie gingen in das Zimmer, das den beiden als Schlafkammer diente. »Was ist denn passiert?«

»Nicht nur die Danen waren bei Benkner. Noch eine Person gehört zu den Gästen.«

»Wer?«

»János Hunyadi.«

»Ján?«

»Ja.«

»Das glaube ich nicht!«, rief Vlas bestürzt.

Rox gab ihm den Brief. »Der ist von Clara.«

Vladislav las gierig die Zeilen. »Es gibt einen Verräter unter uns … und sie wollen Aldea vergiften.« Er schaute seinen Freund an. »Wir haben keine Zeit mehr zu verlieren. Benachrichtige Pascal in Targoviste. Er soll meinen Bruder von dem falschen Medicus fernhalten. Besser, du reitest sofort zu ihm.«

»Und du? Kehrst du nicht nach Schäßburg zurück?«

»Morgen … Nachdem ich sie gesehen habe.«

»Ich lasse dich nicht allein, mein Guter. Mir ist klar, dass ich dich nicht von diesem Plan abhalten kann. Aber umgekehrt kannst du mich auch nicht wegschicken.«

»Rox, du musst …«

»Ich muss auf dich aufpassen. Das Leben deines Halbbruders interessiert mich nicht. Es hat keinen Wert für mich, aber deines sehr wohl!«

»In Ordnung. Dann benachrichtige Nanu auf dem gewohnten Weg von dem falschen Medicus.«

Hinter einer Steinsäule beobachtete Vladislav die beiden schwarz gekleideten Frauen, die die Kirche betraten. Sie hielten vor dem Altar und beteten.

Sein Herz schlug auf einmal schneller. Er konnte immer noch nicht glauben, dass er sie endlich wiedergefunden hatte.

Vor einem Jahr war er, zusammen mit Roxolan, verkleidet durch Kronstadt geschlendert und hatte einen Händler beobachtet, der zu oft Geschäfte mit den Danen machte. Auf dem Markt stolperte er dann im wahrsten Sinn des Wortes über Claras Dienerin. Bei dem Zusammenprall fiel diese mitsamt ihrem Korb zu Boden.

»Kannst du nicht aufpassen, du Tölpel? Was starrst du so entgeistert? Hilf mir lieber beim Aufstehen!«

»Gudrun! Was machst du hier?«, flüsterte er ihr zu, während er sie hochzog.

»Woher kennst du meinen Namen? Wer bist du?«

»Ich bin es, Vladislav.«

Die Frau legte verblüfft die Hand auf den Mund und betrachtete ihn von oben bis unten. »Was ist aus Euch geworden, Herr? Braucht Ihr etwas zu essen?«

Vlas erinnerte sich, dass er wie ein Hausdiener verkleidet war. *Rox hat gute Arbeit geleistet,* dachte er schmunzelnd.

»Mir geht es gut. Mach dir keine Sorgen. Ich laufe so herum, weil ich nicht will, dass jemand mich erkennt.«

»Das ist Euch aber gut gelungen.«

»Was suchst du hier? Du wolltest doch bei der Jungfer von Thegzes bleiben.«

»Da bin ich immer noch. Sie heißt jetzt nur anders. Sie ist die Gemahlin des Patriziers Benkner, hier in Kronstadt.«

Diese Nachricht hatte ihn unvorbereitet getroffen. »Sie ist verheiratet? Mit wem? Ist sie glücklich?«

»Nicht so viele Fragen auf einmal, Herr. Und lasst meinen Arm los. Ihr tut mir weh.«

»Vlas, beherrsch dich!«, mischte sich Roxolan ein, der unauffällig hinter ihnen das Gespräch verfolgt hatte. »Die Menschen schauen her.«

Vladislav ließ die Frau los. »Ich will sie sehen, Gudrun.«

»Ihr bringt sie in Gefahr. Euer Verhalten verstößt gegen die guten Sitten. Das müsst Ihr doch wissen!«

»Dann sag ihr, dass du mir begegnet bist. Sie soll entscheiden, ob sie mich treffen will oder nicht. Wir, Rox und ich, sind in dem Gasthaus vor dem Katharinentor zu finden.«

Die Frau hatte nur den Kopf geschüttelt und war davongegangen.

Zwei Tage hatte er auf sie gewartet. Zwei Tage zwischen Verzweiflung und Sehnsucht. Am dritten Tag dann durfte er sie in der Kirche Sankt Bartholomäus sehen. Wie sehr er sich über ihr Erscheinen gefreut hatte! Ihr Körper war weiblicher und sinnlicher geworden, als er ihn in Erinnerung hatte. Und die blauen Augen strahlten immer noch wie der wolkenlose Himmel an einem Sommertag. Nur die blonden Haare trug sie, wie alle verheirateten Frauen, von einer Haube bedeckt. Die Liebe zu ihr loderte wieder in ihm auf, stärker als je zuvor.

Seither hatten sie sich oft geschrieben und sich noch dreimal in dem Gotteshaus gesehen.

Wie heute hatte er jedes Mal in dieser Kirche verharrt und nach ihr Ausschau gehalten. Auch jetzt spürte er die Erregung bei ihrem Anblick. Endlich war sie da!

Vladislav sah den Diakon an und nickte ihm zu. Auf das Zeichen hin schritt dieser zu Clara und lud sie in die Seitenkapelle ein. Dort kniete die Verschleierte nun auf der Gebetbank. Gudrun blieb neben ihr stehen und schaute sich um.

Vlas wartete nicht lange, sondern eilte zu ihr und fiel neben ihr auf die Knie. »Ich dachte schon, du kommst nicht mehr.«

Sie lächelte ihn an. »Dein Kummer lässt mein Herz schneller schlagen. Dennoch: Die Gefahr, in die du dich bringst, nur um mich zu sehen, bereitet mir Sorgen. Ich will dich nicht verlieren, jetzt, da wir uns wiedergefunden haben.«

»Nach der Eroberung des walachischen Throns werde ich dich zu mir holen. Es wird nicht mehr lange dauern. Du wirst in meiner Nähe leben.«

Sie legte die Hand auf seine. »Nein, Vladislav. Du hast eine Familie, genau wie ich. Wir dürfen ihr Leben nicht durch unsere Liebe gefährden. Warum sollen sie für unsere Sünden büßen?«

»Ich verstehe dich nicht. Wie kannst du mit meinem Feind am selben Tisch sitzen? Mit ihm das Bett teilen?«

»Indem ich an dich denke und für dich bete! Nur wenn ich bei meinem Mann bleibe, kann ich weiterhin erfahren, was die Danen gegen dich planen.«

»Das will ich nicht mehr. Jeden Tag mache ich mir Sorgen und frage mich, ob du entdeckt worden bist oder nicht. Und seit gestern ist die Gefahr noch größer geworden.«

»Genau aus diesem Grund brauchst du mich mehr denn je. Wir sollten nur noch vorsichtiger sein.«

Vlas gab ihr schweren Herzens recht. »In Ordnung. Aber wir dürfen uns vorerst nicht mehr sehen. Falls du eine Nachricht für mich hast, komm hierher, zum Diakon. Im Turm hält er Tauben, die den Weg zu uns finden. Er ist ein Vertrauter von mir, und wenn du zur Kirche gehst, erregst du keinen Verdacht. Schwör auf die Bibel, dass du auf dich aufpassen wirst.«

»Ich gelobe es!« Nachdem sie das Kreuz geschlagen hatte, wollte sie aufstehen. Doch er hielt sie auf und presste die Lippen auf ihre Finger. »Clara, gestern habe ich deinen Sohn gesehen.«

Erschrocken zog sie die Hand zurück.

»Wie alt ist er?« Er erkannte die Angst in ihren Augen. »Er ist mein Kind, nicht wahr?«

Sie schüttelte den Kopf.

»Er sieht Mircea ähnlich. Sag mir bitte nur, wie er heißt.«

»Michael«, flüsterte sie.

»Wie mein verstorbener Bruder …«

»Ich muss jetzt gehen.« Sie stand auf, machte erneut das Kreuzzeichen und verließ die Kapelle.

Vlas blieb kniend zurück. »Gott im Himmel, vergib mir meine Sünden …«

Kapitel 24

Schäßburg, 21. November 1436

»Mutter, was hat dieser Mann getan?« Der kleine Vlad beugte sich über die Fensterbrüstung und zeigte hinunter auf den Markt.

»Schließ sofort das Fenster. Die ganze Wärme zieht hinaus. Ich spüre schon die Füße vor lauter Kälte nicht mehr.«

Dass ihr fünfjähriger Sohn sich die Hinrichtungen auf dem Marktplatz mit Vergnügen ansah, gefiel Vasilissa gar nicht.

»Schau ihn dir nur an und erklär mir, warum er dort hingebracht wurde. Bitte!«

Sie stand auf, blickte hinaus und hoffte, dass der Verurteilte diesmal nur an den Pranger gestellt worden war. Aber nein: In der Menge der Schaulustigen erkannte sie den Henker, der seine Axt prüfte, bevor er die Strafe vollstreckte. Auf den Knien vor dem Holzblock zitterte ein Junge. Sie schätzte ihn auf Mirceas Alter, etwa zehn oder elf Jahre. Der Henkersgehilfe hielt seinen Arm fest.

»Vlad, das musst du dir wirklich nicht ansehen.«

»Wenn sie seine rechte Hand abhacken, dann ist er ein Dieb.«

Die Klinge blitzte, das Beil sauste durch die Luft. Das Geschrei erschütterte sie, und sie wandte den Kopf ab angesichts des hervorschießenden Blutstrahls. Nicht so ihr Sohn, der wie die Schaulustigen auf dem Markt in Jubelschreie ausbrach.

»Du musst lernen, Mitgefühl für deine Mitmenschen zu zeigen, mein Kind.«

»Aber Mutter, wenn die Verbrecher nicht bestraft werden, dürfen wir uns nicht mehr nach draußen trauen. Das sagt doch

Vater immer. Und er sorgt dafür, dass das Gesetz von allen eingehalten wird.«

»Ja, das stimmt. Trotzdem sollst du dich nicht über die Qual anderer Menschen freuen. Jetzt lass mich das Fenster schließen. Es ist wirklich zu kalt geworden.«

Schmollend entfernte er sich.

»Außerdem kommt Bruder Ignatius gleich«, fuhr sie fort. »Erinnerst du dich noch an die lateinischen Wörter oder an das Gebet von gestern?«

»Nein, und ich will sie auch nicht lernen.« Er setzte sich auf den Stuhl vor dem Feuer. »Ich hasse es!«

»Vlad! Komm zu mir.«

Als der Junge vor ihr stand, nahm sie ihn bei den Schultern und zwang ihn, ihr in die Augen zu schauen. »Du bist der Sohn einer Fürstenfamilie. Vergiss das nicht. Deine Erziehung macht dich zu einem ihrer Nachfahren, und deine Geburt verpflichtet dich mehr als jeden Bojaren oder Gelehrten, gebildet zu sein und gerecht zu handeln. Du musst in der Lage sein, mit Würde vor anderen gekrönten Häuptern aufzutreten. Niemals darfst du unseren Namen mit Schande beflecken. Hast du mich verstanden?«

»Ja, Mutter.« Er griff nach ihrer Hand und grinste sie verschmitzt an. »Kannst du mir nicht Latein beibringen? Dieser Mönch stinkt so übel.«

Sie unterdrückte ein Lächeln. Mit dieser Masche hatte er sie oft umgestimmt, so dass er jedes Mal bekam, was er wollte. Diesmal aber nicht. »Willst du dein ganzes Leben hinter meinen Röcken verbringen? Ich möchte stolz auf meinen tapferen Sohn sein. So wie ich es auf Mircea bin.«

Der Junge umarmte sie und sagte beim Hinausgehen: »Du sollst immer stolz auf mich sein.«

Bevor er die Tür schloss, fügte er noch hinzu: »Ich werde ein guter Schüler sein.«

Vasilissa schmunzelte und nahm den Stickrahmen wieder auf. Geschickt führten ihre Finger die Nadel durch den feinen Stoff, während sie in Gedanken ihre beiden Kinder miteinander verglich. Mircea ähnelte seinem Vater vom Aussehen her und auch charakterlich jeden Tag mehr. Er war ruhig, jedoch bestimmt in allem, war er tat oder sagte. Die ständige Nähe zu Vladislav ließ ihn schneller reifen. Deshalb fühlte er sich auch verantwortlich für seinen kleinen Bruder. Er liebte ihn, und Vlad wiederum verehrte ihn. Sie hatte gemerkt, wie betroffen der Jüngste stets war, wenn Mircea ihn tadelte. Nun lebte dieser seit einiger Zeit zusammen mit anderen walachischen Rittern auf der Burg in Hamlesch. Dort hatte er in Tudors Diensten seine Ritterausbildung begonnen. Vasilissa vermisste ihn.

Ihr Herz jedoch hing an ihrem Nesthäkchen. Die schwarzen Haare und vor allem die grünen Augen, die er von ihr geerbt hatte, erinnerten sie an ihre Familie aus Moldau, besonders an ihren Bruder Roman. Dazu kamen die Umstände seiner Geburt, die sie niemals vergessen würde. Viele Wochen hatte sie nach der Niederkunft gebraucht, um wieder zu Kräften zu kommen. Ohne Roxolan wären sie und womöglich auch ihr Kind gestorben. Sie hoffte, dass dieses Ereignis kein schlechtes Omen für sie oder sein Schicksal war. Die Kämpfe und die Toten an dem Tag, das Feuer in dem verlassenen Dorf … Sie schloss die Augen und vertrieb die Bilder. Der liebe Gott hatte sie damals nicht zu sich gerufen.

Seither lebte sie in Schäßburg und freute sich an jedem neuen Tag über den Segen, die Söhne aufwachsen sehen zu dürfen. Dennoch war die Gefahr noch nicht gebannt, denn das Geheimnis, das sie seit damals hegte, konnte sie das Leben kosten. Zum Glück war Vladislav für längere Zeit unterwegs. So blieb es ihr überlassen, wie sie den Alltag verbrachte.

Vasilissa seufzte, als sie über ihre Ehe nachsann. Sie hatten sich einander entfremdet. Vlas war derart von seinem Kampf um den Thron besessen, dass er an nichts anderes dachte. Zuerst hatte er um die Herzogtümer gekämpft und die Burg Hamlesch mehrere Monate belagert, bis die Anhänger der Danen sich ergeben hatten. Auch danach hatte es kein Jahr ohne Konfrontationen zwischen ihrem Gemahl und seinem Vetter Dan gegeben. Als sein Halbbruder Aldea 1432 mit Unterstützung osmanischer Truppen die ungarischen Gebiete in Südtranssylvanien angriff, hatte Vladislav ebenfalls in den Krieg ziehen müssen, um die Grenze des Königreichs zu verteidigen.

»Verflucht soll dieser Thron sein!«, murmelte sie vor sich hin.

Sogar jetzt war Vlas wieder einmal weit fort gereist. Ende September war er lediglich für einen einzigen Tag nach Hause gekommen, und diesen hatte er nur mit seinen Söhnen verbracht. Sie hatte beiläufig mitbekommen, wie er ihnen erzählte, dass sie sich bald wiedersehen würden, nachdem er die Danen bestraft und seinen Halbbruder vor ihnen gerettet hätte. Mit ihr, seiner Frau, jedoch hatte er kaum ein Wort gewechselt. Mit einem Kuss auf die Stirn hatten sie sich kühl voneinander verabschiedet. Später hatte Roxolan ihr verraten, dass ein Verräter in ihrer Nähe sei. Mehr konnte sie nicht in Erfahrung bringen.

Die Tür öffnete sich, und Smaranda betrat das Zimmer, wie immer unaufgefordert. An ihrer Seite, sich an ihrem Kleid festklammernd, tapste ihre zweijährige Tochter Maria. Mit ihren blauen Augen und blonden Haaren war sie Ilarion wie aus dem Gesicht geschnitten.

»Verzeihung, Herrin. Ich muss Euch …« Sie sah sich um. »Gott im Himmel, ist das kalt hier. Warum ruft Ihr nicht nach Bediensteten, damit sie mehr Holz in den Kamin legen?«

Vasilissa lachte. »Ich habe nach dir rufen lassen, aber du warst nirgendwo zu finden. Da siehst du, dass ich deinetwegen frieren muss.«

»Ach was! Ich bringe Euch eine Neuigkeit, die bald Euer Blut zum Glühen bringen wird.«

»Sma, hör auf, so zu reden. Was ist nur los mit dir? Du strahlst so. Hast du dir etwas auf dem Markt gekauft? Komm, zeig es mir und beruhige dich!«

»Nein. Heute bin ich nur in der Kirche gewesen, da es wieder Hinrichtungen gab.«

»Ja, ich habe es schon gesehen.« Sie blickte ihre Zofe an, deren Körper sich gerundet hatte und deren einladendes Mieder alle Blicke auf sich zog. Ihr Mundwerk jedoch verbreitete Angst und Schrecken unter der Dienerschaft. Die Ehe mit Ilarion tat ihr gut. Dieser war zum Kommandanten der Arkebuseschützen ernannt worden. Er bewies eine ungewöhnliche Begabung und Genauigkeit im Umgang mit diesen Feuerwaffen. Jetzt erwartete Smaranda ihr zweites Kind. Die Schwangerschaft war ihr noch nicht anzusehen, aber sie litt unter der Morgenübelkeit.

Die Zofe lächelte schelmisch und zog ein Schreiben aus ihrem Ärmel hervor.

»Wie ich schon sagte: Ich habe eine Nachricht!« Munter schwenkte sie den Brief.

Vasilissa sprang auf und riss ihn ihr aus den Händen. Fieberhaft überflog sie die Zeilen, und ihre Hände begannen zu zittern.

»Schnell, Sma! Lass heißes Wasser und den Holzbottich nach oben bringen. Und bereite mir das neue Gewand vor … Und danach steckst du mir die Haare hoch.«

»Das Wasser kocht längst in der Kochstube, und der Bottich muss nur noch hereingebracht werden. Nur bei dem Kleid wusste ich nicht, welches Ihr diesmal bevorzugt.«

Die Frauen lachten. Vasilissa umarmte ihre Vertraute. »Danke, Sma!«

»Es wurde Zeit, Euch wieder lachen zu sehen.«

Gehüllt in einen schwarzen Mantel und mit tief ins Gesicht gezogener Kapuze, schlich sie sich in den Hinterhof. Dort fand Vasilissa das kleine Tor wie erwartet unverschlossen. Auf der Gasse empfing sie dann der Mann, der sie begleiten sollte, und half ihr, damit sie nicht auf dem gefrorenen Boden ausrutschte. Sie liebte den Winter und seine langen Nächte, denn die Dunkelheit umschloss sie schützend und bewahrte ihr Geheimnis.

Sie bogen noch einmal nach rechts ab und erreichten dann das Haus des Tuchhändlers aus Mailand.

»Er wartet auf Euch im …«

»Ich weiß schon, Peter.« Sie hob den Saum des Kleides und stieg die Treppe hinauf. Leise öffnete sie die Tür und betrat auf Zehenspitzen das Zimmer. Ein Mann hockte vor dem Kamin und warf ein Holzstück hinein. Er trug nur ein weißes Hemd über den enganliegenden Hosen.

»Es ist heiß genug hier«, sagte sie und ließ den Mantel zu Boden fallen.

»Lissa!« Wallerand stürmte zu ihr und umarmte sie.

Sie genoss seine Wärme, wie er an ihrem Haar roch, wie seine Hände gierig ihren Körper an seinen pressten.

»Ma fleur«, flüsterte er ihr ins Ohr. »Wie ich dich vermisst habe!«

»Es ging nicht eher, weil …«

Seine Lippen versiegelten ihren Mund. Sie vergaß alles und gab sich dem Rausch der Sinne und Gefühle hin.

Er lächelte sie an. »Du bist noch schöner geworden.« Dann nahm er sie bei der Hand und drehte sie herum. »*Très chic, Madame!* Und diese Röte auf deinen Wangen … woher kommt sie nur?« Er knabberte an ihrem Ohrläppchen. »Von der Lust? Von der Sehnsucht nach mir?« Seine Zunge glitt an ihrem Hals entlang bis in die Spalte zwischen ihren Brüsten.

»Von der Wärme in diesem Zimmer«, keuchte sie.

Wallerand kämpfte bereits mit der Schnürung des Kleides. »Ich glaube, ich kann Euch Kühlung verschaffen.«

Das Brokatkleid glitt über ihren Körper herab, und sie trug nur noch das aus feinstem Leinen gewebte Unterkleid.

»Ich kann mich nicht sattsehen an dir.« Geschickt entfernte er die Haarnadeln und löste ihr prachtvolles Haar. *»Tu es très belle, mon amour«,* raunte er in ihre Mähne. Seine Hände streiften ihr das letzte Kleidungsstück von den Schultern. Danach küsste er die nackte Haut.

Vasilissa atmete nun immer schneller. Ihre Finger ertasteten unter seinem Hemd den flachen Bauch und spielten mit dem Flaum auf seiner Brust.

Der burgundische Ritter hob sie auf die Arme und legte sie auf das Bett. »Ich bin verrückt nach dir«, flüsterte er ihr ins Ohr.

»Hör auf!« Sie kicherte. »Es kitzelt!«

»Ich weiß!« Wallerand streichelte die aufgerichteten Härchen an ihrem Arm. »Und ich kenne noch eine Stelle …« Schnell pustete er in ihren Bauchnabel, während seine Hände sie festhielten.

Sie lachte und bäumte sich auf.

»Du hast keine Chance, meine Rebellin! Ich besitze jetzt deinen Körper …« Er biss leicht in ihren Bauch und danach in ihre Hüfte. »Und ich genieße es.«

»Dann tu es auch!«, provozierte sie ihn.

Mit wenigen Handgriffen entkleidete er sich und stellte sich nackt vor sie. »Ich gehöre dir … mit Leib und Seele.«

Sie streckte die Hand nach ihm aus. »Lass mich nicht so lange auf dich warten.«

Er lächelte und küsste ihre Fingerspitzen. »Zu Euren Diensten, *Madame Duchesse!*«

Sie fielen sich stürmisch in die Arme und vergaßen die Welt um sich.

Nachdem sie ihren Liebesdurst gestillt hatten, lagen sie eng umschlungen beieinander. Sie ließ den Zeigefinger durch sein Brusthaar kreisen. »Ich muss gehen«, flüsterte sie.

»Jetzt schon? Vladislav ist doch nicht zu Hause.«

»Ja, aber ich will daheim sein, bevor die Hausdiener erwachen.«

»Wie lange wird er fort sein?«

»Ich weiß es nicht.«

»Ist er wieder auf seiner Burg in Hamlesch?«

Sie wurde misstrauisch. Die Warnung von Roxolan, dass sie ausgespäht würden, klang ihr immer noch in den Ohren. »Wieso fragst du?«

»Ich weiß, dass die Pässe verschneit sind. Das heißt, so schnell wird er nicht nach Schäßburg kommen können.«

»Er hat mir diesmal nicht gesagt, wohin er wollte.«

»Merkwürdig. Vielleicht hat er eine Geliebte.«

Vasilissa stieß ihm die Faust in die Rippen.

»Sonst verstehe ich nicht«, verteidigte er sich, »wie ein Mann sich so lange von einer so schönen Frau, wie du es bist, fernhalten kann.«

»Das letzte Mal war Vladislav anders als sonst. Nachdenklich und … und besorgt. Einen ganzen Tag und den Abend hat er nur mit Mircea und Vlad verbracht. Es war wie … wie ein Abschied«, flüsterte sie mit belegter Stimme.

»Liebst du ihn?«

»Er ist ein guter Mensch und der Vater meiner Kinder. Er ist über all die Jahre ein Teil von mir geworden. Die Pflicht hat uns für die Ewigkeit verbunden.«

Wallerand küsste ihr Haar.

»Ich muss gehen. Hilf mir mit dem Kleid.«

»Sehen wir uns morgen wieder?«

»Ich wünsche mir nichts sehnlicher als das.«

Vasilissa gähnte und rieb sich die Augen. Obwohl sie vor dem Morgengrauen wieder in ihrem Bett gewesen war, hatte sie nicht mehr schlafen können. Zu viele Gedanken gingen ihr durch den Kopf, zu viele Gefühle brachten sie durcheinander. De Wavrin machte sie glücklich. Sie fühlte sich als Frau begehrt. Und sie liebte ihn. Nach Vlads Geburt hatte er ihr Lebensmut gespendet. Seine Briefe, in denen er anfangs von einer aussichtslosen Liebe schrieb, hatten ihre Einsamkeit in den Nächten gelindert, in denen Vlas fern von ihr war. Doch allmählich war sie süchtig nach Wallerands Liebesschwüren geworden und wollte immer mehr. So war es zu dem ersten heimlichen Treffen gekommen, erfüllt von Angst, erwischt zu werden, aber auch von Freude, das Herz im Leib endlich wieder zu spüren. Ein Abenteuer! Sie fühlte sich wie die Heldin in einem der Gedichte, in denen die Männer die Geliebte vergötterten. So war es auch mit Wallerand. Er wurde ihr Lebenselixier.

Dennoch war ihr bewusst, dass dieses Glück jederzeit enden könnte. In dem Moment, in dem Vladislav auf den Thron seines Vaters stieg, musste sie auf diese Affäre verzichten. Als Fürstin würde sie kein privates Leben mehr haben. Bis dahin jedoch würde sie jede Nacht mit de Wavrin genießen.

Die kichernde Smaranda an ihrer Seite holte sie aus ihren Gedanken wieder zurück in die heimische Stube. »Ein müder Blick, Herrin, hilft nicht beim Sticken.«

»Du hast recht. Ich sollte mich lieber noch kurz zurückziehen und mich hinlegen.«

»Vorher sagt Ihr mir noch, ob ich ein besonderes Kleid für heute Abend vorbereiten darf.«

Vasilissa schmunzelte. »Ja, das grüne. Es passt genau zu meiner Augenfarbe.«

»Wo habe ich das schon einmal gehört?«

»Sma, werde nicht frech!«

Die Frauen lachten.

»Ich gehe und bereite Euch das Bett.«

»Ich komme gleich«, rief sie Smaranda hinterher, als diese aus dem Zimmer lief.

Die Herzogin sammelte gerade die Garnfäden ein, als die Tür schon wieder aufgerissen wurde und ihre Zofe erneut in den Raum stürmte.

»Was ist? Bist du schon fertig, oder hast du etwas vergessen?«

»Herrin! Mein Mann und der Herzog …«

»Sma, sag es mir! Was ist mit Vlas?« Vasilissas Stimme bebte. »Ist er tot?«

»Nein, meine Fürstin«, antwortete ein Mann.

Im Türrahmen stand Ilarion. Auf seinem Mantel und in den Haaren glitzerte noch der Schnee. Die müden Augen verrieten, dass er ohne Rast zu ihr geritten war.

Vasilissa schlug das Kreuz. »Sag mir, in Gottes Namen, was passiert ist!«

Er fiel vor ihr auf die Knie. »Seine Hoheit, Vladislav Draco, erwartet Euch im Palast von Targoviste – als Fürst der Walachei. Seine Majestät hat den Thron der Basaraben erobert!«

Kapitel 25

Targoviste, 23. November 1436

Vom Wehrgang der Burgpalisaden aus beobachtete Vladislav das Umland. So weit das Auge reichte, sah er bewaldete Hügel, die Targoviste wie eine natürliche Mauer umschlossen. Die fürstliche Burg war nur durch einen Graben und hohe Pfahlbefestigungen von der Stadt abgegrenzt. Es gab lediglich einen einzigen Weg für die Untertanen oder Gesandten, um zum Herrscher zu gelangen. Dieser führte über eine Brücke, die im Belagerungsfall hochgezogen werden konnte.

Vlas stützte sich auf die Brüstung und überblickte seine Herrscherresidenz. Es gab keine befestigten Straßen wie in Ungarn oder in den Großstädten des römisch-deutschen Reichs. Die orthodoxen Kirchen ragten hier in der Walachei nicht mit atemberaubenden Türmen in den Himmel wie die der katholischen mit ihren bunten Glasfenstern und lichtdurchfluteten Kirchenschiffe. Die Handwerker und Händler wohnten in bescheidenen Häusern aus Lehm oder Stein, die nicht mehr als ein Stockwerk hatten. Auch große Märkte mit Gütern aus aller Welt suchte man vergebens. Das also war seine Erbschaft. Er lächelte resigniert. Und dennoch gab es Mächte, die sich dieses armen Landes wegen bekriegten.

»Arm? Nein!«, dachte er. Unmengen von Holz aus den Wäldern nahmen den Weg über die Donau zu den Schiffsbauern von Genua, Venedig, Byzanz und sogar zu den Osmanen. Herden mit Tausenden von Kühen wurden in den Westen verkauft, ebenso wie Pferde. Honig und Weine aus seinem Fürstentum waren überall hochgeschätzt. Und nicht zuletzt das weiße Gold aus den Südkarpaten: das Salz.

»Ihr seht nicht glücklich aus, Hoheit. Wir haben doch gesiegt!«

»Wen haben wir in die Knie gezwungen, Nanu? Die zusammengerotteten Truppen der Danen. Und was bringt es mir ein, wenn es den drei Brüdern doch gelungen ist zu fliehen? Gegen welchen Feind haben wir denn gekämpft? Hier haben uns die Bojaren eilends die Tore geöffnet, als sie erfahren haben, dass sie auf sich allein gestellt wären. Dabei haben sie meinem Halbbruder lange beim Sterben zugesehen. Welche Art von Krieg ist das? Ein Basarab stirbt mit dem Schwert in der Hand im offenen Kampf und nicht durch eine solche hinterhältige Tat. Ich hätte ihn verschont und ihn in ein Kloster geschickt.«

»Hoheit, ich habe den falschen Arzt sofort getötet, nachdem ich die Nachricht von Euch bekommen hatte. Es war aber zu spät. Dieser hatte Aldea über längere Zeit ein langsam wirkendes Gift verabreicht. Vor dem Tod bat er Gott für den Verrat an Euch um Vergebung. Seine letzten Worte galten Euch. Er sagte, Ihr seid der rechtmäßige Thronfolger.«

»Was macht uns weise im Angesicht des Todes? Die Angst um die Seele? Die Angst, dass die irdische Sünde uns auch in die andere Welt verfolgen könnte? Warum müssen wir zuerst den Tod spüren, um zu dieser Erkenntnis zu gelangen?«

Die Glocken der Hofkirche läuteten.

»Eure Hoheit! Euer Bruder wird in die Kapelle getragen.«

Er drehte sich um und blickte in den Burghof, in dem die Trauerprozession vorüberzog. An der Spitze die Priester, die mit Hilfe der Weihrauchschwenker den Aufstieg der Seele des Verstorbenen in den Himmel erleichtern sollten. Ihnen folgten die Leichenträger, die auf einer reich geschmückten Bahre den Leichnam Aldeas trugen.

»Es ist so viel Blut geflossen, Nanu. Seit Hunderten von

Jahren stirbt man für diesen Thron. Stehe auch ich im Bann dieses Fluches?«

»Ihr seid der wahre Erbe Eures Vaters. Es war Eure Pflicht, so zu handeln.«

»War es das? Und warum freue ich mich jetzt nicht?«

Der lange Zug hinter der Leichenbahre bestand aus zahlreichen Bojaren und den persönlichen Dienern des toten Fürsten.

»Sieh sie dir an, Nanu. Vor ein paar Tagen haben diese Heuchler noch meinem Halbbruder gehuldigt. Als sie sahen, dass er schwach wurde und ich auf dem Vormarsch war, haben sie ihn verraten und sich mir zu Füßen geworfen. Hauptsache, sie retten ihr erbärmliches Leben und die Landgüter. Kein Edelmann ist in diesem Kampf um den Thron gestorben, sondern nur die Fürsten. Wenn morgen Dan Basarab mit seinen Truppen vor diesen Mauern anrückt, werden sie mir ebenso in den Rücken fallen wie meinem Bruder.«

»Ich verstehe Euch! Aber jetzt habt Ihr es in der Hand. Ihr könnt sie entmachten und Eure Position stärken.«

»Wie denn? Der Bojarenrat billigt entweder jede Entscheidung des Herrschers oder lehnt sie ab. Sogar seine Ernennung muss von ihnen legitimiert werden.« Er kreuzte die Arme vor der Brust und deutete mit einer Kopfbewegung in deren Richtung. »Sie haben mich in der Hand, nicht ich sie.«

»Dafür gibt es eine Lösung. Sie kennen nur eine Sprache: die des Geldes. Solange sie ihren Reichtum mehren dürfen, werden sie Euch unterstützen. In dieser Zeit könnt Ihr einen nach dem anderen für Euch kaufen. *Divide et impera!* So wird Eure Macht wachsen und sie von Euch abhängig machen.«

Vlas lachte. »Nanu, auch der Ärmste von denen ist reicher als ich. Hier in der Walachei steht mir das königliche Recht der Münzprägung nicht mehr zu. Mein Vermögen, das ganze Silber, ist über die Jahre regelrecht in den Waffen während der Gefechte geschmolzen.«

»Aber das müssen die Bojaren doch nicht wissen. Und Rechte kann man immer neu erkaufen oder anders verdienen.«

»Ja, vielleicht.« Nachdenklich sah er sich um. »So lass uns nun gehen, Pascal. Meinem Bruder die letzte Ehre erweisen.«

Vladislav betrat die Kirche erhobenen Hauptes. Auf seinen Schultern lagen der grüne und der rote Mantel des Drachenordens. Die goldene Kette mit dem Ouroboros funkelte auf seiner Brust, und seine Hand ruhte auf dem Knauf des Toledoschwertes.

Gemessenen Schrittes näherte er sich dem Podest, auf dem Aldea aufgebahrt war. Ein Leinentuch bedeckte sein Gesicht, das Vlas wütend fortriss. Die aufgedunsenen Gesichtszüge und die blau angelaufenen Lippen, die zu einer Grimasse verzogen waren, erschütterten ihn. Trotz der winterlichen Kälte hatte die Verwesung bereits eingesetzt. Die Todesausdünstung überlagerte sogar den Geruch des Weihrauchs. Trotzdem verbeugte er sich und küsste den Toten auf den Mund, wie der Ritus es verlangte. Hinter ihm vernahm er aufgeregte Stimmen.

Vladislav drehte sich um und hielt das kleine Leinentuch hoch. »Es überrascht Euch, dass ich den Mut besitze, die vergifteten Lippen meines Bruders zu küssen? Dass ich mir überhaupt das grausame Todesantlitz des Fürsten ansehen möchte? Endlich erkenne ich, was Verrat vermag. Wollt Ihr nicht ebenfalls einen Blick darauf werfen? Nein?«

Er ging durch die Reihen der Bojaren und fuhr mit dem Stoff unter ihren Nasen entlang. Sie zogen sich erschrocken zurück.

»Warum nicht? Aus Scham … oder aus Angst? Das könnte Euch auch geschehen! Oder glaubt Ihr, dass sich Meuchelmörder nur von Euch kaufen lassen?«

Sein Lachen hallte in den Kirchenmauern wider, bevor er flüsternd fortfuhr: »Es gibt immer einen, der mehr zahlt als Ihr. Vergesst das nie!«

Ein Adeliger trat nach vorn. Vladislav reichte ihm nur bis zur Schulter. Der buschige Vollbart und die Augenbrauen verstärkten den Eindruck seiner kolossalen Statur. Sogar die Stimme ähnelte dem Knurren eines Bären. »Ihr sprecht mutig, Sohn von Mircea. Aber erst jetzt, nachdem Euer Halbbruder gestorben ist. Dabei seid Ihr derjenige, der mit seiner Armee gegen Aldea angerückt ist. Ihr seid der, der von seinem Tod profitiert. Wie sollen wir wissen, ob er nicht von Euren Männern vergiftet wurde?«

»Und wer seid Ihr, dass Ihr den Mut besitzt, so mit mir zu reden?«

»Ich bin Albu, der Großkanzler des Bojarenrats.«

»Nach dem Tod meines Bruders seid Ihr es nicht mehr. Ich berufe für morgen den Rat ein. Die Posten werde ich neu besetzen.«

»Nur der Fürst hat dieses Recht. Ihr seid es *noch nicht*.«

Vlas zog das Schwert und hielt die Spitze auf die Kehle des Edelmanns gerichtet. »Seht Ihr hier einen anderen Nachfahren des großen Mircea Basarab?«

»Ich sehe nur einen Fremden, der dem Papst in Rom dient und nicht dem wahren Gott. Kehrt zurück zu Eurem Kaiser Sigismund. Auf dem walachischen Thron herrschen nur Männer, die nach dem Ritus der orthodoxen Kirche getauft sind.«

Die Stimmen der Bojaren wurden laut.

Der Bischof kam zu ihnen geeilt und entfernte die Klinge von Albus Hals. »Es stimmt, Herzog. Er hat recht. Ohne die Taufe in unserem Glauben könnt Ihr den Thron nicht besteigen.«

»Ob Orthodoxer oder Katholik – ich bin ein Christ und der Sohn von Mircea. Ich bin ein Basarab!«, schrie er.

Das Echo seiner Worte hallte in der Kirche nach.

Viele der Anwesenden bekreuzigten sich.

»Das reicht nicht, Herr!«, widersetzte sich leise, aber bestimmt der Bischof. »Ich bin jedoch bereit, Euch bis morgen in diesem Taufbecken in den Schoß unserer Mutterkirche aufzunehmen. Nichts und niemand wird Euch danach mehr im Weg stehen.«

Vladislav fiel auf die Knie. »So soll es sein!«

Der Bischof schlug das Kreuzzeichen: *»In nomine Patris, et Filii, et Spiritus Sancti. Introibo ad altare Dei. Amen!«*

»Amen«, erwiderte Vlas. Danach küsste er das goldene Kreuz, das der Geistliche ihm entgegenhielt.

»Ich werde mich nicht vor einem Verleugner verbeugen«, schrie Albu. »Er würde sich auch mit dem Teufel verbünden, nur um an die Krone zu kommen.« Er setzte sich die Pelzmütze auf und ging.

Pascal folgte ihm mit gezogenem Schwert.

»Lass ihn gehen, Nanu! Es ist schon genug Blut geflossen. Ich will meine Herrschaft nicht mit einem Mord beginnen.«

Pressburg in Mähren, 10. Dezember 1436

János durchblätterte das Register mit den Einnahmen aus dem letzten Herbst. Neben ihm am Tisch saß seine Ehefrau Erzsébet, die, über seine Schulter gebeugt, mitlas. Sie verwaltete mit eiserner Hand die Ländereien und das gesamte Vermögen, das von Jahr zu Jahr beständig wuchs. Auch das Haus, in dem sie sich befanden, gehörte ihr, wie so viele andere, die über das ganze Königreich verteilt lagen.

»Hier, mein Gemahl.« Sie zeigte mit dem Finger auf das Registerblatt. »Dieses Dorf hat weniger Getreide erwirtschaftet und bittet uns, sie dieses Jahr von den Abgaben zu befreien.«

Er schaute sie an. Als er sie geheiratet hatte, hätte er nie geglaubt, dass er diese Frau irgendwann lieben würde. Sie war zwanzig Jahre alt und keine Schönheit. Das dunkelblonde Haar trug sie immer streng nach hinten frisiert und mit einem Schleier bedeckt. Die blaugrauen Augen funkelten nur, wenn er sie liebte oder, wie gerade eben, wenn sie über Geld sprach. Wie er sich in ihr getäuscht hatte, als er sie das erste Mal sah! Unter ihrem zerbrechlichen Äußeren verbargen sich ein unbeugsamer Wille und eine zuverlässige Gefährtin, die ihn stärkte.

»Warum sagst du nichts? Denk nur nicht daran, die Bauern wieder in Schutz zu nehmen!«

»Der Winter hat früh eingesetzt, und die Dürre im Sommer …«, versuchte er zaghaft, seine mildere Einstellung den Bauern gegenüber zu begründen.

»Ja, das stimmt. Aber sollten sich dann nicht alle Dörfer darüber beklagen?«

»Erzsébet, ich mag solche Gespräche nicht. Wir besitzen mehr als genug. Lassen wir etwas auch für die Menschen übrig, die uns dienen. Zufriedene Untertanen bleiben uns treu ergeben und arbeiten besser. Sieh mal nach draußen. Dieser Winter ist schwer für uns alle. Wer weiß, wie lange er dauern wird.«

»Ja, aber …«

»Komm, lass uns nicht deswegen streiten.« Er küsste ihre Fingerspitzen.

»Wie schaffst du es nur, mich jedes Mal umzustimmen?«

»Ich bin unwiderstehlich«, lachte er.

Es klopfte an der Tür.

»Herein«, rief János.

»Mein Herr, ein hoher Gast aus …«

»Geh zur Seite, du Lump!« Rodislav schob den Hausdiener vor sich her und blieb dann breitbeinig im Türrahmen stehen. »Wir müssen reden, Hunyadi.«

»Wer ist dieser Mann, der sich in unserem Haus so unverschämt benimmt?«, empörte sich Erzsébet.

»Wie er heißt, brauchst du nicht zu wissen.« Er küsste galant ihre Hand, bevor er sich von ihr verabschiedete. Anschließend wies er dem Zweitältesten der Danen den Weg in den Flur. »Folge mir in mein Arbeitszimmer. Und du, Hans, bringst uns etwas zu essen und zu trinken.«

»Jawohl, Herr.«

Kaum waren sie unter sich, als János auch schon auf Rodislav losging. »Was ist passiert? Du kommst sonst nie unangekündigt.«

»Vladislav Draco.«

»Was ist mit ihm?«

»Er ist Fürst der Walachei geworden!«

»Wann? Wie konnte das geschehen?«

Der Walache trank gierig aus dem Weinkrug, bevor er antwortete. »Das wollte ich dich fragen.« Er stellte das Gefäß mit einem Knall auf den Tisch. »Deines Wissens nach sollte mein Vetter auf der Burg in Fogarasch sein und nicht unterwegs nach Targoviste. Er und seine Armee haben uns aber hinter Törzburg erwartet. Schlimmer noch: Sie haben uns vernichtet. Nur mit Glück haben wir – meine Brüder und ich – uns gerettet. Es scheint, dass Euer Mann in Schäßburg uns auf die falsche Fährte gelockt hat. Oder bist du es, der uns etwas vorgaukelt?«

János ballte die Fäuste. »Achte auf deine Worte!«

»Nein, du solltest darauf achten, wie du mit dem Sohn eines Fürsten sprichst. Vergiss deinen Rang nicht, Hunyadi!«

»Und warum kriechst du jetzt vor mir? Blick nicht zur Seite! Ich sage dir, warum: weil ihr Danen mich braucht. Ohne mich seid ihr nicht in der Lage, euch das zurückzuholen, was euch zusteht.«

»Schweig!«

Wütend musterten sie sich gegenseitig. Die Vernunft siegte jedoch.

»Wir dürfen uns nicht bekriegen«, beschwor János seinen Besucher, »denn dadurch hätte nur Vlas gewonnen.«

»Das stimmt.« Rodislav trank den Weinkrug leer. Aus den Mundwinkeln tropfte der Wein und rann ihm über den Hals.

»Warum bist du hier? Und wo sind deine Brüder?«

»Dan ist mit Laiota nach Krakau geritten, um den jungen polnischen König über das Desaster zu informieren. Wir können immer noch den Thron zurückerobern. Unsere Männer in Targoviste warten nur auf einen Befehl. Außerdem – das Gift kann auch Vladislav töten.«

»Du unterschätzt deinen Vetter. Er ist nicht wie sein Halbbruder. Und weißt du überhaupt, ob dein Arzt noch lebt?«

»Das werde ich in ein paar Tagen herausfinden.«

»Gut. Was mich wundert, ist, dass wir falsche Hinweise aus Schäßburg erhalten haben. Was ist diesmal schiefgelaufen?«

»Das ist nicht mehr von Belang.«

»Doch, ist es! Was, wenn Draco von unserem Plan erfahren hat?« János ging durchs Zimmer und dachte laut nach. »Das hieße, er kann auch von unserem Späher wissen. Wir haben einen Verräter unter uns. Aber wer ist es?«

»Es ist egal, wer daran schuld ist. Darüber zu grübeln, bringt uns nicht weiter. Blicken wir nach vorn. Ich habe einen anderen Mann, der uns gegen Vlas behilflich sein kann.«

»So schnell schon habt Ihr einen Zuträger aufgetrieben?«

»Mehr als das. Ich spreche von dem mächtigsten Bojaren der Walachei: Albu. Er besitzt unzählige Ländereien, und die meisten Adelsfamilien sind mit ihm verwandt. Nach Aldeas Tod hat mein Vetter ihn verbannt.«

»Gut! Einer wie er kann uns nützlich sein. Dennoch: Es ist nicht genug. Vladislav ist Fürst geworden. Wir brauchen noch stärkere Verbündete als ihn. Ich weiß auch schon, wen.«

Am nächsten Tag nach der Morgenmesse ritt János zum Palast, um den Kaiser zu treffen. Um die zwei Dutzend Menschen warteten im Vorraum zum Audienzsaal. Der Page erkannte ihn und bat ihn sofort in das Empfangszimmer. Als Kommandant der Leibgarde und Kriegsberater durfte er jederzeit unangekündigt zum Monarchen.

»Eure Kaiserliche Majestät.«

»Hunyadi! Ihr kommt genau richtig. Ihr werdet mir während der Audienzen beistehen. Aber … Ihr seht besorgt aus. Was ist geschehen?«

»Majestät, ich habe schlechte Nachrichten. Einer Eurer Untertanen hat Euch verraten.«

»Was sagt Ihr da?« Sigismund zog die Augenbrauen hoch. »Wer ist es?«

»Vladislav Draco.«

»Was hat er getan?«

»Er hat seinen Bruder ermordet und den Thron in der Walachei erobert.«

»Das kann nicht sein. Wie denn? So einen Feldzug kann man nicht heimlich planen. Dafür braucht man eine Armee, Waffen und Geld. Ich hätte etwas davon erfahren.«

»Er hat sein Amt als Gouverneur in Transsylvanien missbraucht, ebenso wie sein Münzrecht. Hinter Eurem Rücken hat er mit dem Silber aus Transsylvanien Söldner verpflichtet und so den Krieg gegen Aldea geführt.«

»Wann genau war das?«

»Über die Jahre …«

»Nein, ich meine, wann ist er in Targoviste einmarschiert?«

»Ende November. Für die Krönung hat er sich sogar im orthodoxen Glauben taufen lassen.«

Der Kaiser ging erregt auf und ab. Vor dem Kamin blieb er nachdenklich stehen.

»Woher wisst Ihr alle diese Einzelheiten?«

»Ich habe Zuträger im ganzen Königreich, Majestät.«

Der Monarch setzte sich auf den Sessel vor dem Feuer und stöhnte. »Diese Gicht!« Er lehnte sich zurück und schloss die Augen. »Hat die Krönung schon stattgefunden?«, fragte er plötzlich.

»Ja, Majestät. Es ging schnell. Niemand hat sich widersetzt.«

»Auch die Danen nicht? Ich weiß, dass sie in ihrem Kampf um den Thron vom polnischen König unterstützt werden.«

»Sie wurden besiegt.«

»Wo sind sie jetzt?«

»Das weiß ich nicht, Majestät.«

Der Kaiser öffnete die Augen und starrte ihn durchdringend an. »Schade, dass Eure Spitzel genau das nicht erfahren haben.«

»Sollen wir Draco angreifen? Dieser Verrat darf nicht unbestraft bleiben.«

Sigismund sah ihn lange an, ohne ein Wort zu sagen. János wurde es mulmig. Der Kaiser reagierte nicht so, wie er es erwartet hatte.

»Nein, Hunyadi. Wir werden ihm eine Botschaft senden und darin unsere Anerkennung mitteilen. Wir freuen uns doch, dass in der Walachei endlich ein Drachenritter herrscht, der gegen die Heiden kämpft, auch wenn er jetzt ein Orthodoxer ist. Sie sind ebenso Christen. Ich kenne Vladislav, denn er ist an meinem Hof aufgewachsen.«

»Ich verstehe nicht! Ihr legitimiert seinen Verrat?«

Der Kaiser lächelte. »Ich frage mich nur, warum er so lange gebraucht hat.«

»Was meint Ihr?«

»Warum, glaubt Ihr, habe ich ihm vor fünf Jahren die Herzogtümer Hamlesch und Fogarasch übertragen? Diese Lehen haben immer schon dem Thronanwärter der Walachei gedient. Die Entscheidung damals, ihn als Fürsten anzuerkennen, musste ich überdenken. Es gab andere Ereignisse, die ich für wichtiger hielt. Aber das heißt nicht, dass ich in all der Zeit Vladislav nicht unterstützt hätte. Ich würde den Weg zum walachischen Thron doch niemals den Jagiellonen freilassen! Solange ich lebe, wird kein Dane dort herrschen.« Sigismund schmunzelte. »Ihr seid bestürzt, wie ich sehe. Die Politik, mein Lieber, ist wie eine Hure. Sie dient nur dem, der ihr am meisten zahlt. So muss ich beachten, wo meinen Interessen am besten gedient ist. Dabei vergesse ich keinesfalls, woher ich komme, und denke immer an meine Familie. Vladislav ist der Sohn meiner Base, Maria de Anjou von Tolmay-Luxemburg. Mehr königliches Blut fließt in keinem der Basaraben.«

»Und was fließt in meinen Adern … Vater?«

Der Kaiser stand auf, ging zu János und bohrte ihm den Finger in die Brust. »Nenn mich nie wieder so, Hunyadi!«

»Warum? Schämt Ihr Euch, dass Ihr mit einer einfachen Edelfrau …«

»Schweig!« Sigismund packte ihn am Kragen. »Sag nichts mehr! Oder du verreckst im Verlies.« Er stieß ihn von sich.

János starrte geradeaus, die Hände zu Fäusten geballt. Wie hatte er nur glauben können, dass fünf Jahre an der Seite des Königs und später des Kaisers genug wären, sie einander näherzubringen, als Vater und Sohn. Bei seiner Hochzeit in Italien hatte Sigismund mit keinem Wort ihre Blutsbande erwähnt. Warum sollte er auch? Wer wusste schon, wie viele illegitime Kinder, wie er, vor seiner Tür erscheinen würden, um seine Anerkennung zu erbetteln. Während der Zeit der Reise nach Rom und auch danach hatte er ihn besser kennengelernt. Nein, eigentlich nicht ihn, sondern vor allem seinen lüsternen Drang nach Frauen. Egal, ob sie verheiratet oder Jungfern waren, Sigismund gierte nach allen. Da fragte János sich, ob er tatsächlich sein Sohn sein wollte. Der Wunsch, der Nachfahre eines Königs, ja eines Kaisers zu sein, hatte ihn völlig geblendet. Vielleicht war er ja gar nicht sein Kind, und Sigismund nutzte sein Streben nach Legitimierung nur aus. Das Bild seines Vaters Wojk Corvinus Hunyadi erschien vor seinem inneren Auge. Wie hatte er ihn nur verleumden, ihn vergessen können?

Der Monarch blieb vor ihm stehen und musterte ihn. »Wir haben noch ein weiteres Problem, Hunyadi. Transsylvanien hat derzeit keinen militärischen Gouverneur mehr.«

»Und, Majestät?«, entgegnete er kühl.

»Wir brauchen einen neuen Befehlshaber, der unser Vertrauen genießt. Ich überlasse es Euch, jemanden für diese Position auszuwählen.«

»Warum ich?«

»Was habt Ihr vorhin noch gesagt? Ihr wisst alles, was in der Provinz geschieht. Ihr habt überall Eure Zuträger. Dann müsst Ihr doch auch wissen, wer mir loyal ergeben ist und wer hinter meinem Rücken gegen mich ein Komplott schmiedet.«

János fühlte sich enttarnt. Er war in seine eigene Falle gestürzt. Wie viel wusste der Kaiser von seinen Machenschaften mit den Danen oder von deren Plan gegen Vlas?

»Kaiserliche Majestät, ich kann Euch …«

»Ja, das ist eine gute Idee! So soll es sein. Ich ernenne Euch hiermit zum Gouverneur über Transsylvanien … nein, Ihr werdet der Generalgouverneur!«

Vasilissa schob die Lodenplane zur Seite und betrachtete die Mauern und Umrisse der Türme und Gebäude ihrer neuen Heimat – der Hauptresidenz der Basarabenfürsten. In nur drei Tagen hatte sie, zusammen mit Smaranda und Ilarion, ihr Hab und Gut gepackt und sich auf den Weg nach Targoviste gemacht. Auch Mircea hatte es geschafft, sich ihnen mit Tudor rechtzeitig anzuschließen. Ihre Söhne saßen ihr gegenüber und blickten, wie sie, auf das Land ihrer Ahnen.

Es war bewölkt, aber es schneite nicht. Der Rauch aus den Schornsteinen der niedrigen Bauwerke verdichtete die grauen Wolken, die über ihnen hingen. Die Einwohner der Stadt versammelten sich am Straßenrand und verbeugten sich ehrerbietig vor dem Tross.

»Die Häuser sind nicht so schön wie in Schäßburg«, flüsterte Vlad.

»Es ist ein anderes Land«, erklärte sie ihm. »Hier wird nicht wie in Transsylvanien gebaut.«

»Auch die Menschen tragen andere Kleider als wir.«

»Hast du Angst, Brüderchen?« Mircea lächelte ihn beruhigend an. Er war erst knapp zehn Jahre alt, doch er hatte längst die Rolle des beschützenden älteren Bruders übernommen. »Das brauchst du nicht. Dort, wo unser Vater ist, sind wir sicher. Außerdem: Er ist der Herrscher. Niemand kann dir etwas antun.«

Vasilissa schmunzelte. »Vergesst nicht, was ich euch gesagt habe: Ihr seid Prinzen! Diesen Titel trägt man mit Würde. Ihr seid keine Kinder mehr. Alle Blicke sind auf euch gerichtet.«

»Ja, Mutter«, antworteten beide einstimmig.

Das Gefolge fuhr nun durch das Tor im Hauptturm. Vom Wehrgang bliesen die Turmwächter zu ihrer Begrüßung in die Hörner.

Zuerst traf die Vorhut ein. Danach die Schlitten.

Im Hof erblickte sie Vladislav, der sie auf der Treppe zum Herrscherhaus erwartete. Der golden und silbern bestickte Kaftan war mit Zobelfell gesäumt und reichte hinab bis zum Boden. Auf dem Haupt trug er nur einen einfachen Goldreif, der seine schulterlangen Haare bändigte. Er wartete nicht, bis das Gespann anhielt, sondern stürmte die Stufen hinunter und auf sie zu.

Neben ihr sprang Vlad aus dem Schlitten und rannte zu Vladislav.

»Vater! Wo ist deine Krone? Warum trägst du keine?«

Vasilissa schüttelte den Kopf und murmelte: »Was habe ich ihm gerade eben gesagt?«

»Erstens: Sie ist in der Schatzkammer. Zweitens: Es ist nicht die Krone, die einen Fürsten ausmacht. Und jetzt beantworte meine Frage: Warum hilfst du nicht deiner Mutter? So wie dein Bruder.«

Der Junge schmollte.

»Komm mit, mein Sohn. Wir tun es gemeinsam.«

Er reichte seiner Gemahlin die Hand. »Willkommen zu Hause, meine Prinzessin!«

Als sie aussteigen wollte, rutschte sie auf dem Holzschemel aus, der für sie bereitgestellt worden war. Geistesgegenwärtig fing er sie auf, und sie klammerte sich fest an ihn.

»Wie ich dich vermisst habe!«, flüsterte er ihr ins Ohr. »Du siehst zauberhaft aus.«

Die innige Umarmung verwirrte sie. Sein Körper war ihr vertraut, doch die Nähe zu ihm war ungewohnt. Sie löste sich von ihm und sank in einen Knicks. »Euer Willkommensgruß erfreut mich, Hoheit.«

»Und Eure Anwesenheit erfüllt mein Herz, Fürstin.«

Er wandte sich an Mircea. »Mein Sohn, vor fünf Jahren habe ich dir versprochen, dir das Haus deiner Ahnen zu zeigen. Es ist das Vermächtnis deines Großvaters. Kommt mit, ihr alle! Ich führe euch durch den Palast.«

Sie schritten an Dienerschaft und Rittern vorüber, die ihnen Platz machten und sich verneigten.

»So groß ist er aber gar nicht«, sagte Vlad.

»Das stimmt. Aber ich habe schon Pläne für neue Flügel

und Räume. Architekten und Steinmetzen aus Mailand werden daran arbeiten.«

Sie betraten das Haupthaus und folgten dem Flur in den Thronsaal.

Vasilissa sah sich um. Der Saal war mit Wandteppichen geschmückt, die Jagd- oder Bibelszenen zeigten und von Fackeln an Wänden und Säulen erleuchtet wurden.

»Vater, warum stehen die hier?« Vlad zeigte auf zwei Reihen von Stühlen mit hohen Lehnen.

»Sie sind für die Bojaren aus dem Großrat bestimmt.«

Der Junge ging zum Thron und studierte die Intarsien, die in das Holz eingelassen waren.

»Ist dieser Adler unser Wappen?«

»Ja.«

»Und wo ist der Drache?«

»Du stellst zu viele Fragen auf einmal, mein Prinz«, antwortete Roxolan aus dem Hintergrund.

»Onkel Rox!« Vlad rannte zu ihm.

»Du musst lernen, dich zu beherrschen und mit Bedacht zu handeln. Nun bist du der zweite Thronfolger. Sieh dir deinen Bruder an, wie zurückhaltend er alles beobachtet. Merk es dir!«

Roxolan kniete vor Vasilissa. »Willkommen, Eure Hoheit!«

Sie lächelte ihn an. »Du musst nicht vor mir knien. Du bleibst für mich immer ein treuer Freund.«

»Das habe ich ihm auch gesagt, meine Prinzessin, doch er beharrt mehr auf Förmlichkeit als ich«, meinte Vladislav.

»Zumindest in Anwesenheit anderer«, erwiderte Roxolan.

»Aber nur dann«, gab sie nach.

»Komm, meine Gemahlin! Ich will dir unser Gemach zeigen«, flüsterte Vlas und winkte sie zu sich.

»Ich werde derweil den Prinzen die anderen Räume des Palastes präsentieren.«

»Danke, Rox.«

Vladislav nahm Vasilissa bei der Hand und stürmte mit ihr die Treppe empor.

Das Zimmer war, anders als der düstere Thronsaal, hell mit Kerzen erleuchtet. Im Kamin prasselte ein Feuer, auf dem Tisch standen Silberplatten mit Obst, Käse und Braten. Karaffen und Pokale funkelten im Kerzenlicht.

»Es ist wunderschön hier«, sagte sie und legte den Mantel ab.

Vlas umarmte sie. Fast schüchtern küsste er sie auf die Stirn. Danach auf die Schläfe. Und am Ende, roh, auf den Mund.

Die ungezügelte Leidenschaft entfachte ein Feuer in ihr. Sie erwiderte seine Küsse, indem sie ihn in die Lippe biss.

Vladislav grinste und leckte das Blut ab. Seine Augen glänzten vor Lust.

Sie wollte ihn. Vasilissa entfernte die Nadeln aus ihrem Haar und ließ es offen herabfallen – wie eine Einladung zum Hineingreifen.

Er packte ihre Mähne und zog ihr Gesicht an seines. Gierig küsste er sie, während er ihre Brust im Mieder knetete. Sie stöhnte vor Verlangen.

Ihre Finger kämpften mit der Schnürung seiner Hose.

Er riss Vasilissa in seine Arme und ließ sich dann mit ihr zusammen auf das Bett fallen.

Es war kein Liebesakt. Es war nur Fleischeslust. Und beide genossen diese ungehemmte Paarung.

Kapitel 26

Targoviste, 18. Juni 1437

Von seinem Thron aus betrachtete Vladislav den versammelten Bojarenrat. Unter ihnen erkannte er die Gesichter seiner Vertrauten, die ihm über die Jahre nach Transsylvanien gefolgt waren und ihn gegen die Danen unterstützt hatten. Sie alle saßen im Saal: Nanu Pascal und Tudor, nunmehr Besitzer von Grenzburgen und seine engsten Ratgeber; Manea von Udriste, sein Stellvertreter und der Oberste Richter; Dumitru, sein Schwertträger und Oberbefehlshaber; Voico, nun Großkanzler anstelle von Albu. Alle waren sie Mitglieder des Großrats der Bojaren. Aber auch Adelige, die seinem Bruder treu ergeben gewesen waren, hatten ihm die Gefolgschaft geschworen.

Tudor trat vor. »Hoheit, meine Kundschafter haben keine guten Nachrichten mitgebracht.«

»Sprich!«

»Die Türken haben in Serbien Smederevo über die Donau angegriffen. Da die Festung gehalten werden konnte, plündern nun starke Armeekontingente das Banat von Severin. Das Heer wird von Murad persönlich befehligt. Wenn die ungarischen Truppen nichts unternehmen, werden die Türken sogar Temeschwar brandschatzen. Gegen eine solche Macht hatten selbst die wenigen Widerstandskämpfe der Adeligen keine Aussicht auf Sieg. Die, die nicht im Kampf gefallen sind, wurden versklavt. Wir sollten uns glücklich schätzen, dass der Sultan uns diesmal verschont hat.«

»Warum greift der Kaiser ihn nicht an?«

»Sigismund ist alt geworden und, wie man hört, sterbenskrank.«

»Wenn die Osmanen dort erreicht haben, was sie wollen«,

meldete sich ein Bojar aus der ersten Reihe, »werden sie ihre hungrigen Blicke auf die Walachei werfen. Wer wird uns vor den Heiden schützen? Wir sind als Land zu klein, um diese Horden aufzuhalten.«

»Nein, wir sind nicht allein«, erwiderte Vlas. »Das Fürstentum Moldau ist in genau der gleichen Lage wie wir. Wir können uns in einem Bündnis zusammenschließen. Die Türken sind nicht unbesiegbar. Mein Vater hat es gezeigt. Was sagt Ihr dazu, Bojar Dumitru, als mein Schwertträger und Oberbefehlshaber der Truppen?«

»Die Zeiten haben sich geändert, Hoheit. Der Sultan Murad hat mehr Macht als sein Vorfahr Bayezid. Europa ist auch nicht mehr das, was es einmal war. Und Moldau kann nicht gegen den polnischen König, ihren Suzerän, handeln, um sich mit uns zu verbünden.«

Die Ratsmitglieder stimmten dem Sprecher zu.

Vladislav wog in Gedanken die Lage ab. In Transsylvanien und in großen Teilen von Ungarn waren die Bauern und Leibeigenen gegen die Herren aufgestanden. Die Revolte verbreitete sich zusehends von den Dörfern auf die Landgüter und von dort auf die Städte. Der Reiterei war es nicht gelungen, die Aufstände zu ersticken. Sigismund lag schwer krank darnieder. Das Reich hatte keinen Anführer.

Wer konnte ihm beistehen, jetzt, vor dem Türkenangriff? Seine Ratgeber hatten recht.

»Und wie lautet Euer Rat, Bojaren?«

»Wir beugen uns den Türken und kaufen uns mit einem Tribut die Freiheit und damit den Frieden. Es ist ein in langen Jahren bewährtes Mittel.«

»Hieße das nicht, unseren Suzerän, den Kaiser, zu verraten? Wir sind doch Christen, und als solche sollten wir zusammenhalten und gegen die Heiden kämpfen.«

»Das werden wir auch, Hoheit, aber nur dann, wenn wir in

der Lage dazu sind. Der Tribut ist lediglich für einen befristeten Zeitraum die Lösung, nämlich so lange, bis wir Verbündete gefunden und uns ausreichend aufgerüstet haben. Die Burgen müssen gestärkt, Waffen gekauft und Söldner angeheuert werden. Das braucht Zeit.«

»Gut«, meinte Vlas resigniert. »Wer ist dafür?«

Alle Edelleute hoben die Hand.

Vladislav schaute sie an. »Ich werde darüber nachdenken und Euch meine Entscheidung wissen lassen. Ihr dürft Euch entfernen.«

Einer nach dem anderen verneigten sie sich vor ihm und verließen den Thronsaal.

»Pascal und Tudor, Ihr bleibt. Rox, du sollst auch zu uns kommen«, fügte er hinzu, als nur sie im Raum zurückgeblieben waren.

Roxolan gab sein Versteck hinter einer Säule auf.

Vlas trat von seinem Podest und setzte sich zusammen mit seinen Vertrauten auf die Stühle der Bojaren.

»Und? Was meint ihr?«

»Zum ersten Mal bin ich einer Meinung mit den Alten«, sagte Tudor.

»Ich auch«, stimmte Nanu ihm zu.

»Und du, Rox?«

»Wir können die osmanische Macht südlich der Donau nicht aufhalten. Nicht allein. Sigismund kann uns nicht helfen. Und wir wissen, wer der Gouverneur von Transsylvanien ist und dass er mit den Danen gemeinsame Sache macht. Moldau ist Polen unterworfen. Wenn wir zu Jagiello laufen, dann wird dein Kopf fallen, Vlas. Es bleibt uns nur der Ausweg, das Knie vor Sultan Murad zu beugen. Mit ihm als Suzerän halten wir gleichzeitig sowohl die polnischen als auch die ungarischen Königreiche in Schach. Aber nur, solange es nötig ist. Keinen Tag länger.«

»Ich fühle mich wie ein Verräter. Ich bin doch ein Drachenritter und habe in Nürnberg den Schwur auf die Bibel geleistet!«

»Auch dein Vater hat am Ende seiner Herrschaft einen solchen Pakt geschlossen«, versuchte Rox ihn zu beschwichtigen. »Es ist zum Schutz deines Landes und deiner Untertanen, die dir ihr Leben anvertraut haben. Ein Friedensschluss mit den Osmanen in der derzeitigen Lage kann auch von Vorteil sein. Ich kenne deren Mentalität gut. Sie sind vertrauenswürdiger als manche Christen.«

»Ja«, stimmte Pascal zu. »Solange wir den Tribut zahlen, lassen sie uns in Ruhe. Noch nie haben sie einen Vertrag gebrochen.«

»Gut. Wie ich sehe, seid ihr mit den Bojaren gleicher Meinung. Ich werde nachdenken.«

Spät am Abend zog sich Vasilissa, gefolgt von Smaranda, ins Schlafgemach zurück. Durch die geöffneten Fenster wehte der sommerliche Wind, der das Zirpen der Grillen mit sich bis nach oben ins Zimmer trug.

»Soll ich die Fensterläden schließen, Hoheit?«

»Nein. Aber du musst nicht bei mir bleiben. Dein Sohn Gruia braucht dich mehr als ich. Er weint viel in den letzten Tagen. Leidet er jetzt schon unter den Bauchschmerzen? Was sagt der Medicus?«

»Ich habe mir auch Sorgen gemacht, aber der Kleine hat einfach nur ständig Hunger.« Die Hofdame lachte. »Wie der Vater, so der Spross. Ilarion braucht mal wieder neue Tuniken. Keine passt ihm noch.«

Vasilissa schmunzelte. In der Tat, der Kapitän der Leibgarde ähnelte immer mehr den Bären. Allein durch seine Körpergröße und mit bloßen Händen wäre er imstande, diese Tiere zu erlegen.

»Beschwer dich nicht, Sma. Du sorgst einfach viel zu gut für ihn. Wer tischt ihm denn seine Lieblingsspeisen auf? Und das reichlich, wie ich höre.«

Smaranda kicherte. »Das tu ich nur dann, wenn wir uns versöhnen.«

»Wie ich dein Mundwerk kenne, geschieht das vermutlich jeden Tag.«

Beide Frauen lachten herzlich.

Ein Stechen im Bauch ließ die Fürstin aufstöhnen. Schützend legte sie die Hand auf den Leib.

»Habt Ihr Schmerzen?«, fragte die Zofe auf einmal ernst.

»Das Kind hat sich gedreht. Ich spüre sein Köpfchen, hier rechts. Mircea und Vlad waren nicht so unruhig.«

»Kommt, Hoheit, Ihr solltet längst im Bett sein. Ich helfe Euch, das Kleid abzulegen.«

Während Smaranda ihr später die Haare kämmte, betrachtete sich Vasilissa im Spiegel. In Gedanken vertieft, sah sie neben ihrem Abbild die Gesichter von Wallerand und Vladislav. Wer von beiden war wohl der Vater ihres Ungeborenen? Ihr Herz sagte, dass de Wavrin es war, die Vernunft flüsterte ihr den Namen ihres Ehegatten zu.

Nachdem sie im vergangenen Jahr in Schäßburg die Nachricht von Vladislavs Triumph erhalten hatte, war sie am selben Abend heimlich zu ihrem Geliebten gegangen. Ein letztes Mal hatte sie sich ihm hingegeben und sich von ihm verabschiedet, obwohl er nicht akzeptieren wollte, sie zu verlieren. Sie hatte diese Liebe für die fürstliche Krone geopfert. Was würde noch von ihr verlangt werden?

Andererseits hatte sie in Targoviste, nur drei Tage später, einen verwandelten Vladislav angetroffen. Einen, der sie begehrte und verehrte, der nicht nur für seine Familie sorgte, sondern für all die Menschen in der Walachei. Einen Mann, der sie durch seine Leidenschaft dazu bewegt hatte, sich ihm bereits am ersten Tag zu schenken. War es möglich, zwei Männer zu lieben? Ein Stoß in ihrem Leib holte sie zurück in die Gegenwart. *»Herr im Himmel, lass es dieses Mal ein Mädchen sein«,* bat sie in Gedanken.

»Fühlt Ihr Euch nicht gut?«, fragte Smaranda.

»Doch, doch. Du darfst dich zurückziehen.«

In diesem Moment öffnete sich die Tür, und Vlas trat ein.

Die Zofe kniete vor ihm nieder und entfernte sich dann. Leise schloss sie die Tür hinter sich.

»Meine Herrin!« Er küsste Vasilissa auf die Wangen. Müde sah er aus. »Hattet Ihr einen schönen Tag heute?«

»Was betrübt dich, Vlas? Ich sehe doch, dass du nicht weißt, wie du es mir sagen sollst.«

»Niemand kennt mich so gut wie du, meine Fürstin.« Er setzte sich zu ihren Füßen auf den Boden und legte den Kopf auf ihre Knie. »Ich werde für ein paar Monate fort sein.« Er streckte die Hand aus und streichelte ihren gewölbten Bauch. »Zur Geburt unseres Kindes kann ich nicht bei dir sein.«

»Wohin musst du? Gibt es wieder Krieg?«

»Nein. Ich werde dem Sultan Murad in Brussa meine Aufwartung machen. Leider kann ich die Reise nicht verschieben. Die politische Lage drängt mich, so schnell wie möglich einen Pakt mit den Osmanen zu schließen.«

»Mach dir keine Sorgen um mich. Ich bin stark genug, um die Niederkunft zu bewältigen.«

»Ich habe noch nicht vergessen, wie du beim letzten Mal gelitten hast.«

Sie legte ihm die Fingerspitzen auf die Lippen. »Diesmal wird es leichter sein. Ich spüre es.«

»Roxolan bleibt bei dir.«

»Nein. Du brauchst ihn mehr als ich. Hier bin ich geborgen. Und außerdem hat der Medicus, der Smaranda bei der

Geburt geholfen hat, gezeigt, dass er etwas von seinem Beruf versteht.«

»Du hast Zeit, bis wir aufbrechen, um es dir anders zu überlegen. Versprichst du mir, darüber nachzudenken?«

»Ja. Das werde ich tun.«

Brussa, 8. Oktober 1437

Mit über dreihundert Bojaren, Knezen und Rittern reiste Vladislav nach Brussa. Auch wenn Edirne die Hauptstadt des Osmanischen Reichs war, verweilten die Sultane immer noch in dem alten *Serail* auf der asiatischen Seite des Reiches.

Nach der Plünderung durch die Mongolen erlebte diese Stadt nun, nachdem die Türken sie zurückerobert hatten, eine neue Blüte. Das war nicht zu übersehen: Saubere Straßen und üppig bestückte Märkte zeugten vom Wohlstand der Bewohner. Es waren nicht nur Muslime, sondern auch viele Christen – von Griechen und Bulgaren bis zu Venezianern und Franken –, die hier friedlich miteinander lebten.

Zwei Bogenschützen der Leibgarde des Padischahs öffneten der walachischen Gesandtschaft die hohen Türflügel.

Vladislav ging voran. Nur ein Goldreif statt der Krone glänzte auf seiner Stirn. Aber sein Wams war aus schwerem Brokat und mit goldenen Stickereien versehen, ebenso die Schnabelschuhe. Edelsteinringe blitzten an seinen Fingern. Die rechte Hand ruhte auf dem Toledoschwert.

Auch wenn er nicht zum ersten Mal im Orient war, beeindruckte ihn erneut dessen Prunk. Dicke Teppiche dämpften seine Schritte und die der anderen Männer, die ihm folgten. Der Thronsaal war mit keinem in Europa vergleichbar. Verschnörkelte Goldschriftzitate aus dem Koran sowie Abbildungen von Blumen und Tieren verzierten die Wände und Säulen aus Marmor. Der Thron war aus Ebenholz geschnitzt und wurde von floralen Arabesken aus Perlmuttplättchen geschmückt.

Paschas und andere Würdenträger des Osmanischen Reichs nickten respektvoll, als er vorüberging.

Vor ihm thronte auf einem Podest der Sultan Murad, der zweite dieses Namens, flankiert an seiner rechten Seite von seinen Söhnen Alauddin und Mehmet und vom Großwesir an seiner linken. Der Padischah war nur wenige Jahre jünger als Vladislav, doch der Vollbart ließ ihn älter wirken.

Vlas bewunderte ihn. Er war ein charismatischer Herrscher, der seine Macht würdevoll ausstrahlte, ohne überheblich zu wirken.

Der Sultan beobachtete ihn ebenso interessiert. Mit einem leichten Nicken erlaubte er ihm zu sprechen.

»Allah ist groß«, begrüßte Vladislav Draco ihn, als er sich tief verbeugte und den Blick dabei auf ihn gerichtet hielt. »Ich bin hier, um mich vor dem Kaiser aller Kaiser zu verneigen und mich als treuen Vasallen zu bekennen. Als Zeichen meiner Unterwerfung überbringe ich Euch diese Truhe mit Goldgulden als Tribut.«

Vier Janitscharen stellten die Holztruhe ab und öffneten sie. Um die zehntausend Gulden befanden sich darin.

Anerkennendes Raunen erhob sich im Saal.

Nach einer Weile sprach der Sultan ihn an: »Erhebt Euch, Vladislav aus der Walachei. Unser Herz erfreut sich daran, dass Ihr den Weg zu Uns gewählt habt. Wir haben Euren Vater nicht gekannt, aber viel über seine Tapferkeit gehört. Wenn Ihr ihm gleicht, ehrt es Uns, das Fürstentum und somit Euch als Vasallen und Verbündeten anzunehmen.«

»Diese Ehre lastet so schwer auf meinen Schultern, dass ich, Herrscher über das Land zwischen Donau und Karpaten, das Knie vor dem Allmächtigsten Padischah beugen muss.« Mit der Hand auf der Brust kniete er vor Murad.

»Ich sehe, Ihr kennt die Sitte der Ehrerbietung an Unserem Hof. Erhebt Euch!« Auf sein Signal näherten sich zwei Janitscharen, die neben Draco stehen geblieben waren.

»Wir schenken Euch diesen Kaftan als Zeichen Unserer Wertschätzung.«

Respektvoll ließ sich Vladislav dem Zeremoniell gemäß von ihnen einkleiden. Es war die höchste Ehre, die der Sultan ihm erweisen konnte. Danach stieg er die Treppe hinauf, küsste den Saum des Kaftans vom Padischah, führte ihn an die Stirn und wartete, bis dieser ihn einlud, sich wieder zu erheben.

»Ihr seid Unser Gast heute Abend. Bevor wir den Vertrag unterschreiben, möchten Wir Euch besser kennenlernen.«

»Mit großer Freude, Kaiserliche Majestät!«

Nach der Zeremonie entfernte sich Vlas rückwärtsgehend und mit geneigtem Haupt, bis er den Thronsaal hinter sich gelassen hatte.

Den Nachmittag verbrachte er im *Hamam* des *Serails* für die Gesandten. Frisch gebadet, mit Duftölen massiert und gekleidet nach orientalischer Sitte, begab er sich auf den Weg zum Palast.

»Er steht Euch gut, dieser Kaftan, Eure Hoheit«, sprach ihn Nanu an. »Es fehlt nur der Turban, um aus Euch einen echten Osmanen zu machen.«

»Nicht jeder erhält eine Einladung an den Tisch des Sultans. Dieser Ehre muss man sich würdig erweisen. Außerdem würde dir ein Bad auch nicht schaden.«

Pascal roch an seinen Kleidern. »Stinke ich? Ich habe sie heute Morgen frisch angezogen.«

Vlas lachte. »Vergiss es! Ich will, dass du mit mir in den *Serail* kommst.«

»Habe ich noch Zeit, mich zu verkleiden?«

»Das brauchst du nicht. Dein schönes walachisches Gewand steht dir gut. Aber wo sind Tudor und Roxolan?«

»Sie streifen über den Markt und sehen sich um.«

»Sehr gut! Hauptsache, sie spitzen auch die Ohren. Die Macht eines Landes erkennt man am einfachen Volk. Wenn die Untertanen zufrieden sind, ist ihr Anführer bei ihnen beliebt, was ihn stark macht. Hast du den beiden gesagt, sie sollen ein Auge darauf haben, ob hier Ware aus der Walachei zu finden ist? Wenn nicht, dann sollten wir etwas dagegen unternehmen. Meine Händler sollen auch satt werden.«

Später am Abend betrat Vladislav zusammen mit Pascal den Speisesaal. Riesige Sitzkissen lagen vor niedrigen Tischen, auf denen Silbertabletts mit exotischen Früchten standen. Aus zwei Vogelhäusern erklang das Zwitschern von gelben Kanarien und anderen Singvögeln. In der Mitte des Raums plätscherte Wasser in einem Springbrunnen. Unzählige Duftlampen verbreiteten wohlige Aromen und spendeten warmes Licht. In einer Ecke spielten Musikanten auf Instrumenten, die ihm unbekannt waren, deren Rhythmus ihn dennoch in ihren Bann zog.

Vlas blickte weiter fasziniert um sich. »Nanu, hast du solchen Reichtum schon irgendwo in Europa gesehen?«

»Nein, Hoheit. Aber das soll nichts heißen. Viel bin ich ja nicht gereist. Achtung! Der Sultan kommt.«

Alle Anwesenden verneigten sich und warteten, bis Murad den Raum betreten hatte und an ihnen vorübergegangen war.

»Seid willkommen, Fürst«, begrüßte er Vladislav. »Der Kaftan steht Euch gut.«

»Ich danke Euch, Großer Padischah. Ich trage ihn, um Euch zu ehren. Auch dieses Geschenk hier dient Eurer Ehre.«

Auf sein Zeichen schritt Nanu nach vorn und präsentierte einen weißen Gerfalken, der auf einem kunstvoll geschnitzten Gestell aus Ebenholz stand. Auch die lederne Kappe, die den Jagdfalken vor irritierenden Reizen schützte, war aufwendig mit Stickereien dekoriert.

Vlas wusste von der Schwäche des Sultans für diesen Greifvogel. Der Glanz in Murads Augen bestätigte die Richtigkeit seiner Wahl. »Der Falke ist noch jung. Ich bin sicher, dass Euer *Sahinci,* der Falkenwärter, ihn zu einem gefürchteten Jäger ausbilden wird.«

»Liebt Ihr auch diese Art der Jagd?«

»Ja, Kaiserliche Majestät.«

»Dann werdet Ihr mich in den nächsten Tagen begleiten.«

»Es ist mir eine Ehre.«

»Bis die Sklaven das Essen bringen, machen wir einen Spaziergang durch den Garten. Abends duften die Blumen besonders stark.«

Unter dem Schutz der *Bostanci,* den Wächtern der Palastgärten, bewunderte Vladislav die kunstvoll angelegten Blumenzierbeete und Palmen, Feigen- und Zitronenbäume. Auf zauberhaften Teichen erfreuten unzählige Seerosen sein Auge. Bei jedem Schritt knirschte leise der weiße Marmorkies, mit dem die Wege bestreut waren.

Murad pflückte eine Rose. Genüsslich sog er ihren Wohlgeruch ein. »Sie ist die vollkommenste aller Blumen«, flüsterte er.

»Ich dachte, das sei die Tulpe, die, unter anderem, die osmanische Dynastie symbolisiert. Steht sie nicht deshalb unter besonderem Schutz? Sie darf, wie ich zu wissen glaube, nirgendwo als auf osmanischem Boden wachsen.«

»Ihr kennt Euch gut aus. Besser als Euer Bruder Aldea. Er war ebenso hier und hat uns Treue geschworen. Wir haben ihm damals vertraut und ihn mit einem *Firman,* unserer offiziellen Ernennungsurkunde, als walachischen Woiwoden bestätigt. Sein Mitregent Albu hat die Gesandtschaft geführt.«

»Der Bojar Albu steht nicht mehr in meinen Diensten.«

»Wir bedauern den Tod Eures Bruders. Doch Eure Entscheidung, zu Uns zu kommen, mildert Unsere Trauer um ihn.«

»Ich danke Euch.«

»Es freut Uns, dass Dan Basarab sich nicht durchgesetzt hat. Wir wissen, dass er von Wladyslaw, Jagiellos Sohn, unterstützt wird. Was er dagegen nicht weiß, ist, dass Polen das Fürstentum auslöschen will, um sein eigenes Königreich bis zur Donau auszudehnen.«

»Deshalb habe ich auch angegriffen, als ich hörte, dass die Danen Aldea vergiftet haben. Ich will die Politik meines Vaters weiterführen: die Walachei weder Kaiser Sigismund noch König Wladyslaw Jagiello überlassen. Die alten Verträge zeigen, dass die mächtigen Padischahs die Autonomie meines Herrschaftsgebiets respektiert haben. Als Gegenleistung versichern wir, uns nicht mit den Katholiken zu verbünden.«

Murad lächelte. »Glaubt Ihr, dass es für uns eine Rolle spielt, ob die eroberten Länder von Katholiken, Orthodoxen oder Muslimen bevölkert sind? In diesem Reich hier sind alle willkommen. Wir haben die geflohenen Bogomilen aus Bosnien und Serbien aufgenommen. Sie wurden von der katholischen Kirche als Sklaven verkauft, nur weil sie anderen Glaubens sind. Bei uns sind sie frei. Genau wie die Juden aus Spanien. Ihr verbrennt jeden auf dem Scheiterhaufen, der anders denkt als der Papst in Rom. Wo bleibt die Toleranz? Wir können voneinander lernen. Das ist auch der Grund, warum wir die alten Schriften der Griechen übersetzen. Wir führen die Gedanken von Alexander dem Großen und seinem Lehrer Aristoteles weiter.«

»Ich schätze all das, was Ihr mir anvertraut, aber viele Völker wollen ihre Glaubenslehre nicht verleugnen.«

»Müssen sie auch nicht. In meinem Reich werden alle Religionen toleriert – solange sie meinen Gesetzen folgen. Seht Ihr nicht, dass in den osmanischen Gebieten, wo früher jeder Stamm sich mit dem Nachbarn bekriegte, jetzt Friede und Wohlstand herrschten, und das schon seit mehreren Jahrzehnten? Betrachtet doch dagegen die Königreiche, Fürstentümer oder Zarenreiche in Europa. Sie bekriegen sich untereinander, obwohl alle Christen sind. Es gibt keine Religionstoleranz. Die Menschen leben zusammen mit den Tieren in ihren Häusern. Sie haben kein fließendes Wasser, keine medizinische Versorgung oder Schulen für die Armen wie bei uns. Und Ihr nennt uns Barbaren!«

»Aber Eure Eroberungsfeldzüge hinterlassen verbrannte Dörfer und viele Tote. Das ist es, was den Christen in Erinnerung bleibt.«

»Sind wir im Krieg nicht alle gleich? Oder mordet und brandschatzt ihr Christen und Orthodoxe etwa nicht? Wichtig ist, was man in Friedenszeiten tut.«

Vladislav musste dem Sultan insgeheim recht geben. Auf dem Weg nach Brussa hatte er in Karawansereien übernachtet. Die Gasthöfe standen jedem Reisenden offen, sogar für drei Tage und Nächte kostenlos. Sie waren von den lokalen Paschas oder Beys auf eigene Kosten errichtet worden. Überall im Reich hatten die Osmanen die alten römischen Straßen repariert, so dass Reiter oder Fuhrwerke schnell und mühelos die Ortschaften erreichen konnten. In regelmäßigen Abständen gab es Wasserbrunnen. Vladislav hatte Wohlstand und Zufriedenheit unter den Bewohnern gespürt, und ihm war klar, dass derartige Verwaltungsaufgaben nur mit viel Geld zu bewältigen waren. Auch der Tribut der Walachei floss dorthin. Er dachte an die Missstände in seinem eigenen Fürstentum, die er mit diesen Goldgulden hätte beheben können. Die Stimme des Sultans unterbrach seinen Gedankengang.

»Nur der Kaiser Sigismund versucht, die Länder in Europa unter einer Flagge zu vereinigen. Aber er ist alt geworden und wird nicht mehr lange leben. Ich weiß, er liegt im Sterben. Nach ihm wird es sicher niemanden mehr geben, um dieses Ideal weiterzuverfolgen. Dann ist der Weg für die osmanischen Truppen frei.«

Vlas ballte die Fäuste. *»Gott steh uns bei«,* betete er stumm. *»Zum Glück habe ich rechtzeitig mein Land vor dieser Walze gerettet.«* Es schmerzte ihn, dass er sich mit den Türken gegen die Christen verbünden musste. Doch im Moment blieb ihm nichts anderes übrig, als diese Macht als Schutzschild gegen Polen und Ungarn zu benutzen.

»Über die Tapferkeit Eurer Truppen spricht man in ganz Europa, Padischah. Ich bin stolz, Euch zu dienen.«

»Das freut Uns! Und jetzt lasst uns zurückkehren.«

Im Speisesaal trugen bereits maurische Sklaven die Speisen auf Silbertabletts herbei, die sie auf den niedrigen Tischen abstellten. Mit Safran gewürzter Pilaw, geschmorter Braten mit Gemüsen garniert, Schüsseln voll Obst, Karaffen mit Rosenwasser oder Sirup und verführerische Süßspeisen luden die Gäste mit ihren Aromen und Düften zum Mahl.

An der Seite des Sultans dachte Vladislav noch immer darüber nach, ob er richtig gehandelt hatte, als die Frage Murads an sein Ohr drang: »Wir werden bald Ungarn über die Walachei attackieren. Dann werden Wir sehen, wo Eure Neutralität endet und Eure Vasallenpflicht Uns gegenüber beginnt.«

Dunkle Wolken zogen über Europa auf.

Kapitel 27

Pressburg, 8. November 1437

Hunyadi zog den Mantel aus, schüttelte den Schnee ab, bevor er den Palast betrat, und eilte zu Sigismund. Seit dieser vor zwei Tagen schwer erkrankt war, hatte er das Bett nicht mehr verlassen. János hoffte, dass der Leibarzt inzwischen die richtige Arznei für das Leiden des Monarchen gefunden hatte.

Ein Page verbeugte sich vor ihm. »Herr, der Medicus ist immer noch im Gemach Seiner Majestät.«

»Seit wann?«

»Seit heute Morgen, vor Sonnenaufgang ist er hier eingetroffen.«

»Und jetzt ist es kurz nach Mittag! Wenn der Arzt so lange braucht, ist es kein gutes Zeichen. Hat sich der Zustand des Kaisers in der Nacht verschlimmert?«

»Ich weiß es nicht. Niemand wagt es, laut über die Gesundheit Seiner Majestät zu sprechen.«

»Führ mich zu ihm!«

Vor der Tür des kaiserlichen Privatgemachs stieß er auf Johann Stock, den Leibarzt, der das Zimmer soeben verließ.

»Wie geht es ihm?«

Der Medicus schüttelte den Kopf. »Keine Besserung. Im Gegenteil! Er spuckt Blut, und die Hustenanfälle werden immer qualvoller. Dennoch beharren Seine Majestät darauf, übermorgen nach Ungarn aufzubrechen. Das wird sein letzter Weg sein«, fügte er mit leiser Stimme hinzu.

»Ich werde mit ihm sprechen. Vielleicht kann ich ihn umstimmen.«

»Jetzt nicht. Ich habe ihm Mohnsaft gegeben. Der Kaiser

wird bestimmt bis morgen früh durchschlafen. Aber mein Rat ist, dass Ihr Euch auf das Schlimmste vorbereitet.«

»Ich danke Euch für die Auskunft und den Ratschlag.«

János ging direkt zum Kanzler, den er in dessen Arbeitszimmer fand.

»Ritter Hunyadi!«, begrüßte ihn Kaspar. »Ich wollte gerade nach Euch schicken. Habt Ihr mit dem Arzt gesprochen?«

»Ja. Die Lage ist bedrückend. Seine Majestät hat nicht mehr lange zu leben.«

Bestürzt sank Schlick auf seinen Stuhl zurück. »Gott steh uns bei! Ich muss die Vorbereitungen für den Nachfolger treffen.« Er fuhr sich mit einer Hand durch die Haare und zeigte mit der anderen auf einen Brief, der auf dem Tisch lag. »Heute Morgen habe ich eine Depesche von Herzog Albrecht und seiner Gemahlin Elisabeth erhalten. Sie wollen die Thronübergabe nicht in Pressburg zelebrieren. Sie schreiben, Böhmen sei zu unsicher wegen der internen Kämpfe. Stattdessen seien sie bereit, nach Ungarn zu kommen. Dort werde Sigismunds Tochter als seine direkte Erbin die Krone annehmen.«

»Sie oder Albrecht?«

»Natürlich wird Albrecht das Königreich regieren. Genau wie sein Schwiegervater hat er durch die Heirat ebenso das königliche Recht verliehen bekommen.«

»Wenn nicht die Königin noch dazwischengeht. Ich habe gehört, dass Barbara Cilli von Luxemburg die Regierungsgewalt für sich selbst beanspruchen will. Ich hoffe, dass der Kaiser in dieser Hinsicht alles testamentarisch geregelt hat.«

»O ja! Das hat er.«

Eine Hoffnung keimte in János auf. Vielleicht war er ja doch darin erwähnt, vielleicht wurde sogar die Blutsverwandtschaft anerkannt. »Wisst Ihr«, fragte er vorsichtig, »was in dem Testament steht?«

»Nein. Aber wie kommt Ihr darauf, dass die Königin nach der Stephanskrone greifen will?«

»Gegenfrage: Wie erklärt Ihr Euch die Anwesenheit ihres Neffen dieser Tage in Pressburg? Ulrich von Cilli wurde mit dem Oberhofmeister und dem Oberstlandkämmerer gesehen. Sogar mit den Utraquisten! Sie alle sind gegen Albrecht. Ich denke also durchaus, dass Barbara die Macht an sich ziehen will. Das Verhältnis zwischen ihr und ihrer Tochter ist seit Jahren zerrüttet.«

»Abwarten. Wir sollten nichts überstürzen. Ich glaube nicht alles, was hier am Hof getuschelt wird.«

»Wie Ihr meint. Dennoch: Ist keine andere Wahl in der Thronfolge vorgesehen? Jemand außerhalb der Dynastie, der die Führung übernehmen könnte?«

»Nein. Nicht, dass ich wüsste. Kennt Ihr so eine Person?«

»Ich habe nur aus Neugier gefragt. Wir wissen doch beide, wie umsichtig unser Kaiser in diesen Angelegenheiten ist.«

»Macht Euch keine Gedanken. Es ist alles geregelt.«

Spätabends führte János Hunyadi den Hengst Orion in den Hof seines Hauses. Auch wenn es nicht mehr schneite, wirbelte doch ein eisiger Wind den frischen Schnee durch den Innenhof.

Gyuri eilte zu ihm. »Seid willkommen, Herr!« Er übernahm die Zügel.

»Das musst du nicht tun. Du bist kein Knecht mehr. Wie oft soll ich dir das noch sagen?«

»Niemand berührt Euer Pferd, solange ich Euch diene.«

»Wie du willst. Bleib diese Nacht in meiner Nähe, ich werde dich brauchen.«

»Wie Ihr befehlt.«

Kaum betrat János das Innere des Hauses, stürmte auch schon der kleine László in seine Arme. »Vater! Vater!«

»Mein Sohn.« Er hob ihn hoch und wirbelte ihn herum. Der Junge jauchzte vor Freude.

»Verzeihung, Herr«, sagte die Amme, die hinter dem Jungen hergelaufen war. »Ich habe nicht bemerkt …«

»Es ist schon in Ordnung, Ildikó.«

»Aber die Herrin hat mir befohlen, ihn ins Bett zu bringen.«

»Dann gute Nacht, mein Großer!« Er küsste sein Kind auf die Stirn und übergab es der Frau. »Ist meine Gemahlin auch schlafen gegangen?«, rief er ihr nach.

»Nein, Herr. Sie wartet in der Wohnstube auf Euch.«

Dort empfing ihn eine wütende Ehefrau. Erzsébet hörte auf, im Raum herumzulaufen, und blieb abrupt vor ihm stehen. Sie kreuzte die Arme vor der Brust. Ihre Augen funkelten, die Nasenflügel bebten unter den heftigen Atemzügen. »Wie lange müssen wir deinen unverschämten Bekannten noch bei uns dulden?«

»Wen meinst du?«

»Diesen fremden Walachen!«

»Was hat er schon wieder gemacht?«

»Volltrunken hat er sich diesmal eine Dirne geholt. In unser Zuhause, János! Überall war ihr lüsternes Geschrei zu hören. So geht es nicht mehr weiter. Du musst ihn hinauswerfen!«

»Wo ist er?«

»In seinem Zimmer.«

Er nahm zwei Stufen auf einmal nach oben. Vor der Kammer blieb er stehen und lauschte. Kein Geräusch. Vorsichtig öffnete er die Tür. Quer über dem Bett, die Beine über die Kante hängend, lag Rodislav und schnarchte. Am Tisch saß die Hure und schlürfte aus einem Glaspokal roten Wein, der aus dem Hauskeller stammte.

»Komm mit!«, befahl er ihr flüsternd.

Sie presste ihre Brüste zurück ins Mieder und folgte ihm

grinsend in sein Arbeitszimmer. Dort angekommen, hob sie ihr Kleid und entblößte die Scham. »Wie möchte der Herr es haben?«

»Lass das! Sag mir, was du aus ihm herausgequetscht hast.«

Sie lachte schallend. »Wenn Euch das anmacht! Dann habe ich seine Eier richtig gut mit den Fingern gepresst.«

»Hör auf mit dem Schwachsinn. Hat er etwas ausgeplaudert?«

Die Frau ließ den Rock wieder fallen und streckte die Hand aus. »Zuerst zahlen!«

»Du bekommst dein Geld schon. So wie immer. Rede, oder ich werfe dich in den Kerker!«

»Der Walache hat sich über Euch lustig gemacht«, gab sie widerwillig preis. »Er sagte, er braucht Euch nicht mehr für seinen Plan. Er macht jetzt mit einem Ulrich von Cilli gemeinsame Sache. Dann erzählte er mir, dass die Königin, sobald sie Witwe ist, den jungen Jagiello heiraten will. Ihre Tochter und deren Gemahl Albrecht werden umgangen, die Macht wird ihnen genommen. Mehr hat der Freier nicht gesagt. Ich verstehe nichts davon, aber ich habe mir alles gut gemerkt.«

János musste enorme Kraft aufwenden, um nicht zu zeigen, wie tief diese Nachrichten ihn trafen. Endlich war die Abtrünnigkeit von Barbara belegt. Aber auch die von Rodislav. Auf keinen Fall durfte er sich auf die Danen verlassen!

»Es ist nicht viel, was du mir anvertraut hast«, sagte er zu der Hure und warf ihr eine Silbermünze zu. »Jetzt verschwinde. Mein Diener wird dich ins Hurenhaus zurückbegleiten.«

Sie biss zuerst in das Geldstück, bevor sie es in ihr Mieder steckte. »Ich könnte Euch für das Geld noch den edlen Schwanz lutschen, wenn Ihr möchtet.«

»Raus!«

»Wie Ihr wünscht.« Übertrieben ehrerbietig knickste sie vor ihm.

»Ich zeige dir, wo der Hinterausgang für die Dienerschaft ist.«

Im Hof flüsterte er seinem Knappen zu: »Töte sie, Gyuri, und wirf ihren Körper in die Donau. Deinen Lohn findest du in ihrem Mieder.«

Am 10. November 1437 versammelte sich das Volk von Pressburg auf den Straßen, um das Gefolge des Kaisers zu bejubeln.

Sigismund, im kaiserlichen Ornat, ließ sich ungeachtet der Kälte wie ein römischer Cäsar in einer offenen Sänfte tragen. Statt der Krone trug er einen Lorbeerkranz. Herolde riefen seinen Namen aus, Pagen warfen Münzen in die Menge der Zuschauer, die ihm lautstark huldigten und ihm ein langes Leben wünschten. Keiner von ihnen erkannte, dass der Kaiser im Sterben lag.

Unmittelbar hinter ihm folgte seine Gemahlin Barbara, begleitet von ihrem Neffen Ulrich von Cilli. Auch der päpstliche Legat Philibert de Coutances sowie unzählige Herzöge, Barone und Hunderte von Reitern zählten zur Gefolgschaft. Der Tross endete in einer Horde aus Fußvolk und Dirnen, die gezwungen waren, bei der Auflösung des Hofes die Stadt ebenfalls zu verlassen.

János hielt sich im Hintergrund an der Seite seiner Familie. So konnte er alle im Blick behalten, ohne selbst aufzufallen. Er freute sich, dass Rodislav Abstand von ihm hielt und jetzt allein reiste. Es war besser, dass sie nicht zusammen gesehen wurden. Er würde den Machtkampf zwischen Barbara und ihrer Tochter von ferne beobachten und sich auf keinen Fall einmischen. Sie würden sich gegenseitig zerfleischen, während er, János Hunyadi, seine Position stärken konnte. Er hoffte, dass Albrecht und Jagiello auch um die Krone kämpfen würden. Er musste nur abwarten.

Das Wetter verschlechterte sich ebenso wie der Zustand des Kaisers, so dass sie nur noch kurze Tagesmärsche zurücklegen konnten.

Abgemagert und am Ende seiner Kräfte, erreichte Sigismund Anfang Dezember die Stadt Znaim. János hatte ihn unterwegs jeden Tag besucht. Ein einziges Mal hatte Barbara ihn abgefangen und persönlich angesprochen. Sie wollte wissen, ob er, nach dem Tod ihres Gemahls, auf ihrer Seite stehen würde. Er bereute seine schroffe Absage bereits. Dadurch hatte er sich als ihr Feind offenbart. Aber der Kampf fing erst an, denn in Znaim warteten bereits ihre Tochter und ihr Schwiegersohn zusammen mit den Enkelinnen auf sie – und auf die Krone.

Mehr als eine Woche lang hatte Sigismund gebraucht, um sich so weit von der Reise zu erholen, dass er Gesandte und Vertraute empfangen konnte. Dennoch wurde im Palast leiser gesprochen. Und die üblichen Feierlichkeiten blieben aus.

Am Nachmittag des 8. Dezember führte ein Page János zum privaten Gemach des Monarchen. Auf dem Flur traf er den Leibarzt Stock.

»Wie fühlt sich Seine Majestät, Medicus?«

»Ich kann nichts mehr für ihn tun. Ich bete, dass Gott ihn ohne Qual zu sich nehmen möge.«

»Der Kaiser möchte mit mir sprechen. Komme ich jetzt ungelegen?«

»Nein. Geht ruhig zu ihm.« Der Arzt neigte den Kopf und verabschiedete sich von ihm.

Bestimmt wollte Sigismund, bevor er vor den Allmächtigen trat, für seine Sünden die Absolution erhalten. Aber auch

Seelenfrieden finden und Vergebung von den Menschen erbitten, die ihm nahestanden. Endlich würde er ihn seinen Sohn nennen.

Im Gemach erblickte er zu seiner Überraschung Albrecht, der vor dem Kamin in die Flammen starrte.

»Eure Majestät. Eure Durchlaucht«, grüßte er zurückhaltend.

»Ritter Hunyadi!« Der Herzog umarmte ihn. »Wir hatten bis heute keine Gelegenheit, miteinander zu sprechen.«

»Ich bin hier auf Ersuchen Seiner Majestät.«

»Ja, selbstverständlich.«

Sigismund winkte beide an sein Lager. »Der Herr ruft mich zu sich. Mir bleibt nicht mehr viel Zeit.« Ein langer Hustenanfall unterbrach ihn. »Aber ich habe noch genug davon, um mit Euch zu sprechen und Euch meine letzten Wünsche mitzuteilen.« Er wischte sich mit einem Tuch den blutigen Speichel ab. »Ihr seid wie die Söhne, die ich mir immer gewünscht habe.«

János nickte. Sein Herz schlug so stark, dass er Angst hatte, die anderen könnten es hören. Mit Mühe beherrschte er sich und folgte weiter den Worten des Sterbenden.

»Dennoch: Nur einer von Euch wird mein Erbe sein. Es ist klar, dass du, Albrecht, derjenige sein wirst.«

»Vater, Ihr werdet bald wieder gesund werden. Es ist zu früh, die Nachfolge zu regeln.«

»Hoffnung auf Genesung habe ich nicht mehr. Auch der Medicus hat mir geraten, meine weltlichen Angelegenheiten zu ordnen.«

»Ich glaube ihm nicht.«

»Hör gut zu, Albrecht! Als mein Nachfolger brauchst du einen treuen Gefolgsmann. Mache Ritter Hunyadi zu deinem Vertrauten, Berater und Bruder. Einen loyaleren Verbündeten wirst du nicht finden.«

János ballte die Fäuste. Sigismund hatte mit wenigen Worten seine Hoffnung auf die Anerkennung als seinen Sohn ausgelöscht. Er sollte weiterhin nur der Diener der königlichen Familie bleiben.

»Und du, János«, fuhr der Kaiser fort, »gelobe, dass du ihm beistehen wirst, so wie du es für mich getan hast!«

Niemals!, dachte er. Wütend schwieg er und blickte zur Seite.

»Schwöre, Hunyadi! Es ist mein letzter Wille.«

»Was ist mit mir, Majestät? Wann werdet Ihr …«

»Kein Wort mehr!« Der Kaiser griff kraftvoll nach seiner Hand. Beschämt richtete János den Blick zu Boden.

»Du wagst es doch nicht, meinen letzten Wunsch zu missachten? Ich habe nur euch beide«, flüsterte er. »Wer soll meine Ziele weiterverfolgen, meinen Kreuzzug weiterführen, wenn nicht ihr? Es geht nicht nur um das ungarische Königreich, Böhmen oder das römisch-deutsche Reich. Das Christentum braucht einen *Athleta Christi,* einen Anführer gegen die osmanische Gefahr. Das ist mein Testament an Euch.« Ein erneuter Hustenanfall erschütterte den gebrechlichen Körper. »Nehmt ihr diese heilige Verpflichtung an?«, fragte er beide, als er wieder sprechen konnte. »Hunyadi, ich warte immer noch auf deine Antwort.«

Der Ritter sah den Herzog an. Nach einer Weile nickte er. »Eure Majestät«, sagte János, »ich werde mit meinem Arm und Schwert Eurem Nachfolger und Schwiegersohn dienen und ihn unterstützen. Ich gelobe, den heiligen Krieg an der Seite des künftigen Königs in Eurem Andenken weiterzuführen.« Er wusste, was das für ihn bedeutete. Niemals würde er Albrecht fallenlassen. Er war vor allem ein Edelmann, der die Ehrentugenden respektierte. Dies war seine Pflicht. »So wahr mir Gott helfe!«, fügte er noch hinzu.

»Jetzt kann ich in Ruhe sterben, denn ich weiß, dass Barbara und ihre machthungrige Meute gegen euch beide nicht siegen können. Nehmt euch in Acht vor der Königin. Sie sieht nur ihre eigenen Interessen und wird sich in der Politik von den Grafen führen lassen. Nehmt euch in Acht!«, wiederholte er.

Erschöpft schloss Sigismund die Augen. Einen Moment lang dachte János, dass der Monarch eingeschlafen wäre.

»Bittet den Kanzler zu mir!«, sagte dieser plötzlich. »Ich muss noch den Ablauf der Totenfeier mit ihm besprechen.« Er kicherte. »Meine letzte Feierlichkeit. Es soll ein Fest werden!«

Am Montag, den 9. Dezember 1437, nahm Sigismund, gekrönt und im kaiserlichen Ornat, an der heiligen Messe teil. Noch während der Zeremonie starb er, auf dem Thron sitzend, nachdem er fünfzig Jahre in Ungarn und siebenundzwanzig Jahre im deutschen Königreich geherrscht sowie über vier Jahre die kaiserliche Krone des Heiligen Römischen Reiches getragen hatte.

Einen Tag nach seinem Tod ließ Albrecht die Königin verhaften und sicherte so die Herrschaft für sich.

Am Krönungstag kniete Hunyadi vor dem neuen Monarchen und legte das Schwert zu seinen Füßen ab. »Ich habe vor Gott und vor dem sterbenden Kaiser geschworen, Euch zu dienen, Euch als meinen König anzuerkennen. Dieser Augenblick ist gekommen.«

»Erhebt Euch, Ritter. Vor mir braucht Ihr nicht mehr das Knie zu beugen. Ihr werdet mein engster Vertrauter, meine rechte Hand.«

János verbarg sein Lächeln. Die Befehlsgewalt blieb ihm erhalten, und er schwor sich, dass sie mit Albrechts Unterstützung noch gewaltiger werden würde.

Kapitel 28

Hermannstadt, 12. Juni 1438

Vladislav zog die Kapuze tiefer ins Gesicht und folgte den zwei Bogenschützen der Leibgarde des Sultans, die ihn zum Padischah führten. Unterwegs betrachte er die Zelte der Belagerer vor der transsylvanischen Stadt. Bedrückt musste er sich eingestehen, dass der Sultan in dem letzten Gespräch in Brussa recht gehabt hatte.

Nach dem Tod Kaiser Sigismunds war Europa ohne einen starken Anführer geblieben. Nach ihm gab es niemanden, der die Macht hatte, die Monarchen unter einer Flagge zu vereinigen, um gemeinsam gegen die Osmanen zu kämpfen.

Genau diese politische Lage hatte Murad ausgenutzt. Der Sultan rief seine Armee in Edirne zusammen und startete mit voller Kraft seine Feldzüge ins Herz Europas. Sein erstes Eroberungsziel war die Hauptstadt von Serbien, Smederevo. In der gewaltigen Festung widerstand jedoch der Despot Georg Brankowitsch den Angriffen. Eine zweite osmanische Streitmacht rückte im Mai über die Walachei in Richtung Ungarn vor.

Vladislav blieb nichts anders übrig, als mit dreitausend Bewaffneten und unzähligen Fuhrwerken voller Proviant den Sultan als sein Vasall zu empfangen. Von der Donau aus geleitete er das Heer nach Westen und griff gemeinsam mit den Türken durch das Eisentor Südtranssylvanien an. Die kleinen Burgen und ungeschützten Dörfer fielen den Feinden zum Opfer, sie wurden geplündert oder niedergebrannt, die Bevölkerung versklavt.

Nun belagerten sie seit sieben Tagen Hermannstadt, ohne dass die Bewohner Anstalten machten, sich zu ergeben. Im

Gegenteil. Die neuen Kanonen der Büchsenmacher aus Hermannstadt hielten nicht nur die Reiterei und die Fußtruppen des Padischahs auf Abstand, sondern trafen sie immer verlässlicher in deren Mitte. Murad bezahlte jeden Tag der Belagerung mit mehreren Toten, ohne bis hinter die Festungsmauern vordringen zu können. Dafür wollte er die *Giauren,* wie er die ungläubigen Christen nannte, für alle Zeit ausmerzen.

Vladislav dachte an seine walachischen Kämpfer, die ebenfalls von dem Kugelhagel nicht verschont blieben. Die trübe Stimmung verbreitete sich im gesamten Lager wie die Ruhr, denn seit sechs Tagen regnete es auch noch ununterbrochen. Der Fluss Cibinus trat über die Ufer und verwandelte den Boden, auf dem die Belagerer ihre Zelte aufgeschlagen hatten, in Morast. Es gab kein sauberes Wasser mehr, die Mücken plagten sie unerbittlich.

Der letzte Wachtposten vor dem Sultanszelt ließ Vladislav Draco und seine Begleiter passieren, ein Janitschar schob den Vorhang am Zelteingang zur Seite. Dort erblickte er Murad, der im Kreis seiner Kommandeure eine Karte studierte.

»Eure Kaiserliche Majestät. Paschas«, begrüßte Vladislav die Anwesenden und verneigte sich.

»Ihr habt viele Jahre in Transsylvanien gelebt und habt besondere Beziehungen zu dieser deutschen Stadt. Warum haben wir es bis heute nicht geschafft, sie zu erobern?«

»Ich wusste nicht, dass die Mauern und Türme mit schwerem Geschütz und Arkebusieren ausgestattet wurden. Das muss im Lauf der letzten Monate geschehen sein. Dass die Verteidiger dies in so kurzer Zeit vollbracht haben, wundert mich nicht. In Hermannstadt arbeiten hervorragende Büchsenmacher. Sie bauen die besten Feuerwaffen in Europa.«

»Es muss doch eine schwache Stelle in ihrer Abwehr geben!«

»Ihre Artillerie ist besser als unsere. Während diese jeden Tag den Tod in unseren Reihen sät, verursachen die türkischen Kanonen keine gravierenden Schäden an den Abwehrmauern. Nur die Mineure könnten sie zum Einsturz bringen. Aber es wird mehrere Tage dauern, bis sie einen Tunnel bis unter die Mauern graben können, um dort das Schwarzpulver anzuzünden. Der Regen und der weiche Erdboden machen es besonders schwierig.«

»Mein Sultan!«, meldete sich einer der Generäle. »Wir können von unserer Seite die Kanonenbefeuerung steigern. Unter einem ständigen Beschuss werden die *Giauren* uns nicht mehr lange widerstehen.«

»Dafür müssen wir das schwere Geschütz weiter vorn positionieren, um die Reichweite besser auszunutzen«, widersprach ihm Vladislav. »Dadurch können die Geschosse über den Festungsmauern Schäden in der Stadt anrichten. Das würde die Moral der Bewohner schwächen und Druck auf den Stadtrat ausüben, sich zu ergeben. Aber das Problem ist der Boden. Dieser ist so weich geworden, dass man mehrere Tage benötigen würde, um die Artillerie zu bewegen. Ohne Holzstege und verstärkte Fundamente werden die Kanonen in der sumpfigen Erde einsinken. Das kostet uns Zeit, die wir nicht haben.«

Murad sah ihn lange an, bevor er sagte: »Morgen werden wir angreifen. Die Kanonen bleiben, wo sie sind. Wir werden sehen, ob Allah den Rat meiner Berater gutheißt oder Euren, Fürst!«

Wieder in seinem Zelt angelangt, traf Vladislav auf Roxolan, der ihm sofort entgegenkam.

»Wie du aussiehst, ist das Treffen mit dem Sultan wohl nicht zu deiner Zufriedenheit gelaufen.«

»Dieser ganze Feldzug ist reiner Wahnsinn. Als Vasall bin ich der Hohen Pforte verpflichtet, mit Waffen und Truppen in den Krieg zu ziehen. Aber als Walache und Orthodoxer sollte ich die Christen der Stadt gegen die Türken verteidigen. Stattdessen gebe ich den Osmanen Ratschläge, wie sie Hermannstadt wirkungsvoller angreifen könnten.« Er zog seinen nassen Mantel aus und warf diesen dem Knappen zu. »Was machen wir hier, Rox? Ist es richtig, was ich tue?«

»Du hast keine andere Wahl, mein Freund. Oder hast du die türkische Einheit vergessen, die jetzt in Targoviste auf Befehl des Sultans deine Familie im Auge behält? Beim leisesten Verratsverdacht werden sie Vasilissa und deine Kinder töten. Reiß dich zusammen!«

»Das tue ich jeden Tag, und nur Gott im Himmel weiß, wie schwer es mir fällt. Das Einzige, was mich ermutigt, an diesem Feldzug teilzunehmen, ist, dass ich Murads Pläne erfahre.« Er lächelte schelmisch. »Ich habe eine Idee. Traust du dich noch einmal, in die Stadt zu schleichen?«

»Selbstverständlich!«

»Dann benachrichtige Meister Leonardus, dass die Osmanen morgen versuchen werden, die Tore zu stürmen. Er soll dem Kapitän der Garnisonen raten, unser Lager mit ständiger Kanonenbefeuerung anzugreifen. Sie sollen, wenn nötig, die gesamte Munition, die sie noch haben, verschießen. Denn morgen entscheidet sich das Schicksal der Hermannstädter.« Vladislav lief aufgeregt durch das Zelt und achtete nicht mehr auf die Pfützen, in die er trat. Dann blieb er abrupt stehen. »Natürlich!« Er schlug sich gegen die Stirn. »Der passende Moment ist das Morgengrauen, während des muslimischen Morgengebets.«

»Ist dir klar, dass auch unsere Männer durch diesen Anschlag sterben werden?«

»Der Sultan überlässt uns nicht die vorderen Ehrenplätze. Wenn einige von uns geopfert werden müssen, dann ist mir dies als Preis für die Rettung von Hunderten von Stadtbewohnern nicht zu hoch. Auch wenn ich selbst fallen muss. Wir sind schließlich Krieger.«

»Ich habe verstanden. Vor Sonnenaufgang werde ich zurück sein.«

»Pass auf dich auf!«

»Es ist kinderleicht, sich in diesem strömenden Regen aus dem Lager zu schleichen. Mach dir keine Sorgen.« Roxolan lachte. »Endlich geschieht etwas Aufregendes! Ich gehe mich verkleiden.« Leichtfüßig verließ er das Zelt.

Am nächsten Tag regnete es noch stärker. Vladislav hatte die ganze Nacht nicht geschlafen. Vor dem Morgengrauen ging er zu seinen Kämpfern. Flüsternd weckte er sie und bereitete sie auf den bevorstehenden Angriff vor.

Auf dem Rückweg traf er einen Janitscharen, der zur Latrine eilte. Der blieb kurz stehen und verbeugte sich höflich vor dem walachischen Fürsten. Er war jung, vielleicht ein paar Jahre älter als Mircea. »So früh auf den Beinen, edler Krieger?«, erwiderte Vlas die Begrüßung.

Der Türke hob die Schultern und lächelte verlegen. »Die körperliche Reinheit vor der ersten Anrufung Allahs«, sagte er und machte sich wieder auf den Weg zu den Latrinen.

Vladislav war der Einzige unter den christlichen Vasallen aus dem Balkan, der die Disziplin der osmanischen Armee bewunderte. Roxolan war es, der ihn darauf aufmerksam gemacht hatte. Im türkischen Heerlager herrschten Ruhe und Ordnung. Besäufnisse, Raufereien und Glücksspiel waren, anders als bei den Europäern, nicht an der Tagesordnung. Die Waschungen vor dem täglichen Gebet, die mit dem Reinheitsgebot des Islam zusammenhingen, verhinderten die Entstehung und Ausbreitung von Epidemien in den Feldlagern. All das stärkte die Moral und die Kampfkraft der Osmanen. In der Schlacht hielten sich die Krieger mit geradezu eisernem Gehorsam an die Befehle der Vorgesetzten. Versagten oder meuterten sie, drohte nicht nur der Verlust der Ehre, sondern auch der von Vermögen und Leben. Zudem schätzte Vladislav die klare Befehlsstruktur. Oberster Heerführer war der Sultan oder, in seiner Abwesenheit, der Großwesir, dem in strenger hierarchischer Folge die übrigen Offiziersränge nachgeordnet waren. Den Anführern der europäischen Bündnisheere hingegen, die oft aus verschiedenen Ländern kamen, schadete ihre Uneinigkeit in Bezug auf Befehlszuständigkeiten oder den Oberbefehl.

Vlas wusste, dass es nicht genügte, nur die Stärken des Feindes zu kennen. Um seine Schwächen zu wissen war noch wertvoller. Und diese wollte er herausfinden.

Als er sein Zelt erreichte, rief bereits der Muezzin die Gläubigen des Propheten Mohammed zum Gebet. Just in dem Moment beschossen die ersten Kanonen von den Abwehrmauern der Hermannstädter diejenigen, die nach Mekka gewandt beteten.

Die Kanonenkugeln flogen durch das Heerlager. Menschen und Tiere fielen zu Dutzenden unter dem Beschuss. Ein Fuhrwerk mit Schwarzpulver explodierte mit ohrenbetäubendem Krachen. Trotz allem behielten die türkischen Befehlshaber den Überblick und riefen den Offizieren knappe Befehle zu. Nach kurzer Zeit antworteten die osmanischen Geschütze.

Vladislav überließ die Befehlsgewalt über die Walachen seinem Schwertträger Dumitru und eilte zum Zelt der Paschas, wo er zum Kriegsrat gerufen wurde.

»Ein Angriff der schweren Reiterei ist unmöglich«, erklärte einer der Generäle. »Die Pferde würden unter dem Gewicht der gepanzerten *Spahis* im Morast steckenbleiben.«

»Wegen des weichen Bodens sind zwei Belagerungstürme in Schieflage geraten. Es wird nicht mehr lange dauern, bis sie einstürzen.«

»Diese verdammten *Giauren*. Noch nie haben sie uns so erbittert beschossen wie heute«, fluchte ein dritter.

»Achtung! Seine Kaiserliche Majestät, der Sultan!«, kündigte Murads Leibgarde an.

Die Anwesenden neigten den Kopf, als der Padischah hereinkam.

»Wir erleiden große Verluste, Großwesir. Was habt Ihr vor, dagegen zu unternehmen?«

»Es bleibt uns nur die Möglichkeit, die Artillerie einzusetzen. Aber leider ohne große Wirkung. Unsere Kanonenkugeln verursachen keine nennenswerten Schäden in den Abwehrmauern. Deshalb werden wir den Beschuss verstärken. Gleichzeitig ziehen wir unsere Truppen und den Tross aus der Reichweite der feindlichen Kanonen zurück.«

»In Ordnung. Geht zu Euren Truppen! Der Rückzug soll unauffällig erfolgen. Die Zelte bleiben stehen. Verbrennt nasses Stroh, vermischt mit Pech. Behindert von den Rauchschwaden, die der Wind dann in Richtung Stadt bläst, werden die *Giauren* uns nicht mehr treffen können. Außerdem sollen sie glauben, dass das Heerlager ihretwegen brennt.«

»Wie Ihr befehlt, Großer Padischah.«

Den ganzen Tag dauerte das Geschützfeuer an, ebenso wie der Regen, der, statt nachzulassen, immer stärker wurde. Dutzende von Leichen lagen in dem verlassenen Feldlager. Die osmanischen Artilleristen stellten das Feuer auf die Festung als Erste ein. Daraufhin unterbrachen auch die Hermannstädter den Beschuss.

Kurz vor Sonnenuntergang traf sich eine Gesandtschaft des Sultans, bewehrt mit einer weißen Flagge, mit den städtischen Gesandten. Sie einigten sich darauf, dass es bis zum nächsten Tag erlaubt sein sollte, die Toten zu bergen und zu begraben.

In dieser Zeit hörte es auf zu regnen. Die Wolken verzogen sich und machten der untergehenden Sonne mit ihrem blutroten Schein Platz. Es war, als öffnete Gott den Seelen der Verstorbenen seine Himmelspforten.

Auch Vladislav Draco hatte viele seiner Männer verloren. Begleitet von Rox, suchte er auf dem Schlachtfeld nach ihnen. Die, die verletzt, aber noch am Leben waren, wurden rasch von Roxolan untersucht. Den Todgeweihten brach er das Genick, um sie von ihren Qualen zu erlösen.

»Euch Christen werde ich nie verstehen.«

Überrascht drehte Vlas sich um. Hinter ihm, geschützt von seiner Leibgarde, stand der Sultan. Sofort verbeugte er sich vor ihm. »Padischah!«

»Wie könnt Ihr Eure Gefolgsleute umbringen? Hätten sie es nicht verdient, in einem Lazarett gepflegt zu werden, und sollte es dort nicht dem Allmächtigen überlassen bleiben, über ihr Ende zu entscheiden? Wie könnt Ihr ihrer Hingabe noch sicher sein, wie Euch darauf verlassen, dass Eure Kämpfer für Euch sterben werden, wenn Ihr vor ihren Augen die Verletzten tötet?«

»Mein Sultan, alle meine Krieger, die hier gestorben sind, haben ihr Leben nicht nur für mich geopfert, sondern auch für Euch. Wir sind Eure treuen Vasallen! Wenn wir Euch nicht mehr dienen können, dann sterben wir lieber.«

Murad blickte ihn eindringlich an. »Nachdem Ihr Eure Männer begraben habt, erwarte ich Euch in meinem Zelt. Ich will mit Euch über den weiteren Verlauf des Feldzuges sprechen.«

»Gewiss, mein Padischah.«

Roxolan kam zu ihm, als sich der Sultan entfernt hatte. »Er gibt sich nicht geschlagen.«

»Hier hat er verloren, aber er braucht unbedingt einen Sieg. Ein Teil seiner Kämpfer verlangt nach Kriegsbeute. In Edirne will er triumphierend empfangen werden.«

»Was heißt das für uns?«

»Es ist die Zeit gekommen, mein Freund, dem Sultan meine uneingeschränkte Loyalität zu beweisen. Ich muss ihm den Schlüssel zu einer Stadt oder einer Festung zu Füßen legen. Aber wie? Und welcher Stadt? Ich bitte Gott um Vergebung, denn ich werde meinen Eid als Drachenritter verleugnen müssen.«

»Denk an deine Kinder! Im Fall deines Verrats werden sie Mircea und Vlad sofort töten. Wenn es sein muss, wirst du eben mit dem Teufel tanzen. Glaub mir, wir werden schon eine Lösung finden, um seine Pläne zu durchkreuzen.«

Spätabends betrat Vlas das Zelt des Sultans. Außer den Dienern war diesmal keiner der Paschas mehr anwesend. Murad lud ihn mit einer Handbewegung ein, sich auf einem Kissen niederzulassen.

»Gestern habe ich nicht auf Euren Rat gehört. Allah hat uns heute gezeigt, dass dies ein Fehler war. Deshalb frage ich Euch, welchem Weg wir morgen folgen sollen.«

Vladislav wusste noch nicht, zu welcher der transsylvanischen Ortschaften er die Türken führen sollte. Murad durfte nicht ohne Erfolg von seinem Feldzug zurückkehren.

Er entrollte eine Karte auf dem Tisch und suchte fieberhaft nach einer Lösung. Dabei achtete er darauf, dass die osmanischen Truppen seine Herzogtümer Hamlesch und Fogarasch mieden. Die Wahl fiel auf Mühlbach. »Diese Stadt, Padischah, kann Euch nicht trotzen, denn dort leben nur Handwerker. Auch wenn die Mauern stark sind, können wir sie stürmen. Nach den Angriffen der osmanischen Beys in den letzten zwanzig Jahren haben die Ungarn überall in Transsylvanien hohe Verteidigungsmauern errichtet. Sie haben sogar die Kirchen auf dem Land zu Burgen umgebaut. Es wird nicht leicht sein, aber Ihr könnt ruhmvoll und mit großer Kriegsbeute zurückkehren.«

»So wie Allah es will«, antwortete der Sultan nachdenklich. »Morgen früh brechen wir auf.«

Vladislav hoffte inständig, dass Roxolan die Bewohner rechtzeitig vor dem Unheil würde warnen können.

Targoviste, 30. Juni 1438

Vasilissa hob den Saum ihres Gewandes an, um schneller gehen zu können. Die kalte Luft, die vom steinernen Fußboden aufstieg, kühlte angenehm ihre Knöchel. Hinter sich hörte sie Ilarion, der ihr als Kommandant der Leibgarde auf Schritt und Tritt folgte. Die Anwesenheit der Osmanen auf der Burg beunruhigte sie alle. Dennoch versuchte sie, schon allein der Kinder wegen zuversichtlich zu sein, was die Rückkehr ihres Mannes betraf.

Sie erreichte das Zimmer, wo Vlad lernte, und öffnete sachte die Tür. Konzentriert schrieb der Junge auf einem Stück Papier und steckte dabei die Zungenspitze zwischen die Lippen. Sie legte rasch den Zeigefinger auf den Mund, damit der Lehrer sie nicht verriet. Der nickte nur, und sie schloss leise die Tür wieder und setzte ihren Rundgang durch den Palast fort.

»Ihr braucht Euch keine Sorgen um die Prinzen zu machen. Meine Männer wachen über sie.«

»Ich weiß, Ilarion. Aber ich halte diese Ungewissheit nicht mehr aus. Seit die Türken mit uns auf der Burg sind, fürchte ich jeden Tag um das Leben meiner Söhne.«

»Haben die Osmanen Euch bedrängt?«

»Nein. Im Gegenteil. Sie sind respektvoll. Aber auch wenn ihr Anführer sich uns gegenüber vornehm benimmt, traue ich ihm nicht. Er wird, ohne zu zögern, dem Befehl des Sultans folgen und uns alle töten.«

»Vladislav wird heil zurückkehren, und alles wird wieder gut sein. Dessen bin ich mir sicher, meine Herrin!«

»Wo ist eigentlich Mircea? Ich habe ihn seit heute Morgen nicht mehr gesehen.«

»Er ist mit Tudor auf der Jagd.«

»Nur die beiden?«

»Nein.« Ilarion schaute verlegen zu Boden. »Ein Dutzend Türken, vom Bey persönlich geführt, begleitet sie.«

»Und du hast das erlaubt?«

»Der Prinz hat ihn eingeladen. Er wollte damit zeigen, dass er keine Angst vor ihm hat.«

»So willst du ihn beschützen? Wie konntest du meinen Sohn den Osmanen ausliefern!«

»Macht Euch keine Sorgen. Im Wald wimmelt es von meinen Männern. Kein Vogel tut einen Flügelschlag, ohne dass sie es wissen.«

»Verzeihung!« Sie legte die Hand auf seinen Arm. »Ich sehe überall Gefahren.«

»Ich verstehe Euch. Smaranda fühlt sich auch nicht wohl mit den Ungläubigen unter einem Dach. Sie schläft kaum noch. Vielleicht sprecht Ihr einmal mit ihr. Wenn sie so weitermacht, bleiben die Kinder ohne Mutter zurück.«

»Wo ist sie jetzt?«

»Bestimmt in der Kinderstube.«

»Ich wollte auch dorthin, um nach dem kleinen Radu zu sehen. Ich kümmere mich um sie.«

»Ich danke Euch. Aber erzählt ihr bitte nicht, dass ich Euch darum gebeten habe.«

Vasilissa verbarg ihr Lächeln. Die Liebe und die Sorge um seine Frau verwandelten den blonden Riesen in einen schüchternen Jungen. »Setz du nur deine Wachrunde fort. Ich gehe zu ihr. Es wird alles gut!«

Im der Kinderstube fand sie nur die Amme ihres Kindes

vor, die es gerade anzog und dann in die Wiege legen wollte. »Lass mich nur machen, Ana.« Sie nahm ihr den Jungen ab. »Ich werde bei ihm wachen, bis er einschläft.«

»Jawohl, Hoheit.«

»Weißt du, wo Smaranda ist?«

»Sie ist mit den Kleinen im Garten. Möchtet Ihr sie sehen?«

»Später.«

Der Anblick des neun Monate alten Kindes vertrieb alle ihre Sorgen und Ängste. Mit seinen blauen Augen, den roten Bäckchen und dem blondlockigen Haar sah er wie ein Cherubim aus. Seine älteren Brüder vergötterten ihn, ebenso wie Vladislav. Er hatte sich in Brussa am Hof des Sultans aufgehalten, als sie das Kind zur Welt gebracht hatte. Als der Fürst ihn zum ersten Mal sah, war sein Sohn bereits sechs Wochen alt. Vasilissa erinnerte sich, wie besorgt sie auf ihren Gemahl gewartet hatte, denn Radu ähnelte in keiner Weise Mircea oder Vlad. Dennoch hatte Vlas aus Freude über die Geburt seines dritten Nachkommens allerlei Feierlichkeiten und Turniere wie in den westlichen Ländern organisieren lassen, die mehrere Tage angedauert hatten. Nur Roxolan hatte nicht an den Festen teilgenommen. Er hatte das Kind nur ein einziges Mal in die Arme genommen und ihm eine Zeitlang die Hand auf das Köpfchen gelegt. Forschend hatte er sie angesehen und ihr dann sofort den Jungen zurückgegeben. *»Was habt Ihr getan, Fürstin …«*

Sie konnte ihm keine Antwort darauf geben. Damals wie heute, denn auch sie kannte die Wahrheit nicht. Vasilissa beugte sich über die Wiege und streichelte mit einem Finger über die weichen Wangen ihres Sohnes.

Als es an der Tür klopfte, erschrak sie.

»Herein!«

»Eure Hoheit«, kündigte ein Palastpage an, »der Bojar Manea bittet Euch in den Thronsaal. Eine fremde Gesandtschaft ist eingetroffen. Es ist dringend!«

»Gibt es Nachrichten vom Kriegszug? Ist der Fürst verletzt?«

»Mit Verlaub, ich war bei dem Gespräch nicht anwesend.«

Vasilissa eilte durch die Flure des Palastes. Ihr Herz pochte so wild, dass sie die Hand auf die Brust legen musste. War es vielleicht ein Gesandter des Sultans, der jetzt über ihr Schicksal entschied?

Bevor die Türflügel des Saals geöffnet wurden, atmete sie noch ein Mal tief ein. Sie straffte die Schultern und betrat erhobenen Hauptes den Raum.

Außer Vladislavs Stellvertreter Manea sah sie nur noch einen Mann, der mit dem Rücken zu ihr stand. Als er sich umdrehte, blieb sie überrascht stehen.

»Eure Hoheit«, sagte der Bojar, »darf ich Euch den Seigneur Wallerand de Wavrin vorstellen?«

»Majesté!«, begrüßte er sie und verneigte sich tief vor ihr.

Es kostete sie viel Kraft, sich zu beherrschen, denn er war der letzte Mensch, den sie in diesem Moment erwartet hätte. Wenn er eine geheime Nachricht von Albrechts Hof für sie hatte, sollte er ihr diese, wie verabredet, durch den verkleideten Gewürzhändler senden.

»Es freut mich«, sagte sie mit zitternder Stimme, »in diesen unsicheren Zeiten treue Freunde in unserem Hause zu empfangen. Ihr habt bestimmt dringende Neuigkeiten, dass Ihr es gewagt habt, zu uns zu kommen. In unserem Palast befindet sich eine türkische Einheit. Eure Anwesenheit wird ihnen nicht verborgen bleiben.«

»Das ist mir bewusst, Fürstin. Die diplomatischen Vollmachten verleihen mir einen besonderen Schutz vor den Feinden.«

»Ihr wolltet mit uns sprechen«, erinnerte Manea. »Wie lautet die Botschaft? Und von wem kommt sie?«

»Als Gesandter des burgundischen Herzogs, Philipps des Guten, am ungarischen Hof in Buda habe ich Kunde von einem Komplott gegen den Fürsten der Walachei zu überbringen. Seine Teilnahme am osmanischen Kriegszug in Transsylvanien hat die Christen Europas entrüstet. Sie wollen ihm nicht nur seinen Titel als Drachenritter entziehen, sondern ihn in einer Strafaktion entthronen und …« Wallerand schwieg. Er blickte Vasilissa an, bevor er weitersprach: »Sie wollen Vladislav und alle seine Familienmitglieder enthaupten.«

Nur mit viel Geschick war es Vladislav gelungen, das türkische Heer auf dem Weg nach Westen von den großen Siedlungen wie Rossmarkt fernzuhalten. Auch seine Herzogtümer Hamlesch und Fogarasch blieben verschont. Dennoch konnte er nicht alle Dörfer vor den Plünderungen und Mordzügen der Türken retten. Nach der Niederlage von Hermannstadt sehnten sich die Krieger der Mondsichel nach Rache und Beute. Frauen und Kinder wurden versklavt, Nutztiere und Güter wurden geraubt.

Der riesige Heereszug brachte Unheil über die Bevölkerung. Schon der Anblick erschütterte die Einheimischen. Den marschierenden Janitscharentruppen mit ihren einheitlichen Uniformen und glänzenden Waffen folgte die Reiterei. Diese bestand aus den berittenen Waffenträgern, den *Silahdar,* und den *Spahis,* die den Großherrn im Kampf schützten. Die *Akinci,* die leichte Kavallerie, fungierten wegen ihrer panzerlosen Harnische nicht nur als Kundschafter, sondern auch als Räuber. Durch ihre pfeilschnellen Überfälle, die oft mit Raub und Brandschatzung verbunden waren, stifteten sie Panik und Verwirrung unter ihren Feinden. Zum Heer gehörten außerdem die Artillerieeinheiten, die aus den Kanonieren, den *topçu,* Mineuren und Bombardieren, den *kumbaracý,* bestanden. Der Zug schloss mit den Lastkamelen, die Proviant, Zelte und Gepäck trugen, und den Ochsen, die Kanonen und Fuhrwerke mit der Ausrüstung der Krieger oder der Ausstattung der Garküchen zogen. Dieser riesige Tross hatte auf seinem Weg zu der geopferten Handwerkerstadt eine Narbe der Verwüstung in Transsylvanien hinterlassen.

Vladislav hoffte, dass Rox die Einwohner von Mühlbach noch rechtzeitig vor dem Angriff hatte warnen können. Er blickte hoch in den blauen Himmel. Das Wetter war umgeschlagen. Auf lange regnerische Tage folgte nun gnadenlose Hitze, die Mensch und Tier zu schaffen machte. Mitte Juli erreichten sie die Stadt, die, zu seiner Erleichterung, mit verschlossenen Toren vor ihnen lag.

Während das Heer die Belagerungsgeräte und das Feldlager einrichtete, traf Vlas seinen Freund Roxolan, der wie aus dem Boden gestampft neben ihm auftauchte.

»Rox! Ich habe nicht damit gerechnet, dich schon heute zu sehen.«

»Es freut mich, dich immer wieder überraschen zu können. Außerdem, wenn ich ständig das tun würde, was andere erwarten, wäre ich längst nicht mehr am Leben.«

»Komm mit in mein Zelt und schildere mir die Lage hinter den Abwehrmauern.«

»Es ist verdammt ernst. Die Stadt ist mit Hunderten von Flüchtlingen überfüllt. Eine so gut organisierte Abwehr wie in Hermannstadt gibt es nicht. Die Verteidiger sind Handwerker oder freie Bauern aus dem Umland. Mehr als einen Tag gebe ich ihnen nicht bis zum Fall der Stadt.«

Draußen krachten bereits die ersten Kanonenschüsse der osmanischen Artillerie. Das Echo der Treffer in den Mauern klang dumpf wie Wehklagen.

»Vladislav, du musst etwas tun! Sonst sterben Hunderte von Menschen, die noch nie einen Krieg geführt haben. Denk an die vielen Frauen und Kinder.«

»Das tue ich seit Tagen, Roxolan. Aber wie kann ich eine hungrige Meute von ihren Opfern fernhalten? Die Türken lechzen nach Blut und Raubzügen. Der Sultan hat seinen Kämpfern reiche Beute versprochen. Bis heute haben sie davon noch nichts gesehen.« Er ging nachdenklich im Zelt auf und ab.

»Aber, Vlas …«

»Es könnte einen Weg geben, um viele von ihnen zu retten. Sende Nanu zum Sultan. Er soll dort für mich um eine Audienz bitten!«

Es war früher Nachmittag, als Vladislav Murads Zelt betrat. Außer dem Padischah traf er dort noch den Beylerbey von Rumelien, den Oberbefehlshaber der europäischen Gebiete, an.

»Ihr wolltet uns dringend sprechen, Fürst?«

»Eure Kaiserliche Majestät, die Abwehrmauern dieser Stadt werden unter dem Geschützfeuer unserer tapferen Kanoniere bis zum Sonnenuntergang nachgeben. Heute Nacht wird die Flagge mit der Halbmondsichel auf dem höchsten Turm wehen.«

»Eure Zuversicht teilen wir. Dennoch sehe ich nicht die Dringlichkeit Eures Besuches.«

»Nach dem Fall der Abwehr werden unsere Kämpfer die Stadt stürmen, was zu Plünderungen, Mord und Gewaltorgien führen wird.«

»Es ist ein Kriegsbrauch, der auch bei den Christen verbreitet ist. Wollt Ihr vielleicht meine Krieger davon abhalten?«

»Nein, Großer Padischah. Ich bin hier, um Euch die wahren Schätze von Mühlbach zu präsentieren. In dieser Stadt arbeiten die besten Gerber von Ungarn. Deren Handwerk ist so geschätzt, dass ihre kunstvollen Lederwaren nur an die reichsten Adels- und Königshöfe von Europa verkauft werden. Diese Meister ihres Gewerbes könnten für das Osmanische Reich wichtige Dienste leisten. Ihre Kunst wird über Jahre eine Einnahmequelle für Eure Schatzkammer darstellen. Schont das Leben dieser Menschen, gebt ihnen ein neues Zuhause und die Möglichkeit, auf osmanischem Boden zu arbeiten. Wenn sie dies nicht wollen, dann sollen sie unter unseren Schwertern sterben.«

Der Sultan musterte ihn forschend. Nachdenklich strich er sich über den Bart. Dann gab er dem Beylerbey ein Zeichen, der sich daraufhin zu ihm herabbeugte. Sie unterhielten sich leise. Nach einigen Augenblicken wandte sich Murad wieder an Vladislav.

»Ich überlasse Euch die Verhandlungen mit den Obersten der Stadt. Die Bedingungen erfahrt Ihr vom Oberbefehlshaber.«

Der Sonne stand nur noch eine Lanze hoch über der Horizontlinie, als Vladislav mit weißer Flagge und in Begleitung von einem halben Dutzend *Spahis* vor den Stadttoren anhielt.

»Wer bist du, und was willst du von uns?«, rief ein Bärtiger auf der Mauer zu ihm herab. Seine einfache und zerbeulte Rüstung verriet, dass er zwar kein hoher Edelmann war, aber einer, dem der Umgang mit den Waffen vertraut war.

»Ich bin Vladislav Draco, Fürst der Walachei. Ich will mit den Obersten des Stadtrats sprechen.«

»Der Allmächtige hat sich von uns abgewandt, wenn ein christlicher Herrscher heutzutage den Ungläubigen als Bote dient. Nun sagt, Hoheit, was der Türke von uns will.«

Vlas ging nicht auf die Beleidigung des Mannes ein. Dieses Trotzverhalten von Seiten Belagerter war ihm bekannt.

»Ergebt euch, Einwohner von Mühlbach, und ihr dürft unter meinem Schutz unversehrt an Leib und Gut die Stadt verlassen. Ihr werdet als freie Menschen ein neues Leben im Osmanischen Reich beginnen. Wenn es euch dort nicht gefällt, könnt ihr nach fünf Jahren wieder zurückkehren.« Er bemerkte, dass sich immer mehr Männer an die Mauerbrüstung drängten und den Wortwechsel verfolgten.

»Ihr habt Eure Seele an den Teufel verkauft, Fürst!« Der Bärtige spuckte in seine Richtung. »Geht zurück zu Eurem Sultan und leckt seine Stiefel. Wir ergeben uns nicht. Lieber sterben wir!«

»Ja«, antwortete Vladislav ungerührt. »Du und deine Recken bestimmt. Ihr seid Krieger. Aber was ist mit den Frauen und Kindern? Sollen sie von der türkischen Meute geschändet und ermordet werden? Was glaubt ihr wohl, was geschehen wird, wenn die Mauern unter dem Kanonenhagel fallen und ihr euch nicht mehr dahinter verschanzen könnt?«

»Wer garantiert uns, dass wir nicht doch versklavt oder getötet werden?«, fragte ein zweiter Mann, der der Kleidung nach ein reicher Patrizier sein konnte.

»Es gilt das Wort des Großen Padischahs! Der Sultan gewährt euch in seiner Großzügigkeit Zeit bis morgen früh, um es euch zu überlegen und das Hab und Gut einzusammeln, das ihr mitnehmen dürft. Nur ein Handkarren oder Packtier für jede Familie ist gestattet, mehr nicht.«

»Und unsere Toten auf dem Friedhof, die sollen wir hierlassen?«, schrie der Bärtige.

»Es wird noch mehr Tote geben, wenn ihr nicht meinem Rat folgt. Denkt darüber nach! Wer morgen bei Sonnenaufgang die Stadt verlässt, überlebt. Wer hierbleibt, wird qualvoll sterben. Als Zeichen der Aufrichtigkeit des Angebots wird bis dahin keine Kanone mehr abgefeuert.«

Ohne auf eine Erwiderung zu warten, gab Vladislav dem Pferd die Sporen und kehrte zurück ins Heerlager.

In seinem Zelt warteten Roxolan und Pascal auf ihn.

»Wie haben die Mühlbacher reagiert?«, fragte Rox.

»Nur Gott weiß, wie sie heute Nacht entscheiden werden. Auf jeden Fall müssen wir, sollte die Stadt zur Plünderung freigegeben werden, unter den Ersten sein. Aber nur, um so viele Menschen wie möglich als Sklaven zu nehmen.«

»Was?«

»Reg dich nicht auf, Rox. Wir werden sie danach freilassen.« Müde setzte er sich auf einen Schemel. »Nanu?«

»Ja, Hoheit.«

»Sprich mit unseren Männern. Sag ihnen, dass ich höchstpersönlich jeden umbringen werde, der plündert oder schändet.«

»Wird der Sultan all die, die sich ergeben, tatsächlich verschonen?«

»Das werden wir morgen sehen.«

Nach der kühlen Nacht kündeten der blaue Himmel und die ersten Sonnenstrahlen von einem neuen heißen Sommertag. Schon im Morgengrauen hielten sich die türkischen Kanoniere bereit und harrten auf den Schussbefehl.

Vladislav begleitete den Beylerbey von Rumelien und seine *Spahis,* die sich in zwei Reihen vor den Stadttoren aufgestellt hatten. Jeder von ihnen starrte angespannt auf die Tore. Für einen Augenblick herrschte Stille. Kein Waffenklirren, kein Pferdewiehern. Als eine Lerche ihren Gesang in den Himmel trug, blickten die meisten überrascht nach oben.

In dem Moment öffneten sich die Stadttore, und Hunderte von Menschen drängten, bepackt mit ihrem Hab und Gut, heraus. Viele von ihnen schulterten nur einen Sack, andere zogen einen Handkarren hinter sich her, und die, die es sich leisten konnten, führten Packtiere an den Zügeln, an deren Rücken schwere Körbe oder Kisten hingen.

Der Anführer der Mühlbacher blieb vor Vladislav stehen.

Es war der Patrizier, der am Tag zuvor von der Mauer herab mit ihm gesprochen hatte. Er verneigte sich. »Fürst, wir ergeben uns dem Sultan und nehmen sein großzügiges Angebot an. Ich bin der Stadtoberste und führe um die zweitausend Männer, Frauen und Kinder. Doch nicht alle Bewohner sind mitgekommen. Ungefähr dreihundert wollen in der Stadt bleiben.«

»Gott beschütze sie«, murmelte Vlas.

»Nachdem der Letzte von uns das Tor passiert hat, werden sie sich verschanzen und bis in den Tod kämpfen.«

»Ich danke Euch für die Auskünfte.«

Eine Janitscharentruppe flankierte die Flüchtlinge und führte sie ins Trosslager, wo sie unter strenger Bewachung bis zum Ende des Kriegszuges auf die Umsiedlung in das Osmanische Reich warten sollten.

Vladislav sorgte sich nicht mehr um sie, sondern beobachtete die Stadtmauern und das Tor. Kaum war es geschlossen, dröhnte schon die erste Kanone, weitere Geschütze folgten. Mauerstücke bröckelten. Immer mehr Risse zogen sich über die Wehrtürme.

Was danach geschah, übertraf Vladislavs schlimmste Befürchtungen. Bis zum Mittag hatten die Türken Mühlbach erobert und zerstört. Nur ein Turm widerstand dem Ansturm etwas länger. Dort hatten sich einige der tapferen Einwohner versperrt und verteidigten ihn bis in die Nacht. Die Angreifer legten schließlich Feuer, so dass die eingeschlossenen Menschen bei lebendigem Leib verbrannten.

Auch am nächsten Tag stieg noch immer eine schwarze Rauchsäule über dem Ort empor, wo früher eine blühende Handwerkerstadt existiert hatte.

Die wenigen Überlebenden wurden in Ketten gelegt, und Vladislav durfte die meisten von ihnen als Kriegssklaven behalten oder sie verkaufen.

»Was machen wir mit ihnen?«, fragte ihn Nanu, als sie sich im Zelt trafen.

»Wir bringen sie zusammen mit den anderen Gefangenen nach Edirne auf den Sklavenmarkt.«

»Was? Aber warum haben wir sie dann gerettet?«

»Der Sultan vertraut uns nicht«, antwortete Roxolan anstelle seines Freundes. »Wenn wir die Sklaven nach Targoviste führen, werden wir verdächtigt, diese Menschen freilassen zu wollen. Das bedeutet Verletzung von Kriegsregeln und damit Verrat am Suzerän.«

»Ich verstehe immer noch nicht: Retten wir nun diese Menschen oder nicht?«

»Eines Tages wirst du es erfahren«, sagte Vladislav. »Bis dahin haben wir dem Befehl des Sultans zu folgen. Morgen brechen wir auf, in Richtung Norden. Er führt den Feldzug durch Transsylvanien weiter.«

»Gott steh uns bei!«

»Sag den Männern, sie sollen sich diese Nacht ausruhen. In den nächsten Tagen wartet ein schwerer Marsch auf uns.«

Pascal nickte und verließ das Zelt.

»Warum hast ihm nicht gesagt, dass wir unsere Gefangenen in Edirne auf dem Markt verkaufen, um sie durch unsere Männer wieder freikaufen zu lassen? Vertraust du ihm nicht?«

»Je weniger davon wissen, desto besser.«

»Was betrübt dich, Vlas? Ich sehe es doch: Du bist mit den Gedanken ganz woanders.«

»Die Osmanen planen, Medwesch, Schäßburg und Kronstadt anzugreifen. Ich kann dich nicht erneut als Vorboten schicken. Es ist zu gefährlich.«

»Du hast Angst um Clara, nicht wahr?«

»Nicht nur um sie, mein Freund … Nicht nur um sie.«

»Senden wir doch die Tauben zu unseren Kontaktleuten in

diesen Städten. Sie werden schon wissen, wen sie vor dem Angriff warnen sollen. Mehr kannst du für sie nicht mehr unternehmen.«

»Du hast recht. Kümmerst du dich darum?«

»Gewiss doch. Und jetzt leg dich hin und schlaf ein wenig. Seit zwei Tagen hast du kein Auge mehr zugetan.«

Vladislav stemmte sich in die Steigbügel und erhob sich aus dem Sattel. Er blickte über die Schulter hinter sich. Sein Herz pochte wild beim Anblick all der versklavten Menschen, die von den Türken wie Vieh getrieben wurden. Es waren mehr als fünfzigtausend Männer, Frauen und Kinder, die auf den Sklavenmärkten verkauft werden sollten. Nachdem die osmanische Armee eine Spur der Verwüstung in Südtranssylvanien hinterlassen hatte, zog sie sich nun durch den Pass Törzburg nach Süden, Richtung Donau, zurück. Die Beute konnten sie nicht einmal richtig abschätzen, so umfangreich war sie. Der Feldzug war vorüber – fast zwei Monate nach der Niederlage vor den Mauern von Hermannstadt.

»Es hätte noch schlimmer kommen können, mein Freund«, tröstete ihn Roxolan, der neben ihm ritt. »Sei froh, dass Murad aufgegeben hat, die Städte für längere Zeit zu belagern oder weiterhin anzugreifen. Dank deiner Warnungen konnten Medwesch, Schäßburg und Kronstadt nicht erobert werden.«

»Aber die Bauern und all die Menschen aus dem Umland sind schutzlos der osmanischen Horde zum Opfer gefallen. Sieh sie dir nur an!«

»Du kannst nicht alle retten, Vlas. Clara hat dank deiner Warnungen unbeschadet überlebt. Nun musst du an deine Familie denken und beten, dass der Sultan dein doppeltes Spiel nicht durchschaut hat.«

»Ja, du hast recht.«

Vier Tage später führte Vladislav seine Truppen durch die Tore seiner Herrscherfestung. Die Einwohner von Targoviste empfingen und bejubelten ihn auf den Straßen.

Auch er teilte ihre Freude, aber aus anderen Gründen. Überzeugt von seiner Ergebenheit, rief der Padischah vor der Donauüberquerung die Janitscharen aus dem fürstlichen Palast zu sich. Damit wurden Vasilissa und die Kinder nicht länger als Geiseln gehalten. Sie waren gerettet. Der Sultan war so zufrieden mit dem Feldzug, dass er den walachischen Fürsten sogar mit einem Teil der Kriegsbeute belohnte. Aus diesem Vermögen verteilten jetzt einige seiner Kämpfer Münzen an die Menschen, die ihnen am Straßenrand zujubelten. Mit dieser Beute würde Vlas auch die Freiheit der Versklavten aus Transsylvanien erkaufen.

Zurückgekehrt in seinen Palast, nahm Vladislav zwei Stufen auf einmal, bis er im privaten Gemach endlich vor Vasilissa stand, die gerade den kleinen Radu im Arm hielt und ihm ein Kinderlied zum Einschlafen sang.

»Meine Prinzessin!« Inbrünstig küsste er die beiden. »Es gab keine Nacht, in der ich nicht an dich und die Kinder gedacht habe.«

»Der Herr im Himmel hat meine Gebete gehört. Gott sei gelobt, dass wir uns alle heil wiedersehen.«

»Ich werde eine Kirche stiften, um dem Barmherzigen zu danken, dass Er eine schützende Hand über uns gehalten hat.«

»Wir brauchen mehr als das, Vlas«, sagte sie verängstigt. »Denn eine noch größere Gefahr kommt auf uns zu!«

Kapitel 29

Nürnberg, 21. Oktober 1438

János brach ein Stück aus dem Brotlaib und kaute genüsslich. Wie sehr er den Geschmack und den Duft von frisch gebackenem Teig während der letzten Tage des Kampfs gegen die Türken doch vermisst hatte!

Als die Osmanen nach Transsylvanien und Serbien vorgedrungen waren, hatte ihn Albrecht von Habsburg mit dem Schutz der südlichen Reichsgrenzen beauftragt. Was für eine tollkühne Entscheidung. Oder war es Verzweiflung gewesen? Der Monarch hatte ihm weder Geld noch Söldner zur Verfügung gestellt. Woher hätte er diese auch nehmen sollen? Die beiden Krönungen, die ihn im Januar zum ungarischen Souverän und im März zum römisch-deutschen König gemacht hatten, hatten derartige Schulden aufgehäuft, dass er das Zepter getrost mit dem Bettelstab hätte tauschen können. Dazu kam noch die Inthronisation im Juni in Prag. Die ungarischen Adeligen waren damit beschäftigt, den gewaltigen Bauernaufstand in Blut zu ersticken. Von ihnen war keine Unterstützung zu erwarten.

János hatte sich gezwungen gesehen, aus seinem eigenen Vermögen Hunderte von Landsknechten zu bezahlen. Mit diesen hatte er eine Hetzjagd der türkischen Erkundungs- oder Verpflegungstruppen begonnen. Eine offene Auseinandersetzung mit der Streitmacht des Sultans konnte er sich nicht leisten. Sie waren zu wenige. Einmal hatte er sich der Armee von Georg Brankowitsch angeschlossen, der die Belagerung von Smederevo brechen wollte. Sie wurden besiegt. Als er dann hörte, dass Vladislav Murad bei seinem Feldzug in Transsylvanien begleitete, war er dorthin geeilt in der Hoffnung, Vlas bezwingen, wenn nicht sogar gefangen nehmen zu können.

Aber der König hatte ihn zum Reichstag in Nürnberg geladen, und die Einladung hatte ihn ausgerechnet in Südtranssylvanien erreicht, wo er auf der Jagd nach den übrigen osmanischen Banden gewesen war – und nach Vladislav. Viel lieber hätte er die Verfolgung weitergeführt, statt sich heute mit den selbstherrlichen Adeligen zu treffen.

Die Glocken der Kirche von Sankt Lorenz läuteten zur Mittagsmesse. Ihr sanfter, tiefer Klang weckte János aus seinen Gedanken und brachte ihn zurück in die Gegenwart, in das Wirtshaus *Zum goldenen Fass.* Bedauernd betrachtete er den Käse vor sich auf dem Tisch, der noch übrig geblieben war, und warf einen Silberling daneben, bevor er die Schenke verließ. Nicht, dass er den Beginn der Reichsversammlung verpasste. Mit langen Schritten eilte er zum Rathaus.

Im Versammlungssaal traf er auf Kaspar Schlick, der sein Amt als Hochkanzler auch unter der neuen Regentschaft ausübte. Vor nicht allzu langer Zeit hatte er die Tochter des Herzogs von Schlesien geheiratet und damit seine Stellung in der oberen Schicht der Gesellschaft gestärkt.

»Ritter Hunyadi!«, empfing ihn der Erzkanzler. »Ich habe Euch nach dem Tod des Kaisers und Albrechts Krönung nicht mehr bei Hof gesehen.«

»Jemand muss doch für Sigismunds Vermächtnis kämpfen.«

»Ja.« Er seufzte. »Wenn es nur mehr Ritter wie Euch gäbe …«

»Die Türken plündern noch unsere Ländereien im Süden, und wir bereden uns in Versammlungen, statt sie zu verjagen.«

»Wundert Euch das?«

»Ehrlich gesagt: ja. Aber warum wurde ich hierhergerufen?«

»Ihr seid doch ein wichtiger Berater im königlichen Rat.«

»Was hätte ich dem Hochadel schon zu sagen? Ich beherrsche die Sprache der Waffen besser als die der Höflinge.«

»Vielleicht braucht Euch Seine Majestät heute gerade deshalb.«

»Wisst Ihr irgendetwas? Geht es wieder um die Juden?«

»Ich darf nicht darüber sprechen, Ihr werdet es im Lauf des Tages erfahren. Nur Geduld, Ritter! Jetzt muss ich dem Protokollanten noch ein paar Einweisungen geben. Wir unterhalten uns später weiter.«

Und Schlick eilte davon.

János behielt für sich, dass die Teilnahme an der Reichsversammlung ihm doch gut passte: Er hatte einen Plan. Er musste nur die Gelegenheit erhalten, das Wort zu ergreifen. Unter den Anwesenden sah er den Reichserbkämmerer Konrad von Weinsberg, der nach Sigismunds Tod und unter der Herrschaft Albrechts noch einflussreicher geworden war. Hunyadi begrüßte ihn mit einem Kopfnicken. Der Erbkämmerer konnte ihm nützlich sein bei seinem Vorhaben, denn er gehörte zur *Societas Draconis*.

Der Saal füllte sich zusehends, die Teilnehmer eilten zu ihren Plätzen. János traf seinen Schwager Mihály Szilágyi und setzte sich neben ihn.

»Seine Majestät, König Albrecht!«, kündigte der Herold an.

Der Monarch marschierte durch den Raum, ohne jemanden anzusehen oder zu begrüßen. Ihm folgte der serbische Despot Georg Brankowitsch, der nicht weniger betrübt geradeaus blickte.

Wie alle anderen verbeugte sich Hunyadi tief, als die Gekrönten an ihm vorübergingen.

Auf dem Podest angelangt, ergriff Albrecht sofort das Wort.

»Als wir uns das letzte Mal im Mai versammelten, edle Herren, waren wir Christen damit beschäftigt, uns untereinander zu bekriegen und den Bauernaufstand in Transsylvanien blutig zu beenden. Dass die Türken bis an unsere Tür vorgerückt sind, erkannten wir nicht. Und heute? Heute jammern wir, dass unsere Ländereien geplündert und Frauen und Kindern versklavt wurden. Wie ist es so weit gekommen? Ihr schweigt? Wagt Ihr es nicht, die Wahrheit auszusprechen? Nein? Dann sage ich es Euch: weil wir nur bis zu den Zäunen unserer Höfe geblickt haben. Was habt Ihr getan, als die Bauern einen Hof nach dem anderen in Flammen aufgehen ließen? Jeder Landbesitzer hat sich allein verteidigt. Keiner von Euch hat dem Nachbarn geholfen. Deshalb haben sie es geschafft, unsere Häuser, ja sogar die Kirchen in Brand zu setzen.«

»Dennoch haben wir die Aufständischen bezwungen«, widersprach ein Edelmann.

»Aber wann? Und wie? Erst als wir alle, Ungarn, Deutschsachsen und Szekler, uns hier in Transsylvanien vereinigt haben.«

»Es stimmt, was Ihr sagt, Majestät«, meldete sich ein anderer zu Wort. »Ich verstehe nur nicht, was das mit den Türken zu tun hat.«

»Wenn wir, als *Unio Trium Nationum,* gemeinsam die Aufständischer besiegen konnten, warum verbünden wir uns dann nicht mit unseren Nachbarländern, um die Osmanen ein für alle Mal zu überwältigen?«

»Wir haben sie doch verjagt!«

»Wen meint Ihr denn mit ›wir‹, Graf Frangepán? Wer von Euch hat in diesem Sommer gegen die Türken gekämpft?«

Der König stieg vom Podest herab und lief auf den Adeligen zu. Wütend stieß er ihm den Zeigefinger in die Brust. »Seid Ihr mit Euren Reitern zu den südlichen Grenzen des Königreichs geeilt, um dort den Feind zu treffen? Nein!« Albrecht starrte den Graf Kanizsai an. »Ihr vielleicht? Oder Ihr?« Einer nach dem anderen blickte beschämt zu Boden.

»Dass die Osmanen nicht tiefer nach Transsylvanien vorgedrungen sind, haben wir dem Ritter Hunyadi zu verdanken.«

»Der hat doch nur seine Ländereien geschützt«, meldete sich Ulrich von Cilli zu Wort. »Sein Pech«, lästerte der Graf schmunzelnd, »dass diese im Süden und somit auf dem Weg des Sultans liegen.« Lautes Lachen brach in den Reihen des Hochadels aus.

János sprang auf. »Eure Majestät, erlaubt …«

»Nicht jetzt, Hunyadi!«

Der König hob die Hand. Bei dieser Geste verstummten das Gelächter und die regen Gespräche im Raum.

Der Monarch kehrte gemessenen Schrittes auf das Podest zurück und setzte sich auf den Thron.

»Nicht alle seine Ländereien liegen im Süden, Ulrich. Das musst du doch wissen. Aber es ist nicht zu spät, diesen strategischen Fehler zu korrigieren und die Grenzstelle zu Serbien zu verstärken. Dafür ernenne ich Ritter Hunyadi zum Oberbefehlshaber der ungarischen Armee und – zum Banus von Severin.«

Das Raunen im Saal schwoll an. »Was? Das ist nicht annehmbar!« Dennoch wagte niemand, offen dagegen zu opponieren.

János wollte seinen Ohren nicht trauen. Er wiederholte in Gedanken: *Banus von Severin … Banus von Severin. Ich bin zum Markgrafen ernannt worden!*

Mihály Szilágyi stieß ihm den Ellbogen in die Rippen.

»Albrecht erwartet deinen Schwur. Lass dir nicht zu viel Zeit, János, sonst erwachen die Cilli und Garai noch aus ihrer Erstarrung und erheben Einspruch.«

Ermuntert durch seinen Schwager, schritt Hunyadi auf das Podest und kniete vor dem Thron nieder.

Kaspar Schlick kam zu ihm. »Schwöre auf die Heilige Schrift, dem König getreu und gewärtig zu sein!«

»Gnädigster König!«, sprach János, nachdem er die Hand auf die Bibel gelegt hatte. »Ich gelobe Euch und der Krone Ungarns Treue und Gehorsam. Mein Leben und alle mir unterstehenden Ländereien und Untertanen werden nur Euch dienen. So wahr mir Gott helfe!«

Der Erzkanzler überreichte dem Ritter die Ernennungsurkunde und zwinkerte ihm dabei zu. Ihm folgte der Erzmarschall, der János den Knauf des Reichsschwertes zum Kuss darbot.

»Erhebt Euch, János Hunyadi, Banus von Severin!«

»Ich werde für das Königreich Schwert und Schild sein und seine Grenzen sowie die Mutterkirche gegen die Heiden verteidigen.«

»So soll es sein!«

Mit einem Handzeichen forderte der Monarch Kaspar Schlick auf, den neu ernannten Markgrafen zu dem ihm nun zustehenden Platz in den Reihen des Hochadels zu führen.

»Ich gratuliere Euch«, flüsterte ihm der Erzkanzler unterwegs zu.

»Ihr habt davon gewusst und nichts gesagt!«

»Berufsgeheimnis«, schmunzelte Schlick.

János nahm Platz unter seinesgleichen. Ihm waren ihre feindseligen Blicke nicht entgangen. Nur sein Freund Miklós Újlaki, der Banus von Macsó, hatte vor ihm respektvoll den Kopf geneigt.

Inzwischen ergriff Albrecht erneut das Wort: »Wenn Ihr

denkt, dass die türkische Gefahr abgewendet ist, dann irrt Ihr Euch. Nur weil der Winter anbricht, haben die Osmanen sich zurückgezogen. Sonst würden sie noch heute plündernd durch Transsylvanien ziehen und den Weg nach Buda fortsetzen. Nun aber belagert Murad Smederevo. Die Serben können der Belagerung nicht mehr lange standhalten. Wir sind verpflichtet, unserem Vasallen zu helfen. Die verheerende Lage an der Donau wird Euch der Despot beschreiben.«

Georg Brankowitsch erhob sich und wandte sich mit betrübter Miene an die Versammelten.

»Ich werde nicht von den Menschen erzählen, die zwischen den Mauern seit Monaten an Hunger, Krankheiten und anderen Entbehrungen leiden. Und auch davon nicht, dass wir ohne ausreichende Waffen oder Geschütze die Türken nicht mehr von der Festung fernhalten können. Ich sage nur, dass die Tapferkeit meines Volkes nicht ausreicht, Tausende von Osmanen vor unseren Toren zu besiegen. Wir brauchen Hilfe! Ohne diese wird die Stadt Smederevo fallen, und damit werden die Tore Europas den Heiden offen stehen.«

Erneut schwoll Raunen im Saal an.

»Ich freue mich, den Markgrafen Hunyadi als unseren Nachbarn zu wissen. Keiner kennt die kritische Lage im Balkan besser als er. Sein Widerstand mit seinen fast zweihundert Reitern hat einen starken Angriff der Truppen des Sultans abgewendet.« Er nickte knapp in János' Richtung. »Vielleicht kann er Euch mehr erzählen.«

János stand auf. »Die Lage ist so ernst, dass ich jeden Tag fürchte, die Nachricht vom Fall Smederevos zu hören. Wir dürfen nicht mehr lange warten. Mit einem Heer von zehntausend Kriegern könnten wir Murads Streitmacht bezwingen.«

»Zehntausend?« Ulrich von Cilli blickte mit hochgezogenen Augenbrauen theatralisch um sich. »Womöglich sagt Ihr uns auch, wo wir diese Armee finden können … und womit wir sie bezahlen sollen. Übertreibt Ihr nicht mit dieser Zahl?«

»Smederevo ist nicht nur das Tor zu Ungarn und den christlichen Ländern«, sprach János weiter, ohne auf die Provokation einzugehen. »Nein! Es ist auch der Zugang zur Walachei, wo ein Verräter herrscht. Einer, der hier, vor Euch, auf die Bibel geschworen hat, das Schwert für die Mutterkirche zu führen. Ein Verräter, der sich Drachenritter nennt. Diesen Mann kennt Ihr alle: Vladislav Draco. Er hat die Osmanen durch Transsylvanien geführt. Dieser Treuebruch muss bestraft werden: Man muss Draco entthronen. Es ist wichtig, das Fürstentum wieder unter unseren politischen Einfluss zu bringen. Als Vasall der ungarischen Krone. Einen großen Teil der zehntausend Kämpfer könnten dann die Walachen bilden.«

»Der Fürst steht wohl unter dem Schutz des Sultans. Ihn anzugreifen wäre zugleich ein Angriff auf den Padischah«, mischte sich Garai ein.

»Aber nichts kann uns daran hindern, ihn aus der *Societas Draconis* auszuschließen.«

»Seit wann entscheiden wir über die Mitglieder des Ordens?«, fragte Ulrich von Cilli. »Der Walache gehört zum höchsten Kreis. Nur ein gekröntes Haupt darf über ihn urteilen.« Er lächelte zynisch und schaute János von oben herab an. »Was für eine Frechheit, diese Forderung von einem Emporkömmling zu hören. Wir von hoher Geburt müssen fürchten, dass einer von unten uns sagt, was wir zu tun haben.«

»Vladislav Draco hat einen heiligen Schwur gebrochen, und Ihr verteidigt seine Tat?«, entgegnete János ruhig. »Eine gefährliche Haltung, denn nur einer, der das Gleiche zu tun imstande ist, kann einen solchen Frevel gutheißen.«

Ulrich rannte zu Hunyadi und packte ihn am Hals. »Du wagst es, mich einen Verräter zu nennen?«

»Aufhören!«, befahl der König. Der Kapitän der königlichen Leibgarde lief mit vier Männern aus seiner Truppe auf die Streithähne zu.

Schneller als sie griff jedoch Garai zwischen die beiden Kontrahenten und zog den Grafen aus dem Handgemenge zurück. Szilágyi eilte mit der Hand auf dem Schwertknauf an die Seite seines Schwagers.

»Nicht nötig, Mihály«, schnaufte János, während er seinen Hals rieb.

»Ruhe, Herrschaften!«, rief Kaspar Schlick. »In diesen schwierigen Zeiten sollten wir lieber einen kühlen Kopf bewahren. Ich schlage vor, diesen Streit jetzt zu beenden und über den walachischen Fürsten ein für alle Mal zu entscheiden.«

Zustimmendes Gemurmel erfüllte den Raum.

Der Reichskanzler wandte sich an Graf Konrad von Weinsberg: »Ihr seid Mitglied des Drachenordens. Was haltet Ihr von der Forderung Banus Hunyadis?«

»Die Reichsversammlung besitzt keine Macht über die *Societas Draconis.* Außerdem bezweifle ich den Vorwurf von Vladislavs Verrat. Ich habe erfahren, dass der Fürst viele Sklaven gekauft hat, um sie später zu befreien. Die deutsch-sächsischen Städte Medwesch, Schäßburg und Kronstadt wurden vor den osmanischen Angriffen gewarnt, so dass sie sich erfolgreich gegen die Feinde verteidigen konnten. Sie wurden von den Walachen alarmiert. Von denselben, die den Sultan auf seinem Feldzug durch Transsylvanien begleiteten.«

»Woher wisst Ihr das?«, fragte der König aufgeregt.

»Einer meiner Männer ist verwandt mit einem Magistrat des Stadtrats von Kronstadt. Wie ich Vladislav kenne, konnte nur er die Einwohner benachrichtigen. Wir sollten nicht überreagieren, was den Fürsten betrifft. Nicht die Walachei ist unser Problem, sondern Smederevo.«

János wusste, dass er den Kampf verloren hatte und sein Plan gescheitert war. Er hatte sich in Konrad von Weinsberg getäuscht. Nervös kaute er an seinem Schnurrbart. Warum hatte er nichts von den Warnungen an die Städte gewusst? War der Reichserbkämmerer einer der Verbündeten von Vlas? So wie er ihn verteidigt hatte, musste man es fast meinen. Woher wusste er nur diese Einzelheiten? Aber im Moment war das nicht so wichtig. János musste sauber aus diesem Disput hervorgehen.

»Diese Umstände sind mir nicht bekannt gewesen«, sagte er, scheinbar versöhnlich. »Die Neuigkeiten werfen ein ganz anderes Licht auf die Handlungen von Draco. Dennoch sollten wir die Walachei nicht aus den Augen lassen.«

»Ich bin Eurer Meinung, Banus.« Von Weinsberg neigte höflich den Kopf. »Die südlichen Grenzen sind unsere Schwachstelle. Daher müssen wir die Serben gegen die Türken unterstützen. Ihr und der Despot habt recht. Wenn Smederevo fällt, dann gibt es für die Osmanen kein Halten mehr bis nach Buda.«

Serbien, Ende August 1439

János verließ sein Zelt, um frische Luft zu schnappen. Draußen empfing ihn eine heiße Windbö, die ihm den aufgewirbelten Staub in die Augen und in den Mund blies. Er lockerte die Schnürung des Hemdes um den Hals und wischte sich den Schweiß im Nacken mit dem Ärmel ab. Die Hitze machte allen, Mensch und Tier, zu schaffen. Zu seinen Füßen beobachtete er einen Käfer, der Schatten in einem Riss im Erdboden suchte. Wenn er könnte, wäre auch er hineingeschlüpft, nur um sich für wenige Augenblicke abzukühlen. Sein Blick wanderte über das Heerlager. Seit zwei Tagen machten sie Quartier zwischen dem Fluss Theiß und der Donau, westlich von Belgrad, und warteten auf den Marschbefehl Richtung Smederevo. Aber nichts bewegte sich in der erbarmungslosen Mittagssonne. Nur die Luft flimmerte und verzerrte das Bild vor seinen Augen.

Es hatte fast ein Jahr gedauert, bis die Beschlüsse von Nürnberg wegen des Feldzuges gegen die Osmanen in Serbien umgesetzt wurden. Bis die Armee sich gesammelt und im Juli auf den Weg zu der noch immer belagerten Stadt Smederevo gemacht hatte. Es war ein Wunder, dass die Serben ihre Festung weitere zehn Monate allein hatten verteidigen können.

Die Cillis und Garais waren nicht gekommen, sondern hatten Kontingente gesandt, die von ihnen treu ergebenen Kommandanten geführt wurden. János vermutete, dass die Adeligen vorsätzlich die Zusammenführung der Truppen verzögert hatten in der Hoffnung, dass die Stadt in der Zwischenzeit kapitulieren würde. Am Ende blieb ihnen nichts anderes übrig, als widerwillig dem Befehl des Königs Folge zu leisten.

Vor ihm trat der Banus von Macsó aus dem Zelt. Miklós Újlaki stand barfuß und mit nacktem Oberkörper da. Als er sich umdrehte, sah er Hunyadi.

»Verdammt soll diese Hitze sein, János! Ich weiß nicht, wo es schlimmer ist: draußen in der prallen Sonne oder im Lagerzelt, wo es zwar schattig ist, aber stickig. Ich wollte ein Nickerchen machen, doch das laute Zirpen der Grillen macht mich wahnsinnig. Als steckten die Viecher direkt in meinen Ohren. Weißt du, wie lange wir hier noch ausharren werden?«

»Albrecht wartet auf die Kundschafter aus Belgrad.«

»Das hat er auch gestern gesagt.«

»Ich habe das Gefühl, dass die Kommandanten der ungarischen Truppen es nicht so eilig haben, in den Kampf zu ziehen. Ständig verlangen sie nach häufigeren Rasten oder verlangsamen die Reitgeschwindigkeit.«

»Und der König macht mit.«

»Er kann nicht anders. Die Cillis, Garais, Kanizsais und Frangepáns sind zu einflussreich in Ungarn. Albrecht braucht sie, um seine Herrschaft im Land zu stärken.«

János seufzte. Er streckte den Arm aus und deutete über die Zelte hinweg. »Dieses Herumhocken ist schlimmer für die Krieger, als sie auf den Feind loszulassen. Die Söldner sind hier, weil sie es auf die Kriegsbeute abgesehen haben. Und was machen sie jetzt? Sie besaufen sich oder raufen wegen verlorener Glücksspiele. Das Wasser wird immer weniger, und die Flüsse verwandeln sich in braune, schlammige Rinnsale. Auch diese Mückenplage mag ich nicht.« Mit rascher Bewegung erschlug er eine Fliege auf seinem Unterarm.

»Sieh mal dort, János! Siehst du die Reiter? Oder halluziniere ich?«

János schirmte seine Augen ab und blickte nach Osten, wo eine Staubwolke emporstieg. »Ja, doch! Es sind unsere Männer aus Belgrad.«

»Lieber Gott, lass es gute Nachrichten sein und uns endlich in den Krieg ziehen!«

Vor dem Zelt des Königs, unter einer schattenspendenden Plane, traf Hunyadi auf den Monarchen, der auf einem Stuhl mit hoher Lehne saß und von den Kommandanten umringt war. Als diese ihn sahen, machten sie ihm Platz, so dass er sich an Albrechts Seite stellen konnte.

Der Souverän nickte. Die Kundschafter traten vor und verneigten sich. »Eure Majestät«, sagte deren Anführer. »Smederevo ist gefallen.«

»Was?« Der König sprang auf. »Wann?«

»Gestern. Die Stadt und die Umgebung werden immer noch von den Türken geplündert.«

»Was ist mit Georg Brankowitsch?«

»Wir wissen nichts von ihm oder seiner Familie. Ich habe zwei Männer in Belgrad zurückgelassen, sie werden sich dort umhören. Wenn der Despot überlebt hat, dann wird er sich dorthin in Sicherheit begeben.«

Albrecht sank zurück auf den Stuhl. Nur das Zirpen einer Grille durchbrach das Schweigen, das sich über die Anwesenden gelegt hatte. Niemand traute sich zu sprechen oder über die schwerwiegenden Auswirkungen dieser Niederlage laut nachzudenken.

»Wir sind zu spät gekommen«, flüsterte der König. »Wir haben es nicht geschafft, das Tor zur Christenheit vor den Muslimen zu verschließen. Die Büchse der Pandora ist geöffnet. Gott steh uns bei!«

János legte die Hand auf die Schulter des Monarchen. »Es ist noch nicht alles verloren, Majestät. Die Türken plündern jetzt im Siegesrausch. Durch einen überraschenden Angriff könnten wir sie doch noch vernichten. Jede Armee ist in diesen Stunden verwundbar, denn nur wenige achten auf Disziplin.«

»Aber die Osmanen befinden sich derzeit hinter den dicken Mauern von Smederevo«, mischte sich ein ungarischer Kommandant ein. »Sie können sich dort zusammenrotten und verteidigen, so dass wir sie belagern müssten. Und auf einen Belagerungszug, der Monate, wenn nicht Jahre dauern kann, sind wir nicht vorbereitet.«

»Wir sind auf gar nichts vorbereitet, wenn wir nichts riskieren wollen«, schrie János.

»Nein, Hunyadi!«, meldete sich der König zu Wort. »Wenn wir den Türken während ihrer Belagerung in den Rücken gefallen wären, hätten wir sie wie in einer Zange zerquetscht. Wir hätten das Schicksal wenden können. Nun ist es zu spät!«

»Aber, Majestät …«

»Wir warten ab. Zuerst müssen wir wissen, was mit Georg Brankowitsch geschehen ist.«

Mehr als zwei Wochen warteten sie. Vor vier Tagen hatte es angefangen zu regnen, was aber nur zu einer leichten Abkühlung geführt hatte. Die mit Feuchtigkeit gesättigte Luft blieb weiterhin warm. Wo sich vorher tiefe Risse durch den Boden gezogen hatten, gab es nun ein paar schlammige Rinnsale und Pfützen. Mücken und Fliegen schwärmten überall und plagten Mensch und Tier. Die Stimmung im Lager war ebenso trüb wie das Wasser, das sie zu trinken bekamen. Immer mehr Männer erkrankten an der Ruhr. Und viele der Kommandanten empörten sich lautstark gegen die Sinnlosigkeit dieses Feldzuges und verlangten die Rückkehr.

Endlich trafen die Späher mit Nachrichten aus Belgrad ein. Sie wurden sofort zum König geführt.

»Der Despot«, meldeten sie dem vollversammelten Kriegsrat, »hat schwer verletzt überlebt, Eure Majestät. Er und ein paar wenige Überlebende des Massakers von Smederevo haben es bis nach Belgrad geschafft. Seine Söhne aber sind vom Sultan gefangen genommen worden. Murad hat eine große Einheit in der eroberten Festung hinterlassen und ist selbst mit dem Rest der Streitmacht zurück nach Edirne gezogen. Denn in Anatolien ist Ibrahim, der Bey von Karaman, gegen den Padischah aufgestanden.«

»Das ist nicht gut«, dachte Albrecht laut nach. »Mit den Söhnen Brankowitschs haben die Osmanen ein starkes Druckmittel gegen ihn in der Hand. Wir haben einen treuen und wichtigen Verbündeten verloren.«

»Aber nicht den Krieg gegen den Türken«, wandte János ein. »Wir könnten immer noch …«

»Es war niemals unser Krieg, Hunyadi!«, fiel ihm Graf Frangepán ins Wort. »Wir hätten uns niemals auf diesen sinnlosen

Feldzug einlassen sollen. Von Anfang an war klar, dass wir die Eroberung der Festung nicht würden verhindern können.«

»Weil Ihr von Anfang an nicht kämpfen wolltet. So wie jetzt.«

»Mit welchen Männern denn, Banus? Seht Ihr nicht, dass seit Tagen immer mehr von ihnen an der Ruhr, in ihrem eigenen Dreck verrecken?«

»Wir hätten …«

»Nein, Hunyadi!« Der König stand auf. Dabei stützte er sich auf sein Schwert. »Wir kehren nach Hause zurück.«

»Was?« János sah ihn bestürzt an.

»Als Oberbefehlshaber kümmert Ihr Euch darum, dass die Kontingente das Feldlager geordnet verlassen. Je schneller, desto besser.«

»Majestät! Es sei mir erlaubt …«

»Das ist ein Befehl, Banus!«, zischte Albrecht.

János nickte knapp und verließ das Zelt. Die zufriedenen Blicke der ungarischen Edelleute brandmarkten seine Seele und verletzten seinen Stolz. Zähneknirschend lief er durch das Lager.

»Eure Durchlaucht!«, hörte er jemanden hinter sich rufen. Der Feldarzt lief ihm nach.

»Was ist?«

»Ich muss Euch sprechen«, keuchte der Arzt, während er versuchte, mit János Schritt zu halten.

»Das tust du bereits.«

»Ich will Euch nicht …«

»Was denn nun? Hast du etwas zu sagen oder nicht? Ich habe keine Zeit zum Schwätzen.«

Der Arzt blieb stehen. »Der König ist krank, Banus!«, platzte es aus ihm heraus. »Wir müssen so schnell wie möglich nach Buda zurück.«

»Was?«

»Seine Majestät hat Fieber und hat sich heute Morgen übergeben.«

»Die Ruhr?«, flüsterte János.

»Ich weiß es noch nicht. Es kann sein, dass Seine Majestät nur an einer Erkältung oder an einer Verdauungskrankheit leidet. Auf jeden Fall muss der König fort von den Ruhrkranken im Feldlager. Er hört aber nicht auf mich.«

»Verstehe. Ich kümmere mich darum.«

Es waren noch fast zwei weitere Wochen vergangen, bis der Monarch in Begleitung von Hunyadi und seinen fünftausend Söldnern das Heerlager zwischen Theiß und Donau endlich verlassen konnte. Sie waren die Letzten. Der Oktoberregen ergoss sich ausgiebig auf die wenigen überlebenden Menschen, die den Weg nach Hause angetreten hatten.

Der Zustand des Königs, der sich anfangs noch gebessert hatte, verschlechterte sich am Aufbruchstag. Geschwächt von Schüttelfrost, Fieber, Erbrechen und Durchfall lag er in einem Fuhrwerk. Der Arzt wich seit Tagen schon nicht von seiner Seite.

Nachdem sie Esztergom passiert hatten, befahl Albrecht, direkt nach Wien zu fahren. Er war fest davon überzeugt, dass nur die Luft in seiner Heimat ihn heilen könnte. Aber bis dorthin war es noch ein langer Weg.

János ritt von der Heerspitze zum kranken Monarchen. Der Medicus hob die Plane am Fuhrwerk. »Wir sollten in der nächsten Ortschaft anhalten.«

»Was ist los?«

»Seine Majestät ist zu schwach, um die Reise in diesem Zustand zu bewältigen. Er leidet an der Ruhr.«

»Wir werden vor Sonnenuntergang Neszmély erreichen.«

Spätabends fanden sie Unterkunft auf der Burg, die von dem Hügel Várhegy über die Donau blickte.

»Wie geht es ihm?«, fragte János am nächsten Tag nach einer schlaflosen Nacht.

»Seine Majestät hat nach Euch verlangt«, antwortete der Medicus, ohne auf die Frage einzugehen. »Ich rate Euch, dem König nicht zu nahe zu kommen und nicht lange bei ihm zu bleiben. Ich habe ihm Mohnsaft gegeben.«

Er hörte den Ratschlägen nicht länger zu, sondern betrat das Zimmer. Ein Hausdiener huschte mit einem Nachttopf an ihm vorbei. Es stank nach Körperausscheidungen und Blut. Es stank nach Tod.

Albrecht stöhnte und krümmte sich auf seinem Lager. Sein Gesicht ähnelte einem Totenschädel, die Haut spannte sich pergamentartig über den Knochen. Die Augen lagen tief in den Höhlen. Erschrocken blieb Hunyadi stehen und bekreuzigte sich. »Heilige Mutter Maria, hab Erbarmen mit ihm!«

Der Sterbende sah ihn an. »János«, flüsterte er.

»Majestät!«

»Kannst du dich an meinen Wahlspruch erinnern?«

»Ja, Majestät.« Mit belegter Stimme sprach er die lateinischen Worte: *»Amicus optima vitae possessio.«*

»Ein Freund ist der beste Besitz des Lebens«, übersetzte Albrecht. »Und du hast mir diesen Reichtum geschenkt, mein Freund und Bruder. Ich bin nur traurig, dass ich nicht zurückgeben kann, was ich von dir erhalten habe. Die Zeit dafür habe ich nicht mehr. Ich werde bald sterben.«

»Mein König, Ihr dürft nicht aufgeben. Die besten Ärzte aus Wien sind hierher unterwegs. Ihr solltet kämpfen! Nicht nur um Euer Leben, sondern für Eure Familie, für all die Menschen des Königreichs, die an Euch glauben.« János stockte der Atem. Seine Stimme zitterte, als er weitersprach. »Wir haben beide dem Kaiser Sigismund geschworen, seinen heiligen Krieg für ein christliches Europa weiterzuführen. Ich schaffe es nicht allein.«

»Doch! Das musst du. Nur du kannst diesen Traum verwirklichen. Schwöre es!«

János wusste nicht mehr, ob er an Sigismunds oder Albrechts Sterbebett kniete. Nach weniger als zwei Jahren wiederholte sich die gleiche Szene. Warum lebte er weiter, während das königliche Blut auf dem Todesacker versickerte? War es seine Bestimmung, als ein Erzengel die Christen in den heiligen Krieg zu führen?

»Schwöre, Hunyadi!« Der König atmete immer schwächer. »Und nicht nur das: Gelobe, meiner Familie treu zu bleiben und sie zu unterstützen.«

»Gewiss, Majestät.« Dabei dachte er daran, dass Elisabeth dem Monarchen nur zwei Töchter geschenkt hatte. Es fehlte ein männlicher Thronfolger.

»Die Königin ist guter Hoffnung«, fuhr der Sterbende fort. »Wenn es ein Sohn wird, dann soll er mir auf den Thron folgen. Es steht alles im Testament ... Schwöre, mein Freund!«

»Ich schwöre. Ich werde alles tun, was in meiner Macht steht, damit nur der, der dessen würdig ist, die Stephanskrone erhält und über Ungarn herrscht.«

Hunyadi hatte mit Absicht keinen Namen genannt. Auch wenn die Nachricht von der Schwangerschaft der Monarchin ihn überrascht hatte, sah er weiterhin eine Gelegenheit für sich im Kampf um die Krone. Was würde geschehen, wenn Elisabeth noch eine Tochter gebar? War seine Zeit jetzt gekommen?

Als Albrecht von Habsburg in derselben Nacht starb, ahnte János nicht, in welchen Krieg um den Thron er verwickelt sein würde.

Kapitel 30

Targoviste, 3. November 1439

Vasilissa streckte sich unter der mit Wolle gefüllten Bettdecke. Schläfrig öffnete sie die Augen nur ein wenig. Dass es im Zimmer noch dunkel war, lag vielleicht an den dicken Vorhängen, die vor den Fenstern hingen. Sie hoffte, das Morgengrauen wäre noch weit entfernt und sie dürfte weiterschlafen. Ein schriller Hahnenschrei machte ihre Hoffnung zunichte. Ihre rechte Hand tastete neben sich in der Erwartung, Vladislavs Körper zu finden, um ihre Füße an seinen zu wärmen. Der Platz neben ihr war leer und das Bettlaken kalt. Sie seufzte. Seit Vlas vom Feldzug am Schwarzen Meer zurückgekehrt war, verbrachte er immer mehr Zeit in seinem Arbeitszimmer. Als Tochter und Ehefrau eines Fürsten wusste sie ja, dass das Leben der Herrscher kein häusliches war.

Der Druck in der Blase zwang sie zum Aufstehen. Sie holte den Nachttopf unter dem Bett hervor, und die Berührung mit dem eiskalten Rand ließ sie frösteln. Sofort sprang sie wieder unter die Decke, nachdem sie ihre Notdurft verrichtet hatte. Sie tastete nach dem Glöckchen für den Hausdiener und läutete.

Sofort öffnete sich die Tür, und an der Spitze eines Schwarms von Bediensteten betrat Smaranda das Zimmer der Fürstin.

»Guten Morgen, Hoheit!«, grüßte sie, ging an Vasilissa vorbei und schlug energisch die Vorhänge, einen nach dem anderen, vor dem Fenster zur Seite.

Viel heller wurde es aber dadurch nicht.

»Was lungert ihr so herum?«, blaffte sie. »Schnell, das Feuer entfachen. Und wo bleibt das Wasser?«

»Was ist denn los, Sma? Warum scheuchst du die Diener so? Und wo ist meine neue Zofe?«

»Dieses verrückte Huhn schläft, weiß Gott, immer noch in den Armen irgendeines Mannes. Sie taugt nichts.«

»Das hast du bisher noch über alle gesagt, die ich ausgesucht hatte, deine Stelle zu besetzen. Du bist jetzt meine Hofdame … und meine Freundin«, fügte sie rasch hinzu, als sie den Blick ihrer Vertrauten sah. »Du darfst nicht mehr die Arbeit eines Hausmädchens tun. Das werde ich nicht länger dulden.«

»Ich habe drei Kleider für Euch ausgesucht«, sagte Smaranda, als habe sie nichts gehört, und schob die drei Frauen, die die Kleidungsstücke hielten, vor die Fürstin. »Grün, rot, oder silber?«

»Warum fragst du? Du hast bestimmt bereits für mich entschieden.«

»Nein, noch nicht.«

»Was ist los mit dir, Sma? Hast du dich wieder mit Ilarion gestritten?«

Die Hofdame schaute sich um und flüsterte dann: »Die ganze Nacht habe ich nicht geschlafen. Mein Sohn hat nur geweint.«

»Was ist mit Gruia?«, wisperte Vasilissa ebenso.

»Der Kleine hatte wieder Zahnschmerzen.«

»Und warum flüsterst du so?«

»Ich habe bemerkt, dass mein Mann diese Nacht nicht in unser Schlafgemach gekommen ist. Also habe ich mich auf die Suche nach ihm gemacht.«

»Mitten in der Nacht?«

»Kein Erzengel hätte ihm helfen können, wenn ich ihn bei einer anderen gefunden hätte.«

Vasilissa ließ sich in die Kissen fallen und lachte. »Ich habe noch nie jemanden getroffen, der so eifersüchtig ist wie du.

Und der arme Ilarion, er liebt dich abgöttisch.« Sie wischte sich die Lachtränen ab.

»Was ich aber entdeckt habe«, fuhr die Hofdame fort, »wird Euch nicht zum Lachen bringen.«

Vasilissa dachte an das kalte Bettlaken neben sich beim Aufwachen. Schlagartig wurde sie ernst. »Sag mir alles, was du weißt. Geht es um Vladislav?«

Smaranda spitzte die Lippen und hob die Augenbrauen. »Ja. Irgendwie schon.«

»Sag es mir endlich!«

»Ilarion hat kurz nach Mittenacht eine Gesandtschaft empfangen und sie ins Arbeitszimmer Seiner Hoheit geleitet. Ich konnte noch sehen, wer dabei war …«

»Wer, Sma? Hör auf, mich so zu foltern!«

»Ein blonder Edelmann, der ganz lustig spricht. Er nennt die Blumen *Flöör …*«

»Wallerand?«

»Ja, genau der.«

»Und das sagst du mir erst jetzt?«

»Wie hättet Ihr denn sonst erfahren sollen, dass Gruia Zahnschmerzen hat und ich nicht geschlafen habe?«

»Lass das Schwätzen und hilf mir. Welches Kleid soll ich anziehen?«

»Das rote.«

»Was sucht er hier? Warum trifft er sich mit Vlas?«

»Zuerst waschen, und danach findet Ihr die Antworten, wenn Ihr mit ihm … oder mit Seiner Hoheit sprecht.«

Vasilissa traf Vladislav im Thronsaal. Er schaute den Prinzen beim Fechten zu.

»Vlad! Dein Schwert ist keine Axt. Spür die Waffe! Sie ist die Verlängerung deines Arms. Die Klinge soll sich bewegen wie eine Schlangenzunge.«

»Wie denn«, ächzte der Achtjährige, »wenn Mircea mich ständig angreift!«

Vlas lächelte seine Frau an, als er sie bemerkte, und verneigte sich knapp. »Guten Morgen, meine Prinzessin!«

Die Jungen unterbrachen das Gefecht und kamen zu ihr, um ihre Hand zu küssen. »Guten Morgen, Mutter!«

Sie streichelte ihnen über die Köpfe, wobei der Älteste ihrer Hand auswich. »Du brauchst dich nicht zu schämen. Du bleibst immer mein Kind. Und du, Vlad: Soviel ich weiß, solltest du jetzt Unterricht in der Hof- und Landesverwaltung haben. Nicht im Fechten.«

»Vater hat es mir erlaubt.«

Vasilissa sah ihren Gemahl vorwurfsvoll an.

»Es reicht für heute. Wir machen morgen weiter. Ich muss mit eurer Mutter allein sein.«

Die Prinzen verneigten sich und verließen den Thronsaal.

Vladislav streckte die Arme nach ihr aus. »Bekomme ich keinen Kuss, keine Zärtlichkeit von der schönsten Frau des Fürstentums?«

Sie lächelte. »Wenn du mir Komplimente machst, befürchte ich unangenehme Nachrichten.« Sie hauchte einen Kuss auf seine Wange. »Oder hat Seine Hoheit ein schlechtes Gewissen, weil Ihr mich über Nacht allein gelassen habt?«

Vasilissa strich leicht mit dem Finger über die tiefen Falten um seine Augen. »Wieder einmal hast du nicht geschlafen. Wie lange, glaubst du, kann es so weitergehen?«

Vlas nahm ihre Hand und knabberte an den Fingerspitzen. »Machst du dir Sorgen um mich, Prinzessin?«

»Seit du vom Feldzug zurückgekehrt bist, haben wir uns kaum gesehen.«

»Deswegen werden wir heute Abend gemeinsam speisen.«

»Ich dachte, wir haben Gäste.«

Vladislav lachte. »Dir entgeht nichts. Ja, sie werden auch anwesend sein.«

Die Tür ging auf. Roxolan blieb unentschlossen stehen, als er sie bemerkte.

»Was ist los, Rox? Komm doch herein.«

»Wir warten auf dich!«

»Wie die Zeit vergeht. Sind schon alle eingetroffen?«

»Ja.«

Er wandte sich Vasilissa zu. »Dann bis später, meine Liebe!«

In Begleitung von Roxolan traf Vladislav in seinem Arbeitszimmer den Burgunder de Wavrin, den Serben Tatu sowie Tudor und Ilarion. »Nehmt doch Platz, meine Freunde.« Er lud sie an den großen Eichentisch inmitten des Raumes ein.

Neben dem Fenster entdeckte er einen schmächtigen Jungen, der am Schreibpult stand. Die schwarze Kleidung ließ seine Gesichtshaut und insbesondere sein Haar noch heller strahlen, es war so blond, dass es wie Silber schimmerte. Sogar seine Augenbrauen und Wimpern waren fast unsichtbar. Eingeschüchtert vom prüfenden Blick des Fürsten, beschäftigte er sich angelegentlich mit dem Tintenfass, indem er es von einer Seite zur anderen rückte.

»Wer bist du? Ich habe dich noch nie gesehen.«

»Michail ist mein Name, Hoheit.« Er nahm die Fellmütze ab und verneigte sich. »Ich bin Euer neuer Protokollant und Sekretär.«

»Wo ist Nikolai?«

»Er ist vor zwei Tagen an den Pocken gestorben. Gott hab ihn selig.«

»Ach ja, ich erinnere mich. Du darfst gehen. Ich brauche keinen Schreiber bei dieser Sitzung.«

»Wie Ihr wünscht.«

Sobald der Junge den Raum verlassen hatte, fragte Vlas

seinen Kapitän der Palastgarde: »Hast du ihn geprüft, Ilarion?«,

»Er ist der Neffe des Bojaren Barbu. Seit über einem Jahr arbeitet er in der Großkanzlei als Übersetzer und Urkundenschreiber. Er hat in Prag und Wien studiert, ist nicht verheiratet und unterrichtet deinen Sohn Vlad in Latein und Deutsch. Sie verstehen sich recht gut.«

»In Ordnung. Kümmere dich darum, dass niemand uns stört.«

»Ich habe bereits zwei meiner Männer vor der Tür postiert«, antwortete Ilarion knapp.

Vladislav setzte sich ans Kopfende des Tisches. »Ich möchte zuerst die Nachrichten aus Buda hören. Seigneur Wallerand?«

»Nach dem Tod des Königs«, begann de Wavrin, »kümmert sich im Moment dort keiner um die Walachei. Das Königreich ist in zwei Parteien gespalten: Ein Großteil der ungarischen Magnaten will eine sofortige Königswahl verhindern in der Hoffnung, das ungeborene Kind von Albrecht werde ein Sohn sein. Sie wollen während seiner Minderjährigkeit mit der Königin die Regierungsgeschäfte führen – und eigene Interessen verfolgen. Diese Partei wird von den Familien Cilli, Garai, Széczi, Kanizsai und Frangepán geführt. Auch der neue römische König, Friedrich von Habsburg, unterstützt sie.«

»Es ist klar, dass er seinen Neffen, wenn es einer wird, auf dem Thron sehen möchte. Aber was ist mit dem anderen Teil des Adels?«

»Die wollen angesichts der osmanischen Bedrohung unverzüglich einen handlungsfähigen Monarchen wählen. Einen, der das Königreich erfolgreich im heiligen Krieg gegen die Ungläubigen anführen kann. Und dann …«

»… dann steht die Walachei dem Kreuzzug im Weg«, ergänzte Vladislav. »Hat diese Gruppierung bereits einen Anwärter?«

»Ja, den fünfzehnjährigen König Wladyslaw Jagiello von Polen.«

»Nicht schlecht gedacht. Durch die Vereinigung der beiden Königtümer entsteht eine gewaltige Macht. Sowohl militärisch als auch politisch und religiös. Deshalb müssen wir auch unbedingt ihren Plan vereiteln. Jagiello darf auf keinen Fall König von Ungarn werden! Wer führt diese Partei an?«

»Der Palatin Hédervári, der Bischof von Erlau, Szimón Rozgonyi, sowie die Banus Újlaki von Macsó und Hunyadi von Severin.«

»János Hunyadi?« Vlas schlug mit der Faust auf den Tisch.

»Genau der.«

»Aber er war Albrecht treu! Wie kommt es, dass er dessen Andenken verrät und nicht dessen ungeborenes Kind unterstützt?«

»Es scheint, dass er sich dazu gezwungen sieht, weil die mächtigen Cillis und Garais ihn nicht dabeihaben wollen. Was mich nicht überrascht, wenn man bedenkt, wie sowohl der Kaiser Sigismund als auch sein Schwiegersohn Albrecht den ehemaligen Ritter vor diesen Familien bevorzugt und ihn mit Titeln und Ländereien überhäuft haben. Jetzt rächen sie sich an ihm.«

Vladislav stand auf und ging nachdenklich durch den Raum. Aber schon nach wenigen Augenblicken kam er zurück und setzte sich wieder.

»Wallerand, du kehrst zurück nach Buda und berichtest weiter über den Kampf um den Thron. Pflege auch weiterhin die Beziehung zu Konrad von Weinsberg.«

»Verstanden. Er hat dich in der Reichstagsversammlung in Nürnberg erfolgreich verteidigt.«

»Ja, das weiß ich. Es lief nach Plan. Weiß man, wann Elisabeth niederkommen wird?«

»Im Januar oder Februar.«

»Wenn das Kind ein Sohn ist, dann müssen sie ihn krönen. So lautet das Gesetz. Unter der Regentschaft der Königin und ihrer Adeligen wird Ungarn zu schwach sein, um an einen Krieg zu denken. Wir müssen verhindern, dass der junge Jagiello zum König von Ungarn gewählt wird. *Egal, wie!*«

Diese neue Krisenlage gefiel ihm nicht. Sich in die politischen Angelegenheiten eines Landes einzumischen, sie zu beeinflussen war schwieriger als ein Kampf auf dem Schlachtfeld. Aber er würde schon einen Weg finden.

Die echte Gefahr allerdings kam vom Bosporus.

»Rox, du kommst soeben aus Edirne. Welche Neuigkeiten bringst du von der Hohen Pforte?«

»Der Sultan hat, zu meinem Erstaunen, auf deine Eroberung am Schwarzen Meer nicht reagiert. Smederevo zu besitzen erfüllt ihn derartig mit Stolz, dass er den Verlust des Handelshafens Kilija an der Donaumündung kaum spürt. Den Zeitpunkt für deinen Feldzug hast du wirklich gut ausgewählt. Murad ist jetzt mit dem Aufstand in Anatolien so beschäftigt, dass deine Freveltat ihm, angesichts dieser Ereignisse, entgangen ist.«

»Der Padischah übersieht niemals einen Verrat. Er hat nur noch keine Zeit für uns gefunden. Daher müssen wir inzwischen die notwendigen Vorkehrungen treffen. Tudor, du reist nach Genua zum Dogen. Biete Tommaso di Campofregoso die besten Handelsbedingungen für seine Kaufleute. Sie dürfen im Hafen von Kilija eine Handelsniederlassung aufbauen. Die Genueser wollten schon immer – in Rivalität zu den Venezianern – Fuß im Meeresraum fassen und den Donauhandelsweg nutzen.«

»Reizen wir die Osmanen damit nicht zusätzlich?«

»Sie sind schon gereizt. Aber sie werden zweimal darüber nachdenken, ob sie den Festungshafen zurückerobern wollen. Einen Handelskrieg mit Genua streben sie bestimmt nicht an.«

»Wann soll ich aufbrechen?«

»Warte, bis der Brief an den Dogen fertig ist.«

Vladislav presste die Hände an die Schläfen. Die schlaflosen Nächte machten sich bemerkbar. Er schüttelte den Kopf und wandte sich an den Nächsten.

»Tatu, du hast Georg Brankowitsch getroffen. Wie geht es ihm?«

»Körperlich wird er bald wieder gesund sein. Aber sein Gemüt ist zerrüttet. Seine Söhne, Stefan und Lazar, wurden von den Türken gefangen genommen. Ich habe es selbst nicht gesehen, aber meine Männer haben mir erzählt, dass die Prinzen auf Befehl des Padischahs mit glühenden Eisen geblendet wurden. Und das ist noch nicht alles. Georgs Tochter Mara wurde zu einer von Murads Frauen.«

»Was?«

»Der Despot hasst jetzt nicht nur den Sultan, sondern auch seinen einstigen Verbündeten und Suzerän, den ungarischen König. Da Albrecht verstorben ist, überträgt er den Hass auf das ganze Königreich. Er fühlte sich in Smederevo, trotz der Hilfsversprechungen, im Stich gelassen. Dennoch traut er sich nicht, seinen Lehnsherrn offen zu beschuldigen. Er braucht Ungarn noch.«

»Wo ist er jetzt?«

»Von Budva in Montenegro ist er nach Ragusa geflüchtet. Ob er dort bleiben wird, ist noch unklar.«

»Reise zu ihm und sichere ihm unsere Unterstützung zu. Er ist immer noch stark, denn sein Hass auf die … gemeinsamen Feinde ist eine gefährliche Waffe.«

»Ich glaube nicht, dass er noch irgendjemandem vertraut. Wir brauchen mehr als nur Worte.«

»Du hast recht. Was er jetzt benötigt, ist Geld. Wir bieten ihm dreitausend Gulden als Zeichen unserer Verbundenheit.«

»Der Despot wird sehr dankbar sein.«

Vladislav stand auf.

»Wir beenden hier unser Gespräch, meine Freunde. Ich werde mit jedem von euch die Einzelheiten festlegen. Bis dahin, schlage ich vor, gehen wir speisen. Wir sollten die Damen nicht auf uns warten lassen«, sagte er mit einem Augenzwinkern.

Vasilissa betrachtete sich erneut im Spiegel. Ihre Finger glitten über die Haare, die von Smaranda kunstvoll hochgesteckt worden waren. Sie zog eine Locke heraus und ließ sie verspielt über Wange und Hals herabfallen. Endlich war sie zufrieden. Das dunkelrote Kleid mit dem engen Mieder und dem einladenden Ausschnitt betonte ihre sinnliche Figur. Als Schmuck hatte sie ein filigranes Kollier mit Rubinen und Diamanten gewählt, das mit den Ohrhängern harmonierte.

»Wo bleibt nur Sma?«, murmelte sie vor sich hin, während sie durchs Zimmer ging. Ihre Freundin hatte sich in ihr Gemach zurückgezogen, um sich ebenfalls umzukleiden. Danach sollten sie sich zusammen in den Speisesaal begeben. Draußen wurde es dunkel.

»Bestimmt braucht sie mehr Zeit wegen der Kinder.« Entschlossen verließ sie den Raum. Sie würde ihre Getreue mit Sicherheit in der Kinderstube finden. Es ergab sich damit für sie auch die Gelegenheit, dem kleinen Radu vor dem Schlafen noch einen Kuss zu geben.

Im Flur war es kalt und zugig. In großen Abständen warfen die Fackeln zuckende Lichter. Sie wandte sich nach rechts. Ein Schatten löste sich aus einer Fensternische und schnitt ihr den Weg ab. Vasilissa presste sich an die Wand.

»Bitte nicht erschrecken! Ich bin es, Wallerand.«

»Was tust du hier?«, wisperte sie.

»Ich habe nach dir gesucht in der Hoffnung, dich allein anzutreffen. Und wie du siehst, habe ich Glück gehabt.«

»Niemand darf uns zusammen sehen. Geh!«

»Wieso? Ich bin doch euer Gast.«

»Du weißt, was ich meine.«

»Ich tue nichts anderes, als mit dir zu sprechen. Ich verstehe nicht …«

»Nicht hier, wo uns jeder hören kann. Komm mit!« Sie nahm ihn an der Hand, huschte mit ihm in einen Seitenflur und von dort in ihre private Kapelle. Sie näherten sich dem Altar, auf dem, unter der Abbildung der Heiligen Jungfrau Maria, eine Öllampe brannte.

»Großartig! Hier dürfen wir wahrhaftig nicht sündigen«, flüsterte Wallerand belustigt. »Und ich habe mir solche Hoffnungen gemacht.«

»Ich dachte, du spitzelst nur für mich in Buda. Seit wann konspirierst du mit Vladislav? Was für ein Spiel spielst du?«

»Euer Großkanzler«, erklärte er übertrieben belehrend, »hat, wie du weißt, deinen Mann über meinen letzten Besuch und die Nachrichten informiert. Dafür hat sich der Fürst, hocherfreut über meine Dienste, in einem Brief bei mir bedankt. Seinen Vorschlag, ihn bei seinen Plänen zu unterstützen, konnte ich nicht ablehnen. Ich hätte mich sonst verdächtig gemacht. Außerdem kann ich so auch dich treffen.«

»Du nimmst das nicht ernst, was du tust.«

»Da irrst du dich, *mon amour.*« Der belustigte Ton war aus seiner Stimme verschwunden. »Ich war niemals in meinem Leben so ernst. Ob du mir glaubst oder nicht, ich respektiere und bewundere Vladislav. Er ist ein brillanter Stratege und Diplomat. Sein Ziel ist auch meines.« Er streichelte zärtlich ihre Wange. »Mir reicht es, wenn ich dich nur ab und zu sehen darf. Die Loyalität Vlas gegenüber und die Liebe zu dir verbieten mir, euch zu verraten oder zu verletzen. Mir ist klargeworden, dass das, was wir in Schäßburg erlebt haben, nie wieder geschehen wird. Nicht in deiner Stellung als Fürstin, nicht mehr, nachdem mich Draco seinen Freund genannt hat. Mit allem, was ich tue, will ich dich beschützen und … und dich immer wieder sehen. Gönne mir doch dieses letzte Glücksgefühl.«

Und was ist mit mir, mit meinen Gefühlen? Vasilissa wagte nicht, ihre Gedanken auszusprechen, mehr aus Angst vor sich selbst als vor der Wahrheit. Sie gab ihm recht. In ihrer Welt war kein Platz für diese Liebe. Sie war ihm dankbar, dass er die Entscheidung für sie beide getroffen und bestimmte Grenzen zwischen ihnen festgelegt hatte. Dennoch spürte sie einen Druck in der Brust, der immer unerträglicher wurde, bis sie keine Luft mehr bekam. Tränen liefen ihr über die Wangen. Sie erhob sich auf die Zehenspitzen und küsste ihn zart. »Ich danke dir, Wallerand.«

Der Ritter schloss sie in seine Arme und presste sie sanft an sich. Er streichelte ihr Haar. »Heute habe ich deine Kinder gesehen. Von den dreien hat besonders Radu mein Herz erobert.«

Vasilissa zog sich ruckartig zurück. »Wir müssen gehen!«

Er packte sie an der Hand und wisperte: »Er sieht Mircea oder Vlad nicht ähnlich. Vom Alter her könnte er zu der Zeit, als wir in Schäßburg …«

De Wavrin schwieg abrupt und schaute zur Tür.

Vasilissa hatte ebenfalls das leise Geräusch gehört. Die Flamme der Öllampe flackerte unter einem Luftzug.

»Bleib hier«, flüsterte Wallerand. Geräuschlos erreichte er die Tür, öffnete sie vorsichtig und verschwand in den Flur. Nach wenigen Augenblicken kehrte er zurück. »Ich habe niemanden gesehen.«

»Wir müssen jetzt gehen!«

»Ja, es ist besser.«

Als sie in den Hauptflur gelangten, stießen sie auf Smaranda.

»Hoheit, ich habe Euch überall gesucht! Und nicht nur ich.« Sie presste die Hand auf den Mund, als sie de Wavrin erkannte. »Oh! Ritter de … de … was auch immer. Was macht Ihr hier?«

Der Burgunder verbeugte sich tief vor ihr und schenkte ihr sein charmantestes Lächeln. »Ich freue mich ebenso, Euch wiederzusehen, Madame!«

»Lasst die Höflichkeiten und verschwindet lieber. Der Fürst hat nach Euch gefragt.«

Vom Thronsaal her erklangen Schritte. Um die Ecke kam Vladislav in Begleitung zweier Speerträger der Palastgarde. Er blieb kurz stehen.

Vasilissa trotzte seinem durchdringenden Blick. Sie kannte nur zu gut das Zucken um seine Mundwinkel. Und es kam nicht vom gezwungenen Lächeln.

»Mein lieber Wallerand, kaum bleibst du allein, schon umgarnst du die Frauen aus meinem Fürstentum. Wie machst du das nur?«

»Ich bin untröstlich, mein Freund.« Der Burgunder presste theatralisch die Hand auf die Brust. »Diese beiden bezaubernden Wesen sind zwar anmutig wie die Rosen, doch ebenso stachelig. Sie finden nur Spott und Häme für einen Mann mit gebrochenem Herzen.«

»Ist es so?«, fragte Vladislav.

»Wir können nichts dafür«, kicherte Smaranda. »Euer Ruf als Schürzenjäger ist wie das Glöckchen eines Leprakranken. Er hält die Frauen von Euch fern wie die Glocke die Gesunden vom Aussätzigen.«

Die Lage entspannte sich bei ihrem schallenden Lachen, das alle ansteckte.

»Du wirst mich verstehen, Vlas«, sagte Wallerand gespielt beleidigt, »wenn ich dir jetzt sage, dass ich eher die Begleitung deiner Leibgarde bevorzuge, als weiter bei diesen Edeldamen zu bleiben.« Während er noch sprach, hakte Smaranda schon Vasilissa unter und führte sie zum Speisesaal. Angesichts der verdutzten Mienen der beiden Männer gab es kein Halten mehr.

»Danke, Sma«, flüsterte Vasilissa.

»Ich habe nur die Wahrheit gesagt.«

Vladislav kam zu ihr und bot ihr seinen Arm. »Meine Prinzessin und Gemahlin, mach mich zum glücklichsten Menschen und begleite mich. Für so viel Freude gibt es nicht genug Platz in meinem Herzen.«

Alle Anwesenden erhoben sich, als das Fürstenpaar Seite an Seite den Saal betrat.

Während des festlichen Gastmahls stieg ein Mann in den Glockenturm der Hofkirche. Oben angekommen, öffnete er den Käfig, den er bei sich trug. Vorsichtig befestigte er ein kleines Stück Papier am Fuß einer Taube. Dann ließ er sie fliegen. Der Vogel flatterte ein paarmal um den Turm, bevor er mit der geheimen Nachricht nach Norden, Richtung Kronstadt, flog.

Kapitel 31

Buda, 21. November 1439

János führte den Hengst langsam durch die Gassen der Stadt, denn die Hufe rutschten immer wieder auf dem frischen Schnee, der in einer dünnen Schicht auf dem gefrorenen Boden lag. Obwohl es früher Nachmittag war, wurde es wegen der tiefhängenden Schneewolken schon dämmrig. Immer mehr Lichter erhellten die Hausfenster in Buda. Er freute sich auf sein Zuhause, denn seit Tagen schon litt er an einer hartnäckigen Erkältung. Als er im Hof ankam, fielen die ersten Schneeflocken. Ohne auf den Knecht zu warten, stieg er vom Pferd und eilte ins Haus. Dringende Entscheidungen warteten auf ihn.

Im Arbeitszimmer stellte ihm der Hausdiener den Stuhl neben den Kamin.

»Hans, bring mir eine Karaffe mit Gewürzwein. Er darf etwas heißer sein als sonst.«

»Gewiss.«

»Und bitte Johann zu mir!«, rief er hinter dem Diener her, bevor dieser den Raum verließ.

Nur wenige Augenblicke später wurde die Tür aufgerissen, und Erzsébet stürmte herein. »Ich bin vom Hof vertrieben worden. Welche Demütigung! Vor allen Hofdamen. Sogar die Zofen kicherten hinter vorgehaltener Hand.«

»Beruhige dich! Was ist geschehen?«

»Deinetwegen hat mich die Königin von ihrem Gefolge ausgeschlossen.«

»Das darf sie nicht.«

»O doch, mein Gemahl. Seitdem du die Partei gegen sie und ihr noch ungeborenes Kind führst, vertraut sie mir nicht mehr. Was ich ihr nicht übelnehme. Ich habe dir doch jede Neuigkeit von ihr erzählt. Jetzt ist diese Helene Kottanner ihre Vertrauensdame.«

Sie schwieg, als der Hausdiener hereinkam. Der stellte den Gewürzwein auf dem Tisch ab, und auf ein Zeichen von János verließ er das Zimmer wieder. Vor der Tür machte er dem Sekretär Platz, der ein Register mit sich trug.

»Hans, stell noch zwei Stühle neben meinen, und danach möchte ich nicht mehr gestört werden.«

»Jawohl.«

Sie setzten sich alle neben ihn. János goss sich Wein in den Becher und schlürfte langsam. Zwischendurch nieste er.

»Die Königin versucht mich einzuschüchtern«, murmelte er zwischen zwei Schlucken.

»Du musst etwas unternehmen«, sagte Erzsébet. »Du wirst bald vereinsamt sein. Viele deiner Anhänger laufen zu ihr über, seit Friedrich von Habsburg als Nachfolger von Albrecht zum römischen König ernannt wurde.«

»Ich weiß. Sollen sie doch alle weglaufen. Verräter!«

»Gestern Abend habe ich erfahren«, mischte sich Johann von Zredna ein, »dass Graf Ulrich von Cilli unsere Verbündeten mit Geld und Gefälligkeiten auf seine Seite lockt. Das ist neu. Ich frage mich, woher er die Gulden hat. Sogar der Reichserbkämmerer Konrad von Weinsberg gehört jetzt zu ihnen.«

»Das könnten wir auch, János. Wir sind reicher als alle ihre Anhänger.«

»Ich kaufe niemanden, Gemahlin. Was ich tue, tue ich aus reiner Überzeugung. Ich sehe die Gefahr, die auf uns zukommt – und ich weiß, dass Gott an meiner Seite ist. Abgesehen davon, dass ich zwei Sterbenden, einem König und einem Kaiser, geschworen habe, ihre letzten Wünsche zu erfüllen. Ich will nicht mehr darüber sprechen. Heute Morgen habe ich mich mit dem Bischof von Erlau beraten. Er spürt ebenfalls, wie unsere Reihen immer lichter werden. Wir müssen schnellstmöglich etwas unternehmen, sonst wird Jagiello niemals König von Ungarn werden. Daher haben wir uns einen Plan ausgedacht.«

János nieste mehrmals hintereinander, und Erzsébet gab ihm ihr Schnupftuch. Er nahm es dankbar und putzte sich lautstark die Nase.

»Was hat Seine Exzellenz gesagt?«, fragte sie ungeduldig.

»In Ungarn können wir nicht gegen die Cillis und Garais kämpfen. Sie sind zu mächtig. Wir brauchen Verbündete, die stärker sind als sie. Die finden wir aber nicht hier, sondern jenseits der Grenzen.«

»Und das sind der polnische König selbst und der Papst«, erahnte der Sekretär.

»Genau, Johann! Verfasse heute schon eine Depesche an Kardinal Cesarini in Rom. Er soll nach Krakau kommen, wenn er seinen Kreuzzug gegen die Osmanen haben will. In einem anderen Brief benachrichtige Jagiellos Berater, Zbigniew Olesnicki, dass ich unterwegs zu ihm bin.«

»Den Bischof von Krakau?«

»Ja.«

»Wenn Ihr keinen weiteren Wunsch habt, werde ich sofort damit anfangen.«

»In Ordnung. Noch in dieser Nacht müssen die Boten losreiten. Sie sollen die beste Pferde bekommen und sich keine Rast gönnen.«

Krakau, 14. Dezember 1439

Drei Wochen später genoss Hunyadi die Gastfreundschaft des Bischofs von Krakau. Obwohl er noch geschwächt von der fiebrigen Erkältung war, hatte er sich auf den Weg zu dem mächtigsten Mann des polnischen Königreichs gemacht.

Nach der Morgenmesse empfing ihn Zbigniew Olesnicki in seinem luxuriösen Arbeitszimmer. Er war nicht allein. Kardinal Cesarini saß neben seinem Gleichgesinnten. Sein Körper hatte in den letzten acht Jahren an Fülle zugenommen. Die Schwellungen und Tränensäcke um seine Augen erinnerten an den Kropf eines Truthahns, und János vermochte in dem Moment nicht einzuschätzen, ob dies Zeichen einer Krankheit oder des Lasterlebens war, das er angeblich führte.

Der Bischof von Krakau war eine stattliche Person, die Cesarini um mehr als einen Kopf überragte. Die schulterlangen braunen Haare trug er glatt nach hinten gekämmt, was seine Stirn noch höher aussehen ließ. Der Blick, mit dem er János betrachtete, war scharf, und die unbewegten Gesichtszüge verbargen seine Empfindungen.

Jetzt wusste Hunyadi, warum dieser Mann der Vormund des Königs war. Der wahre Regent! Er hatte es mit einem scharfsinnigen Machthaber zu tun.

»Die Dringlichkeit in Euren Briefen«, sagte dieser, »hat uns mit Sorge erfüllt. Umso mehr, da Ihr nicht viel darüber verraten habt, worauf wir uns vorbereiten sollten.«

»Heutzutage kann man nicht vorsichtig genug sein. Boten können unterwegs angegriffen werden, und wer weiß, in welche Hände die Depeschen gefallen wären.«

»Verstehe. Nun sind wir hier. Was können wir für Euch tun?«

»Für mich nichts, Eure Exzellenz. Ich bin hier, weil ich den letzten Wunsch des Königs Albrecht erfüllen möchte. Als er auf dem Feldzug gegen die Osmanen starb, war ich bei ihm. Bevor er starb, galten seine Gedanken und Worte Gott. Es quälte ihn, dass er nicht genug gegen die Erstürmung der Türken und für die Verteidigung der Mutterkirche unternommen hatte. Ich schwor ihm, dass ich diesen heiligen Krieg in seinem Namen fortführen würde. Nur so wird seine Seele Ruhe finden.«

Beide Kirchenmänner bekreuzigten sich. »Er war ein treuer Katholik. Gott hab ihn selig«, betete der Bischof.

»Aber wie sollen wir das verstehen?«, fragte Cesarini misstrauisch. »Hat Euch Albrecht zu seinem Nachfolger ernannt? Denn ich kann nicht nachvollziehen, wie oder wieso ausgerechnet Ihr seinen Kampf weiterführen müsstet.«

»Eure Bedenken überraschen mich, Eminenz. Ich kann mich gut erinnern, wie Ihr mir vor ein paar Jahren, in Nürnberg, die Führung der apostolischen Armee gegen die Hussiten angeboten habt. Ich war schon damals der beste, wenn nicht der einzige geeignete Anführer. Bin ich es heute nicht mehr?«

Der Kardinal presste die Lippen zusammen.

»Aber nicht deshalb bin ich hier«, fuhr János fort. »Ich will Euch die Krone Ungarns anbieten.«

Olesnicki hob nur die Augenbrauen. »Warum?«

»Das verblüfft mich ebenfalls«, sagte Cesarini. »Wieso kommt Ihr allein zu uns? Heimlich! Ohne offizielle Gesandtschaft aus Buda!«

»Weil die Königin, zusammen mit den ungarischen Familien, die Macht an sich reißt und die Stephanskrone für sich und ihr ungeborenes Kind beansprucht.«

»Soviel ich weiß, hat es doch der verstorbene König testamentarisch genau so veranlasst.«

»Nicht ganz. Albrecht hat in seinem Testament festgelegt, dass, wenn ein Sohn geboren wird, ein Regentschaftsrat aus neun Mitgliedern das Königreich bis zur Volljährigkeit des Kindes führen soll. Was die Witwe, so wie wir Elisabeth kennen, nicht akzeptiert. Die Zukunft Ungarns, Eminenz, liegt in den Händen einer selbstsüchtigen Frau. Ausgerechnet in diesen Zeiten, da die Osmanen immer mehr Gebiete in Europa erobern. Wer soll die Ungläubigen aufhalten? Ein Neugeborenes? Ein Weib?«

»Ja, die aktuelle politische Lage ist besonders kritisch.« Nachdenklich stützte der Bischof das Kinn auf die Fingerspitzen.

Hunyadi wusste, dass es Zeit für sein letztes Argument war. »Wenn Polen sich nicht schnell genug bewegt, dann reißt Friedrich von Habsburg die Stephanskrone an sich.«

»Ja, das ist möglich. Aber wie steht die Ratsversammlung in Buda zu dieser Aussicht?«

János merkte, wie vorsichtig der Bischof alle Mittel und Wege ertastete. »Friedrich von Habsburg ist für die ungarischen Magnaten zu mächtig. Diese wollen nicht schon wieder, wie unter Sigismund, ihre Autorität einbüßen. Daher hat Jagiello bessere Aussichten, akzeptiert zu werden. Sie werden denken, dass ein junger König leichter zu beeinflussen sein wird.«

Zbigniew Olesnicki lächelte zum ersten Mal. »Was haben wir davon, wenn wir uns in diesen Machtkampf einmischen?«

»Das polnische Königreich betreibt eine Politik in Südosteuropa, die näher an die osmanischen Grenzen führt. Es sollte in Eurem Interesse sein, mehr Macht in dieser Region zu erlangen. Jetzt befinden sich die großen ungarischen Adelsfamilien in einem Krieg um den Thron. Murad wird diese Umstände ausnutzen und versuchen, das Land zu erobern. Nach der Vereinigung mit Litauen ist Polen dennoch eine Großmacht geworden, die, mit Ungarn vereint, das Einrücken der Türken in Europa aufhalten und damit die Vorherrschaft in Europa übernehmen kann.«

»Ja, wir könnten die Osmanen besiegen!«, sagte Cesarini aufgeregt. »Diese Ungläubigen ein für alle Mal von christlichem Boden verjagen.« Seine Augen glänzten wie im Delirium.

»Wir werden weitermarschieren, Konstantinopel von der Belagerung befreien und dann die orthodoxe Kirche zum Katholizismus bekehren. Gott will es! Deshalb hat Er Euch diese Botschaft durch Albrecht auf seinem Sterbebett weitergegeben.«

Der Bischof von Krakau nickte lediglich, nur mäßig vom Fanatismus des Kardinals angesteckt. »Ich werde heute mit Seiner Majestät sprechen. Morgen treffen wir uns wieder. Aber sag uns eines, Banus: Was erhofft Ihr Euch als Gegenleistung, falls Jagiello die Krone bekommt? Von Euren eigenen Interessen habe ich nichts gehört.«

»Ihr werdet von meinen Wünschen erst erfahren, wenn ich weiß, welche Entscheidung Seine Majestät getroffen hat.«

Zwei Tage später galoppierte Hunyadi zurück nach Buda. Er hoffte, dass er noch rechtzeitig ankommen würde, bevor ein neuer König ernannt wurde.

Buda, 1. Januar 1440

Der Saal füllte sich zusehends. Die Grafen, Barone und Geistlichen musterten sich misstrauisch. Manche Gruppierungen stellten sich abseits. Vorn auf einem Podest war der Thron aufgestellt, was zu Verwirrung führte. Da es keinen König mehr gab, bedeutete es, dass die Königswitwe anwesend sein würde.

Als Markgraf von Severin reihte János sich unter die Mitglieder des Hochadels. Seine Kleider waren die prunkvollsten von allen. Damit wollte er nicht nur seinen Reichtum, sondern auch die neu erworbene Macht zeigen. Es war die Idee seiner Frau gewesen. Die neidischen Blicke bestätigten ihm, dass die Botschaft angekommen war.

»Du bist also wieder daheim«, begrüßte ihn der Banus von Macsó.

»Ja, Miklós. Und ich hoffe, keinen Tag zu spät. Hast du verfolgt, was in meiner Abwesenheit geschehen ist?«

»Als ginge es um meine eigene Familie. Du kannst dich auf mich verlassen, das weißt du doch.«

»Ihre Majestät, Königin Elisabeth von Ungarn und Böhmen«, kündigte der Herold an. »Erhebt Euch!«

Gestützt von einer Hofdame, schritt die Monarchin nach vorn zum Podium. Dort setzte sie sich stöhnend, während die Edelfrau das Kleid und den Mantel drapierte. Elisabeths gerundeter Bauch verriet den Anwesenden, dass ihr bis zur Niederkunft nicht mehr viel Zeit blieb.

Dionysius, der Erzbischof von Esztergom, ergriff das Wort. »Wir haben uns versammelt, um die Thronfolge zu besprechen. Die Zeit, sich hinter vorgehaltener Hand oder in heimlichen Treffen zu beraten, ist vorüber. Während wir nach einem würdigen Träger der Krone suchen, ziehen die Aasgeier immer engere Kreise über den Himmel unseres Landes. Mit Albrecht haben wir nicht nur den König, sondern auch die politische Macht in Europa verloren. Ja, sogar die Führung bei der Verteidigung des Christentums. Wir dürfen keine Zeit mehr verlieren.« Theatralisch verstummte er und schaute betrübt über die Anwesenden. »Wir haben doch unsere Königin!«, rief er laut. »Die Tochter des römisch-deutschen Kaisers Sigismund. Und die Mutter von Albrechts Kindern.«

»Ja! «

»So ist es!«

»So steht es aber nicht im Testament …«

Die Stimmen donnerten gegen die Mauern wie die Brandung gegen die Klippen. Jeder versuchte seine Meinung lauter als der Nachbar zu bekunden.

Elisabeth hob die Hand zum Zeichen, dass sie sprechen wollte.

»Ruhe!«, rief der Herold. »Ihre Majestät ergreift das Wort!«

Im Saal kehrte nur langsam wieder Stille ein.

»Ich weiß, Ihr seht mich nur als Frau und als Mutter. Ihr dürft jedoch nicht vergessen, dass ich die Tochter meines Vaters bin. Die einzige Erbin eines Kaisers und auch seines Schwiegersohnes, des Königs. Ich bin ebenso die Enkelin von Hermann von Cilli. Eine von Euch! Ich war immer in alle ihre politischen Entscheidungen eingeschlossen. So bin ich aufgewachsen und erzogen. Ihr solltet nicht darüber hinwegsehen, dass jeder, der hier sitzt, entweder seinen Titel oder sein Vermögen meiner Familie verdankt. Heute seid Ihr, Grafen, Barone und Bischöfe, an der Reihe, mir, dem Königshaus, Treue zu zeigen. Mir zu vertrauen, mich als Regentin anzuerkennen, bis mein Kind geboren und erwachsen wird, wenn es ein männlicher Nachkomme ist. Ich biete Euch Beständigkeit, denn ich will Frieden im Königreich und Euren Wohlstand, und ich befürworte den Kreuzzug gegen die Osmanen. Aber Ihr müsst für mich abstimmen.«

Der Graf von Cilli erhob sich. »Ich bin dafür. Und ich bin sicher, dass ich im Namen der Mehrheit spreche.«

Zustimmung erklang immer lauter im Saal.

János wartete nicht, bis es wieder ruhig wurde. Er stand auf, ging zur Königin und verneigte sich vor ihr. Sofort hörten alle auf zu sprechen und folgten neugierig dem Geschehen.

»Es sei mir gestattet, das Wort zu ergreifen, Majestät.«

Er sah, wie Elisabeth die Fäuste ballte. Sie zwang sich jedoch zu einem Lächeln.

»Jeder hier darf sich äußern.« Mit einer Handbewegung lud sie ihn ein, seinen Standpunkt darzulegen.

»Wir brauchen für das Land Beständigkeit und Frieden. Ja! Das ist wahr. Denn nichts ist schlimmer, als gegeneinander Krieg zu führen. Wir wollen wieder die Heere in Gottes Namen und das Kreuz gegen die Ungläubigen führen, so dass uns die anderen Fürsten und Könige folgen. Aber wie stellt Ihr Euch das vor? Glaubt Ihr wirklich, dass der Sultan Murad seine Truppen von unserer Grenze zurückziehen wird, wenn er hört, dass eine Frau den Krieg gegen ihn führt? Bei allem Respekt, auch kein anderes gekröntes Haupt wird sich uns fügen. Selbst wenn ein Knabe geboren wird. Uns fehlt die Zeit zu warten, bis er erwachsen ist. Und wir haben derzeit keine Verbündeten.« Er wandte sich an die Versammelten und ging mit langsamen Schritten durch die Reihen. Dabei sah er jeden Einzelnen aus der Nähe durchdringend an. »Seht Ihr nicht die neu eroberten Gebiete der Osmanen vor Euch? Sie stehen jetzt vor Belgrad, vor unseren Türen … zu Hunderttausenden. Ich habe bei Smederevo gesehen, wie verwundbar wir sind. Wir sind schwach und stehen alleine da. Wenn Belgrad fällt, dann könnt Ihr alle Euer Hab und Gut packen und das Land verlassen, bevor Euch die Türken in Ketten legen. Und das wisst Ihr. Es gibt keinen zweiten Sigismund, der durch seine Macht die Christen unter seiner Flagge versammeln kann. Sogar ihm fiel es schwer. Und Ihr glaubt wirklich, dass die Königin es schaffen würde, Euch zu verteidigen? Eure Familie und Euer Vermögen zu schützen? Egal, ob Kleriker oder Adelige – die Osmanen kennen keinen Unterschied. Wir sind für sie nur die Beute, nur Sklaven auf ihren Märkten!«

Die angespannten Mienen zeigten ihm, dass er die richtigen Worte gefunden hatte. Viele der Anwesenden sahen sich verängstigt um, manche von ihnen hingen an seinen Lippen in Erwartung weiterer Argumente. Er hatte sie so weit, seine Verkündigung anzunehmen.

János fuhr mit lauter Stimme fort: »Aber gemeinsam mit dem polnischen Königreich, das wiederum mit Litauen vereint ist, brauchen wir nicht zu zittern. Im Gegenteil! Mit Wladyslaw Jagiello als König stellen wir eine Großmacht dar, vor der sich unser Feind fürchten muss.«

Stille herrschte im Saal. Hunyadi blickte über die Reihen der schweigenden, nachdenklichen Männer. »Vor seinem Tod hat Albrecht diese Gefahr durch die Osmanen erkannt. Sein letzter Wunsch war, dass wir *gemeinsam* gegen die Türken kämpfen und sie ein für alle Mal aus Europa vertreiben.« Er wandte sich zu Elisabeth um und verneigte sich erneut vor ihr. »Wollt Ihr, meine Königin, nicht das Vermächtnis Eures Gemahls respektieren und seinen letzten Willen erfüllen?«

»Woher wissen wir, dass dies seine Worte waren?«

János unterdrückte ein Lächeln. Wie sie einen Ausweg aus seiner Fangfrage suchte! Er wusste, dass sie nicht mit Nein antworten konnte.

Er nahm die Bibel vom Schreibpult des Protokollanten und legte die Hand darauf. »Ich schwöre auf das Heilige Buch, dass ich die wahren Worte des Verstorbenen wiedergebe. Gott sei mein Zeuge!«

Die Monarchin umklammerte die Lehne des Thronsessels. Sie schwieg, doch ihr Blick drückte reinen Hass auf ihn aus.

Hunyadi richtete das Wort erneut an die Versammelten. »Denkt darüber nach! Wenn Władysław Jagiello König wird, entsteht auch unsererseits ein Anspruch auf sein Königreich.«

Immer mehr Stimmen wägten lautstark das Für und Wider seines Vorschlags ab, bis die meisten für János sprachen. Die Partei der Witwe verlor deutlich an Befürwortern.

Ulrich von Cilli stand auf. »Wenn Jagiello unser Monarch sein will, dann soll er die Königin heiraten. Dann ist das Bündnis beiderseitig. Somit hätte das ungarische Königshaus ein legitimes Recht auf die polnische Krone.«

Damit hatte Hunyadi nicht gerechnet. Das passte nicht in seinen Plan! Seine Hoffnung war nun Elisabeth. So etwas würde sie nicht akzeptieren: ein sechzehn Jahre jüngeres Männlein zu ehelichen. Dem würde sie doch niemals zustimmen! Außerdem wäre dadurch die Thronanwartschaft ihres ungeborenen Sohnes nichtig. Aber wer sagte denn, dass sie nicht wieder ein Mädchen gebar? In dem Fall würde sie überhaupt nicht mehr regieren.

Alle Anwesenden hingen gespannt an ihren Lippen.

Die Königin hob die Hand. Der Herold schlug den Stab auf den Boden. Greifbare Stille herrschte im Saal.

»Ich werde den Wunsch meines verstorbenen Gemahls erfüllen, denn es ist meine Pflicht als Christin und treue Ehefrau. Daher erkläre ich mich bereit, Verhandlungen mit Jagiello zu führen. Eine Gesandtschaft soll sich auf den Weg nach Krakau machen. Ich bin einverstanden, ihn zu heiraten, falls es nötig ist. Aber nur unter bestimmten Bedingungen!«

János verbeugte sich knapp vor der Witwe, die ihn siegessicher anlächelte.

Freu dich nicht zu früh, meine Liebe, dachte er. *Du hast noch nicht gewonnen – noch nicht!*

Kapitel 32

Kronstadt, 12. September 1440

Die letzten Sonnenstrahlen bescherten den Kronstädtern einen behaglichen Spätsommerabend. Handwerker und Händler beendeten ihre Arbeit und eilten gemeinsam mit den letzten Kunden nach Hause. Die Dämmerung schluckte bereits die langen Schatten.

Roxolan wartete schon seit dem späten Nachmittag im Hurenhaus. Die Zeit hatte er genutzt, um sich zu verkleiden. Die Wirtin gehörte zu dem Netz von Zuträgern, das in Kronstadt jede Bewegung der Danen und ihrer Anhänger verfolgte. Es war nicht das erste Mal, dass Magda für ihn ein paar Patrizier gesprächig gemacht und ihm auf diese Weise wichtige Nachrichten verschafft hatte. So wie die über das bevorstehende Treffen der drei Männer. Er war überrascht, dass die Danenbrüder sich dieses Mal nicht mehr bei Johann Benkner trafen. In einer Nachricht von Clara hatte er erfahren, dass diese jede Einladung des Kaufmanns abgelehnt hatten.

Ungestört in einem Kämmerchen unter der Treppe, schmierte er sich mit Asche vermischtes Fett in die Haare. Auf den Zähnen klebte bereits eine Schicht Harz, was sein Gebiss wie verfault aussehen ließ. Aus einem seiner Reisesäcke holte er ein Bündel aus Leder. Mit Hilfe eines Geschirrs befestigte er es auf dem Rücken, so dass es auf dem rechten Schulterblatt auflag. Rox verrenkte sich in verschiedene Richtungen, doch der falsche Buckel verrutschte nicht. Dennoch zog er die Schnürriemen noch fester. Zufrieden schlüpfte er in ein zerlumptes Gewand und stülpte sich eine Gugel über den Kopf. Der Krieger Roxolan verwandelte sich in einen stummen, buckligen Hausnarren, der den Liebesdienerinnen und ihren Freiern Glück bringen sollte.

Wie vereinbart, klopfte die Bordellbesitzerin zweimal an die Tür, bevor sie hereinkam.

»Pfui, zum Teufel! Du bist aber hässlich.« Die Frau, die längst die Blüte ihrer Jahre überschritten hatte, sah aus wie eine brave Hausfrau, wie man sie jeden Sonntag in der Kirche antreffen konnte. Er schätzte sie auf Mitte fünfzig. Das schwarze Kleid und die aufrechte Haltung verschafften ihr Respekt, was ihr bei ihrem Beruf nur zugutekam. Die einzigen Schmuckstücke, die sie trug, waren die roten Schleifen, die sie in das hochgesteckte graue Haar geflochten hatte.

»Was schaust du so, Magda?«

»Ich kann den Blick nicht von deiner grausigen Erscheinung abwenden. Wie hast du das …«

»Sind sie eingetroffen?«, unterbrach er sie.

»Ja, deshalb bin ich hier.«

»Wo finde ich sie?«

»Im großen Saal, in der Ecke neben dem Kamin.«

»In Ordnung. Ich folge dir.«

Im nächsten Moment krümmte er die Beine und den Rücken zu einer grotesken Fehlhaltung. Die eingefetteten Haarsträhnen fielen wirr um sein Gesicht. Eine schiefe Grimasse entblößten zum Teil die verfaulten Zähne. Er drehte ein Auge nach oben, so dass nur das Weiße zu sehen war.

Bei diesem Anblick bekreuzigte sich Magda und ließ ihn stehen.

Roxolan ging nicht, sondern rollte sich über den Boden in Richtung des großen Saals. Dort brannten auf den wenigen Tischen einzelne Stumpfkerzen. Das gefiel ihm, denn zu viel Licht konnte seine Tarnung gefährden.

Bei seinem Auftritt fingen die Frauen an zu lachen. Manche von ihnen drängten sich zu ihm und berührten seinen Buckel, denn ein Aberglaube besagte, dass die Berührung eines entstellten Körperteils Glück bringe.

Unauffällig stolperte und sprang er zwischen den Holztischen hindurch, bis er sich der Ecke näherte, wohin die drei Männer sich zurückgezogen hatten. Sie waren alle schwarz gekleidet, was ihre Ähnlichkeit noch hervorhob. Nur der geübte Blick bemerkte den Altersunterschied; die grauen Haare an den Schläfen von Dan Basarab, die feinen Falten um die Augen von Rodislav und die glatte Haut von Laiota.

»Was ist das?«, hörte er den Jüngsten sagen, der ihn mit dem Stiefel anstupste.

»Das ist unser neuer Talisman, Klaus … oder wie auch immer er heißt«, kicherte eine der Dirnen, die auf seinem Schoß saß. »Ein stummer Narr.«

»Den habe ich aber noch nie zuvor hier gesehen«, sagte Rodislav misstrauisch.

»Weil du nur Augen für die Gespielinnen hast«, lachte ihn sein älterer Bruder Dan aus. »Wie ich erkenne, bist du öfter hier.«

»Warum denn nicht? Das Haus hat den besten Ruf in Kronstadt. Und die Frauen sind nicht nur sauber, sondern sie wissen, wie man einen Mann glücklich macht.« Er trat Roxolan in den Rücken. »Verschwinde, Hund! Du ekelst mich.«

Rox gab kehlige Laute von sich und verzog sich, unter dem Gelächter seines Peinigers, in die Ecke neben den Kamin. Dort konnte er weiterhin ihre Gespräche belauschen, ohne gesehen zu werden.

»Lass ihn doch. Der kann sowieso nicht reden. Und wer weiß, vielleicht bringt er uns auch etwas Glück«, meinte Laiota.

»So ein Unfug! Kommt, nehmt euch ein Weib, oder wie viele ihr auch braucht, und wir gehen in die oberen Kammern.«

»Ich dachte, wir sind hier, um zu reden!«

»Und um zu ficken, Brüderchen. Wenn du Druck in deinem Sack hast, kannst du nicht mehr klar denken.« Rodislav lachte schallend und klopfte seinem jüngeren Bruder auf die Schulter.

»Lass ihn in Ruhe«, vermittelte Dan zwischen den beiden.

Jeder in Begleitung einer Frau, verließen die Brüder den Raum und stiegen in das obere Stockwerk hinauf.

Roxolan wusste von Magda vom bevorzugten Zimmer des Stammgastes. Er folgte ihnen kurz danach und betrat den Nebenraum. Dort hatte er vorher ein Brett in der Trennwand gelockert, so dass er alles beobachten und hören konnte.

Durch die schmale Öffnung sah er in dem Augenblick, wie Rodislav die Liebesdienerin bäuchlings auf eine Pritsche warf und sie dann von hinten besprang. Bei jedem Stoß stöhnte er befriedigt, was die Frau zum Jauchzen brachte.

Dan schaute dem Paar zu und rieb sich dabei im Schritt. »Lass mich das machen«, bot sich seine Gefährtin an. Sie steckte die Hand in seine Hose. »Oh, das ist aber ein Prachtstück.« Ohne viel Federlesens befreite sie Dan von den störenden Kleidungsstücken und schubste ihn auf einen Stuhl. Geschickt setzte sie sich auf seinen Schoß und ritt ihn wild.

Mit rotem Kopf blickte Laiota zur Seite. Als seine Begleiterin ihn anfasste, schob er sie fort.

»Komm, Süßer! Solche Titten hast du noch nicht gesehen.« Sie entblößte den Oberkörper und schwenkte die prallen Brüste hin und her. Der Junge starrte sie an. Die Frau lachte, griff nach seinem Kopf und presste sein Gesicht zwischen ihre Brüste. Gleichzeitig führte sie seine Hand unter dem Rock zwischen ihre Schenkel. Laiota stöhnte. Ungeduldig presste er sie mit dem Rücken an die Wand und nahm sie im Stehen.

Es war die Bretterwand, hinter der Roxolan alles beobachtete. Bei jedem Stoß krachten die Holzlatten, und Staub wirbelte durch die Luft. Obwohl Rox Mühe hatte, einen Hustenanfall zu unterdrücken, musste er schmunzeln.

Wenn die Brüder ihre Kraft im Kampf auch so einsetzen, wie sie die Huren besteigen, dann sind sie ernst zu nehmende Gegner.

»Wir können die Weiber tauschen«, schlug Rodislav vor.

»Ein anderes Mal«, widersprach Dan. »Wir haben jetzt Besseres zu tun.«

»Dann warten wir, bis Brüderchen fertig ist. Der hat mehr Ausdauer als wir beide.« Sie lachten.

Solange die Bretter unter den Stößen des jungen Heißsporns ächzten, setzte sich Rox auf den Boden. Er versuchte sich zu erinnern, wann er zuletzt eine Frau gehabt hatte. In seinem Leben war er nur einziges Mal verliebt gewesen, in die Tochter eines venezianischen Kaufmanns. Sie war in seinen Armen an der Pest gestorben, als sie sein Kind unter dem Herzen trug. Er hatte beide verloren. Unzähligen Menschen hatte er das Leben retten können, nur ihnen nicht. Wie schon so oft ließ dieser Gedanke ihn verzweifeln, doch da kehrte plötzlich Ruhe im Nebenraum ein. Vorsichtig schob er das Brettchen zur Seite. Die Dirnen waren verschwunden, und die Brüder saßen am Tisch. Jeder hielt einen Becher in der Hand, und Laiota schenkte Wein aus.

»Warum hast du diesen Ort gewählt, Rodislav?«, fragte Dan Basarab. »Die Plörre hier kann sich nicht mit dem Rotwein des Patriziers messen. Oder ist es, weil du seine Frau nicht besteigen kannst?«

»So ist es. Es gefällt mir nicht, wie unser Freund János sie anblickt. Habt ihr nicht bemerkt, dass uns, seit wir uns dort treffen, nichts von dem, was wir geplant haben, mehr gelungen ist?«

»Jetzt, da du es sagst!«

Roxolan hielt den Atem an und dachte sofort an Clara. Nicht, dass sie inzwischen entdeckt worden war! Er presste sich noch fester an die Wand, um jede Einzelheit mitzubekommen.

»Ich habe Benkner seit langem im Auge und habe das Gefühl, dass er ein Verräter ist. Er arbeitet mehr für Hunyadi als für uns.«

»Hast du Beweise?«

»Nein, noch nicht. Aber bis es so weit ist, sollten wir über uns reden.«

»Ja«, ergriff der Älteste das Wort. »Die Ereignisse haben sich zuletzt überschlagen. Das Schlimmste daran ist, dass wir aus diesem Geschehen ausgeschlossen sind. Der junge Jagiello ist im Juni ungarischer König geworden. Es hat nichts gebracht, dieser Hofdame Helene Kottanner beim Stehlen der Stephanskrone für die Königin zu helfen. Denn auch wenn Elisabeth es erreicht hatte, ihren Sohn damit zu krönen, wurde nicht er als Monarch anerkannt, sondern Jagiello. Hunyadi und seine Partei haben es geschafft, ihn auf den Thron zu setzen. Die meisten Adelsfamilien haben vor dem neuen König das Knie gebeugt und Treue geschworen. Es hat sie nicht gestört, dass er nur einen einfachen Reif auf dem Kopf trug und nicht die Stephanskrone, das wahre Machtsymbol der ungarischen Könige. Nun ist es klar: Die Königswitwe ist geschlagen, auch wenn sie zusammen mit ihrem Sohn zu Friedrich von Habsburg geflohen ist.«

»Ja, ohne János hätte Jagiello das nicht erreichen können.« Rodislav ballte die Faust. »Der hat endgültig die Königswitwe und ihre Anhänger bezwungen. Und dafür hat ihn der junge Monarch zum Grafen von Temesch und Woiwoden von Transsylvanien ernannt.«

»Auch wenn er diesen letzten Titel mit Miklós Újlaki teilen muss – seine Macht wächst und wächst. Ganz zu schweigen von seinem Vermögen. Hunyadi ist der einflussreichste Mann im Königreich geworden. Jetzt bereitet er sich darauf vor, das Heer des Sultans aus Südungarn zu verjagen sowie die Belagerung Belgrads zu durchbrechen. Falls er auch noch die Osmanen überwältigt, können wir vor ihm um seine Unterstützung winseln.«

»Wir sind allein im Kampf um den Thron unseres Vaters, nicht wahr?«, sprach zum ersten Mal Laiota. »Allein und machtlos. Während wir hier in einem Hurenhaus billige Dirnen ficken und neidvoll über unsere Feinde reden, sind sie es, die handeln. János ist mächtiger als wir drei zusammen. Unser Vetter Draco sitzt weiterhin auf unserem Thron und erobert unter den Augen des Sultans den Hafen Kilija. Seht ihr es nicht? Wir sind aus dem Spiel.«

Seine älteren Brüder schauten ihn schweigend an. Rodislav leerte den Becher in einem Zug und blickte anschließend düster in das leere Gefäß.

»Es war ein Fehler, uns auf andere zu verlassen«, ergriff nach langer Zeit Dan Basarab das Wort. »Aber es ist noch nicht vorbei. Ab heute führen wir den Kampf. Wir sollten nur gerissener sein als unsere Rivalen, denn jeder von ihnen hat seine Achillesferse. Vladislav, zum Beispiel: Sein wunder Punkt ist János. Hunyadis Hass auf ihn ist uns jetzt noch nützlicher, seit unser Freund so mächtig geworden ist. Ein angemessener Gegner für unseren Vetter, nicht wahr? Weiter. Jagiello wird von Murad bedroht, Hunyadi wiederum von Elisabeth und ihrem Adelsgefolge. Wir müssen sie nur alle gegeneinander aufbringen und dann dabei zusehen, wie sie sich zerfleischen.«

»Nichts leichter als das«, stimmte ihm Rodislav zu. »Ich habe meine Beziehungen in Buda.«

»Nein! Dort hast du versagt. Warum, glaubst du, hat János dich in Pressburg aus seinem Haus geworfen? Du mit deiner

Sauferei und Hurerei. *Ich* reise dorthin. Du bleibst hier und sammelst Söldner und Waffen. Laiota, du reist nach Krakau. An Jagiellos Hof machst du dich beliebt und hörst dich um. Wir finden schon einen Weg, aus diesem Unglück herauszukommen.«

»Wann soll ich losreiten?«

»Spätestens nächste Woche.«

»In Ordnung. Aber was ist mit Draco? Sollten wir uns nicht um ihn kümmern?«

»Keine Sorge, Brüderchen! Ich bekomme seit langem schon Nachrichten aus Targoviste von unserem Zuträger. Aber gemach: Eine unüberlegte Aktion kann meinen Plan zunichtemachen. Diesmal darf nichts mehr schiefgehen. Alles zu seiner Zeit …«

»Ja«, zischte Rodislav. »Auch unsere Zeit wird kommen. Ich schwöre auf das Grab unseres Vaters: Ich werde alle unsere Feinde töten. Bis zum letzten. Und dieser verdammte Hund Vladislav wird der Erste sein!«

Roxolan verließ das Versteck vor den Danen. Er hatte genug gehört. In der gleichen Nacht kehrte er Kronstadt den Rücken. Eine Frage ging ihm nicht aus dem Kopf: Wer war der Zuträger der Danenbrüder?

Kapitel 33

Targoviste, 21. März 1441

Vladislav führte den arabischen Hengst gemächlich durch den Wald, der sich um Targoviste erstreckte. Es war gegen Mittag. Die Märzsonne gewann immer mehr an Kraft, und dort, wo ihre Strahlen auf die Erde trafen, zog sich der Schnee zurück. An diesen Stellen hoben schüchtern die Schneeglöckchen ihre Köpfe. In den Bäumen stritten sich die Vögel um die besten Brutplätze. Die gesamte Natur erwachte aus der langen Winternacht.

Vladislav atmete die frische Luft ein. Er spürte, wie die Tatkraft mit jedem Atemzug in ihm wuchs. Für einen Augenblick vergaß er, dass er ein Herrscher war, und stellte sich vor, er sei einer der freien Ritter. Weit fort von Intrigen und Verrat. Einfach durch die Lande zu ziehen, die Bedürftigen zu schützen, gegen die Ungläubigen zu kämpfen, das wünschte er sich. Seine Hand griff unter den Mantel und berührte Claras goldene Brosche. Dann wäre er frei, sie zu lieben.

Unter dem Vorwand, auf die Jagd gehen zu wollen, ritt er mit Roxolan zu der Hütte, wo der Serbe Tatu mit Nachrichten aus Belgrad auf sie wartete.

»Was ist los mit dir?« Rox führte Brathar neben Vladislavs Hengst. »Ich kenne diese Sehnsucht in deinem Blick. Den hast du jeden Frühling.«

»Diesmal ist es anders, mein Freund. Und es gefällt mir nicht.«

»Warum?«

»Das ist es ja: Ich weiß selbst nicht, was mich beunruhigt. Was mich wütend macht. Ich habe das Gefühl, dass ich nicht genug für mein Volk tue … dass ich zu wenige meiner Ziele erreiche.«

»Was du dir vorgenommen hast, braucht Zeit. Sieh dich um: Die Walachei ist vom Krieg verschont geblieben, während Ungarn und Serbien mehrmals von den Türken attackiert, geplündert oder sogar zum Teil erobert wurden. In dieser Zeit gedieh der Wohlstand in deinem Fürstentum. Du kontrollierst nach der Eroberung des Hafens Kilija den gesamten Handel auf der Donau. Alle Schiffe, die von oder zu den Abendländern über das Schwarze Meer mit dem Orient handeln, müssen dir Zölle bezahlen. Mit dem Geld hast du begonnen, eine Armee aufzubauen. Hab Geduld, mein Freund.«

»Nicht alle sehen diese Entwicklungen so wie du. Das Geld erzeugt Neid unter den Großbojaren. Deswegen verschwören sie sich gegen mich oder lassen sich von den Danen kaufen. Für die christlichen Länder bin ich ein Verräter, der einen heiligen Eid gebrochen hat.«

»Sie haben gut reden. Keiner von ihnen befindet sich zwischen Hammer und Amboss.«

»Ich weiß, dass du recht hast. Aber für mich sind das lediglich Ausreden. Nur die Tatsachen oder besser gesagt: die Heldentaten zählen. János hat die Truppen des Sultans um Belgrad vernichtet und Murad zum Rückzug gezwungen. Es ist der erste Sieg gegen die Türken auf europäischem Boden nach dem meines Vaters.«

»Ja! Er wird als großer Held gefeiert.«

»Das ist er auch«, sagte Vlas ruhig. »Er ist der Einzige, der es wagt, dem riesigen Osmanischen Reich die Stirn zu bieten.«

»Höre ich Wehmut in deiner Stimme?«

»Nein, Rox. Es ist Neid, den du hörst. János führt den Traum meines Vaters weiter. Er und nicht ich! Mircea hat Bayezid besiegt, nachdem die anderen Christen versagt hatten. Ich frage mich, ob ich richtig gehandelt habe, mich dem Sultan als Vasall zu beugen.«

»Wer sagt, dass es für immer sein soll? Wir müssen nur auf die passende Gelegenheit warten. Wenn die politische Interessenlage für uns günstig ist, wechseln wir die Seite.«

»Aber wer wird uns noch vertrauen?«

»Die, die unsere Truppen gut gebrauchen können. Vlas, schau dich um! Ungarn und Polen wollen die Walachei. Die Danen streben nach deinem Thron. Die verräterischen Bojaren unter Albu verschwören gegen dich und deine Familie. Der Einzige, der seinen Vertrag einhält und von dem du Unterstützung gegen diese Feinde bekommen kannst, bleibt immer noch allein Murad. Ja, ich weiß: Ihm darfst du auch nicht vollständig vertrauen. Die einzige Sorge, die ich habe, ist, dass wir immer noch nicht wissen, wer der Zuträger der Danen ist.«

»Das gefällt mir auch nicht. Wir haben es mit einer gerissenen Person zu tun. Aber irgendwann wird sie einen Fehler machen. Bis dahin müssen wir vorsichtiger sein.«

Sie näherten sich der Jagdhütte. »Hören wir uns zuerst die Nachrichten aus Belgrad an.«

Tatu, der Serbe, empfing sie im Türrahmen stehend. Er verneigte sich vor dem Fürsten und presste die Faust auf die Brust.

»Eure Hoheit!«

Vladislav nickte. »Komm, gehen wir hinein. Rox, du hältst Wache draußen. Nicht, dass wir unerwarteten Besuch bekommen.«

Wortlos stellte sich dieser vor der Tür auf.

»Es waren schwere Kämpfe um Belgrad«, begann der Gefolgsmann zu erzählen. »Wenn Hunyadi nicht angegriffen hätte, wäre die Stadt in die Hände der Osmanen gefallen.«

»Das weiß ich bereits. Aber wie geschwächt sind die Festung und Ungarns Südgrenzen? Murad wird diese Niederlage niemals so einfach hinnehmen. Unerbittlich werden seine Rachefeldzüge sein.«

»Das wird er sich zweimal überlegen. König Jagiello hat János zu Belgrads Generalkapitän ernannt.«

»Noch ein Titel«, murmelte Vlas zähneknirschend.

»Die Verstärkungsarbeiten sind in vollem Gang. Nicht nur die geretteten Bewohner feiern ihn als Helden, sondern auch die Söldner aus alle Ländern Europas. Es hat sich herumgesprochen, dass er die Kriegsbeute großzügig unter den Kämpfern verteilt. Jeder will unter seiner Flagge in den Krieg ziehen.«

Vladislav sah Tatu durchdringend an. »Die Heldenlieder über Hunyadi interessieren mich nicht. Was ist mit den Befestigungen an den Grenzen?«

»Sie werden alle verstärkt und mit zusätzlichen Truppen bemannt. Besonders in Südtranssylvanien, an der walachischen Nordgrenze. Kronstadt und Hermannstadt beliefern sie mit Waffen und Harnischen.«

»Das gefällt mir nicht. Was ist mit Georg Brankowitsch? Hast du ihn getroffen?«

»Ja, in Ragusa. Der serbische Despot hat dankbar die dreitausend Gulden angenommen, aber ohne sich auf ein zukünftiges Bündnis mit Euch festzulegen. Solange seine Söhne als Geiseln von Murad gehalten werden, wird er keinen Krieg gegen die Osmanen führen. Das hat er gesagt. Dennoch glaube ich, dass er niemandem mehr vertraut. Ihr seid doch der Vasall des Padischahs. Was ist, wenn es nur eine Falle ist und der Sultan von dem Plan erfährt? Bei dem kleinsten Verdacht eines Verrats werden die Türken Stefan und Lazar qualvoll umbringen.«

»Ich kann ihn verstehen.« Vladislav dachte an seine drei Kinder. Er wünschte sich, niemals in Georgs Lage zu geraten und zwischen dem Leben seiner Söhne und dem Kampf um das Fürstentum wählen zu müssen. Bei der Vorstellung ballte er die Fäuste so fest, dass die Knöchel weiß hervortraten.

»Hoheit?«

Vlas schüttelte den Kopf, um die grausamen Bilder vor seinem inneren Auge zu verjagen. »Gibt es sonst noch etwas zu berichten?«

»Das war alles, Hoheit. Habt Ihr neue Befehle für mich?«

»Nein, Tatu.«

»Dann werde ich, mit Eurer Erlaubnis, sofort nach Hause reiten. Meine Gemahlin erwartet ein Kind. Wenn es nicht schon längst geboren ist …«

»Dann los! Worauf wartest du noch? Ich hoffe, dass es ein Junge ist, denn ich kann weitere tapfere Männer gut gebrauchen.« Er streifte einen Ring ab und gab ihn seinem Gefolgsmann. »Goldgulden habe ich nicht bei mir, aber nimm den hier. Er ist für das Neugeborene.«

Dracos Vertrauter fiel auf ein Knie und küsste die Hand des Herrschers. »Ich danke Euch, Hoheit!«

»Nun steh auf und gib deinem Pferd die Sporen. Deine Familie erwartet dich!«

Roxolan betrat unmittelbar nach Tatus Abschied wieder die Hütte. »Die Pferde sind bereit. Oder willst du hier noch ein wenig bleiben?«

»Nein, Rox. Wir müssen zurück und das Land für den Krieg vorbereiten, denn es wird nicht mehr lange dauern, bis sich die Heere Ungarns und des Osmanischen Reichs auf diesem Boden bekriegen werden.«

Vladislav bekreuzigte sich. »Gott steh uns bei!«

Temeschburg, 2. Juni 1441

János betrachtete die Waffensammlung an der Wandtäfelung, die den Empfangsraum schmückte. Als Graf von Temesch war er vor zwei Monaten, zusammen mit seiner Familie, in die Temeschburg eingezogen. Das Anwesen war nicht besonders luxuriös. Auf Bitten seiner Frau hatte er Maurer aus Mailand bestellt, um die Stuckatur zu verschönern und die Wände neu zu verputzen. Auch die Gartenanlage überließ er einem fremden Meister. Dutzende Arbeiter setzten seltene Bäume und Pflanzen und legten Alleen an. Aber auch die Abwehranlagen wurden nicht vergessen.

Überall erkannte man den Reichtum. Er lächelte zufrieden. Den erkannten auch die Besucher, die zu ihm kamen. So wie jetzt Dan Basarab. Der Page hatte ihn vor einiger Zeit schon angekündigt. Unter einem Vorwand jedoch ließ er ihn noch warten.

Er dachte an ihr Zusammentreffen vor zehn Jahren. Wie die Danenbrüder ihn, den Ritter von niedrigem Stand, damals behandelt hatten in der Hoffnung, sie könnten ihn ausnutzen. Im Lauf der Jahre war er seinem Ziel immer näher gekommen, wohingegen sie, allein und ohne Verbündete, jetzt seine Unterstützung suchten. Er brauchte sie noch, denn Vlas herrschte weiter in der Walachei. Solange der Murads Vasall war, konnte ihn niemand entthronen. Außer der Sultan selbst. Und dann kämen die Danen als Thronanwärter in Betracht. Aber wann und wie das geschah, würde er entscheiden.

»Page!«, rief er.

»Herr?«

»Bitte Prinz Basarab herein.«

»Gewiss.«

Bis der Gast kam, zog er seinen knielangen Überwurfmantel zurecht. Das prunkvolle Kleidungsstück bestärkte ihn in seiner Selbstachtung. Lächelnd nahm er eine herrische Pose ein.

Die Tür ging auf.

»Mein guter Freund! Willkommen!«, begrüßte er Dan gönnerhaft.

»János!« Der Gast ergriff den ausgestreckten Arm unter dem Ellbogen und drückte ihn fest. »Oder soll ich Euch Woiwode Hunyadi nennen?«

Hunyadi bemerkte das gezwungene Lächeln des Besuchers, der damit die Wut über die Demütigung durch das lange Warten zu verbergen versuchte.

»Ach was. Wir kennen uns doch seit langem und aus anderen Zeiten. Was führt dich zu mir?«

»Ich will dir, auch im Namen meiner Brüder, zu dem ruhmreichen Kriegserfolg gegen die Osmanen gratulieren. Dein Sieg ist in aller Munde in Europa. Du hast gezeigt, dass Sultan Murad zu bezwingen ist.«

»Das haben auch Sigismund und Albrecht immer gesagt. Mit einer modernen Armee, durchdachter Planung und den neuen Feuerwaffen können wir Christen die Türken besiegen. Sie sogar bis hinter Konstantinopel jagen.«

»Aber zuerst müssen wir mit unseren Nachbarländern beginnen, denen, die nicht nur durch ihren Tribut die Osmanen bereichern, sondern diese auch mit Truppen und Waffen unterstützen.«

»Verstehe. Du meinst bestimmt die Walachei.«

»Ja. Es ist doch klar, dass der Feldzug gegen die Türken über den Boden des Fürstentums führt. Dort, wo Vladislav …«

»Das weiß ich bereits«, fiel János ihm schroff ins Wort. »Sag mir, was du von mir willst.«

»Ich bin hier, um dich an das Gelübde von Kronstadt, in der Kirche Sankt Martin, zu erinnern; an den Pakt unserer gegenseitigen Unterstützung gegen …«

»Daran denke ich jeden Tag«, schnitt János ihm erneut das Wort ab. »Anders als ihr habe ich es nie vergessen. Aber damals wusste ich nicht, mit welchen Verrätern ich mich verbündete.«

»Mäßige dich, Hunyadi! Du beleidigst mich und meinen Namen.«

»Das musst du deinem Bruder sagen. Zweimal hat er hinter meinem Rücken konspiriert: einmal in Pressburg mit der Königin Barbara und dann vergangenes Jahr, als er der Hofdame von Elisabeth geholfen hat, die Stephanskrone für das Neugeborene zu rauben. Wie ich mich erinnere, wolltet ihr doch vor zehn Jahren Elisabeth stürzen und mir an ihrer Stelle auf den Thron helfen. Oder habe ich das falsch verstanden?«

»Rodislav hat allein und ohne zu überlegen gehandelt. Er ist ein hervorragender Schwertkämpfer, ein Krieger, aber kein Stratege. Es war mein Fehler, ihn zu dir zu schicken. Ich hätte wissen müssen, dass seine impulsive Art nicht für die feinen Intrigen am königlichen Hof geeignet ist. Deshalb bin jetzt ich hier. Was er getan hat, kann keiner von uns rückgängig machen. Dennoch frage ich dich: Willst du weiter mit uns gegen Vladislav kämpfen? Es ist ein neuer Pakt, den ich dir anbiete. Und mir kannst du vertrauen. Diesmal wird es anders sein.«

János musterte ihn. Die Entschlossenheit des Danen steckte ihn an. Er war aber dennoch vorsichtig, denn die Vergangenheit hatte ihm bewiesen, dass er sich auf sie nicht verlassen konnte. Nun, diesmal wusste er, mit wem er es zu tun hatte.

»In Ordnung. Ich vermute, du hast bereits einen Plan, wie wir Vladislav beseitigen können.«

»Seine Stärke ist der Sultan. Und genau der ist auch seine Schwachstelle.«

»Ich verstehe, was du meinst.« Er grinste. »Wir schlagen Vlas mit seinen eigenen Waffen: mit den Osmanen.«

»Nicht nur ihn, sondern auch seine Söhne. Denn jeder der drei Knaben hat einen Anspruch auf den Thron.«

»Das ist wahr. Wie stellst du es dir vor?«

»Es wird nicht leicht werden, aber es ist machbar. Seit längerer Zeit habe ich einen meiner Männer in Targoviste eingeschleust. Ich bekomme regelmäßige Berichte. Mit deiner Hilfe und all diesen Kenntnissen wird es uns gelingen, Vlas zu vernichten.«

»Sprich!«

Dan verließ Temeschburg noch am selben Abend. Zurück blieb Hunyadi, der über den Plan nachdachte. Das Gefühl, dass der Walache ihm nicht alles gesagt hatte, ließ ihn nicht los. Außerdem war es eine Sache, Vlas zu entmachten; seine Familie zu ermorden eine ganz andere. Wenn Vladislav im Kampf um den Thron starb, wäre das für ihn ein würdiger Tod. Aber seine Söhne? Sie waren unschuldig und hatten mit der Machenschaft nichts zu tun. Er dachte an seinen achtjährigen László und stellte sich vor, dass sein Kind wegen politischer Verschwörungen umgebracht würde. Wut stieg in ihm auf.

Er würde schon einen Weg finden, Vladislavs Kinder vor den Danen zu retten.

Kapitel 34

Targoviste, 3. November 1441

Vladislav lehnte sich in seinem Thronsessel zurück. Er war bereits im Morgengrauen aufgestanden, um sich auf das bevorstehende Treffen vorzubereiten. Widersprüchliche Gefühle ließen ihn seither nicht mehr zur Ruhe kommen. Der Brief aus Buda hatte ihn nicht nur überrascht, sondern auch unvorbereitet getroffen. Er kündigte die Gesandtschaft des Königs Jagiello an. Nichts Bedrohliches, es war lediglich eine diplomatische Handlung. Nur ihr Anführer war ungewöhnlich. Er hätte sich gefreut, ihn nach so langer Zeit wiederzusehen, wenn nicht inzwischen so vieles passiert wäre. Jetzt trafen sie sich nicht als Freunde, sondern als Landesherren, als sich fremd gewordene Männer, die sich früher Waffenbrüder genannt hatten.

Nun war der Augenblick gekommen. Er umklammerte die Armlehnen. Vasilissa, die neben ihm saß, legte die Hand auf seine. Ihre Geste dämpfte seinen inneren Aufruhr. Auch die Anwesenheit seines vierzehnjährigen Sohnes zu seiner Rechten erfüllte ihn mit Stolz. Er bemerkte, wie ernst Mircea seine erste offizielle Teilnahme als Mitregent nahm. Kein Anzeichen von Aufregung, obwohl im Saal der gesamte Bojarenrat versammelt war.

Die Türflügel öffneten sich. »Die Gesandtschaft Seiner Majestät, König Jagiello von Ungarn, Polen und Litauen – angeführt von János Hunyadi, Woiwode von Transsylvanien, Banus von Severin und Graf von Temesch«, rief der Page.

Begleitet von vier ungarischen Magnaten, schritt dieser ihm zwischen den Stuhlreihen der Ratsbojaren entgegen.

Vladislav betrachtete seinen einstigen Freund – sie sahen sich nach zehn Jahren zum ersten Mal wieder. János' Haar, grau an den Schläfen, war sorgfältig frisiert und von einem nach Mailänder Gepflogenheit geschmückten Barett zum Teil bedeckt. Ein mit Zobelpelz gefütterter Mantel teilte sich über der goldenen Amtskette des Woiwoden. Diese glänzte auf einem reich bestickten Überrock. Er stellte nicht nur seinen Reichtum und seine Macht zur Schau, sondern er strahlte Selbstsicherheit aus. Dabei merkte Vlas, wie János ihm nicht in die Augen sah, sondern die Krone auf seinem Haupt anstarrte. Das gezwungene Lächeln zeigte ihm, dass auch er nervös war.

Hunyadi blieb vor dem Podest stehen. Während seine Begleiter sich tief vor dem Fürstenpaar verneigten, senkte er nur leicht den Kopf.

»Gegrüßt seid Ihr, Fürst der Walachei. Ich bin hier als Woiwode von Transsylvanien, im Namen Seiner Majestät, König Jagiello von Ungarn und Polen.«

»Seid willkommen, Markgraf von Severin! Es erfreut uns, dass Seine Majestät so kurz nach der Krönung schon die diplomatische Begegnung mit uns sucht. Oder geht es wieder um Handelsvergünstigungen für die Kaufleute aus Eurem Königreich?«

»Die Antwort findet Ihr in dieser Depesche.« Auf sein Zeichen schritt einer der Begleiter zum Thron und überreichte ein Dokument.

Vlas brach das rote Siegel und überflog das Schriftstück. Am Ende überreichte er es dem Großkanzler Cazan. »Was haltet Ihr hiervon?«

Nachdem dieser es ebenfalls gelesen hatte, schaute er überrascht die Gesandter und seinen Herrscher an. »Eure Hoheit, es ist unmöglich!«

»Das dachte ich mir auch.«

Vladislav wandte sich wieder zu János. »Seine Königliche

Majestät Jagiello erwartet von uns, dass wir an seiner Seite gegen die Osmanen kämpfen? Und das, obwohl er weiß, dass ich der Vasall des Sultans bin?«

»Vor allem seid Ihr ein Christ, Hoheit. Es ist Eure Pflicht, das Schwert im Namen Gottes zu führen.«

»Ich lasse mich nicht von Euch über die Pflichten belehren, die ich meinem Volk gegenüber habe. Als Fürst und nicht als Christ zahle ich den Türken Tribut. Damit tue ich nichts anderes, als die Freiheit meines Landes zu erkaufen.«

»Ihr macht mehr als das. Vor drei Jahren habt Ihr selbst die Osmanen auf dem Feldzug in Südtranssylvanien begleitet. Mit diesen geplündert und Sklaven genommen.«

»Die ich danach befreit und ihnen sicheres Geleit bis in die Heimat gewährt habe.«

Die Bojaren tuschelten miteinander. Bei manchen von ihnen sah Vladislav überraschte Blicke. In diesem Augenblick wusste er, dass er eine nur ihm und wenigen Vertrauten bekannte Angelegenheit preisgegeben hatte. Aber so hatte er es ja geplant. Früher oder später hätten sie es ohnehin erfahren, denn die Heimkehrenden priesen ihn und die hilfreichen Walachen hoch.

»Wir sammeln Truppen aus ganz Europa«, fuhr János ungerührt fort, »um die Osmanen in einem letzten Kreuzzug ein für alle Mal zu besiegen. Sie sind verwundbar. Der Sieg bei Belgrad hat bewiesen, dass die Zeit für einen Aufstand gegen die Ungläubigen reif ist. Das Fürstentum Moldau ist ebenfalls unser Verbündeter.«

»Was in Belgrad geschehen ist, war kein Krieg. Murad hat nur die Belagerung aufgegeben und sich zurückgezogen. Das tut er in jedem Winter. Ihr dürft diesen Sieg nicht überschätzen, denn es war keine offene Schlacht. Ich kenne die Macht des Sultans, und ich gebe Euch einen Rat: Es ist zu früh für einen heiligen Feldzug gegen ihn.«

»Wie kann ein Drachenritter, der auf die Bibel geschworen hat, für das Kreuz zu kämpfen, den Muslimen dienen?«

Laute Empörung war von den Bojaren zu vernehmen.

Vladislav sprang auf. »Ich diene nur meinem Land! Und jedes Mittel, das sein Wohlergehen sichert, soll mir recht sein. Aber wem sage ich das? Einem, der seinen Aufstieg in die hochadeligen Familien mit Intrigen bewerkstelligt hat?«

Der Woiwode griff nach dem Schwert. Einer seiner Begleiter hinderte ihn noch rechtzeitig daran, die Waffe zu ziehen. Gleichzeitig hatten ein Dutzend Speerträger der Palastgarde die Gesandtschaft umkreist. Sie warteten nur auf ein Zeichen des Fürsten, um sie anzugreifen.

Die plötzliche Stille verstärkte die Spannung, die über dem Raum zu liegen schien.

János sah sich um, dann verneigte er sich langsam. Da niemand sprach, ergriff er das Wort. »Vor Euch steht demütig nicht nur der Abgesandter des Königs Jagiello, sondern auch Euer alter Freund. Verzeiht, wenn ich mich als solcher im Glaubenseifer unbedacht geäußert habe.«

Vladislav wog die prekäre Lage und die Konsequenzen einer übereilten Entscheidung ab.

»Großkanzler, geleite die Bojaren hinaus. Ich möchte allein mit dem Markgrafen von Severin sprechen. Auch Euch, Fürstin, bitte ich, den Saal zu verlassen. Zusammen mit Mircea und allen anderen.«

»Ihr geht ebenfalls!«, befahl János seinen Begleitern.

Nachdem der Hofmeister die Tür geschlossen hatte, stieg Vlas die Treppe vom Podest hinab. »Was sollte das, János? Ich hätte dich in den Kerker werfen, wenn nicht sogar auf der Stelle enthaupten lassen müssen.«

»Es ist noch nicht zu spät. Nur so kannst du mich davon abhalten, dir die Wahrheit zu sagen.«

»Du musst noch viel über Diplomatie lernen. Als ehemaliger Freund kannst du dich äußern, wie du willst, aber nicht als Gesandter. Oder glaubst du, dass deine neuen Titel und dein Reichtum dich unverletzlich machen?«

»Höre ich Neid in deiner Stimme?« János lächelte und stellte sich so nah zu ihm, dass sie sich fast berührten. Dabei hob er sich auf die Zehenspitzen. »Es passt dir nicht, dass der einfache Ritter plötzlich auf Augenhöhe mit dir spricht.«

Vladislav schmunzelte. »Ist es das, was du immer wolltest? Was ist aus dir nur geworden? Nein«, korrigierte er sich rasch. »Was ist aus uns geworden.«

»Wir haben unterschiedliche Wege gewählt, Vlas. Wir sind keine Freunde mehr. Und hier, in diesem Raum und in dieser Lage, noch weniger. Es ist besser, jetzt nicht darüber zu sprechen. Wir sollten unsere eigenen Angelegenheiten aus dem Spiel lassen.«

»Warum verschwörst du dich mit den Danen gegen mich?« Er merkte, wie János zusammenzuckte. »Hast du geglaubt, ich wüsste davon nichts?«

Hunyadi setzte sich auf einen Stuhl der Bojaren. »Deine Vettern haben gelobt, dass sie, sobald sie den walachischen Thron besteigen, mit uns gegen das Osmanische Reich in den Krieg ziehen werden. Aber wenn du dem Sultan abschwörst, brauche ich weder Dan Basarab noch einen seiner Brüder. Kämpfe mit uns, Vlas! Begleite mich auf meinem Weg! Du bist ein Drachenritter. Hast du Nürnberg vergessen? Wie konntest du nur das Knie vor den Muslimen beugen?«

»Sollte ich das Land etwa den Polen oder Ungarn überlassen? Den Thron meines Vaters für immer aufgeben? Nach dem Tod von Sigismund war die Walachei auf sich allein gestellt. Die Türken standen im Süden an der Grenze und wären nach fünf oder sechs Tagen hier in Targoviste gewesen. Von wem hätte ich Hilfe erhalten in dem Fall? Von keinem der Christen, denn ihr wart damit beschäftigt, euch untereinander zu bekriegen. Der Vasallenpakt mit Murad bewahrt den Frieden meines Fürstentums, garantiert die Ausübung der orthodoxen Religion und die Anerkennung der walachischen Institutionen. Was dein König niemals tun würde. Im Gegenteil: Ihr wollt das Land zum Katholizismus bekehren und die Ländereien unter den ungarischen und polnischen Herzögen, Grafen oder Erzbischöfen aufteilen.«

»Das wird auch geschehen, wenn du gegen und nicht mit uns kämpfen wirst. Wir werden die Truppen über die Walachei Richtung Süden führen. Du hast keinen Ausweg. Schlimmer noch: Deine Position ist recht heikel. Du steckst zwischen zwei Mühlsteinen. Entscheide dich! Wenn du unsere Seite wählst, kannst du noch die gleichen Bedingungen, die dir jetzt Murad bietet, mit Jagiello aushandeln. Ich werde dich unterstützen.«

Vladislav dachte nach. Er wusste, dass die Macht des Sultans aufgrund von Intrigen unter den eigenen Untertanen vom Untergang bedroht war. Aber er war noch mächtig genug, um mit seiner gut organisierten Armee den Angriff der Christen zu überstehen. Dennoch wäre es von Vorteil, die Pläne Jagiellos zu kennen. »Wie weit gehen deine Vollmachten als Abgesandter?«

»Weiter, als du denkst. Ich bin der engste Berater des Königs.«

»Und du glaubst wirklich, dass Jagiello meine Bedingungen akzeptieren wird?«

»Heißt das, du sagst dich von Murad los? Und wirst das Kreuz gegen ihn führen?«

»Ich muss den Bojarenrat davon überzeugen. Aber ich werde es versuchen. Das kann dauern, und daher erhältst du jetzt kein eindeutiges Ja von mir. In der Zwischenzeit kannst du mit Jagiello sprechen. Ich bin gespannt, was er von deinem Vorschlag halten wird.«

Hunyadi hielt ihm die Hand hin. »Willkommen in unseren Reihen, Vlas.«

Vladislav packte den ausgestreckten Arm.

»Ich werde sofort nach Krakau reiten. Inzwischen sende ich Kriegsboten mit dem in Blut getauchten Schwert als Aufruf zum heiligen Krieg durchs Land. Wir sehen uns bald!«

»Ja, bis bald.«

Er drehte sich auf dem Absatz um und verließ den Saal mit großen Schritten.

Vladislav sah ihm lange und nachdenklich hinterher.

Ein leises Rascheln erregte seine Aufmerksamkeit. Als er über die Schulter blickte, entdeckte er Roxolan, der sein Versteck verlassen hatte.

»Und? Was meinst du, Rox?«

»Er war wirklich nicht schlecht. Ich hätte ihm jedes Wort abgenommen – hätte ich nicht gewusst, dass er dich mit den Danen absetzen will.« Er lächelte. »Dir aber auch. Ich frage mich nur, ob er dir geglaubt hat?«

»Ich bin nicht sicher. Folge ihm, ihm und seinen Begleitern. Falls du mehrere Leute brauchst, sprich mit Ilarion. Er kennt ein paar Vertrauenswürdige.«

Roxolan grinste. »Ich mache mich sofort auf den Weg.«

Targoviste, 5. November 1441

Es vergingen zwei Tage ohne eine Nachricht von Roxolan. Und ebenso oft hatte Vladislav die Versammlung des Bojarenrats verschoben. Der setzte ihn unter Druck, eine Entscheidung über die Teilnahme am Kreuzzug zu treffen. Außerdem wollten die Bojaren erfahren, was er mit dem transsylvanischen Woiwoden heimlich besprochen hatte. Sie waren nicht nur in ihrem Stolz verletzt, weil sie von dieser Unterredung ausgeschlossen worden waren, sondern auch überrascht von der Freilassung Hunyadis. Einen Fürsten im Thronsaal vor dem versammelten Rat zu bedrohen, das musste bestraft werden. Und zwar mit dem Tod!

Solange er aber keinen Beweis für das doppelte Spiel seines einstigen Freundes hatte, musste er abwarten und die anderen vertrösten. Was nicht ungefährlich für ihn war. Immer mehr Großbojaren sahen in ihm einen schwachen Herrscher, sogar einen Verräter und liefen zu den Danen über. Er musste rasch handeln.

Abseits im Burghof beobachtete Vladislav zusammen mit Ilarion die Reitübungen des kleinen Vlad. Der Zehnjährige gab seinem Pferd die Sporen und warf dann aus vollem Galopp den Speer in das Zielschild. Wieder ein Volltreffer. Sein Jubel hallte zwischen den Mauern wider.

»Eines Tages wird aus Eurem Sohn ein gefürchteter Krieger werden«, sprach ihn sein Kapitän der Leibgarde an. »Er liebt die Waffen. Gestern ist er zu mir gekommen und hat mir keine Ruhe gelassen, bis ich ihm gezeigt habe, wie die Arkebusen funktionieren.«

»Vlad muss mehr lernen. Nicht in den Kriegs- oder Kampfgeräten steckt die Stärke.« Der Fürst zeigte mit dem Finger an die Stirn. »Hier verbirgt sich die unheilvollste Waffe. Alle diese Übungen sind auf den Körper ausgerichtet. Das kann sich jeder aneignen. Er soll herausfinden, was ein Mensch aushalten kann, wo die Grenzen zwischen Instinkt und Bewusstsein sind, um jede Gefahr zu überleben. Nächste Woche bringst du ihn in die Berge, an die Nordgrenze zu Transsylvanien, und lässt ihn dort allein. Nur mit einem Messer ausgerüstet.«

»Jetzt im Winter? Ist es nicht zu früh?«

»Mircea war genauso alt, als er sich bewährt hat. Wenn er es geschafft hat, nach Hause zu finden, wird auch Vlad diese Aufgabe bewältigen.«

»Wer soll auf ihn aufpassen?«

»Du, Ilarion. Ich vertraue sonst keinem. Aber du greifst nur ein, wenn er kurz vor dem Sterben ist. Verstanden?«

Vom Tor war Hufgeklapper zu hören. Auf Brathar reitend, führte Roxolan ein fremdes Pferd am Zügel hinter sich her. Auf dessen Rücken lag ein Reiter, geknebelt und gefesselt.

Vladislav eilte zu ihm. »Endlich, Rox! Ist es einer seiner Männer?«

»Ja.«

»Lebt er noch?«

»Ich habe dafür gesorgt.«

»Bring ihn ins Verlies. Ich komme gleich zu dir.«

Vladislav hielt die Fackel empor, während er die Treppe hinunterlief. Schatten tanzten auf den Wänden des unterirdischen Gangs. Es roch modrig, nach Blut und Fäulnis. Es roch nach Tod.

In der Folterkammer traf er auf Roxolan und den Henker Ion. Nur zwei Fackeln und die Glut aus einem Kohlenbecken spendeten Licht. Auf einem steinernen Tisch in der Mitte des Verlieses sah Vladislav Zangen, Eisennägel, verschiedene Messer, Hammer und Haken liegen. Den Gefangenen hatten sie entkleidet und ihm die Hände mit einem Seil auf den Rücken gebunden. Der Strick, der über einen Flaschenzug in der Decke gezogen wurde, zerrte die Arme aufwärts, so dass die Schulterknochen hervortraten. Sein Körper zitterte. Der Knebel erstickte jeden Schrei. Nur die Augen verrieten seine Qual.

»Hat er bis jetzt irgendetwas gesagt?«

»Ich habe ihn noch nicht befragt. Ich dachte, du wolltest dabei sein.«

»Hast du bei ihm etwas Schriftliches gefunden?«

»Nein.«

»Gibt es gar kein Indiz, dass er zu Hunyadi gehört?«

»Ich habe beobachtet, wie er mit János gesprochen hat. Danach ist er Richtung Süden geritten. Ein Kriegsbote mit dem Blutschwert konnte er nicht sein. Als ein Kahn ihn an der Donau übersetzen sollte, war mir klar, dass er zu den Türken wollte.«

»Aber warum?« Vlas musterte den Mann. Auf seinem muskulösen Körper sah er vernarbte Wunden, die von Waffen herrührten. Es würde lange dauern, bis er ihnen alles verriet.

»Ion, nimm ihm den Knebel aus dem Mund und lass das Seil locker.«

Vlas wartete, bis der Fremde wieder sprechen konnte.

»Wer bist du?«

Der Gefangene grinste. »Wegen meines Namens foltert Ihr mich?«

»Früher oder später«, flüsterte Vlas ihm ins Ohr, »wirst du ihn uns von selbst sagen. Es hängt von dir ab, wie viel Qualen du ertragen willst.«

»Erspart Euch die Arbeit und die Zeit. Ihr werdet nichts aus mir herausbekommen. Ich werde so oder so sterben, warum also sollte ich Euch den Gefallen tun?«

»Das werden wir sehen.«

Auf ein Signal von Vlas zog der Henker kräftig am Seil. Diesmal erstickte kein Knebel den Schrei, der in der Kammer hallte. Der Körper des Gefangenen berührte den Boden nur noch mit den Zehenspitzen. Nach einem weiteren Zeichen von Vlas wurde die Spannung gelockert, so dass der Ungar wieder stehen konnte. Seine Beine zitterten.

»Warum hat dich Hunyadi zu den Osmanen geschickt? Wen solltest du treffen, und welche Botschaft hattest du?«

»Ich kenne keinen Hunyadi«, trotzte der Fremde. Mit heftigen Atemzügen versuchte er, sich unter Kontrolle zu halten.

»Wie du willst.« Dieses Mal zog Vladislav selbst an dem Seil, bis die Schultern ausgekugelt waren.

Ohnmächtig hing der Mann in der Luft, ohne noch einen Laut von sich zu geben.

»Vlas, von ihm werden wir nichts erfahren. Er wird unter der Folter sterben, ohne ein Wort zu verraten.«

»Ich weiß, Rox. János hat bestimmt einen seiner besten Kundschafter ausgesucht. Kannst du ihn denn zum Reden bringen?«

»Ja. Aber ich brauche keine Zeugen dabei, außer dir.«

»Ion, warte draußen«, befahl der Fürst.

»Er wird es nicht überleben«, warnte Roxolan, als sie allein waren.

»Ich habe auch nicht vor, ihn am Leben zu lassen. Jeder lebende Feind ist einer zu viel. Tu mit ihm, was du willst.«

Der walachische Krieger und Priester der Alten Mysterien steckte sein Zeremonienmesser griffbereit unter den Gurt. Aus einem Lederbeutel holte er ein Säckchen, öffnete es und beschnupperte den Inhalt. »Das ist es«, murmelte er mit geschlossenen Augen.

Vladislav beobachtete ihn fasziniert. Er wusste nicht, was Rox da tat, und wollte es auch nicht wissen. Die Scheiterhaufen brannten in ganz Europa, und die Rauchsäulen, nach verbranntem menschlichen Fleisch stinkend, verdunkelten seit Jahren das Licht der Sonne. Und auch Angst verspürte Vlas. Welche Mächte beherrschte sein Beschützer? Die göttlichen – oder die des Teufels?

Roxolan öffnete den Mund seines Opfers und blies aus seiner Hand das Pulver hinein. Danach schüttete er ihm einen Eimer Wasser ins Gesicht.

Der Mann stöhnte. Schüttelte den Kopf und sah sich nach kurzer Zeit um. Er grinste. »Wie geht es weiter?«

»Das weiß ich nicht«, flüsterte ihm Vladislav ins Ohr. »Ich überlasse dich jetzt meinem Freund, oder besser gesagt: den dunklen Mächten. Es hängt von dir ab, ob du vor deinem Tod noch einen Priester zu sehen bekommst. Sprichst du freiwillig, erhältst du die Absolution von deinen Sünden. Schweigst du, dann schmorst du zusammen mit deiner sündigen Seele in der Hölle. Du hast die Wahl. Glaub mir, ich will nicht sehen, was mit dir passiert, wenn du den Mund nicht aufmachst.«

Der Fremde sah sich hilfesuchend im Verlies um.

Währenddessen lockerte Rox das Seil und half dem Mann, sich auf einen Stuhl mit hoher Lehne zu setzen. Mit Lederriemen befestigte er die Füße an den Stuhlbeinen und den Kopf an der Rückenlehne. Die Arme ließ er seitlich hängen. Sein Opfer konnte sie sowieso nicht mehr bewegen.

Rox kniete vor dem Ungarn und legte die Hand auf dessen Stirn. Der Fremde öffnete die Lippen, als wollte er sprechen, stattdessen schnappte er jedoch immer heftiger nach Luft. Seine Augen, von Roxolans Blick in den Bann gezogen, weiteten sich.

Mit einer raschen Handbewegung zog Rox seinen Dolch und schnitt in die Haut, am Brustkorb entlang. Das Blut floss über den Bauch, sammelte sich im Schritt und tropfte von dort aus zwischen den Beinen des Mannes auf den Boden.

Der starrte erschrocken nach unten. Sein Schrei ging Vladislav bis ins Mark.

Ungerührt führte Rox die Klinge unter die Haut und löste diese von den Rippen. Er steckte seine Hand darunter und legte sie über das Herz. Er begann tief ein- und auszuatmen, während er gleichmäßig seine Hand auf die Brust presste.

Vlas wusste nicht, ob die Finger seines Freundes das Herz des Opfers berührten oder nicht. Aber er sah, wie der Fremde ihm im gleichen Atemrhythmus folgte.

»Wie heißt du?«, fragte Rox.

»Mihály Kemeny«, röchelte der Späher.

»Stehst du im Dienste von János Hunyadi?«

»Ja.«

»Wohin hat er dich geschickt?«

»Nach Widin, zum Bey Mezid.«

»Wie lautet die Botschaft an ihn?«

»Draco … zusammen mit den Christen gegen den Sultan … Als Beweis des Verrats … der Vasallenvertrag mit Jagiello …« Der Mann atmete nun immer schneller.

»Welchen Zweck hatte diese Nachricht?«

Der Körper des Gefolterten zuckte heftiger, er verdrehte seine Augen, bis nur noch das Weiße zu sehen war.

Roxolan schaute seinen Freund an. »Mehr wird er nicht sagen können. Genügt es dir?«

Vladislav nickte.

Rox zog seine Hand aus der blutigen Wunde. Seine Faust umschloss Kemenys Herz, das noch pulsierte. Dieser bäumte sich ein letztes Mal auf, bevor er starb.

Roxolan versuchte aufzustehen, aber er schwankte und fiel auf den Boden neben sein Opfer.

»Rox!« Vladislav eilte zu ihm. Er ahnte nicht, wie viel Kraft diese Mysterien seinem Freund raubten. »Wach auf!« Er schüttelte ihn.

Schließlich kam der Hohepriester wieder zu sich.

»Wie lange war ich weg?«

»Eine Ewigkeit, mein Bruder und Beschützer. Versprich mir, dass du es nie wieder tust!«

»Soll ich auf die Bibel schwören?«

»Das hättest du wohl gern, du Gottesleugner! Komm, steh auf, wir haben zu tun. Jemand muss doch dem Pascha von Widin flüstern, dass Hunyadi mit großem Heer zu ihm unterwegs ist.«

Kapitel 35

Südtranssylvanien, 18. März 1442

János Hunyadi trieb Orion mit dem Schwert in einen stürmischen Galopp. Ab und zu blickte er über die Schulter zurück. Ihm folgten nur zwei bis drei Dutzend Reiter, die es geschafft hatten, den Türken zu entkommen. In der Schlacht bei Szent-Imre waren mehr als dreihundert seiner Krieger gefallen und doppelt so viele von den Osmanen gefangen genommen worden.

Auf einer Waldlichtung hielten sie an. Es war kurz vor Sonnenuntergang, aber im Wald war es bereits dunkel. Während der Nacht weiterzureiten war unmöglich. Zum Glück hinderte die Dämmerung die Verfolger ebenso daran, nach ihnen zu suchen.

»Wir machen hier über die Nacht Rast. Vielleicht kommen noch weitere Gefährten nach.«

»Ich bin anderer Meinung, Herr«, entgegnete ein Ritter. »Unser Weg sollte uns nach Buda führen, um dort Verstärkung zu holen.«

»Ich will so viele von meinen Männern retten wie möglich. Wir bleiben bis morgen früh. Dann wirst du nach Klausburg zu Miklós Újlaki reiten. Er soll sich mit den Truppen beeilen.«

»Verstanden. Dennoch empfehle ich, dass Ihr Euch in Sicherheit bringt. Die Gefahr, dass die Türken in diesem Augenblick unsere Spur aufnehmen, ist groß.«

»Nein, der Bey glaubt, dass ich tot bin. Er hat keinen Grund mehr, mir nachzujagen. Bis er herausfindet, dass ein anderer meine Rüstung getragen hat, wird es ein paar Tage dauern. Bis dahin werde ich nicht eher ruhen, bis ich ihn getötet habe.«

Die Sonne ging nun unter. Auf der Lichtung fanden weitere Krieger Anschluss an ihren Feldherrn. Die letzten berichteten, dass sie nicht verfolgt würden. Still hockten sie um die Feuerstellen, einige lagen verletzt auf dem Boden. Auch wenn sie überlebt hatten, zeigten sie keine Freude, denn viele von ihnen hatten Bruder, Vater, Sohn oder Freund im Gefecht verloren.

Hunyadi zog den Mantel aus und breitete ihn über einen Verwundeten. Er fand keine Trostworte für seine Gefährten, versuchte es auch nicht. Er war an allem schuld.

Vor wenigen Tagen hatte er in Belgrad Nachricht von Miklós Újlaki erhalten. Dieser rief ihn verzweifelt nach Transsylvanien zurück. Überraschend war Mezid, der Bey von Widin, mit achtzigtausend Bewaffneten in Südungarn eingefallen. János konnte nur um die dreitausend Kämpfer aus der serbischen Festung nach Weißenburg mitnehmen, wo er sich mit dem Woiwoden Újlaki treffen sollte. Doch keine Spur von ihm oder seinen Kriegern, denn er hielt sich noch in Klausburg auf.

Während er auf Miklós wartete, hatten Hunyadis Späher aus der Umgebung von Plünderungen einer kleinen Truppe von Osmanen berichtet. Ohne zu zögern, hatte er beschlossen, mit seinen Männer und denen des Bischofs György Lépes die Türken anzugreifen. Ein Fehler, der zu der verheerenden Niederlage geführt hatte. Die Feinde hatten einen Rückzug nur vorgetäuscht. In der Nähe von Szent-Imre waren sie überraschend von weiteren Gegnern eingekesselt worden, die um ein Zehnfaches mehr an Krieger zählten als sie. So viele seiner Ritter waren gestorben. Sogar der Bischof, der sich des göttlichen Beistands so sicher gewesen war, fiel im Kampf. Niemals hätte er allein, ohne Újlaki, die Osmanen angreifen dürfen. Nur durch ein Wunder gab es noch Überlebende. Er selbst hatte sich nur retten können, weil er seine

Ritterrüstung mit der des Edelmanns Simion Kemeny getauscht hatte.

Warum führte der Pascha einen Feldzug gegen Ungarn? Diese Frage stellte sich János in Gedanken wieder und wieder. Es überraschte ihn. Er hatte damit gerechnet, dass der Bey sich über die Mitteilung von Vladislavs Verrat ihm gegenüber dankbar zeigen würde. Woran war es gescheitert? Das Verschwinden seines Mannes Mihály Kemeny beunruhigte ihn obendrein. Hatte er es nicht bis nach Widin geschafft? War er ihm in den Rücken gefallen? Er dachte an den Bruder des Kundschafters, Simion, der sich für ihn geopfert hatte. Wie selbstlos er mit ihm die Rüstung getauscht hatte, wohl wissend, dass die Türken eine Kopfprämie auf ihn ausgesetzt hatten. Nein! Die Kemenys waren keine Abtrünnigen.

»Wie geht es weiter, Durchlaucht?«, fragte ihn Ritter Albrecht Kyráli.

»Morgen früh brechen wir auf. Einige von euch reiten zu ihren Gütern und rufen den Kleinadel und die Bauern zum Krieg. Ich werde ebenfalls Männer anheuern und Waffen von meinem Landgut mitbringen. Du aber führst die Verletzten nach Weißenburg. Ich komme so schnell wie möglich zurück.«

»Viele werden ohne einen Medicus nicht überleben.«

»Ich weiß. Gegen Mittag werdet ihr die Burg erreichen. In dieser Nacht kümmere ich mich um sie … soweit ich kann. «

»Ihr solltet auch auf Euch achtgeben. Ihr blutet!«

Jetzt nahm er die Stiche in der linken Schulter wahr. Als er die Hand darauf presste, spüre er die warme Flüssigkeit an seinen Fingern.

»Es ist nur eine Fleischwunde. Mein Knappe wird sie versorgen. Geh und versuche dich ein wenig auszuruhen.«

»Ihr auch, Herr!«

»Ich halte Wache.«

Sofort nach Sonnenaufgang brach er zusammen mit Gyuri zur Burg der Hunyaden auf. An seiner Seite trieb sein treuer Gefolgsmann den Hengst an, um mit János' wildem Galopp mitzuhalten.

Die Sorge um seine Familie, die er während des Feldzuges dort untergebracht hatte, spornte ihn zusätzlich an, denn genau in dieser Gegend raubten und mordeten die Osmanen. Er hoffte, dass diese, von den reichen Städten angezogen, seine Festung verschont hatten. Die Schmerzen in der Schulter spürte er nicht mehr, auch die Erschöpfung und den Hunger nicht. Je früher er mit Verstärkung zurückkehren und die Türken besiegen würde, desto schneller konnte die Schmach der Niederlage in Vergessenheit geraten.

Am späten Abend entdeckte János die Fackeln der Wachtposten auf den Wehrmauern seiner Burg. Das beruhigte ihn und gab ihm Kraft. Kurz darauf führte er sein Pferd über die Zugbrücke.

Im Innenhof angekommen, eilte Gyuri zu ihm, um ihm beim Absteigen zu helfen.

»Ich brauche dich nicht mehr, Gyuri. Geh und ruh dich aus. Morgen früh reitest du durch die Dörfer und rufst die Knezen und freien Bauern zu mir.«

»Gewiss.«

Erschöpft und gequält von Schmerzen und Hunger, schleppte er sich durch die Flure, ohne auf das Gesinde zu achten, das sich tief vor ihm verneigte. Im Rittersaal traf er auf seine Frau, die zusammen mit den Ministerialen und den älteren Rittern, die auf der Burg geblieben waren, speiste.

»János!« Erzsébet sprang auf, als sie ihn sah. Dabei presste sie erschrocken die Hand auf den Mund. Nach einem kurzen Moment eilte sie zu ihm. »Gott im Himmel! Was ist passiert? Woher kommt dieses ganze Blut? Und welche Rüstung trägst du? Wo bist du verletzt?«

Er antwortete nicht. Stattdessen setzte er sich auf seinen Platz und ließ die Wortschwall über sich ergehen.

»Du bist bestimmt hungrig«, plapperte sie weiter, während sie Platten mit Fleisch und Käse vor ihn hinstellte.

»Später. Jetzt will ich nur allein sein.«

»Komm, lass mich dir den Mantel ausziehen.«

»Hör auf!«

Auch die fragenden Blicke der anderen störten ihn. »Was schaut ihr so? Raus mit euch!«

Der Burgvogt wagte es dennoch, ihn anzusprechen. »Herr, kann ich …«

»Raus, habe ich gesagt. Alle!«

Der Saal leerte sich in wenigen Augenblicken.

»Was suchst du noch hier?«, fragte er Erzsébet grob.

»Ich bin doch deine Frau! Du kannst mich nicht mit dem Gesinde hinausjagen. Komm, ich helfe dir. Du weißt, du kannst mir alles erzählen. Was ist passiert?«

»Schweig, Weib!«, zischte er.

Sie nahm ihm den Kurzmantel ab. »Habt ihr die Türken besiegt?«

Die angestaute Wut über die Niederlage stieg bei jedem Wort seiner Gemahlin in ihm auf.

»Gab es viel Kriegsbeute?«

Sein Herz schlug immer schneller, so dass er tiefer atmen musste, um es zu beruhigen.

Sie schenkte ihm Wein ein und stellte ihm den Becher hin. »Trink etwas davon.«

»Ich will nichts. Was ich brauche …«

»Den Medicus«, unterbrach sie ihn. »Ich schicke sofort nach ihm. Er soll dich unverzüglich untersuchen.«

»Hör auf, Frau!«, schrie er.

»Und in der Küche … sie sollen den Zuber für ein Bad in unserem Gemach vorbereiten. Das wird dir guttun. Ich weiß es.«

János haute auf den Tisch. »Sei einfach still!«

In ihrer Geschäftigkeit stieß sie mit dem Ellbogen an seine Wunde.

Brüllend sprang er auf und schlug ihr ins Gesicht. Es war nur ein einziger Funke, der das Feuer in ihm zum Lodern brachte.

Sie taumelte und stützte sich auf die Tischkante. »Was soll das, János?«

Da packte er ihre Hände und rüttelte sie. »Schweig, habe ich gesagt! Hörst du? Halt einfach den Mund!«

»Lass mich los! Du tust mir weh. Ich will dir doch nur helfen!«

Wütend drehte er ihr den Arm nach hinten und presste sie mit den Brüsten auf den Tisch. Fiebrig hob er ihr Kleid hoch. Danach entblößte er seine Lenden und drang in sie ein. »Keinen Laut mehr will ich hören!«

Jeder Stoß, jedes Stöhnen von ihr erregte ihn immer noch mehr, und gleichzeitig befreite es ihn von der Schmach der Niederlage. Er war wieder stark … Unbesiegbar. Sie bäumte sich auf. Ihr Widerstand trieb ihn weiter an. Er packte ihr Haar und riss ihren Kopf zurück.

Sie keuchte, aber sie wehrte sich nicht. Im Gegenteil, sie antwortete auf jeden Stoß.

Er wollte sie aber besiegt sehen!

János fuhr mit der anderen Hand in ihr Mieder und knetete wild ihre Brüste. Erzsébet schrie. Dennoch schaffte sie es, den Kopf zu drehen und ihn in den Unterarm zu beißen.

Sein Körper zuckte bei dem stechenden Schmerz. Unter Krämpfen ergoss er sich in sie und brach dann ausgelaugt auf ihr zusammen.

Sein Herz schlug so stark, dass er das Pochen bis in die Halsschlagader spürte. Mit weit geöffnetem Mund schnappte er nach Luft. Die trockene Zunge suchte vergeblich nach Speichel.

Er wusste nicht, wie lange er so auf ihr gelegen hatte. Was hatte er nur getan? Langsam richtete er sich auf und ließ sich dann auf den nächsten Stuhl fallen.

Wie hatte er sich nur derartig benehmen können?

Seine Frau zog ihr Kleid zurecht. Mit zitternden Fingern ordnete sie danach ihr Haar.

Er traute sich nicht, ihr in die Augen zu sehen.

»Möchtest du jetzt mit mir reden?« Ihre Stimme war beherrscht.

»Es tut mir leid, Erzsébet.«

»Sag so etwas nicht! Denn es erniedrigt mich mehr als das, was du getan hast. Seit Jahren hast du mich nicht mehr berührt. Und nun bereust du es?«

Er streichelte ihre Wange. »Ich habe dir weh getan. Verzeih mir!«

Ihre Augen glänzten, doch nicht nur vor Wut. Es war auch Leidenschaft, die er darin sah.

»Du bist mein Mann, und ich muss dir gehorchen … Ich habe den Saal nicht verlassen, als du es mir befohlen hast. Dafür bitte ich dich um Vergebung. Außerdem hast du dir genommen, was dir zusteht. Ob du es nun glaubst oder nicht …« Sie suchte nach Worten. »Ich habe es irgendwie genossen. Seit langem habe ich das Feuer nicht mehr in mir gespürt.« Sie legte die Hand auf seine. »Ich denke, es hat uns beiden gutgetan«, flüsterte sie.

Er küsste ihre Fingerspitzen. »Niemand versteht mich so wie du.«

Sein Lebensmut kehrte zurück. Er nahm den Becher und trank den Wein mit großen Schlucken. Ein paar Tropfen liefen ihm übers Kinn. Dann stellte er das leere Gefäß auf den Tisch.

»Wir waren zu wenige«, begann er zu erzählen. »Drei oder vier Türken gegen einen von uns. Mezid Bey hat uns eine

Falle gestellt. Fast alle meine Männer sind tot. Der gute Simion Kemeny …« Tränen rollten über seine Wangen. »Er hat mir angeboten, mit mir die Rüstung zu tauschen. Der Pascha hatte eine Kopfprämie auf mich ausgesetzt … und jeder Janitschar, *Spahi* oder *Akinci* weiß, wie mein Harnisch aussieht. Wie ein Wespenschwarm haben sie sich auf ihn gestürzt und ihn niedergemetzelt. Und ich? Wie ein Feigling bin ich davongeritten. Ich hatte Angst um mein Leben. Verstehst du, Erzsébet? Ich, Hunyadi, der den Sultan Murad von Belgrads Mauern verjagt hat.«

»Wie kommt es, dass der Bey von Widin dich unvorbereitet gefunden hat? Du wägst doch immer alle Gegebenheiten ab.«

»Ich habe das Gegenteil erwartet. Letztes Jahr habe ich Mihály Kemeny, Simions Bruder, zu Mezid entsandt, um ihn von der Untreue Vladislavs zu benachrichtigen. Dafür habe ich mit einer Einladung des Bey gerechnet. Mit einem politischen, wenn nicht sogar mit einem militärischen Geflecht mit ihm gegen Draco.«

»Dann ist etwas Schlimmes geschehen. Was hat dein Mann über das Treffen berichtet?«

»Kemeny ist nie mehr zurückgekehrt.«

»Das heißt, dass er dich entweder verraten hat oder ums Leben gekommen ist, bevor er mit dem Bey sprechen konnte.«

»Daran habe ich auch gedacht. Daher habe ich ein paar Kundschafter in die Walachei und an die Donau geschickt, um nach ihm zu suchen oder etwas über ihn herauszufinden. Außerdem: Falls er es nicht mehr nach Widin geschafft hat, was hat den Pascha dann dazu gebracht, Ungarn anzugreifen? Die Osmanen führen niemals Krieg in dieser Jahreszeit. Der Winter ist noch nicht vorbei. Es ist etwas, das ich nicht …«

Ihm wurde schwindelig. Die Erschöpfung, der Blutverlust und der Wein forderten ihren Tribut. Seine Augen fielen zu. Es wurde schwarz um ihn.

Die Sonne strahlte, als er erwachte. Seine Finger tasteten über das Laken neben sich. Er lag in seinem Gemach im Bett. Die Schulter, frisch verbunden, schmerzte nicht mehr. Er zog die Decke zur Seite und warf sich den Hausmantel über. Kaum hatte er ein paar Schritte gemacht, ging die Tür auf.

Johann von Zredna stürmte herein. »Herr! Gott sei Dank, Ihr seid wieder auf den Beinen. Sonst hätte ich Euch wecken müssen.«

János setzte sich auf die Bettkante. »Was gibt es so Dringendes? Werden wir von den Türken belagert – oder haben wir sie besiegt?«

»Nein! Die Truppen von Miklós Újlaki sind einen Tagesritt von Burg Hunyadi entfernt. Sie ziehen weiter hinter Mezid her, der Hermannstadt angreifen will.«

Hunyadi massierte sich die Schläfen. »Wie lange habe ich gelegen?«

»Heute ist der zweite Tag, Herr. Ihr wart nicht schwer verletzt, aber wie der Medicus sagte, haben die Erschöpfung und der Blutverlust den Körper übermannt. Die Herrin hat Euch Tag und Nacht gepflegt und an Eurem Bett gewacht.«

»Wo ist sie?«

»Jetzt ist sie bei László.«

»Sorge dafür, dass ich bis morgen eine neue Rüstung habe.«

»Sie steht schon bereit. Gyuri poliert sie seit gestern ununterbrochen. Auch Orion wartet auf Euch.«

»Schick mir den Barbier und den Kammerdiener. Und, Johann, kündige mich bei meiner Gemahlin an.«

»Nichts lieber als das.«

Später traf János Erzsébet in der kleinen privaten Kapelle, wo sie, vor dem Altar kniend, leise betete. Als sie ihn sah, stand sie auf und knickste vor ihm.

»Mein Gemahl! Ich freue mich, dich wohlauf zu sehen. Meine Gebete wurden erhört.«

»Ich danke dir für die Pflege und … und für die Kraft, die du mir geschenkt hast. Morgen früh schließe ich mich den Truppen von Újlaki an, und bis dahin muss ich die neuen Streitkräfte organisieren. Deshalb werde ich dich jetzt verlassen.« Er kniete vor ihr. »Segne mich!«

Sie legte die Hand auf sein Haupt. »Gesegnet sollst du sein, János Hunyadi.« Ihre Stimme klang fest. »Kehre zurück in den Krieg und räche den Tod deiner Männer. Hol dir deine Ehre zurück!«

»Ich verspreche es dir!«

Kapitel 36

Targoviste, 8. April 1442

Vladislav schlug mit der Faust auf die Thronlehne. »Wie? János ist nicht im Kampf gefallen?«

»Nein, Hoheit«, antwortete der Kundschafter, der ihm die Nachricht überbracht hatte. Es war ein Walache aus Transsylvanien, der zum katholischen Glauben hatte übertreten müssen, um seine Ländereien behalten zu können. Aus Stefan war Istvan geworden, obwohl er die Magyaren hasste. »Ein anderer trug seine Rüstung«, fuhr er fort. »Geschlagen hat sich Hunyadi auf seine Burg zurückgezogen. Man sagt, er sei verletzt gewesen. Aber, wie es scheint, nicht lebensbedrohlich, denn ein paar Tage nach der Niederlage von Szent-Imre führte er zusammen mit Újlaki, dem anderen Woiwoden, die ungarische Armee nach Hermannstadt. Dort haben sie den Bey vernichtet. Mezid selbst ist in der Schlacht gefallen und auch sein Sohn. Die Christen haben das ganze türkische Lager erbeutet. Was für ein Sieg!«

»Weißt du, was sie vorhaben? Kehren sie zurück nach Buda?«

»Nein, Hoheit. Im Gegenteil, sie warten an der Südgrenze auf Verstärkung, um die Türken über die Walachei bis über die Donau zu verjagen.«

»Was?«

»Ihr seid in den Verdacht geraten, den Kriegszug von Mezid Bey toleriert, wenn nicht sogar militärisch unterstützt zu haben.«

»Woher hast du dieses Gerücht?«

»Ein Kapitän von Újlaki war überaus gesprächig nach mehreren Bechern Wein. Ich habe ihn abgefüllt, als er nach der Kriegsberatung das Zelt verlassen hatte. Woiwod Hunyadi hat Euch am schärfsten beschuldigt. Aber nicht alle wollten ihm Glauben schenken. Deshalb wird in den nächsten Tagen eine Gesandtschaft von ihnen hierherkommen. Sie werden Euch auffordern, Euch an dem Feldzug gegen die Osmanen zu beteiligen. Mit Waffen und Männern.«

»Das ist eine Falle!«, mischte sich Roxolan ein.

»Eine sehr gerissene.« Vladislav lächelte grimmig. »Egal, wie ich mich entscheide, es wird zu meinem Verhängnis.«

Die Nachrichten waren beängstigend. Sein Plan, der Oberherrschaft der polnisch-ungarischen Macht mit der Hilfe der Osmanen zu entkommen, war gescheitert. Seine Lage war dadurch noch kritischer geworden. Während er auf eine Lösung sann, ging er im Raum auf und ab. Jeder seiner Beschlüsse würde so oder so die ganze Familie in Gefahr bringen. Er konnte lediglich zwischen zwei Übeln das geringere wählen.

»Derzeitig geht die unmittelbare Bedrohung vom Norden aus, von Ungarn«, sagte er. »Nach dem Tod von Mezid werden sich die Türken nicht so schnell neu organisieren. Ein paar Wochen wird es dauern, wenn nicht Monate. Folglich gewinne ich für kurze Zeit Ruhe im Süden. Dennoch werden sie sich rächen wollen, falls ich an Hunyadis Feldzug teilnehme. Aber bis dahin können sie mich auch nicht vor ihm schützen.«

Vladislav sah sich plötzlich ganz auf sich gestellt. Ohne Verbündete. Moldau war Polens Vasall, der serbische Despot Brankowitsch dem Sultan ergeben, aber insgeheim immer noch dem ungarischen Königreich treu. Der Papst wollte seinen Kreuzzug nicht nur gegen die Muslime führen, sondern auch gegen die Orthodoxen, um sie zum Katholizismus zu bekehren. Vielleicht würden die Genueser oder Venezianer ihm einige Schiffe und Söldner schicken unter der Bedingung, ihnen zollfreie Handelswege zu gewährleisten. Für sie hatte die Religion keine Bedeutung. Sie beteten nur zu einem

Gott: dem Gold. Die Burgunder hatten ihm ebenfalls den Rücken gekehrt. Er war für sie ein Verräter. Ein Eidbrecher, der die Mäntel des Drachenritters mit Schande befleckt hatte. War er stark genug, um diese heikle Situation allein zu bewältigen? Oder würden er und das Land von den zwei Mächten wie zwischen Mühlsteinen zermalmt?

»Hast du weitere Nachrichten, Stefan?«

»Nein, Hoheit.«

Vladislav zog seinen Dolch und überreichte ihn ihm. »Du wolltest nie Geld oder Ländereien als Belohnung. So nimm nun dieses Messer.«

»Aber Hoheit …« Der Mann betrachtete sprachlos die aus Gold geschmiedete und mit Edelsteinen besetzte Stichwaffe. Er fiel auf die Knie. »Ich danke Euch!«

»Steh auf, denn ein Getreuer braucht nicht vor mir zu knien. Verlass die Burg durch den Tunnel, so wie bei deiner Ankunft. Pass auf, dass du dabei nicht Hunyadis Recken über den Weg läufst.«

»Hoheit!« Er verneigte sich und eilte davon.

»Was wirst du tun, Vlas?«, fragte ihn Roxolan, als sie allein waren.

»Ich werde eine Armee zur Unterstützung des Kreuzzuges schicken. Aber nur ein paar hundert Bogenschützen. Nicht zu wenige für Hunyadi und seine Kreuzzügler, aber auch nicht zu viele, um nicht zu großen Schaden bei den Osmanen anzurichten.«

»Der Bojarenrat wird nicht zustimmen. Sie fürchten die Rache des Sultans. Sie verdienen deutlich mehr durch den Handel mit den Türken als mit den Kaufleuten aus Transsylvanien.«

»Ja, aber die Ungarn rücken bereits über die Karpaten an. Glaub mir, keiner von ihnen will die Walachei zum Schauplatz eines Krieges zwischen den zwei Mächten machen.

Wenn ihre Landgüter verwüstet werden, haben sie keine Handelspartner mehr nötig.«

»Das könnte den Rat überzeugen. Sicher ist es trotzdem nicht. Wir wissen nicht mehr, wer uns noch treu ist.«

»Ich weiß, Rox. Mehr als die Hälfte der Bojaren haben Beziehungen zu dem ehemaligen Regenten Albu und damit zu den Danen.«

»Wer wird die Truppe führen?«

»Nanu Pascal. Und du, mein Freund, wirst ihn begleiten.«

»Nein, Vlas! Ich bleibe bei dir. Seit Tagen habe ich ein ungutes Gefühl, das ich nicht zuordnen kann.«

»Die Gefahr ist nicht hier. Ich brauche dich in den Reihen meines Feindes. Niemand beherrscht wie du so viele Sprachen und die Kunst der Verwandlung. Nur wenn wir wissen, was János und meine Vettern planen, können wir dagegen vorgehen. Ein für alle Mal.«

Roxolan schwieg. Vladislav sah, wie schwer es ihm fiel, eine Entscheidung zu treffen, die seiner Pflicht, ihn zu beschützen, zuwiderlief.

»Unter einer Bedingung. Ich werde sofort zu dir reiten, wenn ich es für richtig halte. Auch wenn ich nur meinem Instinkt folgen muss.«

»Einverstanden.«

Südtranssylvanien, 6. Mai 1442

János inspizierte im Feldlager die Wagen, die nach hussitischer Art gebaut waren. Sie warteten noch vor dem Pass von Törzburg, in Transsylvanien, auf die Verstärkung aus dem Königreich. In wenigen Tagen würden um die zwanzigtausend Kämpfer unter seinem Befehl die Karpaten in die Walachei überqueren. Falls sein Plan aufging.

Auf dem Rundgang begleitete ihn der walachische Bojar Albu.

»Vladislav hat den Köder geschluckt«, sagte der. »Einer meiner Männer hat mir eben berichtet, dass sich fünfhundert Reiter aus Targoviste einen Tagesritt von uns entfernt befinden. Meine Verbündeten im Bojarenrat haben die anderen überzeugt, für dieses militärische Vorgehen abzustimmen.«

»Wie viele von ihnen sind auf unserer Seite?«

»Weniger als die Hälfte, aber sie sind als Großgrundbesitzer ausgesprochen mächtig. Es sind die einflussreichsten. Der Kleinadel bleibt noch dem Fürsten treu ergeben.«

»Das können wir verkraften.«

»Es gibt allerdings eine schlechte Nachricht, Woiwode.«

»Ich höre.«

»Draco ist in Targoviste geblieben. Auch seine Söhne.«

»Er hat die Falle durchschaut, Albu. Wir haben ihn unterschätzt. Wer kommandiert die Truppe?«

»Sein Bluthund, Pascal.«

»Wir müssen unseren Plan ändern.«

Sie setzten den Rundgang fort. Kämpfer pflegten ihre Waffen. Manche von ihnen vertrieben sich die Zeit mit Schwertübungen oder Ringen. Vor seinem Zelt erblickte Hunyadi Dan Basarab, der mit nacktem Oberkörper mit seinem Bruder Rodislav focht. Sie hörten sofort damit auf, als sie ihn sahen.

»Gibt es Neuigkeiten?«, fragte der Ältere.

»Komm, gehen wir ins Zelt.«

János bereute seinen Vorschlag sogleich, denn im Zeltinneren war es unerträglich stickig.

»Ihr müsst zurück nach Kronstadt. Morgen treffen fünfhundert walachische Reiter ein. Sie dürfen euch hier nicht sehen.«

»Und warum müssen wir fort? Ich verstehe das nicht!«, protestierte Rodislav. »Haben wir nicht geplant, Vladislav sofort zu verhaften und ihn dem Sultan auszuliefern? Wir wollen danach nach Targoviste anrücken, um den Thron zu erobern.«

»So war der Plan. Aber euer Vetter ist daheim verblieben.«

»Verflucht soll er sein!«

»Wegen seiner militärischen Unterstützung haben wir keinen Grund mehr, ihn anzugreifen«, dachte Dan laut nach. »Trotzdem sollte es genügen, um ihn dem Padischah als Verräter vorzuführen.«

»Nichts übereilen. Diesmal müssen alle möglichen Umstände betrachtet werden.«

»Ich habe eine Idee«, meldete sich Albu. »Entrüstet über das verräterische Verhalten seines Fürsten, wird sich mein Schwager nach Edirne begeben, um dem Sultan von der Teilnahme der Walachen an dem Feldzug zu berichten. Was haltet Ihr davon?«

»Ja, das ist gut!«, stimmte ihm János zu. »Den Kampf gegen die Osmanen werden wir weiterführen. So wie geplant. Sie sind jetzt, nach dem Tod von Mezid, noch geschwächt. Jeder unserer Erfolge bringt uns mehr Verbündete aus ganz Europa und schadet gleichzeitig Vladislav.« Er wandte sich an die Danen. »Deshalb müsst ihr fort. Wie ich Vlas kenne, hat er bestimmt seine Späher mit der Truppe ausgesandt. Auf keinen Fall dürfen sie euch hier sehen. Und Euch, Albu, ebenfalls nicht. Er soll sich sicher fühlen.«

Dan nickte. »Der Plan ist gut!«

»Vladislavs Tage sind gezählt«, fügte Hunyadi hinzu.

Targoviste, 28. Mai 1442

Vasilissa hob den Blick von der Stickerei und beobachtete ihre Hofdamen, die im Hof »Blinde Kuh« spielten. Zwischen ihnen sauste Radu umher. Eine von den Frauen fing ihn auf und wühlte in seinen blonden Locken. Gruia, Smarandas und Ilarions Sohn, versuchte ihn aus ihrer Umarmung zu befreien.

Die ungewöhnliche Wärme des Maitages hatte die Fürstin und die Edelfrauen nach draußen getrieben. Aber im Schatten des alten Lindenbaums dachte keine von ihnen mehr an die Handarbeit. Stattdessen genossen sie die nach Frühling duftende Luft und beobachteten die Spielenden, was sie immer wieder zum Lachen brachten.

Vasilissa fiel in das ansteckende Gelächter ein. Ihr Mutterherz schlug schneller beim Anblick ihres Nesthäkchens. Er sah aus wie ein Engel und bezauberte jeden auf der Burg. Zwei Menschen ausgenommen: Vladislav und Rox. Bei ihrem Mann war sie nicht sicher, ob er Radu instinktiv oder bewusst nicht als seinen leiblichen Sohn wahrnahm. Anders bei Roxolan: Sie hatte nie vergessen, wie er reagiert hatte, als er das Kind zum ersten Mal sah. Er hatte seine Hand von ihm zurückgezogen und Vasilissa vorwurfsvoll angesehen. Dadurch hatte er ihr damals bestätigt, was sie nicht hatte wahrhaben wollen. Nur ihr stummer, flehender Blick hatte ihn davon abgehalten, ihr Geheimnis zu verraten. Mittlerweile spürte sie, dass ihr Gemahl die Wahrheit erkannt hatte. Die Art und Weise, wie er den Jüngsten von sich fernhielt, sprach dafür. Wie oft hatte sie sich vorgestellt, was sie ihm sagen wollte, wenn er sie zur Rede stellte. Die Angst, dass er sie verstoßen und von den Kindern trennen könnte, bescherte ihr schlaflose Nächte. Sie hoffte nur, dass der Ehevertrag, der ebenso einen Vertrag mit dem Fürstentum Moldau bedeutete, ihn davon abhalten würde.

Radu rannte zu ihr und fiel vor ihr auf die Knie. Erschöpft legte er sein Köpfchen in ihren Schoß. »Mutter, ich habe Durst!«

Vasilissa fuhr mit den Fingern durch seine verschwitzten

Haare. »Dann ruf den Hausdiener und bitte ihn, dir etwas zu trinken zu bringen. Vergiss niemals, dass du ein Prinz bist!«

Schmollend erhob er sich und ging zurück zu den spielenden Damen.

»Sag mir, Sma, was ich falsch mache. Er hört nie auf mich.«

»Ihr verwöhnt ihn zu sehr«, erwiderte Smaranda auf ihre direkte Art.

»Und was tust du mit Gruia? Oder Maria?« Die Fürstin schaute vielsagend auf den gewölbten Bauch ihrer Vertrauten. »Ich will mir gar nicht vorstellen, wie du auch dein drittes Kind bemuttern wirst. Wann ist es so weit?«

»Je eher, desto besser«, antwortete Smaranda stöhnend. »Ich kann meinen schweren Körper bei dieser Hitze nicht mehr tragen.« Sie wischte sich mit einem Tuch den Schweiß von Gesicht, Hals und Ausschnitt. »So wie es trampelt, wird es wieder ein Junge werden.« Sie legte eine Hand auf ihren Leib. »Kräftig wie sein Vater!«, lachte sie.

Vasilissa freute sich für Smaranda und gönnte ihr das Glück. Ilarion vergötterte sie. Manchmal erinnerte sie sich an die Liebesnächte mit Wallerand. Sie hatte seit seinem letzten Besuch nichts mehr von ihm gehört. Sie vermisste ihn. Seine Liebkosungen und vor allem sein Verlangen nach ihr. Aber er hatte für sie beide entschieden, dass sie sich nicht mehr sehen durften. Keine Berührungen, keine heimlichen Treffen mehr. Der Gedanke, dass er eine andere Geliebte haben könnte, ließ ihr keine Ruhe. Es war nicht nur Eifersucht, was sie verspürte. Es machte sie wütend, dass sie immer wieder an ihn dachte, dass sie nicht in der Lage war, ihre Gefühle zu beherrschen. Wann würde sie akzeptieren können, dass sie bis ans Ende ihrer Tage ohne seine Liebe leben musste? Und welchen Platz nahm Vlas noch in ihrem Herzen ein?

Das Kichern der Frauen verstummte abrupt. Ein Schatten

fiel über sie. Als Vasilissa nach oben blickte, sah sie im Gegenlicht den Umriss eines Mannes. Sie erkannte ihren Gemahl.

Die Hofdamen knicksten. »Eure Hoheit!«

Mit einer Handbewegung entließ Vladislav die Damen.

Er setzte sich neben sie. »Im Sonnenlicht funkeln deine Augen wie Smaragde.«

»Oh, du hast eine schlechte Nachricht«, scherzte sie. »So ein Kompliment hat seinen Preis.«

»Du kennst mich gut, Prinzessin«, schmunzelte er. »Es ist wahr. Ich komme von der Ratsversammlung. Wir haben einen Gesandten aus Edirne empfangen. Der Sultan hat mich und alle meiner Familienmitglieder zu sich eingeladen.«

»Das kannst du nicht annehmen. Du weißt niemals, was Murad denkt.«

»Hab keine Angst. Du bleibst mit Mircea hier. Nur Vlad und Radu werden mich begleiten.«

Sie sprang auf. »Nicht Radu! Er ist doch noch ein Kind und wird die Reise nicht überstehen.«

»Er ist fast sechs Jahre alt. Mircea war noch kleiner, als er mir von Nürnberg nach Schäßburg gefolgt ist.«

»Ja, und er ist beinahe gestorben.«

»Mir bleibt keine andere Wahl, Prinzessin. Ich widersetze mich dem Sultan ohnehin schon, wenn ich nicht mit meiner ganzen Familie erscheine. Es ist beschlossen: In wenigen Tagen brechen wir auf. In meiner Abwesenheit bist du als Fürstin meine Stellvertreterin. Unterstütze bitte Mircea! Ich habe ihn für diesen Moment ausgebildet und vorbereitet, aber ihm fehlt noch die Lebensklugheit.«

»Was erzählst du da? Du kommst mit meinen Kindern doch zurück.«

»Selbstverständlich! Dennoch, du weißt von deinem Vater, wie es ist. Ich muss die Herrschaft für diese Zeit regeln.«

»Ich tue es.« Ihre Hände zerknüllten den Stoff ihres Kleides. »Es ist nur so, dass ich ein ungutes Gefühl habe. Die Alpträume in den letzten Nächten …«

»Wenn mir irgendetwas passieren sollte, dann versprich mir, dass du zu deiner Familie nach Moldau gehst.«

Vasilissa spürte den Ernst und die Sorge in seiner Stimme. Unerklärliche Angst schnürte ihr den Atem ab. Sie musste die Situation akzeptieren, denn sie war die Tochter und die Gemahlin eines Fürsten. Sie war dafür erzogen worden – Stärke zu zeigen und, wenn die Lebenslage es verlangte, auch zu herrschen.

»Ich werde dich selbstverständlich vertreten.«

»Die zwei Mäntel des Drachenordens sowie die Ouroboroskette und das Toledoschwert werde ich hier zurücklassen. Mircea soll sie …«

Sie legte die Finger auf seine Lippen. »Du kehrst zurück, mein Gemahl. Vergiss nicht: Der Thron wartet auf den rechtmäßigen Herrscher. Und das bist du!«

Er küsste ihre Fingerkuppen und sah sie verschmitzt an. »Du schmeckst nach Waldbeeren, Prinzessin. Und ich habe solch einen Hunger auf diese saftigen Früchte.«

Er zog sie hoch und führte sie in ihr Gemach, wo er sie liebte, als gäbe es kein Morgen mehr.

Kapitel 37

Widin an der Donau, 9. Juni 1442

Das Schiff näherte sich dem Ufer. Auf die Reling gestützt, blickte Vladislav nach Süden. Es war früher Nachmittag. Die leichte Brise, die über den Fluss strich, milderte die Hitze der prallen Sonne. Geblendet von den Sonnenstrahlen und dem Glitzern der Donauwellen, schirmte er die Augen mit der Hand ab. So konnte er besser die mächtigen Mauern der Festung Baba Wida betrachten, der einstigen bulgarischen Befestigungsanlage, die nun seit einigen Jahrzehnten den Osmanen gehörte. Von dort aus würde er zusammen mit seinem Gefolge nach Edirne weiterreiten.

Er kehrte zurück an Deck, wo die Knechte bereits die Reittiere und Wagen für die Entladung im Hafen von Widin vorbereiteten. Unter den Anweisungen von Tudor formierte sich der Tross erneut. Auch Vlad half dabei. Er führte zwei Hengste an ihren Zügeln und stellte sie dann in die Reihe zu den anderen. Die Tiere folgten ihm widerstandslos, im Vergleich zu den meisten anderen, die wiehernd bockten.

Vladislav hob Radu hoch. »Sieh dir deinen Bruder an! Er bändigt die Pferde wie ein Tatar.«

»Ja, aber nur weil er viel größer ist als ich.«

»Eines Tages wirst du es genauso gut wie er beherrschen.« Als Vater spürte er, dass der Jüngste darunter litt, nicht mehr wie am Hof in Targoviste verwöhnt zu werden und im Mittelpunkt zu stehen. Überdies fiel ihm mehr denn je der Unterschied zwischen seinen Kindern auf. Vlad, schlaksig aber sehnig, stur und dennoch ehrgeizig, war sein Ebenbild, trotz der grünen Augen und der schwarzen Haare, die er von seiner Mutter geerbt hatte. Radus blonde Locken und die blaue Augenfarbe stellten ihn vor ein Rätsel. Er war anders als Mircea und Vlad. Vladislav konnte sich nicht erklären, was das bedeutete. Oder wollte er es nicht wahrhaben? Er dachte an die langen Zeitabschnitte ihrer Ehe, in denen er Vasilissa allein gelassen hatte. Nein, korrigierte er sich in Gedanken: Er hatte sie vernachlässigt. Ob sie die Wärme eines fremden Mannes gesucht hatte? Hatte er das Recht, ihr irgendetwas vorzuwerfen, wo er doch noch immer in Clara verliebt war?

»Herr!« Tudor eilte zu ihm. »Wir sind so weit.«

»Gut. Endlich wieder festen Boden unter den Füßen!«

Das Schiff steuerte in den Hafen, um in Kürze mit dem Anlegemanöver zu beginnen.

Vlad schloss sich ihnen an. »Vater, darf ich unterwegs neben dir reiten?«

»Selbstverständlich.«

»Ist es wahr, dass der Palast des Sultans aus Gold ist?«, fragte ihn Radu.

»Nein, aber er ist sehr prunkvoll. Außerdem heißt es *Serail* und nicht Palast.«

»Erzähl uns!«, bat ihn der Jüngste. »Wie ist es dort?«

Weil es noch dauerte, bis sie an Land kamen, begann Vladislav, seinen letzten Besuch in Brussa auszumalen.

An der Nordgrenze der Walachei versammelten sich zu dieser Zeit immer mehr Streitkräfte im Feldlager von János Hunyadi.

In seiner Verkleidung als walachischer Bogenschütze beobachtete Roxolan die Ankunft der neuen Reiter. Sie trugen keine Wappen – es waren wieder bezahlte Söldner aus Polen oder Böhmen.

Seit Wochen beschäftigten sich die Walachen nur mit Kampfübungen und der Pflege der Waffen und Pferde, während die ungarischen Truppen vereinzelte osmanische Heereszüge jagten, die noch durch Siebenbürgen marodierten.

Rox verließ seinen Platz und ging Pascal suchen. Er fand ihn auf der Pferdekoppel.

»Gibt es etwas Neues?«, fragte Nanu ihn mürrisch.

»Nur neue Kämpfer, die gerade angekommen sind.«

»Wie lange will Hunyadi uns hier herumlungern lassen? Mir gefällt das nicht. Welchen Sinn hat unsere Anwesenheit hier?«

Roxolan erinnerte sich an die freundliche Begrüßung der beiden transsylvanischen Woiwoden, als sie das Lager erreicht hatten. Er hatte sich damals und auch die Tage danach nicht täuschen lassen. Mehrmals hatte er sich zum Zelt von János oder Újlaki geschlichen, um die Gespräche dort zu belauschen. Nichts: kein Wort über die Walachei oder Vladislav. Dennoch spürte er, dass irgendetwas nicht stimmte.

Der Schrei eines Bussards lenkte ihn von seinen Überlegungen ab. Er schaute nach oben und folgte dem kreisförmigen Gleiten des Raubvogels, der nach Beute Ausschau hielt. Da änderte der Vogel abrupt die Flugrichtung und schoss wie ein Pfeil zur Erde, bis er hinter den Bäumen verschwand. Das gejagte Kleintier hatte keine Chance gehabt, das wusste Rox. Ein unbehagliches Gefühl ergriff von ihm Besitz, er fühlte sich genau wie die Beute des Greifvogels – einer unsichtbaren Macht ausgeliefert. Die Gefahr kam näher, er konnte sie spüren. Auf einmal wurde ihm klar, was nicht stimmte.

»Nanu, ich muss weg.«

»Jetzt? Warum so plötzlich?«

»Hier werden wir nichts herausfinden. Im Gegenteil, wir sind die, die beobachtet werden wie Tiere in einem Käfig. Hast du bemerkt, dass unser Lager von den Ungarn umzingelt ist?«

»Gewiss doch. Was willst du nun tun?«

»Diese Nacht verlasse ich das Feldlager. Ich werde es von außerhalb beobachten, wie ein Adler aus der Luft seine Beute beobachtet.«

»Und wie kann ich dich finden?«

»Ich melde mich.«

Nanu Pascal nickte.

Als er wieder in seinem Zelt war, zog Rox die walachische Kleidung aus und ersetzte sie durch seine eigene, die aus Leder gefertigt war. Aus einem verborgenen Loch in der Erde zog er seine Waffen und den Lederbeutel mit den Kräuter- und Pulversäckchen. Er freute sich, in den Wald zurückzukehren, denn dort war er zu Hause.

Das beunruhigende Gefühl einer drohenden Lebensgefahr wurde immer stärker. Aber er konnte nicht erspüren, wer bedroht war; er selbst war es jedenfalls nicht.

Die Galeere ankerte im Hafen von Widin. Die Fuhrwerke des walachischen Gefolges rollten eines nach dem anderen ans Ufer. Erst als auch die Pferde auf festem Boden standen, verließ der Fürst zusammen mit seinen Söhnen unter Geleitschutz das Schiff.

Von der Festung her ritt eine osmanische Truppe auf sie zu. Vladislav schätzte sie auf eine Stärke von etwa dreihundert Männern. Die Flaggen mit dem Halbmond flatterten über ihren Köpfen, und die Harnische blitzten in der Mittagssonne.

»Ist das ein Empfangsgesandtschaft?«, sprach ihn Tudor an.

»Dafür sind es ziemlich viele Reiter.«

»Sie wollen uns bestimmt sicheres Geleit bis nach Edirne gewähren.«

»Oder wir sind zuerst auf der Burg zu einem festlichen Mahl eingeladen. So wie es sich gehört, um einem Fürsten

Ehrerbietung zu zeigen. Ein Tag mehr oder weniger macht mir nichts aus.«

»Vater, wer sind die Reiter?«, fragte ihn Vlad.

»Das sind Türken der Burgbesatzung.«

Aus unmittelbarer Nähe dann erkannte er ihre Ausrüstung. Es waren Bogenschützen und die *Akinci,* die leichte Kavallerie des Bey. Tudors besorgter Blick bestätigte seine Befürchtung. Dennoch bewahrte er Ruhe.

»Zieht die Reihen zusammen!«, befahl er seinem Vertrauten. »Radu! Vlad! Ihr bleibt in der Mitte.«

Auf ein Zeichen umringten seine Männer die beiden Jungen. Vladislav beobachtete die Truppenbewegung der Osmanen, die sich in einem Halbkreis um die Ankömmlinge entfalteten. Sie waren umzingelt, denn hinter ihnen floss die Donau.

Vladislav erkannte Hadim Sehabeddin Pascha, den Beylerbey von Rumelien, Statthalter des europäischen Teils des Osmanischen Reichs. Neben ihm Ishak Bey, der Pascha von Smederevo.

»Allah ist groß, Herr der Herren«, begrüßte er hoch zu Ross den osmanischen Anführer. »Und der ruhmreichste Padischah Murad ist sein Gesandter auf Erden.«

»Gelobt sei der Name des Allmächtigen«, antwortete der Beylerbey herablassend.

»Ich bin Vladislav Basarab Draco, Fürst der Walachei …«

»Wer oder was du bist, *Giaur,* das weiß ich«, fiel ihm Sehabeddin ins Wort. »Ein verräterischer Hund, der die Hand unseres Sultans Murad-Han Gazi gebissen hat.« Auf ein Zeichen von ihm legten die Bogenschützen ihre Waffen an und zielten auf sie.

Vladislavs Hand umklammerte den Schwertknauf so fest, dass die Knöchel weiß hervortraten. Er schätzte seine Lage als aussichtslos ein. Doch es war noch nicht alles verloren.

»Großer Bey, es ist ein Missverständnis. Ich bin auf Einladung Seiner Kaiserlichen Majestät, des Padischahs, unterwegs nach Edirne, wo ich meine Treue schwören und ihm Geschenke zu Füßen legen will.«

Sehabeddin führte sein Pferd ganz nah an das von Vladislav. Er grinste. »Was vor seinen Füßen liegen wird, ist dein stinkender Kopf!« Rasch zog er den *Jatagan* und drückte ihn an Vladislavs Kehle. »Leider habe ich aber den Befehl, dich lebend zum Sultan zu bringen. Dich und deine Sippe. Wo sind dein Weib und die Kinder?«

Vlas blickte ihm in die Augen. »Ich bin allein hier. Sie sind krank in Targoviste geblieben.«

»Du lügst!« Der Türke schlug ihm den Säbelknauf ins Gesicht.

Blutüberströmt und benommen vor Schmerz, fiel der Fürst zu Boden. Zwei Männer seiner Leibgarde eilten herbei, um ihm zu helfen, und wurden sofort von Pfeilen durchbohrt.

»Ich ergebe mich!«, schrie Vladislav. »Tu mit mir, was du willst, aber verschone mein Gefolge. Nimm das Gold, und lasse sie frei.«

Der Bey spuckte ihn an. »Das Gold nehme ich mir ohnehin, denn es gehört dem Sultan. Und die Männer verkaufe ich alle als Sklaven.«

Auf seinen Befehl griffen die Reiter die Walachen an, um sie in Ketten zu legen. Jeder, der sich wehrte, wurde auf der Stelle enthauptet.

»Vater! Hilfe!« Die Schreie seiner Söhne brachten Vladislav wieder auf die Füße. Sehabeddin trat ihn so hart in die Rippen, dass ein paar davon brachen. Vlas schnappte nach Luft und krümmte sich auf der Erde.

Ein Osmane hielt die Kinder am Hals gepackt und schob sie durch die Reihen. Dann zwang er sie, neben ihrem Vater zu knien. Radu schluchzte, während Vlad mit geballten Fäusten zu Boden starrte.

»Du hast gelogen, *Giaur!* Niemand belügt mich ungestraft.« Der Beylerbey deutete auf zwei seiner Reiter. »Bindet ihn an den Wagen!«

Kräftige Hände schleiften Vlas bis zu einem in der Nähe stehenden Fuhrwerk. Bevor sie ihn an das Rad fesselten, rissen sie ihm seinen Kurzmantel und die Tunika vom Leib und banden ihn dann mit nacktem Oberkörper.

Sehabeddin gab dem Pascha von Smederevo ein Zeichen. Grinsend nahm dieser die Peitsche vom Sattel und stieg ab. Gemessenen Schrittes näherte er sich Vladislav.

»Nur zehn Peitschenhiebe, Ishak. Er soll am Leben bleiben.«

Vlad und Radu wurden zum Zusehen gezwungen.

Zwei Tage schon lauerte Roxolan in dem Wald, der sich um das Heerlager an der walachischen Grenze erstreckte. Seit zwei Tagen hatte er nicht mehr geschlafen oder gegessen. Nur seinen Durst hatte er gestillt. Von seinem Versteck hinter einem Baum, der auf einem Felsen stand, beobachtete er den Pfad, der aus der Walachei nach Kronstadt führte. Diesen Weg kannte er, da er zusammen mit den fünfhundert Bogenschützen aus Targoviste bis zum Feldlager geritten war. Unterwegs hatte er sich alle Wachtposten gemerkt, die jede Truppe und jeden einzelnen Mann geprüft hatten. Nur Hunyadis Getreue durften passieren.

Die innere Unruhe ließ ihn nicht mehr los, seit er das Lager verlassen hatte. Nur diesmal war sie noch viel beklemmender. Das Unheil, das er kommen fühlte, ängstigte ihn. Zum ersten Mal. Doch er wusste nicht genau, worum es ging. Sein Scharfsinn sagte ihm, dass er hier weiter warten musste, um eine Antwort zu erhalten.

Über ihm flog eine Vogelschar. Deren hektischer Flügelschlag verriet ihm, dass die Vögel aufgeschreckt worden waren. Roxolan schloss die Augen und schärfte seine Sinne. Er hörte, wie die Tiere ins Gehölz flüchteten. Die Blätter raschelten lauter im Wind. Ein Pferd wieherte. Hufe schlugen im schnellen Galopp auf den trockenen Boden. Der Reiter war nicht mehr weit.

Rox starrte nach Süden, da sah er ihn. Vorsichtig zog er sein Messer und stellte sich am Felsenrand auf, der über den Pfad ragte.

Noch zwei Pferdelängen … noch eine! Lautlos sprang er. Im Fall packte er den Fremden und riss ihn mit sich zu Boden.

Als der versuchte, sich zu befreien, presste Roxolan ihm den Dolch an die Kehle.

»Es hängt von dir ab, ob du schnell oder qualvoll sterben wirst. Du musst nur meine Fragen beantworten.«

»Wenn ich sowieso verrecke, warum soll ich es dir dann leichter machen?«

»Nicht mir. Dir hättest du es leichter gemacht … und zwar deinen Tod.« Ohne zu zögern, stach er dem Mann das Messer in den Bauch und drehte es langsam in den Eingeweiden. Um die Schreie zu ersticken, stopfte Rox ihm Moos in den Mund. Danach schleifte er ihn weg vom Pfad ins dichte Gehölz. Dort entkleidete er den zuckenden Körper, indem er jedes einzelne Kleidungsstück mit dem Messer zerschnitt, und durchsuchte ihn. Er fand nichts.

Die Augen des Reiters folgten ihm, und sein Blick flehte nach dem Gnadenstich.

Roxolan entfernte den Knebel. »Wem dienst du?«

»Dan Basarab«, stöhnte der Sterbende.

»Wohin wolltest du?«

»Hunyadi …« Er verkrampfte sich. »Erlöse mich!«

»Noch nicht. Welche Botschaft hast du für ihn?«

Der Kundschfter zuckte immer stärker. Verzweifelt presste er die Hände auf die Wunde, um die blutigen Gedärme wieder in die Bauchhöhle zu schieben.

»Sprich, oder ich lasse dich hier qualvoll verenden. Es wird lange dauern, bis du verreckst.«

»Im Sattel … eine Depesche.« Sein Atem ging schneller. »Tu es! … Töte mich! Glaub mir, ich sage die Wahrheit!«

Roxolan sah in seinen Augen, dass er nicht log. Außerdem nutzte dieser Mann ihm nichts mehr. Er stand auf und sah sich nach dem Pferd um, doch es war weitergelaufen.

»Lass mich nicht allein sterben!«, flehte der Todgeweihte.

Mit einer einzigen schnellen Bewegung brach Rox ihm das Genick und warf die Leiche dann mitsamt den Habseligkeiten in eine Felsspalte.

Den Braunen fand er nicht weit entfernt auf einer Lichtung grasend. In einer versteckten Tasche am Sattel entdeckte er den Brief. Die wenigen Zeilen erzürnten ihn so sehr, dass er die Wut in einem wilden Schrei entweichen ließ.

Im Schutz der Nacht und des prasselnden Regens schlich sich Roxolan in das Zelt, wo Nanu Pascal schlief. Geräuschlos schlängelte er sich zwischen den Schlafenden hindurch. Vorsichtig presste er die Hand auf Nanus Mund, als er ihn weckte. Der Krieger nickte, als er ihn erkannt hatte. Zusammen gingen sie nach draußen.

»Was ist los?«

»Vladislav ist von den Osmanen in Widin festgesetzt worden. Radu und Vlad waren dabei.«

»Was? Das ist unmöglich.«

»Doch. Ich habe einen Brief der Danen an János Hunyadi gelesen. Sie sind mit einer Armee bereits unterwegs nach Targoviste, um Mircea zu entthronen.«

»Gott im Himmel! Und wir hocken hier. Ich rufe die Männer zum Aufbruch!«

»Nein! Nicht jetzt. Die Wege sind übersät mit Wachtposten. Ich reite auf verborgenen Pfaden sofort nach Targoviste, um Mircea zu retten. Allein gelingt es mir eher, nicht entdeckt zu werden. Morgen früh holt Ihr Euch die Erlaubnis von Újlaki – nicht von Hunyadi! –, eine ungarische Truppe auf der Jagd nach Osmanen zu eskortieren. Bei passender Gelegenheit tötet Ihr Eure Begleiter, und dann folgt Ihr mir nach. Verstanden?«

Roxolan wartete die Antwort nicht mehr ab, sondern drehte sich um und verschwand, verschluckt von Dunkelheit und Regen.

Kapitel 38

Edirne, 13. Juni 1442

Der vergitterte Wagen holperte auf dem steinigen Weg hin und her. Vladislav hatte keine Widerstandskraft mehr gegen die unmenschlichen Schmerzen, die wegen der gebrochenen Rippen bei jedem Rütteln durch seinen Leib schossen. Und wegen der eitrigen Wunden von den Peitschenhieben konnte er ohnehin nur mühsam auf einer Seite kauern. Er betete, dass die Reise bald zu Ende wäre – auch wenn das für ihn den Tod bedeutete.

Ohne jeden Schutz war er der prallen Sonne ausgeliefert. Die Zunge fühlte sich in seinem Mund wie ein Fremdkörper an. Die Lippen zu befeuchten, versuchte er gar nicht mehr, denn von ihnen leckte er nur Staub ab, der dann am Gaumen klebte und bei jedem Atemzug in der Kehle kratzte. Nur abends gaben die Osmanen ihm etwas zu trinken, aber nichts zu essen. Das ging nun seit drei Tagen so.

Der Gedanke, dass die Kinder das Gleiche erlitten wie er, quälte ihn noch stärker. Sie waren in einem anderen Käfigwagen untergebracht. Einen Tag zuvor hatte er sie von weitem gesehen: Radu hatte in den Armen von Vlad gekauert, der ihn beschützend umfangen hielt. Von Tudor und den Männern aus seiner Gefolge hatte er nichts mehr gehört.

Seine letzte Hoffnung war der Sultan. Er würde sich ihm zu Füßen werfen und um Gnade betteln. Doch nicht für sich selbst, sondern für seine Söhne. Für ihn gab es keinen Heimweg mehr. Das wusste er, denn kein Padischah, Wesir oder Pascha hatte je Verrat verziehen.

Mehrere Reiter sammelten sich seitlich seines Wagens. Ishak Bey lachte ihn aus. »Genieße noch einmal das Tageslicht,

Giaur. Ich erblicke die Mauern von Edirne. Lange wirst du die Sonne nicht mehr zu Gesicht bekommen.«

Kurz danach holperte der Wagen über die Brücke in die osmanische Hauptstadt.

Nur wenige Menschen beachteten das Gefolge mit seinen Gefangenen, als würden sie täglich solche Käfigwagen mit misshandelten Gestalten zu Gesicht bekommen. Nur eine Schar von johlenden Jungen lief ein paar Schritte hinterher und zog Grimassen.

Im Sultanspalast angekommen, packten ihn die Wachen und schleiften ihn in Ketten ins Verlies.

»Wo sind meine Söhne?«

Die Männer schwiegen.

»Habt ihr zwei Kinder gesehen?«

Ohne auf seine Fragen zu achten, warfen sie ihn in eine fensterlose Zelle. Die Tür fiel ins Schloss.

»Antwortet mir!«, wisperte er noch, bevor er auf dem Boden zusammenbrach.

Die feuchtkühle Luft empfand er anfangs als Erlösung. Lange Zeit lauschte er auf jedes Geräusch in der Hoffnung, ein Lebenszeichen von Radu und Vlad zu hören. Vergeblich.

Als die Wächter irgendwann wieder die Tür öffneten und ihn nach draußen schleppten, wusste Vladislav nicht mehr, ob es Tag oder Nacht war. Die Haut unter den Fesseln an Hand- und Fußgelenken war aufgescheuert und blutig.

Man führte ihn dann über den Hof. Dort erkannte er an den Sternen, dass es kurz nach Sonnenuntergang sein musste. Die Kälte ließ ihn erzittern, denn er trug seit Widin nur ein dünnes Leinenhemd, das ihm auf den Wunden am Rücken klebte.

Türen öffneten und schlossen sich, Flure aus Marmor, Bewaffnete, die ihn weiterreichten und weiterschleppten, bis man ihn dem Sultan vor die Füße warf.

Vlas verharrte mit der Stirn auf dem Marmorboden und

wartete, wie es Sitte war, bis der Padischah ihn ansprach. Aus dem Augenwinkel sah er, dass er sich im *Diwan* befand, im Versammlungssaal. Links und rechts saßen aufgereiht die Wesire und Paschas.

»Beim letzten Mal haben Wir Euch in allen Ehren empfangen. Wir haben Euch umarmt und Euch Unser Vertrauen geschenkt. Und was haben Wir statt Treue und Dankbarkeit zurückerhalten? Verrat! Ihr habt Euch mit dem Ungarn Hunyadi und dem serbischen Despoten gegen Uns zusammengetan, obwohl Ihr Unser Vasall seid.«

Als Vladislav den Kopf heben wollte, setzte einer der Wächter den Fuß darauf und drückte ihn wieder zu Boden.

»Ein Feind, der sich Uns im offenen Kampf stellt, verdient mehr Ansehen als Ihr. Nur der Name und die Tapferkeit Eures Vaters halten Uns davon ab, Euch in Schande auf dem Markt mit einfachen Verbrechern zusammen hinzurichten.« Die Stimme des Sultans bebte. »Was habt Ihr zu Eurer Verteidigung zu sagen?«

Als Vladislav sich nicht rührte, trat der Wächter ihn in den Bauch. »Rede, *Giaur*!«, flüsterte er.

»Allah ist groß, herrlicher Kaiser aller Kaiser«, begrüßte er Murad förmlich und nach orientalischer Sitte. »Eure Großzügigkeit habe ich nicht verdient, mein Padischah, denn meine Worte sind Eures Gehörs unwürdig. Dennoch erlaubt mir, Kaiserliche Majestät, Euch anzusprechen.«

»Sprich!«

»Was ich getan habe, tat ich nur, um den Traum meines Vaters zu verwirklichen: mein Land zu schützen. Nach dem Sieg über Mezid Bey bei Hermannstadt strebten die Ungarn danach, den Feldzug gegen das Osmanische Reich zu führen, und wollten zuerst die Walachei erobern. Mit einer unmittelbaren militärischen Unterstützung aus Edirne konnte ich nicht rechnen. Um Zeit zu gewinnen, bin ich der Aufforderung des

Königs Jagiello, mich dem Kreuzzug anzuschließen, zum Schein gefolgt. Nur wenige Truppen von Bogenschützen habe ich gesandt. Deren Anführer hatte von mir die Anweisung, über alle Bewegungen des Heeres Auskunft zu geben. Diese Mitteilungen hätte ich an Euch weitergegeben. In blinder Anmaßung habe ich jedoch auf eigene Faust gehandelt, statt meinen Suzerän um Hilfe zu bitten. Diesen Fehler habe ich viel zu spät erkannt.«

»Ihr habt aber nicht nur ein Mal den Vasallenvertrag gebrochen. Vor vier Jahren habt Ihr die Sklaven von Mühlbach freigekauft und die Städte in Transsylvanien vor unseren Angriffen gewarnt. Ihr habt den Hafen Kilija erobert. Ihr habt Euch Unserem Befehl, Eure Familie mitzubringen, widersetzt. Das war keine Blindheit, sondern Arglist. Der Beylerbey hat mir erzählt, wie Ihr ihn angelogen habt.«

»Es ist wahr. Mein Sohn Mircea ist als mein Nachfolger in Targoviste geblieben. Aber auch als Euer Untertan! Er wird den Thron gegen die Danen verteidigen, die von Ungarn unterstützt werden. Diese wollen das Fürstentum dem König Jagiello unterwerfen. Deshalb habe ich meinen Ältesten in Targoviste gelassen. Er und meine beiden anderen Kinder sind Euch weiterhin in Treue ergeben. Für meine Taten bin ich allein verantwortlich. Verschont meine Söhne, denn sie sind unschuldig.«

Schweigen herrschte im Saal.

»Kaiserliche Majestät!«, meldete sich der Großwesir. »Kundschafter brachten vor wenigen Augenblicken Nachricht aus Rumelien. Sie berichten, dass eine große ungarische und polnische Armee die Karpaten in Richtung Süden überquert hat. Sie wird von Hunyadi angeführt. Er ist es, der den Mezid Bey besiegt hat. Laut des uns vorliegenden Berichts beabsichtigen sie, uns an der Donau anzugreifen. In der Walachei ist die Lage derzeit unklar. Wir wissen noch nicht, ob die Danen bereits den Thron an sich gerissen haben.«

Diese Neuigkeiten überraschten selbst Vladislav. Fieberhaft überlegte er, welchen Nutzen sie für ihn und die Kinder haben konnten. Die Hoffnung auf Freiheit keimte in ihm auf. Murad brauchte ihn jetzt mehr denn je.

»Sehabeddin!«, rief der Sultan.

Der Beylerbey von Rumelien verneigte sich. »Mein Padischah.«

»Erhebe die große Armee und erobere die Walachei! Ein für alle Mal. Keine Burg, keine christliche Kirche soll dort noch stehen. Die Bevölkerung wird umgesiedelt oder versklavt. Baut dort die stärkste Bollwerk des Reichs, so dass Polen und Ungarn sich die Zähne daran ausbrechen sollen. Ich habe all diese Kriege an der Donau satt. Danach werden wir uns mit dem Aufstand in Anatolien befassen.«

»Nein! Tut das nicht!«, schrie Vlas.

Der Palastwächter drückte ihm wieder den Kopf auf den Boden.

»Und den Verräter hier«, Murad deutete mit dem Finger auf ihn, »werft ihr in den Kerker der Burg in Gallipoli.«

»Er bleibt am Leben?«

»Elend soll er im Verlies sterben, elend und langsam, und für den Rest seines Lebens über seine Treulosigkeit nachdenken!«

»Und die Kinder?«

»Nach Anatolien mit ihnen, auf die Burgfestung von Egrigöz.«

Walachei, 14. Juni 1442

Roxolan spornte Brathar zu einem höllischen Galopp an. Auf nur ihm bekannten Wegen durch die Wälder näherte er sich Targoviste, ohne auf die feindlichen Truppen zu stoßen. Zum

Glück hatte er auch den Braunen des getöteten Kundschafters behalten. So konnte er die Pferde wechseln und rascher vorankommen.

In der Nähe der Stadt erblickte er von einem Hügel aus die Truppen der Danen. Es würde ihn wertvolle Zeit kosten, sie zu umgehen, dachte er. Aber solange die Feinde über Nacht das Lager aufschlugen, würde er weiterreiten.

Vor dem Morgengrauen erreichte er den Eingang zu dem Geheimtunnel, der zur fürstlichen Burg führte.

Die Fackel vor sich haltend, eilte Rox durch den feuchten Gang. Ab und zu stieß er sich an der niedrigen Decke oder an den Wänden, bis er endlich das kleine Gittertor erreichte. Seine Finger tasteten die Mauer entlang, bis sie den Griff fanden und ihn drehten. Augenblicklich hob sich das Gitter. Er rannte, immer zwei Stufen auf einmal nehmend, hinauf. Kurze Zeit später entdeckte er die Holztür, die in die Burg führte. Vorsichtig schob er sie zur Seite und gelangte in den Flur des Burgpalastes. Von dort lief er über den Hof zur Garnison.

»Halt! Wer da?« Eine Wache hielt die Armbrust auf ihn gerichtet.

»Wo ist Ilarion?«

»Wer seid Ihr?«

»Roxolan! Ein Gefährte deines Kommandanten. Führ mich unverzüglich zu ihm! Unheil kommt auf uns zu.«

»Ihr findet ihn auf dem westlichen Wehrgang.«

Der walachische Krieger traf seinen Freund auf halbem Weg; er war in Begleitung von Mircea.

»Rox! Was machst du hier?«, fragte der Prinz.

»Wir müssen Targoviste sofort verlassen. Die Danen werden morgen in die Stadt einmarschieren. Wir sind verraten worden.«

»Was redest du da?«

»Hör mir gut zu: Vladislav ist in Widin verhaftet und in Ketten dem Sultan ausgeliefert worden. Genau wie Vlad und Radu. Jetzt seid ihr, du und deine Mutter, an der Reihe.«

»Wie viel Zeit haben wir?«

»Das feindliche Lager liegt etwa einen halben Tagesritt von uns entfernt. Ich schätze, sie werden kurz nach dem Mittag angreifen.«

»Ilarion! Befiehl den Garnisonen, sich für die Belagerung vorzubereiten. Aber in aller Stille. Wenn wir hier beobachtet werden, müssen wir vorsichtig sein.«

»Jawohl.«

»Danach kommst du zu uns in die Waffenkammer. Inzwischen benachrichtigen wir die Fürstin. Wir warten dort auf dich.«

Roxolan bewunderte die Selbstbeherrschung des jungen Regenten. Keine Regung, als er von dem Schicksalsschlag gegen seinen Vater und die Brüder erfahren hatte. Obwohl er erst fünfzehn Jahre alt war, behielt er einen kühlen Kopf. Die strenge Ausbildung, die schon im frühen Lebensalter begonnen hatte, gereichte ihm jetzt zum Nutzen. Auch körperlich sah er gereift aus. Hochgewachsen und sehnig, mit breiten Schultern von den unzähligen Kampf- und Waffenübungen, war er das Ebenbild Vladislavs, als dieser in seinem Alter gewesen war.

»Ich fliehe nicht!« Mircea ballte die Fäuste. Erregt lief er in der Waffenkammer auf und ab, wo sie sich zu viert berieten.

Roxolan schüttelte den Kopf. »Hör mir gut zu, mein Junge. Wir haben gar keine Aussicht auf Sieg. Ich habe beide Heere gesehen. Hunyadi bringt dazu um die zwanzig- bis dreißigtausend Söldner mit. Die Danen führen morgen nur die Vorhut.«

Der Prinz gab nicht auf. Er wandte sich an Ilarion. »Wir

könnten sie doch mit den Kanonen von den Mauern fernhalten!«

»Das wird schwierig sein. Wir haben genug Munition, aber nicht ausreichend Nahrung für die Bewohner.«

»Vergiss nicht«, sprach ihn Rox ruhig an, »dass diese Wehrmauern nicht nur Tore haben, sondern auch Türchen, die von feindlichen Händen geöffnet werden können. Und der Verräter in unseren Reihen ist immer noch nicht entdeckt worden. Es ist ein sinnloser Kampf. Wir sollten diese Nacht nutzen, um die Schatzkammer zu leeren und uns in das Herzogtum Fogarasch zurückzuziehen. Dort verteidigen wir uns, bis sich die Lage klärt.«

»Das ist ein guter Plan!«, unterstützte ihn Ilarion.

»Aber mein Vater hat mir die Verantwortung für das Land und die Menschen übertragen. Ich kann nicht feige abhauen.«

»Es ist nur eine taktische Handlung.« Vasilissa schritt zwischen die Männer. »Roxolans Überlegung ist gut. Solange du lebst, mein Sohn, werden die Danen nur als Usurpatoren herrschen. Du bist der rechtmäßige Fürst, vergiss das nicht! Deshalb müssen wir uns, und vor allem du, zuerst in Sicherheit bringen.«

»Das verstehe ich, Mutter. Aber wie kann ich später die Herrschaft ausüben, wenn ich jetzt ehrlos das Feld räume? Wer wird mir dann noch folgen? Wer wird an mich glauben?«

Keiner von ihnen vermochte ihm zu antworten.

Rox sah Mircea stolz an. »Hast du einen anderen Plan, mein Prinz?«

»Ich werde gegen die Angreifer, so lange wie möglich, Widerstand leisten. Sollte es keinen Ausweg mehr geben, komme ich nach. Somit verschaffe ich euch einen sicheren Vorsprung, bis ihr das Herzogtum erreicht habt.«

»Dann bleibe ich auch!«, meldete sich Ilarion. »Ohne mich kannst du die Feuerwaffen nicht bestmöglich nutzen. Außerdem will ich sicher sein, dass du dich noch rechtzeitig zurückziehst.«

»Einverstanden«, bestätigte Mircea.

Rox sah Vasilissa fragend an. Sie nickte.

»Dann müssen wir uns beeilen«, sagte er. »Ich führe die Fürstin und ihren Hof, samt Kindern und Hofdamen, nach Fogarasch. Den Kronschatz nehme ich ebenfalls mit. Aber ich werde nicht lange dort auf euch warten. Vladislav braucht mich.«

Zwei Tage später überquerte eine Reitergruppe die Brücke von Fogarasch. Roxolan atmete erleichtert auf, als er Mircea und Ilarion sah – auch wenn sie verletzt waren.

Endlich konnte er nach Edirne aufbrechen, um seinem Freund beizustehen.

Kapitel 39

Raab, 18. Dezember 1442

János beugte den Arm so, wie der Schneider es ihm gesagt hatte, und ließ ihn die Länge des Wamsärmels an die des Wappenrocks anpassen. »Ihr werdet großartig aussehen!«, versicherte ihm der Meister. »Einen so edlen Stoff trägt niemand am Hof der Königin. Diese Stickerei mit den Fäden aus Gold und Silber, die kostbaren Pelze – so etwas habe ich noch nicht gesehen.«

Die Bewunderung für seinen Reichtum befriedigte ihn. Es war ein Teil seines Sieges über die Osmanen, aber auch über die alten Adelsfamilien wie die von Cilli oder Garai. Die Vernichtung der achtzigtausend Mann starken türkischen Armee und des Beylerbey von Rumelien hatte sich in ganz Europa herumgesprochen. Unzählige Briefe hatte er erhalten: vom Lob des französischen Monarchen bis hin sogar zur Anerkennung durch den Heiligen Vater. Er hatte noch einmal bewiesen, dass der Sultan zu bezwingen war.

Jetzt bereitete János sich für die Festlichkeiten des nächsten Tags vor. Elisabeth hatte ihn sowie alle ihre Anhänger und Gegner auf ihren Hauptsitz in Raab eingeladen. Sie versuchte Letztere auf ihre Seite zu ziehen, damit sie ihren Sohn Ladislaus Postumus als rechtmäßigen König anerkannten. *Sigismunds Tochter hat nie aufgehört, für sich und ihr Kind zu kämpfen,* dachte János.

Aus diesem Grund war auch Kardinal Giuliano Cesarini vom Papst nach Ungarn entsandt worden. Er sollte im Namen des Heiligen Vaters Frieden zwischen den beiden Parteien stiften. Er hatte sich dabei allerdings nicht besonders angestrengt, denn welches Interesse sollte er daran haben, dem

Knaben die Herrschaft über das Königreich zu ermöglichen? Einen Kreuzzug gegen die Türken konnte er nicht führen. Was man von dem jungen Jagiello dagegen sehr wohl behaupten konnte.

Hunyadi verstand die Politik, die der päpstliche Legat betrieb. Solange die Ziele des Kardinals mit den seinen übereinstimmten, hatte er nichts dagegen.

»Ich werde das Wams anpassen«, riss ihn der Schneider aus seinen Gedanken. »Morgen früh bekommt Ihr die Kleidungsstücke fertig zurück.«

Es klopfte an die Tür. »Seine Eminenz, Kardinal Cesarini«, kündigte der Hausdiener an.

János entließ den Schneider mit einer Handbewegung. Dieser zog sich mit einer Verbeugung zurück.

»Eminenz!«

»Mein lieber Hunyadi! Wie gut, dass Ihr es geschafft habt hierherzukommen. Viele wollen den ruhmreichen Sieger von Jalomitza sehen. Und ich …«, er breitete die Arme aus, »gehöre dazu. Der Heilige Vater sieht in Euch den Anführer des endgültigen Kreuzzuges. Den Erzengel Gottes! Papst Eugen möchte so einen Feldzug mitfinanzieren. Was sagt Ihr? Seid Ihr dafür bereit?«

»Für so einen Kampf brauchen wir mehrere Teilnehmer. Wir sind der Macht des Sultans nicht gewachsen. Er führt die modernste Armee dieser Zeit. Während wir noch auf einem traditionellen Aufbau der Truppen mit schwerer Kavallerie beharren, rüstet Murad sehr bewegliche Kontingente von leicht gepanzerten Reitern und mit starken Bogenschützen auf. Oder neuerdings mit geübten Feuerwaffenbetreibern.«

»Dennoch – Ihr habt es geschafft, ihn zu besiegen und die Walachei in unseren Einflusskreis zu ziehen. Dan Basarab hat sich von Dracos Politik losgesagt. Einer Bekehrung der Walachen zum Katholizismus steht nichts mehr im Weg.«

»Die Herrschaft des neuen Fürsten ist noch nicht gesichert. Mircea lauert in seinem Horst in Fogarasch und strebt danach, Targoviste zurückzuerobern.«

»Aber er hat nicht die Fähigkeiten seines Vaters. Gott sei gelobt, dass dieser im Verlies des Sultans vor sich hin siecht.«

»Das ist allerdings etwas, das mir Sorgen macht. Normalerweise lässt Murad die Verräter sofort hinrichten. Warum lebt Vladislav noch? Was hat der Padischah mit ihm vor?«

»Wir sollten uns keine Gedanken darüber machen. Wie denkt Ihr über das morgige Bankett? Mein Instinkt sagt mir, dass Elisabeth neue Anhänger aus unserem Lager gewinnt. Wir dürfen nicht zulassen, dass sie die Führung über Jagiello ergreift. Egal, was es uns kostet! Versteht Ihr?«

»Warten wir ab, Eminenz. Bis dahin kann vieles geschehen.«

Am nächsten Abend betrat János den Festsaal des Palastes. Erhobenen Hauptes schritt er durch die Reihen der Edelleute hindurch, die sich vor dem Bezwinger von Sehabeddin Pascha anerkennend verbeugten. Er genoss den Moment. Umso mehr, als er die neidischen Blicke von Ulrich von Cilli bemerkte.

Der Hofmeister führte ihn zu seinem Platz an der Tafel der Königin. Neben ihn setzte sich der Kardinal von Sankt Angelo, Giuliano Cesarini.

»Eure Eminenz«, begrüßte er ihn höflich.

Cesarini neigte nur leicht den Kopf.

Am anderen Tisch, ihm gegenüber, entdeckte Hunyadi Rodislav, der ihm als Gruß zunickte. Er ließ seinen Blick über die weiteren Gäste schweifen. Es waren Adelige aus beiden Parteien: die, die den Jagiellonen Treue geschworen hatten, und die, die das Kind von Albrecht auf dem ungarischen Thron sehen wollten. Das Problem waren nun die Osmanen: Der Knabe konnte keinen Krieg gegen sie führen. Andererseits war die Tochter von Sigismund in der Lage, eine gewaltige Armee um sich und ihren Sohn zusammenzurufen. Denn sie genoss die Unterstützung von Friedrich, dem Herzog von Österreich – Friedrich, der nach Albrechts Tod zum römisch-deutschen König gekrönt worden war. An seinem Hof hatte sie Ladislaus erziehen lassen, denn dort war er in der Obhut seines Onkels geschützt. Dieser versuchte ebenfalls, durch den Neffen oder seine Mutter die Oberherrschaft in Ungarn zu erringen. Ihre Macht war hingegen nicht so groß wie die des jungen polnischen Monarchen.

»Elisabeth handelt wirklich diplomatisch«, flüsterte ihm der Kardinal zu. »Sie beweist Mut, Verbündete und Gegner hier in ihrem Schloss an einen Tisch zu setzen. Ich hörte, sie habe selbst Jagiello eingeladen.«

»Er wird in zwei Tagen kommen.«

»Bis dahin kann sie sich in voller Pracht präsentieren sowie mit Köstlichkeiten und genug edlem Wein die Gemüter besänftigen. Das hat sie von ihrem Vater gelernt.«

»Wird diese Inszenierung auch Euch beeinflussen, so dass Ihr ebenfalls die Seite wechselt?«, stichelte Hunyadi.

Der päpstliche Gesandte lächelte vielsagend. »Dann hätte ich mich mehr bemüht, Frieden zwischen ihr und Jagiello zu stiften. Es wäre mir sogar gelungen. Aber seht, da kommt sie!«

Die Pagen Elisabeths schritten in den Saal. Ihnen folgte, gestützt auf die Hofdame Helene Kottanner, die Königinwitwe von Böhmen und Ungarn. Sie war blasser als sonst und blickte nur geradeaus.

János hörte, wie sie stöhnte, als sie sich setzte.

»Sie sieht nicht gut aus«, sagte Cesarini.

»Vielleicht kränkelt sie an weiblichen Leiden.«

Der Kardinal verdrehte die Augen und widmete sich anschließend den Hausdienern, die das Essen brachten.

Platten mit Fasanen und Wildschweinen, Perlhühnern und Hirschbraten und duftende Brotlaibe sowie Weinkrüge wurden aufgetischt.

Der Hofmeister schlug mit dem Amtsstab auf den Boden. Alle Blicke richteten sich auf die Monarchin, die sich erhoben hatte. Sie hielt den Weinpokal hoch.

»Eure Anwesenheit erfreut mein Herz, denn es ist ein Zeichen von Gleichgesinntheit und gemeinsamen politischen Zielen, so wie sie einmal mein Vater, der Kaiser Sigismund, anstrebte.«

Stille herrschte im Saal, doch die gegnerischen Parteien musterten sich feindselig.

»Auch wenn Ladislaus noch ein Kind ist, haben sich die böhmischen Großadelsfamilien entschieden, ihn als König und mich als Regentin zu unterstützen.« Sie stellte den Pokal ab. »Das heißt nicht …« Plötzlich presste sie sich die Hand auf den Bauch und stützte sich am Tisch ab. Nach einem kurzen Moment ergriff sie wieder das Wort. Diesmal viel leiser. »Dass ich alle Eure Anliegen …« Erneut brach sie ab. Sie zitterte am ganzen Körper. Die Hofdame eilte zu ihr, kam aber zu spät. Elisabeth fiel ohnmächtig zu Boden.

»Holt den Medicus!«, rief Ulrich von Cilli. »Beeilt euch!«

János sprang auf, ebenso wie die anderen Anwesenden. Mühsam schlängelte er sich zwischen den Menschen hindurch, die sich um die Königin versammelt hatten. Von der vordersten Reihe sah er, wie Helene Kottanner ihr ein Riechfläschchen unter die Nase hielt. Die Königswitwe schnappte mit weit geöffnetem Mund nach Luft. Ihre Augäpfel verdrehten sich unkontrolliert.

Kräftige Hände hoben sie auf und trugen sie aus dem Saal.

Gespannt folgte Hunyadi der Gruppe von Elisabeths Vertrauten in ihr Gemach, wo man sie behutsam auf dem Bett ablegte.

Hektisch schob der Arzt die Anwesenden zur Seite, um zu ihr zu gelangen.

János sah Elisabeth an. Ihr Leiden weckte Mitleid in ihm; diese Regung verblüffte ihn, da sie ja nicht zu seinen Freunden zählte. Nun hörte sie auf zu zittern und zu zucken. Auf einmal wurde ihr Blick klar, und sie sah jeden bewusst an, hilfesuchend wanderten ihre Augen von einem Gesicht zum nächsten. Eine schaumige Flüssigkeit lief ihr aus den Mundwinkeln. Als sie János erblickte, öffnete sie den Mund, als wollte sie sprechen, doch es kam kein Laut. Nur jagende Atemzüge.

Hunyadi verstand nicht, was vor sich ging: in die Luft gestreckte, greifende Finger, ihre weit aufgerissenen Augen, ihr zitternder Körper … So blieben ihm ihre Gesichtszüge für alle Ewigkeit ins Gedächtnis gemeißelt. Es ging alles sehr schnell.

Der Medicus hielt einen Spiegel vor ihre Lippen. Seine herabsinkenden Schultern waren Antwort genug.

»Ihre Majestät ist tot!«

Betrübt kehrte János zurück in den Saal, wo Kardinal Cesarini auf ihn zueilte. »Was ist geschehen? Wie geht es Ihr? Ach! Es ist alles inszeniert, um den Beschützerinstinkt bei den Männern zu wecken.«

»Sie hat diese Welt verlassen«, flüsterte Hunyadi.

»Gott hab sie selig!«, murmelte der Prälat nun bekümmert. »Das kommt aber plötzlich! War sie krank?«

»Nicht, dass ich wüsste.«

»Was bedeutet ihr Tod für uns?«

»Das weiß ich nicht.«

János schob Cesarini zur Seite. »Ich will im Augenblick lieber allein sein. Wir sprechen morgen über alles.«

In seinem Zimmer schenkte er sich ausgiebig Rotwein in den Glaskelch. Er konnte es immer noch nicht fassen, dass Elisabeth tot war. So unerwartet, so schnell. Sie war nur dreiunddreißig Jahre alt geworden. Zuerst Sigismund, danach sein Schwiegersohn Albrecht und nun seine Tochter. Alle Luxemburger waren gestorben.

Er setzte sich vor den Kamin und starrte in die Flammen. Was ihn immer noch überraschte, war die Betroffenheit, die er verspürte. Weil sie womöglich seine Halbschwester gewesen war? Auch wenn sie sich befehdet hatten, hatte er sie respektiert, sie vor allem für ihre Gelehrtheit geschätzt und als eine ebenbürtige Gegnerin.

Das Klopfen an der Tür drang zu ihm durch wie ein Klang aus einer anderen Welt.

»Herein!«, rief er.

Rodislav stürmte in den Raum. »Ich habe dich überall gesucht. Der Pfaffe hat mir gesagt, wo du bist.« Grinsend näherte er sich dem Tisch, goss Wein in den Becher und leerte ihn.

»Hast du im Festsaal nicht genug zum Saufen bekommen? Oder schmeckt es dir hier bei mir besonders gut?«

»Deine Gelassenheit möchte ich haben, Hunyadi. Meine Hochachtung!«

»Was willst du?«

»Welches Gift hast du benutzt?«

»Was?«

»Man hört, dass die Königin vergiftet wurde.«

»Das kann nicht sein!«

»Du hättest das größte Interesse daran.«

»Ist es so? Und warum?«

»Du warst immer gegen sie.«

»Nicht nur ich. Sie hatte viele Feinde. Außerdem bringt mir ihr Tod keine Vorteile.«

»Du wolltest doch ihre Krone.«

»Sie hatte keine mehr. Vielleicht ist es dir entgangen, aber es gibt einen König, Jagiello, dem ich treu bin. Weiter gibt es noch Albrechts Sohn Ladislaus, das Enkelkind eines Kaisers. Soll ich ihn auch noch töten? Oder würdest du deinen Bruder dafür umbringen?«

»Zum Teufel mit dir, Hunyadi!« Er knallte den Becher auf den Tisch und torkelte hinaus.

»Wer profitiert am meistens vom Tod der Königin?«, murmelte er vor sich hin, als er wieder allein war.

Sein erster Gedanke war: Cesarini. Was hätte es für ihn bedeutet, wenn Elisabeth die Adelsfamilien an ihrer Seite und gegen Jagiello gesammelt hätte? Dann hätte er seinen Kreuzzug nicht mehr erleben dürfen. Ja, er würde dafür zur Giftflasche greifen.

Auch der polnische König hätte einen Grund gehabt. So leicht verzichtet keiner auf einen Thron. János schüttelte den Kopf. Nein! Der junge Monarch war zu edelmütig für eine solche Missetat. Das Gleiche konnte er allerdings nicht vom Bischof von Krakau behaupten. Zbigniew Olesnicki würde nicht davor zurückschrecken, die Feinde seines Schützlings zu töten.

Hunyadi trank seinen Wein aus. Rodislav hatte ihm verraten, dass die Gegner ihn verdächtigten. Er lächelte. Die Krone interessierte ihn nicht mehr. Wenigstens im Moment nicht. Als Berater des Königs war er der nächstmächtige Mann im Königreich. Der ruhmreiche Sieg über die Osmanen war in ganz Europa in aller Munde – was keinem gekrönten Haupt gelungen war. In der Walachei regierte nicht mehr Vladislav, sondern sein, János', eigener Getreuer. Dan Basarab der Dritte. Nach elf Jahren sah er sich am Ziel. Elisabeth war keine Königin mehr, Vlas hatte seinen Thron verloren und zwei seiner Kinder an die Osmanen. Nur Claras Liebe für den einstigen Freund konnte er nicht bezwingen. Obwohl sie unglücklich verheiratet war, erlebte sie jeden Tag das Glücksgefühl beim Anblick ihres Sohnes Michael. Ihres und Dracos Bastard. Immerhin war es ihm gelungen, sie für immer zu trennen.

Und er? Der bejubelte Sieger über die Türken? Der reichste Ungar? Warum nur fühlte er sich so leer? Warum konnte er sich nicht freuen? Eines hatte er nicht erreichen können: dass Sigismund ihn öffentlich als Nachkommen anerkannte; dass er ihn ein einziges Mal Sohn genannt hätte. Mit seinem Tod hatte der Kaiser das Geheimnis um János' Geburt mit ins Grab genommen.

Nein, er war nicht am Ende seiner Ziele. Er hatte geschworen, die Türken von christlichem Boden zu verjagen. Das war er nicht nur Sigismund und Albrecht schuldig, sondern auch sich selbst.

Er wollte als Erzengel Gottes Europa von den Osmanen befreien.

TEIL 3

Zwischen Halbmondsichel und Abendsonne 1443–1447

Kapitel 40

Edirne, 27. Januar 1443

Roxolan schlich durch die Gassen der größten osmanischen Stadt auf europäischem Boden. Der Eisregen hatte die Einwohner in ihre Häuser getrieben, was ihm zugutekam. So konnte er besser spüren, ob jemand ihn verfolgte. Als venezianischer Kaufmann gekleidet, erregte er keinen Verdacht in diesem Viertel der christlichen Kaufleute. Vor dem Laden des Griechen Demetrios blieb er stehen, klopfte den vom Schneeregen durchweichten Mantel ab und trat ein.

Auf Tischen und Regalen stapelten sich Stoffballen aus aller Herren Länder. Seide und Brokat, Leinen- und Wollstoffe, reich bestickt oder nur mit gewebten Verzierungen – alles war vorhanden.

Heute war er der einzige Kunde. Nach kurzer Zeit erschien der Besitzer aus dem Nebenraum. »Gegrüßt seid Ihr, Effendi. Wie ich sehe, braucht Ihr wieder orientalisches Handelsgut für die Edelleute aus der Lagune.«

»Ja, in der Tat. Hast du eine neue Lieferung erhalten?«

Demetrios ging an ihm vorüber, blickte die Gasse entlang und verriegelte vorsichtig die Eingangstür. Sein beachtlicher Bauch ließ ihn noch gedrungener aussehen, als er ohnehin war, doch das hinderte ihn nicht daran, sich leichtfüßig durch den Laden zu bewegen. Den grauen Bart trug er nach Art eines Seemanns.

»Kommt mit!« Er machte ein Handzeichen zum Raum hinter dem Ladentisch.

Dort erblickte Rox einen Janitscharen, der an einem niedrigen Tisch saß und Tee trank. Als er sie bemerkte, stand er auf und verneigte sich.

»Das ist Ali«, stellte ihn der Grieche vor. »Unsere Verbindung nach Gallipoli.«

Roxolan maß ihn abschätzend von oben bis unten. »Hast du den Gefangenen gesehen?«

»Nicht nur gesehen, Herr. Ich habe sogar mit ihm gesprochen. Was ich von ihm auszurichten habe, darf ich aber nur dem Mann mit den unterschiedlichen Augenfarben sagen.«

Rox näherte sich ihm und streifte sich die Haare aus dem Gesicht. »Ich bin die Person. Jetzt sprich!«

»Er sagte, er sei ein Fürst. Jedoch so, wie er aussieht, kann man es nicht glauben.«

»Warum? Was ist mit ihm?«

»Kein Edelmann von hoher Geburt wird in einen solchen Kerker geworfen. Sein Körper ist von Schmutz und eitrigen Wunden bedeckt. Außerdem wurde er gefoltert und geschändet.«

Roxolan spürte, wie ihm die Wut die Kehle zuschnürte. »Was hat er noch erzählt?«

»Er glaubt nicht, dass er noch lange zu leben hat. Seine Gedanken sind nur bei seinen Kindern. Um sie sollt Ihr Euch kümmern und nicht um ihn.«

»Ist das alles?«

»Wir hatten nur wenig Zeit. Der Mann war zu schwach, um länger sprechen zu können. Wie Demetrios es mir aufgetragen hat, habe ich zwei Wächter bestochen, damit sie ihm eine Decke geben und die Zelle säubern. Dankbar war der Gefangene nicht. Ihm wäre es lieber gewesen, man hätte ihn auf der Stelle getötet, um ihn von Qual und Schande zu erlösen.«

Betroffen setzte Roxolan sich an den Tisch. Seit Juni, als der Sultan seinen Freund zu einem langsamen Sterben verurteilt hatte, war dies endlich die erste Nachricht von ihm, der erste Erfolg nach sieben Monaten. Sieben Monate Folter für

Vladislav. Seine Lage war schlimmer als gedacht. Wie lange konnte ein Mensch so viel Marter überleben? Ihm wurde klar, dass nicht mehr viel Zeit blieb, wenn er Vlas noch lebend aus Gallipoli herausholen wollte.

»In Ordnung, Ali.«

Der Grieche warf dem jungen Türken einen Beutel zu, in dem Münzen klimperten. »Geh durch die Hintertür hinaus. Wenn ich dich wieder brauche, erhältst du eine Nachricht von mir. Allah sei mit dir!«

Der Janitschare hüllte sich in seinen Mantel und verließ das Haus.

»Vertraust du ihm?«

Demetrios lächelte traurig. »Er ist der Sohn meiner Schwester, der als Kind zu den Osmanen als Bluttribut kam. Sein wahrer Name ist nicht Ali, sondern Iannis. Auch wenn er zum Islam konvertieren musste, hat er seine Wurzeln nie vergessen.«

»Tut mir leid.«

»Wir alle zahlen auf die eine oder andere Art unseren Tribut an die Türken. So sind nun einmal die Zeiten. Aber was hast du nun vor?«

»Hast du Nachrichten über Vlad und Radu aus Egrigöz?«

»Nein! Dorthin, in diese Festung, schaffen es nur die Adler.«

Roxolan lief in dem engen Hinterzimmer auf und ab wie ein Tiger in einem Käfig. Wütend schlug er gegen die Wand. Die Machtlosigkeit trieb ihn zum Wahnsinn.

»Allerdings habe ich Neuigkeiten aus dem Palast«, fügte der Grieche hinzu. »Der Sultan ist nach dem Tod seines Sohnes Alauddin aus seiner Trauer erwacht.«

Rox erinnerte sich, dass Murad die Nachricht über die Niederlage des Beylerbey kurz nach der Mitteilung über den Tod seines geliebten Kindes erhalten hatte. Monatelang war er in eine Art Kummerstarre verfallen. Deshalb hatte der Padischah die von ihm geführte Gesandtschaft aus der Walachei nicht empfangen. Jetzt gab es also doch noch eine Hoffnung.

»Erzähle, Demetrios! Was hast du erfahren?«

»Der Sultan hat vom Aufruf des Papstes zum Kreuzzug gehört. Dass sich die Christen aus ganz Abendland gegen ihn versammeln, bereitet ihm schlaflose Nächte. Ein neues Kriegsdesaster wird Murad diesmal mehrere Territorien kosten, wenn nicht die Herrschaft über alle europäischen Provinzen. Ich glaube, die Zeit ist reif, die Freilassung des Fürsten wieder ins Gespräch zu bringen.«

»Hast du den Großwesir getroffen?«

»Ja. Deine Geschenke haben ihn neugierig gemacht. Er will dich kennenlernen.«

»Wann?«

»Übermorgen.«

»Großartig!«

»Sei vorsichtig, Roxolan! Nicht, dass du auch noch in den Kerker kommst. Oder noch Schlimmeres.«

»Was hätte der Wesir von meinem Tod? Nichts. Aber die Walachei als Vasallen zurückzugewinnen – das ist bedeutender als mein Leben.« Er hüllte sich in seinen Mantel. »Ich melde mich nach dem Treffen wieder.«

»Gott beschütze dich!«

»Bis dahin hörst du vielleicht etwas von den Kindern.«

Egrigöz in Anatolien, 2. Februar 1443

Vlad nahm Radu in die Arme und wiegte ihn. »Komm, hör auf zu weinen! Es war nur ein Zahn. Sieh her!« Er bleckte sein Gebiss. »Ich habe davon eine ganze Reihe verloren. Siehst du? Sie wachsen wieder. Und sie sind sogar stärker als die alten. Ich könnte damit einen Finger des fetten Wächters abbeißen.«

Der kleine Bruder lachte. »Du bist immer so tapfer! Genau wie Vater.«

»Nein, er ist der Tapferste von allen Menschen.«

»Wenn es so ist, warum hat er uns noch nicht befreit? Hat er uns vergessen? Will er uns nicht mehr haben?«

»Was erzählst du denn da! Bestimmt führt er in diesem Augenblick Krieg gegen die Ungläubigen. Danach wird er zu uns kommen und uns befreien.«

»Sicher?«

»Ganz sicher.« Vlad drückte den Kopf seines Bruders fester an die Brust. Er glaubte selbst nicht mehr an den Tag, an dem sie dieses Loch verlassen würden. Für ihn zählte nur, dass sie am Leben blieben.

So, wie er vor einem Jahr im Wald überlebt hatte. Ilarion hatte ihn in den Bergen, nur mit einem Dolch bewaffnet, allein ausgesetzt. Wie er ihn und seinen Vater damals dafür gehasst hatte! Jetzt wusste er diese harte Lebenslehre zu schätzen. Er hatte nicht geahnt, dass Ilarion ihm aus der Ferne gefolgt war. Nach zehn Tagen war er endlich durch das Tor der Burg Targoviste gegangen. Dort hatten ihn die Eltern, Mircea und Roxolan empfangen. All die Entbehrungen waren vergessen gewesen, als er gesehen hatte, wie stolz sie auf ihn waren. Sogar die Mutter, auch wenn ihre vom Weinen roten Augen zeigten, welche Sorgen sie sich um ihn gemacht hatte.

»Ich habe Hunger«, jammerte Radu.

»Wir müssen bis heute Abend warten.«

»Der Fette kann uns etwas zum Essen besorgen. Er hat gesagt, wenn ich brav zu ihm bin, dann …«

»Nein! Du darfst ihm nicht erlauben, dich anzufassen. Hast du mich verstanden?«

»Ja, aber …«

»Schrei, so laut du kannst, falls er dich berührt.«

Vlad war schon aufgefallen, wie der Wächter auf den Hintern seines Bruders schaute, wenn er sie zum Erleichtern an den Abort führte. Sein Blick ähnelte dem eines Wolfes, der die Beute abschätzt.

»Er will dir nur weh tun.«

»Aber mein Bauch tut mir auch weh vor lauter Hunger.«

»Komm, ich erzähle dir eine der Geschichten über Onkel Rox.«

Radu kuschelte sich in seinen Schoß und lauschte mit geschlossenen Augen. Eine Zeitlang vergaßen sie beide ihre knurrenden Mägen.

Um die Mittagszeit wurde ihnen erlaubt, in einen kleinen Innenhof zu gehen. Es waren die wenigen Momente, in denen sie frische Luft bekamen. Sie waren wie immer allein, denn sie durften mit niemandem sprechen. Zu groß war die Gefahr, dass die Geiselkinder aus Herrscherfamilien durch Feinde getötet würden. Auch kein Wächter war bei ihnen. Wozu auch? Niemand hatte es jemals geschafft, die hohen Mauern zu überwinden.

Es hatte zu schneien begonnen. Während sein Brüderchen unter dem Dach zurückblieb, rannte Vlad durch den Hof. Er blieb stehen, legte den Kopf in den Nacken, streckte die Zunge heraus und fing den Schnee auf.

»Radu, weißt du, wie süß die Schneeflocken schmecken?«

Sein Bruder antwortete ihm nicht.

»Radu?« Erst jetzt bemerkte er, dass er allein war.

»Radu! Wo bist du?«

Die Tür zu dem Gang, der zu den Zellen führte, stand offen. Von dem kleinen blonden Jungen keine Spur.

Vlad hastete durch den dunklen Korridor. Von einer Wegkreuzung weiter vorn nahm er Stimmen wahr. Leise schlich er dorthin. Sein Herz pochte vor Wut, als er den Wächter erblickte, der sich halbnackt und wie von Sinnen an Radus Hose zu schaffen machte, während dieser ein Stück Honigkuchen aß.

Ohne zu überlegen, stürmte er auf sie los. Mit einer raschen Bewegung schnappte er sich den Dolch aus dem Gurt des Mannes und schnitt ihm das erregte Geschlechtsteil ab.

Dieser schaute zuerst überrascht auf die Wunde herab, aus der das Blut schoss. Als er begriff, was mit ihm geschah, stieß er das Kind von sich. Brüllend raffte er den Saum der Tunika und presste ihn auf den Blutstrahl, der aus seinem Unterleib herausschoss.

Angeekelt warf Vlad das abgeschnittene Stück Fleisch von sich.

»Was hast du getan?«, fragte Radu, der ihn entsetzt anstarrte.

»Wir müssen weg von hier.«

Zu spät. Schwere Schritte eilten auf sie zu. Kurz danach wurden sie von Bewaffneten umkreist.

Unter Peitschenhieben kehrten sie zurück in den Kerker. Trotz der blutigen Wunden schützte der Ältere seinen kleinen Bruder mit dem eigenen Körper.

Als die Tür hinter ihnen ins Schloss fiel, ließen sie sich auf den Boden fallen. Beide zitterten.

»Verzeih mir«, weinte Radu.

»Es ist gut.«

»Es tut mir so leid!«

»Schon gut. Du bist nicht daran schuld.«

»Was war so falsch? Ich habe solchen Hunger gehabt. Und wegen mir wurdest du ausgepeitscht.«

»Ha! Es tut überhaupt nicht weh.« Vlad fing an, aus vollem Hals zu lachen. »Siehst du? Sie können mir kein Leid antun.«

»Ist er tot?«

»Wer? Der fette Sack?«

»Er war gut zu mir.«

»Nein! Er war ein Ungeheuer, und …« Augenblicklich hörte er auf zu reden, denn die Tür ging auf.

Zwei Wächter kamen herein und stellten eine Schüssel vor ihnen ab. »Ihr *Giauren* jault immer, dass ihr Hunger habt. Hier! Fresst das.«

Vlad sah hin. Ein wurstartiges Fleischstück lag in einer Blutlache. Obwohl er ahnte, was es war, fragte er: »Was ist das?«

»Das, was du dir gewünscht hast. Und wenn du ein wenig darunter stocherst, findest du auch die Hoden deines Opfers.«

»Ich esse das nicht.« Er schob die Schale von sich fort.

Einer der Türken schnappte Radu am Schopf und setzte ihm den Dolch an die Kehle. »Friss, oder er stirbt!«

Vlad holte das Gefäß wieder heran. Seine Finger griffen nach dem abgeschnittenen Gemächt und steckten es in den Mund. Langsam kaute er darauf, Flüssigkeit rann ihm aus den Mundwinkeln. Als der Würgereiz immer stärker wurde und er sich übergeben wollte, presste der Wächter das Messer noch fester an Radus Hals.

Er schluckte es hinunter.

»Und jetzt die Hoden.«

Die glibberigen Stücke platzten zwischen seinen Zähnen und füllten seinen Mund mit widerlich schleimiger Flüssigkeit. Er wusste nicht, ob es Blut war oder etwas anderes, und kaute weiter. Dabei starrte er seinen Peinigern direkt in die Augen. Ohne zu blinzeln.

Diese lachten. Anfangs noch. Bis einer von ihnen angeekelt sagte: »Komm, lassen wir sie in Ruhe. Wir haben unseren Befehl ausgeführt. Mir wird das hier unheimlich.«

»Du hast recht. Los, gehen wir!«

Sie stießen Radu zu Boden und verriegelten dann die Tür hinter sich.

Vlad krümmte sich vornüber und übergab sich. Der Mageninhalt, Stücke von Fleisch, vermischt mit rotbrauner Flüssigkeit, schoss ihm in einem Schwall aus dem Mund. Tränen und Rotz liefen ihm übers Gesicht. Er konnte nicht mehr atmen. Erschöpft fiel er auf den Boden.

»Es tut mir leid! Es tut mir so leid!«, heulte sein Bruder immer wieder. »Sie werden uns auch aufessen! Und alles nur wegen mir!«

Vlad wischte sich die Lippen ab und atmete mehrmals durch. »Hör auf zu heulen!«, flüsterte er. »Bewahre deine Würde! Vergiss niemals: Du bist ein Prinz. Denk an unseren Vater: Er ist der Fürst der Walachei.«

»Ja! Ich denke jeden Tag an ihn. Und was habe ich davon? Ich bin dennoch hier ganz allein!«

»Nein, Brüderchen!« Er umarmte ihn. »Du hast doch mich. Und ich werde dir zeigen, wie man unsere Ehre verteidigen kann. Ich werde mich wegen dieser Übergriffe auf uns beschweren.«

Er zog einen Stiefel aus und schlug damit gegen die Holztür: »Ich bin Vladislav Draculea Basarab, Prinz der Walachei! Ich will mit dem Kommandanten sprechen!«

Seine Stimme hallte den ganzen Nachmittag durch die Flure der Festung: »Ich bin der Prinz der Walachei, Vladislav Draculea Basarab! Ich will mit dem Kommandanten sprechen!«

Am frühen Abend öffnete sich die Tür. Es war die Zeit fürs Essen. Aber im Türrahmen stand diesmal ein Söldner. »Komm! Gugusyoglu Pascha erwartet dich. Er will wissen, was dieses Geschrei soll. Folge mir.«

»Lass mich nicht allein«, wimmerte Radu. »Nimm mich mit!«

Der Wächter versperrte ihm den Weg und schob ihn zurück in den Kerker. »Du nicht!« Kurzerhand verriegelte er die Tür.

Vlad ignorierte bewusst die Schreie des Bruders, um keine Schwäche zu zeigen, straffte die Schultern und folgte erhobenen Hauptes der leuchtenden Fackel.

Im Wohnraum des Festungswärters Gugusyoglu war es behaglich. Ein Feuer prasselte im Kamin, an den Wänden hingen Teppiche, und auch auf dem Boden waren etliche davon ausgelegt. Aber was er vor allem wahrnahm, waren die appetitlichen Düfte, die die Luft schwängerten. Ihm lief das Wasser im Mund zusammen, als er die Köstlichkeiten erblickte.

»Komm herein, edler Prinz!«

Jetzt erst sah er den Mann, der auf Kissen vor einem niedrigen Tisch saß und an einer Wasserpfeife zog.

»Keine Angst! Setz dich hier neben mich und erzähl mir, was dich dazu treibt, den ganzen Tag so zu schreien.«

Gugusyoglu war nicht alt, aber auch nicht jung. In seinem Bart glänzten nur ein paar silberne Fäden, und nur wenige Falten furchten seine helle Haut. Die schwarzen Augen betrachteten Vlad neugierig. Er lächelte ihn an und zeigte auf ein Sitzkissen ihm gegenüber.

»Du willst, dass ich dich wie einen Fürstensohn behandle – dann benimm dich auch wie einer! Oder hast du noch nicht gelernt, dass auf eine Begrüßung zu antworten ist?«

Vlad verbeugte sich leicht vor ihm, nicht nur als Zeichen der Höflichkeit, sondern auch als Hinweis auf seine hohe Stellung als Prinz. Selbstbewusst glättete er seine Tunika, kreuzte die Knöchel und ließ sich im Schneidersitz und mit geradem Rücken auf das Kissen sinken.

»Ich danke Euch, Pascha, dass Ihr mich empfangt.«

»Warum wolltest du zu mir? Was ist passiert?«

»Mein Bruder wurde angegriffen.«

»Angegriffen? Das überrascht mich. Wurde er verletzt?«

»Nein. Schlimmer noch: Er wurde unsittlich angefasst.«

»So, so … unsittlich. Erzähle!«

Vlad wollte sprechen, aber er konnte nicht. Immer wieder musste er den Speichel hinunterschlucken. Sein Blick wanderte gierig über die Speisen, die auf den Silberplatten dampften.

»Du darfst dich bedienen. Bitte, iss doch! Ich hoffe sehr, dass einem wie dir, von hoher Geburt, alles so recht ist.«

Der Junge wartete nicht, noch ein zweites Mal eingeladen zu werden. Mit beiden Händen stopfte er sich den Mund voll. Nach einiger Zeit hatte er seinen Hunger gestillt und sich beruhigt. Er dachte an Radu, der ausgehungert im Kerker ausharrte. Beschämt schob er das Essen von sich und wischte sich die Lippen ab.

»Und?«, bedrängte ihn Gugusyoglu, der indessen geduldig seine Wasserpfeife geraucht hatte. »Wie ist das mit dem Kleinen passiert?«

Vlad schilderte den ganzen Vorfall. Zwischendurch trank er den süßlichen Wein aus dem Pokal, den der Mann ihm immer wieder nachschenkte.

»Und? Hatte Hassan deinen Bruder ausgezogen?«

»Nein. Das hat er nicht mehr geschafft.«

»Weil du ihm seinen Schwanz abgeschnitten hast.« Der Osmane stöhnte und massierte sich unter dem Bauch.

»Dann wisst Ihr, was heute geschehen ist. Dass wir ausgepeitscht worden sind, dass ich menschliches Fleisch essen musste.«

»Sag mir nicht, was ich bereits weiß. Beschreib mir, wie sich das abgehackte Stück in deiner Hand angefühlt hat!«

»Ich weiß nicht. Ich war wütend … und es war ekelhaft. Aber wozu die Fragen?«

»Komm hier herüber, zu mir!«, befahl der Pascha. »So wirst du besser verstehen.«

Widerstrebend stand der Prinz auf und ging um den Tisch.

Dann sah er, dass der Mann ihm unter dem Gewand sein erregtes Glied zeigte. »War es so groß und hart?« Der Türke packte ihn an den Haaren. »Fass es an! Nimm es in die Hand und sag mir, ob du solch ein Prachtstück abgeschnitten hast.«

»Das will ich nicht!« Vlad bäumte sich auf und wollte sich dem Griff entwinden. »Lasst mich los!«

Der Festungskommandant schlug ihm brutal ins Gesicht. Betäubt fiel Vlad mit dem Kopf auf die Tischkante.

Gierige Finger krallten sich in seine Kleider, rissen sie ihm vom Leib, legten ihn auf den Bauch und hielten ihn fest.

War er bewusstlos, war es nur ein Alptraum, oder geschah es tatsächlich? Ein fremder Körper lag auf ihm und presste ihn mit dem Gesicht auf den Boden.

»Ich bin der Prinz der Walachei!«, schrie er. »Lass mich los!«

Hämisches Lachen war die Antwort. Seine Schenkel wurden mit Gewalt auseinandergedrängt. Ein grässlicher Schmerz in seinem intimsten Inneren raubte ihm fast den Verstand. Immer wieder …

Er schrie und versuchte sich zu befreien. Die Tränen, die ihm aus den Augen schossen, konnte er jedoch nicht aufhalten. Eine Hand packte ihn im Haar und riss den Kopf nach oben. Fäuste donnerten auf ihn ein.

Die flackernden Lichter der Kerzen tanzten verführerisch vor seinen Augen … Oder waren es die des Kaminfeuers? So wie in Targoviste?

Er sah sich zu Hause, wie er durch die Flure rannte. *Wo sind die Eltern? Und Mircea? Er hat mich doch immer beschützt. Wo sind sie alle? Warum haben sie mich verlassen?*

Blut lief ihm aus Nase und Mund. Dann erlöste ihn die Ohnmacht von der Marter.

Kapitel 41

Gallipoli, 7. Februar 1443

Vladislav zog sich die zerfetzte Pferdedecke über den geschundenen Körper. Nur den linken Arm konnte er bewegen, und von der Hand nur den Daumen und den Mittelfinger. Seine Haut schmerzte und juckte überall. Am schlimmsten am Kopf, wo es vor Läusen nur so wimmelte.

Wie lange würde er die Folter noch ertragen können? Warum töteten sie ihn nicht? Vor seinem inneren Auge erschien ihm das Gesicht des Folterers – des Zyklopen, wie er den Einäugigen nannte. Als er sich erinnerte, wie der jeden Schmerzenslaut von ihm auskostete, wie sorgfältig er jeden Schnitt und jede Quetschung ausführte und sich über die Schreie freute, erhielt er die Antwort auf seine Frage: Diese Bestie beherrschte ihren Beruf; der Zyklop folterte ihn bis an die Grenze zwischen Leben und Tod, um ihn danach ein paar Tage lang zum Erholen in Ruhe zu lassen. Er war nur ein Spielzeug in den Händen seines Peinigers. Aber er konnte nicht mehr. Er wollte nicht mehr überleben.

Bei jedem Atemzug stachen gebrochene Rippen in seinen Brustkorb. Die Wunden, die sich zusammen mit der Haut ausdehnten, rissen jedes Mal wieder auf. In den offenen Eiterschrunden krochen die Maden, ebenso in den Brandwunden an den Fußsohlen, wo sich erneut Blasen gebildet hatten. Die älteren waren aufgeplatzt, als er versucht hatte aufzustehen.

Durst und Hunger verspürte er schon seit langem nicht mehr. Das Zahnfleisch schmerzte bei jeder Berührung mit der Zunge. Nicht mehr zu essen oder zu trinken war für ihn der Ausweg, sich vor Schmerzen zu bewahren und gleichzeitig dem Tod entgegenzukommen. Er kicherte. Ein Stechen im

Kiefer bestrafte ihn sofort dafür. Ein lockerer Backenzahn lag plötzlich auf seiner Zunge. Vladislav spuckte ihn aus. Belustigt verfolgte er, wie die Ratten dorthin rannten, wo der Zahn gefallen war. In seinem Wahnsinn lachte er darüber.

»Ihr werdet euch die Zähne an dem meinen ausbeißen, Freunde«, redete er in Gedanken mit den Nagetieren. *»Diesmal kriegt ihr kein Fleisch, sondern Knochen … meine Knochen. Ebenso wie der Folterer morgen. Er wird nur eine stinkende Leiche vorfinden, die er nicht mehr martern kann. Freut euch! Ihr seid die Ersten, die zu diesem Leichenschmaus geladen sind. Nehmt euch alles, bevor der Zyklop noch mehr Fleisch von mir verbrennen oder abschneiden kann.«*

Die Erschöpfung forderte ihren Tribut und ergriff erneut Besitz von Vladislavs Verstand. Bilder jagten eines nach dem anderen durch sein Gedächtnis und zogen ihn in einem schwindelerregenden Strudel in ein bodenloses Loch hinab, in eine Welt, die nur ihm gehörte …

Er rannte über eine Sommerwiese der Sonne entgegen, die gerade aufging. Nach der Wärme und dem Licht lechzend, legte er den Kopf in den Nacken und sog mit jedem Atemzug die Sonnenstrahlen auf. Wie trunken davon fiel er mit weit geöffneten Armen auf den Rücken. Die Grashalme kitzelten seine Handflächen. Tief gruben sich seine Finger in die Erde und zupften die grünen Halme. Die duftenden Büschel presste er sich auf die Nase. Er konnte sich daran nicht sattriechen. Auf einem der Gräser krabbelte ein Marienkäfer. Geschickt stellte er ihm den Zeigefinger in den Weg und ließ ihn darauf krabbeln. Er versuchte die schwarzen Pünktchen auf dem runden Körper zu zählen – vier oder fünf? Er würde es niemals erfahren. Der Käfer flog davon.

Vor der Sonne türmten sich auf einmal gewaltige Wolken auf. Ihre Schattenrisse überwucherten die Wiese, bis das leuchtende Grün verblasste. Vlas stand auf und begann hinter den letzten sonnenbeschienenen Grasflächen herzulaufen. Doch die Schatten waren schneller. Die Sonne war verschwunden ...

Im Morgengrauen beobachtete Roxolan, wie Ibrahim Pascha, der Kommandant der Festung Gallipoli, minutiös die Siegel des Großwesirs überprüfte. Ab und zu richtete er den Blick auf ihn und musterte ihn misstrauisch.

»Soviel ich weiß, ist der *Giaur* der Gefangene des Sultans. Die Entlassung kann der Wesir nicht befehlen.«

»Achtet auf Eure Worte! Der *Giaur* ist ein Fürst, der zum Padischah zurückbeordert wurde. Er soll dem glorreichen Osmanischen Reich wieder als Vasall den Kriegsdienst leisten.«

»Er kann niemandem mehr dienen.« Der Türke lachte. »Nichts an diesem Menschen ist heil geblieben. Besonders seine Seele nicht.«

»Was wollt Ihr damit andeuten? Ist er tot?«

»Das habe ich nicht gesagt.« Gelassen hob er die Schultern. »Vielleicht stirbt er in diesem Augenblick. Soviel ich weiß, stand er heute auf dem Plan des Folterers.«

Rox packte ihn am Kragen. »Führ mich sofort zu ihm! Sonst ...«

»Sonst was?«, zischte der Türke unbeeindruckt. »Glaubt Ihr wirklich, Ihr kommt heil aus der Festung, wenn Ihr mich umbringt?«

Roxolan ließ ihn los, denn er erkannte, dass der Mann recht hatte. Er warf ihm einen Beutel auf den Tisch.

»Dies als Anzahlung. Ihr bekommt noch einen dazu, nachdem ich den Gefangenen mitgenommen habe.«

Ibrahim wog den Inhalt in der Hand und nickte. Wortlos griff er sich eine Fackel aus der Wandhalterung und gab Roxolan ein Zeichen, ihm zu folgen.

Die Wendeltreppe führte noch tiefer hinab, als Rox vermutet hatte. Es roch nicht nur nach modrigen Mauern, sondern stärker noch nach Blut, Körperausscheidungen und Verwesung. Die widerhallenden Schreie der Gefangenen ließen den sonst so furchtlosen Hohepriester und Krieger erschaudern.

»Ich hoffe für Euren Fürsten, dass wir noch vor dem Folterer ankommen.« Sie bogen in einen Flur und erblickten dort zwei Männer, die eine Tür öffneten.

»Halt!«, rief Ibrahim Pascha.

»Er gehört heute mir«, sagte einer von ihnen.

»Widersetzt du dich meinem Befehl, Hassan?«

»Verzeihung, Herr! Ich war geblendet vom Licht und habe Euch nicht erkannt.« Er verbeugte sich und gab den Weg frei.

»Hier gibt es für euch nichts mehr zu tun. Sucht euch einen anderen.«

Ohne abzuwarten, schnappte sich Rox die Fackel und betrat die Kerkerzelle. Der Anblick, der sich ihm bot, schnürte ihm die Kehle zu.

»Ich glaube, wir kommen zu spät«, hörte er hinter sich den Kommandanten sagen.

Auf der Burg in Fogarasch, 10. Februar 1443

Vasilissa klammerte sich an Mirceas Hände. »Ich flehe dich an, geh nicht! Woher weißt du, dass es keine Falle ist? Du darfst dem Sultan nicht vertrauen.«

»Aber die Nachricht kommt von Roxolan und nicht von Murad.«

»Bist du sicher, dass sie von ihm ist? Wie gut kennst du den Griechen? Warum hat er uns nicht verraten, was mit Vladislav geschehen ist? Wir wissen nicht, ob er noch am Leben ist.«

»Rox würde sich niemals von seinem Dolch trennen. Gibt es ein besseres Erkennungszeichen?«

»Vielleicht hat der Mann ihn getötet und sein Zeremonienmesser gestohlen.«

»Und woher wusste er, wo wir uns befinden? Mutter, ich verstehe deine Angst, aber ich muss nach Vater suchen. Was ist, wenn er oder Roxolan meine Hilfe brauchen?«

Vasilissa wischte sich die Tränen ab. »Ich will dich nicht auch noch verlieren, mein Sohn. Bitte geh nicht!«

»Es ist meine Pflicht, Mutter. Ich werde morgen früh abreisen.«

Mircea küsste sie auf die Stirn. »Bitte pass auf dich auf!« Er blickte auf ihren stark gerundeten Bauch. »Auf euch beide«, fügte er lächelnd hinzu.

Die Fürstin legte die Hand auf den Leib. Sie wartete jeden Tag darauf, das Kind auf die Welt zu bringen. Es war die Frucht der letzten Liebesnacht mit Vladislav, bevor er Targoviste verlassen hatte.

»In jedem Gebet flehe ich Gott an, mir diesmal ein Mädchen zu schenken. Sie wird nicht in den Krieg ziehen müssen.«

»Gegen ein Schwesterchen habe ich nichts einzuwenden«, munterte Mircea sie auf. »Hauptsache, sie wird so schön und klug wie du.«

»Du wirst deinem Vater immer ähnlicher.«

Bei diesen Worten schwiegen beide wehmütig.

»Ich muss alles für die Reise vorbereiten«, unterbrach er die Stille.

»Nimm Ilarion mit, er findet keine Ruhe, seit Vlas gefangen genommen wurde.«

»Ich wollte ihn hier bei dir lassen.«

»Nanu Pascal bleibt, wenn du einverstanden bist.«

»In Ordnung.«

Mircea kniete vor ihr und erwartete ihren Segen.

Sie legte die Hand auf seinen Kopf. »Gott beschütze dich, mein Sohn!«

Er stand auf, umarmte sie und ging.

»Kehre heil zurück«, flüsterte sie ihm unter Tränen hinterher.

Gallipoli, 12. Februar 1443

Roxolan empfand den Rückweg von Gallipoli nach Edirne länger als den Hinweg. Kein Wort hatte er mehr gesprochen, seit er die Festung verlassen hatte. Das Fuhrwerk, das über die holprige Straße rumpelte, schaukelte ihn hin und her. Für kurze Zeit schloss er die Augen und konzentrierte sich auf das monotone Knarzen eines Rads. So hatten die Scharniere an der Tür von Vladislavs Zelle geklungen, als diese hinter ihm geschlossen worden war.

Die Bilder aus dem Kerker brachen wieder über ihn herein, und die Stimme des Kommandanten hallte in seinem Kopf, als stünde dieser neben ihm. »Allah war gnädig zu ihm und hat ihn zu sich genommen.«

Roxolan kniete nieder. »Vlas!«, flüsterte er. »Wach auf! Es ist vorüber. Ich hole dich hier heraus.« Vorsichtig zog er die Pferdedecke von dem leblosen Körper. Bei dem Anblick, der sich ihm bot, sprang er auf. Vor ihm lag eine nackte Gestalt, die nichts mit seinem Freund gemeinsam hatte. Der Kopf ähnelte einem Totenschädel. Die wenigen, fauligen Zähne traten zwischen den schmal gewordenen Lippen hervor. Aus einigen Brandwunden lief Eiter, auf anderen bewegten sich weiße Maden, die sich hinein- und herausschlängelten. Gebrochene Finger ragten in grotesken Winkeln von den Händen.

»Nein! Das ist nicht Vladislav!«, schrie Roxolan. Wütend griff er Ibrahim an und schleuderte ihn gegen die Wand. »Wo ist der Fürst der Walachei?«

»Dies ist Euer Mann. Warum sollte ich lügen? Was hätte ich davon?«

»Was habt Ihr mit ihm gemacht?« Rox drückte seinen Unterarm immer stärker gegen die Kehle des Türken.

»Er sollte langsam sterben … so lautete der Befehl. Dennoch hat er die Folter jedes Mal überlebt. Vielleicht ist er doch nicht tot, und …«

»Schweig! Ich will nichts mehr hören.« Er ließ Ibrahim los. »Verschwinde, damit ich es mir nicht anders überlege.«

»Ihr habt freies Geleit aus der Burg«, sagte der Pascha. »Niemand wird Euch aufhalten«, fügte er hinzu, bevor er die Zelle verließ.

Rox wickelte den nackten Körper des Freundes in seinen Mantel und nahm ihn auf die Arme. Wortlos ging er hinaus. Wie er den Zorn hätte herausschreien wollen! Aber er konnte nicht. Die Wut loderte in seiner Brust, bis sie ihm die Luft raubte.

Zu Fuß hatte Roxolan die Festung verlassen. Am Tor traf er den Diener von Demetrios, der schweigend Roxolans Pferd hinter sich an den Zügeln führte. Das Haus, das der Grieche im Voraus für sie gemietet hatte, lag außerhalb der Festungsmauern.

Es regnete in Strömen, doch das störte ihn nicht. Auch wenn die eiskalten Regentropfen ihn in kürzester Zeit durchnässten und zum Erschauern brachten.

Anfangs wollte er es nicht wahrhaben, doch der Körper in seinen Armen fing tatsächlich leicht an zu zittern. Er blickte nach unten und sah, dass Vlas den Mund weit geöffnet hatte. Die herausgestreckte Zunge fing die Regentropfen auf.

Roxolan lachte und weinte zugleich. *»Danke,* Bendis!«, murmelte er. *»Danke für deine lebenspendenden Tränen!«* Er betete weiter zum Himmel: »Gebeleizis, *Gott aller Gottheiten, nimm mir Kraft weg und schenke sie ihm. Lass ihn nicht sterben!«*

Drei Tage hatte er in dem Haus in Gallipoli Vladislavs

Wunden und Brüche unter Verabreichung von Mohnsaft gepflegt. Gerettet war er noch nicht.

Das Fuhrwerk holperte über einen Stein und riss Rox aus seinem Erinnerungstraum. Vor ihm, auf Schafsfelle gebettet, schlief Vlas, weiterhin zwischen Leben und Tod schwebend.

Roxolan hob die Plane am Fuhrwerk an und blickte nach draußen. Am Horizont entdeckte er vor sich die Mauern von Edirne.

Später am Abend hielten sie vor Demetrios' Haus, der sofort zu ihnen eilte.

»Das Zimmer ist vorbereitet, Effendi.« Fürsorglich war er Rox behilflich, Vladislav auf einer Bahre dorthin zu tragen. »Er sieht nicht gut aus.«

»Doch! Viel besser als vor vier Tagen. Glaube mir.«

Der Grieche schüttelte den Kopf und ließ einen bewundernden Pfiff hören. »Wenn du ihn zurück ins Leben gerufen hast – aus einem noch schlimmeren Zustand als dem jetzt –, dann bist du ein Heiliger.«

»Ich dachte, du sagst: ein Zauberer.«

»Ehrlich gesagt, mir ist es egal, was du für einer bist. Sag mir, wie es ihm geht.«

»Mit Hilfe von viel Mohnsaft schläft er. Anders hätte er die Strapazen der Reise nicht überlebt. Aber er ist noch nicht außer Gefahr. Es wird mehrere Wochen dauern, bis er wieder auf den Füßen stehen kann. Wenn überhaupt! Was ist mit Mircea? Hast du etwas von ihm gehört?«

»Ich habe meinen Bruder zu ihm geschickt. So wie besprochen. Bis heute ist keiner von ihnen zurückgekehrt.«

»Die Nähe seines Sohnes kann ihm zusätzliche Kraft schenken.«

Roxolan legte Vladislav auf dem Bett ab und flößte ihm aus

einem Fläschchen ein paar Tropfen ein. »Das wird ihn stärken und ihn langsam aus dem Schlaf holen.«

»Aber was ist mit dir?« Demetrios schaute ihn bekümmert an. »Wann hast du das letzte Mal ein Auge zugetan? Oder etwas gegessen? Meine Frau hat einen Lammeintopf gekocht …«

»Ich brauche nichts. Danke.«

»In meinem Haus habe ich das Sagen! Ich hole dir eine Schüssel mit Essen.« Der Grieche eilte aus dem Zimmer.

Rox legte sich auf den Boden vor der Lagerstatt seines Freundes und schlief auf der Stelle ein. Diesmal ohne Alpträume.

Es war noch dunkel draußen, als ihn leises Stöhnen weckte. Augenblicklich sprang er auf.

Besorgt untersuchte er Vladislav, der sich in einem Fieberdelirium herumwälzte. Seine Stirn glühte.

»Verdammt!« Fieberhaft suchte er in dem Beutel mit den Kräutersäckchen. Er roch an zwei von ihnen und entschied sich dann für eines davon. Dann kippte er den Inhalt in eine Schale mit Wasser und mischte es kräftig.

»Vlas!«, rief er. »Mach keine Dummheiten! Hörst du mich? Lass mich nicht allein mit der Arbeit! Du musst mithelfen, sonst schaffe ich es nicht. Diesmal nicht mehr! Hörst du?«

Mit zitternden Händen goss er ihm die Mischung in den Mund.

»Demetrios!«, schrie er, während er dann ins Haus stürmte. »Demetrios!«

Der rannte aus seinem Zimmer. »Was schreist du so? Was ist passiert?«

»Ich brauche frisches Blut von einem Lamm!«

»Jetzt? Im Februar? Die Schafe werfen erst in einem Monat.«

»Egal! Wer hat eine Schafherde?«

Der Grieche zog sich an. »Komm! Ich bringe dich hin.«

Kurz nach Sonnenaufgang suchte sich Roxolan zwei Mutterschafe, die Junge trugen. Er schnitt ihnen die Bäuche auf und holte die ungeborenen Lämmer heraus. Ihre Herzen schlugen noch, als er ihnen die Halsadern durchtrennte und das Blut in einem Gefäß sammelte.

Im Galopp ritten er und Demetrios wieder zurück. In Vladislavs Zimmer angekommen, hielt er ihm das Gefäß an die Lippen und flößte seinem kranken Freund nach und nach den kostbaren Lebenssaft ein. Es war dennoch nicht genug. Ohne zu zögern, schnitt sich Rox ins Handgelenk und ließ das Blut aus seiner Wunde in Vlas' Mund rinnen.

»Demetrios, wenn ich ohnmächtig werde, dann halt meinen Arm so, dass das Blut weiterläuft. Hast du mich verstanden?«

»Aber du wirst sterben, Mann!«

»Besser ich als er.«

Der Grieche starrte ihn entgeistert an. »Ich hoffe, du weißt, was du tust.« Er schlug das Kreuz. »Gott beschütze dich!«

Kapitel 42

Edirne, 13. Februar 1443

Roxolan öffnete die Augen. Lichter und Schattenbilder tanzten vor ihm, was für leichten Schwindel sorgte. Jemand hielt ihm einen Becher an die Lippen. Die Flüssigkeit schmeckte nach Honig und … Er versuchte die Gewürze zu erkennen, aber er erinnerte sich nicht an ihre Namen. Auf jeden Fall war das Getränk Wein. Er trank gierig davon, und wohlige Wärme durchströmte seinen Körper.

»Rox!«, rief eine bekannte Stimme. »Wach auf!«

Der Nebel um ihn lichtete sich nur langsam, bis Ilarions Gesicht klar zu sehen war.

»Es gibt einen Gott im Himmel.« Der Walache lächelte. »Er hat alle seine Engel zu dir geschickt! Wir haben wahrhaftig um dein Leben gebangt.«

»Vlas?« Roxolan sah sich um, konnte aber seinen Freund nirgendwo entdecken. »Wo ist er?«

»Nicht so hastig!« Ein schwarz gekleideter Mann schob sich zwischen ihn und Ilarion. Er zog Roxolans Augenlider leicht nach oben und bewegte eine brennende Kerze vor den Augäpfeln hin und her.

»Wer seid Ihr?«, fragte Rox. »Was macht Ihr mit mir?«

»Mein Name ist Levi.« Der Mann stellte die Kerze auf einem Hocker neben dem Bett ab. »Ich bin Medicus am byzantinischen Kaiserhof«, fuhr er fort, während er ihn weiter untersuchte. »Demetrios hat mich gerufen. Ihr habt viel Blut verloren – und damit fast Euer Leben.«

»Wo ist mein Freund? Lebt er noch?«

»Eine außergewöhnliche Heilbehandlung habt Ihr angewendet.« Der Mann tröpfelte aus einem Fläschchen ein wenig

Flüssigkeit in einen Becher und gab sie ihm zu trinken. »Wir Juden bedienen uns nicht nur der alten Lehren der Griechen, sondern praktizieren auch neue Methoden in der Heilkunst. Aber so etwas habe ich noch nicht gesehen.«

»Es reicht! Ilarion, wo ist Vladislav? Warum sagt mir keiner, was mit ihm los ist?«

»Kann er ein paar Schritte tun?«, fragte der Walache den Medicus.

»Er darf nichts überstürzen, sonst …«

Roxolan warf die Decke zur Seite und stand auf. Ihm wurde so schwindelig, dass er zurück auf sein Lager fiel.

»Sei kein Held.« Ilarion fing ihn rechtzeitig auf. »Hast du vergessen, dass du kein Blut mehr im Körper hast? Komm, stütz dich auf mich.«

Diesmal gehorchte Rox und ließ sich helfen. Sie gingen langsam über den Flur zu dem benachbarten Zimmer. Er war auf alles gefasst, als die Tür geöffnet wurde.

Als er Draco erblickte, der, auf Kissen gestützt, mit seinem Sohn sprach, kämpfte er mit den Tränen.

»Vlas!«

Mircea stand auf und bot Rox den Platz neben dem Bett an. »Vater hat mehrmals nach dir gefragt. Setz dich hierher, an meiner Stelle.«

»Lass uns allein, mein Sohn«, flüsterte Vladislav.

»Wir warten draußen. Wenn ihr etwas braucht, ruft nach uns.«

Roxolan nickte nur, ohne darauf zu achten, was ihm der junge Prinz sagte.

»Seit wann weinst du, Rox? Oder sehe ich so schlecht aus, dass du den Anblick nicht ertragen kannst?«

»Du weißt doch, dass ich immer neidisch auf deine Schönheit war. Dies sind nur Tränen der Eifersucht, mein Freund.«

»Das glaube ich dir. So blass, wie du bist, hast du auch allen Grund dazu.«

Sie lachten beiden gezwungen.

»Ich sehe, du hast ebenfalls Levis Heilkünste genossen.«

»O ja!«

Roxolan betrachtete die Bandagen an Vladislavs Körper. »Was ist mit dem rechten Arm?«

»Er sagte, ich werde ihn wieder bewegen können. Auch die Finger. Aber es wird dauern.«

Vlas streckte die linke Hand aus und griff nach der von Rox. Er drückte sie. »Ich danke dir, mein Retter und Beschützer. Ich werde es nie vergessen!«

»Verzeih, dass ich zu spät zu dir gekommen bin.« Er wollte neben dem Bett niederknien, aber Vladislav hielt ihn davon ab.

»Nein. Mach dir keine Vorwürfe! Es sollte so sein. Ich musste für viele Sünden büßen.«

»Jetzt bist du zurück, mein Freund. Dein Gott wollte, dass du weiterleben sollst.«

»Warum, Rox? Welchen Sinn hat das alles? Ich habe durch meine Anmaßung und im Kampf um den Thron zwei meiner Söhne verloren.«

»Das hast du nicht. Vlad und Radu sind als Geiseln auf einer Burg in Anatolien. Und Murad will dich erneut als Vasallen in der Walachei.«

Vlas lächelte gequält. »Der Sultan spielt wieder Schach, und auf einmal passe ich auf sein Brett. Ich frage mich, warum. Hat er nicht dem Beylerbey von Rumelien befohlen, die Walachei ein für alle Mal zu erobern?«

»Der wurde von Hunyadi vernichtend geschlagen.«

»János …« Vladislav schwieg lange, bis er weitersprach. »Er hat meine Heimat vor den Osmanen gerettet. Wie ein wahrer Christ.«

»Ja, aber seitdem herrscht Dan Basarab in Targoviste.«

Vlas ballte die linke Faust.

»Was ist mit meiner Familie geschehen?«

»Hat dir Mircea nichts gesagt?«

»Dazu kamen wir noch nicht. Der Medicus hat ihm heute erstmals erlaubt, etwas länger bei mir zu bleiben.«

»Vasilissa und alle unsere Anhänger sind in der Burg von Fogarasch.«

»Gut!« Vladislav entspannte sich. Er schloss die Augen. »Was erwartet Murad von mir?«

»Du sollst ihm die Treue schwören. Dafür wird er deine Söhne am Leben lassen.«

»Wie denn? In einem Kerker? Wo sie vielleicht gefoltert werden?«

»Es hängt von dir ab, ob sie ihre Geiselhaft in allen Ehren am Sultanshof verbringen werden. Du musst ihn nur von deiner Loyalität überzeugen.«

Vladislav presste die Lippen zusammen.

»Rox, heile mich! Hilf mir, wieder zu Kräften zu kommen.«

»Verlass dich darauf. Erwarte aber kein Erbarmen von mir! Es wird nicht so schnell gehen, ein paar Wochen wird es schon dauern.«

»Dann wird Murad sich so lange gedulden müssen. Als Krüppel trete ich nicht vor ihn.«

»Das verstehe ich. Du bist kaum in der Lage, dich zu verneigen, um den Saum des Kaftans zu küssen.«

Auch wenn Vlas darüber lachte, wusste Roxolan, dass es nur zum Schein war. Er kannte seinen Freund zu gut. Aber wäre er stark genug, um allein über die grausamen Erlebnisse hinwegzukommen?

»Sie werden einen stolzen Vladislav Draco vor sich sehen. Das versichere ich dir.«

»Aber zuvor musst du mir etwas versprechen: Erzähle niemandem, vor allem nicht Mircea oder Vasilissa, wie du mich vorgefunden hast. Niemals sollen sie es erfahren!«

Klausburg, 24. Februar 1443

János sprang aus dem Sattel, warf die Zügel dem Knappen zu und eilte ins Haus. Vor zwei Tagen war Gyuri mit der Nachricht zu ihm nach Buda geritten, dass seine Frau in den Wehen lag. Die Angst um sie, aber auch die Freude darauf, sein zweites Kind in den Armen zu halten, trieben ihn an. Starker Schneefall hatte ihn und Gyuri dennoch dazu gezwungen, eine Nacht in einem Gasthof zu verbringen.

Nun endlich war er zu Hause. Diener hasteten auf ihn zu und nahmen ihm den Mantel und die Fellmütze ab.

»Wo ist die Herrin? Ist sie wohlauf?«, fragte er noch im Laufen.

»Gott hat Euch mit einem gesunden Spross gesegnet, Herr. Eure Gemahlin ist im oberen Gemach.«

Er stieg, immer zwei Stufen auf einmal nehmend, die Treppe hinauf. Vor dem Ehegemach hielt er kurz inne, dann öffnete er leise die Tür. Von der Schwelle aus genoss er den Anblick seiner Frau, die soeben das Neugeborene stillte.

»János!«, rief sie, als sie ihn entdeckt hatte. Sie streckte die Hand nach ihm aus. »Komm und sieh deinen Sohn an.«

Mit großen Schritten näherte er sich dem Bett. »Er ist vollkommen und gesund«, sagte sie mit glänzenden Augen.

»Ein zweiter Junge.« Er streichelte die Wangen des Kindes mit dem Finger. »Ich danke dir, meine Liebe!« Er küsste sie auf die Stirn. »Hast du schon an einen Namen gedacht?«

»Nein. Das wollte ich dir überlassen.«

János spielte mit den Fingerchen des Säuglings, die seinen

Daumen kräftig umschlossen. »Der ist stark wie ein Bär.« Er lachte.

»Du darfst ihn in den Arm nehmen.« Erzsébet reichte ihm seinen Sohn.

Er betrachtete das Kind, das die Lippen schürzte und nach der Brust der Mutter suchte. »Er ist wunderschön! Wann ist er geboren?«

»Gestern, um die Mittagszeit.«

»Ich nenne ihn Matthias. Nach dem Heiligen des gestrigen Tages.«

»Ein edler Name, mein Gemahl. So soll er heißen.«

László kam ins Zimmer gerannt. »Vater! Wann bist du gekommen?« Der Junge umklammerte seine Beine.

»Gerade eben, mein Sohn. Hast du schon deinen Bruder gesehen? Er wird Matthias heißen.«

»Er ist so klein!«

»Das warst du auch, am Tag nach deiner Geburt.«

»Wie lange braucht er, bis er so groß ist wie ich?«

Erzsébet und János lachten herzlich.

Ein diskretes Husten an der Tür erregte ihre Aufmerksamkeit. Johann von Zredna verneigte sich. »Wichtige Nachrichten, mein Herr!«

»Ich komme sofort. Warte auf mich in meinem Arbeitszimmer.«

Er küsste zuerst das Neugeborene auf die Stirn und reichte es dann seiner Frau. »Ich muss nun gehen.« Danach trug er seinem Sohn auf: »László, du passt auf dein Brüderchen auf!«

Der Junge setzte sich auf das Bett. »Ja, Vater.«

In seinem Zimmer traf er auf einen besorgten Sekretär.

»So schlimm?«, fragte János direkt.

»Vladislav Draco ist frei«, antwortete Johann, ohne lange nachzudenken.

»Das kann nicht sein!«

»Das ist noch nicht alles: Der Sultan hilft ihm mit einer großen Armee, den Thron zurückzuerobern.«

»Unmöglich! Ist die Nachricht vertrauenswürdig?«

»Sie kommt unmittelbar aus dem *Serail.* Obwohl …«

»Ja?«

»Vladislav hat den Vasalleneid noch nicht geleistet. Man spricht im Palast davon, dass er so schlimm gefoltert wurde, dass er nicht mehr lang zu leben hat. Aber niemand hat ihn gesehen.«

»Sind die Danen davon in Kenntnis gesetzt worden?«

»Nein. Ich dachte, Ihr hättet vielleicht andere Pläne mit ihnen.«

»Ich muss nachdenken.« János kaute an seinem Schnurrbart. »Nicht, dass wir auf das falsche Pferd setzen. Was weißt du noch von Fogarasch? Gibt es Bewegungen dort?«

»Mein Späher hat Mircea seit ein paar Tagen nicht mehr gesehen. Er soll auf einer Jagd sein – was ich, unter diesen Umständen, nicht glaube.«

»Ich auch nicht. Was noch?«

»Die Fürstin Vasilissa hat ein Kind bekommen. Eine Tochter.«

János lächelte. »Dann ist sie so alt wie mein Matthias. Gott beschütze sie beide!«

»Sollen wir einen Gesandten nach Targoviste schicken?«

»Noch nicht. Wir warten auf weitere Nachrichten, und danach handeln wir.«

Edirne, 12. März 1443

Gefolgt von Roxolan, betrat Vladislav den Hauptraum des Dampfbades. Der Marmorfußboden war so heiß, dass sie nur in hölzernen Pantinen gehen konnten. Ein *Tellak,* der Badewärter, der wie sie nur ein blaues Leinentuch um den Leib trug, führte sie zu der kreisrunden Marmorplatte in der Mitte des *Hamam*. Sie streckten sich darauf aus und ließen sich von ihm und einem weiteren *Tellak* abreiben.

Vlas stöhnte.

»Hast du Schmerzen?«, fragte Rox sofort.

»Nein, mach dir keine Sorgen. Du hast mich richtig gut zusammengeflickt. Ich genieße nur die Wärme und frage mich: Warum haben wir Europäer solche Bäder nicht?«

»Wir hatten sie, nur leider einige Jahrhunderte vor unserer Zeit. So haben die Griechen und später die Römer gebadet. Die Byzantiner haben die Badekultur weitergeführt, und die Osmanen haben die Tradition von ihnen übernommen.«

»Du hast recht. Aber ehrlich gesagt, ist es mir egal, wer es erfunden hat. Hauptsache, ich kriege die Läuse weg.«

Roxolan kicherte. »Dann bist du hier richtig. Glaub mir, du wirst rein wie ein frisch geschlüpftes Küken diesen Raum verlassen.«

»Aber welch stolzen Anblick werde ich Murad morgen bieten? Hinkend und mit einem Arm in der Schlinge. Stell dir das nur vor! Und ich soll das Osmanische Reich gegen die Kreuzfahrer verteidigen?« Er lachte grimmig. »Bestimmt wird er es sich anders überlegen.«

»Abwarten! Bis dahin haben wir noch Zeit, um dich herauszuputzen. Demetrios hat die teuersten Kleider für dich bestellt. Das hat er versprochen.«

Am nächsten Tag stand Vladislav früh auf, nach einer Nacht voller Alpträume. Er streckte die Hände von sich: Sie zitterten. Die Finger der Rechten konnte er nur mühsam und unter starken Schmerzen bewegen. Die Stellen, an denen die Nägel eingeschlagen worden waren, heilten nur langsam. Es war kaum daran zu denken, ein Schwert zu halten. Zum Glück hatte Roxolan ihm schon in jüngeren Jahren beigebracht, auch mit der Linken zu kämpfen.

Geräuschlos wie immer stand plötzlich Rox bei ihm im Zimmer. »Du hast wieder nicht genug geschlafen. Warum quälst du dich? Ein paar Tropfen Mohnsaft und …«

»Nein! Ich will nicht mein Leben lang davon trinken und vor den Erinnerungen weglaufen. Ich will das alles niemals vergessen. Verstehst du? Ich habe so vieles in meinem Leben falsch gemacht, meine ganze Familie habe ich ins Verderben geführt. Nur für dieses eine Ziel: auf dem Thron meines Vaters zu herrschen. Verflucht soll dieser Traum sein.«

»Aber was willst du jetzt?«

»Meine Kinder retten, Rox.«

»Dann bereiten wir uns darauf vor. Wir haben noch viel zu tun.«

Der Barbier hatte Vladislav die Haare frisiert und den Schnurrbart gestutzt. Mit Ölen war er massiert worden. Demetrios brachte zusammen mit zwei Dienern die Kleider, die aus kostbaren Stoffen wie Samt und Brokat gemacht waren. Die Schärpe um die Mitte war aus Seide und mit goldenen Fäden bestickt. Darüber trug er einen Kaftan nach der osmanischen Sitte. Nur einen Turban setzte er nicht auf – den durften ausschließlich die Muslime tragen. Stattdessen plazierte er, tief auf der Stirn, einen mit Smaragden besetzten Reif aus Gold, als Symbol für die fürstliche Krone.

Mircea kam zu ihm. Er wickelte das Toledoschwert aus einem Tuch.

»Mutter hat daran gedacht. Sie wusste, dass du es gut gebrauchen kannst.«

»Nein, mein Sohn!« Vladislav schob die Waffe von sich.

»Du sollst es behalten. Wenn ich heute nicht mehr zurückkehre, dann bist du der Drachenritter.«

Der Prinz verneigte sich. »Ich werde es bis zu deiner Rückkehr aufbewahren.«

Vlas umarmte ihn. Wortlos blickte er dann in all die anderen vertrauten Gesichter: Rox, Ilarion, Demetrios. »Ich danke euch, Freunde.« Er kämpfte mit dem Kloß in seinem Hals. »Jetzt los! Wir dürfen den Sultan nicht warten lassen.«

Von vier Janitscharen flankiert, schritten sie durch die Flure des *Serails*. Vor dem Thronsaal wurden sie nach Waffen durchsucht, erst danach durften sie den Saal betreten. Roxolan blieb neben der Tür stehen.

Die Wesire und Paschas standen in einer Reihe, nach ihrem Rang geordnet. Vlas spürte ihre neugierigen Blicke. Einer der Janitscharen zwang ihn, das Haupt zu beugen, und schob ihn nach vorn. Vor dem Thron fiel Vladislav auf ein Knie. Wie es das Protokoll verlangte, küsste er den Saum des Kaftans von Sultan Murad.

»Demütig kniet der reuige Untergebene vor dem ruhmreichsten Padischah«, begrüßte er ihn nach dem osmanischen Hofzeremoniell. »Allah schenke Euch ewigen Ruhm, Kaiser aller Kaiser!«

Lange sagte Murad nichts und ließ ihn dort vor seinen Füßen knien.

»Ihr habt die Zeit in Gallipoli zum Nachdenken benutzt, wie ich sehe.«

»Ja, Kaiserliche Majestät.«

»Eurer Reue können Wir jedoch nicht vertrauen. Wie könnt Ihr Uns versichern, dass Ihr Euch nicht erneut mit den Katholiken gegen Uns verbünden werdet?«

»In den langen Nächten auf der Festung von Gallipoli hat

Gott zu mir gesprochen. Er hat über mich gerichtet und mich für schuldig befunden: schuldig des Verrats.« Seine Stimme zitterte anfangs, aber zusehends gewann sie an Festigkeit. »Ich war bereit zu sterben. Doch ich habe durch Eure Gnade eine zweite Gelegenheit erhalten.«

»Welcher Gott hat zu Euch gesprochen?«

Vlas wusste, dass die Frage ein zweischneidiges Schwert war. Auf diesen Fall war er jedoch vorbereitet. »Es gibt nur einen Allmächtigen: Allah!«

»Ich sehe, Ihr seid ein gesitteter Herrscher, wenn auch ein unberechenbarer. Erhebt Euch!«

Er machte ein Zeichen. Der Hofgelehrte brachte Bücher, die von Dienern mit Ehrfurcht getragen wurden. Die Gruppe blieb vor Vladislav stehen.

»Ihr werdet den Vasallenschwur sowohl auf die Bibel als auch auf den Heiligen Koran aussprechen.«

Wie im Traum wiederholte er den Schwur, den der *Hodscha* ihm vortrug.

»Diesmal werden wir Eure Söhne zur Sicherheit bei uns in Edirne behalten.«

»Nichts erfreut mich mehr, als zu wissen, dass meine Kinder im Glanz des ruhmreichsten Padischahs aufwachsen dürfen. Denn wo sollten sie eine bessere Erziehung erhalten, wenn nicht bei den Gelehrten des *Serails?*«

Murad nickte und sprach den Beylerbey von Anatolien an. »Veranlasse, dass die walachischen Prinzen aus Egrigöz zu uns geholt werden. Sie sollen gute Gefährten meines Sohnes Mehmet sein.«

An Vladislav gewandt, fuhr der Sultan fort: »Ihr werdet im Palast bleiben und die notwendigen Pläne für die Eroberung Eures Throns mit Uns besprechen.«

»Selbstverständlich, Eure Kaiserliche Majestät.«

»Solange der *Firman* von unserer Kanzlei gefertigt wird,

werdet Ihr hier im *Serail* einziehen. Ihr dürft Eure Begleiter mit Nachricht zu Euren Vertrauten schicken.«

Vladislav Draco verneigte sich. Er verstand, dass er zwar nicht verhaftet war, aber unter strenger Beobachtung stand.

Als er an Roxolan vorbeiging, flüsterte er ihm auf Walachisch zu: »Hol meine Kinder!«

Kapitel 43

Anatolien, 9. März 1443

Als *Spahi* gekleidet und mit der Vollmacht des Großwesirs bewaffnet, führte Roxolan die kleine osmanische Truppe aus sechs Männern nach Egrigöz. Drei seiner Begleiter, ebenso verkleidet wie er, waren Griechen, enge Vertraute von Demetrios. Rox dachte an den gutmütigen Stoffhändler und Zuträger aus Edirne. Der hatte ihn gezwungen, die Recken mehr zum Schutz der Kinder als zu seinem eigenen zu akzeptieren. Seine Worte hallten Rox immer noch im Gedächtnis: *»Deine Zaubereien beeindrucken mich nicht. Nimm die Männer mit, denn ich vertraue ihren Muskeln und Säbeln mehr als deinen Pülverchen. Du reist durch feindliches Land. Vergiss das nicht!«*

Die Vorstellung, dass die Prinzen so wie Vladislav gefoltert werden könnten, ließ ihm keine Ruhe. Außerdem wünschte er sich, Vlad und Radu so schnell wie möglich zu befreien, so dass sie ihren Vater noch treffen könnten, bevor dieser mit der Armee des Sultans nach Targoviste aufbrach.

Aber die starken Winde aus Norden, gepaart mit der frostigen Kälte und den steilen, felsigen Wegen machten Mensch und Tier zu schaffen. Wenn sie wieder keine Herberge fanden, müssten sie erneut im Freien übernachten.

Doch diesmal hatten sie Glück. Kurz vor Sonnenuntergang erreichten sie eine der wenigen Schenken in der Region. Das prasselnde Feuer und der Eintopf mit Hammelfleisch entschädigten sie für den beschwerlichen Ritt während des Tages.

»Wohin führt Euer Weg, tapfere Reiter?«, begrüßte der Wirt sie. »Selten sieht man Reisende vor dem Frühling.«

»Nach Egrigöz«, antwortete Roxolan.

»Zur Festung *Schielendes Auge?*«

»Ja. Aber warum nennt man sie so?«

»Niemand weiß es. Die, die ihr den Namen gaben, leben nicht mehr. Der Pfad dorthin ist schmal und schlängelt sich an vielen Stellen zwischen den Felsen hindurch. Vor einigen Tagen wurden vier Kaufleute samt Knechten und Tieren unter Felsbrocken begraben. Hier bebt oft die Erde.«

»Ist der Weg inzwischen wieder freigemacht worden?«

»Ja. Der Pascha hat Männer aus der Festungsgarnison zu der Stelle beordert. Es gehört zu seinen Pflichten, auf den Zustand der Straßen in dieser Region zu achten.«

»Wie weit ist die Festung von hier entfernt?«

»Auch wenn ihr gute Pferde habt, braucht ihr trotzdem noch einen halben Tag.«

Während die anderen sechs Begleiter ein Würfelspiel begannen, wickelte sich Roxolan in den Mantel und legte sich neben die Feuerstelle. Welches Glück sie hatten! Nur zwei Tage zuvor waren Reisende an derselben Wegstelle, die auch sie passieren würden, von Geröll getötet worden. Aber die Nachricht, die ihn noch mehr erfreute, war, dass der Weg ihnen wieder zur Verfügung stand. Endlich würde er Vladislavs Kinder zu sich nehmen.

Unter dem monotonen Rollen der Spielwürfel schlief er ein.

Am nächsten Tag gegen Mittag erreichten sie die Burg Egrigöz. Drei Wächter versperrten ihnen den Eingang.

»Halt!«

»As-salamu alaikum«, begrüßte Rox sie wie ein echter Muslim, um die Glaubwürdigkeit seiner Tarnung zu unterstreichen.

»Wa alaikum as-salam«, antwortete einer der Osmanen und nahm die Depesche von Roxolan entgegen. Er überprüfte die Siegel und verneigte sich. »Folgt mir!«

Im Arbeitszimmer von Gugusyoglu Pascha fand die gleiche Begrüßungszeremonie statt.

»Ich kenne Euch nicht, *Spahi*«, sagte der Festungskommandant, nachdem er den Brief des Großwesirs gelesen hatte. »Wie war Euer Name?«

»Kasim. Ich war in Rumelien im Krieg. Im letzten Kampf, bei Jalomitza, haben uns die *Giauren* geschlagen.« Er zeigte auf seine Augenklappe. »Dort verlor ich das Licht meines rechten Auges.«

»Dann sind die kleinen Walachen genau richtig in Eurer Obhut. Der Ältere ist eine Ausgeburt des Teufels. Ihr solltet ihm gutes Benehmen beibringen, bevor Ihr ihn dem Sultanshof übergebt. «

»Ich werde Euren Rat beherzigen.«

»Wann wollt Ihr abreisen? Ich würde mich heute Abend über Gesellschaft freuen. Die besten Köche aus Anatolien wirken in meiner Küche.«

»Ich danke Euch, Pascha, aber ich habe Befehl, die Kinder sofort nach Edirne zu bringen.«

»Verstehe. Selim, der Kapitän meiner Garde, wird Euch zu ihrer Zelle begleiten.«

Roxolan machte den drei verkleideten Griechen ein Zeichen, ihm zu folgen.

Sie gingen durch mehrere Flure, bis der Kapitän schließlich im Erdgeschoss eine Tür öffnete.

»Allah hat Erbarmen mit euch«, sagte er, als er eintrat. »Der Padischah lässt euch frei.«

»Du lügst, verdammter Hund!«, hörte Rox Vlad schreien. »Du willst uns nur herauslocken, um uns auseinanderzureißen!«

Roxolan betrat den Raum. Vladislavs Kinder klammerten sich aneinander. Als Radu anfing zu weinen, stellte sich Vlad beschützend vor ihn. Seine von Hass verzerrten Gesichtszüge spiegelten seine Entschlossenheit, sich jeder Art von Gewalt zu widersetzen. Er war abgemagert. Und nicht die blauen Flecke auf seinem Gesicht beunruhigten Rox am meisten, es war der Blick: Zorn und Schmerz brachten ihn offensichtlich an den Rand der Verzweiflung, denn er hatte Angst. Wahnsinnige Angst. Er war nicht mehr derselbe Vlad wie vor zehn Monaten. Was musste er erlitten haben, dass er so geworden war?

»Ich bin der Gesandte seiner Kaiserlichen Majestät, Sultan Murad«, sagte Roxolan, während er sich vor den Kindern leicht verneigte. »Und ich bin hier auf sein Geheiß, um Euch in allen Ehren nach Edirne zu begleiten.«

»Ihr lügt!«

»Dort werdet Ihr auch Euren Vater treffen.«

Radu packte seinen Bruder an der Hand und zerrte ihn mit nach vorn. »Komm! Hast du gehört? Vater wartet auf uns. Ich habe dir doch gesagt, er vergisst uns nicht. Komm! Worauf wartest du noch?«

»Wie kann ich wissen, dass Ihr die Wahrheit sprecht?«

Roxolan lächelte. Die Achtsamkeit des Jungen gefiel ihm. Er zog den Dolch mit den Schlangen und Wolfsköpfen am Knauf und zeigte ihm das Messer.

Vlad zuckte, als er es sah. »Ich kenne dieses Messer … und ich weiß, wem es gehört.« Er sah ihn durchdringend an, als suchte er nach bestimmten Erkennungsmerkmalen. Nur ein leichtes Zucken der Augenlider verriet Rox, dass er ihn erkannt hatte. »Ich vertraue Euch.«

»Dann gehen wir.«

»Zuerst will ich mich von Gugusyoglu Pascha verabschieden, um ihm für seine besondere fürstliche Behandlung zu danken. Ist das möglich?«

»Selbstverständlich.«

»Würdet Ihr mich zu ihm begleiten?«

Roxolan gewahrte in Vlads Stimme den Hass und die Wut. Und er ahnte, worum es ging. »Soll auch Euer Bruder mitkommen?«

»Nein. Denn nur ich habe seine *Lustbarkeiten* erleben dürfen.«

Rox verstand. Er drehte sich zu dem Kapitän um.

»Ihr habt es gehört. Wir werden dem Pascha noch einen Besuch abstatten. Aber nur, um Abschied zu nehmen.«

»Ich geleite Euch zu ihm.«

»Ich danke Euch. Da der jüngere Prinz nicht mitgehen muss, wird er mit einem meiner *Spahis* bei den Pferden im Hof auf uns warten.«

Im Flur vor dem Zimmer des Paschas tauschte Roxolan nur einen Blick mit den beiden Griechen aus. Wortlos warteten sie, bis Selim sie angemeldet hatte.

»Der Kommandant erwartet Euch. Er hofft, dass Ihr doch über Nacht bleibt.« Er zwinkerte, als er auf Vlad zeigte.

»Vielleicht. Aber kommt Ihr nicht mit hinein?«

»Nein, das ist mir nicht gestattet. Ich werde Euch im Innenhof erwarten, um Euch zu verabschieden.« Der Kapitän verbeugte sich knapp und entfernte sich.

»Ihr übernehmt die zwei Diener«, flüsterte Rox seinen Begleitern zu, bevor sie eintraten. »Den Pascha überlasst ihr mir! Vlad, hast du auch verstanden?«

Dieser nickte stumm.

»Kasim!«, empfing ihn Gugusyoglu, während er ihnen mit ausgebreiteten Armen entgegenkam. »Wie ich sehe, habt Ihr dem *Giauren* Respekt beigebracht.«

In dem Moment schloss sich die Tür. Wie auf Befehl packten die Griechen die Hausdiener am Hals und schnitten ihnen die Kehlen durch.

Gleichzeitig hielt Roxolan den Dolch unter das Doppelkinn des Paschas.

»Was … was wollt Ihr von mir?«

»Kein Wort mehr, sonst schneide ich dir die Zunge ab!«

»Wer seid Ihr?«

»Du hast es nicht verstanden!«, zischte der Walache und durchbohrte mit der Spitze des Messers die Haut. »Oder willst du für immer verstummen?«

Vlad näherte sich. »Rox, ich will ihn bei vollem Bewusstsein haben. Und wenn er blutet, soll es durch meine Hand geschehen.«

Roxolan nickte. »Stavros! Nimm ihm die Schärpe ab und kneble ihn.«

Sie schoben den Kommandanten auf das Baldachinbett. Dort banden sie seine Handgelenke an die Pfosten.

»Entkleidet ihn!«, befahl der Prinz gefasst.

Der Pascha kämpfte mit allen Kräften dagegen an. Doch als der Grieche ihm den *Jatagan* an die Kehle setzte, bewegte er sich nicht mehr.

»Spreizt ihm die Beine und fesselt sie ebenfalls an die Bettpfosten!«, befahl Vlad.

Während dies geschah, wählte er eine Lanze aus der Waffensammlung, die an der Wandtäfelung hing. Er wog sie in der Hand und überprüfte die Spitze.

Roxolan sah, wie Gugusyoglus Augen hervortraten. Wild zog er an den Seilen. Der Knebel erstickte seine Hilferufe, so dass nur kehlige Geräusche zu hören waren. Der Schweiß lief ihm übers Gesicht. Bei jeder Bewegung wogte der behaarte Bauch hin und her.

Vlad führte ihm die Lanzenspitze vor. »Auge um Auge. Zahn um Zahn! Das verlangt das Blutgesetz. Nicht wahr?« Er bewegte die Spitze vom Hals abwärts, über die Bauchwölbung und die Lenden. Dort hielt er sie an die Hoden. Der Pascha erstarrte.

Der Prinz ging weiter um das Bett herum und blieb davor

stehen. Er richtete die Waffe zwischen den Beinen seines Peinigers.

»Und das ist meine Blutrache!«, wisperte der Junge und stieß die Lanze in Gugusyoglus Gesäß. Langsam schob er sie hinein. Der Pascha bäumte sich auf. Die Schlagadern an seinem Hals standen dick und blau hervor.

»Stavros!«, befahl Roxolan. »Halt ihn fest und leg ihm ein Kissen aufs Gesicht. Dieses Schwein grunzt zu laut.«

Die Lanze steckte fast bis zur Hälfte in seinem Opfer. Blut verbreitete sich in einer immer größer werdenden Lache unter dem gemarterten Körper. Der zuckte noch einige Male, um kurz danach endgültig still zu liegen.

Rox legte die Hand auf die Schulter des Jungen. »Es war eine gerechte Strafe. Komm, gehen wir. Radu wartet auf uns. Je schneller wir von hier verschwinden, desto besser.«

Walachei, 27. März 1443

Vladislav führte eine Armee von über zwanzigtausend Fußkämpfer und Berittenen. Den Janitscharen, *Spahi* und *Akinci* hatten sich die treuen Walachen und Truppen der Bojaren angeschlossen, die ihm und den Türken wohlgesinnt waren.

Neben ihm unterhielt sich Mircea mit Ilarion. Er folgte nicht mehr ihrem Gespräch, sondern dachte an die letzten Ereignisse. Es war kein Jahr vergangen, seit er in den Kerker von Gallipoli geraten und dort über Monate gefoltert worden war. Jetzt kehrte er in Ehren zurück, unterstützt von Sultan Murad, demselben, auf dessen Befehl er gemartert worden war, der seine Kinder als Geiseln hielt. Es schmerzte ihn, dass er Edirne hatte verlassen müssen, bevor Roxolan mit Vlad und Radu eingetroffen war. Sein Herz sehnte sich nach seinen beiden Söhnen. Er hätte ihnen selbst versichern wollen, dass er sie so schnell wie möglich befreien und nach Hause holen würde. Wenigstens war Rox bei ihnen geblieben.

Wie wäre sein Schicksal oder das seiner Familie verlaufen, wenn der Beylerbey von Rumelien vor einem Jahr die Walachei doch erobert hätte? Keiner von ihnen wäre noch am Leben. Sie waren nur winzige Schachfiguren auf dem Spielbrett des Padischahs. Er konnte und durfte niemandem trauen. Niemandem!

»Vater, sieh dorthin!« Mircea deutete nach rechts. »Unsere Kundschafter kommen.«

»Eure Hoheit«, begrüßte ihn deren Anführer. »Dan Basarab hat seine Armee vor Argisch gestellt, nur einen Tagesritt von hier. Sie sind weniger als wir, um die zehntausend Männer, schätze ich.«

»Sind fremde Truppen in seinen Reihen?«

»Nein, falls Ihr ungarische oder polnische Söldner meint.«

»Wir reiten weiter und suchen nach einem Feldlager für diese Nacht. Morgen früh brechen wir vor Sonnenaufgang auf.«

»Jawohl, Hoheit.«

Sie schlugen das Lager in der Nähe des Klosters Cozia auf. Vladislav hatte mit Bedacht diese Stelle ausgewählt, denn dort ruhte auf ewig sein Vater, Mircea der Alte.

Spätabends ritt er allein zum Klostergelände. Der Mönch, der am Tor Wache hielt, erkannte ihn und öffnete.

»Willkommen, Hoheit! Und Gott segne Euch. Ich rufe sofort den Abt.«

»Nicht nötig, Bruder. Ich will nicht gestört werden, solange ich am Grab meines Vaters bete.«

»Wie Ihr es wünscht.«

Am Grabmal entzündete er eine Kerze und kniete dann nieder.

»Was ist aus deiner Heimat geworden, Vater?«, flüsterte er. »Wir bekämpfen uns untereinander; walachisches Blut fließt auf dem Boden, in dem die Knochen unserer Ahnen ruhen. Auch du hast in einer Blutfehde um den Thron deinen Bruder besiegt. Und morgen bin ich derjenige, der mit seinem Vetter um die Krone kämpfen wird. Ist das Gottes Wille? Entspricht das Seiner Ordnung, wenn Brüder und Geschwisterkinder sich gegenseitig töten? Werden auch meine Söhne einander ermorden? Ist dies das Erbe, das ich ihnen hinterlasse? Sag es mir!« Er legte die Hand auf den Grabstein. »Gib mir Rat und Weisheit, Vater. Zeig mir den richtigen Weg.«

Von der Sakristei hörte er Schritte. Ein Mönch entzündete in der Kirche eine Kerze nach der anderen. Als er an Mirceas Grab kam, blieb er plötzlich stehen.

»Wer ist da?« Ängstlich schwenkte er die Öllampe vor sich hin und her.

In dem Moment bemerkte Vlas die milchigen Augen des Gottesdieners. Er war blind. »Ich bin Vladislav Draco Basarab, der Sohn des Fürsten Mircea.«

»Ich habe von Euch gehört, Hoheit … und habe Euren Vater gekannt«, fügte er hinzu, während er sich ihm mit sicherem Schritt näherte. »Seit langer Zeit ist niemand mehr zu seiner Grabstätte gekommen. Was führt Euch hierher? Es wundert mich, dass Ihr ohne Prunk und Gefolge erschienen seid. So wie Euer verstorbener Bruder Aldea.«

»Bei einer Zwiesprache mit meinem Vater brauche ich keine Gesellschaft.«

»Kommt Ihr nicht zu spät, um mit ihm zu sprechen?«

»Kaum fünf Jahre alt war ich, als ich meine Familie verlassen musste. Ich bin an König Sigismunds Hof aufgewachsen, als Garant für die walachische Politik. Ich habe meinen Vater nie richtig kennengelernt. Was für ein Mensch und vor allem was für ein Herrscher war er?«

»Wie Fürst Mircea war, weiß nur der Herr im Himmel, denn Er hat über sein Leben Gericht gehalten. Aber Ihr solltet Euch nicht mit den Toten messen.«

»Bin ich seiner würdig? Was ist, wenn ich die gleichen Fehler mache wie er?«

»Die Antworten auf Eure Fragen findet Ihr in Euch selbst, Hoheit. Ihr müsst nur reinen Gewissens und im wahren Glauben der Mutterkirche handeln. So wird Eure Seele Frieden finden. Quält Euch nicht, denn der Barmherzige hat jedem das eigene Schicksal bestimmt; jeder von uns hat sein Joch zu tragen.« Bevor er sich zum Gehen wandte, segnete er Vladislav, indem er das Kreuz über seinem Haupt schlug. »Gott beschütze Euch, Hoheit!«

Es war kurz vor Mitternacht, als Draco ins Feldlager zurückkehrte. Obwohl er wusste, dass ihn im Schlaf erneut die Alpträume heimsuchen würden, legte er sich nieder, ohne Zuflucht zu dem rettenden Trank von Roxolan zu nehmen. Lange noch hallten die Worte des Mönchs in seinem Kopf wider, bis er endlich einschlief.

Er hatte seinen Weg gefunden.

Am nächsten Tag trafen sich die feindlichen Armeen vor Argisch. Während die Truppen Stellung nahmen, musterte Vladislav hoch zu Ross die Reihen des Gegners.

»Ihr seid noch nicht stark genug für den Kampf«, hörte er Ilarion an seiner Seite sagen. »Überlasst mir den Angriff.«

»Ich habe mich seit langem nicht so gut gefühlt wie jetzt. Mach dir keine Sorgen um mich.«

»Eure Hoheit!«, rief ein Kapitän. »Gesandte der Danen kommen zu uns. Sie tragen die weiße Flagge.«

»Führe sie zu mir!«

Vor ihn trat ein Herold, gefolgt von einem Kleriker.

Vladislav erkannte in ihm den Bischof von Argisch. »Es überrascht mich, Euch als Gesandten eines Usurpators zu sehen, Exzellenz.«

»Ich komme zu Euch nicht als Abgesandter des Fürsten, sondern als Hirte der Christen.«

»Seit wann mischt sich die Kirche in die weltlichen Fehden? Ihr solltet vor dem Kreuz Jesu knien und für unser Seelenheil beten, statt auf dem Schlachtfeld aufzumarschieren.«

»Mein Ziel ist der Frieden, Hoheit. Deshalb bin ich hier: um das Vergießen von Brüderblut zu verhindern. Es ist noch nicht zu spät.«

»Dann soll sich Dan Basarab zurückziehen und das Land verlassen. Ich werde ihm freies Geleit ohne Schaden für Leib und Gut zusichern.«

»Genau das ist auch der Vorschlag Eures Vetter an Euch«, sagte der Bischof. »Ohne Kampf wird er den Thron nicht abgeben.«

»In diesem Fall soll Gott über uns entscheiden.«

»Wollt Ihr ein Gottesurteil?«

»Ja. Nur Dan und ich werden ins Feld ziehen. Der Sieger bekommt die Krone.«

»Ist dies Euer letztes Wort?«

»Ja.«

Vladislav zog den Handschuh und übergab ihn dem Herold.

»Ich werde Eure Kampfansage Seiner Hoheit, dem Fürsten, übermitteln.«

Der Gesandte verneigte sich und ging, gefolgt vom Bischof.

»Vater, lass mich für dich kämpfen! Du …«

»Nein, Mircea.«

»Euer Sohn hat recht!«, sprach ihn auch Ilarion an. »Ihr könnt noch nicht einmal das Schwert in der Hand halten. Wie wollt Ihr Dan besiegen?«

»Mit Gottes Hilfe, mein Freund. Mit Gottes Hilfe.«

Die Antwort aus dem gegnerischen Lager wurde bald schon von demselben Herold überbracht.

»Seine Hoheit, Fürst Dan Basarab, der dritte seines Namens, ist bereit, Euch vor den beiden Truppen zu treffen. Ihr entscheidet über die Waffen.«

»Ich wähle den Streitkolben. Hoch zu Pferd!«

»Wie Ihr wünscht. Jeder Kontrahent wird nur von einer Person begleitet.«

»Einverstanden.«

Kaum hatte sich der Bote entfernt, drehte sich Vlas zu seinem Sohn um. »Mircea, du weißt, was du zu tun hast, falls ich sterbe.«

»Lass mich dich begleiten, Vater!«

»Nein. Du musst sofort zu deiner Mutter reiten, falls ich besiegt werde. Dir überlasse ich die Familie und … dies hier.« Er streifte sich die Kette mit dem Ouroboros vom Hals. »Du bist nach mir der nächste Drachenritter. Aber auch der wahre Thronfolger. Versprich mir, für dein Anrecht auf die Krone zu kämpfen. Für sie und für deine Brüder. Vergiss Radu und Vlad nicht! Nur du kannst sie noch befreien.«

»Ich gelobe es dir.«

Danach wandte sich Vlas an Ilarion. »Du kommst mit. Aber vorher binde den Streitkolben an meinen linken Arm. So fest du kannst. Und ebenso den Schild an den rechten.«

Als die Sonne am höchsten stand, ritten Vladislav und Dan aufeinander zu.

»Vetter, lass Gott über uns entscheiden«, sagte Vlas.

»Bis zum Tod?«

»Wenn der Allmächtige es will.«

Der Herold gab das Signal.

Einige Zeit umkreisten und maßen sie sich. Die Pferde schnaubten und tänzelten.

Basarab schlug als Erster zu, aber er traf nur den Schild. Ein Stich fuhr heiß durch Vladislavs Schulter. Seine Wunde drohte sich wieder zu öffnen. Er war doch noch hinfälliger als gedacht. Ihm wurde klar, dass er den Kampf nicht in die Länge ziehen durfte. Die Zeit war sein Feind.

Er führte weiter sein Ross im Kreis um Dan und beobachtete, wie dieser den Schild hielt. Keine Möglichkeit, die Deckung zu umgehen. Er merkte sich jede Einzelheit. Da erinnerte er sich an eine frühere List von Roxolan. Dafür benötigte er lediglich einen Augenblick der Unachtsamkeit beim Gegner. Und er bekam ihn.

Unerwartet unterbrach Vladislav den kreisenden Ritt. Mit dem dadurch entstehenden Schwung schleuderte er den Kolben von unten nach oben und schlug ihn gegen das Knie seines Rivalen. Keine Rüstung konnte diese Stelle vor so einem Schlag schützen. Der Schrei des Vetters bestätigte es. Basarab krümmte sich unter Schmerzen, so dass sein Kopf ungeschützt war. Das war der Moment, auf den Vlas es abgezielt hatte. Mit voller Wucht donnerte er den Streitkolben an Dans Helm.

Der schwankte und versuchte sich am Sattel festzuhalten, dann stürzte er vom Pferd.

Der Herold und der Begleiter des Fürsten rannten zu ihm. Vorsichtig entfernten sie den Schutzhelm.

»Ist er tot?«, fragte Vladislav Ilarion, als dieser ihm beim Absteigen half.

»Ich weiß es nicht.«

Vlas beugte sich über seinen Vetter, der aus Nase und Ohren blutete. »Ruf nach einem Medicus, Herold.«

»Jawohl!«

»Wollt Ihr ihn denn am Leben lassen?«

»Ja, Ilarion. Denn nur so kann diese Familienfehde ein Ende finden.«

»Seid Ihr Euch sicher?«

»Nein. Aber ein Leben zu schenken wird mit einem anderen Leben belohnt, während ein Mord weitere Rachemorde nach sich zieht.«

»Ich hoffe nur, dass Euer Vetter auch dieser Ansicht ist.«

»Er darf die Walachei zusammen mit seinen Angehörigen in Frieden für immer verlassen. So wie alle, die ihm treu sind. Niemand wird getötet, nur ihre Ländereien und Titel werden ihnen entzogen. Kümmere dich darum, dass ich keinen von ihnen mehr sehe, wenn ich in Targoviste ankomme.«

Buda, 6. April 1443

János setzte sich an den Tisch, ohne Rodislav zu sich einzuladen. Er wollte damit dessen Besuch abkürzen. »Ich bedaure die Niederlage deines Bruders.«

»Das tust du nicht. Du hättest ihn mit Bewaffneten unterstützen können. Aber das hast du nicht getan. Warum?«

»Ungarische Truppen gegen einen Thronanwärter der Hohen Pforte zu entsenden wäre eine offene Kriegsansage gegen das Osmanische Reich gewesen. Dafür ist es zu früh. Wir haben die Vorbereitungen des Kreuzzuges noch nicht abgeschlossen.«

»Für dich ist es immer ungünstig, wenn es um uns geht.«

»Ich verstehe die Vorwürfe nicht. Wie ich hörte, ist dein Bruder glücklich in dem Kloster, in das er sich zurückgezogen hat. Er widmet sich dem Studium alter Schriften und dem Schreiben.«

»Weil er feige ist.«

»Oder weise. Es würde dir nicht schaden, dir ein Beispiel an ihm zu nehmen. Von ihm zu lernen, wann es besser ist aufzugeben.«

»Ich höre wohl nicht richtig. Du erwartest von mir, dass ich aufhöre, um den Thron meines Vaters zu kämpfen?«

»Nein. Du solltest aufhören zu hassen. Dieser Groll wird dir eines Tages zum Verhängnis werden.«

Rodislav lief im Raum auf und ab. »Lieber tot als ohne die walachische Krone. Ohne *meine* Krone!«

»Du erhebst Anspruch auf den Thron? Mit welchem Recht?«

»Mein Bruder hat jeden weltlichen Titel abgegeben. Sogar den Namen. Ich bin jetzt der rechtmäßige Erbe und Thronfolger. Ja, Hunyadi: Ich kämpfe weiter! Bis zu meinem – oder Vladislavs Tod. Die Frage ist: An wessen Seite willst du stehen?«

Targoviste, 21. April 1443

Vasilissa hob den Blick vom Stickrahmen und beobachtete, wie Vladislav seine Tochter auf den Arm nahm. Er küsste sie auf die Stirn.

»Du sollst sie nicht mehr so verwöhnen«, sagte sie. »Sie will nur noch in deinem Beisein einschlafen.«

»Sie hat Geschmack, meine kleine Alexandra. Genau wie ihre Mutter.«

»Ich meine es ernst. Sogar Ilarion ist strenger mit seinen Kindern.«

Pascal trat ins Zimmer. »Hoheit, die ungarischen Gesandten sind eingetroffen. Der Großrat ist bereits im Thronsaal versammelt.«

»Dann gehen wir.«

Er übergab das Kind seiner Mutter. »Ich verlasse schweren Herzens meine beiden Prinzessinnen.«

Vasilissa sah ihm nach, bis er das Zimmer verlassen hatte.

Er war so verändert. Nur ein leichtes Hinken erinnerte an das gebrochene Bein, das nicht mehr gerade zusammenwachsen konnte. Dank täglicher Schwertübungen schaffte er es immerhin wieder, beschwerdefrei den rechten Arm zu bewegen. Seit sie die Narben auf seinem Körper gesehen hatte, wusste sie, dass ihr Vlas nimmermehr der Alte sein konnte. Niemals hatte er darüber gesprochen. Nie hatte sie ihn gefragt. Aber die Schmerzen seiner gequälten Seele drangen bis zu ihr. Des Nachts schlief er kaum. Und wenn er doch in den Schlaf fand, wälzte er sich herum, bis er schreiend aufwachte.

Sie dachte zurück an den Tag, als sie mit ihren Damen aus Fogarasch nach Targoviste zurückgekehrt war. Vor dem fürstlichen Hof hatte er vor ihr gekniet und ihre Hand geküsst. Beim Anblick seiner Tochter war er in Tränen ausgebrochen. »Das ist ein Geschenk Gottes. Geheiligt soll ihr Name sein.«

»Sie heißt Alexandra. Nach meinem Vater, dem Fürsten Alexandru von Moldau.«

»Einen angemesseneren Namen gibt es wahrlich nicht, denn sie ist eine Fürstentochter. Ich danke dir, Prinzessin.«

Damals hatte sie nicht geahnt, wie traumatisiert er tatsächlich war, obwohl sein Haar, nach nur einem Jahr, fast zur Gänze weiß war. Auch neue, tiefe Linien furchten seine Stirn. Er lachte kaum noch, außer mit seiner Tochter. Gemeinsam litten sie darunter, dass Vlad und Radu nicht mehr bei ihnen waren.

Eine Hand, die vor ihren Augen wedelte, holte sie zurück in der Gegenwart.

»Smaranda! Wann bist du hereingekommen? Ich habe dich nicht gehört.«

»Kein Wunder, so wie Ihr in Gedanken vertieft wart. Was ist los?«

»Gott hat uns Alexandra zum richtigen Zeitpunkt im Leben geschenkt. Ich mag mir nicht vorstellen, wie Vladislavs oder mein Dasein ohne sie aussähe.« Vasilissa wiegte ihre Tochter. Dabei streichelte sie die rosigen Wangen. »Sie schenkt ihm so viel Lebensfreude nach allem, was er durchmachen musste. Und sie hilft uns, den Schmerz und die Sehnsucht nach unseren Söhnen zu lindern. Dennoch habe ich Angst, auch das noch zu verlieren, was mir von meiner Familie übrig geblieben ist.«

»Es wird nicht mehr so wie früher sein, das stimmt. Trotzdem müsst Ihr an Euch glauben und Eurem Gemahl vertrauen. Der Fürst wird alles tun, um Vlad und Radu nach Hause zu holen.«

»Genau dessen bin ich mir nicht sicher. Vladislav ist nicht mehr der Mann, den ich einmal kannte. Er hat sich hinter einen unsichtbaren Schutzschild zurückgezogen. Er lässt mich nicht an sich heran.«

»Lasst ihm noch etwas Zeit!«

»Das tue ich doch! Aber was, wenn wir uns in dieser Zeit mehr und mehr entfremden?«

»Habt keine Angst, denn er braucht Euch. Quält Euch nicht mit unnötigen Sorgen.«

»Vielleicht hast du recht, Smaranda. Nun sag mir, ob du irgendetwas von dieser ungarischen Gesandtschaft gehört hast.«

»Nein. Deswegen bin ich zu Euch geeilt. Ich hatte gehofft, Ihr würdet es mir verraten.«

»Merkwürdig. Jagiello muss doch von dem letzten Vasallenvertrag zwischen Vladislav und dem Sultan wissen. Was will er nun von uns?«

»Ilarion hat von den Plänen eines Kreuzzuges gesprochen. Papst Eugen soll die gesamte Christenheit zur Teilnahme aufgerufen haben.«

»Aber das wird für uns Walachen ausgeschlossen sein. Vlas wird an keinem Feldzug gegen die Osmanen teilnehmen. Nicht, solange unsere Söhne Murads Geiseln sind.«

Vasilissa drückte das Kind an ihre Brust. »So oder so, es wird Krieg geben.«

Kapitel 44

Targoviste, 21. April 1443

János öffnete und schloss die Fäuste, während er in der Vorhalle wartete, bis man ihm die Tür öffnete. Es fiel ihm nicht leicht, Vladislav zu treffen. Doch es war seine Entscheidung gewesen, die Gesandtschaft nach Targoviste zu führen, denn nur er kannte die wahren Pläne.

Die Türflügel öffneten sich, und der Hofmeister verkündete: »Der Abgesandte der ungarischen und polnischen Königreiche, János Hunyadi, Woiwode von Transsylvanien, Banus von Severin, Graf von Temesch.«

Erhobenen Hauptes schritt er zwischen den Stuhlreihen der Bojaren hindurch. Vor dem Thron verneigte er sich tiefer als sonst. Dadurch wollte er etwas Zeit gewinnen, um seine Erschütterung zu verbergen, denn er hatte nicht mit einer so gewaltigen Veränderung seines einstigen Freundes gerechnet. Vor ihm saß nicht mehr der selbstgefällige Vlas, sondern ein zu früh gealterter Mann. Graue Haare statt wie früher braune umrahmten jetzt das Gesicht. In seinen Augen blitzte nicht mehr wie früher die Lebenslust; sie wirkten müde wie Sonnenstrahlen im Winter. Die Falten um die hängenden Mundwinkel hatten sich vertieft, kein ironisches Lächeln umspielte mehr die sinnlichen Lippen. János erschauerte. Auch wenn die Veränderung seines einstigen Waffenbruders ihn aufwühlte, bewahrte er Haltung und begrüßte ihn so, wie die Förmlichkeit es verlangte.

»Im Namen meines Königs, Wladyslaw Jagiello, sei gegrüßt, Fürst der Walachei!«

Vladislav schob das Kinn vor und erwiderte den Gruß lediglich mit einer leichten Kopfbewegung.

»Seine Majestät, der König von Polen und Ungarn, heißt Eure Rückkehr auf den walachischen Thron gut, und …«

»Was willst du, Hunyadi?«

Die forsche Frage, die das Hofprotokoll missachtete, zwang ihn, genauso direkt zu antworten. »Mit Euch vertraulich sprechen. Was ich Euch zu sagen habe, muss zuerst mit Euch allein verhandelt werden.«

»Was soll diese Geheimnistuerei, János?«

»Ich will sicher sein, dass das, was wir hier besprechen, unter uns bleibt. Weit entfernt von jedem fremden Ohr. Nur so wirst du mir vertrauen. Denn wenn irgendetwas davon bekannt wird, dann kann nur einer von uns der Verräter sein.«

Ein Raunen schwelte unter den Bojaren im Thronsaal. Einige von ihnen sprangen gar mit der Hand am Schwert auf. Auch die Leibgarde richtete die Speere auf den Gesandten.

Der Fürst hielt sie alle mit einem Handzeichen zurück. »Es ist in Ordnung! Wenn du hier nichts mehr zu sagen hast, erwarte ich dich heute Abend in meinem privaten Audienzzimmer.«

»Ich werde da sein.«

Stunden später standen sie sich dann gegenüber. Vladislav musterte den einstigen Freund argwöhnisch. Er wollte seinen Ohren nicht trauen, als er hörte, was János ihm vorschlug.

»Ich soll am Kreuzzug gegen die Osmanen teilnehmen?«, wiederholte er fassungslos. »Hast du überhaupt mitbekommen, dass ich der Vasall des Sultans bin? Oder ist es dir entgangen, dass ich mit seiner Unterstützung hier sitze?«

»Nein. Du sitzt auf diesem Thron, weil ich die Walachei vor Sehabeddin und vor deinem Murad geschützt habe.«

»Und dafür hast du dann einem der Danen hinaufgeholfen.«

»Wenn Mircea weiter Fürst geblieben wäre, dann wärt du und deine ganze Familie nicht mehr am Leben.«

Vlas musste sich eingestehen, dass János recht hatte. Sein

Ältester hätte es niemals geschafft, den gerissenen Sehabeddin zu besiegen. Und falls sein Sohn gegen den Beylerbey gekämpft hätte, wäre der Verrat so offensichtlich gewesen, dass es für ihn und alle Familienmitglieder das Todesurteil bedeutet hätte.

»Vladislav«, beschwor ihn Hunyadi weiter, »nach dem Sieg vom letzten Jahr haben Könige und Herrscher gesehen, dass die Osmanen zu schlagen sind. Ja, dass es möglich ist, sie sogar aus Europa zu verjagen. Viele wollen jetzt endlich für den von Papst Eugen ausgerufenen Kreuzzug das Schwert ziehen. Komm an unsere Seite! Es ist eine einmalige Gelegenheit.«

»Ich kann es nicht.«

»Verdammt, Vlas! Du bist ein Drachenritter. Wie kannst du noch ruhig schlafen, während christliches Blut unter den *Jataganen* fließt?«

Vladislav packte ihn am Hals und zischte ihm ins Ohr: »Ich schlafe seit langem nicht mehr. Woran du nicht ganz unschuldig bist. Und ich habe niemals vergessen, was ich in Nürnberg geschworen habe. Aber Vlad und Radu sind als Geiseln in Edirne. Ihr Blut interessiert dich vielleicht nicht. Aber mich!«

»Ich habe auch zwei Söhne. Sie zu verlieren würde mir das Herz brechen. Dennoch, wenn ich zwischen dem Kampf für die Befreiung Europas von den Osmanen und ihrem Leben wählen müsste, würde ich mich für den Krieg entscheiden.« Mit einem Ruck befreite er sich aus Vladislavs Griff. »Was sind zwei Leben im Vergleich zum Dasein Tausender und Abertausender Christen, die ich retten kann? Wenn diese Menschen auch weiterhin das Läuten der Glocken über ihren Häusern hören können? Für dieses Ziel bin ich bereit, alles zu opfern. Alles!«

Vladislav klatschte ironisch in die Hände und lächelte dabei. »Ein großer Auftritt, János. Dir fällt es leicht, auf Kosten anderer alles zu opfern. Beinahe hätte ich dir geglaubt. Was willst du hier erreichen? Eine neue Falle stellen für deinen Freund Vlas? Glaubst du wirklich, ich wüsste nichts von deinen Machenschaften mit den Danen?«

»Kannst du nicht ein einziges Mal an etwas anderes denken als nur an dich? An etwas, worüber die Chroniken schreiben und wovon die Menschheit noch in Jahrhunderten sprechen wird? Denk darüber nach! Dieses Jahr werden entweder wir Christen über die Walachei die Muslime angreifen oder die Osmanen uns. Du und dein Land, ihr steht in der Mitte. Wie du siehst, wird es so oder so Krieg geben. Aber du kannst jetzt noch entscheiden, auf welcher Seite du stehen wirst.« Hunyadi streckte ihm die Hand hin. »Komm, Vlas! Wie in alten Zeiten. Kämpfen wir noch ein Mal zusammen für ein edles Ziel. Diesmal meine ich es ernst. Und du kannst die Walachei vom osmanischen Joch befreien.«

Vladislav schluckte. Er streckte ihm schon die Hand entgegen, zog sie aber wieder zurück. »Ich kann nicht. Ich kann das Leben meiner Kinder nicht verspielen. Ich weiß, wie grausam die Türken foltern können.«

»Auch dann nicht, wenn ich dafür eine Lösung habe?«

»Was meinst du damit?«

»Dass du an dem Kreuzung teilnimmst … ohne deine Söhne dabei zu verlieren.«

»Wie sollte das gehen?«

»Vertrau mir und hör mir gut zu.«

Edirne, 2. September 1443

Roxolan befestigte die Janitscharenhaube auf seinem Kopf und zog die Uniform glatt. Die Augenklappe hatte er behalten. Viel zu ungewöhnlich waren seine unterschiedlichen Augenfarben. Auch die Geschichte über seine Heldentaten in dem Kampf auf Jalomitza glaubte jeder, der sie hörte. Manchmal ertappte er sich, dass er sie mit solcher Überzeugung erzählte, als wären sie tatsächlich passiert. *Die besten Lügen sind die, an die man selbst glaubt …,* dachte er schmunzelnd. Er schaute zur Sanduhr. Der Unterricht der Prinzen würde nicht mehr lang dauern. Er musste sich beeilen, um pünktlich am verabredeten Treffpunkt anzukommen.

Er erreichte die vereinbarte Stelle in dem als Labyrinth angelegten Garten. Die Jungen waren schon vor ihm dort eingetroffen, denn er konnte hören, wie sie sich stritten. Kurz danach sah er sie auch.

Vlad schubste seinen Bruder. »Sag mir nicht, was ich zu tun habe. Ich entscheide, was ich lerne. Und den Koran werde ich bestimmt nicht lesen. Wir haben unseren Gott, Radu. Vergiss das nicht!«

»Wenn du es nicht tust, wird dich der Gelehrte weiterhin schlagen. Und ich werde wegen dir dann auch bestraft.«

»Ha, dass ich nicht lache! Wie denn? Mit Süßigkeiten und Zärtlichkeiten? Du kriechst hinter jedem her und machst, was man von dir verlangt. Du hast keinen Stolz, Brüderchen! Unser Vater wäre sehr enttäuscht, dich so zu sehen.«

»Das wird aber nicht geschehen. Er hat uns hier zurückgelassen und kommt nie wieder.«

»Wenn schon. Du darfst niemals vergessen, wer du bist und woher du stammst.«

»Ich bin nicht wie du.« Der Jüngere fing an zu weinen. »Ich vermisse unsere Mutter, unsere Familie. Warum verbietest du mir, wenigstens Freunde zu haben?«

Vlad wischte ihm die Tränen ab. »Mehmet kann nicht dein Freund sein. Er ist des Sultans Sohn. Für ihn bist du …« Er suchte nach dem passenden Wort. »So etwas wie ein Spielzeug«, fuhr er fort. »Glaube mir, er liebt sein Pferd mehr als dich.«

»Du bist doch nur eifersüchtig auf mich. Weil dich wegen deiner Wutausbrüche niemand mag. Ich hasse dich!«

Sein Bruder schlug ihm ins Gesicht. »Sag das nie wieder! Ich bin älter als du, und du wirst auf mich hören.«

Roxolan ging nun dazwischen und trennte die beiden. »Was soll das? Seid ihr von allen guten Geistern verlassen? Ihr solltet zusammenhalten!«

Vlad kreuzte die Arme vor der Brust und hielt seinem Blick stand.

»Schau mich nicht so an. Ob du nun ein Prinz bist oder nicht, ich werde dir Vernunft beibringen. Zwing mich nicht dazu!«

»Pah, ein paar Schläge mehr. Dass ich nicht lache! Glaubst du, das wird mich ändern? Ich werde niemals so sein wie du – einer, der den Ungläubigen dient.«

»Heute bin ich ein Janitschar, der dem Sultan dient«, belehrte ihn Roxolan. »Morgen ein *Spahi* oder ein Philosoph aus Ägypten, und ein paar Tage später vielleicht ein jüdischer Arzt. Und weißt du, warum? Weil ich all dies sein kann, weil ich es gelernt habe. Wenn du nur auf deinem Geburtsrecht beharrst, dann bist du verwundbar. Deine Feinde werden dich genau an dieser Stelle verletzen, wenn nicht sogar dich vernichten. Außerdem habe ich euren Streit von weitem mit angehört. Jeder in diesem Palast, der euch hasst, weiß seit heute, dass er leichtes Spiel hat, euch gegeneinander aufzuhetzen. Ihr müsstet in diesen Zeiten mehr denn je auf euch achten.«

»Ich dachte, du bist hier, um uns zu schützen.«

»Vor euch selbst kann ich euch nicht bewahren.«

»Wann kommt Vater?«, schluchzte Radu dazwischen.

»Das genau wollte ich euch sagen. Es gibt Krieg in Europa.

Könige, Fürsten und Ritter haben sich in einem Kreuzzug gegen die Osmanen vereint. Die Walachei gehört auch dazu.«

»Dann wird Vater uns befreien?«, freute sich der Kleine.

»Das kann er nicht machen!«, schrie Vlad. »Wenn Murad davon erfährt, wird er uns töten. Oder wir werden wie die Söhne von Brankowitsch mit glühenden Eisen geblendet.«

»Ihr müsst euch unauffällig verhalten. Seid schlauer als alle anderen. Lernt die Stärken eures Feindes kennen, um sie zu schwächen. Vlad! Wie würdest du reagieren, wenn du zum Beispiel im Voraus wüsstest, was Mehmet gegen dich ausheckt?«

»Ich würde ihn mit seinen eigenen Waffen schlagen.«

»Dafür musst du aber alles über ihn lernen. Alles!«

»Wozu die Mühe? Der Sultan wird uns sowieso wegen des Verrats in den Kerker werfen – oder gleich dem Folterknecht überlassen.«

»Das wird nicht geschehen«, versuchte Rox ihn zu beschwichtigen. »Vertrau mir!«

»Wenn schon unser Vater uns verraten hat, wie können wir noch irgendjemandem vertrauen?«

Sofia, 8. Dezember 1443

János machte seinen üblichen Rundgang durch das Zeltlager, um nach den Kämpfern zu sehen. Es schneite seit zwei Tagen ununterbrochen, so dass es immer schwieriger für sie wurde, sich mit Nahrung für Mensch und Tier zu versorgen. Vor den Feuerstellen erkannte er erschöpfte Gesichter, hungrige Blicke, ausgelaugte Körper, die nur dalagen, um sich an den Flammen zu wärmen.

Der Kreuzzug verlief ganz anders, als er es sich vorgestellt hatte. Von den Versprechungen der Fürsten und anderer gekrönter Häupter hatte János nicht viel zu sehen bekommen. Sogar Cesarini hatte keinen von ihnen dazu bewegen können, sich dem Feldzug anzuschließen. Sie wollten nicht an einem Winterkrieg teilnehmen, denn sie sahen keine Aussicht auf Erfolg. Und das, obwohl der Zeitpunkt politisch für den Angriff günstig war. Der Sultan war seit Monaten in Anatolien mit dem Ersticken des Aufstandes von Ibrahim, dem Pascha von Karaman, beschäftigt.

Da die ungarischen Magnaten nicht verpflichtet waren, an einem Kriegszug außerhalb der Grenzen des Königreichs teilzunehmen, nahm Jagiello Söldner in seine Armee auf. Diese, aus Böhmen kommend, wurden zum Teil von Cesarini mit päpstlichem Geld bezahlt. Weitere Hilfstruppen hatte er aus Bosnien und vom serbischen Despoten Brankowitsch erhalten. Der erhoffte sich nach einem Sieg die Befreiung von Serbien und damit seine Rückkehr auf den Thron. Auch aus der Walachei erhielt János Truppen. Wie er es mit Vladislav Draco abgemacht hatte, führte Mircea die viertausend Kämpfer. Sie trugen jedoch nicht die walachischen Wappen. So konnten sie in der Menge der böhmischen Söldner untertauchen, um dadurch das Leben von Vlad und Radu nicht zu gefährden.

Das Heer zählte um die vierzigtausend Männer. Ende September hatten sie die Donau überquert und strebten direkt nach Süden, nach Edirne, denn diese Stadt war das osmanische Herz auf europäischer Seite. Darum griffen sie auch Smederevo nicht an. Bis Ende Oktober erstickte die christliche Armee den Widerstand der lokalen türkischen Garnisonen. Auch die Truppen von Ishak Pascha aus Widin und die von Kasim, dem neuen Beylerbey von Rumelien, wurden Anfang November in der Nähe von Nisch vernichtet. Die Festung wurde bis auf die Grundmauern niedergebrannt. Jeden Tag mussten die Türken weitere Herrschaftsgebiete aufgeben und sich zurückziehen.

Einen Monat später hatten die Christen dann Sofia erobert. Die Nachricht von den Siegen verbreitete sich in Windeseile über die Balkanländer. Unzählige Bulgaren, Serben, Bosnier oder Albaner stärkten die Reihen des Heeres. Jetzt, unterwegs nach Edirne, galt es nur noch, die Stadt Philippopolis zu erobern. Das Ziel, die Osmanen aus Europa zu verjagen, lag zum Greifen nahe.

In diese Gedanken vertieft, näherte sich János dem Zelt, wo Mircea und seine Männer einquartiert waren. Der junge Prinz aß zusammen mit den Vertrauten. Als er János sah, stand er auf und begrüßte ihn.

»Du hast gut gekämpft, Mircea. Ich bin sicher, dein Vater wird stolz auf dich sein.«

»Wir sind nur unserem Glauben gefolgt und gegen die Ungläubigen ins Feld gezogen.«

»Habt ihr große Verluste erlitten?«

»Nein, Gott sei gelobt!«

»Ich will dich gleich bei der Versammlung des Kriegsrats dabeihaben.«

»Ich werde dort sein. Sagt mir nur, wann.«

»Beende deine Mahlzeit, dann komm ins Zelt des Königs.« Er lächelte aufmunternd in die Runde. »Lasst es euch schmecken, wenn man das über dieses karge Mahl sagen darf.«

János ging weiter durch das Lager. Er fragte nach den Bedürfnissen und erkundigte sich nach dem Wohlergehen der Söldner und der Verletzten. Er sah viel Elend, denn Krankheiten verbreiteten sich rasch. Sie hatten sich auf einen Winterfeldzug eingelassen, weil die Osmanen so etwas nicht kannten, es hatte ein Überraschungsangriff sein sollen. Jetzt zeigte sich, dass Kälte und schlechte Versorgung in dieser Jahreszeit für sie selbst ebenfalls zur Belastung geworden waren.

Als er Jagiellos Zelt betrat, merkte er, dass der Kriegsrat

sich schon versammelt hatte. Georg Brankowitsch und Miklós Újlaki begrüßten ihn. Auch Mircea war dabei.

»Ich bitte um Verzeihung wegen der Verspätung, Majestät! Ich habe …«

»Wir wissen doch alle von deinem Rundgang.« Der neunzehnjährige Monarch legte die Hand auf die Schulter seines Ratgebers. »Deine Aufmunterung und Anteilnahme sind für die Krieger ebenso wichtig wie unsere Beratung hier. Inzwischen sind neue Nachrichten eingetroffen. Murad ist nach Edirne zurückgekehrt, und zwar mit einem großen Teil der militärischen Macht aus Anatolien.«

»Wir müssen dann vor ihm Philippopolis erreichen. Wenn wir auch diese Stadt erobern, zwingen wir den Sultan, seine Truppen in Edirne zu sammeln, falls er diesen letzten Stützpunkt in Europa nicht verlieren will.«

»Er ist uns aber voraus«, meldete sich Újlaki zu Wort. »Zwei von unseren drei Kontingenten, die die Gebirgspässe sichern sollten, wurden von den Türken geschlagen. Die Kundschafter haben immense Verluste auf unserer Seite gemeldet. Von dem dritten Truppenkontingent auf dem Ichtiman-Pass sind bis jetzt keine Nachrichten gekommen. Ich nehme an, wir werden von ihnen auch nichts mehr hören. Wenn Murad seine Hunderttausend-Mann-Armee aus Anatolien mitgebracht hat, dann wurden unsere Vorhuttruppen regelrecht geschlachtet.«

»Was du sagst, sind nur Vermutungen«, konterte János. »Ich bin für eine rasche Offensive. Aber diesmal sollten wir unsere gesamten Kräfte einzig auf diesen letzten Gebirgspass konzentrieren. Dort setzen wir die leichteren Kanonen ein, die uns den Weg freischießen sollten.«

»Das wird schwierig werden. Die Türken haben auf den Pässen Unmengen von Wasser verschüttet, so dass sich diese Bergschneisen bei den eisigen Temperaturen in regelrechte

Rutschbahnen verwandelt haben. Kein Mensch oder Tier kann sich dort aufrecht bewegen, geschweige denn, Kriegsgeräte hinübertragen.«

Schweigen legte sich über die Anwesenden. Die Aussichtslosigkeit der neu entstandenen Lage traf sie unvorbereitet.

»Ich kenne eine andere Strecke, die nach Philippopolis führt«, sagte Brankowitsch dann. »Aber es ist ein Umweg von mehreren Tagen.«

»Das würde uns zu viel Zeit kosten«, erwiderte der König nachdenklich. »Zeit, in der wir Menschen und Tiere zusätzlich mit Nahrung versorgen müssten. Und genau die haben wir nicht.«

»Meine Söldner«, meldete sich der böhmische Anführer, »sterben eher an Krankheit als in den Gefechten. Wenn das so weitergeht, bin ich mir nicht sicher, ob sie den Weg überleben werden.«

»Ja, die Bedingungen haben sich in den letzten Wochen erheblich verschlechtert. Und darunter leiden die Männer immer mehr.« Jagiello schaute von einem zum anderen. »Wir werden noch ein paar Tage in Sofia bleiben, bis die Männer wieder zu Kräften kommen, und danach kehren wir heim.«

Brankowitsch stellte sich vor dem König auf. »Eure Majestät! Wir haben so viel erreicht, nur weil wir es gewagt haben, die Türken in ihrem eigenen Land anzugreifen. Wir sollten den Feldzug fortsetzen, mindestens bis nach Philippopolis. Und im Frühling marschieren wir weiter bis nach Edirne.«

»Nein, Georg! Gegen den Winter und Murads starke Armee können wir sogar dieses Ziel nicht mehr erreichen.«

»Majestät«, meldete sich Hunyadi, »was wir bis heute bewältigt haben, ist nicht kriegsentscheidend. Es waren nur vereinzelte osmanische Befehlshaber und Truppen aus dem Feld, die wir geschlagen haben. Damit ist der Sultan nicht besiegt. Wenn wir den Kriegszug nicht weiterführen, verpassen wir die einzige Gelegenheit seit Jahrzehnten, die Türken ein für alle Mal zu vernichten. Ich stimme dem Despoten zu. Wir sollten den Kreuzzug fortsetzen.«

Die Plane vor dem Zelteingang wurde zur Seite geschoben, ein Kurier stürmte herein und kniete vor dem König nieder.

»Eure Majestät! Ich bringe neue Nachrichten.«

»Sprich.«

»Die Truppen auf dem Ichtiman-Pass sind von den Osmanen bis zum letzten Mann getötet worden. Der Sultan hat die Armee in Philippopolis einquartiert. Er verfügt über mehr als hunderttausend Krieger, die von Kasim, dem Beylerbey von Rumelien, angeführt werden.«

»Ist das alles?«

»Ja, Majestät.«

»Du darfst dich zurückziehen.«

Jedem der Anwesenden war die Bedeutung der Nachricht bewusst. Dennoch traute sich keiner, die Enttäuschung in Worte zu fassen.

Jagiello wandte sich wieder an seine Berater. »Bei Betrachtung der neuen Lage sollte allen klar sein, dass eine Rückkehr die beste Wahl ist. In zwei Tagen brechen wir auf.«

Niemand opponierte gegen den Beschluss des Königs. Schweigend verließen sie das Zelt und gingen zurück zu ihren Truppen, um die Vorkehrungen für die Heimkehr zu treffen.

Brankowitsch schloss sich János an. »Ich danke Euch für die Unterstützung im Rat. Leider hat sie nichts gebracht. So wie dieser ganze verdammte Kreuzzug im Übrigen. Wie sehr ich doch gehofft habe, Serbien zu befreien! Aber durch diesen Rückzug habe ich nun jede Aussicht verloren, je wieder über mein Land frei zu herrschen.«

»Ich kann Euch verstehen, Despot, da ich selbst mit der Entscheidung des Königs nicht einverstanden bin. Dennoch: Der Krieg ist noch nicht vorüber. Ich habe eine Idee! Wie ich den Sultan kenne, wird er unseren Abzug als Zeichen der Schwäche ansehen. Deshalb wird er uns verfolgen. Und weil wir damit rechnen, werden wir – nur wir beide! – die Nachhut bilden. Ihr kennt die Gegend, was unser Vorteil ist. Ich für meinen Teil werde alle meine Truppen kampfbereit halten. Wenn wir die Häscher besiegen, wird Jagiello vielleicht umdenken und den Kreuzzug doch weiterführen. Was haltet Ihr von dem Plan?«

»So soll es geschehen!«

Kapitel 45

Targoviste, 22. Januar 1444

Vladislav las den Brief von Mircea nun schon zum zweiten Mal. Dabei hielt er das Schriftstück mit gestrecktem Arm weit vor sich. So erhielten die Buchstaben eine klarere Linie.

»Und?«, fragte ihn Ilarion. »Gute Nachrichten?«

»Kann man so sagen.«

»Haben sie dem Sultan neue Gebiete entrissen?«

»Nein. Sie sind nicht weiter nach Süden in Richtung Edirne vorgedrungen. Aber sie haben auf dem Heimweg eine letzte Schlacht gegen die Osmanen doch noch gewonnen. Er schreibt, dass sie von mehr als fünfzigtausend Türken angegriffen wurden. Nur dank der strategischen Vorbereitungen von Hunyadi und Brankowitsch haben sie sie besiegen können. Sogar der Beylerbey von Rumelien ist in dem Gefecht gefallen.«

Ilarion pfiff bewundernd. »Fünfzigtausend Turbanträger zu schlachten! Und wie viele waren die Christen?«

Vladislav überflog den Brief. »Um die zwanzigtausend. Auch viele Einheimische haben sich ihnen angeschlossen.«

»Was ist mit Mircea? Ist er wohlauf?«

»Ja, aber unzählige Walachen sind dort für immer auf dem Schlachtfeld geblieben.«

»Schreibt er denn auch, wie lange der Krieg noch dauern wird?«

»Jagiello will einen Rückzug trotz des Sieges. Was mich wundert.«

Vlas faltete das Schriftstück zusammen. »Ich muss mit meiner Gemahlin sprechen.«

Der Weg zu ihr fiel ihm schwer, denn sie hatten sich heftig gestritten, als sie von seiner Entscheidung über die Teilnahme am Feldzug gehört hatte. Sie hatte ihm vorgeworfen, dass er in seiner Anmaßung nicht an das Leben der Söhne gedacht und sie damit geopfert habe. Noch schlimmer hatte sie getroffen, dass Mircea in den Krieg gezogen war. An jenem Tag war sie in eine der Gästekammern umgezogen und hatte seitdem mit ihrem Mann kein Wort mehr gesprochen. Vor der Tür ihres Gemachs hielt er kurz inne und überlegte, ob er ihr den Brief lieber durch einen Boten überbringen lassen sollte. Er verwarf den Gedanken jedoch wieder und drückte entschlossen die Türklinke.

Im Zimmer war es warm. Die Hofdamen beschäftigten sich mit Handarbeiten, die Kinder spielten. Als die Frauen ihn sahen, standen sie auf und knieten vor ihm nieder. Mit einer Handbewegung entließ er sie. »Lasst mich allein mit der Fürstin.«

Schweigend verließen sie den Raum.

Vasilissa schaute ihn von ihrem Platz aus an, ohne aufzustehen. »Es scheint, dass es wichtig ist, wenn du deshalb bis in mein Gemach kommst.«

Er gab ihr den Brief. »Mircea kehrt nach Hause zurück«, sagte er, während sie das Schreiben überflog.

»Aber was ist mit Vlad und Radu? Kommen sie auch?«

»Das Osmanische Reich hat ein paar Festungen und wichtige Gebiete verloren, doch es ist noch nicht endgültig besiegt. Jetzt hängt es von den Friedensverhandlungen oder der Weiterführung des Krieges ab, ob Murad unsere Söhne freilassen wird.«

»Du hast sie unnötig in Lebensgefahr gebracht, Vlas. Warum sollte der Sultan sie hergeben? Du hast Murad verraten, den Vasallenschwur gebrochen, und nun glaubst du, dass er deine Kinder freilässt?«

»Du denkst mit dem Herzen einer Mutter. Ich muss mein Land vertreten und Gott dienen.«

»Nein, du tust das alles nur für dich und deinen Thron! Ich bin die Tochter eines Fürsten und weiß, was das bedeutet. Aber mein Vater hätte uns, seine Kinder, niemals geopfert.«

»Ach, Lissa! Wir haben schon so viel darüber gesprochen. Müssen wir uns wieder deswegen streiten? Freuen wir uns doch lieber auf die Ankunft von Mircea.« Er beugte sich vor, um sie auf die Stirn zu küssen, doch Vasilissa wich zurück.

»Solange Vlad und Radu nicht sicher sind, kann ich dir nicht verzeihen. Geh!«

»Wie Ihr wünscht, Fürstin.«

Vlas verließ das Gemach und warf die Tür hinter sich zu. Im Flur traf er seinen Kapitän der Leibgarde, der auf ihn wartete.

»Ilarion, ist Roxolans Bote aus Edirne noch hier?«

»Ja.«

»Er soll sich sofort mit einer Nachricht für ihn auf den Rückweg machen.«

Vladislav blieb stehen und überlegte. »Nein, besser noch: Du reitest zu ihm.«

Edirne, 14. Februar 1444

Roxolan schlich durch die Gassen, bis er den Markt erreichte. Dort hielt er vor Ständen an, als suchte er nach einer bestimmten Ware. Unauffällig sah er sich um. Niemand verfolgte ihn. Er ging weiter. Vor dem Haus des Griechen Demetrios vergewisserte er sich erneut, ob er unbeobachtet war, bevor er an der Tür das vereinbarte Klopfsignal gab.

Augenblicklich öffnete sich ein schmaler Spalt. Der Diener erkannte ihn und ließ ihn herein.

»Rox!« Ilarion umarmte seinen Gefährten.

»Mein Freund! Wie gut, dich wiederzusehen.«

»Ich dachte, du kommst nicht mehr!«

»Es ist wegen des Krieges. Es sind so viele Bewaffnete überall unterwegs. Sogar die Wachen im *Serail* wurden verstärkt.«

»Weiß man von der Teilnahme der Walachen an dem Feldzug?«

»Nicht direkt. Sie glauben, dass es moldauische Kämpfer waren. Dennoch sind Vlad und Radu unter strenger Bewachung in einem Zimmer eingesperrt. Ich habe es bis jetzt nicht geschafft, zu ihnen zu gelangen.«

»Verdammt! Genau das hat Vlas befürchtet. Wie ist die Lage? Was haben die Osmanen vor?«

»Der Padischah ist immer noch überrascht von der Dreistigkeit der Christen, ihn anzugreifen. Und ihr Erfolg hat ihm gezeigt, dass er verwundbar ist.«

»Plant er im Frühling einen Straffeldzug?«

»Ich weiß es noch nicht. Möglich wäre es. Solch einen Schandfleck wird er auf seiner Flagge nicht dulden. Die Zeit für einen Racheangriff ist jedoch nicht günstig für ihn. Im Osten hat Ibrahim, der Bey von Karaman, sich erneut gegen ihn erhoben. Auch die Völker auf dem Balkan erheben sich. Einer der osmanischen Kommandanten, der frühere albanische Fürstensohn Kastriota, ist fahnenflüchtig geworden. In Albanien hat er zusammen mit dreihundert Landsleuten die türkische Festung Kruja erobert. Seitdem führt er seine Armee in einem Befreiungskrieg gegen die Türken. Murad muss sich entscheiden, wen er zuerst bezwingen soll.«

»Vlas macht sich Sorgen wegen der Kinder. In dieser verfänglichen Lage könnten schnell ihre Köpfe rollen.«

»Das stimmt. Umso mehr nach diesem Verrat des Albaners.

Er war übrigens auch eine Geisel, wie Vlad und Radu. Meine Hoffnung liegt auf dem Sohn des Sultans, Mehmet.«

»Warum?«

»Er hängt sehr an Radu. Der Junge ist sein Günstling unter den Vertrauten. Ich weiß, dass er nach ihm verlangt hat. Bis jetzt wurde ihm dieser Wunsch aber nicht erfüllt.«

»Rox, kannst du nicht irgendetwas unternehmen? Sie herausholen?«

»Unmöglich. Daran habe ich auch schon gedacht. Selbst wenn es mir gelänge – dann würde die Walachei dem Erdboden gleichgemacht. Tut mir leid. Ich werde alles tun, um sie zu beschützen. Mehr kann ich nicht versprechen.«

»Vlas hat eine Bitte an dich.« Ilarion atmete tief ein, bevor er weitersprach. »Er will nicht, dass die Kinder unter der Folter sterben. Du sollst ihnen den Tod erleichtern, wenn die Zeit kommt. Erspare ihnen die Qualen.«

Roxolan nickte.

Buda, 4. April 1444

János schob seinen Stuhl nach rechts, um den Sonnenstrahlen, die ihn blendeten, auszuweichen. Nun erst merkte er, dass er seinen Platz am Tisch, den Fenstern gegenüber, falsch gewählt hatte. So konnte er die Gesprächspartner nicht ständig beobachten. Und das gefiel ihm nicht. Außerdem wurde die Luft im Arbeitszimmer des Königs immer stickiger.

Das Feuer im Kamin, das anfangs behagliche Wärme verbreitet hatte, war jetzt, als die Sonne in den Raum schien, die reinste Qual. Er spürte, wie ihm die Schweißtropfen aus den Achselhöhlen über die Rippen liefen. Er tröstete sich allerdings damit, dass es den anderen nicht besser erging. Auch sie litten: Ulrich von Cilli zerrte ständig am Kragen seiner Tunika; Kardinal Cesarini wischte sich in regelmäßigen Abständen mit dem Schnupftuch übers Gesicht. Nur Jagiello sah tadellos aus – kein Anzeichen, dass ihn die Hitze störte.

Der Kardinal ergriff erneut das Wort. »Der Heilige Vater ist überzeugt, dass die Osmanen endlich aus Europa vertrieben werden können. Er sendet Euch, Eure Majestät, seine Glückwünsche für die letzten Siege. Ihr seid der Retter des Christentums.«

»Die Ehre, die mir der Papst erweist, erfreut mein Herz. Es ist meine Pflicht, das Schwert gegen die Ungläubigen zu erheben.«

»Das wünscht sich Seine Heiligkeit auch weiterhin von Euch. Für die Weiterführung des Feldzuges ist die Römische Kurie bereit, eine Armee und sogar eine Flottille zur Verfügung zu stellen.«

»Diese Versprechungen haben wir schon einmal gehört, Eure Eminenz«, unterbrach ihn János. »Daraus wurde jedoch nichts.«

»Hunyadi, der Pontifex maximus konnte die Kämpfer gar nicht so schnell verpflichten, wie Ihr eine türkische Festung nach der anderen erobert habt.«

Cesarini wandte sich an den König. »Ich bin mir sicher, dass Seine Majestät diese Unterstützung nicht ablehnen wird. Eure Heldentaten und die Siege, die Ihr im Namen Christi errungen habt, werden von Gesandten aus ganz Europa gepriesen. Das ist ein Gotteszeichen.«

Jagiello lächelte geschmeichelt. »In der Tat. Der Herzog von Burgund will sich unter meiner Befehlsgewalt stellen. Ebenso die Venezianer und die Genueser.«

»Eure Majestät«, meldete sich Ulrich von Cilli. »Ich verstehe nicht, warum wir weiterkämpfen müssen. Die Osmanen sind geschwächt, und das Königreich ist nicht mehr bedroht.«

»Es ist unsere Pflicht, der Mutterkirche den christlichen Boden zurückzugeben.«

»Ja, das stimmt. Aber wenn Ihr diesen heiligen Krieg weiterführen wollt, ist es nur Euer Wunsch. Wir, der ungarische Adel, sind nicht verpflichtet, an einem Feldzug auf fremdem Boden teilzunehmen. Für unser Land sterben wir, aber nur dafür und für nichts anderes.«

»Was wollt Ihr damit sagen?«

»Manche wollen den Krieg nur, um sich zu bereichern, und weniger aus Frömmigkeit.«

»Warum nennt Ihr das Pferd nicht beim Namen?«, provozierte ihn János.

»Wie Ihr wünscht, Woiwode. Eure Habgier nach Ländereien kennt keine Grenzen. Jeder Kriegszug, jeder Sieg bringt Euch zusätzliche Besitztümer, Geld und Macht. Als würdet Ihr nicht schon genug vom Königshaus bekommen. Und jetzt versucht Ihr uns in Eure Machenschaften hineinzuziehen? Wir kämpfen nicht für Ungarn in diesem Krieg, sondern für Euch. Da staunt Ihr! Habt Ihr wirklich geglaubt, dass wir uns weiterhin von einem Emporkömmling kommandieren lassen? Oder besser gesagt: an der Nase herumführen?«

»Es reicht!«, unterbrach ihn der König. »Mäßigt Eure Worte, Graf, und vergesst nicht, vor wem Ihr sprecht! Niemand außer mir hat die Befehlsgewalt über die Armee. Außerdem bestimme ich, wie die Treue meiner Untertanen belohnt wird – und wer was bekommt. Dass Ihr unzufrieden damit seid, liegt an Euch, denn Ihr allein habt den Kriegsdienst verweigert.«

Von Cilli neigte den Kopf. »Ich bitte um Nachsicht, Majestät. Ich werde hier meine Meinung nicht mehr kundtun und schlage stattdessen vor, die Ratsversammlung abstimmen zu lassen, ob das Königreich wieder in den Krieg ziehen soll oder nicht.«

»Dann werden wir sie einberufen«, stimmte Jagiello zu. »Bis dahin werden wir genaue Vorschläge von den christlichen Höfen und vom Heiligen Stuhl erhalten, wie sie den Kreuzzug zu unterstützen beabsichtigen. Nicht wahr, Kardinal Cesarini?«

»Gewiss, Eure Majestät.«

»Ihr dürft gehen.«

Im Flur hielt Ulrich János auf. »Auch wenn Ihr die Gunst des Königs genießt, könnt Ihr nicht über uns bestimmen. Erhebt Euch nicht über uns, Woiwode. Ihr braucht jetzt, mehr denn je, die alten Adelsfamilien.«

»Da irrt Ihr, Graf. Ich brauche niemanden. Wenn ich will, bin ich in der Lage, eine ganze Armee aus meinem eigenen Vermögen zu unterhalten, die so mächtig sein könnte, dass sie sich mit der des Sultans messen kann. Ich bin reicher als ihr alle zusammen.«

»Glaubt nur nicht, Hunyadi, dass Geld alles ist! Egal, wie viel Gold man hat oder trägt«, er deutete mit dem Zeigefinger abfällig auf die kostbaren Kleider von János, »die Person stinkt immer noch nach dem Schweinestall, aus dem sie stammt.« Er fächelte mit der Hand unter seiner Nase und lachte. »Es wird auch unsere Zeit einmal kommen. Dann werdet Ihr zurückerhalten, was Ihr verdient. Verlasst Euch darauf!«

János schaute ihm nach. Zum ersten Mal hatte er Angst. Doch nicht um sich selbst. Er hatte eine Familie, die er beschützen musste.

Edirne, 19. Mai 1444

Roxolan hatte viel Gold ausgegeben, um sich in Murads Leibgarde einzuschleichen. Er überprüfte erneut seine prunkvolle Uniform. Zufrieden setzte er noch die *Kuka,* die helmartige Kappe mit dem golddurchwirkten Stirnband, auf den Kopf, nahm den Bogen und eilte zum Gardewechsel. Auch wenn der bestochene Wesir ihm versichert hatte, dass es keine Schwierigkeiten geben werde, war ihm von diesem Augenblick an bange. In die unmittelbare Nähe des Sultans zu gelangen – das schien sogar ihm unmöglich.

Doch schon kurz darauf begleitete er, zusammen mit drei weiteren *Solaks,* den Padischah auf die Parkalleen zu einer kunstvoll gestalteten Pergola. Dort wartete ein Mann, flankiert von zwei Janitscharen.

»Allerdurchlauchtigster Kaiser aller Kaiser!«, begrüßte dieser den Sultan und verneigte sich tief.

»Despot Brankowitsch! Ich freue mich, dass Ihr unserer Einladung gefolgt seid.«

»Ich danke Euch, Großer Sultan, dass Ihr mir erlaubt habt, meine Söhne zu *sehen.*«

Rox verstand, was der Serbe mit der Betonung auf dem letzten Wort andeuten wollte. Es war seine Art, Murad zu zeigen, dass er nicht vergessen hatte, auf wessen Befehl Stefan und Lazar mit glühenden Eisen geblendet worden waren.

»Ich werde Euch erlauben, auch Eure Tochter, meine Sultane, zu sprechen. Sie weiß von Eurem Eintreffen und erwartet Euch.«

»Für diese unverhoffte Freude bin ich Euch zu ewigem Dank verpflichtet, Kaiser aller Kaiser. Ich bin jedoch ein altgedienter Herrscher und Diplomat, daher frage ich mich, ob der Besuch meiner Kinder der einzige Zweck Eurer Einladung ist.«

»Genau das schätze ich an Euch: Euren Scharfsinn. Ihr werdet mich in Buda vertreten und dem ungarischen König ein Friedensangebot unterbreiten.«

Brankowitsch versteifte sich. Lange Zeit sagte er nichts.

Roxolan erkannte die missliche Lage des Serben, die ihm

verbot, sofort nein zu sagen. Er war nicht nur Christ, sondern auch Vater. Er musste an seine Söhne und die Tochter denken, deren Schicksal Murad in der Hand hatte.

Schließlich gab der Despot nach. »Euch zu dienen ist mir eine Ehre, Padischah.«

»Eine weise Entscheidung. Dieser *Firman* hier ermächtigt Euch, in meinem Namen die Friedensverhandlungen zu führen. In dem Dokument istalles niedergeschrieben.« Er steckte das gerollte Schriftstück in einen Zylinder aus Messing, verschloss ihn und überreichte ihn dem Serben. »Ich erbitte einen Frieden, der zehn Jahre lang gelten soll. Doch zu meinen Bedingungen.«

»Ich werde alles tun, Großer Sultan, die Friedensbotschaft zu Eurer Zufriedenheit zu übermitteln.«

»Wenn Euch diese Aufgabe gelingt, gebe ich Euch Serbien zurück und erkenne Euch als Regent an.«

Der Despot verneigte sich. »Ich werde Euch nicht enttäuschen.«

»Das sollte uns freuen. Zu Eurem Schutz werdet Ihr morgen früh von einer Truppe von *Spahis* begleitet.«

»So schnell?«, murmelte Roxolan vor sich hin. Ihm blieb nicht genug Zeit, um etwas zu unternehmen oder mit Brankowitsch zu sprechen. Andererseits wurde ihm nun klar, dass, solange Murad Frieden in Südosteuropa anstrebte, Vlad und Radu am Leben bleiben würden. Und seit ein paar Tagen waren sie wieder frei. Mehmet hatte dies bei seinem Vater durchgesetzt. Aber welches Schicksal hatte der Sultan in dem neuen Friedensvertrag dem walachischen Fürstentum beschieden?

Mitten in der Nacht klopfte Rox an die Tür des griechischen Tuchhändlers. Demetrios rieb sich die Augen. »Effendi! Gott im Himmel, was ist geschehen?«

»Dieser Brief hier muss schleunigst nach Targoviste!«

Kapitel 46

Targoviste, 26. Mai 1444

Vladislav drückte das Sigillum auf die Urkunde und übergab sie dem Sekretär. Der legte sie auf den Stapel Dokumente, die seit den frühen Stunden abgearbeitet wurden.

»Was haben wir noch, Michail?«

»Hier sind die Listen mit den Steuer- und Zolleinnahmen vom letzten Monat.«

Er übernahm das Blatt und reichte es seinem Sohn. »Lies du sie und sag mir dann, wie die Einnahmen im Vergleich zu den Monaten zuvor ausgefallen sind.«

»Ja, Vater.«

So würde keiner der beiden bemerken, dass er ohne die Sehhilfe mit den dafür angefertigten Glasscheiben die winzigen Schriftzeilen nicht mehr lesen konnte. Und Mircea lernte stetig über die Verwaltung des Fürstentums dazu. In der letzten Zeit hatte er seinen Sohn in jede politische und juristische Entscheidung einbezogen, so dass Tage wie dieser in der Kanzlei immer häufiger stattfanden.

Er sah zu seinem Jungen, der angespannt die Seiten studierte. Zwischendurch rieb er seine Augen. Er sah viel älter aus als seine knapp achtzehn Jahre. Seine Gesichtszüge waren nach dem letzten Feldzug kantiger, die Schultern breiter geworden, und die Körperhaltung ließ schon heute den zukünftigen Herrscher erahnen. Seine Stimme forderte Gehorsam, auch wenn er in leisem Ton sprach.

Nur die Blässe gefiel Vladislav nicht. Er wusste, woher sie rührte. Als er auch noch den Sekretär gähnen sah, wurde er in seiner Vermutung bestätigt.

»Und? Wie sieht es aus, Mircea?«

»Ich habe noch nicht alle Zahlen durchgelesen.«

»Vielleicht brauchst du eine Pause? Oder sogar ein wenig Schlaf? Und was ist mit dir, Michail? Bist du nicht auch müde?«

»Nein, Hoheit!«, stammelte der und errötete. Wegen einer Hautkrankheit fielen dadurch das weiße Haar und die farblosen Wimpern und Augenbrauen noch stärker auf.

Vlas lächelte.

»Dann will ich von euch beiden hören, wie sich die Preise für Eisenwaren und Getreide in der Walachei und Transsylvanien im letzten Monat entwickelt haben.«

»Sie haben sich fast verzehnfacht«, antwortete Mircea.

»Und was bedeutet das?«

»Aufgrund der Gerüchte über den bevorstehenden Kreuzzug steigt die Nachfrage nach Rüstungen und Waffen. Auch die Grundversorgung mit Nahrung wird durch einen Krieg gefährdet.«

»Was heißt das für uns?«

»Wir erhöhen die Getreidepreise.«

»Das wird uns nicht viel einbringen, denn es sind hauptsächlich die Bojaren, die Handel damit treiben. Den größten Gewinnzuwachs verzeichnen deren Schatztruhen und nicht unsere. Für uns sind das Eisen und die Rüstungen aus Transsylvanien wichtig. Deshalb habe ich mit den Patriziern aus Schäßburg und Hermannstadt eine Vereinbarung getroffen, die festlegt, dass sie von uns das Salz günstiger bekommen und wir dafür ihre Eisenwaren unter dem Preis der Händler aus Kronstadt.«

An seinem Pult fing der Schreiber an zu husten. Dabei kippte er das Tintenfass um. Hektisch richtete er das Gefäß wieder auf und versuchte mit dem Ärmel die dunkle Flüssigkeit aufzuwischen.

»Ich sehe schon, es hat heute keinen Sinn, euch hier festzuhalten. Michail, du kannst gehen. Mit dir, Mircea, habe ich noch ein Wort zu sprechen.«

Der Sekretär sammelte sein Schreibzeug ein und verließ wortlos den Raum.

»Es wird Zeit, dass du dir eine Braut suchst, mein Sohn. Die wirst du aber nicht in den Schenken finden.«

»Ist es verboten, mit Freunden zu feiern? Mit ihnen einen Krug Wein zu trinken?«

»Glaubst du, dass Michail der richtige Gefährte für dich ist?«

»Ein besserer jedenfalls als die hochnäsigen Bojarensöhne. Wir verstehen uns, als wären wir Brüder.«

Vladislav hörte den Schmerz in der Stimme seines Ältesten, und er wusste, wie sehr er Vlad und Radu vermisste. Deshalb ließ er von diesem Thema ab.

»Oder hast du schon eine Prinzessin gefunden?«

»Ich? Wie kommst du denn auf so etwas?«

»In der letzten Zeit warst du oft mit den Gedanken woanders. So kenne ich dich nicht.«

»Du hast gute Augen, Vater.« Mircea lachte. »Ja, es gibt eine Jungfer … Aber sie ist unerreichbar.«

»Blickst du zu weit nach oben? Wer ist sie? Ist sie die Tochter eines Kaisers?«

»Nein. Vergessen wir dieses Gespräch. Es ist nicht so wichtig.«

»Entweder sagst du es mir freiwillig … oder ich befehle dir, dich mir anzuvertrauen.«

»Du gibst einfach nie auf!«

»Wenn es um meine Kinder geht, dann nicht. So! Ich höre?«

Mircea lachte schüchtern. »Ich habe sie in der Stadt gesehen. Sie ist bezaubernd. Blonde Locken umrahmen das Gesicht eines Engels. Und ihre blauen Augen sind so tief wie das Wasser eines Sees.«

Bei der Beschreibung dachte Vladislav sofort an Clara. Nur mit Mühe gelang es ihm, ihr Bild beiseitezudrängen und sich weiter auf das Gespräch zu richten. »Wie heißt die Schönheit?«

»Ich weiß es nicht. Ich habe mich nicht getraut, sie zu fragen.«

»Was?«

»Sie ist die Tochter eines Kaufmanns. Das ist alles, was ich erfahren konnte.«

Es klopfte an der Tür.

»Herein«, rief Vlas.

»Ein griechischer Händler bittet dringend um eine Audienz, Hoheit«, meldete der Page. »Seine besondere Ware, so sagt er, möchte er nur Euch persönlich anbieten.«

»Woher kommt er?«

»Aus Edirne.«

»Führe ihn schnellstens zu mir! Und finde den Hauptmann der Leibgarde. Er soll ebenfalls hierherkommen.«

»Gewiss, Hoheit.«

Vladislav öffnete sofort den Brief, nachdem er den Boten entlassen hatte. Er war von Roxolan.

»Sind es Nachrichten von Vlad und Radu, Vater?«

»Nicht direkt. Aber es geht ihnen gut. Rox schreibt, dass der Sultan Frieden mit Ungarn schließen will. Wenn Hunyadi sein Versprechen hält, dann werden deine Brüder bald nach Hause zurückkehren.«

»Gott sei gepriesen. Wann wird es so weit sein?«

»Es gibt noch weitere Verhandlungen. Am besten wird es sein, ich reite nach Buda, um mit János zu sprechen. Roxolan hat kein gutes Gefühl wegen Brankowitsch. Er verhandelt in Murads Namen.«

»Ich gehe sofort und erzähle es Muttter. Sie wird so glücklich sein.«

»Nein! Noch nicht.«

»Warum denn nicht?«

»Du darfst niemandem vertrauen, Mircea. Dem Sultan sowieso nicht. Wir, seine Vasallen, sind nur Schachfiguren auf seinem Spielbrett. Heute sind wir ihm nützlich, morgen kann es anders sein, und wir werden das Bauernopfer. Vergiss das niemals! Solange Vlad und Radu nicht vor uns stehen, sollten wir deiner Mutter keine verfrühten Hoffnungen machen. Wer weiß, ob es sich Murad inzwischen nicht anders überlegt hat.«

»Aber sein Friedensangebot! Ist es nicht ein Zeichen von Schwäche?«

»Unterschätze nie ein gejagtes Tier, das in die Enge getrieben wird.«

»Verstehe.«

»Du darfst dich zurückziehen. Ich möchte nun allein bleiben.«

»Gute Nacht, Vater.« Der Prinz verneigte sich zum Abschied.

Kaum hatte Mircea den Raum verlassen, als schon Ilarion hereineilte und auf Vladislav zuging. »Verzeiht die Verspätung!« Ohne ein weiteres Wort reichte er ihm ein Röllchen aus Papier. »Wir haben die Taube soeben eingefangen.«

Vlas entzifferte das Zeichen für Kronstadt und das Symbol für Gefahr. Seine Hand zitterte. Seit Jahren hatte er kein Lebenszeichen mehr von Clara enthalten.

»Ilarion, bereite dich auf eine lange Reise vor. Du begleitest mich nach Buda. Aber mit einem Umweg!«

Kronstadt, 8. Juni 1444

Es sah aus, als würde Vladislav auf der Suche nach einer bestimmten Ware über den Markt schlendern. In Wirklichkeit jedoch ließ er die beiden Frauen nicht aus den Augen.

Clara wählte ein Stück Seife aus dem Angebot eines Händlers und schnupperte daran. Aus ihren Gesten und ihrem Mienenspiel erriet er, dass sie hartnäckig mit dem Verkäufer um den Preis feilschte. Am Ende stellte sie drei Stück davon in den Korb, den Gudrun bei sich trug. Das Spiel ging weiter mit mehreren Ölfläschchen. Entweder konnte sie sich nicht entscheiden, oder der Händler gewährte keinen weiteren Preisnachlass. Auf jeden Fall verließen sie den Verkaufsstand.

Kurz danach blieb Vlas vor dem Stand stehen. »Sag mir, guter Mann, welches parfümierte Öl gefiel der Edelfrau soeben?«

Der Kaufmann öffnete die kleine Flasche und hielt sie ihm unter die Nase. »Zitrusblüte, Rosenessenz und Weihrauch aus dem Maurenland, so ausgeglichen im Duft und dennoch aufregend und geheimnisvoll«, flüsterte der Verkäufer.

Der betörende Wohlgeruch benebelte Vladislav, was seine Sehnsucht nach Clara noch verstärkte.

»Wie viel wollt ihr dafür?«

»Einen Gulden, edler Herr.«

»Jetzt verstehe ich, warum dir die Kundinnen weggelaufen sind, ohne es zu kaufen.«

»Die armen Damen, sie kommen nicht an das Geld ihrer Männer. Wie ich sehe, Herr, wisst Ihr derart wertvolle Güter zu schätzen. Und welche Edelfrau wird Euch nicht in die Arme fallen beim Anblick eines solchen Geschenks!«

»Du beherrschst dein Gewerbe.« Er holte das Goldstück hervor. »Du bekommst das Geld aber nur, wenn du das Riechfläschchen in diese wunderschöne Perlmuttschatulle packst.«

»Das ist heute kein guter Tag für mich«, fing der Verkäufer an zu jammern. »Erst kauft keiner, und wenn es dann einer tut, dann lässt er mich bluten. Womit soll ich die Kinder ernähren?« Dennoch steckte er das Fläschchen in ein kunstvoll mit Perlmutt verziertes Holzkästlein, dessen Inneres mit roter Seide ausgekleidet war.

Bevor er Clara hinterherhastete, sah Vladislav noch, wie der Händler grinsend in das Goldstück biss.

Eilig näherte er sich den Frauen. Gudrun, die ihn gesehen hatte, blieb stehen und starrte ihn an.

Vladislav zwinkerte und legte den Zeigefinger auf die Lippen, um sie zum Schweigen zu bringen.

»Gudrun? Wo bleibst du denn?« Clara sah sich nach ihrer Dame um. In dem Moment erblickte sie ihn.

»Vlas?«, flüsterte sie hinter vorgehaltener Hand. Ihre Augen glänzten.

»Ich habe deine Nachricht bekommen. Ich musste dich sehen.«

Sie schaute sich nervös um. »Du bist hier in Gefahr!«

»Keiner erkennt mich so, als polnischer Edelmann verkleidet. Wann kann ich dich treffen?«

»Morgen reist mein Mann nach Temeschwar.«

»Ich hoffe, für immer?«

Sie errötete. »Nein, nur für ein paar Tage.«

»Rox hat hier ein Haus gekauft. Es ist nicht weit von eurem entfernt. Können wir uns morgen sehen?«

»Ja, aber erst nach Sonnenuntergang.«

»Ilarion wird auf dich warten und dich zu mir begleiten.«

Vladislav öffnete noch einmal das Fenster und spähte die dunkle Gasse entlang. Niemand! Die Angst, Clara könnte doch nicht kommen, ließ ihm keine Ruhe. Er setzte sich wieder an den Tisch. Nach wenigen Augenblicken sprang er erneut auf und lief durchs Zimmer. Seit er sie tags zuvor gesehen hatte, benahm er sich so. Wie ein zum ersten Mal verliebter Junge.

Auf dem Flur hörte er Schritte. Endlich! Als seine Geliebte im Türrahmen erschien, riss er sie in seine Arme und wirbelte sie herum.

»Du nimmst mir den Atem, lass mich los!«, kicherte sie.

»Sag, dass du mich vermisst hast.«

»Ja, das habe ich. Aber deshalb musst du mich nicht gleich ersticken.«

»Damit fange ich gerade erst an.« Er küsste sie hungrig.

Doch sie schob ihn von sich und befreite sich aus seiner Umarmung. »Wir müssen reden. Du bist in Gefahr.«

»Das bin ich jeden Tag, meine Schöne.«

»Hör mir gut zu! Diesmal ist es ernst.«

»Alles kann warten!« Schelmisch lächelte er sie an und begann, die Schnürung an ihrem Kleid zu lockern. »Oder willst du sofort nach Hause?«, flüsterte er ihr ins Ohr.

»Nein! Heute nicht … und auch morgen nicht und nie mehr in diesem Leben.« Sie erwiderte seine Zärtlichkeiten und half ihm, sich zu entkleiden.

Immer wieder hielt er inne und genoss ihren Anblick. In den blonden Haaren entdeckte er feine Silberfäden. Auch die Linien um ihre Augen entgingen ihm nicht. Dennoch hatte sie nichts von ihrem Liebreiz verloren. Wie sehr er sie vermisst hatte! Die sinnlichen Lippen, die wohlgeformte und üppige Brust, die runden Hüften. Unter seinen Liebkosungen gab sie jeden Widerstand auf und presste sich an ihn.

Diesmal war es nicht mehr die wilde, entfesselte Sinneslust wie in der Vergangenheit. Nun liebten sie sich behutsam, so als müssten sie jeden einzelnen Augenblick auskosten, jede Berührung aufsaugen und die Zeit zum Stehenbleiben zwingen.

Später lagen sie eng umschlungen da. Clara ließ die Fingerspitze leicht um seine Brustwarzen kreisen.

»Hör auf! Es kitzelt.«

»Ich weiß.« Sie lachte. »Warum, glaubst du, mache ich es sonst?«

»Ich habe etwas für dich!«, sagte er und sprang aus dem Bett. »Verdammt! Wo ist es denn nur?«, murmelte Vladislav, während er in seinen Sachen wühlte. »Hier, ich habe es!« Lächelnd überreichte er ihr das Perlmuttkästchen.

»Was ist das?«

»Öffne es, und du wirst sehen.«

»Das Parfum!« Voller Freude öffnete sie das Fläschchen und tröpfelte etwas von dem bernsteinfarbenen Öl auf ihren Finger. Behutsam rieb sie es sich auf den Hals. »Wie es duftet! Ich fühle mich wie eine Kaiserin.«

»Nein! Du bist eine Göttin … meine Göttin«, sagte er und begann sie wieder zu küssen.

»Hör auf! Sonst verliere ich den Verstand.«

»Und genau das will ich.«

»Nein, Vlas! Jetzt musst du mir zuhören. Du bist in großer Gefahr.«

»In Ordnung. Erzähle! Sonst lässt du mir keine Ruhe.«

»Rodislav war bei uns zu Hause. Ich habe gehört, wie er wütend über seinen Bruder gesprochen hat. Er erhebt Anspruch auf die Herrschaft über die Walachei, nachdem Dan Basarab auf den Thron verzichtet hat. Dieser Mann ist voller Hass auf dich und deine Familie. Unter den Kronstädtern hat er echte Verbündete gefunden. Er bekommt von ihnen Geld und Waffen. Außerdem sprach er von einem Späher in Targoviste, an deinem Hof.«

»Das weiß ich bereits. Hat er auch den Namen Hunyadi erwähnt?«

»Mehrmals. Aber in unterschiedlichen Stimmlagen. Manchmal erzürnt, später wieder respektvoll und zufrieden.«

»Das heißt, sie verschwören sich beide gegen mich.«

»Das kam nicht deutlich heraus. Mir machen die Späher in

deiner Nähe mehr Sorge. Du darfst niemandem vertrauen. Der Bojar Albu ist oft in der Walachei bei seinen Verwandten. Er war ebenfalls an einem Abend bei uns. Ich konnte ihn aber nicht belauschen. Sie hatten eine Wache vor der Tür gelassen.«

»Du musst auf dich aufpassen. Auf keinen Fall darfst du etwas riskieren. Übrigens: Wie geht es Michael? Ich möchte ihn gern sehen.«

Sie neigte traurig den Kopf. »Er ist mit Johann nach Temeschwar unterwegs.«

»Ich habe gehört, du hast auch eine Tochter. Ist sie ebenso schön wie ihre Mutter?«

Sie streichelte seine Haut. »Diese Narben! So viele! Was ist passiert?«

»Der Krieg«, antwortete er steif. »Frag nicht weiter.« Er küsste sie. »Wir sollten die Zeit lieber angenehmer nutzen.« Er führte die Hand zwischen ihre Schenkel bis zum Schoß.

»Nein! Ich will wissen, was du in all den Jahren erlebt hast. Es gab keinen Tag, an dem ich nicht an dich gedacht und um dein Leben gebangt habe. Ich habe dich so vermisst, dass mir die Seele weh tat.« Tränen rollten nun über ihre Wangen. »Die Liebe ist so schmerzhaft, Vlas. Jedes Mal, wenn wir uns trennten, starb ein Teil von mir.«

Vladislav nahm sie in die Arme und streichelte ihr übers Haar. »Mir erging es nicht anders. Glaube mir, Clara. Aber bald wird es vorüber sein. Wenn das, was ich plane, erfolgreich verläuft, werde ich dich zu mir holen. In die Walachei. Ich habe für dich und deine Kinder bereits ein Gut gekauft. Ganz in meiner Nähe.«

»Ist das wahr?« Clara lachte und weinte gleichzeitig.

»Vertrau mir. Ich werde dich bis zum Ende meiner Tage lieben.«

»Dann fang jetzt schon an! Es ist noch nicht einmal Mitternacht.«

Buda, 20. Juli 1444

Von Kronstadt aus ritt Vladislav nach Hermannstadt, wo er Waffen bei den Büchsenmachern bestellte und neue Nachrichten erhielt. Die Burgen von Fogarasch und Hamlesch waren seine nächsten Aufenthalte. Unterwegs sprach er mit Knezen und Kleinadeligen, aber auch mit Kaufleuten aus Österreich, Polen, Venedig, Genua und nicht zuletzt aus dem Osmanischen Reich oder dem Fürstentum Moldau. Überall wurde über den Krieg gesprochen, obwohl die Menschen insgeheim doch auf Frieden hofften.

In Buda angekommen, fand er nur schwer ein Zimmer. Die Stadt wimmelte von fremden Hochadeligen, Klerikern, Rittern und deren Bediensteten, die alle durch die Märkte und Gassen eilten.

Nach zwei Tagen wurde er endlich von Hunyadi in der Königsburg empfangen.

»János, was geht hier vor?«

»Die Gesandten des Sultans Murad sind in der Stadt. Deshalb habe ich auch nicht viel Zeit. Der König wartet auf mich.«

»Ich komme mit. Da die Walachei an dem langen Feldzug mit eigenen Truppen beteiligt war, werde ich wohl auch an den Friedensverhandlungen teilnehmen, vermute ich.«

»Nicht direkt. Du hast nicht offiziell die Streitkräfte geführt. Ehrlich gesagt, steht nirgendwo etwas über deine Beteiligung.«

Vlas packte ihn am Kragen. »Das Blut von Hunderten walachischen Kriegern ist auf die Schlachtfelder geflossen. Mein Sohn war dabei, und darüber wird in unseren Chroniken zu lesen sein. Sag du mir nicht, dass wir nicht dort waren!«

»Und was würde Murad sagen, wenn er jetzt auf einmal

davon erführe? Was wird er wohl mit den Kindern eines Verräters machen?«

Vladislav schwieg erschrocken. Dass er das hatte vergessen können!

»Ich muss gehen«, sagte János schließlich und entfernte sich.

»Halt!«, schrie Vlas ihm hinterher.

»Was ist denn noch?«

»Du hast mir versprochen, dass du im Friedensfall die Freilassung von Vlad und Radu aushandeln wirst. Damit hast du mich überzeugt, an deiner Seite zu kämpfen.«

»Ich werde sehen, was ich machen kann. Jetzt muss ich wirklich gehen.«

Ein ungutes Gefühl schnürte Vladislav die Kehle zu. Wütend eilte er durch die Flure. Er musste hinaus! Im Hof entdeckte er dann die Gesandten des Sultans. Zahlreiche Reiter stiegen in diesem Augenblick von ihren Pferden. Es war ein überwältigender Anblick, der den Reichtum und die Macht der Osmanen in vollem Glanz spiegelte. Helme, Rüstungen, reich verzierte Kleidung und auch die Geschirre der Pferde blitzten in der Sonne. Vladislav erkannte in diesem Moment auf einen Schlag, wie unbedeutend er und sein kleines Fürstentum doch waren im Vergleich zu dieser Herrschergewalt. Und doch wollten sie alle die Walachei für sich einnehmen. Er lächelte verbittert. *Dann sollen sie sich die Zähne daran ausbeißen,* dachte er. *Gott soll mein Zeuge sein! Ich werde alles tun, damit keiner von ihnen über mein Land herrschen wird.*

Eingehüllt in seinen Mantel, eilte er zurück zu dem Gasthaus, wo er übernachtet hatte. Hinter sich vernahm er Schritte, was nicht überraschend war bei den Menschenmassen in der Stadt. Aber diese klangen leise. Er blieb stehen und schaute über die Schulter. Zwei Handwerker gingen an ihm vorbei. Doch deren Geräusche waren es nicht, was er wahrgenommen hatte. Er ging weiter. Erneut erklangen die Laute, die ihn beunruhigten. Es waren die langen Schritte einer Person, die zuerst mit den Fußspitzen auftrat. Jemand, der ihm nachschlich.

Er bog plötzlich an einer Hausecke in die nächste Seitengasse ein und verharrte dort. Dann sah er den Schatten seines Verfolgers, packte den Mann rasch und legte ihm den Dolch an die Kehle. Er war ein *Spahi* mit Augenklappe. Angst, dass Murad ihn ausgespäht hatte, befiel ihn. Wusste er bereits von seiner Kriegsteilnahme?

»Deine Instinkte haben nicht nachgelassen. Aber deine Augen, mein Freund!«

»Rox! Verdammt sollst du sein. Ich hätte dich beinahe umgebracht.«

»Überheblich bist auch noch. Glaubst du wirklich, ich hätte das zugelassen?«

»Was machst du hier? Du solltest doch bei meinen Söhnen bleiben.«

»Die sind nicht in Gefahr. Du aber, mein Lieber, stehst auf vielen Speiselisten. Du brauchst mich mehr als Vlad oder Radu.«

»Wie geht es ihnen?«

»Sie stehen unter dem Schutz von Mehmet Celebi. Nach dem Tod von Murads Lieblingssohn Alauddin ist jetzt Mehmet sein Favorit und Nachfolger.«

»Was weißt du von diesem Friedenspakt? Wo steht die Walachei?«

»Es sieht nicht gut aus. Ich habe gehört, dass die Osmanen sich aus Serbien, Bosnien und der Herzegowina zurückziehen. Ungarn wollte nicht mit leeren Händen dastehen, daher haben sie auch eine territoriale Entschädigung verlangt. Das wird hier in Buda verkündet.«

»Was denn genau?«

»Ungarn erhält die Oberherrschaft über die Walachei. Du wirst der Vasall des doppelten Monarchen Jagiello werden.«

»Was ist mit meinen Kindern? Wurde über sie verhandelt?«

»Nein. Sie wurden mit keinem Wort erwähnt.«

»Dieses verdammte Schwein Hunyadi! Er hat das von Anfang an so geplant. Nun haben mich beide in der Hand: Jagiello und Murad. Und ich habe bei seinem Spiel auch noch mitgemacht. Ich gehe wieder zu ihm. Ich bringe ihn um!«

»Was nützt dir das? Sein Tod wird deinen Söhnen die Freiheit nicht zurückgeben. Und außerdem sind sie durch Mehmet geschützt. Radu steht dem Sohn des Sultans sehr nah. Reiß dich zusammen! Hier kannst du nichts mehr erreichen. Die Vertragsbedingungen stehen fest, und dein Fürstentum ist zu klein, um eine Rolle zwischen diesen Mächten zu spielen.«

»Ach ja? Wenn mein Vater vor fünfzig Jahren die Osmanen nicht aufgehalten hätte, würden die Ungarn heute in den Moscheen kniend den Koran lesen.«

»Es waren andere Zeiten damals. Du musst nach vorn schauen, denn es ist nicht alles verloren. Haben jetzt die Ungarn das Sagen, dann nutze sie aus. Aber mit Bedacht. Das war doch die Politik deines Vaters. Er hat immer eine Balancepolitik geführt.«

»Was du nicht weißt, Rox, ist, dass noch ein Dritter ins Spiel kommt: Rodislav. Er wird immer stärker und lechzt nach der Fürstenkrone. Ich dachte, mit der Begnadigung und Verbannung von Dan Basarab hätten die Brüder aufgegeben, um den Thron zu kämpfen.«

Vladislav erzählte, was er in den letzten Tagen erfahren hatte.

»Kehr heim nach Targoviste. Lass deine Familie und die Bojaren nicht aus den Augen. Und, Vlas: Ich komme zurück zu dir. Du brauchst mich jetzt mehr als Vlad und Radu. Ich werde nach dieser Abordnung nach Edirne zurückkehren und ihnen die Lage erklären. Danach bin ich wieder für dich da.«

»Roxolan, ich benötige keinen Beschützer. Ich weiß, was ich zu tun habe.«

»Ob du es nun willst oder nicht, du kannst mich nicht daran hindern. Es ist meine Bestimmung.«

Vladislav ballte die Fäuste. »Wir sehen uns später, Rox. Ich reite schon heute nach Targoviste. Ab jetzt führe ich meinen eigenen Krieg.«

Szegedin, 1. August 1444

Unzählige Würdenträger aus Ungarn und Polen versammelten sich auf dem Feld vor Szegedin, um beim Schluss des zehnjährigen Friedensvertrags mit dem Osmanischen Reich dabei zu sein. Es herrschte festliche Stimmung an dem sonnigen Tag. Bunte Flaggen leuchteten und prächtige Harnische glänzten, so weit das Auge reichte.

Abseits, von einer Anhöhe aus, beobachtete János die Zeremonie. Und fragte sich einmal mehr, ob dieser Frieden das Richtige für Europa war. In zehn Jahren konnten die Türken ihre Herrschaft in Anatolien bekräftigen und dadurch noch einflussreicher werden. So mächtig, dass sie die restlichen christlichen Länder im Sturm erobern könnten. Trotz allem gab es auch für die Abendländer Vorteile aus diesem Vertrag. Murad verpflichtete sich, Bosnien, Serbien und die Herzegowina binnen acht Tagen zu räumen. Dazu zahlte er seinem König Jagiello sofort einen Tribut von hunderttausend Dukaten als Kriegsentschädigung. Fast noch wichtiger war es, dass der Sultan die ungarische Oberhoheit über die Walachei anerkannt hatte. Außerdem könnten sie die Friedenszeit nutzen, um die Grenze mit neuen Bollwerken zu festigen sowie eine starke Armee aufzubauen. Ja, der Friedensvertrag war gut für Europa.

Sein Blick schweifte über das Feldlager. In der Mitte standen die zwei Zelte der Herrscher. Vor beiden prangten die Flaggen der Reiter, die dort Wache hielten. Die sechs Speere mit den kunstvoll geflochtenen Rossschweifen vor dem Sultanszelt überragten alles und zogen unwillkürlich die Blicke auf sich. Es waren Murads Hoheitszeichen.

Das Zelt von König Jagiello wirkte lediglich durch seine Größe imposanter als das des Sultans, das jede Vorstellung von Schönheit, Prunk und Reichtum noch übertraf. Drei Seiten des Zeltes waren hochgerollt und durch feine weiße Seidentücher ersetzt worden, die sich im Sommerwind leicht bewegten. Jeder konnte ins Innere hineinsehen: Dicke Teppiche aus Damaskus lagen auf dem Boden, Truhen aus wertvollem Holz, mit Intarsien aus Perlmutt verziert, schimmerten im Sonnenlicht. In Käfigen sangen bunte Vögel.

Der Padischah ruhte auf Kissen vor einem niedrigen Tisch, und der Großwesir Khalil Pascha Djandarli an seiner Seite übergab ihm die Friedensurkunde. Murad unterschrieb sie als Zweiter, nach Jagiello. Der Wesir presste danach das Sigillum darauf.

Der Friedensvertrag war in diesem Augenblick in Kraft getreten.

In dem Moment erklangen Trompeten über dem Feldlager und Kanonendonner erscholl zur Feier des Friedens.

»Sehr ergreifend! Nicht wahr, Hunyadi?«

János blickte über die Schulter. »Rodislav! Ich wusste nicht, dass du zur Zeremonie eingeladen warst.«

»Es ist doch ein feierlicher Anlass für alle Christen. Wie hätte ich mir so etwas entgehen lassen können? Ich bin allerdings überrascht, dass Papst Eugen den Vertrag gebilligt hat.«

»Er weiß noch nichts davon.«

»Was? War Cesarini als sein Legat bei den Verhandlungen denn nicht anwesend?«

»Nein. Seit Wochen reist er von Hof zu Hof, um Verbündete für den Kreuzzug anzuwerben. Ich bin ebenfalls gespannt auf die Antwort aus Rom.«

»Was passiert nun mit der Walachei? Mit Vladislav?«

»Was soll passieren? Er ist unser Vasall.«

»Ich will endlich wissen, ob du mich in meinem Kampf gegen ihn unterstützen wirst.«

»Es ist zu früh, darüber zu sprechen. Außerdem lasse ich mich nicht von dir benutzen. Du bist mir zu unberechenbar, Rodislav. Lerne zuerst, deinen Feind zu respektieren, und danach sehen wir weiter.«

»Ist das dein letztes Wort?«

»Ja.«

»Das werden wir noch sehen, Hunyadi.«

Buda, 4. August 1444

Drei Tage später begleitete János den serbischen Despoten ins Arbeitszimmer des Königs. Beide hatten am frühen Morgen die Einladung des Monarchen erhalten.

»Wisst Ihr, warum wir gerufen wurden?«, fragte Brankowitsch.

»Nein. Aber wir werden es gleich erfahren.«

Als Zeichen, dass sie bereits erwartet wurden, öffnete ihnen der königliche Page sofort die Tür und ließ sie eintreten, ohne sie vorher anzukündigen.

Sie verneigten sich vor Jagiello und begrüßten ihn fast einstimmig: »Eure Majestät!«

Im Zimmer befand sich noch eine weitere Person – der

päpstliche Legat, Kardinal Giuliano Cesarini. Der hob den Blick von einem Brief und schaute sie über den Papierrand an. Er nickte nur knapp als Begrüßung.

»Eminenz! Welche Überraschung, Euch hier zu sehen«, sagte Hunyadi.

»Nur eine Überraschung, Woiwode? Ich habe mit Jubelrufen zur Begrüßung gerechnet«, konterte der Kardinal ironisch.

»Seine Eminenz ist seit gestern Abend mein Gast«, vermittelte der König. »Es gibt Neuigkeiten aus Rom.«

János bemerkte, dass der junge Monarch in keiner guten Verfassung war. Die dunklen Augenringe und der müde Blick verrieten, dass der Monarch eine schlaflose Nacht hinter sich hatte.

»Worum geht es?«

»Der Heilige Vater akzeptiert den Friedensvertrag nicht.« Jagiello atmete erleichtert aus, als der Satz ausgesprochen war.

»Nein«, korrigierte Cesarini. »Der Papst will den Vertrag annullieren.«

»Aber das kann er nicht. Der Vertrag wurde gar nicht von Seiner Heiligkeit unterschrieben.«

»Eben! Ihr habt es auf den Punkt gebracht, Hunyadi. Kein weltlicher Herrscher darf einen Vertrag zwischen Religionen abschließen. Nur dem Nachfolger Petri steht dieses Recht zu. Ausschließlich der Papst als Stellvertreter Gottes entscheidet, wann der heilige Krieg gegen die ungläubigen Türken beendet ist und wann Frieden zwischen Christen und Muslimen herrschen wird.«

»Aber das ändert nichts an der Tatsache, dass wir jetzt durch einen gültigen Vertrag verpflichtet sind«, meldete sich König Jagiello zu Wort. »Ich habe vor Tausenden von Menschen und vor Gott auf die Bibel geschworen. Wie könnte ich diesen Schwur brechen? Welcher Christ, welcher Getreue würde dann noch an mich glauben? Mir in den Kreuzzug folgen, wenn ich selbst keinen Wert auf den Eid lege? Es ist, als würde ich mich von Gott abwenden.«

»Das ist hier ohne Bedeutung, denn Sein Stellvertreter auf Erden ist der Heilige Vater, und ohne dessen Billigung durftet Ihr weder etwas versprechen noch erfüllen. Das heißt, dieser Vertrag existiert nicht. In Seinem Namen und mit Seiner Ermächtigung entbinde ich Euch Eures Gelöbnisses und weihe Eure Waffen. Der Feldzug muss weitergeführt werden. Solltet Ihr doch Bedenken haben, so rücke ich auf mein Haupt nicht nur Eure Sünde, sondern auch die himmlische Strafe.«

»Eure Majestät, überlegt es Euch gut!«, unterbrach ihn János. »Von Eurem Eid weiß die ganze Christenheit. Mit päpstlicher Absolution oder nicht, Ihr werdet für immer ein Eidbrecher bleiben, wenn Ihr es tut.«

»Der Woiwode hat recht«, stimmte ihm Brankowitsch zu. »Ich werde Euch nicht auf den Kreuzzug folgen. Nicht nur, weil ich mit dem Kardinal nicht einverstanden bin, sondern weil mein Land von Krieg verwüstet ist und die Schatzkammern leer sind. Und weil meine Kinder, wie Ihr sehr wohl wisst, weiterhin als Geiseln im Palast des Sultans weilen.«

Der König stützte das Kinn auf die gefalteten Hände.

»Eure Majestät, wer wird noch an diesen Vertrag denken, wenn die Türken für immer besiegt und aus Europa verjagt sind?« Cesarini nahm den Brief vom Tisch. »Hier! Dieses Schriftstück ist vom päpstlichen Admiral, Kardinal Francesco Condulmer. Er schreibt, dass eine Flottille aus italienischen und burgundischen Schiffen den Bosporus sperrt, solange Murad in Anatolien ist. Euer Heer könnte leicht bis nach Gallipoli vordringen und von dort gemeinsam den Feind vernichten. Ihr werdet siegen, Ihr werdet der Erzengel der christlichen Armee sein und wie der heilige Georg das osmanische Ungeheuer töten. Gesegnet wird Euer Name sein und heiliggesprochen in Ewigkeit.«

Mit glänzenden Augen stand Jagiello auf. »Ja, so soll es sein!«

Kapitel 47

Targoviste, 30. August 1444

Vom Wehrgang aus verfolgte Vladislav die Vorbereitungen für den neuen Kreuzzug, die im Hof in vollem Gang waren. Bündel mit Speeren wurden gestapelt und gezählt, Pferdeharnische geprüft und die beschädigten aussortiert. Neben den Stallungen polierten ein Dutzend Kinder Helme und Rüstungsteile mit Asche. Der Klang der Hammerschläge auf dem Amboss in der Schmiede erinnerte ihn an einen Tanzrhythmus, den er in Nürnberg kennengelernt hatte. Durch das Tor fuhren weitere Fuhrwerke mit Getreide. Es war während des Feldzuges nicht nur als Proviant und Reserve für die Festung gedacht, sondern auch als Nahrung für die Kämpfer.

Schon wieder Krieg, dachte er. *Wie viele von uns werden nach Hause zurückkehren? Wie viele Familien werden diesmal um Väter, Söhne oder Brüder trauern müssen?* Es stand nicht in seiner Macht, es zu verhindern, denn als Vasall des ungarischen Königreichs war er gezwungen, daran teilzunehmen.

Seit Tagen versammelte sich die Armee der Christen in Orschowa, in Transsylvanien. Er allerdings würde sich nicht dorthin begeben, sondern allein mit seinen Streitkräften nach Süden reiten und sich unterwegs mit den anderen Truppen treffen.

Schwere Schritte polterten auf den hölzernen Dielen des Wehrgangs.

»Eure Hoheit!«

»Tudor, wann bist du gekommen?«

»Gerade eben. Aber ich habe Euch zuerst in der Kanzlei

gesucht. Euer Kammerdiener hat mir dann gesagt, wo ich Euch finde.«

»Der gute Ghergka.« Vladislav lächelte. »Ihm entgeht nichts. Vielleicht sollte ich ihn als Späher einsetzen. Aber jetzt sag mir, was du in Buda erfahren hast.«

»Die meisten ungarischen und polnischen Hochadeligen verweigern den Kriegsdienst. Nur wenige, die ihrem Monarchen treu sind, folgen ihm auf den Kreuzzug.«

»Was ist mit Hunyadi? Weigert er sich weiterhin, an dem Feldzug teilzunehmen?«

»Nein. Nachdem Jagiello und Cesarini ihm den Titel des Königs von Bulgarien in Aussicht stellten, hat er es sich anders überlegt. Er hat aus seinem eigenen Vermögen um die viertausend Söldner mit Pferden und Waffen bezahlt und in seine Dienste genommen.«

»Diese Habgier wird ihm irgendwann zum Verhängnis werden.«

»Hat sich Tatu aus Serbien gemeldet, Hoheit?«

»Ja, er ist gestern zurückgekehrt. Brankowitsch bleibt, wie bisher, neutral. Er schickt keinen einzigen Mann ins Feld.«

»Wenn es ihm gestattet ist, warum können dann nicht auch wir diese Politik ausüben?«

»Darauf warten unsere Feinde doch nur. Sofort würden sie Rodislav auf den Thron setzen. Nein, Tudor. Wir werden kämpfen. Außerdem werden wir uns im Fall eines Sieges unseren Platz am Verhandlungstisch sichern. Nicht wie beim letzten Mal, als wir aus dem Friedensvertrag ausgeschlossen wurden. Nein«, korrigierte er sich, »als wir ausgenutzt wurden, um später zum Ziel der Begierden zu werden. Und wer weiß, was auf dem Schlachtfeld alles geschehen kann.«

Bei diesen Worten dachte Vladislav an János. Endlich würde er ihn treffen. Und beide würden sie die Waffe in der Hand halten.

Edirne, 8. September 1444

Roxolan wartete im Garten des *Serails* am vereinbarten Platz. Aber nur Vlad kam vom Unterricht.

»Wo ist Radu?«

»Bei Mehmet. Wo denn sonst? Sie sind unzertrennlich.«

»Wie war es heute? Sag mir nicht, dass du wieder bestraft worden bist!«

»Nein. Philosophie gefällt mir. Es fasziniert mich, welchen Einfluss Aristoteles auf Alexander den Großen hatte. Auch wenn mein ›Aristoteles‹ Ahmet Kurani heißt, werde ich eines Tages ein berühmter Herrscher sein.«

»Ich freue mich, dass du vernünftig geworden bist.«

»Das bin ich nicht, Rox. Ich will nur überleben. Es ist, wie du gesagt hast: Ich muss die Schwächen und die Stärken des Feindes erkennen und ausnutzen. Heute bete ich nach dem Koran, morgen schlage ich das Kreuz wie der Papst, und wenn es mir das Leben rettet, kehre ich zurück in den Schoß unserer orthodoxen Mutterkirche. Ich werde niemanden an mich herankommen lassen. Niemand wird mich mehr verletzen oder erniedrigen.«

»Ich verstehe dich. Doch achte darauf, dass der Groll dich nicht vergiftet oder blendet. Sonst bist du eine noch leichtere Beute.«

»Was meinst du damit?«

»Beherrsche deine Gefühlsregungen. Schwebe wie ein Adler über dir und über allem, was um dich geschieht. So wirst du nicht nur über dich selbst herrschen, sondern auch deine Gegner lenken können. Vergiss nicht, zwei Gefühle sind so stark, dass sie dich zu unglaublichen Großtaten befähigen können: die Liebe und der Hass. Aber beide können dich verletzbar machen, und deshalb darfst du dich nicht von ihnen hinreißen lassen. Folge dem Beispiel von Kastriota. Als Geisel hat auch er Erniedrigungen erlitten, bis er eines Tages dann die Anerkennung des Sultans errungen hat. Und jetzt führt er die Albaner mit dem Wissen eines türkischen Generals gegen seinen Feind, das Osmanische Reich. Das ist immer sein Ziel gewesen, und er hat es niemals aus den Augen verloren. Egal, welchen Preis er dafür zahlen musste.«

»Ich werde daran denken.«

»Da ist noch etwas. Ich habe eine Nachricht für euch.«

»Von Vater?« Seine Stimme klang gleichgültig.

»Ja. Er hat alles versucht, euch aus Edirne zu holen. Dennoch …«

»Wie denn? Indem er gegen den Sultan kämpft und damit unsere Köpfe an den Henker liefert?«

»Es gibt noch andere diplomatische Wege. Die Walachei ist jetzt Vasall von Ungarn. Ihr seid dadurch von König Jagiello geschützt.«

»Anders gesagt: Auch er kann über unser Leben entscheiden.«

Rox merkte, wie schnell und realistisch Vlad die Lage einschätzte. Der dreizehnjährige Junge war früh erwachsen geworden.

»Ich wollte nur sagen, dass ihr hier sicherer seid als in Targoviste. Die Danen gieren erneut nach dem Thron, deshalb muss ich zu deinem Vater.«

»Du wirst uns verlassen?«

»Es ist meine Pflicht. Pass auf dich auf und beschütze Radu. Es gibt in eurer Nähe, im Palast, einen Janitschar, der im Geheimen auf euch achtet. Aus Sicherheitsgründen verrate ich dir den Namen nicht, sein Vater ist unser Mann in Edirne. Wenn etwas geschieht, erfahren wir es unmittelbar danach. Kann ich dir diese Verantwortung überlassen?«

»Ja, Rox. Sag mir nur, ob auch Mircea bedroht ist.«

»Das ist er!«

Vlad nahm die Schärpe ab, die er um die Mitte trug. »Gib ihm das von mir. Sag ihm, dass ich für unser baldiges Wiedersehen bete. Und … und dass ich ihn so sehr vermisse.«

»Ich werde sie ihm geben.«

»Wann gehst du?«

»Jetzt sofort.«

»Dann geh. Ich werde es Radu selbst mitteilen.« Diesmal zitterte seine Stimme. »Bis bald, Roxolan!«

Bulgarien, 15. Oktober 1444

Vor einem Tag hatte die viertausend Krieger zählende walachische Armee die Donau auf der bulgarischen Seite überquert. Unterwegs nach Nikopolis hatte Vladislav unzählige verbrannte Dörfer und Kirchen gesehen. Es waren die Spuren, die die ungarischen Kreuzritter hinterlassen hatten. Spuren von Verwüstung, Grausamkeit und Leid. Dort, wo das Elend zum Himmel schrie, verteilte er Nahrungsmittel an all jene, die verdammt waren, hungers zu sterben.

»Im Namen Christi ist dies alles geschehen.« Er erinnerte sich an das, was ihm ein Dorfschulze erzählt hatte. *»Ein Gottesmann aus Rom hat uns als Ketzer beschimpft und unsere Kirchen in Brand gesetzt. Katholiken sollen wir werden …«* Der Beschreibung nach konnte das nur Cesarini gewesen sein.

Gegen Abend erreichten sie ein bulgarisches Dorf. Die Einwohner huschten aus dem Weg, um nicht von den Hufen der Rösser zertrampelt zu werden.

Eine Frau, gekrümmt unter der Last der Jahre, stolperte in der Eile und fiel. Im letzten Moment zügelte Vlas sein Pferd. Er stieg ab und half der Greisin. Ihre milchigen weißen Augen hatten das Sonnenlicht schon seit langem nicht mehr gesehen.

»Bist du verletzt, Mütterchen?«

Sie streckte die Hände nach ihm aus. Mit den Fingern ertastete sie seine Gesichtszüge.

»Ein Krieger mit dem Herzen eines Heiligen«, wisperte sie.

»Da irrst du dich gewaltig!« Er lachte, während er sie aufhob und auf die Füße stellte.

»Nein, nein.« Sie schüttelte den Kopf. »Auch wenn ich blind bin, meine Wahrsagungen haben immer die Wahrheit getroffen.«

»Komm, geh nach Hause zu deiner Familie.«

Sie kicherte. »Auf mich wartet nur der Tod.« Sie nahm seine Hand in ihre und führte sie an die Stirn. »Gib acht auf deinem Weg! Auf dich kommt der Ritter mit der Sense zu. Kehr um! So viel Blut kann die Erde nicht aufnehmen. Ein Wald aus Menschenknochen wird auf dem Feld entstehen. Kehr um!«

»Was redest du, Mütterchen. Gott ist auf unserer Seite. Wir werden die Osmanen besiegen!«

»Ich sehe es! Eine Krone wird fallen … Nein, nicht Eure, denn auch Ihr tragt eine. Ein junger Mann zahlt den Obolus für die andere Welt … und zahllose Menschen.«

»Pass auf, was du sagst, Frau! Und sei froh, dass die Katholiken nicht deinen Weg gekreuzt haben. Du würdest jetzt auf dem Scheiterhaufen brennen.«

Sie lachte. »Wie ich mich auf den Tod freue! Aber er kommt nicht zu mir.«

Vlas führte sie zu den Dorfleuten, die mit gesenkten Köpfen am Wegesrand warteten. »Gott beschütze dich, Mütterchen.«

»Kehr um, König!«, mahnte sie mit erhobenem Finger. »Die Reiter des Todes warten auf Euch und nicht auf die Ungläubigen.«

»Herr!«, flüsterte ein Mann. »Die Frau ist eine Weise. Aus dem ganzen Land kommen Reiche und Arme zu ihr. Niemals hat sie etwas Unrichtiges vorausgesagt.«

Vlas schenkte den Dörflern einen Beutel mit Münzen. Wortlos stieg er dann aufs Pferd und gab ihm die Sporen. Lange noch dachte er an die Worte der weisen Frau, und immer stärker wurde die Beklemmung, die sich in ihm ausbreitete. Hastig schlug er drei Mal das Kreuz und verdrängte jeden weiteren Gedanken an sie.

Spät am nächsten Abend erreichten sie hinter Nikopolis das Kreuzzugsheer. Von einer Anhöhe aus blickte Vlas auf das Feldlager.

»Das sind nicht viele Zelte«, gab sein Sohn Mircea neben ihm zu bedenken. »Mit so wenigen Kriegern sollen wir die Osmanen bezwingen?«

»Vielleicht stoßen noch andere christliche Heere dazu. Wie ich weiß, will Georg Kastriota ebenfalls an der Vernichtung der Türken teilnehmen. Außerdem treffen wir uns in Gallipoli mit der päpstlichen Seeflotte, die auch noch Söldner und Waffen mitbringt.«

»Dann beten wir, dass es gutgeht.«

Nachdem die Walachen ihren Lagerplatz zugewiesen bekommen und sich einquartiert hatten, sandte Vladislav Draco dem König einen Boten, um ihn über seine Ankunft zu informieren. Kurz danach erhielt er die Einladung für den nächsten Tag zum Kriegsrat.

Es war kurz vor Mitternacht, als Vlas, nachdem er sich vergewissert hatte, dass seine Männer versorgt waren, sein Zelt betrat.

»Ich dachte, du zeigst dich nicht mehr«, empfing ihn dort ein Ritter.

»Rox! Du wirst es nicht glauben, aber ich habe mich auch schon gefragt, ob ich wohl vergeblich auf dich warte.« Sie umarmten sich. »Wann bist du eingetroffen?«

»Gestern.«

»Und warum kommst du gerade jetzt zu mir?«

»Du weißt doch, wie neugierig ich bin. Ich habe mich ein wenig umgesehen und mich mal hier, mal dort umgehört.«

»Sag mir zuerst, ob du meine Söhne gesehen hast. Wie geht es ihnen?«

»Ich habe mit Vlad gesprochen. Er hat die Gegebenheiten akzeptiert. Du kannst stolz auf ihn sein.«

»Ja, das bin ich.« Lange Zeit sagte er nichts. Er hätte den Kindern lieber selbst die Lage erklärt und fühlte sich wie ein Verräter ihnen gegenüber.

»Du sollst dir keine Vorwürfe machen«, beruhigte ihn Roxolan. »Vielleicht sind sie dort sogar sicherer als in Targoviste.«

»Welche Nachrichten hast du sonst noch mitgebracht?«, wechselte Vladislav das Thema.

»Hunyadi ist gestern eingetroffen. Mit viertausend Kämpfern. Außerdem kam gestern auch die Mitteilung, dass Kastriota mit seinen Albanern nicht mehr kommen wird.«

»Warum denn nicht?«

»Brankowitsch erlaubt ihm nicht, durch Serbien hierher zu marschieren.«

»Wie hat Jagiello darauf reagiert?«

»Keine Ahnung. Was er noch nicht weiß, ist, dass der Despot die Osmanen über die Kreuzzugspläne in Kenntnis gesetzt hat.«

Vladislav stieß einen leisen Pfiff aus. »Bist du sicher?«

»Ich war noch in Edirne, als ich davon erfuhr. Zum Glück ist der Sultan in Anatolien mit seinem Feind Ibrahim beschäftigt.«

»Wer hat die Nachricht dann entgegengenommen?«

»Der Großwesir, Khalil Pascha.«

»Bestimmt hat er Murad schon längst Bericht erstattet.«

»Aber gewiss!«

»So eine Neuigkeit darf Jagiello nicht vorenthalten bleiben. Sie ändert die ganze Erfolgsaussicht des Feldzuges. Morgen im Kriegsrat werde ich sie weitergeben.«

Am nächsten Tag nach der Frühmesse betrat Vladislav Draco mit seinem Sohn Mircea das Zelt des Königs. János Hunyadi unterhielt sich mit seinem Schwager Mihály Szilágyi und Miklós Újlaki. Von den polnischen Edelleuten kannte Vladislav nur Bobriczki, Leski und Tarnow. Der päpstliche Legat Cesarini bildete mit den Bischöfen von Eger und Nagy-Varád eine weitere Gruppe, die Jagiello umkreiste. Offenbar hatte die Debatte über den Verlauf des Marsches bereits unterwegs von der Messe hierher begonnen.

»Es ist zu riskant, den Weg durch das Balkangebirge fortzusetzen«, befand Cesarini. »Der Winter bricht in den Bergen früher ein. Es ist jetzt schon eiskalt. Wollt Ihr dort bis zum Frühling eingekesselt bleiben?«

»Und was schlagt Ihr vor?«, mischte sich János ein, als er das hörte.

»Wir folgen der Donau nach Osten, und danach führen wir das Heer entlang der Küste des Schwarzen Meeres, bis wir im Süden auf die Flottille von Kardinal Condulmer treffen.«

»Aber dieser Weg ist doch viel länger und von mehreren türkischen Festungen gesäumt«, konterte Hunyadi. »Das wird uns nicht nur mehr Zeit kosten, sondern auch das Leben zahlreicher Männer. Außerdem haben wir bis heute keine Nachricht aus Konstantinopel vom byzantinischen Kaiser erhalten. Wir wissen noch nicht, ob er uns unterstützen wird. Jetzt, da wir erfahren haben, dass die Albaner sich uns nicht mehr anschließen können, müssen wir jeden Konflikt, ja sogar jedes Scharmützel vermeiden.«

»Ich bin der Meinung des Kardinals«, meldete sich der König zu Wort. »Wir sollten schneller vorankommen.«

»Mit den schweren Kanonen, Majestät? Unmöglich!«

»Dann nehmen wir nur die kleineren, die leichter zu tragen sind.«

»Das wäre eine Möglichkeit«, gab János zu. »So können wir die Osmanen doch überraschen.«

»Wie sollte das noch eine Überraschung sein?«, warf Vladislav ein.

Alle Augen richteten sich auf ihn, denn jetzt erst nahm man seine Anwesenheit wahr.

»Das Heer ist an Widin und Nikopolis vorübermarschiert«, fuhr er fort, »und du glaubst, dass die Paschas dieser Festungen nichts gesehen haben? Dass sie keine Kundschafter nach Edirne gesandt haben?«

»Du bist seit gestern hier und willst uns über diesen Krieg belehren?« János lachte, und mit ihm alle seine Anhänger.

Vladislav spürte, wie ihm das Blut ins Gesicht schoss. Dennoch beherrschte er sich. »Ich will dir nur die Augen öffnen, Hunyadi. Kennst du überhaupt die Anzahl der Kreuzzügler? Wie viele hast du unter deinem Befehl? Zwanzigtausend Mann?«

»Dreißigtausend!«, zischte János.

»Das ist lächerlich. Murads Jagdgefolge zählt mehr Männer als dieses Heer, und ihr wollt ihn damit bezwingen?«

»Mäßigt Eure Worte, Fürst!«, unterbrach ihn der König. »Vergesst nicht, wo Ihr Euch befindet.«

»Ich will Euch nur vor einer Niederlage bewahren, Majestät. Dieser Feldzug hat keine Siegaussichten. Wir sollten umkehren, bevor es zu spät ist.«

»Stellst du meine Befähigung als Oberbefehlshaber in Frage?«, provozierte ihn Hunyadi.

»Ja, weil du nicht mehr klar denken kannst, seit du dich als König von Bulgarien siehst. Als erprobter Feldherr müsstest du wissen, dass Brankowitsch den Sultan schon vor Wochen über die Kreuzzugspläne informiert hat.«

Beklemmende Stille legte sich nach diesen Worte über das Zelt. Alle schauten sich gegenseitig unsicher an.

János stellte sich so nah vor den Fürsten der Walachei, dass die beiden Männer sich beinahe berührten. Seine Brust bebte bei jedem Atemzug.

»Du hast uns verraten, Draco«, knurrte er, »und nicht der Despot. Deine Söhne stecken seit Jahren in Murads Geiselhaft, und jetzt willst du sie damit heraussholen.«

In dem Moment verlor Vladislav die Fassung. Er zog den Dolch und stieß zu. Hunyadi parierte den Stoß, so dass die Spitze über die Brustpanzer nach oben fuhr. Gleichzeitig zog er sein Schwert und konterte.

»Trennt sie!«, befahl der König.

Mehrere Hände zerrten die Kontrahenten auseinander.

»Was ist in Euch gefahren?«, schrie Jagiello. »Wie kann ich einen Krieg gewinnen, wenn meine Männer sich schon untereinander befehden?«

Draco fiel vor dem Monarchen auf die Knie. »Majestät, alles, was ich gesagt habe, war aufrichtig. So wahr mir Gott helfe! Die Verratsanschuldigung ist unbegründet und hat nicht nur meine Ehre verletzt, sondern die meiner gesamten fürstlichen Familie. Ich bitte Euch um Erlaubnis, den Woiwoden János Hunyadi zum Zweikampf herauszufordern.«

»Nein, Fürst! Das werde ich nicht dulden.«

»Dann entlasst mich aus dem Kriegsdienst, denn solange die Beleidigung über meinem Namen nicht vergolten ist, kann ich nicht unter Hunyadis Befehl kämpfen.«

Der König lief aufgewühlt durch das Zelt. Alle Anwesenden warteten gespannt auf seine Entscheidung.

»Ihr werdet in Eure Heimat zurückkehren, Fürst. Dafür wird Euer Sohn die walachischen Kontingente an Eurer Stelle anführen. Weiterhin werdet Ihr ein Bußgeld in Höhe von fünfhundert Gulden an den Schatzmeister zahlen. Ich dulde keine Meuterei in meiner Armee. Es soll für alle eine Warnung sein!«

Keiner sprach ein Wort. Vladislav erhob sich, neigte das Haupt und verließ wortlos das Zelt.

Spät am Abend hielt er Rat mit seinen Vertrauten.

»Ilarion, Tudor und du, Nanu, ihr bleibt bei Mircea. Auch du, Roxolan.«

»Ich komme mit dir, Vlas.«

»Nein. Mir droht keine Gefahr, wohl aber meinem Sohn. Er braucht dich mehr als ich. Es ist meine Bitte als Freund und Vater an dich.«

»Ich werde ihn nach Hause bringen. Verlass dich darauf!«

»Und jetzt du, Mircea! Versprich mir, dass du nichts riskieren wirst, denn dieser Krieg hat keine Siegaussichten. Dennoch führe in allen Ehren unsere Kämpfer, präsentiere die walachischen Banner auf dem Schlachtfeld und zeige allen, dass wir keine Verräter sind.«

Warna, 9. November 1444

János tat kein Auge zu. Es war die Nacht vor der Schlacht, die für den Sieg über die Osmanen entscheidend war.

Er dachte an die vergangenen Tage. Nach drei Wochen waren sie an der Küste des Schwarzen Meeres angelangt. In dieser Zeit hatten sie die Städte Jenibazar und Schumen erstürmt und erobert. Dies war jedoch nicht widerstandslos geschehen. Die zweite Stadt hatte sich nach vier Tagen Belagerung ergeben. Auch der Pascha von Nikopolis hatte sie, zusammen mit seiner Reiterei, ständig angegriffen, wenn auch niemals in einer offenen Schlacht.

Der Marsch ging diesmal nach Südosten weiter. Gestern hatten sie dann Warna erreicht. Die Festungen Galata, Makropolis und Callacrium gehörten jetzt ihnen.

In Warna aber hatten sie eine unerwartete Nachricht erhalten: Der Sultan war in höchster Eile mit seiner großen Streitmacht aus Anatolien zurückgekehrt. Seine Truppen waren ausgerechnet von den Genuesern über die Dardanellen nach Europa versetzt worden. Sie hatten einen Golddukaten für jeden Mann verlangt – vierzigtausend Dukaten hatte Murad bezahlt. Der Admiral, Kardinal Condulmer, hatte daraufhin seine venezianischen Kriegsgaleeren zurückgehalten. János versuchte den Beweggrund für den Verrat der päpstlichen Verbündeten nachzuvollziehen. Das Gerücht, die Venezianer hätten in der Zeit einen Handelsvertrag mit den Osmanen geschlossen, wurde durch diese Handlung bestätigt. Das also war der Grund, warum sie sich nicht direkt in den Kampf einmischen wollten. Immerhin hatte der Admiral sie aber über die Ankunft des Sultans informiert. Und die Genueser? Sie wollten die Einkünfte aus den verpachteten Alaunminen aus den türkischen Gebieten nicht verlieren. Der christliche Glaube endete dort, wo das Geld regierte.

Auch die Byzantiner hatten jegliche Unterstützung verweigert. Sie wollten nichts mit einem König zu tun haben, der seinen Schwur auf die Bibel gebrochen hatte. Das hatten sie gesagt. Der Friedensvertragsbruch war für sie ein schwerwiegender Verrat.

Nun erkannte János endlich die Aussichtslosigkeit ihres Unternehmens. *Wie recht hat Vladislav doch gehabt,* dachte er. *Warum habe ich nicht auf ihn gehört?* Wenn er ihn nur nicht vor allen anderen so herablassend behandelt hätte. Dieser maßlose Stolz! Oder war es Neid? Vielleicht war er tatsächlich vor Hunger nach immer mehr Macht blind geworden.

Jetzt war es zu spät, etwas zu ändern.

Warna, 10. November 1444

Bereits im Morgengrauen begann die Kreuzzugsarmee, ihre Stellungen einzunehmen. Die Bodenbeschaffenheit und die strategische Position waren nicht zu ihrem Vorteil. Aber sie hatten keine andere Wahl. Die Festungen Warna und Galata waren nicht genug stark genug, um einer türkischen Belagerung über den Winter standzuhalten. Es fehlte auch an Proviant, um ein solches Heer mehrere Monate zu ernähren. Sie mussten sich dem Kampf stellen.

Die Truppen des Sultans, die von Norden angerückt waren, hatten die Anhöhen neben der Stadt besetzt und damit den Christen jede Rückzugsmöglichkeit genommen. Der See Devna zur Linken und das Schwarze Meer im Rücken beschränkten stark die militärischen Handlungen des Kreuzzugsheeres.

Nach dem Rundgang ritt János zurück zum Kriegsrat. Neben dem König erkannte er Kardinal Cesarini, die Edelleute Thalocily und Roszgóny sowie die Bischöfe von Eger und Nagy-Varád.

»Eure Majestät, wir müssen den rechten Flügel stärken«, sagte er. »Dort sollten wir unseren Angriff verstärken.«

»Ist das nicht zu riskant?«, fragte Jagiello. »Der Sultan hat an dieser Seite die schwere Reiterei aufgestellt.«

Hunyadi zeigte von der Anhöhe über das Schlachtfeld.

»Ja, das stimmt. Aber der Flagge nach kann es sich nur um die Truppen des Beylerbey von Anatolien handeln. Diese haben einen langen Weg und einige Kämpfe hinter sich. Sie sind müde. Außerdem müssen wir den Ring an dieser Stelle durchbrechen. Das wird unser einziges Tor für einen eventuellen Rückzug Richtung Norden sein. Unsere Rettung!«

»Einverstanden. Wer soll den Vorstoß übernehmen?«

»Die Kreuzritter des Kardinals Cesarini und die Einheiten von Thalocily und Roszgóny. Der Angriff soll im Sturm durchgeführt werden. Schnell und entschlossen! Wie ein Keil sollen sie die Reiterei durchdringen und sie zersprengen.«

»Weitere Veränderungen?«

»Nein, Majestät. Ihr führt, wie gestern geplant, das Heer aus Ungarn und Polen in der Mitte an. Euch gegenüber steht der Sultan mit seinen ungeheuer zahlreichen Janitscharen. Ich übernehme mit meinen Männern und den Walachen den linken Flügel. Dort habe ich den Beylerbey von Rumelien als Gegner.«

»Gott steh uns bei, Hunyadi. Es graut mir, wenn ich sehe, wie viele sie sind. Und wir? Ein Drittel davon!«

»Dennoch sind auch sie aus Fleisch und Blut. Ich habe gezeigt, dass die Türken zu bezwingen sind. Wir müssen uns nur streng an unsere Planung halten.«

»Dann sollen wir sie noch einmal besprechen und uns den Verlauf einprägen.«

János nickte. Er deutete mit der Hand nach vorn. »Cesarini, Thalocily und Roszgóny: Ihr eröffnet den Kampf auf der rechten Seite. Die Schnelligkeit ist entscheidend, um den Feind zu vernichten. Der Sultan wird auf den Ausgang warten, um zu erkennen, ob er gegen Euch Verstärkung senden muss oder nicht. In dem Moment werde ich von links angreifen. Währenddessen werdet Ihr, Majestät, mit der leichten Artillerie die Mitte befeuern. Die Reichweite wird nicht ausreichend sein, um ernsthafte Schäden unter den Türken anzurichten. Aber Ihr werdet sie auf Abstand halten und sie daran hindern, die angegriffenen Flügel zu stärken oder uns in den Rücken zu fallen.«

»So wird es gemacht.«

»Wir werden sie nicht beim ersten Ansturm besiegen können. Das ist unmöglich. Es sind zu viele. Daher werden wir sie mehrfach angreifen müssen. Nach jedem Rückzug verschanzen wir uns in der Wagenburg. Dort können wir uns neu aufstellen und, im Notfall, auch verteidigen.«

»Und weiter?«

»Erst nachdem wir die Seiten geschwächt haben, greifen wir gemeinsam die Mitte an. Erst dann, und zwar alle zusammen! Nur so können wir sie bezwingen.«

Als er die letzten Worte ausgesprochen hatte, fühlte er sich plötzlich erleichtert, ja sogar zuversichtlich. Sie könnten siegen!

»Lasst uns beten«, sagte Cesarini. Er stieß das Schwert in die Erde, so dass der Schwertknauf mit der Parierstange das Kreuz darstellte. Alle anderen folgten seinem Beispiel. Der Kardinal kniete nieder und begann zu beten.

»Ego autem in Te speravi, Domine!

Deus meus es tu, in manibus tuis sortes meae.

Eripe me de manu inimicorum meorum, et a persequentibus me.

Illustra faciem tuam super servum tuum,

salvum me fac in misericordia tua.

Domine, non confundar, quoniam invocavi te.

Erubescant impii, et deducantur in infernum.«

»Amen«, riefen alle einstimmig, während sie das Kreuz schlugen und aufstanden.

»An die Waffen!«, befahl der König.

Es war noch nicht Mittag, als die christliche Reiterei im Sturm angriff. Ein Hagel von Pfeilen empfing sie, aber sie führten den Überfall weiter. Die Osmanen unter der Führung des Beylerbey von Anatolien ritten ihnen entgegen. *»Allahu Akbar!«,* schrien sie. In dem Moment, in dem die beiden Armeen aufeinanderprallten, schallte es dumpf über das Schlachtfeld. Dann vereinten sich mit einem Mal Gekreische, Pferdewiehern und knirschendes Metall zu einem klagenden Chor des Todes.

János verfolgte den Verlauf des Kampfs. Die Türken wichen zurück. Die Kanonen spuckten ununterbrochen ihre Geschosse und hielten damit den Feind in der Mitte auf Abstand. Als dann neue Truppen vom Sultan in die Schlacht geschickt wurden, befahl Hunyadi den Ansturm auf der linken Seite.

Sein Gegner, der Beylerbey von Rumelien, wartete nicht lange mit dem Gegenangriff.

Die Erde erbebte unter den Schlägen von Tausenden von Hufen, und die Harnische knirschten im Rhythmus des Galopps. János atmete noch ein Mal die rauschende Luft ein, bevor er das Visier herunterklappte. Durch den schmalen Schlitz fixierte er den nächsten Feind, der mit erhobenem *Jatagan* auf ihn zustürmte. Er schlug zu! Sein Schwert trennte den Arm mitsamt der Waffe ab. Andere folgten. Dutzende von Türken fielen unter seinen Hieben. Dennoch wurden er und seinen Truppen zum Seeufer abgedrängt.

Hunyadi wurde es schwarz vor den Augen. Die verbrauchte Atemluft unter dem Helm erstickte ihn. Mit einer raschen Bewegung schob er den Gesichtsschutz hoch, und mit jedem neuen Atemzug kehrte die Kraft in ihn zurück. Er erblickte den Beylerbey, der sich freie Bahn zu ihm erkämpfte.

»Hier bin ich! Hier bin ich!«, schrie János wie von Sinnen und griff ihn an.

Es folgte ein erbittertes Gefecht. Der krumme *Jatagan* hakte sich in seinen Säbel. Die Schnelligkeit, mit der der Türke die Waffe führte, verblüffte ihn. Er erkannte, dass er einen zu Recht gefürchteten Gegner vor sich hatte. Wenn er nicht sofort die Taktik änderte, würde der Bey gewinnen. Hunyadi zog brüsk die Zügel. Sein Ross stellte sich auf die Hinterbeine. Und mit voller Wucht ließ er von oben das Schwert herabsausen. Mit nur einem Schlag enthauptete er den Gegner.

Bei diesem Anblick brach Chaos unter den Osmanen aus. Ohne ihren Anführer zogen sie sich zurück, was die Christen mit neuem Kampfgeist beflügelte. Zu Hunderten fielen die Feinde unter ihren Waffen. Sie drangen immer weiter in die Nähe des feindlichen Lagers vor. Ein Regen von Pfeilen prasselte erneut auf sie nieder.

Hunyadi entdeckte Vladislavs Sohn. »Mircea!«, schrie er. »Rückzug! Neuordnung in der Wagenburg!«

Sie durften nicht zu tief vorrücken, sonst könnten die Janitscharen sie einkreisen. Und wie geplant sollte erst nach der Neugruppierung aller Kräfte der letzte Angriff auf die mittlere Front, gegen die Truppen des Sultans, erfolgen.

Auf dem Rückzug sah János, dass auch der rechte Flügel erfolgreich gewesen war. Er galoppierte zu dem Hügel, wo Jagiello mit den restlichen Truppen auf ihn wartete. Zusammen würden sie den Osmanen den Todesstoß versetzen. Sie könnten siegen!

Dort angekommen, fand er jedoch nur Cesarini mit den ungarischen Kommandanten Thalocily und Roszgóny vor.

»Wo ist Seine Majestät?«, rief er.

Der Kardinal deutete lediglich auf das Schlachtfeld. Im Zentrum der Kämpfe entdeckte er Jagiello, der mit seinen Kriegern die Janitscharen wie einen Keil vor sich hertrieb und so die Reihen der Gegner durchbrach. Die zogen sich unter dem Ansturm zurück. Von seinem Beobachtungsposten aus bemerkte János, dass auch Murad mit seiner Garde das Feld räumte.

»Was hat der König nur getan? Warum hat er nicht auf uns gewartet?«

»Was machen wir denn jetzt?«, fragte Roszgóny. »Unsere Streitkräfte haben sich noch nicht alle zurückgezogen und neu organisiert.«

»Wir haben keine Zeit mehr. Wir folgen dem König. Allein wird er es nicht schaffen.«

»Aber der Sultan zieht sich zurück!«

János zeigte nach rechts. »Wenn der Rest der Truppen des Beys von Anatolien sich mit denen des Padischahs trifft, haben wir verloren.«

Die Fanfaren gaben erneut das Signal zur Attacke. Das Christenheer stürmte über das Schlachtfeld.

Hunyadi führte die Männer in einem wilden Galopp an. Er beobachtete die Truppenbewegungen der Türken an der rechten Flanke. Und es geschah genau das, was er befürchtet hatte: Die beiden osmanischen Streitkräfte vereinigten sich. Nach kurzem Stillstand wandten sie sich mit neuer Kraft wieder gegen die Christen.

Jagiello und seine Kavallerie hielten dennoch stand. János bahnte sich nur mühsam einen Weg zu ihm. Unter seinen Hieben fielen wahllos die Feinde. Als er endlich in die Nähe des Monarchen gelangte, sah er, wie ein Janitschar dem Schlachtross des Königs in die Hinterbeine schnitt. Das Tier stürzte und begrub seinen Reiter unter sich.

»Zum König! Rettet den König!«, schrie Hunyadi immer wieder, während er sich eine Schneise durch die türkischen Krieger erkämpfte. Doch es war ein aussichtsloser Kampf. Hunderte *Spahis* drangen auf sie ein. Einer von ihnen hob den *Jatagan* und enthauptete den polnischen Herrscher. Ein anderer spießte den Kopf auf seinen Speer und hielt ihn hoch in die Luft.

»Allahu Akbar! Allahu Akbar!«, erscholl es aus Tausenden und Abertausenden muslimischer Kehlen. Wie ein wogendes Meer ergoss sich Murads Armee über sie. An der Spitze hielt ein *Spahi* eine Lanze, auf die er den Friedensvertrag gespießt hatte.

Die Nachricht von Jagiellos Tod verbreitete sich in Windeseile über das christliche Heer.

»Der König ist tot!«, riefen immer mehr Stimmen. Unzählige Ritter – ob Ungarn, Polen, Böhmen, Kreuzritter oder Walachen – kehrten dem Schlachtfeld den Rücken und flohen. Nur die königliche Garde kämpfte weiter um den leblosen Körper ihres Herrschers, bis auch der letzte Mann von *Jataganen* niedergemetzelt war.

János erkannte die Aussichtslosigkeit der Lage. Nun zählte nur noch, dass so viele von ihnen wie möglich nach Hause zurückkehrten, dass auch er am Leben blieb.

Ohne zu zögern, führte er sein Pferd nach Norden, in die Richtung, wo zuvor die Christen die Armee des Beylerbey von Anatolien besiegt hatten. Unterwegs schlossen sich ihm weitere Reiter an. Unter ihnen war auch Kardinal Cesarini.

Allerdings nahm eine Truppe von *Spahis* ihre Spur auf. Es waren dreimal so viele wie sie. Um Gewicht loszuwerden, warf János den Schild fort und trieb sein Ross noch stärker an. Wer nicht mit ihm mithalten konnte, der blieb zurück.

»Hunyadi!«, hörte er hinter sich den päpstlichen Legaten schreien. »Lasst mich nicht allein! Hunyadi!«

Doch er gab seinem Pferd erneut die Sporen. Der Wind pfiff in seinen Ohren. Sein Herzschlag trommelte im Rhythmus der Hufe. Immer schneller! Vergeblich schnappte er nach Luft, Panik schnürte ihm die Kehle zu. Die Angst zerrte mit gierigen Krallen an seinem Verstand, an seiner Seele. Sie ergriff ihn.

Dennoch fand er noch genug Kraft, um einen raschen Blick über die Schulter zu werfen. Er sah nur eine Horde von Osmanen mit ihren *Jataganen,* die im Licht der letzten Sonnenstrahlen gerade die Körper der Zurückgebliebenen zerhackten. Darunter auch den von Cesarini.

Von den Türken trennten sich ein Dutzend *Spahis* ab und nahmen seine Witterung auf.

Die Jagd nach János Hunyadi ging weiter.

Kapitel 48

Hunyadi preschte in einem halsbrecherischen Galopp voran. Doch der Hufschlag der Verfolger kam immer näher. Aus den Augenwinkeln entdeckte er neben sich zwei ungarische Ritter. Sie waren zu wenige, um sich dem Kampf zu stellen. Ihre Rettung war nur die Flucht in den nahe gelegenen Wald, denn dort konnten sie im Schutz der Nacht untertauchen.

Einer seiner Begleiter wurde langsamer und blieb immer weiter zurück. Nach kurzer Zeit hörte János hinter sich seinen Todesschrei.

Die Osmanen holten auf. Ihre Pferde waren schneller, denn die Reiter trugen keine schweren Rüstungen wie die Christen.

Der zweite ungarische Ritter überholte ihn nun, so dass Hunyadi allein zurückblieb. Er blickte wieder über die Schulter. Der erste Türke war nur noch eine Pferdelänge von ihm entfernt. Und dieser war schneller als er. Hinter dem Verfolger allerdings tat sich eine weite Lücke auf bis zu den nächsten Kriegern.

János traf eine kühne Entscheidung. Er zog ruckartig den Zügel und führte sein Ross gegen den *Spahi*. Dieser unerwartete Angriff verwirrte den Reiter für einen Moment – was ihm zum Verhängnis wurde. Einen Augenblick später rollte sein Kopf unter Hunyadis Schwerthieb. Aber er war nur einer von mehreren Gegnern.

János wurde bewusst, dass diese ihn einholen würden, bevor er den rettenden Wald erreichen konnte. Er setzte sich fest in den Sattel und erwartete sie. Wenn er sterben sollte, dann würdevoll. Er war bereit, so viele Osmanen wie möglich mit in den Tod zu nehmen. Entschlossen umklammerte er den Schwertknauf noch fester.

Die ersten *Spahis* hoben bereits ihre *Jatagane* und bereiteten sich auf den Kampf vor. Es waren um die zwanzig Mann. Doch dann verlangsamten sie plötzlich ihren Ritt. Einige drehten sogar um.

Als Hunyadi hinter sich kämpferische Rufe hörte, keimte Hoffnung in ihm. Über die Schulter sah er Dutzende von Walachen, die aus dem Wald zu ihm galoppierten. Neben Mircea erkannte er den Ritter, der ihn vorher überholt hatte. Auch weitere Ungarn waren zu sehen. Ihre Anzahl übertraf die der Türken.

Er war gerettet.

Südwalachei, 14. November 1444

János trat an die Reling und blickte zum Ufer, das sich immer weiter von ihm entfernte.

Nachdem sie ihre Verfolger bezwungen hatten, waren sie drei Tage entlang der Donau nach Westen geritten. Viele Verletzte waren wegen der Strapazen und vor Hunger unterwegs gestorben. Sie hatten die bulgarischen Dörfer meiden müssen, denn für die Einwohner waren die Erinnerungen an die Brandschatzungen und Morde des Kreuzzugsheeres noch frisch. Nicht selten hatten sich die Einheimischen geweigert, ihnen mit Lebensmitteln oder Futter für die Pferde zu helfen. In solchen Situationen hatten dann die Walachen vermittelt, die von den Ansässigen freundlich empfangen wurden.

So war es ihnen heute auch gelungen, einen Kahn aufzutreiben, der sie über die Donau ans walachische Ufer übersetzte.

Gedankenverloren schaute er in die trüben Wellen des Flusses. Bilder vom Schlachtfeld und von den Ereignissen der letzten Tage drängten sich ihm wieder und wieder auf. Der

König und der päpstliche Legat waren gefallen. Auch die Bischöfe von Eger und Nagy-Varád hatten ihr Leben auf dem Schlachtfeld von Warna gelassen, ebenso Tausende von Christen.

Die Niederlage des Kreuzzuges war die Niederlage des Christentums. Angst ergriff ihn, als er an den Tod von Jagiello und Cesarini dachte. Es war ein Gotteszeichen, denn sie waren gestorben, weil sie den Schwur auf die Bibel gebrochen und den Friedensvertrag missachtet hatten. Der Herr im Himmel hatte sie für diesen Frevel mit ihrem Blut bezahlen lassen. Wie auch alle anderen, die von den Muslimen getötet worden waren.

Doch warum war ausgerechnet er am Leben geblieben? Was hatte der Allmächtige mit ihm vor? Dass er von Mircea und seinen Walachen gerettet worden war, ging ihm nicht aus dem Kopf. Ausgerechnet von Vladislavs Sohn. Nach all den Ränken und Verschwörungen, die er gegen Vladislav gesponnen hatte. Der Prinz hatte die Gelegenheit gehabt, die Entehrung seines Vaters im Königszelt zu rächen und ihn sterben zu lassen. Stattdessen hatte er ihm die Hand zur Rettung hingestreckt. Reue ergriff ihn. Nun wusste er, warum er noch am Leben war. Er hoffte nur, dass es für eine Versöhnung mit Vladislav nicht zu spät war.

Inzwischen legte der Kahn am walachischen Ufer an. Die Ritter führten die Pferde an den Zügeln über die Holzplanken auf festen Boden. Endlich hatten sie das feindliche Territorium des Osmanischen Reichs verlassen. In der Walachei waren sie sicher, weil das Fürstentum dem ungarischen Königreich unterstand.

»Wenn wir uns beeilen, können wir schon heute Abend die Burg Floci erreichen«, verkündete Mircea. »Dort bekommen wir Nahrung und neue Reittiere.«

»Dann dürfen wir keine Sekunde verlieren«, sagte Hunyadi. »Die ungarische Ratsversammlung muss schnellstmöglich vom Verlauf des Kreuzzuges benachrichtigt werden. Und vor allem vom Tod des Königs. Trübe Zeiten kommen auf uns zu.«

Die neue politische Lage bereitete ihm Sorgen. Wieder kam es zu einem Machtwechsel. Wer würde diesmal die Stephanskrone tragen? Es würde erneut einen Krieg zwischen den Adelsparteien geben. Zum Glück ermöglichte sein stattliches Vermögen es ihm, genügend Anhänger für sich zu kaufen. Dennoch würde der Kampf mit den Cillis und Garais unerbittlich verlaufen. Denn seine Machtstellung war nach dieser Niederlage stark geschwächt.

Solchermaßen in Gedanken vertieft, bemerkte er nicht, dass der Tag zur Neige ging. Wie Mircea angekündigt hatte, war am Horizont der Umriss einer Burg auszumachen. Bei dem Anblick gab er, wie alle anderen Reiter, seinem Pferd die Sporen. Er führte seinen Hengst nach vorn an Mirceas Seite. »Ich hoffe, dass wir nicht für Feinde gehalten werden. Ich vermute, hier an der Grenze zum Osmanischen Reich haben oft überraschende Angriffe stattgefunden.«

»Das stimmt.« Der Junge lächelte und zeigte nach links, zu seinen Männern. »Aber die Angreifer haben niemals das walachische Banner getragen.«

»Meine Aufmerksamkeit lässt nach«, gab János zu.

»Keine Sorge. Hier sind wir bei mir zu Hause.«

Von den Burgmauern erscholl der Klang eines Horns – sie wurden gesehen. Über die Zugbrücke reihte sich sogleich ein Trupp von bewaffneten Reitern.

Erfreut erkannte Hunyadi, dass diese von Vladislav Draco geführt wurden. *Ein Gotteszeichen,* dachte er. *Der Allmächtige fügt jetzt schon unsere Wege zusammen, denn es ist Sein Wille, uns zu versöhnen.*

Mircea führte das Pferd zu seinem Vater. Er legte die Faust

an die Brust und verneigte sich. »Eure Hoheit! Ich habe in Ehre unser Banner getragen und die walachischen Männer im Krieg befehligt. Wir haben tapfer gegen die Osmanen gekämpft. Doch mehr als die Hälfte von uns sind auf dem Schlachtfeld gefallen.«

»Willkommen zu Hause, mein Sohn. Ich bin stolz auf dich.«

»Auf dem Rückzug ist es uns gelungen, diesen Ungarn als Gefangenen zu nehmen.«

»Gefangenen?«, wiederholte János. Er schloss zum Prinzen auf. »Wovon sprichst du?« Sofort wandte er sich an Vladislav. »Vlas! Erkennst du mich nicht? Ich bin …«

»Ich weiß genau, wer du bist, Hunyadi!« Draco zog das Schwert und setzte ihm die Spitze an die Kehle.

Lange starrten sie sich nur an, ohne ein Wort zu sagen. János spürte die Klinge immer stärker, bis eine warme Flüssigkeit ihm über den Hals rann. Er wagte nicht zu schlucken, nicht zu atmen.

»Garde!«, rief der Fürst nach einer endlos scheinenden Zeit.

»Ja, Hoheit!«

»In den Kerker mit ihm«, befahl er kurz und entfernte sich.

Burg Floci, Ende November 1444

Vladislav schnitt noch ein Stück von dem Hartkäse ab und legte es auf das Holzbrett neben den Speck. Es gab kein festliches Essen und auch kein solches Geschirr wie in Targoviste. Es waren Kriegszeiten. Das Feuer im Kamin schaffte es nicht, die Kälte aus dem Zimmer zu vertreiben, denn seit zwei Tagen tobte draußen ein Wintersturm. Auch wenn es Mittag war, herrschte nur Dämmerlicht. Während er kaute, lauschte er, wie der Wind vor den Fenstern jaulte. An einen solchen Sturm konnten sich selbst die Ältesten nicht mehr erinnern.

Er schaute zu Roxolan hinüber, der mit ihm am Tisch saß, als sähe er ihn zum ersten Mal. In den roten Zöpfen, die von seinen Schläfen herabfielen, glänzten silberne Fäden, ebenso wie im Bart. Tiefe Falten zogen sich über seine Stirn und um die Augen. Nur seine Finger waren noch schlank und langgliedrig geblieben wie die einer Dame.

»Nicht nur ich bin alt geworden, Vlas«, sagte er schließlich, ohne den Blick von seinem Mahl zu heben.

»Das musst du mir nicht sagen. Ich bin vierundfünfzig Jahre alt und fühle mich wie ein Greis. Wie schnell ist doch die Zeit vergangen. Wo sind all die Ziele geblieben, von denen ich in der Jugend geträumt habe?«

»Die hast du alle erreicht, mein Freund. Nur zufrieden musst du noch sein.«

»Ist es so?«

»Was willst du mehr? Du sitzt auf dem Thron deines Vaters, hast eine wunderbare Gattin, die dir vier Kinder geschenkt hat, und in Mircea einen fähigen Nachfolger, auf den du stolz sein kannst. Und die wahre Liebe durftest du auch erleben.«

»Es geht nicht nur um mich. Und das weißt du auch.«

»Mach dir keine Vorwürfe. In den zwölf Jahren deiner Herrschaft haben es weder die Osmanen noch die Ungarn geschafft, die Walachei zu erobern. Auch wenn du der Vasall des einen oder des anderen warst und noch bist, so bleibst du doch weiterhin der Fürst deines Landes. Der Handel blüht, die Märkte sind voll, die Menschen bauen größere Häuser. Und warum? Weil ihre Dörfer und Städte nicht von den feindlichen Heeren verwüstet wurden. So wie in Serbien, Bulgarien oder sogar Transsylvanien. Du hast sie beschützt, Vlas! Vergiss das nicht.«

»Ich wollte Frieden, Rox. Frieden zwischen mir und meinen Vettern, Frieden mit den Bojaren und Frieden mit den großen Mächten. Das habe ich nicht erreicht. Die Gefahr ist allgegenwärtig. Jeden Tag kann dieses Land erobert werden.«

»Wenn wir schon dabei sind: Wann willst du mit János Frieden schließen? Du hast ihn nicht mehr gesehen, seit du ihn in den Kerker geworfen hast.«

Vladislav rammte das Messer in die Tischplatte. »Das ist meine Sache, Rox. Misch dich nicht ein!«

»O doch! Ich sehe, wie du dich quälst. Jahrelang war er wie ein Bruder für dich. Das weiß ich. Aber vergiss nicht, dass er dein Rivale geworden ist. Du musst dich für eines von beiden entscheiden: Freund oder Feind.«

Roxolan stand auf und ging. Er verharrte jedoch noch einmal kurz im Türrahmen. »Je schneller, desto besser.«

Spätnachmittags kehrte Vladislav von dem gewohnten Rundgang zurück in sein Zimmer und warf den schneenassen Mantel über einen Stuhl. Sein Blick fiel auf die Bettdecke. Sie war aus grober Wolle gewebt, nicht fein, aber wärmend. »Verdammt soll er sein!«, murmelte er vor sich hin. Er schnappte sich die Decke und warf sie sich über die Schulter. »Garde!«, rief er.

»Hoheit?«

»Hol eine Fackel und folge mir!«

»Jawohl.«

Nur wenige Stufen führten unter die Erde bis zum Kerker. Von dem tobenden Wintersturm war dort unten nichts zu hören.

»Öffne die Tür!«, befahl er der Leibwache. »Du wartest draußen und kommst nur, wenn ich nach dir rufe.«

»Gewiss, Hoheit.«

Vladislav brauchte einige Augenblicke, bis seine Augen

sich an die Dunkelheit gewöhnt hatten. Er steckte die Fackel in eine Wandhalterung und ging danach zu János, der in einer Ecke hockte. Er trug einen Bart, und die schmutzigen Haare hingen wirr um sein Gesicht. Wortlos warf Vlas ihm die Decke zu.

»Bist du hier, um dich an meinem Elend zu laben oder aus Mitleid?« Ein Hustenanfall hielt ihn vom Weitersprechen ab. Hunyadi zog den Rotz hoch und spuckte ihn auf den Boden. »Egal«, fuhr er fort. »Auf jeden Fall hast du dir dafür genug Zeit gelassen. Hattest du Angst vor mir?« Er kicherte. »Oder mehr vor dir selbst vielleicht?«

»Warum, János?«

»Warum *was?*«

»Woher kommt dieser Hass auf mich?«

»Um mir diese Frage zu stellen, musstest du mich nicht gefangen nehmen. Aber einmal mehr willst du mir deine Herrlichkeit zeigen. Der ruhmreiche und von allen geliebte Vladislav, der keinen Widerstand kennt, der alles bekommt, wovon er träumt.«

»Neid? Deswegen? Wir haben doch alles geteilt. Wir waren wie Brüder.«

»Nein. Du hast nie etwas freiwillig gegeben. Geteilt! Dass ich nicht lache. Ich habe von dir nur die Reste bekommen oder das, was für dich nicht mehr nützlich war.«

»Deshalb hast du dich mit meinen Feinden gegen mich verbündet? Dich an meinen Kindern gerächt, statt mir die Wahrheit zu sagen? Du nennst dich Ritter, aber ein Mörder hat mehr Ehre im Leib als du!«

»Du sprichst von Ehre? Ausgerechnet du, der die Frau, die ich liebte, geschändet hat, um sie danach wie eine billige Hure zu verlassen.«

»Wovon redest du? Ich habe niemals eine Dame missbraucht.«

»O doch. Oder hast du Clara vergessen?«

Vlas packte ihn und riss ihn hoch. »Sag das nie wieder. Beschmutze sie nicht mit deinen Lügen. Ich liebe und ehre sie immer noch!«

»Ach ja? Und warum hast du dich nicht um sie gekümmert? Wenn ich sie nicht verheiratet hätte, wäre dein Bastard ohne Vater aufgewachsen.«

Vladislav schleuderte János gegen die Wand.

»Oder hätte *ich* deinen Sohn großziehen sollen?«

»Halte den Mund, Hunyadi!«

»Warum? Stört dich die Wahrheit? Hast du gedacht, ich würde Clara noch heiraten wollen, nachdem du sie geschändet hattest? Der arme János, er war doch immer zufrieden mit den Resten, die du ihm zugeworfen hast!« Er brach in Gelächter aus. »Genau! Wie hast du gerade gesagt? *Wir haben immer alles geteilt.* Ja, auch die Frauen.«

»Ich habe von deiner Liebe zu Clara nichts geahnt.«

»Ach was. Erinnere dich doch an das Turnier in Nürnberg. An den Tag, als dir die Welt zu Füßen lag. Als du mich im Tjost besiegen musstest, um mich vor meinem Vater zu erniedrigen.«

»Deinem Vater? Dem walachischen Hofritter Wojk? Aber ich habe ihn nie kennengelernt!«

»Nicht Wojk. Nicht er war mein leiblicher Vater. Ich rede von Sigismund. Dem Kaiser.«

Vlas starrte ihn befremdet an. »Du bist ja verrückt!«

»Seit Jahren schon weiß ich davon. Seit dem Tag, als du in Nürnberg den *Ouroboros* empfangen hast. Ich bin es, der damals in der Kirche als Drachenritter in den Orden hätte aufgenommen werden sollen, und nicht du. Du hast alle Ehrungen von ihm bekommen, und nicht ich. Wegen dir hat mich Sigismund nie anerkannt. Ich war einfach nicht so gut wie du.«

»Jetzt verstehe ich.«

»Nein! Das tust du nicht. Du weißt nicht, wie es ist, jeden Tag für dein Recht zu kämpfen. Für das, was dir zusteht, aber niemals erreichbar ist. Du hast alle diese Privilegien in die Wiege gelegt bekommen.«

»Ich kenne Sigismund. Solltest du sein Sohn gewesen sein, dann hätte er dich legitimiert. Es ist nur ein Hirngespinst, was du mir da erzählst. Du rechtfertigst deinen Hass mit einer kranken Phantasie. Der Neid hat dich dazu gebracht, dir eine bessere Herkunft zu wünschen. Du widerst mich an! Wo ist der Ritter geblieben, der die Tugenden respektierte? Vor mir sehe ich nur einen habgierigen Mann, der nach Gold, Titeln und Macht lechzt.«

»Da spricht der makellose Hochwohlgeborene.« Er lachte. »Du, der den Schwur auf die Bibel gebrochen hat und die Füße der Osmanen leckt. Schau dich an! Dein Vater würde sich im Grab umdrehen, wenn er wüsste, welcher Judas jetzt auf seinem Thron sitzt. Warum bist du nicht in Gallipoli verreckt?«

»Halt den Mund!« Vlas krallte die Finger in seinen Hals und würgte ihn.

Aber János schlug ihn unerwartet in die Magengrube. Als Vladislav seinen Griff lockerte und nach Luft rang, nutzte sein Gegner den Moment aus und hieb ihm die Faust an die Schläfe.

Draco fiel wie betäubt zu Boden.

Hunyadi ergriff die Gelegenheit und trat auf ihn ein.

»Du hast uns alle verraten!«, schrie er und zählte auf: »Alle! Mich … deinen Vater … dein Land … und die Kirche.«

Um sich gegen die Tritte zu schützen, legte Vladislav die Arme über den Kopf, bis er wieder klar sehen konnte. Dann packte er János am Fuß, riss ihn herum und brachte ihn so zu Fall. Schwer schlug Hunyadi auf der Erde auf. Augenblicklich sprang Vlas auf seinen Rivalen und schlug ihn ins Gesicht, bis das Blut aus Nase und Mund floss. Unter seinen Fäusten brachen Knochen und Zähne. Aber er drosch weiter auf seinen Gegner ein, bis der Körper sich nicht mehr bewegte.

Ermattet fiel Vlas neben Hunyadi zu Boden. Die Wände begannen sich um ihn zu drehen, immer schneller. Schließlich ließ er sich zur Seite sinken und würgte. Als er sich wieder etwas gefasst hatte, sah er nach der menschlichen Gestalt neben sich. Er streckte die Hand aus und strich über Hunyadis angeschwollene, blau unterlaufene Augen. Wie hatte es nur so weit kommen können? Sie waren doch wie Brüder gewesen. War das der Preis für die Macht?

Taumelnd stand er auf und ging zur Tür. Nach dem ersten Schlag öffnete der Wärter. Bei Vladislavs Anblick wich der Mann zur Seite und machte ihm Platz.

»Hol einen Medicus.«

»Kann ich Euch helfen, Hoheit?«

»Nicht für mich! Für ihn.«

Vladislav hob die Arme und ließ sich von Roxolan den Brustkorb bandagieren.

»Zum Glück ist keine Rippe gebrochen. Dennoch würde es mich nicht wundern, wenn die eine oder andere leicht angeknackst wäre. Die Prellungen sind hässlich.«

Vlas schwieg weiter. Seit er aus dem Kerker zurückgekommen war, hatte er kein Wort gesprochen.

»Mehr kann ich nicht für dich tun. Du weißt, wo du mich findest, wenn du mich brauchst.«

»Rox«, sagte er, als dieser den Raum verlassen wollte.

»Ja?«

»Sag Mircea, wir kehren in zwei Tagen nach Targoviste zurück. Er soll sich um alles kümmern.«

»Und was ist mit Hunyadi?«

»Der kommt mit. Und du, mein Freund«, fügte er hinzu, »reitest nach Kronstadt, zu Clara.«

»Wann?«

»So bald wie möglich.«

Kronstadt, 8. Dezember 1444

Roxolan folgte dem Diakon in die Seitenkapelle. Dort entdeckte er Clara, die vor dem kleinen Altar betete. Wortlos kniete er neben ihr nieder.

»Du bist es, Rox!«, flüsterte sie überrascht. »Verzeih, ich habe Vlas erwartet.«

»Er hat mich zu dir geschickt.«

»Wann hast du ihn gesehen? Geht es ihm gut?«

»Vor vier Tagen habe ich mit ihm gesprochen. Er hält János im Kerker gefangen.«

»Gott im Himmel! Was ist geschehen?«

»Das ist eine lange Geschichte. Vladislav hat einiges von ihm erfahren. Er war derjenige, der deine Heirat mit Johann Benkner eingefädelt hat. Es war seine Rache. Als Braut eines Danenanhängers würdest du Vlas verraten. So hat er sich das gedacht. Oder wenigstens, dass Vladislav dich dafür hassen würde.«

»Das weiß ich seit Jahren.«

»Warum hast du nie etwas gesagt? Wir hätten es nicht zugelassen, dass du für uns bespitzelst. Wenn es herauskommt, wirst du sterben.«

»Dieser Gefahr war ich mir schon immer bewusst. Ich habe keine Angst, denn ohne Vlas bin schon längst tot.«

»Aber denk doch an euren Sohn. János weiß, dass das Kind von Vladislav ist. Was, wenn Hunyadi ihn ermorden lässt?«

»Johann wird es nicht zulassen. Er liebt ihn so sehr.«

»Auch wenn er erfährt, dass es nicht sein eigener Sohn ist?«

»Ich habe es ihm gesagt. Er weiß es.«

Roxolan sah sie bewundernd an. Diese Frau zeigte mehr Mut als viele Männer. Ganz zu schweigen von ihrem Scharfsinn. Dennoch musste er sie warnen. »Ab sofort gehst du kein Risiko mehr ein. Auf keinen Fall belauerst du die Danen weiter. Denk an Michael, wenn dir schon dein eigenes Leben nichts mehr wert ist.«

»Rodislav ist hier«, erwiderte sie, ohne auf seinen Ratschlag zu achten. »Im *Weißen Ross*. Von dort schmiedet er neue Ränke gegen Vlas. Das macht mir Angst. Er ist anders als sein Bruder Dan, und seine Macht wächst mit jedem Tag. Ich flehe dich an, beschütze Vladislav!«

»Das werde ich tun. Aber du musst mir schwören, dass du dich nicht in Gefahr bringst.«

Sie stand auf und ging. Einmal drehte sie sich noch zu ihm um, lächelte und verschwand. Ohne ihm ihr Versprechen gegeben zu haben.

Einen Tag später betrat Roxolan im Gewand eines armenischen Kupferhändlers das Wirtshaus *Zum weißen Ross*.

Der Wirt eilte zu ihm. »Seid gegrüßt, edler Herr! Ich sehe schon, Ihr seid hungrig, und der Durst quält Euch ebenfalls. In meinem Keller ruhen seit Jahren Fässer mit rubinrotem Wein. Und meine Frau hat heute Morgen eine Gans gerupft, die seit drei Stunden im Ofen im eigenen Fett schmort.« Ohne seinen Wortschwall zu unterbrechen, führte er Rox zu einem Tisch neben dem Kamin, in dem ein Feuer loderte.

»Das klingt verführerisch. Aber ich bin vor allem auf der Suche nach einer sicheren Unterkunft.« Roxolan klopfte auf den Geldbeutel an seinem Gurt und flüsterte dem Wirt zu:

»Ich habe ein gutes Geschäft in Kronstadt gemacht und will nun ruhig schlafen. Ich hoffe, Ihr versteht mich, Meister.«

»Da macht Euch keine Sorgen. Bei mir seid Ihr richtig. Mein Haus ist in dieser Stadt berühmt für seine Sicherheit. Sogar die gekrönten Häupter kommen hierher.«

»Nein! Was Ihr nicht sagt.«

»Aber ja doch! Gerade eben genießt ein walachischer Prinz meine Gastlichkeit.«

Mit einem Augenzwinkern deutete Rox auf das Säckchen mit Geld. »Habt Ihr vielleicht ein Zimmer neben seinem? Wo ein Fürst übernachtet, sind auch Wächter. So kann ich ruhig von den nächsten Geschäften träumen.«

»Da habt Ihr Glück. Es gibt nur ein Nachbarzimmer. Aber es kostet einen Gulden pro Tag.« Grinsend streckte der Wirt eine Hand nach dem Geldstück aus und zückte mit der anderen den Schlüssel.

In den ersten beiden Nächten geschah nichts. In der dritten hörte Roxolan endlich Geräusche nebenan. Eine Tür, die geöffnet und wieder geschlossen wurde. Mehrere gedämpfte Stimmen.

Rox schlich sich in den Flur und lauschte. Es waren drei Männer. Er erkannte nur Rodislav, der ungestüm sprach.

»Ihr habt Euch verspätet, Bojar. Nächstes Mal warte ich nicht mehr.«

»Die Schneeverwehungen haben Törzburg unpassierbar gemacht.«

»Was gibt es Neues in Targoviste?«

»Mircea und Vladislav sind vom Kreuzzug zurückgekehrt. Sie haben einen Gefangenen mitgebracht. Es wird Euch nicht gefallen, das zu hören.«

»Wer ist es?«

»Der transsylvanische Woiwode.«

»Hunyadi?« Rodislav pfiff durch die Zähne.

»Ohne seine Unterstützung können wir unseren Plan nicht durchführen«, sprach die dritte Stimme. »Es ist aussichtslos.«

»Wir brauchen ihn nicht. Er hat uns bis jetzt nie richtig geholfen. János hat uns nur für seine persönliche Rache benutzt. Ich habe ihn überschätzt. Von mir aus kann er in dem Verlies meines Vetters krepieren. Wir sind stark genug. Was sage ich? Mit jedem Tag werden wir mächtiger.«

»Wann greifen wir an?«

»Ich lasse es Euch rechtzeitig wissen. Es wird aber nicht mehr lange dauern, das steht schon fest. Bis dahin haben wir noch reichlich Zeit, um unser Blut mit ein paar Weibern zu kühlen. Kommt! Gehen wir!«

Roxolan schaffte es gerade noch, in sein Zimmer zu schlüpfen, bevor die Männer in den Flur traten. Durch den Türspalt konnte er nur deren Umrisse von hinten erkennen. Sie zu verfolgen war zu riskant.

Eine beunruhigende Ahnung befiel ihn, so dass er in derselben Nacht noch Kronstadt verließ und nach Targoviste galoppierte.

Kapitel 49

Targoviste, 18. Januar 1445

»Wie lange wollt Ihr den Woiwoden noch hier behalten? Und mit welchem Recht?«

»Solange es mir gefällt.« Vladislav lehnte sich in seinem Thron zurück und lächelte Michail Szilágyi herausfordernd an.

»Ungarn kann nicht ewig auf Eure Antwort warten.«

Es war schon die zweite Gesandtschaft aus Buda, die nach Targoviste gekommen war, um Hunyadis Freilassung zu erzwingen. Die erste hatte Vlas zurückgeschickt, ohne auf ihre Forderungen einzugehen.

Ihre Anmaßung erzürnte ihn. Sie baten nicht – sie verlangten. Dennoch musste er sich beherrschen. Sultan Murad hatte sich nach Manisa zurückgezogen und die Herrschaft seinem zwölfjährigen Sohn übertragen. Es war eine neue Lage. Das Osmanische Reich ohne den gefürchteten Padischah, Ungarn und Polen ohne König. Er musste diplomatisch handeln und abwarten, wie sich die Machtverhältnisse weiterentwickelten.

»Wenn Hunyadi der Einzige ist, der den chaotischen Zustand in Eurem Land aufheben kann, dann müsstet Ihr mir entgegenkommen. Die Niederlage in Warna hat uns allen gezeigt, dass wir Christen nicht bereit sind, unsere egoistischen Ziele hintanzustellen, um einhellig gegen den gemeinsamen Feind einzutreten. Katholiken gegen Orthodoxe, Könige gegen Fürsten. Hauptsache, der Hunger nach noch mehr Macht wird gestillt. Unterwegs nach Warna habt Ihr nicht nur die bulgarischen Kirchen geplündert und verbrannt, sondern auch die unseren. Die Eurer Verbündeten.«

»Wir werden Euch dafür entschädigen, Fürst.«

»Ich werde daran denken. Morgen bekommt Ihr die Antwort, ob ich Hunyadi freilasse.«

»Ihr solltet es Euch gut überlegen! Ihr seid gemäß dem Vertrag von Szegedin immer noch unser Vasall.«

»Meint Ihr den Friedensvertrag, den Euer König und der Papst für ungültig erklärt haben?« Vladislav schlug die Faust auf die Thronlehne. »Ihr wagt es, mir zu drohen, Szilágyi? Ihr, der einen Schwur auf die Heilige Schrift bricht? Mäßigt Euch! In meinem Land sagt mir keiner, wie ich zu herrschen habe. Ich habe genug von Eurer Anmaßung und Euren Herrschaftsansprüchen. Mein Herold wird Euch zu mir rufen, wenn ich eine Entscheidung getroffen habe.«

Am nächsten Tag ging der Fürst Draco zu seinem Gefangenen. Hunyadi verweilte nicht im Verlies, wie auf Burg Floci, sondern nunmehr in einer eingerichteten Kammer mit einem kleinen Fenster, wo es trocken und sauber war. Die Wärter wichen niemals von der Tür. Auch wenn sie sich nach ihrem Kampf auf Burg Floci nicht mehr gesehen hatten, wurde Vladislav ständig über Hunyadis Zustand informiert.

Vor der Tür hielt er inne. Er konnte dieses Gespräch nicht ewig aufschieben. Grund dafür war nicht nur, die diplomatische Angelegenheit mit dem ungarischen Königreich zu klären, sondern auch die frühere Freundschaft zu János. Entschlossen betrat er den Raum.

Hunyadi stand mit dem Rücken zu ihm und blickte nach oben zu der Fensterluke, durch die die letzten Sonnenstrahlen in den Raum drangen.

»Stell das Essen auf den Tisch«, sagte er, ohne sich umzudrehen.

»Es kommt später«, erwiderte Vlas.

János drehte sich ruckartig auf den Fersen um. »Ich habe

mich oft gefragt, wann du mich wieder ansprechen wirst. Oder willst du mich erneut schlagen?«

»Dein Schwager ist hier. Er fordert deine Freilassung.« Vladislav nahm auf dem Schemel neben dem Tisch Platz. »Warum sollte ich es tun? Ein schwaches ungarisches Königreich kann mir nur recht sein. Oder willst du dir jetzt als angeblicher Sohn von Sigismund die Stephanskrone aufsetzen?«

»Du glaubst mir nicht.«

»Wer tut es denn, außer dir?«

János setzte sich ihm gegenüber auf die Bettkante. »Alle, die es beweisen könnten, sind tot.« Er stützte die Ellbogen auf die Knie und legte den Kopf in die Hände. »Meine Mutter, der König, Königin Barbara … und auch Albrecht. Ich werde niemals Gewissheit haben, ob es stimmt. Ich werde den Rest meines Lebens daran glauben … oder daran zweifeln.«

»Was wirst du unternehmen, wenn ich dich freilasse? Wieder durch mein Land ziehen und ohne Rücksicht die Kirchen in Schutt und Asche legen? Mich den Osmanen ausliefern und die Orthodoxen zwingen, sich zum Katholizismus zu bekehren? Ist das dein Kreuzzug?«

Hunyadi schwieg.

»Sag mir, János, würdest du deine Kinder für deine Ziele opfern?«

»Wenn ihr Tod das Leben von Tausenden und Abertausenden von Christen retten könnte, dann ja! Hat Gott seinen Sohn Jesus nicht für uns geopfert? Es gibt Bestimmungen, Vlas, die größer sind als wir und die uns vom Allmächtigen aufgetragen sind. Ich kämpfe für das Kreuz Christi, für die Mutterkirche, und ich bin bereit, dafür zu sterben. Nichts wird mich von diesem Weg abbringen.«

»Nur weil wir Christen sind, haben wir das Recht, Eide, die wir auf die Bibel geleistet haben, zu brechen? Menschen zu töten? Weil sie anders denken oder glauben? Ist das deine Religion? Blut zu vergießen, Kinder und Frauen als Sklaven zu verkaufen, einfaches Volk umzubringen, und das nur, weil sie das Kreuz anders schlagen? Nur weil ein Kleriker in Rom es so will?«

»Was du sagst, ist Blasphemie.«

»Ja, das kann sein. Dennoch ist es menschlich.«

Eine Zeitlang sprach keiner von ihnen.

Fürst Draco stand auf. »Ich werde dich freilassen … aber nur wegen unserer früheren Freundschaft, nicht wegen des Menschen, der heute vor mir steht. Damit habe ich mein Gewissen gereinigt, denn jeder von uns hat Fehler gemacht. Es hängt von dir ab, was du nun daraus machst. Aber eines sage ich dir noch: Was du mir und meiner Familie angetan hast, kann ich nicht verzeihen. Wenn wir uns noch einmal als Gegner auf dem Feld treffen sollten, werde ich dich eigenhändig töten.«

Vladislav verließ den Raum, ohne zurückzublicken.

Edirne, 8. März 1445

Vlad Draculea verneigte sich vor dem kurdischen Gelehrten und nahm ungerührt sein Lob entgegen.

»Heute hast du gut aus dem Koran gelesen. Und deine Aussprache wird immer besser. Ich freue mich, dass du Allahs Weg gewählt hast. Doch du musst auch deine Seele der schönen Welt des Wissens öffnen. Ich habe dich beobachtet. Du lernst nur aus Kalkül und nicht aus Durst nach Weisheit. Wenn du wie Alexander der Große werden willst, höre auf deinen Lehrer, so wie er auf Aristoteles gehört hat.«

»Ich danke Euch, Lehrmeister. Ich werde mir Eure Worte zu Herzen nehmen.«

Ahmet Kurani schlug ihm ermutigend auf die Schulter. »Wenn nur auch der junge Sultan wie Ihr denken würde …«, seufzte er und verließ das Studierzimmer.

Vlad sammelte die Papierbogen mit den Notizen ein und ging zu seiner Kammer. Dort fand er Radu, der sich vor dem Spiegel drehte.

»Was soll das, Bruder?« Er zerrte an den Frauenkleidern, in denen der Junge herumtanzte. »Zieh dich sofort um, bevor jemand dich so sieht! Und diese Schminke!« Wütend wischte er mit dem Ärmel die karminrote Lippenfarbe ab. »Kein Mann benimmt sich so.«

»Aber dem Sultan Mehmet gefällt es.«

»Du bist heute nicht zum Unterricht gekommen. Wieder musste ich für dich lügen. Nächstes Mal schleppe ich dich an deinen schönen blonden Zöpfen dorthin. Verlass dich darauf!«

»Ich brauche keine Schule mehr.«

»Hör auf mit dem Blödsinn! Was ist nur los mit dir? Sieh dich an.« Vlad zwang seinen Bruder, sich im Spiegel zu betrachten. »Du bist der Narr am Hof des Sultans geworden.« Mit dem Daumen verschmierte er den *Kajal* über Radus Wangen. »Du solltest dich schämen.«

»Nein! Du willst es nicht verstehen. Mehmet ist der Einzige, der mich liebt. Ich hasse dich. Und unseren Vater auch. Hau ab! Ich will dich nicht mehr sehen.«

Wütend verließ Draculea das Zimmer. Der Kloß in seinem Hals drohte ihn zu ersticken, und er rannte im Palastgarten durch die Alleen, bis ihm schwindelig wurde und er zu Boden fiel. Er fühlte sich allein und von allen im Stich gelassen. Von seinen Eltern, von Mircea und auch von Roxolan. Und nun wollte sogar sein kleiner Bruder nichts mehr mit ihm zu tun haben. Vlad rollte sich zusammen, schloss die Augen und stellte sich vor, wieder zu Hause in Targoviste zu sein. Tränen liefen ihm über die Wangen. Würde er jemals heimkehren? Jemals seine Familie wiedersehen?

Es war spät am Abend, als Vlad wieder erwachte. Er fror. Vorsichtig schlich er sich an den Torwächtern vorbei und zurück in den Palast. Er hoffte, dass Radu noch nicht schlief, denn er wollte mit ihm reden, sich mit ihm versöhnen. Als er leise das Schlafzimmer betrat, sah er, dass Radus Bett leer war.

Am nächsten Tag im Morgengrauen stellte sich Vlad in die Reihen der zukünftigen Janitscharen. Er mochte die Waffenübungen und besonders die mit dem krummen Schwert. Seine Kampftechnik war inzwischen so gut, dass nur wenige ihn besiegen konnten.

Die Sonne war schon aufgegangen, als die Ankündigung der Leibgarde über den Übungsplatz schallte: »Habt Acht! Seine Kaiserliche Majestät, der Padischah Mehmet Khan.«

Alle nahmen Aufstellung, mit vor der Brust gefalteten Händen, die Augen gesenkt.

Der junge Sultan, in Begleitung seines Vormunds Khalil Pascha, betrat den Platz.

»Wesir, ich will mich heute im Kampf üben.«

»Wie Ihr wünscht.«

Mehmet stolzierte zwischen den Anwesenden auf und ab, bis er vor dem walachischen Prinzen stehen blieb. »Du wirst mein Kontrahent sein.«

»Es ist mir eine Ehre, Großer Sultan!«

Sie stellten sich einander gegenüber auf. Wie er es gelernt hatte, überließ Draculea dem Padischah den Angriff, der auch sofort kam. Für sein Alter war er kräftig und führte den *Jatagan* gekonnt und mit Leichtigkeit. Vlad musste zwischendurch einige Schritte zurückweichen, um den Hieben auszuweichen.

»Du bist zu schwach für mich«, wisperte ihm Mehmet zu. »Und wenn du Radu noch einmal schikanierst, werde ich dich hinrichten lassen. Hast du verstanden?«

Vlad reagierte mit einer wütenden Attacke. »Mein Bruder untersteht meiner Obhut. Ich habe unserem Vater gelobt, auf ihn aufzupassen.«

Der Sultan konterte ebenso wütend. »Dein Vater ist mein Lakai. Und du ebenso.«

»Niemals!« Vlads Handgelenk versteifte sich bei der Anstrengung, die Schwerthiebe zu parieren, die unerbittlich auf ihn einhämmerten. Seine Hand, die den Knauf hielt, brannte.

»Eure Leben gehören mir, Walache. Ich entscheide, wer überlebt …« Mit einer überraschenden Bewegung kreiste der *Jatagan* des jungen Padischahs durch die Luft und streifte den Unterarm seines Gegners. Vlads Waffe fiel zu Boden.

»Ich gehe davon aus, dass du die heutige Lektion gelernt hast, Draculea. Niemand außer mir ist hier der Herrscher. Vergiss das nie!« Er warf sein Schwert dem Waffenmeister zu und entfernte sich.

Vlad verneigte sich, als Mehmet an ihm vorbeiging. Voller Hass schaute er ihm nach. Die Wunde schmerzte, Blut floss über seine Hand und tropfte von den Fingerspitzen.

»Das werde ich beistimmt niemals vergessen, Großer Padischah«, flüsterte Vlad leise und leckte das Blut von der Wunde.

Targoviste, 28. Juni 1445

»Die zwei Tische stellt ihr hierher, unter den Lindenbaum«, wies Vasilissa ihre Diener an. »Und bringt mehr Stühle.«

»Die Vorbereitungen für das Festmahl zu beaufsichtigen fällt unter meine Aufgaben, Hoheit«, hörte sie eine vertraute

Stimme hinter sich. Sie drehte sich um und umarmte dann mit weit geöffneten Armen ihre Vertraute und Freundin.

»Ich habe es in meinem Zimmer nicht mehr ausgehalten, Smaranda. Und ein wenig frische Luft tut mir auch gut.«

»Seit Jahren habe ich Euch nicht mehr so froh gesehen. Ihr solltet aufpassen, dass der Fürst nicht hinter den wahren Grund dafür kommt.«

»Ach, Sma, sieh dir diesen Tag an – die Sonne und all diese Blumen. Das macht mich glücklich!«

»Ja, ja! Und die Vögelchen? Die habt Ihr wohl vergessen.«

Sie lachten.

»Du hast ja recht. Ich freue mich, Wallerand zu sehen. Es sind mehr als drei Jahre vergangen, seit ich mit ihm zum letzten Mal gesprochen habe.« Sie blickte nach oben zu den Fenstern des Thronsaals. »Wie lange brauchen sie noch?«

»Wird der Fürst an dem Feldzug teilnehmen?«

Vasilissa hörte die Besorgnis in der Stimme ihrer Hofdame. Wie jede Frau hatte sie Angst um ihren Mann, den Vater ihrer Kinder. Sie dachte an das, was Vladislav ihr anvertraut hatte: Es würde wieder Krieg geben. Die burgundische Flotte, die an der Schlacht von Warna nicht mehr teilgenommen hatte, war vom Schwarzen Meer aus Donau aufwärts gefahren, so dass sie jetzt an der Südgrenze der Walachei lag. Die westlichen Länder wollten die Schwäche des Osmanischen Reichs nach der Abdankung von Sultan Murad ausnutzen und es erneut angreifen. Es gab alte und neue Verbündete. Ungarn wollte mit einem Sieg die Schmach der Niederlage von seinem Banner entfernen und damit den Tod des Königs rächen. Und wieder war es Hunyadi, der für einen neuen Kreuzzug warb. Er brauchte unbedingt einen Triumph, um seine Position im herrscherlosen Königreich zu festigen. Auch Venedig wollte diesmal mit reicher Beute aus dem Krieg nach Hause kommen. Nur Serbien hielt sich aus den Plänen heraus.

Vom Innenhof her strömten die Bojaren des *Diwans* zusammen mit der fremden Gesandtschaft durch das Tor.

Bei diesem Anblick verdrängte Vasilissa die düsteren Gedanken. Fröhlich klatschte sie in die Hände. Auf ihr Zeichen brachten die Diener Platten mit Obst, Käse und kaltem Geflügelbraten. Es war noch zu heiß, um schweres Essen zu servieren. Dafür aber war der weiße Wein wunderbar kühl, man hatte ihn gerade erst aus dem tiefen Kellergewölbe geholt.

Die Hofdamen gruppierten sich an der Seite ihrer Fürstin und begrüßten die Neuankömmlinge mit einem anmutigen Knicks.

Wallerand und Kardinal Francesco Condulmer, der Kommandant der päpstlichen Flotte, verneigten sich ebenso höflich vor ihnen.

In kurzer Zeit nahmen alle an den Tafeln unter den Linden Platz. Die weichen Klänge einer Harfe schwebten in der Luft und trugen zur festlichen Stimmung bei.

Vasilissa saß am Kopfende des Tisches, zusammen mit Vladislav und Mircea, an der rechten Tischseite befand sich de Wavrin. Sie wagte nicht, ihn direkt anzublicken, so dass sie ihn nur aus den Augenwinkeln beobachten konnte. Die Jahre waren auch an ihm nicht spurlos vorübergegangen. Der nach burgundischer Gepflogenheit gestutzte Oberlippenbart war grau geworden, und auch das blonde Haar war von Weiß durchzogen. Nur seine blauen Augen strahlten wie eh und je. Ihr Herz schlug schneller, als sie sich an die Tage in Schäßburg erinnerte, an ihre heimlichen Treffen. Sie liebte ihn immer noch. Ab und zu ertappte sie Wallerand dabei, wie er sie ebenfalls von der Seite musterte. Er lächelte sie an, und sie las in seinem Blick die gleiche Leidenschaft, die sie zu verbergen suchte.

Während des Essens wurde wenig über Politik gesprochen und kaum über den bevorstehenden Krieg. Alle wollten nur die friedlichen Zeiten genießen, solange sie noch andauerten.

Kurz nach Sonnenuntergang wurden Fackeln entzündet. Junge Paare tanzten, gefolgt von den Blicken der Älteren. Andere Gäste debattierten in kleinen Gruppen. Auch Vladislav war mit Mircea und Kardinal Condulmer in ein Gespräch vertieft.

»Darf ich Euch zu einem Spaziergang entführen, Hoheit?«, flüsterte Wallerand.

Vasilissa lächelte. »Aber nicht zu weit! Wir haben hier am Hof einen sehr talentierten Minnesänger, der nur auf solche Geschichten wartet, um dann sofort in seinen Liedern über uns zu spotten.«

Im Schutz der Dunkelheit entfernten sie sich in den Obstgarten, wo sie ungestört sprechen konnten.

»Es wäre doch schön, wenn die Welt über unsere unerfüllte Liebe trauerte.«

»Nein! Weil es bedeuten würde, dass mein Gemahl davon erfährt. Ich will seinen Namen und den der Kinder nicht in Verruf bringen.«

»Besser, wir denken gar nicht daran, denn in diesem Augenblick sind nur wir beide hier. Einzig unsere Liebe ist wichtig.« Er zog sie zu sich und umarmte sie. »All die Jahre hatte ich nur dein Antlitz vor Augen. Die wenigen Male, die wir zusammen sein konnten, sind so kostbar, dass sie mein Leben bereichert haben.«

»Ich empfinde genau wie du. Es gibt Nächte, ja sogar Tage, in denen ich die Bilder unserer Treffen aus der Erinnerung abrufe, um sie in Gedanken von neuem zu erleben. Sie sind mein Schatz.« Sie schmiegte sich an ihn. »Heute würde ich aber alles riskieren«, flüsterte sie, »um noch ein einziges Mal die Deine zu sein.«

»Ich wollte dir seit langem schreiben, dass ich …«

Sie presste die Finger auf seinen Lippen. »Ich brauche keine Briefe, um deine Liebe zu spüren. Und wer weiß? Vielleicht wirst du länger hier in Targoviste bleiben.«

»Lissa.«

»Wir könnten uns öfter sehen …«

»Lissa!« Er hielt ihre Hände fest zwischen seinen. »Ich habe geheiratet.«

»Was?« Sie versuchte sich aus seinem Griff zu befreien, aber er gab sie nicht frei.

»Geh bitte nicht! Nicht bevor wir uns ausgesprochen haben. Hör mir zu: Diese Heirat wurde von meinem Vater und dem Herzog in meiner Abwesenheit ausgehandelt. Sie hat mit Liebe nichts zu tun. Mein Herz gehört nur dir, *ma fleur*.«

Vasilissa verstand nur zu gut, was er damit meinte, denn auch ihre eigene Eheschließung hatte einen diplomatischen Vertrag dargestellt, nicht etwa eine Vereinigung zweier Menschen, die sich liebten. Dennoch fühlte sie sich in gewisser Weise von Wallerand verraten. Und sie wurde eifersüchtig.

»Wie heißt sie?«

»Liévine de Roubaix.«

»Ist sie jung und schön?«

»Sie ist eine gute Mutter für meine Kinder.«

»Wie bitte?«

»Wir haben eine Tochter und einen Sohn.«

Lange Zeit sprach keiner von ihnen. De Wavrin war der Erste, der das Schweigen brach.

»Ich hatte Angst vor diesem Moment. Dass wir uns gegenüberstehen und nichts mehr zu sagen haben. Und doch habe ich mich für die Wahrheit entschieden. Weißt du auch, warum? Weil meine Gefühle für dich aufrichtig sind. Weil ich dich respektiere. Weil du ein Teil von mir geworden bist. Bitte verbanne mich nicht aus deinem Leben. Ich liebe dich wie keinen anderen Menschen.«

Noch nie hatte sie ihn so ernst sprechen hören. Sie glaubte ihm, und dennoch spürte sie, dass es nicht mehr so war wie vor seinem Geständnis. Der Zauber um ihre Liebesbeziehung war gebrochen.

Sie griff nach seiner Hand. »Es tut mir leid …«

»Nein! Sag das nicht.«

»Ich bin die Fürstin der Walachei und darf meinen Gefühlen nicht folgen. Ich habe Pflichten. Sonst nichts. Das ist mein Leben, Wallerand.« Tränen liefen ihr über die Wangen. »Ich werde dich für immer in meinem Herzen tragen.«

»Ist das alles?«

»Ich weiß noch nicht. Lass mir Zeit.«

»Nur eine Frage habe ich noch, die mich quält. Sag mir, ob Radu mein Sohn ist. Ich flehe dich an!«

»Welchen Sinn sollte es haben? Es ist doch besser für alle, zu wissen, dass er Vladislavs Kind ist. Außerdem habe ich ihn seit drei Jahren nicht mehr gesehen. Ihn und Vlad. Nur dass sie noch am Leben sind, weiß ich, aber wie sie heute aussehen, ob sie gesund sind oder nicht … Das ist nur Gott im Himmel bekannt. «

»Es gibt vielversprechende Möglichkeiten, dieses Mal die Osmanen zu besiegen. Sultan Murad hat abgedankt, und sein dreizehnjähriger Sohn ist ein unreifer Junge. Wir könnten bis nach Edirne …«

Vasilissa führte den Zeigefinger an seinen Mund. »Mach mir keine falschen Hoffnungen, Wallerand. Die hatte ich bei jedem Krieg, bei jedem Kreuzzug. Wie viele Enttäuschungen, glaubst du, werde ich noch ertragen können?«

»Ich verstehe.« Mit dem Daumen wischte er zärtlich die Tränenspuren von ihren Wangen. »Wir werden noch einen oder zwei Tage bleiben. Ich wünsche mir sehr, dich wiederzusehen. Allein.«

»Lieber nicht!« Ihre Stimme zitterte, als sie weitersprach. »Es ist besser, wenn wir uns nicht mehr treffen.«

Er nahm sie in die Arme und flüsterte in ihr Haar. »Ich werde mein ganzes Leben auf dich warten, *ma fleur*. Nach dir suchen …«

Hinter sich hörte sie, wie Kieselsteine unter schweren Schritten knirschten. Sofort zog sie sich aus Wallerands Umarmung zurück.

»Gemahlin?« Vladislav blickte die beiden forschend an. Dann bot er ihr seinen Arm und lächelte sie höflich an. »Unsere Tochter fragt nach Euch. Sie wird soeben zu Bett gebracht.«

Vasilissa folgte ihm, doch sie mied dabei seinen Blick. Wie viel hatte er wohl von dem Gespräch mit de Wavrin gehört?

Südwalachei, 2. September 1445

Zwei Monate später entriss die christliche Armee den Osmanen entlang der Donau ein Territorium nach dem anderen. Ohne die Führung von Sultan Murad leisteten die Türken kaum Widerstand. Diese Siege beflügelten Vladislav, denn vor drei Tagen, nach der Eroberung der Burg Turtukan, war es ihm gelungen, den Kriegsrat zum Sturm auf die Festung Giurgiu zu überreden. Dabei wurde er von Kardinal Condulmer und Wallerand de Wavrin unterstützt. Diese Befestigungsanlage hatte einen besonderen Wert für ihn, denn sie war von seinem Vater erbaut worden. Es war seine Pflicht, sie sich zurückzuholen. Sie gehörte der Walachei, sie gehörte ihm.

Vom Donauufer verfolgte er die Kanonade, die seit zwei Tagen sowohl vom Boden aus als auch von den Galeeren ununterbrochen die Festungsmauer beschoss. Das quadratische Bollwerk befand sich auf einer Insel mitten in der Donau, was ihre Einnahme noch schwieriger machte.

Am Ufer hielt ein Kahn, dem der Kardinal und der Burgunder entstiegen. Sie eilten sofort zu ihm.

»Es wird nicht mehr lange dauern«, sagte de Wavrin. »Wir sind der Meinung, wir sollten die ganze Nacht hindurch die Befeuerung fortführen. Die Frage ist, ob wir ausreichend Geschosse haben.«

»Nicht mehr so viele, das stimmt. Aber gehen wir doch in mein Zelt. Wegen des Lärms kann ich Euch kaum verstehen.«

Im Feldlager eingetroffen, unternahmen sie zuerst einen Rundgang bei den Wagen mit der Munition, bevor sie sich berieten, wie es weitergehen sollte.

»Es sieht schlimmer aus, als ich dachte«, stellte Vladislav fest. »Wenn die osmanische Garnison morgen früh nicht kapituliert, beschießen wir sie mit entflammbaren Geschossen. Heute Nacht sollen die Kanoniere sie vorbereiten.«

»Ist es nicht zu früh, die Anlage niederzubrennen? Wir könnten die Festung weitere Tage belagern«, äußerte sich der päpstliche Admiral.

»Auf keinen Fall! Bis jetzt haben wir so viel erreicht, weil wir schnell waren. Die Türken hatten keine Zeit, sich zu ordnen. Und wenn wir diesen strategischen Stützpunkt beherrschen, sitzen wir wie ein Stachel im Sultansauge. Seid Ihr einverstanden mit meinem Plan?«

»Wir machen es so«, stimmte Condulmer zu. »Ich werde meine Kapitäne darüber in Kenntnis setzen.«

»Ich auch«, meldete der Burgunder.

»Abgemacht. Vom Ufer aus werde ich persönlich das Geschützfeuer befehlen.«

»Dann sehen wir uns morgen früh wieder, Fürst.«

»Gott beschütze uns!«

Die ganze Nacht hindurch hatte Vladislav Draco den Verlauf der Befeuerung verfolgt. Er hatte die Kanoniere aufgemuntert und sie in kürzere Schichten eingeteilt, denn übermüdete Artilleristen führten nur zu Vergeudung von Geschossen.

Im Osten begann der Himmel zu leuchten. Der dritte Tag der Belagerung brach an.

Da merkte Vladislav, dass die feindlichen Kanonen auf der Festung schwiegen. Hoffnung keimte in ihm, aber er wollte sich nicht zu früh freuen. »Ich warte noch, bis es hell wird«, murmelte er.

Zwei Stunden vergingen ohne ein Lebenszeichen von den Osmanen.

»Kurier!«, rief Draco.

»Zu Befehl, Hoheit.«

»Mein Sohn soll zu mir kommen. Die Flagge für den Angriff soll bereitgehalten werden!«

»Jawohl.«

Kurze Zeit später stieg Mircea vor ihm vom Pferd. »Vater, du hast nach mir gerufen?«

»Du übernimmst hier am Donauufer die Befehlsgewalt über das Feldlager. Wir greifen an.«

»Und du?«

»Ich werde auf einem der Schiffe sein und die Truppen zum Sturm führen.«

»Nicht dass es eine Falle der Türken ist …«

»Wir werden siegen, mein Sohn. Es ist unsere Bestimmung.«

Der Angriff war erbarmungslos. Vom Ufer schossen die Walachen ohne Pause, während die Kriegsschiffe von der anderen Seite Barken voller Krieger zur Inselfestung entließen. Es dauerte nicht lange, bis diese durch das zerschossene Tor in die Festung eingedrungen waren. Es folgte ein Gemetzel. Die wenigen Osmanen, die in Gefangenschaft genommen wurden, waren ausschließlich hoch angesehene Adelige, die sich ihre Freiheit teuer erkaufen konnten.

Am späten Nachmittag wehte die Flagge mit dem walachischen Adler über der Festungsmauer.

Im Feldlager umarmte Vladislav seinen Sohn. »Du warst großartig, Mircea. Ich bin stolz auf dich!«

»Nein, Vater«, widersprach der Junge. »Du bist der Held. Sieh dich an! So viel Blut ist auf deiner Rüstung.«

»Es ist nicht meines, sondern das der Feinde.«

»Genau das meinte ich. Sieh mich an – im Vergleich zu dir sehe ich tadellos aus. Du hast mich am sichersten Ort eingesetzt.«

»Das musste ich deiner Mutter versprechen.« Vlas lachte. »Sonst hättest du zu Hause hinter ihren Röcken bleiben müssen.«

Mircea fiel in sein Lachen ein.

»Wenn es etwas zu feiern gibt, dann wollen wir dabei sein«, meldete sich de Wavrin, der sich ihnen zusammen mit Kardinal Condulmer anschloss.

»Nichts lieber als das, Seigneur. Heute Abend werden wir alle feiern.«

»Ich weiß, dass diese Festung eine besondere Bedeutung für Euch hat«, sagte der päpstliche Admiral.

»Ja, in der Tat.« Er zeigte auf das Bollwerk. »Seht Ihr die Steinblöcke der Mauern? Jeder einzelne hat meinen Vater einen Salzbrocken gekostet. Ich war es ihm schuldig, diese Burg zurückzuholen.«

»Was machen wir mit den Gefangenen?«, fragte Wallerand.

»Wie viele sind es?«

»Um die zweihundert, schätze ich. Die meisten sind gut betuchte osmanische Adelige.«

»Ich will sie sehen. Wo sind sie?«

»Auf der Westseite des Feldlagers. Sollen sie Euch vorgeführt werden?«

»Ja, aber erst nach der Messe für die Toten.«

Drei Stunden später saß Fürst Draco auf einem Herrscherstuhl vor dem Zelt. Zusammen mit seinen Vertrauten begutachtete er die Kriegsgefangenen, die in Ketten antreten mussten. Viele von ihnen waren verletzt. Einige starrten ihn feindselig an, andere blickten nur resigniert zu Boden.

»Halt!«, rief Vladislav. »Der Mann dort! Der mit der Wunde am Kopf. Ich will ihn sehen.«

Zwei Walachen aus seiner Leibgarde holten den Türken herbei und hielten ihn vor dem Fürsten fest.

Bilder seiner Haft in Widin zogen vor seinem inneren Auge vorüber: wie er vor Vlad und Radu ausgepeitscht wurde; wie er unterwegs nach Edirne und später in Gallipoli gefoltert wurde. Er hatte lange gebraucht, um diese Bilder zu verdrängen. Und nun stand dieser Mann vor ihm.

»Das Schicksal will, dass wir uns wiedersehen, Pascha«, zischte er. »Nur diesmal haben wir die Plätze getauscht.«

Der Osmane fiel auf die Knie. »Ich kann für meine Freilassung bezahlen! Auf der Festung habe ich einen Schatz versteckt. Wenn Ihr mich freilasst, zeige ich Euch, wo er ist.«

Vladislav sprang auf. »Du wagst es, mit mir zu feilschen? Als ich dir Gold für meine Kinder geboten habe, was hast du da zu mir gesagt? Kannst du dich noch erinnern, Ishak Bey? Nein? Dann sollen ein paar Peitschenhiebe deiner Erinnerung auf die Sprünge helfen.«

»Ich flehe um Gnade!«

»Garde!«

»Ja, Hoheit?«

»Zwanzig Hiebe! Aber sie sollen ihn nicht umbringen. Dafür haben wir später genug Zeit.«

»Mein Sultan wird mich rächen, *Giaur!*«, schrie der Gefangene, während die Wachen ihn an ein Wagenrad fesselten.

Die ersten Peitschenhiebe zischten durch die Luft.

Vladislav lehnte sich zurück und verfolgte die Bestrafung. Die angeordneten Hiebe bereiteten ihm jedoch nicht die Genugtuung, die er erwartet hatte, sondern nur Schmerzen. Jedes Mal brannte eine Narbe auf seinem Rücken, wenn der Pascha seine Pein hinausschrie. Vladislav stand auf und ging ins Zelt.

Mircea und Roxolan folgten ihm.

»Wer ist dieser Mann, Vater?«

»Nicht jetzt«, versuchte Rox ihn zurückzuhalten.

»Ich will es aber wissen!«

»Später, vielleicht.«

»Lass ihn nur, mein Freund. Eines Tages muss er es erfahren.« Er wandte sich an seinen Sohn. »Ishak Bey war der Pascha von Smederevo, der mich und deine Brüder in Widin verhaftete. Ohne auf unsere Titel und unseren Rang zu achten, hat er uns erniedrigt.«

»Er soll sterben!«

»Das wird er.«

»Wäre es nicht besser, wenn ich mich um ihn kümmerte?«, fragte Roxolan. »Es bliebe dir einiges erspart.«

»Nein, Rox. Ich muss es zu Ende bringen.«

Ilarion betrat das Zelt. »Die Strafe ist vollstreckt, und der Türke lebt noch. Was habt Ihr noch mit ihm vor?«

»Das wirst du schon sehen.«

Vladislav ging zu dem Wagen, an dem der Pascha am Rad hing.

»Siehst du diesen Sonnenuntergang, Ishak? Diese wie mit Blut getränkten Wolken, in die die Sonne eintaucht? Das soll das Letzte sein, was du erblickst. Der heutige Tag ist dein Untergang. Deiner und der des Osmanischen Reichs.«

»Verflucht sollst du sein!«

»Nehmt ihm die Fesseln ab«, befahl der Fürst. »Er soll gevierteilt werden.«

Sofort wurden vier Schlachtrosse gebracht. An jedem Sattel wurden Seile befestigt. Mit dem anderen Ende der Seile fesselten sie einzeln die Arme und die Beine des Verurteilten.

»Lasst mich los! Ich bin des Sultans Vertrauter!« Er wehrte sich und versuchte sich dem Zugriff seiner Wächter zu entwinden. »Ich flehe um Gnade!«

Langsam wurden die Pferde an den Zügeln in die vier Himmelsrichtungen geführt, bis die Seile sich spannten. Der nackte Körper des Mannes schwebte über dem Erdboden. Er sah aus wie eine riesige Spinne inmitten ihres Netzes.

Nun schrie Ishak nicht mehr. Stattdessen betete er; betete und zitterte, bis seine Arme und Beine begannen, sich zu dehnen und zu strecken. Jeder, der dabei war, konnte das Knacken der Gelenke hören.

Vlas hob die Hand. Er ließ sich Zeit. Vier Knechte warteten mit den Gerten neben den Rossen. Auf sein Zeichen schlugen sie die Pferde.

Fleischfetzen und Gliedmaßen des Verurteilten flogen durch die Luft. Die Zuschauer jubelten.

Vladislav schloss kurz die Augen. Warum spürte er keine Genugtuung? Oder war es nicht genug gewesen? Hatte er die falsche Person für seine Qualen büßen lassen? Nein. Ihm wurde klar, dass Folter mit Folter zu bestrafen oder den Tod mit dem Tod zu bekämpfen nicht der Weg war, der ihn von seelischen Martern erlösen konnte. Er war verdammt, sein Kreuz auch weiterhin allein zu tragen.

»Du hast richtig gehandelt«, sagte neben ihm Roxolan.

»Ja. Mein Verstand sagt mir das Gleiche, dennoch fühle ich mich nicht besser. Wie viel Grausamkeit wird bei einem Herrscher gutgeheißen, ohne dass dieser zu einem Tyrannen wird?

Und wie viel Barmherzigkeit, ohne als feige angesehen zu sein?«

»Hab keine Sorge, mein Freund. Von beidem bist du weit entfernt. Aber vertreibe jetzt die düsteren Gedanken. Freue dich doch über den heutigen Sieg.«

»Du hast recht. Die Siegesfeier kann beginnen.«

Am nächsten Tag, kurz nach Sonnenaufgang, bestieg Vladislav das Schiff des Burgunders. Er fand de Wavrin in seiner Kajüte.

»Ich habe nicht so früh mit Euch gerechnet, Eure Hoheit.«

»Bevor du mit deiner Flotte nach Westen aufbrichst, wollte ich mit dir sprechen. Nur wir beide. Vergiss also das Protokoll.«

»Sollte ich mir Sorgen machen?«

»Es kommt darauf an, wie du meine Frage beantwortest.«

»Dann mache es kurz!«

»Liebst du meine Frau?«

Wallerand stellte sich breitbeinig vor Vladislav, kreuzte die Arme vor der Brust und blickte ihn forsch an. »Ja. Und ich werde sie bis zu meinem Tod lieben.«

Vlas ballte die Fäuste. Dennoch fragte er beherrscht weiter. »Erwidert sie deine Gefühle?«

»Nein. Als Fürstin darf sie solche Empfindungen nicht hegen. In ihrem Leben ist nur Platz für Familie und Pflichterfüllung. Das hat sie mir gesagt. Ich bin untröstlich.«

»Ich will dich nie wieder in ihrer Nähe sehen. Auch nach Targoviste darfst du nicht kommen.«

»Soll ich auch von dir fernbleiben? Nicht mehr an deiner Seite kämpfen?«

»Ich kenne dich gut, Wallerand. Mehr noch als deine Tapferkeit und Loyalität schätze ich deine Aufrichtigkeit. Ich möchte dich nicht verlieren. Die Art, wie du Vasilissa beschützt hast, indem du ihre Gefühle für dich abgestritten hast, ist ein Grund dafür. Ich weiß, dass zwischen euch mehr war, als du zugegeben hast. Ich bin nicht blind. Dass ich den Schmerz der unerfüllten Liebe selbst gut kenne, mildert meinen Zorn auf euch. Aber erwarte nicht von mir, dass ich zusehe, wie du meine Frau umgarnst. Entweder akzeptierst du meine Bedingungen, oder du nimmst sofort die Herausforderung zum Zweitkampf an.«

De Wavrin nickte. »Ich willige ein.«

»Dann sehen wir uns bei der Belagerung von Nikopolis«, fügte Vladislav noch hinzu, ehe er die Kajüte verließ.

»Warte! Ich habe eine Nachricht, die dich interessieren wird.«

»Ich höre.«

»János Hunyadi wird auch dort sein.«

Kapitel 50

Rahowa, 1. Oktober 1445

Wieder ein regnerischer Tag. In seinem Zelt ging János auf und ab. Er schlug gegen einen Pfosten. »Dieser verdammte Regen! Während wir hier mit unseren Kanonen im Morast feststecken, ziehen die Türken sich nach Edirne zurück, wo sie sich in aller Ruhe neu ordnen können.«

»Wir müssen den Feldzug abbrechen, Schwager«, sprach ihn Mihály Szilágyi an. »In Ungarn werden Ulrich von Cilli, Garai und der Palatin Hedervary immer stärker. Albrechts Sohn wird bald – ohne dich – zum König gekrönt. Friedrich von Österreich kann sich nicht mehr entgegenstellen. Und wenn er nicht mehr sein Vormund sein kann, dann wird er versuchen, bis zur Volljährigkeit seines Neffen sein Reichsverweser zu werden. Was willst du hier noch erreichen? Du hast doch schon deine Siege.« Er zählte an den Fingern ab: Rustschuk, Nikopolis und Rahowa. Die Türken haben wir weit nach Süden gedrängt. Was willst du mehr? Deine Interessen liegen in Ungarn, wo dieser Tage die Machtverhältnisse neu geordnet werden.«

»Du hast recht. Während meine Feinde in Buda die politischen Fäden ziehen, verharre ich hier. Ich muss zurück!« Er lachte. »Am besten führe ich die Truppen über die Ländereien des Grafen von Cilli nach Hause. Er soll meine Macht sehen und spüren. Aber wie begründe ich den plötzlichen Abbruch im Kriegsrat, ohne den wahren Grund zu nennen?«

»Ohne Proviant und ausreichend Söldner können wir die Osmanen nicht vernichten. Und der Winter steht vor der Tür. Das wirst du den anderen sagen. Du muss nur ein wenig übertreiben, was die Widrigkeit der Lage betrifft, und die Heerführer des Feldzuges werden selbst den Rückzug empfehlen.«

Hunyadi kaute an seinem Schnurrbart und wanderte erneut auf und ab. Würde es ihm gelingen, die Teilnehmer des Rats zu überzeugen? Wie würde Vladislav Draco auf den Vorschlag reagieren? Für ihn ging es schließlich um mehr als um Ruhm oder die Vertreibung der Osmanen. Für ihn ging es um seine beiden Söhne. Zum ersten Mal würde er beim Kriegsrat dabei sein. Während des Feldzuges hatten sie bisher nur mit Boten kommuniziert. Immer hatte er darauf geachtet, dass sie weit entfernt voneinander auf dem Feld kämpften.

Der Vorhang am Zelteingang wurde zur Seite geschlagen, und der päpstliche Admiral Francesco Condulmer kam zusammen mit Wallerand de Wavrin herein. Ihnen folgte Miklós Újlaki. Am Schluss betrat der walachische Fürst das Zelt.

»Ich werde es kurz machen«, begann János. »Wir haben noch um die zehntausend Berittene und Fußvolk. Etwa ein Viertel ist verletzt. Dazu kommen noch die Kämpfer und die Kanonen von den sechs Galeeren. Es ist Anfang Oktober, und vor uns erstrecken sich die Balkangebirge, wo es bereits schneit. Das Schlimmste ist, dass wir nicht genug Proviant für uns und Futter für die Tiere haben. Das ist die aktuelle Lage für die Fortführung des Feldzuges.«

»Fortführung?«, meldete sich der Admiral. »Ich sehe das anders, Woiwode, denn unter diesen Bedingungen kannst du nicht auf uns zählen. Dein Krieg verlagert sich jetzt ins Landesinnere. Und wie du weißt, kann der Einsatz der Galeeren dich nur vom Wasser aus unterstützen. Wenn du weiter entlang der Donau oder entlang der Küste des Schwarzen Meeres den Angriff führst, dann sind wir dabei. Sonst nicht.«

»Und das auch nur zeitlich begrenzt«, ergänzte Wallerand. »Spätestens in zwei Wochen fahren wir nach Konstantinopel, um dort zu überwintern.«

»Unter diesen Umständen«, schloss János, »ist es besser, den Feldzug abzubrechen, als die restlichen Truppen in einem aussichtslosen Krieg zu verlieren.«

»Ich höre wohl nicht richtig!« Vladislav schritt nach vorn und stellte sich in der Mitte auf. Er schaute jeden Einzelnen an. »Jetzt haben wir die einmalige Gelegenheit, Edirne zu stürmen und die Osmanen aus Europa zu verjagen – und ihr gebt auf? Murad ist nicht dort. Die Janitscharen meutern gegen seinen Sohn, den kindlichen Mehmet. Seht ihr denn nicht? Es gibt keine Armee und keinen Anführer, die sich uns widersetzen könnten. Die zehntausend Christen, die du, János, genannt hast, sind in Wirklichkeit sechzehn- oder siebzehntausend. Die Albaner unter der Führung von Kastriota wollen sich uns anschließen. Sie haben versprochen, uns auch Nahrungsmittel und Futter für die Tiere mitzubringen. *Das* ist die wahre Lage. Wenn wir jetzt die Osmanen weiter angreifen, können wir siegen.«

Hunyadi ballte die Fäuste. Die Erinnerung an Warna kam wieder hoch. Auch damals hatte sich Vlas gegen ihn gestellt und ihn als unfähigen Feldherrn geschmäht. Und Vladislav hatte recht gehabt. So wie auch jetzt in diesem Moment. Aber diesmal würde er sich beherrschen und nicht den Fehler wiederholen, ihn zu provozieren.

»Verstehe«, gab er nach. »Da du an meiner Entscheidung zweifelst und bevor wir uns wieder streiten, stimmen wir besser ab. Wer ist für die Weiterführung des Krieges?«

Außer Fürst Draco meldete sich keiner.

»Wir kehren im Frühjahr hierher zurück«, tröstete ihn János. »Mit einer noch stärkeren Streitmacht.«

»Ist dies dein letztes Wort?«

»Ja.«

»Ich kann es nicht fassen. Wenn wir nur dieses einzige Mal einig wären, hätten wir nicht nur die Osmanen besiegen können, sondern die ganze Welt. Aber wir sind mehr damit beschäftigt, uns gegenseitig zu bekriegen oder nur die eigenen Interessen zu verfolgen.« Vladislav schaute die zögernden Kriegsherren von oben herab an. »Eure Angst ist größer als der Glaube an den edleren Gedanken. Ich hoffe, dass Gott uns sieht und irgendwann unsere Sünden verzeihen wird, denn heute und hier haben wir die einzige Gelegenheit für immer verspielt, die Muslime zu bezwingen.« Er verließ das Zelt.

An seine Worte würden sich eines Tages alle erinnern.

Rákosfeld bei Pest, 5. Juni 1446

János Hunyadi blieb stehen und wartete auf Johann von Zredna. Der alt gewordene Sekretär konnte bei seinem forschen Schritt nicht mithalten. Das Register, das er bei sich hatte, trug zusätzlich dazu bei, dass er außer Atem geriet. Von der Pfingstmesse gingen sie zu Fuß zum Versammlungsort des Reichstags auf dem Rákosfeld.

»Wie viele sind der Einladung gefolgt?«, fragte ihn János.

»Bis jetzt weiß ich von keiner Absage. Aber wir werden im Versammlungssaal sehen, ob tatsächlich alle gekommen sind. Die Titelurkunden und all die Privilegien, die Ihr so großzügig verteilt habt, haben sie angenommen. Sie werden für Euch abstimmen.«

»Wir müssen uns beeilen. Ich habe noch ein Wort mit Újlaki zu reden.«

»Geht Ihr lieber vor«, stöhnte Johann. »Besser, ich komme nach, als unterwegs zu sterben.«

»Dann bis später.«

Auf dem Weg dachte Hunyadi an die letzten Ereignisse und an seinen Plan.

Vor vier Tagen war Ladislaus Postumus, der Sohn von Albrecht und Elisabeth, zum König des ungarischen Reichs proklamiert worden. Da er minderjährig war, hatten die Magnaten entschieden, den Reichstag abzuhalten, um einen Reichsverweser für die Zeit bis zur Volljährigkeit des jungen Monarchen zu wählen.

János zählte nicht nur auf die Zustimmung des Klein- und Mitteladels, dem er mehr Macht und die Erweiterung der Mitsprache des Komitatadels zugesagt hatte. Er hoffte, dass auch seine List mit Újlaki Erfolg zeitigen würde. *Es wird ein erbitterter Kampf werden,* dachte er. Von seinen Kontrahenten, dem römisch-deutschen König Friedrich von Österreich und dem Palatin Lorenz Hederváry, hatte er Ersteren überzeugen können, ihn zu unterstützen. Auch Miklós Újlaki hatte er aus dem Machtkampf beseitigt. Ihm hatte er versprochen, dass er im Fall seiner Wahl zum Reichsverweser diese Position mit ihm teilen werde. So, wie sie sich auch jetzt den Woiwodentitel teilten. Insgeheim lachte er über die Naivität seines Verbündeten, denn das würde niemals geschehen. Nur der Palatin blieb als ernstzunehmender Gegner übrig. Aber János hatte dafür gesorgt, dass Hedervárys Anhänger immer weniger wurden. Allerdings müssten alle bis zum Ende mitspielen.

Im Versammlungssaal wimmelte es bereits von Menschen. Ohne auf die Gesichter zu achten, nahm Hunyadi die Begrüßungen entgegen, während er nach Újlaki suchte. Er fand ihn mit Mihály Szilágyi ins Gespräch vertieft. Das passte ihm sogar noch besser.

»Ich dachte, du hast es dir anders überlegt«, empfing ihn sein Schwager.

»Lass das! Sag mir lieber, was du erfahren hast.«

»László Garai wird heute nicht dabei sein.«

»Wunderbar! Und was ist mit Jan Jiskra?«

»Er wird ebenfalls nicht kommen können«, antwortete Újlaki.

Der Herold schlug mit dem Stab auf den Boden und forderte die Teilnehmer auf, für die Eröffnung Platz zu nehmen.

Solange die Anwesenheit protokolliert wurde, unterhielt sich János weiter mit Mihály Szilágyi.

»Konntest du mit Friedrich sprechen?«, flüsterte er.

»Du kannst dich auf ihn verlassen. Seine Partei wird für dich stimmen.«

»Und die Anhänger von Hedervåry? Konntest du sie kaufen?«

»Das wirst du schon merken. Du hast so ein Glück, dass du meine Schwester geheiratet hast. Sie hat zwar bei jedem Säckchen mit Gulden gestöhnt, aber sie hat bezahlt.«

In der Zwischenzeit hatte der Palatin das Wort ergriffen und sprach vor der Versammlung.

»Wie kann ein Namenloser, oder besser gesagt: der Sohn eines einfachen Ritters, der Reichsverweser von Ungarn werden? Ihm sollen wir die königlichen Machtbefugnisse übertragen? Wo bleibt die Wertschätzung unseren säkularen Familien gegenüber, die seit Generationen das Blut für dieses Land geopfert haben? Wollt Ihr, Herzöge, Grafen, Barone, und auch Ihr, Bischöfe, das Knie vor ihm beugen? Die Häupter vor ihm neigen? Vor einem Emporkömmling, der die Gunst der Monarchen ausgenutzt hat?«

János sprang auf. »Ihr schmückt Euch mit fremden Federn, Palatin. Nur ein alter Name allein gibt Euch nicht das Recht, mit dem Finger auf mich zu zeigen. Wie oft habt Ihr das Schwert gezogen, als die Osmanen unser Land geplündert und gebrandschatzt haben? Wo seid Ihr gewesen, als ich an der Seite des Königs die Kreuzzüge geführt habe? Ja, ich bin nicht von edler Geburt, aber ich habe für das Königreich mehr getan als alle Hochadeligen zusammen. Ihr nennt mich einen

Emporkömmling, weil Ihr neidisch seid, ohne daran zu denken und ohne akzeptieren zu können, dass ich alles, was ich besitze, durch Treue und mit meinem Blut erkämpft habe. Ihr wisst doch, dass nur ich Eure Ländereien schützen kann. Oder warum sonst habt Ihr bei dem walachischen Fürsten meine Freilassung erbettelt? Überlegt es Euch gut, wen Ihr zum Reichsverweser wählt: einen Palatin, der sich bei jeder Gefahr in seinem Palast verkriecht – oder mich, der bis heute für Frieden gesorgt hat und auch in Zukunft über Euch wachen wird.«

Zustimmung erscholl aus den Reihen der Anhänger von Hunyadi.

Der Palatin rief alle zur Ruhe. »Ihr könnt gut reden, aber es braucht viel mehr, um gewählt zu werden. Deshalb werden wir jetzt abstimmen, bevor die Versammlung ins Chaos gerät.«

Es war schon spät am Abend, als János nach Hause kam. Er rannte die Treppe hinauf und stürmte ins Kaminzimmer. Erzsébet stand gespannt auf, als sie ihn sah. »Und?«

Er nahm sie in die Arme, und sie wirbelten zusammen durch den Raum. »Wir haben es geschafft! Ich bin Reichsverweser! Ich bin der Gubernator des ungarischen Königreichs! Ich bin des Königs Vertreter!«

Targoviste, 23. September 1446

Vladislav trommelte mit den Fingern auf die Armlehnen des Throns und beobachtete die osmanische Gesandtschaft, die zwischen den Stühlen des Bojarenrats in seine Richtung stolzierte. Es waren fünf Würdenträger, die von Sinan Pascha angeführt wurden.

Der Feldzug des letzten Jahres war nicht ohne Folgen geblieben. Auch für ihn nicht.

Sultan Murad hatte Manisa verlassen und war nach Edirne zurückgekehrt, wo er seinem Sohn Mehmet die Herrschaft entzogen hatte. Damit war der Janitscharenaufstand beendet. Die osmanische Macht schlug zurück. Vladislav hatte als Erster die Strafaktionen der Hohen Pforte zu spüren bekommen. Von den restlichen christlichen Ländern wurde er wieder einmal allein gelassen.

»Seine Kaiserliche Majestät, Sultan Murad, der allerdurchlauchtigste Herrscher unter Mond und Sonne«, las Sinan Pascha von einem gerollten Dokument ab, »sendet Euch seine Grüße und lässt Euch wissen, dass Eure Söhne, Vlad und Radu, bei bester Gesundheit sind. Der Padischah äußert seine Enttäuschung darüber, dass die guten Beziehungen zwischen dem glorreichen Osmanischen Reich und Eurem Fürstentum in den letzten zwei Jahren zu leiden hatten.«

»Auch wir wollen die friedlichen Verhältnisse wiederherstellen.«

»Der Kaiser aller Kaiser bietet Euch einen Bündnisvertrag an. Wohlgemerkt: keinen Vasallenvertrag.«

»Und was verlangt der Sultan von uns?«

»Ihr dürft die Festung Giurgiu behalten, aber die anderen Eroberungen entlang der Donau werdet Ihr dem Reich zurückgeben müssen. Zusammen mit den Tausenden von Bulgaren, die letztes Jahr in die Walachei geflohen sind. Außerdem wird erneut ein Tribut an die Hohe Pforte geleistet und jeder Feldzug gegen das Reich unterlassen.«

Vladislav nickte. »Wir haben uns die Kunde angehört. Nun muss der *Diwan* darüber entscheiden. Seid unsere Gäste, bis wir dem Großen Padischah antworten.«

Die Gesandten verneigten sich und verließen den Thronsaal.

»Ihr habt die Bedingungen des Sultans gehört. Wie lautet Euer Rat, Bojaren?«

»Krieg gegen die Osmanen zu führen hat uns bis heute nichts gebracht«, meldete sich der Schatzmeister. »Wir sollten lieber Tribut zahlen und Frieden mit ihnen schließen. So wie es die Byzantiner getan haben.«

»Das Land ist ausgeblutet während der letzten Kriegszüge. Es wird Zeit, dass wir uns wieder um unsere Kornfelder und den Handel kümmern«, sagte ein weiteres Ratsmitglied.

»Es bleibt uns keine andere Wahl, Hoheit. Niemand hilft uns. Polen und Ungarn sind mehr mit sich selbst beschäftigt. Der Papst schickt den katholischen Ländern Truppen und Geld, aber nicht uns Orthodoxen. Wir haben es doch in diesem Sommer gesehen, als die Türken im Süden unsere Ländereien geplündert haben.«

»Es ist jetzt wieder Murad, mit dem wir es zu tun haben, Hoheit, und nicht mehr sein unreifer Sohn Mehmet.«

Vladislav stützte das Kinn auf die Fingerspitzen und schaute sie an. »Ist das Euer einstimmiges Urteil für das Bündnis, Bojaren?«

»Ja, Hoheit!«

Cazan, der Großkanzler, stand auf. »Sollten wir nicht zuerst den ungarischen Hof befragen? Wir sind noch seine Vasallen.«

»Ungarn hat seine Pflichten als Suzerän verletzt, indem es unseren Hilferuf ignoriert hat«, antwortete Vladislav. »Ihr werdet Murads Vertrag überprüfen, Kanzler, und ihn mir danach zur Unterschrift vorlegen.«

Spätabends hielt Vladislav in seinem privaten Empfangszimmer noch einen anderen Rat ab. Diesmal mit seinen Vertrauten. Mircea und Vasilissa saßen mit ihm zusammen an dem langen Tisch. Nur Roxolan bevorzugte es, wie immer, zu stehen.

»Es war die richtige Entscheidung, Vlas«, sagte dieser. »Wir sollten uns glücklich schätzen, dass der Sultan uns nach dem letzten Feldzug gegen seinen Sohn noch als Verbündete sieht.«

»Das ist ein Zeichen, dass er uns braucht«, äußerte sich Mircea. »Aber nur so lange, bis er die Armee wieder unter seine Kontrolle bringt.«

»Nicht nur das, mein Sohn. Als Sinan Pascha über das Wohlergehen deiner Brüder sprach, hat er uns daran erinnert, dass Murad uns durch sie in der Hand hat. Dass er nicht zögern wird, sie zu töten, wenn wir seine Bedingungen nicht akzeptieren.«

Vasilissa legte ihre Hand auf seine. »Du hast richtig gehandelt. Deswegen verstehe ich deinen Kummer nicht.«

»Ich denke an Ungarn. Nicht der minderjährige König macht mir Sorgen, sondern sein Vertreter. Ich habe mir jeden anderen als Reichsverweser gewünscht, nur nicht Hunyadi. Er ist besessen von den Kreuzzügen gegen die Osmanen. Es wird nicht mehr lange dauern, bis er seine Reiterei über die Walachei führen wird. Die Frage stellt sich, ob Murad bis dahin seine Janitscharen wieder im Griff hat. Wenn nicht, stehen wir wieder allein vor dem Feind.«

»Das muss nicht so kommen«, widersprach ihm Vasilissa. »Es gibt auch noch mein Land, das Fürstentum Moldau. Warum unterstützt du nicht meinen Bruder Roman im Kampf um den Thron? Ein Bund zwischen euch beiden und die Macht, die daraus entsteht, können nur von Nutzen sein.«

Vladislav sah seine Frau nachdenklich an. »Ungarn und Polen werden nicht tatenlos zusehen, das ist schon einmal klar. Auch die Osmanen werden nicht begeistert darüber sein, dass wir stärker werden. Aber es ist besser, einen Verbündeten zu haben, als allein von einem Rudel von Feinden umringt zu sein.«

Vladislav küsste seine Frau auf die Stirn. »Meine kluge Prinzessin. Die Tochter des großen Alexandru. Ich danke dir.«

Er wandte sich zuletzt noch an Roxolan. »Sag Tudor und Nanu Pascal, sie sollen sich morgen auf den Weg nach Moldau, zu Roman, machen.«

Kapitel 51

Schäßburg, 24. Juni 1447

János schob das Register zur Seite und rieb sich die Augen. Ein Jahr war vergangen, seit er Gubernator des ungarischen Königreichs geworden war. Und was tat er jetzt? Seit Wochen inspizierte er die Burgen und die Städte an der Südgrenze von Transsylvanien, um sich vor Ort ein Bild über den tatsächlichen Zustand der Verteidigung zu verschaffen. Auch wenn es von hoher Wichtigkeit war, genau zu wissen, auf welche Kräfte er sich stützen konnte, fühlte er sich nicht wohl dabei. Als sei er nur ein einfacher Ministeriale und nicht des Königs Vertreter.

Er lehnte sich im Stuhl zurück. Nur wenig Sonnenlicht drang in das Kontorzimmer der Stadtgarnison, da die Fenster nach Westen zeigten. Und jetzt war es gerade Mittag. Sein Magen knurrte. Zu Hause hätte er längst gespeist. Doch wegen der neuen Machtstellung sah er seine Familie nicht so oft wie früher, und er vermisste seine Kinder. László war inzwischen vierzehn Jahre alt und stand kurz vor der Investitur zum Ritter. Und Matthias? János konnte nicht glauben, dass seit seiner Geburt mehr als drei Jahre vergangen waren. In dieser Zeit hatte er ihn nur ein- oder zweimal gesehen. Er zahlte einen hohen Preis dafür, Regent zu sein: das Familienleben.

Die Ernennung zum Reichsverweser hatte ihm nicht die erhofften Privilegien oder Ermächtigungen gebracht. Die richterlichen Befugnisse musste er mit einem Obersten Gerichtshof aus zwölf Mitgliedern teilen. Der Oberste Landrichter war niemand anderer als der Palatin Lorenz Hedervány. Die Bistümer und die größeren Abteien durfte er nur mit Einwilligung des Landesrats besetzen. Aber ihm standen alle anderen königlichen Städte und Burgen offen, und er wurde der

Oberbefehlshaber der Kriegsmacht. Dafür hatte er lange gekämpft. Dennoch waren diese Machteinschränkungen noch nicht weitreichend genug für die größten Barone. Geführt von László Garai und Ulrich von Cilli, versuchten diese, jede seiner Entscheidungen zu hintertreiben. Sie wollten verhindern, dass er und seine Familie sich bereicherten und noch mehr Macht gewannen.

Um nicht allein dazustehen, hatte er einen Kompromiss mit Miklós Újlaki schließen müssen. Dieser wurde als sein Stellvertreter ernannt. Aber nur dann, wenn er selbst sich während eines Kriegszuges nicht im Königreich aufhielte.

János ballte die Fäuste. Er war so nah an der Krone und dennoch so weit von ihr entfernt. Für alle war er seit eh und je nur der Emporkömmling. Doch er musste nur Geduld haben. Seine Zeit würde kommen.

Es klopfte an der Tür. Das Treffen mit Rodislav hatte er ganz vergessen.

»Herein!«, rief er.

»Herr Gubernator!« Der zweitälteste der Danenbrüder verbeugte sich nur knapp vor ihm. »Oder soll ich ›Eure Hoheit‹ sagen?«

»Lass das. Was ist so eilig?«

»Vladislav ist nach Moldau geritten. Mit bewaffneten Truppen.«

»Was will er dort?«

»Er mischt sich in die Thronfolge ein, indem er seinen Schwager unterstützt.«

»Welchen von ihnen?«

»Roman.«

»Warum erfahre ich davon erst jetzt?«

»Ich habe selbst erst vor wenigen Tagen davon Wind bekommen.«

»Ist Euer Späher in Targoviste nicht mehr so zuverlässig?«

»Es war alles hochgeheim geplant. Ich vermute, mein Vetter ahnt, dass wir ihn bespitzeln.«

»Und was habt ihr, die Danen, getan, um Vlas an seinem Vorhaben zu hindern? Wie ich hörte, habt ihr eine wahre Armee von Söldnern um euch gesammelt.«

»Die Sache mit Moldau ist zu groß für uns. Außerdem richten sich meine Interessen auf Targoviste. Ich dachte nur, dass Ungarn vielleicht ein Problem damit haben würde, wenn es sich auf einmal gegen zwei Fürstentümer stemmen muss. Wenn man bedenkt, dass Moldau doppelt so groß ist wie die Walachei.«

»Du hast eine gefährliche Schwäche, Rodislav: Du unterschätzt mich. Deine Sorgen sind viel größer als meine. Sei ehrlich: Du bist hier, weil du meine Hilfe brauchst. Dieser Machtzuwachs bei Vladislav vereitelt alle deine Pläne. So leicht wirst du ihn nicht mehr entthronen können, wenn er auch noch von seinem Schwager unterstützt wird.«

Der Walache setzte sich vor ihm an den Tisch und ließ die Schultern hängen. »Dann haben wir beide den gleichen Ärger«, gab er zu.

Hunyadi musste sich eingestehen, dass Rodislav recht hatte. »Das stimmt. Wenn sich einer in die Politik des Fürstentums Moldau einmischt, dann bin ich es. Ich bin der Gubernator von Ungarn, und nur ich allein entscheide, wer dort regiert. Diesmal ist er zu weit gegangen.« Er schlug mit der Faust auf die Tischplatte. »Bereite dich vor! Die Zeit ist gekommen, dass du auf den Thron deines Vaters steigst.«

Targoviste, 9. September 1447

Vladislav breitete die Arme aus, um Alexandra, die durch den Garten auf ihn zurannte, aufzufangen. Er schwang sie in die

Luft und wirbelte sie herum. Wie sie lachte und sich an seinen Hals klammerte, wärmte sein Herz. Er hoffte, dass er in den nächsten Jahren sein Zuhause nicht mehr würde verlassen müssen. Nun, da er einen Verbündeten in Moldau hatte. Und der war noch dazu ein Familienmitglied. Blutsbande konnte man nicht so leicht zerschneiden.

»Du sollst sie nicht mehr so verwöhnen«, warf ihm Vasilissa vor. »Sie hört auf niemanden mehr, außer auf dich.«

»Sie wird einmal die schönste Prinzessin sein. Alle Könige – ach, was sage ich: Kaiser werden sich um ihre Hand streiten.«

Es war ein heißer Spätsommertag. Unter der Anleitung der Fürstin hatten die Hausdiener Tische und Bänke nach draußen gestellt, Teppiche ausgerollt und Pavillons errichtet. Sie feierten die Rückkehr des Fürsten und seiner Truppen aus Moldau. Vladislav genoss den Anblick. Seine Familie und alle seine Freunde hatten sich dort versammelt.

Begleitet von zwei Zofen, stellte Smaranda große Platten mit frischen Früchten auf die Tafeln. Ihre Tochter Maria half ihr dabei.

»Aber zuerst werden wir mein Töchterchen verheiraten«, spann Ilarion den Gesprächsfaden weiter. Seine Augen glänzten, als er seine Erstgeborene ansah.

Die Vierzehnjährige war schon jetzt zu einer Schönheit gereift. Mit ihren bernsteinfarbenen Augen und dem wohlgerundeten Körper ähnelte sie immer stärker ihrer Mutter. Nur die Schüchternheit und das blonde Haar hatte sie von ihrem Vater geerbt. Sie trug es zu einem Zopf geflochten, der ihr bis zur Hüfte reichte.

»Es ist ein Wunder, mein Freund, dass du bis jetzt noch keinen Bräutigam für sie gefunden hast«, stichelte Vladislav.

»Ha!« Smaranda lachte auf. »Er sperrt sie regelrecht in ihr Zimmer ein. ›Es ist zu früh für sie zum Heiraten‹, sagt er immer. Ich weiß nicht mehr, was ich machen soll. Eure Hoheit, könnt Ihr nicht vielleicht meinem Mann befehlen, einen Ehegatten für unsere Tochter zu suchen?«

Fürst Draco zog in gespielter Verblüffung die Augenbrauen hoch. »Habe ich richtig gehört, Smaranda? Du brauchst meine Hilfe in deiner Ehe?«

Bei dieser Frage lachten alle herzlich. Nur Maria verbarg das Gesicht in den Händen.

»Erzählt uns, wie es in Moldau war«, bat ihn Vasilissa. »Heute habt Ihr endlich Zeit.«

»Euch Frauen interessiert bestimmt mehr, wie die Krönung und die Festlichkeiten verliefen«, schmunzelte Vlas.

»Oder was für Kleider und Schmuck die schönen Hofdamen getragen haben«, fügte Ilarion hinzu, wofür er einen Rippenstoß von seiner Gattin einsteckte. »Aber keine von ihnen konnte unsere wunderbaren Gemahlinnen an Liebreiz übertreffen«, ergänzte er schnell.

»Du weißt, Vladislav, dass ich gern mehr über meinen Bruder hören will.«

»Roman wird ein gerechter Herrscher sein. Wie dein Vater. Das hat er gelobt.«

Alexandra sprang plötzlich auf und rannte zu den Neuankömmlingen. »Mircea!«, rief sie.

Dieser nahm sie in die Arme und eilte dann mit ihr zu seinem Vater. Ihm folgte Roxolan.

Vladislav bemerkte sofort ihre finsteren Mienen.

»Welche Nachrichten bringst du uns, mein Sohn?«

»Eure Hoheiten«, begrüßte er, sich verneigend, die Eltern. »Unser Mann aus Kronstadt ist gerade eingetroffen. Es ist wichtig, Vater.«

»Komm, gehen wir ein paar Schritte zusammen. Ilarion, du darfst mitkommen. Und du, Prinzessin, bleibst hier, bei Maria.« Er übernahm seine Tochter von Mircea und übergab sie Smarandas Tochter.

Im Obstgarten, weit genug von den Frauen und ihren neugierigen Augen und Ohren entfernt, konnten sie ungestört sprechen.

»Die Kronstädter unterstützen ganz offen den neuen Anwärter auf deinen Thron, Vater. Sie haben Rodislav am 20. August feierlich empfangen und ihm nicht nur Schutz gegen Euch zugesichert, sondern auch Waffen und Truppen bereitgestellt. Er wurde als der rechtmäßige walachische Fürst proklamiert.«

»Was denken sich diese Pfeffersäcke? Dass sie sich in die Politik einmischen dürfen? Genügen ihnen die umfassenden Handelsprivilegien nicht, die sie von mir erhalten haben?«

»Sie handeln auf Befehl des ungarischen Gubernators«, erklärte Roxolan. »Ungarn will deinen Kopf, Vlas.«

»So, auf einmal? Sie können nicht so einfach Krieg gegen mich führen.«

»Doch. Du bist des Verrats und Vertragsbruchs bezichtigt worden.«

»Was? Wie kommen sie darauf?«

»Deine Nähe zu Sultan Murad. Und jetzt das Bündnis mit Moldau. Dies ist ihnen Grund genug.«

»Was machen wir, Vater?«

»Wir behalten einen kühlen Kopf. So schnell werden sie mich nicht angreifen. Der Herbst bricht an, und im Winter werden sie keine Truppen über die Karpaten schicken. Und wie ich gehört habe, ist Hunyadi immer noch mit den Cilli beschäftigt.« Vlas ging auf und ab. »Rox, du reitest nach Kronstadt und verfolgst die Danen, bis du dich in ihren eigenen Schatten verwandelst. Du, Ilarion, nimmst den Weg nach Moldau, zu Roman. Jetzt bin ich derjenige, der seine Hilfe braucht. In der Zwischenzeit sende ich einen Boten nach Edirne. Nun wird sich zeigen, ob der Sultan zu seinem Wort steht.«

Kapitel 52

Kronstadt, 24. November 1447

Hunyadi rückte den Stuhl näher an den Kamin. Die wohltuende Wärme milderte die Rückenschmerzen, die ihn seit Tagen plagten. Im Speisezimmer von Johann Benkner herrschte festliche Stimmung, die niemanden hätte vermuten lassen, dass die Anwesenden zu einem Verschwörertreffen zusammengekommen waren.

»Esst doch noch«, forderte der Kaufmann seine Gäste auf.

János nippte an seinem Weinpokal und blickte über dessen Rand zu Rodislav hin, der erneut nach der Fleischplatte griff. Sein Bruder Laiota brach ein Stück Brot ab und tunkte es in die dunkle Soße des Bratens.

»Habt Ihr keinen Hunger, Gubernator?«, sprach ihn der Älteste der Brüder an.

»Wir sind hier nicht auf einem Fressgelage. Berichte mir lieber, was du erfahren hast.«

»Von unseren Plänen hat mein Vetter nichts mitbekommen. Er sitzt gelassen auf seiner Burg, denn er denkt, dass wir ihn erst im Frühjahr angreifen werden.«

»Das glaubst du doch selbst nicht. Wie viele Händler sind bis heute von Kronstadt nach Süden in die Walachei gereist, seit du hier lebst? Wenn du es nicht weißt, dann sage ich es dir: Hunderte! Und jeder von ihnen könnte sein Zuträger gewesen sein.«

»Ja. Aber mein Vertrauter in Targoviste sagt, dass keine Verteidigungsmaßnahmen stattfinden.«

»Draco ist vorsichtig. Unterschätze ihn nicht.«

»Das tue ich nicht.« Rodislav leckte seine Finger ab. »Unsere Verbündeten sind jetzt schon bereit, uns in Targoviste zu empfangen. Albu hat gute Arbeit geleistet. Sie warten nur auf ein Zeichen von uns, um den Palast meines Vetters für mich zu öffnen.«

»Ja. Je schneller wir angreifen, desto besser. Die ungarischen Truppen können nicht lange ohne Grund in Schäßburg warten. Gestern habe ich ihrem Befehlshaber gesagt, dass sie gegen die Türken kämpfen müssen.«

»Das war klug von dir.«

Auf dem Flur entstand Unruhe. Kurz darauf ging die Tür auf, und Gyuri stürmte herein. Vor sich her schob er Clara, die sich dagegen zur Wehr setzte.

»Was erlaubst du dir, Mann?« Benkner stand auf. »Sie ist die Herrin des Hauses und keine Dienerin.«

»Ich habe sie beim Lauschen erwischt. Am Anfang habe ich mir nichts dabei gedacht, denn so sind nun einmal die Frauen. Aber als sie ins Kontorzimmer geeilt ist, habe ich sie trotz meiner Bedenken verfolgt. Was kann so wichtig sein, dass sie mitten in der Nacht ein Schreiben verfassen muss?« Der Knappe ging zu seinem Herrn und übergab ihm ein Stück Papier. »Das hatte sie bei sich.«

János sprang auf, als er es las. »Du?« Seine Stimme bebte. »Du bist Vladislavs Zuträgerin?«

»Das kann nicht sein!«, verteidigte Johann seine Gemahlin. »Ihr glaubt doch wohl nicht …«

»Schweig!«, brüllte Rodislav. »Laiota, wenn er noch ein Wort sagt, bringe ihn um.« Er ging zu der Frau und packte sie am Kinn. »Ich habe immer geahnt, dass dies hier ein Natternnest ist, aber niemals hätte ich gedacht, dass eine Metze die Verräterin ist.« Er drückte ihr den Dolch an die Kehle. »Du wirst den Tag bereuen, an dem dich deine Mutter auf diese Welt geworfen hat.«

János schob die Waffe zur Seite. »Was hast du Vladislav bis jetzt berichtet?«

Clara starrte geradeaus und schwieg.

»Sprich!«

»Sie wird alles sagen«, versuchte Johann Benkner zu vermitteln. »Sie hat nur Angst. Lasst mich mit meiner Frau sprechen. Es wird sich alles klären. Ihr werdet sehen, dass es ein Missverständnis ist. Sie hat damit nichts zu tun. Lasst mich nur mit ihr reden!«

»Geh mir aus dem Weg, Mann!« Rodislav stieß ihn zu Boden. »Hunyadi, ich breche ihr Schweigen.«

»Ich gebe dir eine letzte Gelegenheit«, versuchte János es erneut. »Sag mir, was Vladislav von unserer Verschwörung weiß.«

Als Antwort presste sie nur die Lippen zusammen.

»Warum beschützt du ihn? Ist dir nicht bewusst, dass er dich nur ausnutzt? Ich kann dir helfen. Sei ein einziges Mal vernünftig … ein einziges Mal auf meiner Seite!«

Clara schaute beharrlich an ihm vorbei.

»Wie du willst. Rodislav, führ sie in den Keller und tu das, was du für nötig hältst. Ich will alles wissen!«

Roxolan zwängte sich in die Mauernische, von der aus er das Haus Johann Benkners beobachtete. Seit Hunyadi es betreten hatte, entging ihm keine Bewegung. Auch die zwei Bewaffneten aus der Gefolge des Gubernators, die Wache vor dem Tor hielten, ließ er nicht aus den Augen. Diesmal dauerte die Besprechung länger als sonst. Es ging bereits auf Mitternacht, und keiner verließ das Haus wieder.

Ob Clara seinem Ratschlag gefolgt und sich nicht in Gefahr gebracht hatte? Seit ihrem letzten Gespräch hatte er sie nicht mehr getroffen. Dennoch hatte er ihr durch Gudrun eine Nachricht zukommen lassen, dass er den Danen Tag und Nacht auf den Fersen war, damit sie nichts unternehmen sollte. Auch die Ankunft von Hunyadi hatte er längst ausgespäht.

Graupelschauer setzten ein. Ab und zu wischte er sich das Gesicht ab. Die Wächter hatten sich unter den Dachvorsprung gestellt und tuschelten miteinander.

Der Anblick der zuckenden Fackellichter um das Tor erinnerte ihn an den Traum der letzten Nacht, als ihm Aliodors Antlitz in den züngelnden Flammen erschienen war.

»Die Zeit ist gekommen«, hatte dieser zu ihm gesagt. *»Halte dich bereit für den Kampf.«*

»Ich weiß, Vater. Aber ich zweifle an meinen Kräften. Hilf mir!«

»Folge der Alten Lehre. Achte auf den Drachen. Die Krähen kreisen schon über ihm.«

»Was wähnst du?«

»Du kannst nicht alle retten …«

»Aber wen soll ich opfern und wen erretten?«

Die Gesichtszüge des Priesters zerfielen zu Asche, die dann in einer Wolke zum Himmel emporstieg.

»Aliodor! Geh nicht fort! Sage mir, wen …«

Er war schreiend erwacht.

Auch jetzt noch, einen Tag später, schlug sein Herz so wild, dass er die Hand darauf pressen musste, um den Druck im Brustkorb zu mildern.

Die zwei Wächter, die vor dem Tor ein paar Schritte machten, um sich zu wärmen, zogen seinen Blick von den Fackeln. Auf ihren Wappenröcken nahm er die Symbole des Hauses ihres Herrn wahr. In jedem Wappenviertel erkannte er einen Raben.

»Corvinus«, flüsterte er. »János Corvinus Hunyadi!« In diesem Moment wurde ihm klar, von welchen Krähen Aliodor im Traum gesprochen hatte. Und er wusste genau, wer der Drache war.

Ein Schüttelfrost lief durch seinen Körper. Doch nicht vom Schneeregen.

János lief im Raum auf und ab. Johann Benkner stellte sich ihm in den Weg.

»Bitte, Herr Gubernator! Verschont meine Frau. Sie ist doch die Mutter meiner Kinder! Ich war Euch stets treu. Ich flehe Euch an, beendet ihre Qual!«

Hunyadi wollte sich die Hände auf die Ohren pressen, um Claras Schreie nicht mehr hören zu müssen. Dennoch zeigte er äußerlich keine Regung, obwohl ihn der Zorn im Innern zerfraß. Jahrelang hatte er mit der Genugtuung gelebt, seine Rache genossen zu haben. Wie blind war er gewesen! In dieser Zeit hatten sich Vlas und Clara immer wieder getroffen, vielleicht sogar geliebt. Wie oft hatten sie wohl über ihn gelacht?

Der Kaufmann kniete nun vor ihm und umklammerte seine Knie. »Was für ein Christ seid Ihr nur? Hört Ihr die Schreie denn nicht? Wie kann ein Mensch so hartherzig sein! Habt Ihr keine Frau … keine Kinder?«

»Doch, aber meine Gemahlin ist mir treu, und ich weiß, dass ich der Vater meiner Söhne bin. Wenn du wüsstest …«

»Dass Michael nicht meiner ist? Das habe ich von Anfang an gewusst. Dennoch liebe ich ihn, als wäre er mein eigen Fleisch und Blut.« Johann erhob sich und reckte die Faust. »Nur Gott in Seiner Barmherzigkeit darf über unsere Sünde richten. Nicht ich, und auch Ihr nicht, Gubernator, denn keiner von uns ist frei von Sünde. Und just in diesem Augenblick, hier in meinem Haus, zeigt Ihr, wie verdorben Eure Seele ist.«

»Aufhören!« János schluckte. »Verrat muss bestraft werden. Egal, wer ihn begeht. Außerdem steht zu viel auf dem Spiel, um jetzt Barmherzigkeit zu zeigen.«

Im Keller wurde es still. Beide Männer starrten sich an. »Ich hoffe, sie hat gestanden«, sagte Hunyadi, bevor er den Raum verließ.

Im Kellergewölbe überwältigte ihn fast der Geruch von verbranntem Fleisch. Im spärlichen Licht zweier Kerzen und der Glut aus einem Kohlenbecken erblickte er Clara, die auf einen Stuhl gefesselt war. Die Arme hatte man ihr auf den Rücken gebunden, der Kopf war nach vorn gesunken und lag auf dem entblößten Oberkörper. Aus den aufgeschlitzten Brüsten floss das Blut über die zerfetzten Kleidungsstücke. Ihre Haut war mit Brandwunden übersät.

»Ich warte, bis sie wieder zu sich kommt, dann mache ich weiter.« Rodislav saß auf einem Fass, mit dem Rücken an die Wand gelehnt. »Sie hat bis jetzt kein Wort gesagt.«

»Was hast du getan?«, schrie János. Wütend packte er den Walachen am Hals.

»Du wolltest doch die Wahrheit wissen«, verteidigte sich dieser keuchend.

»Aber nicht so!« Rasend vor Wut drückte er immer fester zu. Claras Peiniger stemmte sich dagegen und versuchte sich aus dem Würgegriff zu befreien. Bald begann sein Körper zu zittern. Der Widerstand wurde schwächer.

»Herr! Ihr bringt ihn um!« Gyuri zerrte an Hunyadi, bis dieser sein Opfer losließ.

»Schaff ihn weg von hier. Ich will ihn nicht mehr sehen.«

»Und was machen wir mit der Frau?«

Fieberhaft löste János ihre Fesseln und legte den reglosen Körper dann auf seinen Mantel. Aus einem Kübel schaufelte er etwas Wasser und wusch damit vorsichtig ihr verunstaltetes Gesicht. »Verzeih mir, mein Engel! Das wollte ich nicht.« Tränen liefen ihm über die Wangen.

Ihre Lippen bewegten sich.

»Was hast du gesagt?« Er hielt das Ohr an ihren Mund.

»Vlas …«, flüsterte sie.

»Was ist mit ihm?«

»… mein Leben ist sein … und Michael …«

»Sprich nicht mehr! Schone dich!« Er sah sich um. »Johann!«, schrie er. »Ruf den Medicus, um Gottes willen!«

Benkner aber blieb auf der Schwelle stehen. Bei dem Anblick, der sich ihm bot, musste er sich am Türrahmen abstützen. Lange Zeit rang er nach Luft, bis er endlich sprechen konnte. »Ihr Mörder!« Seine Stimme bebte. »Verschwindet aus meinem Haus! Haut ab! Ich will keinen von euch je wieder sehen. Der Teufel soll eure Seele holen!«

Hunyadi hielt weiter wie erstarrt Claras Körper in seinen Armen. Die gebrochenen Augen blickten ihn an – aus einer anderen Welt. Mit zitternden Fingern schloss er ihre Lider. »Verzeih mir, mein Engel.«

Roxolan zog den Mantel enger um sich. Er spürte die Füße nicht mehr. Dennoch war er entschlossen, dort auch noch Tage auszuharren, wenn es sein musste.

Das Graupeln ging in heftiges Schneien über, so dass Rox bald von einer Schneeschicht wie von einem Tuch umhüllt wurde. Die Unruhe von vorhin hatte ihn nicht mehr losgelassen. Er spähte wie ein wildes Tier seine Umgebung aus. Woher kamen nur diese Schmerzen, die ihm die Kehle zuschnürten? Um die Sinne zu schärfen, schloss er die Augen. Er hörte die Schneeflocken, die an seinen Ohren vorüberschwebten. In Gedanken folgte er ihrer Bahn, bis sie auf dem Boden auftrafen. Schritte näherten sich nun. Der Schnee knirschte unter unsicheren Füßen, die unregelmäßige Schritte taten, sich vorwärtstasteten. Jetzt nahm er auch den keuchenden Atem wahr. Der süß-säuerliche Geruch kam ihm bekannt vor. Doch da war noch etwas. Es roch nach Blut.

Vorsichtig zog er den Dolch und hielt ihn bereit. Die Person näherte sich seinem Versteck. Als er ihre Atemwolken sah, sprang er und presste im selben Moment das Messer an den Hals des Eindringlings.

»Ich bin es«, stotterte eine Frau.

»Gudrun!«

Sie fiel ihm in die Arme. »Gott schütze uns«, schluchzte sie.

»Was suchst du hier? Hat dich Clara geschickt?«

»Sie haben sie getötet!«

»Was sagst du da?«

»Sie haben meine Herrin gefoltert«, wimmerte sie. »Die Kinder haben nun keine Mutter mehr.«

»Wer hat es getan?«

»Der Walache mit seinen Komplizen.«

»Wie kam es dazu?«

»Sie haben sie ertappt …« Sie konnte nicht mehr sprechen. Zusammengekrümmt in seinen Armen, gab sie ihrem Schmerz nach.

»Hat sie etwas gesagt?«

»Ich weiß es nicht, aber Ihr sollt ihren Sohn retten. Das war ihr letzter Wille.«

»Wo ist Michael?«

»Zwei Häuser weiter wartet er auf mich. Was wird nun aus ihm? Was soll ich tun?«

Roxolan umarmte sie und barg sie unter seinem Mantel. Er holte einen Beutel mit Geldstücken hervor. »Hier, das genügt, damit du ins Frankenland zurückkehren und dort in deiner Heimat sorglos leben kannst. Den Jungen nehme ich mit. Weine nicht mehr. Ich kümmere mich um euch!«

Kapitel 53

Targoviste, 28. November 1447

Vladislav entzog seine Hand Vasilissas Griff. Dabei wich er ihren Blicken aus.

»Sag mir, Vlas, wovor fürchtest du dich? Seit Tagen schläfst du kaum. Du sprichst auch nicht mit mir. Und jetzt plötzlich dieser Wunsch, die Stadt zu verlassen! Was verheimlichst du mir?«

»Prinzessin, vertrau mir. Hier bist du mit den Hofdamen nicht mehr in Sicherheit.«

»Ich bin deine Ehefrau! Zusammen meistern wir alles, egal, welche Gefahr uns bedroht.«

»Es geht nicht nur um uns. Denk an Alexandra und die anderen Frauen und Kinder! Das Kloster wird euch beherbergen, bis alles vorüber ist.«

»Wer greift uns an? Die Osmanen?«

Er küsste sie auf die Stirn. »Verlier keine Zeit. Heute Abend, nach Sonnenuntergang, werdet ihr aufbrechen. Nimm alles mit, was du brauchst. Ein paar Dutzend Reiter werden dich begleiten. Und nun muss ich fort.«

Schweren Herzens entfernte er sich von ihr. Im Hof stieg er dann die Treppen zum Wehrgang hinauf. Von dort überwachte er die Vorbereitungen auf den Angriff der Danen. Vor zwei Tagen hatte ihm Roxolan die Nachricht über die Truppenbewegungen seines Vetters überbracht. Es überraschte ihn, dass Rodislav sich entschieden hatte, ihn ausgerechnet jetzt im Winter anzugreifen. Ihm blieb nicht viel Zeit für die notwendigen Vorkehrungen zur Verteidigung. Immerhin hatte er genug Kämpfer sowie Waffen und Munition. Sie mussten so lange durchhalten, bis die Truppen aus den Herzogtümern Hamlesch und Fogarasch zu ihnen stießen.

In diesen letzten beiden Tagen hatte er kaum geschlafen. Seit er die Nachricht von Claras Tod erhalten hatte, hatte er jede Nacht in der Hofkirche für ihren Seelenfrieden gebetet. Seine Finger berührten die goldene Brosche, die er damals in Nürnberg von ihr bekommen hatte. Seit diesem Tag hatte er sie immer bei sich getragen. Das war alles, was ihm von ihr blieb – diese Brosche und die Erinnerungen. Nie wieder würde er ihr Lachen hören, nie wieder ihre Haut berühren, in ihre blauen Augen blicken, ihre sinnlichen Lippen küssen … Wie sollte er ohne sie weiterleben? Vladislav umschloss das Schmuckstück noch fester. Warum nur hatte er sie nicht zu sich nach Targoviste geholt? Seinetwegen war sie gestorben. Die Brosche bohrte sich in seine Handfläche, bis Blut aus der Faust lief. Bis zur letzten Stunde seines Lebens würde die Schuld an ihrem Tod ihn verfolgen und quälen. Sein einziger Trost war, dass Roxolan Michael gerettet und sicher in einem Kloster untergebracht hatte. Sobald er die Danen bezwungen hätte, würde er ihren gemeinsamen Sohn zu sich holen und ihn anerkennen.

»Herr!«, rief ihn Ilarion. »Wo seid Ihr mit Euren Gedanken?«

»Was?«

»Die Kanonen sind an ihrem Platz. Pulver und Pech sind bereitgestellt.«

»Was ist mit dem Proviant? Haben wir genug?«

»Ja. Glaubt Ihr wirklich, dass sie doch in diesem Winter angreifen werden? Viele Händler aus Schäßburg erzählen, dass Hunyadi erneut gegen die Osmanen in den Krieg ziehen will. Aber im Frühling.«

»Es ist nur eine List . Er und die Danen wollen den Thron. Sie wollen mich«, zischte er.

»Das wünschen sie sich seit langem, und wie Ihr seht, seid Ihr weiterhin der Fürst.«

»Wo sind Mircea und Rox?«

»Sie instruieren die neuen Söldner. Was ist los mit Euch? So habe ich Euch ja noch nie erlebt.«

»Gott hat sich von uns abgewendet, Ilarion. Oder ist die Zeit gekommen, für meine Sünden zu bezahlen?«

»Lasst Euch nicht von diesen Gedanken das Herz schwermachen. Wir werden sie besiegen. So wie immer.«

»Ja. Nur wird es diesmal ein endgültiger Kampf sein. Ich oder Rodislav – einer von uns wird sterben.«

Die Schlitten warteten bereits vor dem Tor. Die Reiter trugen Fackeln in den Händen, deren Schein die vier Gefährte im Hof beleuchtete.

Vladislav Draco nahm seine Tochter in die Arme. »Meine Alexandra! Weine nicht, wir sehen uns bald wieder.«

Sie umarmte ihn. »Ich hab dich lieb, Vater.«

»Ich dich auch, Prinzessin. Aber wenn du noch länger weinst, bekommst du davon Froschaugen. Und welcher Kaiser wird dich dann noch heiraten wollen?«

Sie musste kichern und wischte sich sofort die Tränen ab.

»So ist es besser.« Er küsste sie auf die Stirn und setzte sie danach in den Schlitten.

Dann wandte er sich an Vasilissa. »Meine schöne und kluge Frau, bete zu Gott, dass Er uns wieder zusammenführt.«

»Warum ist nur mein Herz so schwer?«, fragte sie und streichelte seine Wange.

»Es wird nicht länger als ein paar Tage, höchstens Wochen dauern. Wir werden siegen.«

»Versprich mir, dass du auf unseren Sohn achtest.«

»Mach dir keine Sorgen um ihn. Er ist erwachsen und ein wahrer Krieger geworden.«

»Mircea!«, rief sie.

»Mutter!« Er verneigte sich vor ihr.

Sie führte seine Hände und die ihres Mannes zusammen. »Passt gut auf euch auf. Wir, Alexandra und ich, haben nur euch. Vergesst das nicht.« Sie umarmte sie beide. »Gott beschütze euch! Ich werde jeden Tag für euch beten.«

»Ihr müsst los«, drängte Roxolan.

Vasilissa stieg in den Schlitten und nahm ihre Tochter in die Arme.

»Ilarion, Smaranda!«, rief Vladislav. »Es ist Zeit.«

Der Kapitän konnte sich nicht aus der Mitte seiner Familie lösen. Der jüngste Sohn Mugur greinte in seines Vaters Armen. Dann endlich trennte Ilarion sich von ihnen.

Das Tor ging auf, und sofort schluckte die Nacht das Gefolge mit seinen Fackellichtern, die kleiner und immer kleiner wurden, bis sie nicht mehr zu sehen waren.

Am nächsten Tag im Morgengrauen weckte der Klang des Horns auf dem Wehrturm die ganze Besatzung der Burg.

Vladislav griff sofort nach dem Schwert und rannte hinaus in den Burghof. »Was ist los?«, fragte er die Wächter.

»Aus der Stadt strömen bewaffnete Menschen auf uns zu. Wir haben die Brücke hochgezogen.«

»Gut. Nehmt die Stellungen ein! Bereitet das heiße Pech und die Kanonen vor!«

»Jawohl, Hoheit.«

»Es hat begonnen«, flüsterte er. »Gott steh uns bei.«

Kronstadt, 29. November 1447

János öffnete die Augen. Es dauerte lange, bis die Gegenstände in seiner Umgebung Konturen annahmen. Die Schmerzen im Nacken und die leeren Weinkrüge vor ihm erinnerten ihn an das Gelage der letzten Nacht. Er hatte so viel getrunken, dass er mit dem Kopf auf dem Tisch eingeschlafen war. Mit ein paar Bewegungen versuchte er, den steifen Hals zu lockern. Wie Dolchstiche schossen ihm die Schmerzen in den Schädel. »Zum Teufel mit der Sauferei!« Angeekelt wischte er sich den getrockneten Speichel aus dem Mundwinkel.

Auch diesmal hatte der Wein ihn nicht vor den Alpträumen geschützt. Claras Geist war ihm wieder im Traum erschienen. Ihr blutiges Gesicht verfolgte ihn sogar tagsüber. Was hatte er nur getan? Wie konnte man aus Liebe töten? Oder waren es Hass, Eifersucht und Neid? Wie konnte er nun noch als Christ für die Kirche kämpfen, wenn er doch zu solchen abstoßenden Regungen fähig war?

Er stand auf und torkelte zum Waschtisch, wo er sich das ganze Wasser aus der Kanne über den Nacken schüttete. Ihm wurde übel. Erbrochenes schoss ihm aus Mund und Nase, und er übergab sich, bis nur noch Galle kam, bitter wie Gift.

Zitternd und nach Luft ringend fiel János zu Boden. Dort begann er leise zu weinen. Seine Finger kratzten an den Holzdielen unter sich. »Gott! Was habe ich nur getan?«, schrie er. »Hilf mir, allmächtiger Vater!« Er hämmerte mit den Fäusten an seinen Kopf. »Verschwinde! Lass mich in Ruhe, Clara! Ich will dich nicht mehr sehen!« Er wälzte sich auf dem Fußboden, bis er erschöpft einschlief.

Es war Mittag, als er ein zweites Mal zu sich kam. »Garde!«, schrie er ungeduldig. »Garde!«

Die Tür flog auf. »Mein Herr?«

»Bring Rodislav zu mir.«

»Er ist schon vor zwei Tagen aufgebrochen.«

»Was? Wohin?«

»Das hat er nicht gesagt, aber ich weiß, dass er die Truppen nach Süden schicken will.«

»Welche Truppen?«

»Die Walachen des Bojaren Albu und seine bezahlten Söldner.«

»Verdammt! Und wo sind meine ungarischen Kämpfer?«

»Sie warten, wie Ihr befohlen habt, in der Stadtgarnison.«

»Gut. Reite zu ihnen und sorge dafür, dass sie in einer Stunde fertig zum Aufbruch sind. Vorher sag aber dem Wirt noch, er soll mir frisches Wasser schicken.«

Kurz nach Mittag gab János an der Spitze seiner Recken dem Pferd die Sporen. Der Schimmel streckte den Hals und schoss in stürmischem Galopp vorwärts. Er konnte Clara nicht mehr ins Leben zurückholen, aber er konnte Vladislav noch retten. Das schuldete er ihr. Ihr und sich selbst. Er hoffte nur, dass es nicht zu spät war.

Targoviste, 30. November 1447

»Wir können nicht mit den Kanonen auf die Bewohner der Stadt feuern«, sagte Ilarion. »Es sind deine Untertanen. Frauen und Kinder.«

»Wir haben keine andere Wahl«, entgegnete Vladislav. »Hinter ihnen verstecken sich die Männer von János und Rodislav. Sie sind unsere Feinde. Begreif es endlich!«

Es war der zweite Tag der Belagerung durch die Danen und deren Komplizen aus Targoviste unter der Führung von Albu. Solange die Brücke jedoch hochgezogen war, konnten die Angreifer die Burg nicht stürmen. Dennoch richteten ihre Geschütze enorme Schäden an. An mehreren Stellen brannte es. Dicke Rauchschwaden stiegen über den Mauern empor. Die Rufe nach mehr Wasser mischten sich mit den Schreien der Verletzten.

»Komm hierher«, rief Fürst Draco seinem Freund auf dem Wehrgang zu. »Sieh sie dir an!« Er zeigte auf eine Gruppe, die gut organisiert den Befehlen eines Anführers folgte. »Dies sind keine Kaufleute oder Handwerker. Es sind Söldner.«

»Vater!« Mircea rannte die Treppe hoch. »Wir kommen mit dem Wasser nicht nach. Die Palisade auf der Nordseite steht in Flammen. Und sie schießen weiter mit Flammengeschützen.«

»Ruhe bewahren, mein Junge. Ich schicke zusätzliche Männer, um die Abwehr dort zu stärken. Kümmere dich darum, dass die Löscharbeiten weitergehen. «

»Jawohl!«

»Ilarion, richte die Kanone auf die Angreifer. Töte sie bis zum letzten Mann!«

»Ich habe bereits den Arkebusier herbeordert.«

Wie als Bestätigung begann die leichte Artillerie der Burg mit dem Feuer. Schwarze Totenrosen öffneten sich in der Erde und in der Menschenmenge vor den Burgmauern. Eine Salve nach der anderen. Ohne Unterbrechung.

Nach einiger Zeit herrschte Stille. Die Schreie der Verletzten drangen durch den Rauch wie aus einer anderen Welt. Die Belagerer griffen nicht mehr länger an.

»Wir haben es geschafft, sie zu erschrecken«, jubelte Ilarion.

»Das reicht nicht, mein Freund«, widersprach Vladislav. »Mir gefällt diese Ruhe nicht.« Er lief den Wehrgang entlang und blickte zu den Feinden hinaus. Wegen der dichten Rauchschwaden konnte er jedoch nicht erkennen, ob die Angreifer sich zurückgezogen hatten. Sie mussten abwarten.

Langsam ging die Sonne unter und sandte ihre letzten Strahlen.

Der Kapitän kam zu ihm. »Ich glaube, sie sind ebenso müde wie wir.«

»Vielleicht. Dann sollten auch wir diese Augenblicke nutzen und ein wenig ausruhen.«

»Vlas!« Roxolan kam schreiend auf ihn zugerannt.

»Was ist?«

»Die Brücke! Die Brücke ist gefallen!«

»Was?«

»Wir wurden verraten. Sie greifen uns durch das Tor an.«

Jetzt verstand Vlas. Der Angriff auf seiner Seite war nur eine Täuschung gewesen, um sie von dem Anschlag auf das Innere der Burg abzulenken. »Kommt mit, wir können sie noch zurückschlagen!«

Gefolgt von seinen Männern aus dem Wehrgang, stürzte er sich in den Kampf im Innenhof. Ihm wurde aber rasch klar, dass sie es nicht schaffen würden. Die Gegner strömten in großer Zahl durch das Tor und spalteten wie ein Keil die Reihen der Belagerten, die immer weiter zurückweichen mussten.

»Vlas!«, schrie Ilarion. »Du musst die Burg verlassen!«

»Wo ist mein Sohn?«

»Er kämpft vor dem Haupttor«, antwortete Roxolan.

Vladislav rannte hinaus. Rauch vernebelte ihm die Sicht. Er stieß gegen Frauen und Bewaffnete, die auf der Flucht waren. Endlich erreichte er das Tor, und dort entdeckte er auch Mircea in einem erbitterten Gefecht. Ihm zur Seite standen Nanu Pascal und Tudor, doch auch sie mussten zurückweichen. Draco bahnte sich mit dem Schwert einen Weg bis zu ihnen.

»Mircea!«

»Vater!«

»Wir müssen fliehen.«

»Was geschieht dann mit diesen Menschen?«

»Die Danen wollen uns und niemand anderen. Komm! Wir verlassen die Burg durch den Geheimtunnel.«

»Ich folge dir.«

Auch von den Wehrgängen strömten nun immer mehr Feinde; ein Zeichen, dass die Palisaden ebenfalls gestürmt wurden. Jetzt prasselten zusätzlich von oben die Pfeile auf sie nieder. Sie waren eingekesselt. Die Burgbewohner und Vladislavs Anhänger fielen zu Dutzenden. Die Überlebenden rannten und versuchten sich in die Hofkirche zu retten. Nur die brennenden Gebäude spendeten noch Licht, denn die Sonne war inzwischen untergegangen. Der Rauch vernebelte immer mehr die Sicht, Angreifer und Verteidiger liefen durcheinander, so dass sie im Zweifel ihresgleichen schlachteten.

Vladislav war durch die Menschenmassen von seinen Gefährten getrennt. An die Wand gedrängt, kämpfte er allein weiter, während er sich in Richtung des Tunnels bewegte. Aber seine Feinde griffen immer erbitterter an. Vladislav führte sein Schwert unermüdlich und so schnell, dass er wahllos Leiber durchbohrte und Gliedmaßen zerhackte. Dennoch musste er sich weiterhin zurückziehen. Er hatte keine Aussicht, sie zu bezwingen.

Eine Hand packte ihn an der Schulter und zog ihn durch eine in die Mauer eingelassene Tür. »Hier entlang«, schrie Roxolan.

Zusammen hasteten sie zu dem Geheimtunnel und trafen dort auf Ilarion und um die zwei Dutzend Getreue.

»Mircea! Wo ist er?«

»Ich weiß es nicht«, antwortete Rox. »Vielleicht hat er es schon vor uns nach draußen geschafft. Pascal und Tudor sind bei ihm, und sie kennen den Treffpunkt. Jetzt müssen wir uns beeilen. Los!«

Kapitel 54

Südwalachei, 1. Dezember 1447

Gegen Mitternacht kam Vladislav Draco zusammen mit seinen Getreuen im südlichen Wald von Targoviste an der Jagdhütte an. Dort war der vereinbarte Treffpunkt, und dort hatten sie auch für den Fall einer Flucht Pferde, Waffen und Geld bereitgestellt.

Durch den Türspalt der Hütte erspähte Vladislav schwaches Licht. »Mein Sohn ist vor uns angekommen.«

Er stürmte in der Hütte. »Mircea! Gott sei gelobt …«

»Eure Hoheit!« Acht Walachen verneigten sich vor ihm. Nanu Pascal stützte den verletzten Tudor, der sich kaum auf den Beinen halten konnte.

»Wo ist mein Sohn?«

»Ist er denn nicht mit Euch gekommen?«, fragte Nanu. »Wir haben ihm doch den Rücken freigehalten, als er Euch gefolgt ist.«

»Nein. Wie habt ihr ihn geschützt?« Vlas packte den erstbesten Mann an der Kehle. »Wieso seid ihr vor ihm hier?«

»Mein Fürst! Wir haben ihn doch …«

»Ihr habt ihn verraten!«

Roxolan stellte sich zwischen die beiden und befreite den Ritter aus Vladislavs Griff. »Vlas! Hören wir zuerst, was sie sagen.«

Der Fürst sah sich um. Er blickte nur in erschöpfte, aber nicht in niedergeschlagene Gesichter. Diese Menschen waren weiterhin bereit, für ihn und seine Familie zu kämpfen. Er nickte. »Ich will jede Einzelheit erfahren.«

»Es war wie in der Hölle«, fing Tudor an zu erzählen. »Wir wussten nicht mehr, gegen wen wir kämpften, wen wir töteten. Ob Frauen, Kinder, Feinde oder Greise. Die Flammen warfen Schatten auf die Menschen, und der Rauch hüllte uns alle ein. Mircea habe ich gesehen, als er hinter Euch hereilte. Wir waren um die zwanzig Männer, die mit ihren Leibern einen Schutzschild um ihn gebildet haben. Wir sind die letzten Überlebenden. In dem schrecklichen Durcheinander ist es uns gelungen, durch die Stadt zu entkommen, denn der Weg zum Tunnel war versperrt. Deshalb sind wir auch schneller als ihr hier angekommen. Ich war sicher, dass Mircea es geschafft hat, sich Euch anzuschließen. Es tut mir leid, mein Fürst.«

Lange Zeit sprach niemand in der Hütte. Tudors Schilderung hatte ihnen die Szenen des Gefechtes noch einmal vor Augen gerufen. Auch Vladislav erinnerte sich an die Menschenmassen, die ihn von seinen Vertrauten getrennt hatten.

»Ich kehre zurück!« Der Fürst hastete nach draußen.

Roxolan folgte ihm. Im letzten Moment griff er in die Zügel und hielt den Hengst fest. Er blickte hoch zu seinem Freund.

»Ich suche nach deinem Sohn, Vlas. Du darfst nicht in die Hände der Danen fallen. Dein Land, die Familie, wir alle brauchen dich. Du bist unser Fürst … aber nur solange du am Leben bist! «

»Glaubst du wirklich, ich könnte hierbleiben und auf Nachrichten warten? Nein! Ich muss ihn finden. Er ist mein Kind, Rox.«

»Das stimmt. Es ist zu riskant, hier zu verweilen. Je weiter du von Targoviste entfernt bist, desto besser. Sei nicht so stur! Wer hat denn die besseren Möglichkeiten von uns beiden, Mircea nachts im Wald aufzuspüren? Jetzt darfst du nicht nur als Vater denken, sondern als Fürst. Wir alle hier brauchen dich! Während ich nach dem Prinzen sehe, reitest du zusammen mit den anderen weiter nach Süden, zu Sultan Murad.«

»Nun gut. Kennst du die Kirche in Balteni?«

»Du meinst wohl ihre Ruine. Oder ist das Dorf nach den Plünderungen des Kreuzzuges wieder aufgebaut worden?«

»Nein. Deshalb werden ich und meine Begleiter dort auf dich warten.«

»Wenn ich bis zum Mittag nicht eintreffe, dann musst du unverzüglich nach Edirne aufbrechen, versprich mir das.«

»Bring mir meinen Sohn, Rox! Alles andere zählt nicht.«

»Nun mach dir keine Sorgen. Vielleicht hat er im Wald ein Versteck gefunden. Du wirst schon sehen, ich finde ihn, und dann werden wir dich schnell einholen.«

»Roxolan, du gehst keinesfalls allein«, meldete sich Ilarion. »Ich komme mit. Zu zweit ist es besser.«

Vladislav nickte. »So soll es geschehen.«

Die Sonne war noch nicht aufgegangen, als Roxolan und Ilarion den Tunnelausgang erreichten. Unterwegs hatten sie weitere Anhänger des Fürsten getroffen, die sie zu der Jagdhütte schickten. Mircea war nicht unter ihnen gewesen. Und keiner konnte sagen, wo er war.

Rox betrat den Tunnel als Erster. »Wir entzünden keine Fackel«, sagte er. »Wer weiß, ob die Danen nicht den Geheimtunnel entdeckt haben. Leg deine Hand auf meine Schulter.«

»Ich habe schon immer geahnt, dass du eine Fledermaus bist.«

»Du wirst bald merken, dass auch du in der Dunkelheit sehen kannst. Warte nur, bis du dich daran gewöhnt hast.«

»Mir ist es lieber, hinter dir zu bleiben.«

Roxolan wusste nicht, wie lange sie gelaufen waren, denn in dem Tunnel gab es weder Tag noch Nacht. Seine Finger ertasteten endlich eine Holzfläche. Es war die Tür zum hinteren Hof des fürstlichen Palastes. Vorsichtig öffnete er sie nur einen Spalt weit. Es war kein Mensch zu sehen. Draußen war es in der Zwischenzeit hell geworden. Er schätzte, dass die Sonne seit mindestens einer Stunde aufgegangen war. Lautlos schlichen sie weiter. Überall stieß man auf Spuren des Kampfs, aber nicht auf Leichen. Was bedeutete, dass diese schon fortgebracht worden waren.

Sie folgten dem Flur der Bediensteten, bis sie in der Küche ankamen. Auch dort trafen sie niemanden an.

»Seltsam«, wunderte sich Ilarion. »Wo sind sie nur alle?«

»Mir gefällt das nicht. Du solltest dir etwas Asche ins Gesicht schmieren. Und nimm die Kohlenkörbe mit. Dann wirfst du dir noch die Jutesäcke über die Schultern. Wir gehen in den Innenhof. Vor dem Tor haben wir Mircea zum letzten Mal gesehen. Wir müssen dorthin.«

Durch die kleine Holztür in der Mauer gelangten sie in den Burghof. Jetzt sahen sie, warum sie keine Menschenseele angetroffen hatten. Ein Gericht wurde dort abgehalten.

»Guter Mann, was ist hier geschehen?«, fragte Roxolan einen älteren Handwerker, der an ihm vorbeieilte. »Gibt es wieder einen Ketzer zu verbrennen?«

»Schlimmer. Der neue Fürst bestraft die Anhänger des Vorgängers.«

»Wie? Ist Vladislav Draco nicht mehr der Herrscher?«

»Nein. Sein Vetter hat ihn verjagt. Aber was spielt das für eine Rolle? Sie sind alle gleich. Doch schade um den Jungen. Wir schätzten den Prinzen. Er war gern unter uns.«

»Was ist mit ihm?«

»Sie richten ihn hin.«

»Wo? Wann?«

»Jetzt gerade. Der neue Fürst hat es eilig, denn er will durch den Jungen an seinen Vater herankommen. Der hat aber die Burg verlassen, und keiner weiß, wo er ist.«

Roxolan drängte sich durch die Menschenmenge, bis es

ihm gelang, ganz nach vorne vorzustoßen. Ilarion folgte ihm auf dem Fuß.

Auf dem Platz, wo man die Schurken bestrafte, entdeckte er endlich Mircea, der an den Schandpfahl gebunden war. Sein Körper war entblößt, und das Blut strömte aus den Wunden, die von Peitschenhieben oder Schnitten stammten und seine Haut übersäten.

Abseits auf einem Podest, auf einem Herrscherstuhl thronend, verfolgte Rodislav die Hinrichtung.

»Wo ist dein Vater?«, fragte er. »Sprich, und du wirst leben.«

Mircea sah zu ihm hin. Er verzog das Gesicht zur Grimasse, als er sprach. »Ich weiß es nicht.«

»Wie du willst.« Auf sein Zeichen zertrümmerte einer der Söldner mit einem Holzhammer die linke Schulter des Gefesselten. Die Knochen krachten laut. Mirceas Schreie hallten über den Hof. Bei jeder Verweigerung zielte sein Peiniger auf einen anderen Körperteil des jungen Prinzen. Als dieser ohnmächtig wurde, schüttete man ihm so lange Wasser ins Gesicht, bis er wieder zu sich kam.

Roxolan tat einen Schritt nach vorn, Ilarion hielt ihn jedoch im letzten Moment zurück. »Mach keine Dummheiten, Rox. Sieh dich doch um: Du kannst nichts für ihn tun.«

»Ich werde Rodislav töten.«

»Das ist unmöglich. Siehst du die Wachen in seiner Nähe nicht? Und die anderen auf dem Marktplatz? Sogar auf den Wehrgängen wimmelt es von seinen bewaffneten Anhängern. Wir kehren zurück zu Vlas.«

»Ohne seinen Sohn?«

»Wir müssen Vladislav retten.«

Roxolan starrte Mircea an, der in den Seilen hing. Nichts an ihm erinnerte mehr an den stattlichen Prinzen. Blutergüsse ließen seine Gesichtszüge grotesk anschwellen. Von jeder

Hand waren ihm Finger abgetrennt worden, und die Wunden und Knochenbrüche vervollständigten das Bild eines zu Tode gemarterten Körpers. Und doch lebte er und trotzte seinem Peiniger.

Der Folterknecht schüttelte den Kopf. »Aus dem kriegen wir nichts heraus, Herr! Lieber wird er sterben, als seinen Vater zu verraten. Wir sollten es beenden.«

»Wieso denn? Er hat doch noch einige Gliedmaßen zu verlieren. Schneidet ihm den Schwanz ab und werft ihn den Hunden hin!«

»Halt!« Aus den Reihen der Danen trat der Bojar Albu vor. »Hier ist jemand, der weiß, wie und wohin Vladislav Draco geflohen ist.« Er trat zur Seite und machte einem anderen Platz. »Komm, Neffe! Sag, was du erfahren hast.«

Roxolan erkannte sofort den schwarz gekleideten jungen Mann, der in die Mitte schritt. Nur ein Mensch hatte solche weißen Haare und solch eine hellrosa Gesichtshaut.

»Aber der da, das ist doch Michail, der Hofschreiber«, flüsterte neben ihm Ilarion. »Hast du gewusst, dass er mit Albu verwandt ist?«

»Nein. Aber hören wir zu, was er sagt.«

Dieser verneigte sich zuerst vor Rodislav, bevor er anfing zu sprechen. »Eure Hoheit, es gibt einen Geheimtunnel, der vom Palast …«

»Schweig!« Mircea bäumte sich mit letzter Kraft auf. »Sag es nicht!«

Michail sah seinen einstigen Freund an. Er hob die Schulter und lächelte. »Es tut mir leid für dich. Aber ich bin nun einmal ein Albu, und das Band der Familie ist stärker als das der Freundschaft zu dir.«

»Du? Du bist der Verräter?«

Rodislav schlug mit der Faust auf die Stuhllehne und fing schallend an zu lachen. »Großartig! Michail, du wirst uns alles erzählen, was du weißt.« Er zeigte auf Vladislavs Sohn. »Ihn brauchen wir nicht mehr. Schade dennoch, dass wir die Folter nicht weiter genießen können. Aber die Zeit drängt. Ich will nicht, dass mein Vetter zu lange auf mich wartet. Ist das Erdloch ausgehoben?«

»Ja, Herr«, antworteten zwei Männer.

»Dann werft ihn ins Grab.«

»Aber er lebt doch noch!«

»Genau deshalb. Ihr sollt ihn lebendig begraben. Wie sagt man so schön: Er hat das Geheimnis mit sich ins Grab genommen.« Er erhob sich. »Und vorher blendet ihr ihn mit glühenden Eisen.«

Wieder drängte Roxolan nach vorn. Und wieder schaffte Ilarion es, ihn zurückzuhalten. In diesem Moment traf Roxolan Mirceas Blick. Er verstand die stumme Bitte in seinen Augen. Und nickte.

»Ilarion, gib mir deinen Dolch«, flüsterte er.

»Was hast du vor? Doch nicht …«

»Nur so kann ich ihn von seinem Martyrium erlösen. Sieh ihn dir an! Es ist sein Wunsch.«

Sein Freund reichte ihm die Waffe.

Roxolan verfolgte, wie der Henker die Axt hob, um die Seile zu zerschneiden, die den Prinzen am Schandpfahl hielten. Er hatte keine Zeit mehr zu verlieren. Genau als das Beil die Stricke kappte, schleuderte er den Dolch aus dem Handgelenk. Die Waffe bohrte sich in die Brust des Jungen, bevor er zu Boden fiel.

»Wer hat das getan?«, schrie Rodislav. »Findet sofort den Täter!«, befahl er den Söldnern. »Bringt ihn mir, auch wenn ihr in den Rattenlöchern stochern müsst.«

Die Menschen ergriffen panisch die Flucht, denn keiner wollte den Peinigern in die Hände geraten.

Im herrschenden Durcheinander zog Ilarion seinen Freund

mitten in den Strom der Menschen. »Komm, Rox! Denk an Vlas. Wir müssen jetzt zu ihm.«

»Geh schon voraus. Ich muss mich noch um die Begleichung einer Schuld kümmern. Es dauert nicht lange.«

Im nächsten Augenblick war er verschwunden.

János führte seine zweihundert Ungarn auf die Hauptstraße, die durch Targoviste hoch zum Fürstenhof führte. Seine Hoffnung, dass Vladislav sich hatte verteidigen können, brach zusammen, als er die Anhänger der Danen in der Festung herumlaufen sah. In diesem Fall würde er vermitteln, dass Vlas mit seiner Familie ins Exil gehen dürfte.

Unterwegs zum fürstlichen Palast musste er mehrmals anhalten. Aufgebrachte Menschen schnitten ihm den Weg ab und versuchten den Söldnern zu entkommen, die sie jagten. Viele der Bewaffneten durchsuchten die Häuser.

»Zoltán!« Hunyadi rief den Kapitän zu sich. »Finde heraus, was hier geschehen ist.«

»Jawohl, Herr.«

Im Innenhof der Burg kam er nur schwer voran. Zahlreiche Männer waren von den Danenanhängern in Ketten gelegt und zu einem Podest für die Hinrichtungen gebracht worden.

»Was ist hier los?«, fragte János.

»Rodislav sucht nach dem Mörder des Prinzen Mircea«, antwortete Zoltán, der in Begleitung von Bojar Albu zurückgekehrt war.

»Und nach dem Teufel, der meinen Neffen Michail getötet hat«, fügte der Walache hinzu. »Es muss ein und dieselbe Person sein. Aber niemand scheint sie gesehen zu haben.«

»Wo sind Vladislav und seine Familie?«

»Abgehauen! Wir haben nur seinen Sohn gefangen genommen und gehofft, von ihm zu erfahren, wo sich sein Vater versteckt hält.«

»Erzähl mir alles!«

Der Bojar schilderte ihm die Geschehnisse der letzten Tage sowie die Folterung Mirceas. »Rodislav«, fuhr er fort, »hat ihn trotzdem sofort begraben lassen. Ob der Dolch ihn tödlich getroffen hat, weiß ich nicht. Vielleicht lebte er noch.«

»Wo ist der Dane jetzt?«

»Er verfolgt seinen Vetter, zusammen mit hundert Rittern. Ein paar Einheimische haben ihm verraten, dass eine Gruppe Bewaffneter in der vergangenen Nacht nach Süden geflohen ist.«

» Gewiss. Draco kann sich nur zu den Osmanen retten. Falls er es bis dorthin schafft. Wann ist Rodislav losgeritten? Hat er einen großen Vorsprung?«

»Nein. Ihr könnt ihn einholen.«

»Wo ist Laiota?«

»Im Palast. Er durchsucht …«

»Sagt ihm, ich hätte befohlen, dass Mircea sofort ausgegraben werden soll. Wenn er tot ist, wird er wie ein wahrer Fürstensohn mit allen Ehren in der Familiengruft beigesetzt.«

»Aber Rodislav hat …«

»Schweigt! Ihr bürgt mir mit Eurem Leben, dass es so geschieht. Zoltán! Lass fünfzig unserer Männer hier, um sicherzugehen, dass meinem Befehl Folge geleistet wird.«

»Gewiss, Herr.«

Mit dem Rest seiner Reiter nahm János die Spur von Rodislav auf. Für Mircea war er zu spät gekommen. Für Vlas gab es noch Hoffnung.

Kapitel 55

Südwalachei, 2. Dezember 1447

Vladislav schaute in den Himmel. Graue, schneegeschwängerte Wolken zogen sich von Nordosten über die Sonne, die längst ihren höchsten Stand überschritten hatte. Der Wind, der ebenso die Richtung gewechselt hatte, blies ihm wütend Eiskristalle in die Augen. Das stürmische Wetter spiegelte seinen inneren Kampf zwischen Hoffnung und Verzweiflung, denn er hatte immer noch kein Lebenszeichen von Roxolan oder seinem Sohn.

»Wir müssen aufbrechen, Herr«, drängte ihn Nanu. »Mir gefällt es nicht, dass Rox und Ilarion sich verspäten.«

»Vielleicht ist Mircea verletzt, und deswegen brauchen sie länger als sonst. Wir warten noch!«

»Hoheit«, meldete sich auch der Kanzler Cazan. »Einige von uns können hierbleiben und auf sie warten. Aber Ihr müsst Euch in Sicherheit bringen. Je früher Ihr die Donau überquert, desto schneller könnt Ihr mit osmanischen Truppen zurückkehren. Wir haben ohnehin zu viel Zeit verloren. Die Pferde sind bereits gesattelt.«

»Ich werde meinen Sohn nicht im Stich lassen. Wenn ich keine Nachricht von Ilarion oder Rox bekomme, werde ich nach Sonnenuntergang nach Targoviste zurückkehren. Alles andere bleibt wie geplant.«

»Es ist zu riskant!«

»Hoheit!« Nanu deutete nach vorn zum Waldrand.

Einer der Späher, die um das Lager Wache hielten, galoppierte auf sie zu.

»Sie kommen!«, schrie er.

Schweren Herzens erkannte Vladislav kurz darauf, dass es

sich nur um Roxolan und Ilarion handelte. Sofort richtete er seinen Blick wieder hoffnungsvoll auf den Wald. Doch niemand folgte den beiden Reitern.

Die stiegen vor ihm ab.

»Wo ist Mircea?«

»Wir sind zu spät gekommen«, antwortete Rox.

»Was heißt das?«

»Er ist tot«, antwortete sein Freund ohne Umschweife.

Betrübt sahen sie sich an. Trauer und Wut spiegelten sich auf ihren Gesichtern. Doch niemand wagte es, ein Wort zu sagen.

»Wie?«, fragte Vladislav mit belegter Stimme. »Und warum habt ihr seine Leiche nicht mitgebracht?«

Ilarion blickte zur Seite. Roxolan ballte die Fäuste. Keiner von ihnen wollte das Wort ergreifen.

»Sag es mir, Rox! Wie? Wann?«

»Mircea ist Rodislav in die Hände gefallen. Der hat ihn öffentlich gefoltert und … ich habe verhindert, dass er geblendet und lebendig begraben wurde. Er hat mich angesehen, Vlas. Sein stummer Blick hat mich angefleht, ihn von seinem Martyrium zu erlösen. Er war nicht allein, als er starb.«

»Du, Rox?« Der Fürst starrte seinen Freund entsetzt an. »Du hast ihn getötet?« Mit aller Kraft schlug er Roxolan ins Gesicht. »Du solltest ihn retten und nicht umbringen!«

Ilarion stellte sich zwischen sie. »Hört auf! Wir konnten nichts für ihn tun, es war unmöglich. Glaubt mir! Und Rox sagt die Wahrheit. Mircea hat ihn um den Gnadentod gebeten. Oder wäre es dir lieber, dass er hätte qualvoll sterben müssen?«

Draco zog sich ein Stück abseits zurück. Allein. Er entblößte sein Haupt und fiel auf die Knie. Lange Zeit bewegte er sich nicht. Nein! Sein über alles geliebter Sohn konnte nicht tot sein. Nicht Mircea. Und doch drangen Roxolans Worte über die Ermordung immer mehr in sein Bewusstsein. Unendlicher Schmerz und abgrundtiefer Zorn ergriffen von ihm Besitz.

»Warum, Gott?«, schrie er in den Himmel. »Warum gerade er? Ist das deine Gerechtigkeit? Ich sollte sterben, nicht er!«

Roxolan kam zu ihm und legte ihm die Hand auf die Schulter. »Er ist nicht mehr unter uns, mein Freund. Das stimmt, und ich verstehe dein Leid. Doch wir haben jetzt keine Zeit zum Trauern. Steh auf! Er ist gestorben, weil er geschwiegen hat. Weil er an dich und an uns geglaubt hat, daran, dass wir zurückkehren werden. Wir werden seinen Tod rächen.«

Vladislav erhob sich. »Verzeih mir, Rox.«

»Es wird kein Trost für dich sein, aber ich habe den Verräter an deinem Hof getötet.«

Auf sein Zeichen zog Ilarion aus einem Sack den Kopf des Hofschreibers.

»Michail?«

»Er war Albus Neffe.«

»Und Mircea hat ihn Freund, ja sogar Bruder genannt.« Er trat den Schädel von sich fort. »All die Jahre habe ich eine Schlange in meinem Haus gefüttert.«

»Ich hätte es sehen müssen. Den Feind in ihm spüren. Doch die Freundschaft zwischen Mircea und ihm hat meine Sinne geblendet.«

»Nicht nur deine. Und du hast recht: Sein Tod tröstet mich nicht.« Draco gurtete das Schwert um seine Hüften. »Aber Rodislavs Tod! Ich werde keine Ruhe finden, bis ich ihn getötet habe.«

»Wo willst du hin?«

»Ich reite zurück.«

»Nein!« Roxolan stellte sich vor ihm auf.

»Geh mir aus dem Weg, Rox!«

»Deine Entscheidung ist falsch. Du wirst sterben, wenn du zurückkehrst.«

»Und wie soll ich mit dieser Schuld leben? Sag es mir! Es wird kein Tag vergehen, an dem ich nicht daran denken muss, wie Mircea gestorben ist. Allein … unter der Folter. Von mir zurückgelassen. Du kannst vielleicht damit leben, ich aber nicht.«

»Dein Herz ist jetzt voller Kummer. Aber du hast noch zwei Söhne in Edirne. Für sie musst du kämpfen. Und für Vasilissa und deine Tochter.«

»Hoheit!«, rief Tudor. Er zeigte nach Norden. »Einer unserer Kundschafter reitet auf uns zu.«

»Mein Fürst«, berichtete dieser hastig, »um die hundert Reiter haben den Wald betreten. Sie werden in weniger als einer Stunde hier sein. Ich habe die Flagge der Danen erkannt.«

»Er kommt selbst zu mir. Es ist Gottes Wille!«

»Vlas!« Roxolan zog ihn zur Seite. »Wir können sie nicht besiegen. Es sind dreimal so viele wie wir, wenn nicht sogar noch mehr. Komm! Wir haben noch Zeit zu entkommen.«

»Weglaufen? Vor dem Mörder meines Sohnes? Vor Claras Mörder? Nein, mein Freund. Diesmal laufe ich nicht davon. Ich werde kämpfen!«

»Wir auch!«, meldeten sich Ilarion, Nanu, Tudor und alle anderen Gefährten.

»Gut. Bereitet euch auf den Angriff vor. Rox, du begleitest den Kanzler nach Edirne.«

»Nein! Ich stehe dir bei.«

»Hör mir zu! Bojar Cazan hat Urkunden bei sich, die Abzeichen des Drachenordens und eine Menge Gold, um eine Armee zu bezahlen. Dies alles darf nicht in Rodislavs Hände fallen.«

»Schick Ilarion oder Nanu Pascal zu seiner Begleitung.«

»Ich will, dass du es tust. Gott wird in Kürze über mein Schicksal entscheiden. Wenn ich vor den Allmächtigen treten soll, dann musst du meine Kinder beschützen, so wie du es all die Jahre auch für mich getan hast. Deine Bestimmung ist es, die wahren Basaraben, die Nachfolger von Mircea, zu behüten. Jetzt ist es Vlad Draculea, der dich braucht.«

»Das kannst du nicht bestimmen.«

»Doch! Weil ich meine Kinder nur dir anvertrauen kann. Wenn ich hier sterben sollte, dann haben sie nur dich. Beschütze sie! Und denke daran: Du bist der letzte Hohepriester der Alten Mysterien. Es gibt niemanden, der deine Aufgabe weiterführen kann.«

Roxolan nickte. »Ich füge mich nur schweren Herzens deinem Willen, aber ich erkenne die Weisheit und vor allem die Entschlossenheit in deinen Worten.« Er umarmte ihn. »Bis bald, Vlas. Wir werden uns wiedersehen, mein Freund.«

»Und nun los! Die Zeit drängt. Du und der Kanzler, ihr wartet nur einen Tag in Nikopolis auf eine Nachricht von uns. Falls ihr nichts von uns hört, reitet ihr ohne weitere Verzögerung nach Edirne.«

Rox und Cazan stiegen auf und gaben ihren Pferden sofort die Sporen.

Aus dem Wald waren bereits das Wiehern der Pferde und das Klirren der Waffen zu vernehmen.

Hoch zu Ross stellte sich Vladislav vor seine letzten Gefährten und wartete mit gezogenem Schwert auf den Zusammenstoß mit Rodislav.

János fiel es nicht schwer, den Spuren der Danen im Schnee zu folgen. Er schätzte ihren Vorsprung auf etwa zwei Stunden, wenn nicht sogar weniger, und so trieb er seine Männer weiter in einen wilden Galopp. Der Atem des Pferdes vermischte sich mit dem Wind, der in seinen Ohren rauschte.

Bilder aus der Vergangenheit zogen an ihm vorüber: Wie oft war er in jüngeren Jahren mit Vladislav Seite an Seite so geritten? Wie viele Nächte hatten sie in den Schenken verbracht und gemeinsam ihre Rivalen verprügelt? Es war Vlas gewesen, der ihm die Liebesbriefe an seine ehemaligen Angebeteten geschrieben hatte. Sie waren Waffenbrüder gewesen – bis zu dem Tag, an dem sie sich beide in Clara verliebt hatten. Warum hatte er ihre Liebe zu Vlas nicht akzeptieren können? Sich für sie freuen? Stattdessen hatte er sich in einen hasserfüllten Menschen verwandelt, der in seinem Rachedurst vor Lügen, Verrat und sogar Mord nicht zurückgeschreckt war. Erst hatte Clara sterben müssen, damit er sich sein ehrloses Verhalten endlich eingestand. An ihr konnte er seine Schuld nicht wiedergutmachen. Dafür war es zu spät. Auch für Mircea, der ihn in Warna gerettet hatte und jetzt seinetwegen gestorben war – weil er Rodislav unterstützt hatte. Wie viele sollten denn noch sterben, bis seine Selbstsucht endlich befriedigt wäre? Er war der zweite Mann nach dem König. Aber er spürte keine Befriedigung, sondern sehnte sich nach Vergebung und Versöhnung. In Gedanken betete János stumm:

… und vergib uns unsere Schuld,
wie auch wir vergeben unseren Schuldigern.
Und führe uns nicht in Versuchung,
sondern erlöse uns von dem Bösen …

»Erlöse mich, Herr, von mir selbst, denn ich bin das Böse«, murmelte er.

Der Pfad durch den Wald lichtete sich. Im pfeifenden Wind nahm er Waffenklirren wahr. Er trieb das Pferd noch einmal an.

Schon nach kurzem sah er das erbitterte Gefecht zwischen Rodislavs Anhängern und Vladislavs Gefolgsleuten.

Sein kriegserfahrener Blick erkannte sofort den aussichtslosen Widerstand der Letzteren, die in der Unterzahl und dazu noch von den Danen umzingelt waren.

János gab dem Ross die Sporen. Im Galopp zog er das Schwert. »Folgt mir, Männer!«

Der Schwertknauf glitschte in Vladislavs Hand. Vergeblich umklammerte er den Griff noch fester. Das Blut stammte aus der Schulterwunde und floss ihm über den Arm in den Handschuh. Er blickte um sich. Nur Ilarion hielt neben ihm stand. Alle anderen waren tot. Aber auch von den Gegnern lebten nur noch weniger als ein Dutzend.

Rodislav nutzte diesen Moment der Unaufmerksamkeit aus und stieß seitlich zu. Im Reflex hob Vladislav den Schild und entging so dem tödlichen Hieb. Diesmal griff er seinen Vetter an. Doch dieser parierte mühelos seinen Ansturm.

»Ist das alles, was du kannst, Drachenritter?«, höhnte Rodislav und wollte ihn reizen. »Du blutest wie dein Sohn, als ich ihm den Schwanz abgeschnitten habe.«

»Dafür wirst du sterben!« Vlas bündelte seine Kräfte. Mit den Knien lenkte er den Hengst näher an seinen Feind und rammte dem Pferd dann die Sporen in die Flanken, woraufhin es sich sofort aufbäumte. Von oben ließ er sein Schwert auf Rodislavs Kopf niedersausen. Der hielt im letzten Augenblick den Schild hoch und rettete sich so vor der Enthauptung. Dennoch traf die Waffe mit Wucht noch Rodislavs linke Schulter. Der Schild fiel zu Boden.

Siegessicher zielte Vladislav auf den ungeschützten Körper seines Vetters. In diesem Moment stellten sich jedoch zwei böhmische Reiter schützend vor den Danen.

»Vlas! Es sind noch zwei hinter dir«, hörte er Ilarion schreien. »Ich halte sie auf!«

Aus dem Augenwinkel sah Draco, dass Ilarion seinen Säbel wie eine Keule gegen die Feinde kreisen ließ. Dennoch wurde er so schnell umzingelt, dass er unter ihrem Angriff sein Leben ließ.

»Ilarion!«

Da spürte Vladislav auch schon die Klinge, die sich seitlich durch die Lende tief in seinen Leib bohrte. Ein Streitkolbenschlag schleuderte ihn aus dem Sattel.

»Überlasst ihn mir!«, hörte er Rodislav rufen.

János sah, wie Vladislav zu Boden ging. Sein Vetter stieg vom Pferd und näherte sich ihm.

»Halt!«, schrie er.

Noch fünf Pferdelängen, bis er dazwischengehen konnte.

Rodislav hob das Schwert.

Noch zwei Pferdelängen!

»Aufhören! Ich befehle es dir!«

Der Dane blickte über die Schulter zu ihm. Dabei hielt er nach wie vor die Waffe zum Schlag erhoben. »Misch dich nicht ein, Hunyadi. Er gehört mir!«

»Nein, du gehörst mir! Fesselt ihn«, befahl er seinen ungarischen Rittern.

Ein Dutzend Männer kreisten Rodislav ein und nahmen ihn fest.

János stieg vom Pferd und eilte sofort zu Vladislav. Er kniete neben ihm nieder und nahm ihm vorsichtig den Helm ab. Er sah, dass die Kopfverletzung nur eine blutige Schramme war. Auch der Stich in der Schulter war nicht lebensbedrohlich. Er könnte überleben. Doch dann erblickte er die tiefe Wunde in der Lende, aus der das Blut quoll. Sie war tödlich, denn nichts konnte diese Blutung stoppen. Er legte den Kopf des Verletzten in seinen Schoß. Mit zitternden Fingern schob er ihm die Haare aus der Stirn.

Es begann zu schneien. Die Flocken tänzelten so schüchtern durch die Luft, als befürchteten sie zu stören.

János breitete seinen Mantel über den Todgeweihten.

Vlas öffnete die Augen. »Du?«

»Warum konntest du nicht auf mich warten, mein Freund? Wir hätten Rücken an Rücken gekämpft. So wie in alten Zeiten.«

»Es ist noch nicht zu spät, mein Waffenbruder. Du musst mich nur ein wenig stützen.«

»Ich mache alles, was du willst, nur bleib bei mir!«

»Dann rette meine Familie vor den Danen.«

»Ich gelobe es dir. Ich werde sie beschützen.«

»Clara …«, flüsterte er.

Hunyadi sah die goldene Brosche an der Brust des Sterbenden. Er nahm sie ihm ab und legte sie in die Hand seines Freundes. Der umschloss den Schmuck, und ein Lächeln umspielte seine Lippen.

»Verzeih mir, Vlas. Ich war so blind. Verzeih mir!«

»Mir ist so kalt.« Vladislavs Stimme wurde immer schwächer. »So viele Blätter schweben durch die Luft … wie damals. Weißt du noch? In dem Wald, bei der Jagd vor Buda, als wir uns erstmals begegnet sind?«

»Ich kann mich daran erinnern, als wäre es erst gestern gewesen.«

»Du hast mich vor den Hörnern eines Wisents gerettet.«

»Das stimmt nicht. Ich bin nur vor ihm davongerannt. Ich hatte solche Angst!« János lachte, doch dabei liefen Tränen über sein Gesicht.

»Sind wir wieder dort? Die Blätter …« Vladislav Draco hob die Hand und griff blind in die Luft. »Wie sie schweben … Und wie die Sonne golden durch sie hindurchstrahlt … Nein!« Er lächelte! »Es ist Claras Haar«, flüsterte er. »Wohin läuft sie? Warte auf mich, Liebste! Warte …«

Seine Finger haschten nach ihrem Geist. Sie erreichten sie jedoch nicht mehr … Sein Körper verkrampfte sich und blieb dann regungslos.

Feine Schneeflocken legten sich wie ein weißes Leichentuch über ihn. Über ihn und alle anderen, die heute dort ihr Leben gelassen hatten.

Aber auch über einen Mann, der seinen Freund für immer verloren hatte.

Epilog

Edirne, 5. Dezember 1447

Gefolgt vom Bojaren Cazan, betrat Roxolan den *Serail* des Sultans. Alle wandten die Köpfe nach der walachischen Gesandtschaft. Rox trug den Mantel aus Wolfsfell, der über den Boden schleifte. Sein Haar war zu drei Zöpfen geflochten, von denen zwei ihm von den Schläfen hingen und einer über den Rücken fiel. Gestützt auf den Stock aus Akazienholz mit den geschnitzten Schlangen, die in Wolfsköpfe mündeten, schritt er erhobenen Hauptes durch die Gänge.

Vier Janitscharen geleiteten sie bis in den Thronsaal.

Dort angelangt, verbeugten sie sich tief vor Sultan Murad.

»Großer Padischah«, ergriff Roxolan das Wort, als es ihm gestattet wurde. »Wir sind die letzten Diener Seiner Hoheit, des Fürsten der Walachei. Durch mich spricht der Verstorbene zu Euch. Gestattet mir, Kaiser aller Kaiser, Euch in seinem Namen zu grüßen.«

»Ihr überbringt Uns das Wort eines Toten? Was ist das für eine Magie? Und wer ist gestorben?«

»Vladislav Draco. Der walachische Herrscher wurde vor drei Tagen getötet, mächtiger Sultan. Ich bin hier als sein Gesandter, der vor Euch seinen letzten Willen vortragen soll.«

»Ermordet? Von einem Krieg an der nördlichen Donau war Uns nichts bekannt. Wer ist jetzt Woiwode in der Walachei?«

»Rodislav, Sohn von Dan dem Zweiten.«

»Wie ist es geschehen?«

Roxolan schilderte in wenigen Worten die Ereignisse von Targoviste. »Er wurde umgebracht«, beendete er seinen Bericht, »als er unterwegs war zu Euch. Der Fürst wollte Euch um Unterstützung gegen seinen Vetter bitten. Aber als er von der Ermordung seines Sohnes erfuhr, entschied er, dessen Tod zu rächen. Wir bitten Euch in seinem Namen, über den abtrünnigen Rodislav und seine Mittäter Gericht zu halten und sie zu bestrafen.«

»Niemand hebt das Schwert gegen einen meiner Vasallen, ohne dafür zu sühnen.«

»Bevor Vladislav starb, bat er mich, seinen letzten Willen auch an seine Söhne, die in Eurer Obhut sind, weiterzugeben. Erlaubt Ihr mir, Großer Padischah, das Vermächtnis meines Herrn seinen Nachfahren anzuvertrauen?«

Der Sultan nickte. Auf sein Handzeichen beugte sich ein Leibwächter zu ihm herab, lauschte und verließ dann den Raum. Kurz darauf kam er zurück, gefolgt von Vlad und Radu.

Roxolan betrachtete sie. Der Ältere sah sehr erwachsen aus für seine sechzehn Jahre. Und nicht nur, weil er nun einen Schnurrbart trug. Sein Auftritt war beherrscht, seine Miene undurchdringlich. Der Jüngere, der bereits zehn Jahre zählte, hatte sich dagegen mit den lockigen blonden Haaren immer noch das Aussehen eines Cherubs erhalten. Rox bemerkte außerdem, dass seine Kleidung kostbarer war als die seines Bruders, die komplett schwarz war und der Janitscharenuniform ähnelte.

Sie küssten zuerst den Saum des Kaftans von Murad, um ihn danach an die Stirn zu führen.

»Allerdurchlauchtigster Sultan unter Mond und Sternen«, begrüßten sie ihn.

»Euer Vater hat eine Gesandtschaft geschickt.« Mit der Hand deutete der Padischah auf Roxolan und Cazan.

»Rox!«, rief Vlad strahlend.

»Werden wir jetzt nach Hause gehen?«, fragte Radu ihn ohne Umschweife.

Schweren Herzens trat er vor sie hin und verneigte sich.

»Ich bin Roxolan, der Hohepriester der Alten Mysterien, Diener Seiner Hoheit, Vladislav Draco Basarab, Sohn des Fürsten Mircea dem Alten und der Prinzessin Maria de Anjou von Tolmay-Luxemburg. Ich bin hier, um mich den wahren Basaraben zu beugen und das Vermächtnis meinem Herrn, dem rechtmäßigen Nachfolger, zu übergeben.«

Von Cazan nahm er den roten und grünen Mantel entgegen und legte beide dem sechzehnjährigen Prinzen über die Schultern. Es folgte die goldene Kette mit dem Ouroboros, die er ihm um den Hals hängte.

»Mit Verlaub, Padischah, es gibt noch das Toledoschwert. Es sei mir gestattet.«

Der Sultan nickte.

Roxolan gurtete damit Vladislavs Sohn, der ihn verwirrt ansah.

»Rox? Was soll das heißen? Wo ist mein Vater? Wo ist Mircea?«

»Sie sind tot.«

Der Junge trat einen Schritt zurück. »Nein! Das glaube ich nicht.« Er schaute von einem zum anderen. »Beide? Wie konnte das geschehen? Wo warst du, als sie starben? Warum hast du sie nicht beschützt?«

»Für Mircea war es zu spät, und dein Vater wollte, dass ich …«

»Lügner!« Vlad stürmte auf Rox zu und schlug ihn, immer wieder. »Du hast sie im Stich gelassen. Wegen dir sind sie gestorben.«

Roxolan ertrug die Schläge und die Anschuldigungen, ohne sich zu wehren. Er blickte nur geradeaus. Doch jedes Wort verletzte ihn mehr als die Fäuste, die auf ihn einhämmerten.

Auf Murads Zeichen zogen zwei Janitscharen den Jungen

zurück und brachten ihn zum Thron. Dort harrte er lange mit der Stirn auf dem Boden aus, bis der Sultan zu ihm sprach.

»Erhebt Euch, Vlad Basarab Draculea. Ihr werdet in Eure Heimat zurückkehren, als rechtmäßiger Fürst der Walachei. Eine osmanische Armee unter der Führung des besten Generals wird Euch begleiten und Euch, wenn nötig, im Kampf um den Thron Eures Vaters unterstützen. Eure Feinde sind auch Unsere, denn niemand ermordet einen meiner Vasallen, ohne dafür bestraft zu werden.«

»Gepriesen soll Euer Name in alle Ewigkeit sein, Kaiser aller Kaiser!« Vlad verbeugte sich tief. »Ich werde Euch treu dienen.«

»So soll es sein!«

»Erlaubt Ihr mir, Großer Padischah, ein letztes Mal mit dem Gesandten zu sprechen?«

Murad nickte.

Der junge Prinz wandte sich zu seinem einstigen Vertrauten. »Ich will dich nie wieder sehen, Roxolan! Verschwinde aus meinem und Radus Leben.«

»Ist es wirklich das, was du willst?«

»Ja.«

»Dann möge es geschehen, wie du gebietest.«

Der Hohepriester verneigte sich vor dem Sultan und verließ ohne ein weiteres Wort den Saal.

Bei jedem Schritt stützte er sich auf den Stab und zwang sich, aufrecht zu gehen. Niemand sollte seinen Schmerz, seine Trauer erkennen.

»Auch wenn du mich hasst, Draculea«, schwor er sich in Gedanken, *»so werde ich dennoch über dich wachen. Über dich, deine Kinder und die Kinder deiner Kinder. Dazu muss ich nicht in deiner Nähe sein.«*

Nachwort

Es gibt viele Bücher, Filme und Reportagen, die sich Vlad Dracula widmen. Aber sein Name wurde erst bekannt, als der amerikanische Historiker Radu Florescu in seinem Buch *In Search of Dracula: The History of Dracula and Vampires (1972)* ihn zum ersten Mal in Verbindung mit Bram Stokers Romanfigur *Dracula* brachte. Seither kennt man ihn mehr als Vampir denn als historische Persönlichkeit. Es gibt zwar Fachliteratur, in der Wissenschaftler versuchen, die Wahrheit über sein Leben ans Licht zu bringen. Weil jedoch solche Fachbücher nur von wenigen Interessierten gelesen werden, bestand Vlads Ruf als blutdurstiger Vampir über die Jahrzehnte fort.

Das Ziel meines historischen Romans ist es, den Lesern zu zeigen, dass die wahre Geschichte mindestens ebenso spannend sein kann wie die von Bram Stokers *Dracula*. Aber nur über Vlad den Pfähler zu schreiben, ohne seine Familie und seine Herkunft zu berücksichtigen, schien mir nicht ausreichend. So stellte ich während meiner mehr als zehn Jahre dauernden, intensiven Recherche fest, dass das Leben seines Vaters genauso faszinierend war wie das des berühmten Sohnes. Und so entschied ich mich, zuerst über Vladislav Basarab Draco zu schreiben, insbesondere deshalb, weil bis heute noch nie ein Roman über ihn geschrieben wurde.

Die Recherchen über ihn erwiesen sich als mühsam, denn es gibt nicht viele zugängliche Informationen. Zum Glück gab es die Aufzeichnungen der zeitgenössischen Chronisten, auch wenn manche von ihnen aufgrund des nationalen Pathos widersprüchlich waren. Hier seien die walachischen und moldauischen Hofschreiber genannt, der byzantinische Historiker Laonic Chalcocondil und der polnische Chronist Jan Dlugosz.

Eine der wichtigen Inspirationsquellen für meinen Roman sind die Erzählungen des Humanisten Enea Silvio Piccolomini – des späteren Papstes Pius II. –, der, beeindruckt von der Geschichte Vladislav Dracos und János Hunyadis sowie von dem Krieg zwischen den Danen und den Draculern um den walachischen Thron, in seiner Chronik *De Europa* schrieb:

»Unter den Walachen gab es zu unserer Zeit zwei Parteien: eine der Danen, die andere der Draculer. Aber weil diese den Danen nicht gewachsen waren und von jenen an vielen Orten unterdrückt wurden, riefen sie die Türken zu Hilfe. Unterstützt von deren Waffen, vernichteten sie die Danen fast bis zum Untergang. Indem Johannes (János) Hunyadi den Danen in der Tat Hilfe brachte, im Vertrauen auf die Macht der Ungarn, stellte er nicht so sehr diese wieder her, als dass er vielmehr sich selbst Ruhm und Reichtümer verschaffte. Als dieser freilich die Ländereien der Danen aus der Macht der Türken gerissen hatte, nahm er sie für sich selbst und seine Nachkommen, um sie auf Dauer zu behalten, in Besitz.«

Die Briefe, Berichte und Aufzeichnungen von Eneas Silvio Piccolomini, der als Kanzler am Hofe Kaiser Friedrichs III. ein Zeitgenosse dieser historischen Ereignisse gewesen ist, lieferten mir zusätzliche wertvolle Informationen über den Charakter der Figuren dieses Romans.

Wenn es um die Charakterisierung der historischen Personen ging, versuchte ich Abstand von den oft widersprüchlichen Darstellungen in der Fachliteratur zu nehmen. Auch die übertrieben patriotische Huldigung der alten Chronisten und zeitgenössischen Historiker musste ich nüchtern betrachten – und darauf achten, dass ich nicht selbst in diese Falle tappe. Am Ende entstand das Wesensbild jeder einzelnen Figur aus einer Schlussfolgerung meiner subjektiven Sinndeutung eines Geflechts umfangreicher Informationen.

Vladislav Basarab Draco war der Sohn des walachischen Fürsten Mircea Basarab und Maria de Anjou von Tolmay-Luxemburg. Über seine Kindheit gibt es kaum überlieferte Aufzeichnungen. Man weiß nur, dass er am Hof von König Sigismund von Luxemburg als Geisel aufwuchs. Da seine Mutter die Base des Monarchen war, genoss er nicht nur die Erziehung eines Prinzen, sondern auch Sigismunds Hochachtung. Aus diesem Grund wird er in den höchsten Kreis der *Societas Draconis* aufgenommen. Über seine Investitur am 8. Februar 1431 in Nürnberg berichtet der Chronist und Sigismunds Biograf Windecke. Er schreibt auch über die Gesandtschaft der Bojaren, die an dem Tag bei Hof anwesend war, sowie über das abgehaltene Turnier, das nach der Investiturzeremonie stattfand. In dem Buch der Historiker Radu Florescu und Raymond T. McNally, *In Search of Dracula: The History of Dracula and Vampires,* wird erwähnt, dass eine unbekannte Adelige dem Sieger, Vladislav Draco, eine goldene Brosche zuwirft. So ein Schmuckstück wurde von dem Genealogen George Florescu und dem Archäologen Dinu Rosetti 1931 in dem vermutlichen Grab von Dracula im Kloster Snagov bei Bukarest ausgegraben. Das Goldstück trug die spezifischen Herstellungsmerkmale der Goldschmiede aus Nürnberg des 15. Jahrhunderts. Die Forscher vermuten, dass es dem Drachenritter Draco gehört haben muss, der es, zusammen mit den Symbolen des Drachenordens, an seinen Sohn Draculea weitergab. Die Brosche ist, zusammen mit den anderen Funden aus der Grabstätte, aus dem Bukarester Geschichtsmuseum verschwunden. Der Bericht über das Schmuckstück inspirierte mich dennoch, mir die Liebesgeschichte zwischen Vlas Draco und Clara von Thegzes auszudenken. Ihr Name ist ebenfalls erfunden.

Auch die Liebe zwischen Vasilissa und Wallerand de Wavrin ist Fiktion. Grund für die Annahme einer solchen Liaison sind die Anmerkungen mehrerer Historiker und Chronisten, die behaupten, dass Radu nicht das legitime Kind von Vladislav Draco sei. Wer dagegen sein natürlicher Vater sein soll, ist nicht bekannt. Es steht aber fest, dass der burgundische *Seigneur* und der walachische Fürst sich sehr gut kannten und gemeinsam kämpften. Darüber sowie über die Anwesenheit von Wallerand de Wavrin in Targoviste berichten zeitgenössische Chronikschreiber.

Historisch ist noch nicht bewiesen, ob es János Hunyadi oder die Danen waren, die Vladislav Draco töteten. Nur in Bezug auf die Folterung und Ermordung von Mircea sind sich alle einig, dass dieser im Auftrag von Rodislav gestorben ist. Die überlieferte grausame Folterart schildere ich aus Rücksicht auf die Leser nicht genau, da sie wirklich nichts für schwache Nerven ist.

Über die Geiselhaft Vladislav Dracos sowie die Vlad Draculeas und Radus berichtet der byzantinische Chronikschreiber Laonic Chalcocondil. Marin Mincu, Historiker, Literaturkritiker und Honorarprofessor an den Universitäten Mailand, Turin und Florenz, stellt in seinem Buch *Jurnalul lui Dracula (Draculas Tagebuch)* zusätzliche Details aus Draculas Perspektive dar. In diesem Tagebuch, das auf der Burg Visegrád entdeckt wurde, wird nicht nur der Missbrauch des jungen Prinzen dargelegt, sondern auch die Beziehung zwischen den Brüdern. Die Geschichte der Söhne Vladislavs werde ich in einem geplanten Folgeband erzählen.

Darüber, was aus Vasilissa wurde, gibt es bis heute keine konkreten Überlieferungen. Viele Historiker halten eine Nonne namens Eupraxia für die Fürstin, die ihr Leben bis zum Ende in einem Kloster verbrachte. Doch es gibt auch noch die Annahme, dass sie eine Geliebte des Fürsten Draco gewesen sein könnte. Ich neige zu der ersten These, weil es mir wahrscheinlicher vorkommt, dass sich Herrscherwitwen in Klöster zurückzogen, wenn man bedenkt, dass es eine Gepflogenheit dieser Zeit war.

Einer der dramatischen Grundpfeiler des Romans ist die erbitterte Feindschaft zwischen den zwei Parteien der Basaraben-Dynastie: den Danen und den Draculern. Hier sah ich mich mit einem großen Problem konfrontiert: den Namen. Auf jeden Fall hießen alle Basarab. *Vladislav* gehörte zu den am häufigsten vorkommenden Vornamen. Auch die meisten Danen trugen ihn. Der Hinweis in einem Brief von 1449, in dem der zweite der Danenbrüder mit *Rodislav* (statt *Vladislav*) *Waiwoda* erwähnt wird, erwies sich als willkommene Lösung, um diese Figur namentlich abzugrenzen. Überall dort, wo ich keine Alternative fand, versuchte ich, durch den Einsatz von Spitznamen oder variierter Schreibweise das Durcheinander zu sortieren. Auch im Fall von *Vladislav Draco*, der in Wirklichkeit als *Vlad Draco* oder rumänisch *Dracul* in der Geschichte bekannt ist, wandelte ich den Namen in *Vladislav* oder *Vlas* ab, damit er nicht mit seinem berühmten Sohn in Verwechslung geriet.

Der Kampf zwischen den Danen und den Draculern dauerte über zweihundert Jahre lang und ist in der Geschichte als »balkanischer Rosenkrieg« bekannt – zwei Jahrhunderte voller Intrigen und brutaler Morde.

János Hunyadi ist bis heute eine umstrittene historische Figur, da nicht nur sein Geburtsort und Geburtsdatum unbekannt sind, sondern auch die Herkunft seiner Familie. So entstanden über die Jahrhunderte zahllose Vermutungen, Gerüchte, Unterstellungen sowie gezielte Verfälschungen in einem von nationalem Pathos geprägten Historikerstreit um die Mythen, die sich immer noch um seinen Namen ranken. Schließlich erklären ihn die rumänischen Historiker zu einem Rumänen, die ungarischen zu einem Ungarn und die serbischen zu einem Serben. So wird János Hunyadi im Lauf der Zeit für einen unehelichen Sohn der Gemahlin Ludwigs des Großen, Elisabeth Kotromanic, des Königs Sigismund von Luxemburg oder des Despoten Lazarewitsch gehalten.

Antonio Bonfini, ein Humanist des 15. Jahrhunderts und Chronist am ungarischen Königshof, schreibt in seiner *Ungarischen Chronik,* dass János Hunyadi ein natürlicher Sohn von König Sigismund gewesen sei, und leitet sogar die Herkunft seiner Familie von den römischen Kaisern ab. Damit begründet er den außergewöhnlichen Aufstieg des Ritters in die oberen Ränge des Adels bis hin zum Titel eines Reichsverwesers.

In der am 18. Oktober 1409 in Visegrád ausgestellten Schenkungsurkunde von König Sigismund ist aber der gebürtige Walache *Voyk* (oder: *Wojk*) *Serba,* königlicher Hofritter und Offizier der Palastgarde, als Vater von János Hunyadi eingetragen. Auch der Zeitgenosse Enea Silvio Piccolomini benennt die Hunyaden in seiner Chronik *De Europa* als Walachen.

Ich setzte diese widersprüchlichen Ansichten über die Vaterschaft von János Hunyadi in meinem Roman ein, um nicht nur der Geschichte mehr Dramatik zu verleihen, sondern auch um diese Polemik über seine Herkunft darzustellen. Dabei war es mir wichtig, mich auf keine der Thesen festzulegen.

János' Ehefrau Erzsébet Szilágyi war die Tochter von László Szilágyi von Horoszeg. Ihre Familie gehörte zu den reichsten ungarischen Aristokraten. Dass Kaiser Sigismund persönlich für die Eheschließung eintrat, schrieb der Historiker Vilmos von Zsolnay in seiner Monographie *Vereinigungsversuche Südosteuropas im XV. Jahrhundert – Johann von Hunyadi.*

Um den Roman nicht mit zu vielen Figuren zu überfüllen und die Handlung straff zu halten, erwähne ich die Geschwister von János nicht mehr, besonders da sein Bruder denselben Namen trug wie er *(János/Johann)*. So konnte ich eine Verwechslung der Brüder vermeiden.

Vom Leben des János Hunyadi werde ich in meinem nächsten Roman weiter berichten. Deshalb verrate ich hier keine weiteren Details. Fest steht allerdings, dass es nur wenigen historischen Persönlichkeiten gelungen ist, derart die Schranken des mittelalterlichen Gesellschaftssystems zu durchbrechen. János Hunyadi und seine Nachkommen schafften es in nur zwei Generationen nicht nur, in den Hochadel aufzusteigen, sondern auch, zur reichsten und mächtigsten Familie zu werden, die es jemals in Ungarn gab.

Roxolan ist eine fiktive Romanfigur. Er symbolisiert die alte dakische Kultur, indem er mit Hilfe der Lehren der Alten Mysterien die Basaraben im Kampf um den Thron unterstützt.

Hier sei mir ein kurzer Exkurs gestattet, um den Ursprung der dakischen Kultur zu beleuchten: Die Geto-Daker, die Vorfahren der Rumänen, sind ein Zweig des Volks der Thraker, die in Südosteuropa lebten. Es gibt detaillierte Überlieferungen aus der Antike über sie. Herodot erzählt, dass sie *»die Tapfersten und Gerechtesten der Thraker sind«*. Deren Kultur wird auch stark von den Wandervölkern beeinflusst, wie von den germanisch-keltischen *Bastarnen* und Stämmen der *Sarmaten* oder den *Roxolanen*. Die Religion der Daker hat wegen ihres Unsterblichkeitsglaubens Historiographen wie Philosophen der Antike begeistert. Die in dem Roman erwähnten Gottheiten sind tatsächlich Teil der geto-dakischen Religion.

Die Fruchtbarkeit der Mutter Erde wurde von *Bendis* repräsentiert, Gesundheit und Vitalität waren *Derzelas* zugeordnet. *Kandaon* war der Gott des Krieges, und *Gebeleizis* spielte die Rolle des Meisters der Natur, Hüter des Geheimnisses um Leben und Tod. Die alten Priester, *Kapnobatai* genannt, beherrschten die einfachen Elemente der Natur und nutzten ihre Kräfte, um aktiv die Welt um sich herum zu verändern.

Bis heute lässt sich feststellen, dass Teile des rumänischen Volksglaubens, Beschwörungsformeln und Elemente der Volksheilkunde, Totenrituale, Volkstänze wie die *Hora* bis weit in die dakische Vergangenheit zurückreichen. So kommt es auch, dass die Ruinen der dakischen Kultstätte *Sarmisegetuza Regia* in den Südkarpaten mir als Inspiration für den Zeremonienplatz in meinem Roman dienten.

Mit Roxolan und seinen Alten Mysterien wollte ich ein typisch regionales Element in die Geschichte einfügen und damit auch die Dramatik der Erzählung befördern.

Mit der Geschichte von Vladislav Draco und János Hunyadi will ich einen tieferen Einblick in den Geist Europas im 15. Jahrhundert ermöglichen. In dieser Zeit entstehen die ersten Vereinigungsversuche, um als geschlossene christliche Gemeinschaft gegen einen gemeinsamen Feind anzutreten. Aber Europa war nicht nur politisch-territorial, sondern auch religiös zerklüftet. Es gab nicht nur die schismatische Trennung des Christentums in Katholiken und Orthodoxe. Auch die protestantische Bewegung gegen die katholische Kirche, wie zum Beispiel die der Hussiten, gewann immer mehr an Kraft und Anhängern.

Den Europäern stand das Osmanische Reich gegenüber – mit seinem einheitlichen Verwaltungssystem, der nur dem Sultan untergeordneten riesigen Armee und nicht zuletzt einer besonderen Toleranz für andere Religionen. Chronisten berichten, wie bosnische Bogumilen sowie Juden aus Spanien, die als Ketzer gejagt wurden, Zuflucht im Osmanischen Reich fanden. Es ist auch nicht zu leugnen, dass – im Gegensatz zu den europäischen Höfen – am Hof des Sultans die Wissenschaften, wie zum Beispiel Mathematik, Astronomie,

Medizin oderPhilosophie , besonders geschätzt und gefördert wurden.

Aber unabhängig von der Religionsrichtung oder Einstellung zur Wissenschaft ging es damals in den politischen Auseinandersetzungen auch um die Beherrschung von Handelswegen sowie um Bodenschätze, Geld und Macht.

Ich hoffe, dass es mir gelang, ein lebendiges Europa des 15. Jahrhunderts darzustellen, damit der Leser zusammen mit meinen Helden – den rivalisierenden Rittern Vladislav Draco und János Hunyadi – die historischen Ereignisse hautnah miterlebt. Denn mein Ziel war es, Geschichte mit Menschen aus Fleisch und Blut zu füllen.

Dramatis Personae

*(Aufstellung der wichtigsten Romanfiguren. Historische Persönlichkeiten sind mit * gekennzeichnet.)*

Das Fürstentum Walachei

Die Basarab-Dynastie

Fürst Radu I., fünfter Thronfolger des ersten Basarab, hatte zwei Söhne: Mircea (der Alte) und Dan I., die nach dem Tod des Vaters zusammen in der Walachei regierten. Doch zwischen ihnen entstand eine Herrscherrivalität, die mit der Tötung von Dan durch seinen Bruder endete, was dem Sieger die alleinige Regierungsgewalt verschaffte. Dennoch wird die Feindschaft der zwei Brüder von ihren Nachfahren weitergeführt, die in der Geschichte als die Danen und die Draculer bekannt sind.

Haus der Draculer – benannt nach

*Vladislav Draco** – Fürst der Walachei, Herzog von Hamlesch und Fogarasch, Ritter der obersten Klasse des Drachenordens

*Vasilissa Muschat** – seine Frau, Tochter des Fürsten *Alexandru von Moldau*

*Mircea** – ihr ältester Sohn

Vlad Draculea *– ihr zweiter Sohn

*Radu** (genannt »der Schöne«) – ihr dritter Sohn

*Alexandra** – ihre Tochter

*Aldea** – Vladislav Dracos Halbbruder, Fürst der Walachei

Clara von Thegzes – ungarische Edelfrau, Vladislavs Geliebte

Hof und Gefolge

Roxolan – Vladislavs Freund und Hohepriester der dakischen Alten Mysterien

Aliodor – Hohepriester der dakischen Alten Mysterien und Roxolans Lehrer

Ilarion – Vladislavs Knappe und späterer Kapitän der fürstlichen Leibgarde

Smaranda – Vasilissas Zofe und Freundin sowie Ilarions Frau

*Wallerand** – Seigneur de Wavrin, Ratgeber und Chambellan des Herzogs von Burgund, Verbündeter der Draculer

*Nanu Pascal** – walachischer Bojar und Vladislavs Vertrauter

*Tudor** – walachischer Bojar und Vladislavs Vertrauter

*Michail** – Hofschreiber

*Manea** und *Cazan** – Hochkanzler

Demetrios – griechischer Händler und Spion

Haus der Danen

*Dan Basarab** – Sohn von Dan II., Thronanwärter und ältester der Danenbrüder

*Rodislav** – Sohn von Dan II., Thronanwärter und zweitältester der Danenbrüder

*Laiota** – Sohn von Dan II., Thronanwärter und jüngster der Danenbrüder

Das Ungarische Königreich

Königliches Haus der Luxemburger

*Sigismund von Luxemburg** – Kurfürst von Brandenburg, *König von Ungarn*, Kroatien und Böhmen sowie römisch-deutscher König und Kaiser

*Barbara von Cilli** – seine Frau und Königin

*Elisabeth von Luxemburg** – beider Tochter und Erbin

*Albrecht, Herzog von Österreich** – römisch-deutscher König sowie König von Ungarn, Kroatien und Böhmen, verheiratet mit Elisabeth

*Ladislaus Postumus** – Sohn von Elisabeth und Albrecht

Hof und Gefolge

*Ulrich, Graf von Cilli und Ortenburg** – Ban von Slawonien

*Kaspar Schlick** – Kanzler des Heiligen Römischen Reichs

*Helene Kottanner** – Hofdame und Elisabeths Vertraute

*Giuliano Cesarini** – Kardinal und päpstlicher Legat am ungarischen Hof

*Miklós Újlaki** – Woiwode von Transsylvanien und Ban von Macsó

*Klaus von Redwitz** – Ritter des Deutschen Ordens

Haus der Hunyaden

*János Hunyadi** – ungarischer Staatsmann und Heeresführer

*Erzsébet Szilágyi** – seine Frau, Tochter von *László Szilágyi von Horoszeg*

*László** – ihr älterer Sohn

*Matthias** – ihr jüngerer Sohn

*Mihály Szilágyi** – Hunyadis Schwager

Hof und Gefolge

*Johann von Zredna** – Sekretär und Vertrauter der Hunyaden

Gyuri – Hunyadis Knappe

Das Polnische Königreich

Königliches Haus der Jagiellonen

*Wladyslaw II. Jagiello** – Kurfürst von Litauen und König von Polen

*Wladyslaw III. Jagiello** – Sohn von Wladyslaw II., König von Polen und Ungarn

*Kasimir IV. Jagiello** – Sohn von Wladyslaw II.

*Zbigniew Olesnicki** – Bischof von Krakau

Das Osmanische Reich

*Sultan Murad II.**

*Mehmet** – Sohn und Nachfolger von Sultan Murad

Hof und Gefolge

*Khalil Pascha Djandarli** – Großwesir

*Ahmet Kurani** – Gelehrter am Hof des Sultans

*Hadim Sehabeddin Pascha** – Beylerbey von Rumelien, Statthalter des europäischen Teils des Osmanischen Reichs

*Ishak Bey** – Pascha von Smederevo

Danksagung

Danke an alle, die dazu beigetragen haben, dass dieses Buch erschienen ist.

In der Nähe von Köln, Juli 2014

Uta von Naumburg –
die schönste Frau des Mittelalters

CLAUDIA & NADJA BEINERT

DIE HERRIN DER KATHEDRALE

ROMAN

Generationen von Kunstinteressierten hat die Stifterfigur der Uta im Naumburger Dom Rätsel aufgegeben: Wer war diese Frau wirklich? In ihrem opulenten und klugen Roman erzählen Claudia und Nadja Beinert das Leben der Uta von Naumburg, wie es noch nie erzählt wurde: Die Ermordung ihrer Mutter weckte Utas Gerechtigkeitssinn. Mit aller Kraft setzte sie sich für den Bau der ersten Naumburger Kathedrale als kaiserlichen Gerichtssaal ein und kämpfte für die Vollendung dieses Wahrzeichens für Frieden und Glauben im Heiligen Römischen Reich.

»Wenn ich ein weibliches Geschöpf aus der Kulturgeschichte treffen wollte, dann Uta von Naumburg ...«
Umberto Eco

KNAUR